本专著受2015年教育部人文社会科学研究青年项目《中国当代文学评奖制度研究——以全国性小说评奖为核心》（15YJC751041）资助。

本专著受西安工业大学专著基金资助。

中国当代文学评奖制度研究

以全国性小说评奖为核心

王鹏 著

中国社会科学出版社

图书在版编目(CIP)数据

中国当代文学评奖制度研究:以全国性小说评奖为核心/王鹏著.
—北京:中国社会科学出版社,2019.2
ISBN 978-7-5203-4082-3

Ⅰ.①中… Ⅱ.①王… Ⅲ.①小说研究—中国—当代
Ⅳ.①I207.42

中国版本图书馆CIP数据核字(2019)第036545号

出 版 人　赵剑英
责任编辑　陈肖静
责任校对　张依婧
责任印制　戴　宽

出　　版　中国社会科学出版社
社　　址　北京鼓楼西大街甲158号
邮　　编　100720
网　　址　http://www.csspw.cn
发 行 部　010-84083685
门 市 部　010-84029450
经　　销　新华书店及其他书店

印刷装订　北京君升印刷有限公司
版　　次　2019年2月第1版
印　　次　2019年2月第1次印刷

开　　本　710×1000　1/16
印　　张　26.5
插　　页　2
字　　数　342千字
定　　价　108.00元

目　录

绪　论

2012年10月11日，瑞典斯德哥尔摩的"一声惊雷"，为中国送来了"诺贝尔文学奖"。莫言加冕，百年梦圆。溢美之词一股脑涌来让这位新科诺奖得主"狂喜并惶恐"。作为有史以来第一位摘得诺贝尔文学奖的中国籍作家，莫言以"他将魔幻现实主义与民间故事、历史与当代社会融合在一起"① 的卓然独步，让"文化中国"发出了令世界振聋发聩的"巨响"。"莫言获得诺贝尔文学奖，既是中国文学繁荣进步的体现，也是我国综合国力和国际影响力不断提升的体现"②；既"表明国际文坛对中国当代文学及作家的深切关注"，又"表明中国文学所具有的世界意义"。③ 莫言的"一鸣惊人"，让国人"走向诺贝尔"④ 的"世纪情结"得以释放，"现代性追求"引发的文学内生焦虑得到有效

---

① 参见诺贝尔文学奖官网：http：//www. nobelprize. org/nobel_ prizes/literature/，英文原文为"who with hallucinatory realism merges folk tales，history and the contemporary"。

② 《李长春致信中国作家协会祝贺莫言获得2012年诺贝尔文学奖》，《人民日报》2012年10月13日。

③ 《中国作家协会对莫言荣获2012年度诺贝尔文学奖发表贺辞》，新华网2012年10月12日。

④ "走向诺贝尔"系列图书共两套14本，第一套《走向诺贝尔：当代中国小说名家珍藏版》共编选8位作家及其作品，分为"张炜卷""莫言卷""余华卷""潘军卷""叶兆言卷""苏童卷""格非卷""刘恒卷"，由文化艺术出版社2001年出版；第二套《走向诺贝尔》共编选6位作家及其作品，分为"陈忠实卷""王旭烽卷""竹林卷""邱华栋卷""周大新卷""梁晓声卷"，由文化艺术出版社2002年出版。

缓解，几代作家共同讲述的“中国故事”与倾注的“中国经验”得到了世界的认同。

作为“授予在文学领域创作出‘朝向理想方向’的‘最杰出作品’的人”① 的世界级大奖，诺贝尔文学奖自1901年诞生之日起，始终坚持理想主义的文学信念、超然独立的艺术标准，严格按照科学化、规范化、程式化的评奖机制，由瑞典文学院全体院士以投票方式选出。沐浴两次世界大战洗礼，历经百年风雨、砥砺前行的诺贝尔文学奖，虽然也曾因为遗漏列夫·托尔斯泰、易卜生、鲁迅、马克·吐温、卡夫卡等一众20世纪文坛巨匠而饱受争议，更因为战后世界两大阵营的对立、冷战思维的根深蒂固及其自身运作中凸显的“西方中心主义”使得“不带任何政治偏见”以求“超然于一切战争和政治”的“中立”评判充满吊诡，但是，正如莫言所言，“尽管对诺贝尔文学奖顶礼膜拜者有之，嗤之以鼻者有之，但它的存在、它的影响，确实也是不容置疑的。”② 跨越百年的诺贝尔文学奖以世界性的眼光，借全人类与理想主义之名，建构了一整套缜密、完善、成效卓著的评奖制度体系，加之业已成规的评选程序，为维护“世界最高文学奖”的“等级权力”，消弭“偶然性”引发的“合法性危机”，为世界各国文学评奖制度的建立提供了可供效仿的必要参照系。

相形之下，真正意义上的中国当代文学评奖制度首创于“1978年全国优秀短篇小说评选”。“这次优秀短篇小说评奖活动，的确是空前的、过去没有做过的”③，“象《人民文学》这次在全国范围内，依靠广

① 高建平：《诺贝尔文学奖的性质与评选过程》，《文艺争鸣》2011年第5期。

② 莫言：《诺贝尔文学奖及其意义——在中澳文学论坛上的发言》，《文艺报》2013年4月12日。

③ 茅盾：《在一九七八年全国优秀短篇小说评选发奖大会上的讲话》，《人民文学》1979年第4期。

大读者，举行大规模的群众性的评选，是建国三十年来的一个创举”①。到20世纪80年代初，全国优秀中篇小说、报告文学、新诗（诗集）评选活动以及茅盾文学奖的设立标志着中国当代文学评奖有序推进、合理布点、制度初创的基本完成。随后历经80年代末的那场“政治风波”和90年代市场经济的转型，各种不同的文学评奖在政治意识形态、文学自主原则、市场/资本话语的相互博弈中变成了始终争论不休的“火药桶”，这也开启了中国当代文学评奖制度自我革新、不断修正、逐步趋向完善的制度化实践新阶段。

诚如布尔迪厄在《艺术的法则——文学场的生成与结构》中指出：“鉴于在各种不同的资本及其把持者之间的关系中建立的等级制度，文化生产场暂时在权力场内部占据一个被统治的位置。无论它们多么不受外部限制和要求的束缚，它们还是要受总体的场如利益场、经济场或政治场的限制。”② 作为文学价值生产和意义评判的重要手段，文学评奖集中体现了不同等级权力的复杂斗争，成为了“他律原则与自主原则之间斗争的场所”③。正是因为如此，揭开以全国性小说评奖为核心的中国当代文学评奖制度背后的“繁复”，重回历史现场找寻制度性规律，挖掘各种权力博弈的深层“话语机制”，中国当代文学评奖制度研究才成为一种必要。

一　制度与文学制度研究

近年来，伴随着埃斯卡皮“文学社会学”、福柯“知识考古学”、布尔迪厄“场域理论”以及文化研究的译介，“制度”一词以及由此广泛展

① 袁鹰：《第一簇报春花》，《人民文学》1979年第4期。

② ［法］皮埃尔·布尔迪厄：《艺术的法则——文学场的生成与结构》（新修订本），刘晖译，中央编译出版社2011年版，第193页。

③ 同上。

开的文学制度研究已然成为中国现当代文学界新的学术增长点和亮点。不同于以往的文学研究“过多地局限在研究人和作品（风趣的作家生平及文本评注）上，而把集体背景看作是一种装饰和点缀，留给政治编年史作为逸闻趣事的材料”① 的思路，文学制度研究，尤其是中国现当代文学制度研究，则将关注点放置在现代民族国家之建立、现代性之追求的更为广阔的社会背景中，深入挖掘文学生产、流通、消费、评价、再生产中或隐或显的规范性力量形成的一整套机制，尽可能地接近文学发生的“现场”，贴近文学史实本真面貌，从而揭示文学制度自身形成、确立、实践过程的复杂性与特殊性，拓展文学研究边界的同时注入研究新动力。

作为一个源自社会学的术语——“制度”（institution），雷蒙·威廉斯指出：“institution 是一个表示行动或过程的名词。这个词在某一个阶段，变成一个普遍抽象的名词，用来描述某个明显的、客观的与有系统的事物。实际上，用现代的意涵来说，就是一种被制定、订立的事物。自从 14 世纪以来，在英文里这个词一直被使用，最接近的词源为古法文 institution 与拉丁文 institutionem。可追溯的最早词源为拉丁文 statuere——意指建立、创设、安排。在早期的用法里，它有一个明显的意涵，指的是一种创造的行动——在某个特殊的时刻被制定、订立的某种事物——但是到了 16 世纪中叶，演变出一种普遍的意涵，指的是用某种方法确立的惯例（practices）……同时，在 19 世纪中叶，这个普遍意涵——指涉一种特别的或抽象的社会组织——在 institutional（制度化的）与 institutionalize（使制度化）的词义演变中得到确认。在 20 世纪，institution 已经成为一个普遍的词，用来表示一个社会中任何有组织的机制。”② 这里的“制度”在历时性坐标中呈现出三个方面的意指：

---

① ［法］罗贝尔·埃斯卡皮：《文学社会学》，于沛选编，浙江人民出版社 1987 年版，第 1 页。

② ［英］雷蒙·威廉斯：《关键词——文化与社会的词汇》，刘建基译，生活·读书·新知三联书店 2005 年版，第 242—243 页。

其一，“制度”具有不以人的意志为转移的客观性。作为一种存在，历经不同时期的积淀与强化，逐步内化为一种抽象的、固定的、系统化的样态；其二，“制度”既可以被人为的、按照一定成规制定出来成为准则，也可以是在某种文化体系中实际存在并发挥效用的约定俗成，由此一来，制度又有了“显性制度”与“隐性制度”之分；其三，呈现出多元样态的制度化实践又能反向作用于“制度”，使其逐步完备的同时更具“合法性”。

相较雷蒙·威廉斯，《辞海》中关于“制度”一词有以下三种解释：其一是指“在一定历史条件下形成的政治、经济、文化等方面的体系”；其二是指“要求大家共同遵守的办事规程或行动准则”；其三是指“规格；格局”①，而第三种释义更接近古法，现如今已很少使用。从前两种解释中我们便可窥见，“制度”自身有广义与狭义之分、动态与恒态之别。作为一个复杂的、社会各种因素交汇形成的综合体系，广义的“制度”具有恒态、稳固的特征。而作为具体的规程与行动准则，狭义的“制度”又是一个动态、具象的“标准”与“规范”。

就中国文学而言，真正意义上、自觉的文学制度还要从晚清以来政治制度变革的风云际会、现代民族国家建立的情感诉求以及由此形成地调动作家创作热情、促进文学发展、积极发挥文学效用的一整套规制、标准谈起。王本朝先生指出，“建立有效而合理的文学制度是中国文学追求现代化的标志”②。在不断的社会化实践过程中，文学不再是作家个人独语式的私人化写作，不再是一个独立自主的封闭空间，而成为社会各种力量合力参与、创造的场所。文学制度正是文学与社会中各种要素相互联结逐渐形成的关涉文学生产、流通、消费、评价乃至再生产的

① 夏征农、陈至立主编：《辞海·第四卷》（第六版彩图本），上海辞书出版社 2009 年版，第 2949 页。

② 王本朝：《中国现代文学制度研究》，西南师范大学出版社 2002 年版，第 1 页。

一整套有效的运行机制，它对文学创作的引导与规约、价值的生成与判定、意义的阐释与升华、审美范式的传统转换与现代转型起到了至关重要的作用。但是，艺术场是一个“相互矛盾的世界”，是“反制度化的制度形式”。[①] 文学的现代化需要一整套严密、科学、规范的行为准则与秩序作为其生存与发展的保障，可是文学的特性又决定了与制度的规定性之间始终存在着一定的矛盾，因此，文学制度的悖论在于，“一方面文学制度为文学提供生成空间和生产场所，另一方面文学制度又在不断地限制文学生产的自由与个性”[②]。尤其是 1949 年以后，伴随着新民主主义革命向社会主义革命的过渡与社会主义“三大改造”的完成，新生的人民政权将文学看作是国家意识形态建构的重要组成部分，上至文艺政策的制定、文艺机构的掌控、文艺生产资料的计划管理，下至作家思想的改造、创作题材的择取、文学批评模式的建构等都被统一纳入了高度一体化的制度中，稍有僭越或越雷池一步的行止，作家及其作品就会陷入“合法性”危机的窠臼，有失去制度庇佑的风险。因此，“文学体制这个概念并不意指特定时期的文学实践的总体性，它不过是指显现出以下特征的实践活动：文学体制在一个完整的社会系统中具有一些特殊的目标；它发展形成了一种审美的符号，起到反对其他文学实践的边界功能；它宣称某种无限的有效性（这就是一种体制，它决定了在特定时期什么才被视为文学）。这种规范的水平正是这里所限定的体制概念的核心，因为它既决定了生产者的行为模式，又决定了接受者的行为模式。”[③] 中国当代文学制度，尤其是 1949 年至 1976 年这一特殊时段，恰好体现了文学制度这一性质，既决定了国家权力、政治话语、主

① ［法］皮埃尔·布尔迪厄：《艺术的法则——文学场的生成与结构》（新修订本），刘晖译，中央编译出版社 2011 年版，第 233 页。

② 李树玲：《文学制度与文学的自主性》，《太原师范学院学报》（社会科学版）2006 年第 3 期。

③ ［德］彼得·比格尔：《文学体制与现代化》，周宪译，《国外社会科学》1998 年第 4 期。

流意识形态对中国当代文学制度“一体化”特征形成的重要影响，又因为其中蕴含的特殊性、复杂性使得这一时段文学制度建设有着“一体化”之外潜在的丰富性、多样性。

因此，近年来成为学界热点的中国当代文学制度研究也在宏观研究与具象研究两个层面取得了较为丰硕的成果，在“一体化”与“一体化之外”构建了中国当代文学制度研究的两个维度。洪子诚的《问题与方法——中国当代文学史研究讲稿》率先用“一体化”概括了50至70年代大陆中国文学的总体特征。在他看来，“一体化”既是指文学的演化过程，又是这一时期文学形态的主要特征，更是“这一时期文学组织方式、生产方式的特征：包括文学机构、文学报刊，写作、出版、传播、阅读、评价等环节的高度‘一体化’的组织方式，以及因此建立的高度组织化的文学世界”①。但洪子诚先生也始终保留着对于“一体化”这一概括性判断本身有将复杂问题简单化的矛盾与隐忧。王本朝先生的《中国当代文学制度研究（1949—1976）》是其《中国现代文学制度研究》的“姊妹篇”，他第一次系统地从“制度”角度切入当代文学，从文学机构、作家身份、文学传播、文学读者、文学批评、文学政策、文学会议等诸多层面，对具有“实验”意味的社会主义文学制度本身进行了全面考察。张均的《中国当代文学制度研究（1949—1976）》在质疑、反思前辈学人因某些建构性的学术机制导致50至70年代文学被简化、否定的同时，赋予了无生命的机构、规则和政策条文以人化了的研究。在具体研究方面，邢小群的《丁玲与文学研究所的兴衰》、陈明远的《知识分子与人民币时代：〈文化人的经济生活〉续篇》、吴俊等的《国家文学的想象和实践：以〈人民文学〉为中心的考

① 洪子诚：《问题与方法——中国当代文学史研究讲稿》，北京大学出版社2010年版，第181页。

察》、李红强的《〈人民文学〉十七年：1949—1966》、孟繁华的《传媒与文化领导权：当代中国的文化生产与文化认同》、武新军的《意识形态结构与中国当代文学：〈文艺报〉（1949—1989）研究》、斯炎伟的《全国第一次文代会与新中国文学体制的建构》等在文学传媒、文学机构、文学会议等单一领域进行了卓有成效的研究，填补了学界相关领域研究的“盲点”，为宏观研究的进一步拓展提供了可能。

二　文学评奖与中国当代文学评奖制度

文学评奖是文学价值生产的重要手段，是文学评价机制的重要组成部分。作为对作家精神劳动认可与尊重的一种形式，文学评奖还能使一位作家或者一部作品拥有成为“圣物”的可能。与诺贝尔文学奖附赠巨额奖金不同，世界上大多数国家的文学奖金屈指可数，完全可以看作是一种“象征资本”，法国的龚古尔文学奖更是其中的范例。1903 年首次颁奖时奖金为 5000 法郎，随后改为 50 法郎，自 1999 年欧洲统一货币方案付诸实施后，奖金仅为 10 欧元。新时期以来我国第一次大规模的全国性文学评奖——“1978 年全国优秀短篇小说评选”的初步方案中，“获奖作品按一、二、三等奖，分别给予 100 元、80 元、60 元的奖金或书籍及其他纪念品”[①] 的形式予以奖励。但是作为“象征资本”的文学评奖却又具有“神奇的魔力”。虽然颁发文学奖“奖金的价值在票面上是有限的，然而，得奖作品可以保证得到畅销；作者的收入就此大增”[②]，即便是“在某一种著名的文学奖中获得一票或两票，就会成为一张王牌，人们是不会忘记在书的封套上提上一笔的”[③]。

① 刘锡诚：《在文坛边缘上——编辑手记》，河南大学出版社 2004 年版，第 187 页。

② ［法］罗贝尔·埃斯卡皮：《文学社会学》，于沛选编，浙江人民出版社 1987 年版，第 33 页。

③ 同上书，第 48 页。

文学评奖，尤其是重要的文学奖，也被广泛纳入文学制度的范畴。斯蒂文·托托西在《文学研究的合法化》中指出，文学制度“这个术语要理解为一些被承认和已确立的机构，在决定文学生活和文学经典中起了一定作用，包括教育、大学师资、文学批评、学术圈、自由科学、核心期刊编辑、作家协会、重要文学奖”①。因此，文学评奖制度既是在一定历史条件下形成的关于文学评价的一整套有机体系，又是人们通过特定的文学机构，按照一定的程序、步骤建立起来并以明确的文字最终达成的具体条例、准则，当然，文学评奖制度中还包含着许多在人们的意识、心灵深处始终蕴藏着的、逐渐变为“一种习惯性的约定俗成的行为规则、方式”②，即“潜规则”，与雷蒙·威廉斯的“溶解流动中的社会经验”③——“感觉结构”相当。

文学评奖制度的形成总是与国家在一定时期的激励性文化政策、文学场中各种制度力量相互作用以及由此展开的大规模文学评奖实践活动密不可分。虽然“现代中国对文学的奖励机制还没有真正建立起来，既不成型也不完善”④，但以“良友文学奖金”“《大公报》文艺奖金”“‘七七七’文艺奖金”等为代表的现代文学评奖活动却在国统区、解放区相继展开，为日后中国当代文学评奖制度的形成奠定了基础。当代中国第一次文学评奖活动与第一次文代会的筹备一同展开，最后却“无果而终”。相较于丁玲、周立波、丁毅、贺敬之、胡万春等相继在“斯大林文艺奖金”“世界青年联欢会国际文艺竞赛”等“世界性”文艺奖上折桂，“十七年”时期真正意义上的文学评奖活动仅有 1954 年

① ［加］斯蒂文·托托西：《文学研究的合法化》，马瑞琦译，北京大学出版社 1997 年版，第 33—34 页。

② 彭玉斌：《文学制度·文学体制·文学机制》，《运城学院学报》2006 年第 1 期。

③ ［英］雷蒙·威廉斯：《马克思主义与文学》，王尔勃、周莉译，河南大学出版社 2008 年版，第 143 页。

④ 王本朝：《中国现代文学制度研究》，西南师范大学出版社 2002 年版，第 125 页。

第一届“全国少年儿童文学创作评奖”以及1963年至1964年连续举办两届并设有“最佳编剧”奖项的“《大众电影》百花奖”。

真正意义上的中国当代文学评奖开始于“1978年全国优秀短篇小说评选”，至20世纪80年代初已先后设立了全国优秀短篇小说奖、全国优秀中篇小说奖、全国优秀报告文学奖、全国优秀新诗（诗集）奖、茅盾文学奖等诸多全国性文学奖项，中国当代文学评奖制度初步形成。作为新时期中国文学实现“现代化诉求”的重要表征，文学评奖成为了“一种在新的文化政治语境下实践文化领导权的积极有效形式，是党和政府通过作协等中介机构来引领文艺的、具有新质的政治文化实践，是从单一粗暴干涉文艺的专断式向客观科学的专家式现代转型”①。面对80年代末的那场“政治风波”与90年代以来当代文学生产机制的市场化转型，遭遇大规模“洗牌”的文学评奖再次迎来了新一轮设奖“高峰”，原本以“作协系”全国性文学奖为核心的文学评奖格局被打破，逐步形成了以国家图书奖、中国图书奖、“五个一工程”奖等为代表的“政府三大奖”；以茅盾文学奖、鲁迅文学奖、全国少数民族文学创作“骏马奖”、全国优秀儿童文学奖等为代表的文联作协专家奖；以北京的“老舍文学奖”、山西的“赵树理文学奖”、四川的“四川文学奖”、山东的“齐鲁文学奖”等为代表的各地方文联作协奖；以“大家·红河文学奖”“新世纪《北京文学》奖”“《当代》文学拉力赛”“《中国作家》大红鹰文学奖”“《小说选刊》奖”“《小说月报》百花奖”“人民文学奖”等为代表的文学传媒奖和以华语传媒文学大奖、施耐庵文学奖、21世纪鼎钧文学双年奖等为代表的民间机构奖等多元化文学评奖新格局。如此名目繁多的文学奖集中反映了20世纪90年代以来文学评奖中文学场、权力场、资本场等各种力量之间的相互较量、制

① 张丽军：《文学评奖机制改革与新时期文学》，《小说评论》2010年第6期。

衡与互动影响，由此引发的全社会对中国当代文学评奖制度的质疑声不绝于耳，评奖公信力不断下滑。正是在此基础上，为茅盾文学奖、鲁迅文学奖等全国性文学奖重新思考制度缺失，修正评选机制，进一步完善评奖制度提供了绝佳契机。

三　中国当代文学评奖制度研究的现状与问题

作为中国当代文学制度建构的重要维度，国家层面上正式开始施行文学评奖制度至今已有30余年的时间，虽然文学评奖本身还处在“进行时”，对于评奖制度是否规范、科学、系统还有诸多质疑，甚至文学评奖实践活动还经常受到文学场外的多种制度力量的影响，但是，经过多届运作，以全国优秀短篇小说奖、全国优秀中篇小说奖、茅盾文学奖、鲁迅文学奖等为核心的全国性文学奖已经逐渐形成了一套自己的评选标准、评选机制，甚至在一定程度上体现出了独特的评奖美学，涌现出了一批经得住时代考验，思想性与艺术性完美统一的经典力作。但是，就目前学界关于文学评奖制度的研究来看，还是相当薄弱的，总体上呈现出实时追踪、现象评述、单项研究的特点。从已有的研究成果来看，“茅盾文学奖”吸引了大批学者的注意，成为文学评奖制度研究的核心，其他文学奖项研究甚少，极不完善，诸多学术空白需要填补。

表0-1　有关“当代文学评奖”的研究专著、论文集、博士论文一览表

专著：

序号	著作名	作者	出版社	出版日期
1	聚焦茅盾文学奖	徐其超	作家出版社	2005.12
2	茅盾文学奖的文学制度研究	范国英	中国社会科学出版社	2009.3
3	茅盾文学奖获奖作品解析	老悟	吉林大学出版社	2010.7
4	新时期以来文学制度研究：以茅盾文学奖为中心的考察	范国英	四川出版集团巴蜀书社	2010.9

续表

序号	著作名	作者	出版社	出版日期
5	茅盾文学奖研究	任东华	中国社会科学出版社	2011.6
6	二十世纪中国文学的奖励机制研究	万安伦	北京师范大学出版社	2012.2
7	当代长篇小说的星座：第一至七届茅盾文学奖获奖作品丛论	廖四平	北京大学出版社	2013.12

论文集：

序号	著作名	作者	出版社	出版日期
1	长篇的辉煌：茅盾文学奖获奖小说评论精选（1977—1988）	蔡葵 韩瑞亭	北京十月文艺出版社	1994.8
2	茅盾文学奖（第1—7届）获奖作品评论集	文艺报社	作家出版社	2009.2
3	多重的文学世界：历届茅盾文学奖获奖作品评论集	邝邦洪	广东高等教育出版社	2009.12

博士论文：

序号	论文题目	作者	学位授予单位	学位授予年度
1	茅盾文学奖的文学制度研究	范国英	四川大学	2006
2	茅盾文学奖研究	任美衡	兰州大学	2007
3	茅盾文学奖获奖作品中的儒家文化表现	孙俊杰	山东大学	2012

目前学术界关于“中国当代文学评奖制度研究”的主要研究成果有以下两类：

一是获奖作品评述中涉及的“评奖制度研究”。获奖作品评述往往呈现出实时追踪与深度评论两种模式。一般情况下在某一文学大奖结果揭晓后会出现一个时段或某几家报纸刊物上研究论文的“井喷”。由于“热点”效应的影响，多数论文停留在现象层，主观盲动、情绪化的“非客观”论述常常引发学者之间的相互争鸣，但这其中也不乏一些涉及文学评奖标准、评选过程、评奖美学的“亮点”。除此之外，以编著形式出现的获奖作品评论选，由于编著水平的参差不齐和读者面向的差异，对于评奖制度研究贡献的大小也千差万别。蔡葵、韩瑞亭编著的《长篇的辉煌：茅盾文学奖获奖小说评论精选》（1977—1988）是这类评述研究中最具功力的一本。该书以前三届茅盾文学奖的 16 部获奖作品为核心，分为“作品评论”“作家创作谈”和“故事简介”三个部分，其中“茅盾论《李自成》”“《沉重的翅膀》修改本获奖始末”以及“《浴血罗霄》作者萧克将军与责任编辑的对话”等极富史料价值的论述，从一个侧面反映出了文学评奖制度建构中多种话语间的博弈、协调与平衡，为后学研究提供了难能可贵的资料。

二是从中国当代文学制度层对文学评奖及其制度进行研究。近年来，在西方社会学理论、方法的译介、推动下，国内学界在中国现当代文学制度研究方面涌现出了一批具有显著价值的学术新著，这其中包括王本朝的《中国现代文学制度研究》《中国当代文学制度研究（1949—1976）》以及张均的《中国当代文学制度研究（1949—1976）》等。文学制度研究的不断深入，为中国当代文学评奖研究打开了一扇通向制度研究的大门。洪治纲的系列论文《权威的倾斜——对新时期以来全国历次短篇小说奖的回顾与思考》《回眸：灿烂的忧伤——对新时期以来全国历次中篇小说奖的回顾与思考》《无边的质疑——关于历届“茅盾文学奖”的二十二个设问和一个设想》以极富理论思辨的文风对中国当代三大全国性小说评奖在制度建设方面的缺失表现出了深切的忧思。著作方面，邵燕君在《倾斜的文学场——当代文学生产机制的市场化转型》一书中专辟一章用以论述“文学评奖”，重点考察了“在‘市场化’的环境下，主流意识形态原则、‘文学自主原则’和‘市场原则’如何在斗争中相互影响，依据各种审美原则所颁发的‘象征资本’如何转化为‘市场资本’”。[①] 徐其超、毛克强、邓经武的《聚焦茅盾文学奖》通过“历届评奖得失”“获奖作品分门别类”“个案研究”三个板

① 邵燕君：《倾斜的文学场——当代文学生产机制的市场化转型》，江苏人民出版社 2003 年版，第 191 页。

块将着眼点聚焦于茅盾文学奖的制度美学上，虽然行文以作品解读为切口，但细微处见真功，无疑为之后的中国当代文学评奖制度研究者进一步纵深挖掘打开了思路。范国英的《茅盾文学奖的文学制度研究》在开始生成自觉的美学意识之外，扬理论功底之长，为文学评奖研究提供了丰富的理论资源。其续作《新时期以来文学制度研究——以茅盾文学奖为中心的考察》将研究视域有效延展至新时期以来的全国性小说评奖，但由于是论文集式的著作，前后出现颇多的重复论述，深入挖掘未能充分展开。而任东华的专著《茅盾文学奖研究》，开创性地提出了"茅盾文学奖美学"这一概念，但在探讨茅盾文学奖制度建设的同时也有意回避了诸多学术研究难题，"制度美学"作为其研究的"亮点"仍值得肯定。万安伦的著作《二十世纪中国文学的奖励机制研究》从学理层对"文学奖励机制"这一长时间被理论界所冷落的实践活动进行翔实梳理，具有开创之功，但就行文来说，"资料汇编"的价值多过制度探讨，对文学奖励机制形成的外部因素与内在运行规律的论述是其短板。

近年来，随着一批文学奖评委、著名编辑出版家以及获奖作家极具史料价值的"回溯性文字"公开发表、出版，为中国当代文学评奖制度研究突破瓶颈提供了诸多"一手资料"和"内部资料"。评委们的回顾，以单篇论文居多。论文多以"我所知道"或"我所经历"为出发点，对新时期以来文学评奖的运作机制以及在评选过程中多元话语的交锋进行了丰富翔实的言说，在此方面，胡平、雷达等先生的文章最显功力。而编辑出版家对于新时期以来全国性文学奖，尤其是小说评奖的回顾，以刘锡诚、崔道怡的文字最具魅力。刘锡诚的著作《在文坛边缘上——编辑手记》，第一次公开了《1978 年全国优秀短篇小说评选的初步设想》这份极其珍贵的评奖史料，而 1999 年崔道怡在《小说家》杂志第一至四期连续发表的文章《春花秋月系相思——短篇小说评奖琐忆》（一）、

《第三个丰收年——短篇小说评奖琐忆》（二）、《喜看百花争妍——短篇小说评奖琐忆》（三）、《春兰秋菊留秀色　雪月风花照眼明——短篇小说评奖琐忆》（四）更是凭借亲历者得天独厚的优势，以全国优秀短篇小说奖为核心，为中国当代文学评奖制度研究提供了极为丰富的史料。除此之外，韦君宜、龙世辉、陈顺泽、何启治、孔令燕、潘凯雄、李金玉等著名编辑出版家们也曾就获奖作品《芙蓉镇》《平凡的世界》《白鹿原》《秦腔》《沉重的翅膀》《尘埃落定》的编辑、出版、获奖过程进行过详尽的论述。再者便是历届全国优秀中短篇小说奖、茅盾文学奖、鲁迅文学奖得主的创作经验谈、获奖感言等，其中既有对“文学评奖”这一文学生产、传播形态中重要组成环节的真知灼见，也有对获奖作品创作甘苦的深情道白，还有对评论家批评质疑的反效性文字，涉及文章较多。如姚雪垠对《李自成》获奖及其创作的系列文章、路遥关于《平凡的世界》创作的随笔《早晨从中午开始》、陈忠实有关《白鹿原》的长篇文字《寻找属于自己的句子》等等。

四　本专著的研究对象与基本设计

本专著《中国当代文学评奖制度研究——以全国性小说评奖为核心》正是在直面中国当代文学评奖制度研究现状的基础上，旨在改变目前学界关于文学评奖研究相对薄弱、对象单一、视角狭窄、史料掌握严重不足的问题。通过对以全国性小说评奖为核心的中国当代文学评奖现象的全面梳理，建构全新的中国当代文学评奖制度理论体系，以动态研究的模式，全景考量中国当代文学评奖制度确立、演进、修正的实践过程，对以全国性小说评奖为核心形成的中国当代文学评奖制度的主导原则、审美偏向以及由此引发的制度性之辨进行客观、富有建构性的研究。

作为本专著研究的核心对象——全国性小说评奖，特指在各个历史时期由中国作家协会主办或委托作协系统重要报纸刊物[①]主办，具有权威性“象征资本”，社会认可度、参与度较高，影响力极为广泛的重要文学奖项，主要包括全国优秀短篇小说奖、全国优秀中篇小说奖、茅盾文学奖、鲁迅文学奖（尤其是鲁迅文学奖中的全国优秀中、短篇小说奖）等，在论域中兼及其他全国性文学奖项[②]以及重要的官方政府奖、文学传媒奖、民间机构奖等。

中国作家协会，是新中国文学制度建构中最早设立、最为重要的组织机构。它的前身是1949年7月23日在北平成立的中华全国文学工作者协会（简称“全国文协”）。1953年10月，正式更名为中国作家协会。虽然在1953年10月4日首次通过的《中国作家协会章程》中明确指出“中国作家协会是以自己的创作活动和批评活动积极地参加中国人民的革命斗争和建设事业的中国作家和批评家的自愿组织”[③]，但是，中国作家协会的部级身份还是使它拥有了至高无上的地位和权力。因此，以中国作家协会主办的全国性小说评奖作为中国当代文学评奖制度研究的核心对象，能够更好地得出带有普遍性、规律性、本质性的学术判断。

本专著共分四章：

第一章，“前制度设计”：中国当代文学评奖的历史源起。作为中国当代文学评奖制度历时性研究坐标中的重要组成部分，中国当代文学评奖的历史源起由于受到史料保存、搜集、整理的不便较少被学术界关注，甚至因为某种历史阐释的需要被彻底“屏蔽”，即便是已有的研究成果，在凸显出将复杂问题简单化的同时仍然存在一定的理论偏误。福

① 此处重要报纸刊物包括《文艺报》《人民文学》《诗刊》等。

② 例如全国少数民族文学创作“骏马奖”、全国优秀儿童文学奖、全国优秀报告文学奖、全国优秀新诗（诗集）奖等。

③ 《中国作家协会章程》（一九五三年十月四日中国文学工作者第二次代表大会通过），《人民文学》1953年第11期。

柯的“知识考古学”为中国当代文学评奖历史源起中大量学术“盲点”的进一步挖掘提供了重要的理论依据，重新回到《申报》《良友》画报、《大公报》《抗战日报》《大众报》《新华日报》《文艺报》（试刊号）、《人民日报》等原始报刊让丰富、准确、全景研究中国当代文学评奖历史源起成为一种可能。本章主要从中国现代文学评奖的三种机制、中国当代文学第一次评奖的制度构想、“十七年”时期中国当代文学评奖的重要收获三个方面入手，力图找寻中国现代、“十七年”时期文学评奖与新时期中国当代文学评奖制度确立之间的关联性。（1）中国现代文学评奖的三种机制。本节在打破国统区、解放区、沦陷区“地域区隔”的基础上，对中国现代文学评奖中以“《大公报》文艺奖金”“良友文学奖金”等为代表的民间奖励机制，以“‘七七七’文艺奖金”“‘五四’文学艺术评奖”“鲁迅文艺奖金”等为代表的文艺组织奖励机制，以“‘五四’中国青年节奖金”“茅盾文艺奖金”“‘五月’、‘七月’文艺奖金”等为代表的个人资助机制三种机制的形成、实践进行系统、翔实论述的同时，就中国现代文学史上未能真正形成评奖制度、国家共识的个中缘由进行了理论阐明。（2）中国当代文学第一次评奖的制度构想。本节通过对《文艺报》试刊号第1—13期的搜集、整理、研读，从“无果而终”的构想和“广开言路”的求索两个方面入手，第一次就中国当代文学研究中鲜为人知的学术“盲点”——与第一次文代会同时进行的“文艺作品评选活动”展开论述，扭转了中国当代文学评奖制度研究中认识偏误的同时，填补了新中国文艺体制研究的一个空白。（3）“十七年”时期中国当代文学评奖的重要收获。本节主要通过“墙外花开”“墙内凋敝”两种截然对立的景象，既肯定了中国当代文学所具有的“世界性影响”，又从一个侧面说明文学评奖作为“十七年”时期文学批评的一种陪衬，始终未能建构起制度化的文学价值评判方式。

第二章，现代化诉求：中国当代文学评奖制度的确立。本章主要从新时期文学体制的重构、中国当代文学评奖制度的创立两个方面，在丰富翔实的史料钩吊中，深入探寻了中国当代文学评奖制度确立与新时期国家全新的现代性文化想象和文化意志之间；与维护安定团结的政治局面和生动活泼的文艺局面，缓和文艺界内部分歧之间；与新时期国家政治、经济、文化体制的合法性论证之间的密切联系。（1）新时期文学体制的重构。本节以新时期文学体制重构为突破口，进一步挖掘了文学组织恢复、文学刊物复刊、文艺政策调整对于中国当代文学评奖制度确立所起的重要作用。（2）中国当代文学评奖制度的创立。本节以“1978 年全国优秀短篇小说评选”的开创性意义和全国优秀中篇小说奖、茅盾文学奖的相继创立为核心，从创设缘由、制度设想、实践操作、意义价值等角度入手，对以全国性小说评奖为核心、通向文学现代性并兼具中国特色的中国当代文学评奖制度的确立进行了细致入微的透析。其中，对“全国优秀中篇小说奖创立”的系统性研究、对“1978 年全国优秀短篇小说评选”从《设想》到《启事》以及评选中“三次篇目调整全过程”背后复杂机制成因的探求是本章力求有所突破的“难题”。

第三章，介入式探索：中国当代文学评奖制度的演进。本章从中国当代文学评奖制度的革新与中国当代文学评奖制度遭遇“拐点”两个方面入手，运用数据统计学方法，对 20 世纪 80 年代以全国性小说评奖为核心的中国当代文学评奖制度的演进轨迹进行了系统的阐明。（1）中国当代文学评奖制度的革新。本节主要通过奖项设置、评委组成、评选机制三个方面的制度性变化，对中国作家协会以介入性探索的方式改革文学评奖制度所作的努力给予了充分的肯定。（2）中国当代文学评奖制度的“拐点”。本节主要通过对“非文学因素”的介入导致 20 世纪 80 年代中后期文学评奖制度遭遇“拐点”的分析，从正反两方面既对评奖制度屡遭僭越进行学理批评，又对评奖审美范式发生的可喜变化持以肯定。尤其是对第九届全国优秀短篇小说奖（1987—1988）、第五届全国优秀中篇小说奖（1987—1988）合法性地位的认识、辨析上所作的努力，在一定程度上起到了扭转中国当代文学评奖制度研究认识偏误的作用。

第四章，话语权博弈：中国当代文学评奖制度的修正。本章从中国当代文学评奖制度的困局、格局、变局三个维度着手，对20世纪90年代以来，以茅盾文学奖、鲁迅文学奖为核心的中国当代文学评奖制度的修正进行了深入细致的探讨。（1）中国当代文学评奖制度的困局。本节主要从公共生态与自身存在两个方面对20世纪90年代以来中国当代文学评奖制度困局的出现进行了学理思辨。（2）中国当代文学评奖制度的格局。本节以20世纪90年代的“评奖热”为出发点，对官方政府奖、文学传媒奖、民间机构奖等多元文学评价主体共同构筑的文学价值评判新体系作出宏观与个案研究相结合的判断。对以茅盾文学奖、鲁迅文学奖为核心的全国性文学评奖中凸显出的主流意识形态话语与文学自主性、文学精英话语与读者大众趣味、市场资本话语与文学独立性等评价元素之间的相互博弈进行了富有理论思辨的界说。（3）中国当代文学评奖制度的变局。本节在对20世纪90年代以来历届茅盾文学奖、鲁迅文学奖《评选条例》的细致比较中，对中国当代文学评奖制度修正过程中奖项设置与干预机制、评奖标准与调节机制、评奖运作与创新机制、评奖纪律与回避机制的利弊作出了一分为二的判断。

第一章 “前制度设计”:中国当代文学评奖的历史源起

文学评奖是新时期中国文学实现“现代化诉求”的重要表征，是“一种在新的文化政治语境下实践文化领导权的积极有效形式，是党和政府通过作协等中介机构来引领文艺的、具有新质的政治文化实践，是从单一粗暴干涉文艺的专断式向客观科学的专家式现代转型”①，是文学价值生产与成果转换的重要环节。文学评奖是使一部作品成为“圣物”、一位作家积聚“象征资本”的重要标尺，更是中国当代文学制度建构的重要组成。它的开放性决定了存在本身受制于“特定场域”，是关涉文学生产、传播、消费、评价等多个维度的“复杂综合体”。

严格意义上的中国当代文学评奖制度首创于“1978年全国优秀短篇小说评选”。这次由《人民文学》杂志社举办的“在全国范围内，依靠广大读者，举行大规模的群众性的评选”②，堪为“建国三十年来的一个创举”③。作为新时期文学制度恢复与重构的“标志性事件”之一，

① 张丽军：《文学评奖机制改革与新时期文学》，《小说评论》2010年第6期。

② 袁鹰：《第一簇报春花》，《人民文学》1979年第4期。

③ 同上。

1978年全国优秀短篇小说奖的设立，其意义“不在于评选了多少作品，更重要的是，它首次以制度化的形式确立了文学奖项”。[①]

从评选机构的“权威性”到评委组成人员的“重量级”；从《评选设想》的草拟到《评选启事》[②]的反复酝酿；从初选篇目的遴选到备选篇目的热议再到当选篇目的出炉；从发奖大会的隆重到会后座谈的惯例；从选票统计的精细到新闻报道的密集，“1978年全国优秀短篇小说评选”一改极“左”思潮影响下文艺批评以自上而下、大规模的文艺批判运动为主的惩罚模式，开启了经常性、定期举行的以国家奖励为核心的新机制。新时期伊始到20世纪80年代初，以中国作家协会为主导，以作协重要机关报刊为重要依托的全国优秀中篇小说奖、全国优秀报告文学奖、全国优秀新诗（诗集）奖、茅盾文学奖等全国性文学奖项相继设立、如期举行，标志着中国当代文学评奖制度的初步确立。

1978年以来文学评奖制度的实施是新时期一套全新的现代性政治文化设计中的重要一环，通过制度化奖评为新时期文学园地的繁荣、文学新人新作的涌现、文学评论的生动展开起到了重要的推动作用，有效缓解了知识分子与国家体制之间长期紧张的关系。然而，正是在这样一种对“新时期”国家社会政治实践“合法性”论证的动机下，涉及“十七年”时期文艺评奖活动，如1954年中华人民保卫儿童全国委员会举行的第一届“全国少年儿童作品评奖”，丁玲、周立波与“斯大林文学奖金”等的论述极为薄弱，尤其是关涉中国当代文学评奖“历史源起”的、与第一次文代会相伴而行的“文艺作品评选活动”更是鲜为人知，甚至在诸多文学亲历者的“权宜”下被彻底

---

① 孟繁华：《1978年的评奖制度》，《南方文坛》1997年第6期。

② 《评选启事》中包括评选范围、评选标准、评选方法等评奖制度设计的相关内容，并附有“评选意见表”以供读者推荐时填写。

“屏蔽”①，如此一来便无法窥见全国第一次文代会与新中国文学体制建构之间的关系全貌，对这次声势浩大、无果而终的文艺作品评选背后凸显的制度性缺失、左翼文学内部各方势力之间的相互角力以及新中国文艺的重新整合问题给予学理上的辨析。除此而外，虽然中国现代文学评奖机制“没有真正建立起来，既不成型也不完善”②，“早夭”现象尤为突出，但民间奖励机制、文艺组织奖励机制、个人资助机制下以“征文”“定评”等为主要形式的文学评奖在国统区、解放区、沦陷区相继涌现，仍为中国当代文学评奖制度的建构提供了可资借鉴的宝贵经验。

第一节　中国现代文学评奖的三种机制

在中国现代文学史上，虽然国统区、解放区、沦陷区文学评奖亮点频出，但却始终没能形成一种国家层面的制度共识。作为党政一级设置的“国民政府教育部学术奖”“三民主义文艺奖金”以及由中央文艺奖助金委员会制定颁布的《文艺作品奖励条例》，均显示出了国民党中央委员会和国民政府在抗战救国之危急关头，舆论攻势之“渐处下风”，物价飞涨、货币贬值、经济濒临崩溃之时保障作家生活的某种“权宜之计”和其背后复杂多变的政治角力。

1939 年 7 月，国民政府正是出于政治“权宜”创设了“国民政府教育部学术奖”。虽然从 1941—1947 年以“建议学术研究之促进与奖励

① 作为中华全国文学艺术工作者代表大会筹备委员会副主任之一的茅盾，同时兼任下设的评选委员会主任、小说组委员，却在“1978 年全国优秀短篇小说评选”发奖大会上的讲话中指出“这次优秀短篇小说评奖活动，的确是空前的、过去没有做过的”（茅盾：《在 1978 年全国优秀短篇小说评选发奖大会上的讲话》，《人民文学》1979 年第 4 期），全然忽视了当代文学史上的第一次评奖活动。

② 王本朝：《中国现代文学制度研究》，西南师范大学出版社 2002 年版，第 125 页。

事项”为由颁发过六届，却因陈铨四幕话剧《野玫瑰》引发的“地震”而陷入了政治角力的旋涡中，就连因戏剧《北京人》获得三等奖的曹禺先生也从未提起，可见这一奖项之于文学家来说背后隐含着的、敏感的政治权力博弈。而1940年4月24日，国民党中央政府应“文协”保障战时生活之呼吁，拨款十万元作为文艺奖助金，成立了文艺奖助金管理委员会，其制定的《文艺作品奖励条例》共计七款①，凡合标准之一，其内容技巧优良者，均可授奖。从“发扬中华民族精神，鼓励抗战建国事业者；发扬中国历史上之伟大事迹者；激励民族意识者；描写抗战建国史实者”前四款便可窥见应对物价飞涨、货币贬值、作家生活难以维系的现实，为保障战时作家生活、促进抗战文艺活动之政治要旨。而1943年5月17日第五届国民党中央常务委员会第二二七次会议通过的《三民主义文艺奖金办法》②，特为“奖励阐扬三民主义之理论

① 《国民党中央社会部关于组织文艺奖助金管理委员会函件及该会工作报告》，中国第二历史档案馆编《中华民国史档案资料汇编》第五辑第二编《文化（一）》，江苏古籍出版社1998年版，第73—74页。七款如下：一、发扬中华民族精神，鼓励抗战建国事业者；二、发扬中国历史上之伟大事迹者；三、激励民族意识者；四、描写抗战建国史实者；五、描写被压迫民族之痛苦，并暗示奋斗途径而思想正确者；六、描写社会恶势力之流毒，并暗示改革途径而思想正确者；七、开发人生之奥义而其见解正确者。

② 《三民主义文艺奖金办法》：一、中国国民党中央执行委员会为奖励阐扬三民主义之理论及文艺之优良著作起见特设置三民主义文艺奖金；二、受奖作品之范围如左：（甲）关于理论方面者：凡阐扬总理遗教、总裁言论及本党政纲政策之优良论著属之（乙）关于文艺方面者：凡足以阐扬总理遗教、总裁言论、本党革命历史、革命先烈事迹、本党政纲政策或有裨于抗战建国之优良小说、戏剧（包括电影剧本）、诗歌、绘画、雕塑、音乐（包括乐谱及歌词）、通俗读物属之；三、奖金数额每年暂定国币五十万元，遇必要时得增加之。此项奖金之分配，以关于理论著作与文艺作品各占百分之五十为原则，但如某类作品多于其他一类时得依照实际需要的量增加之；四、奖励方式分左列两种：（甲）对于已发表之作品经征集审查合格者发给奖金（乙）对于某种作品，如有适当作家事前接洽，从事著作者得于一定期内，按月发给补助金，俾能维持最低生活限度、从事著作，惟此项补助金总额不得超过同类作品之三等奖金；五、著作之奖励及从事著作人员之补助由中央宣传部组织三民主义文艺奖金审议委员会决定之；六、著作之征集以登报方式行之，每年征集期自七月一日起至十月三十一日为止，但有特殊情形者不在此限。征集著作之详细办法另定之；七、给奖办法如左：（甲）关于理论方面者，设一等奖一名，给予奖金五万元，二等奖二名各给奖金三万元，三等奖十二名各得奖金一万元（共计二十三万元）（乙）关于文艺方面者，分小说、戏剧、诗歌、绘画、雕塑、音乐、通俗读物七种给奖，每种设一等奖一名，各给奖金一万元，每种设二等奖二名，各给奖金五千元，每种设三等奖三名各给奖金三千元（共计二（转下页）

及文艺之优良著作"[①]而设"三民主义文艺奖金"，更加鲜明地打着"抗战救国"之大旗，堂而皇之的将一党独裁专制"转嫁"于文艺评奖之中。在其公布的九条款项中，"优良的理论论著"实为"阐扬总理遗教、总裁训示及本党政纲政策之论著而言"[②]；所谓"优良文艺"，即"足以阐扬总理遗教、总裁训示、本党革命历史、革命先烈事迹、本党政纲、政策、或有裨于抗战建国之优良小说、戏剧（包括电影剧本）、诗歌、绘画、雕塑、音乐（包括乐谱及歌词）、通俗读物"[③]，如此昭然若揭地推行一党专政的文艺政策之外，"三民主义文艺奖金"还假借共产党尤为重视文艺宣传功用之名，试图扭转舆论劣势，以发达三民主义之文艺为宣传青年效力。

政治考量、争议不断、公信力缺失是中国现代文学"政府级"评

（接上页）十万三千元）（丙）对于得一等奖者，除发给奖金及奖状外，并由审议委员会呈请总裁对其著作赐予序文或题词，对于得二等奖者，除发给奖金外并颁给奖状；八、所有受奖著作之版权，仍归著作者所有。唯中央宣传部得选交本党之出版机关为之出版并给予较优厚之版税。如为绘画、雕塑等作品，中央宣传部有优先收购权。九、本办法由中央宣传部呈请中央执行委员会核准施行。（《三民主义文艺奖金办法》，《中央党务公报》1943 年第 12 期）

《三民主义文艺奖金审议委员会征集作品办法》：一、本办法根据三民主义文艺奖金办法第六条订定之；二、凡于最近一年内完成之作品，符合于三民主义文艺奖金办法第二条规定范围者，得于本年十月底以前，著明作者之姓名、籍贯、年龄、学历及通讯处，运送中央宣传部内本会（重庆美专校街七号）申请审议，各地团部及文化教育机关，如发现优良作品尚未经本人申请者，亦得代为推荐，以备审议；三、请奖作品之出远地寄发者，其期限以邮戳为凭，其逾期者得移付下年议奖或先予退回。唯无论寄出期限迟早，凡在本年十二月底尚未收到者，为免妨碍审议之进行，计概移待下届办理；四、本届征集之作品，以业已发表者为原则，惟原稿而缮写修整者亦得应征，其图画及雕塑等作品于寄递时，自行采用妥善保护之方法，本会收到后并予妥善保管；五、凡应征作品，本会于收到后先行编号发给收据，俟审议结果决定时，再行公布并通知受奖人，其落选者作，如系原稿及图画、雕塑等并予按址退回；六、各地应征者对于此项文艺奖金办法及征集办法之手续上如有疑问时，得就近向当地党部宣传处接洽或询问；七、本法由本主任委员核定施行。（《三民主义文艺奖金审议文员会征集作品办法》，《中央党务公报》1943 年第 12 期）

"三民主义文艺奖金"审议委员会组成方式：此委员会由考选委员会、教育部、党史史料编纂委员会、中央文化运动委员会、三民主义研究会各派代表一人及中央宣传部请之专家五人组织之，其主任委员由中央宣传部部长兼任。（叶青：《关于三民主义文艺奖金办法》，《时代思潮》第 35 期）

① 《三民主义文艺奖金办法》，《中央党务公报》1943 年第 12 期。

② 同上。

③ 同上。

奖的尴尬之处，而具有民间性质的“《大公报》文艺奖金”“良友文学奖金”等，解放区各地文艺组织主办的“‘七七七’文艺奖金”“‘五四’文学艺术评奖”“鲁迅文艺奖金”等以及个人资助设立的“茅盾文艺奖金”“‘五月’、‘七月’文艺奖金”等则以不同之风貌在国统区、解放区、沦陷区相继展开，虽然多数奖项都因“早夭”没能形成惯例得以延续，却为中国当代文学评奖制度的开创提供了丰富的、可资借鉴的有益经验。

一 民间奖励机制的形成

20世纪30年代著名的“京派”文学批评家常风，在《左兵〈天下太平〉》一文中写道：“今年我们出版界有两件值得纪念的事：一是《大公报》的‘文艺奖金’，一是良友图书公司的‘文学奖金’。”[①] 然而，提到中国现代文学史上的评奖活动，1936年由《大公报》馆创办的“《大公报》文艺奖金”常被看作是“一桩创举”[②]，而较之早大半年便开始运作的“良友文学奖金”却长期处在被无视的地位，着实有“历史源起”之偏狭。

作为民营出版机构，1936年的良友图书印刷公司早已数年“从事文艺书籍之出版事业”，编辑出版“除新文学大系，良友文库，精装文学书等外，驰誉已久之良友文学丛书，兹又续出第二集”[③] 蜚声海内外。1936年年初，决意要创设“良友文学奖金”的初衷，第一当为出版事业之考量。1936年1月，依托本公司最具影响力的《良友》画报和旧时中国历史最长、影响最大的报纸《申报》，“良友文学奖金”的“五百元征稿启事”被多次广而告之。开年第一期《良友》画报版权页

① 常风：《左兵〈天下太平〉》，《逝水集》，辽宁教育出版社1995年版，第172页。

② 肖乾：《大公报文艺奖金》，《读书》1979年第1期。

③ 《良友文学奖金五百元征稿启事》，《良友》画报1936年第1期。

右上角刊登的“征稿启事”中，简洁明了地言明了“良友文学奖金”五百元“征求创作长篇小说一部”“得奖之作品，即列入良友文学丛书第二集内出版”[①] 的原委。

1936 年 1 月 27 日的《申报》“良友文学丛书”出版广告再次以“我们既看到国内读书界有此需要，便另约十九位作家写了十九部长篇短篇散文论著，预算在二十五年度全部出齐。同时举办良友文学奖金一种，征求长篇小说一部，作为纪念文学丛书第二集出版。这得奖小说就列入第二集中，併成二十部”[②]，说明“良友文学奖金”实为文学出版“当务之急”的同时，也潜在蕴含了“纪念”文学丛书第二集出版，扩大良友图书公司和“文学丛书”影响力的期许。作为民营出版机构，“民国二十年冬，我们便计划出版良友文学丛书一种，想尽可能范围中，在中国的文艺出版界里，办一个内容外表比较整齐的丛书。近二年来陆续出版了二十种，销路竟达二十万部”[③]。背后巨大的出版利润和商业利益，想必也同样是以“五百元”微薄之资设立“良友文学奖金”的又一原因。

在《申报》1936 年 1 月 27 日、2 月 28 日、3 月 15 日三次登载的《良友文学奖金五百元征稿启事》订立的“简章”中，征文评选细则由六条扩充至十条[④]。“十条细则”规定，征文竞赛的参与者“除本公司职员外，凡为中华民国之国民均得参加”[⑤]；征文文体仅限长篇小说一种，“剧本，论文，散文，短篇以及翻译作品一律不收”，并且“以从未发表者为合格”“最短须十万字最长不得过二十万字”[⑥]；征文

① 《良友文学奖金五百元征稿启事》，《良友》画报 1936 年第 1 期。

② “良友文学丛书”广告，《申报》1936 年 1 月 27 日。

③ 同上。

④ “十条细则”完整版首次刊登在 1936 年 2 月 28 日《申报》上。1936 年 1 月 27 日刊载的“细则”共计六条；1936 年 2 月 28 日、3 月 15 日刊登的“细则”相同，共计十条。

⑤ 《良友文学奖金五百元征稿启事 · 简章》，《申报》1936 年 2 月 28 日。

⑥ 同上。

收稿日期自即日起“至本年五月三十一日截止，过期收到者一律原件退还”[①]；征文评选方法“由本公司聘请著名作家五人担任评判”“由本公司分送各评判员轮流阅稿，每人均密封记分，以得分最多者为获奖”。[②] 其中最具诱惑的当属“得奖者由本公司赠奖金五百元，并将得奖作品编入良友文学丛书第二集。初版本作者得抽版税百分之五，再版百分之十，以实售书价作抽税之标准”[③]。除此之外，“良友文学奖金”最为人称道的，还是其“公平、公正、公开”的评选原则和为防“评选舞弊”而恪守的“保密制度”。“评判人之姓名，待截止收稿后二日内于申报公布”[④] 的措施既吊足了关注评选者的胃口又保证了评委们在评选之初免受干扰，“轮流阅稿”“密封记分”又在严格保密的前提下保证了评选本身的公信力。

从 1936 年年初公布《征稿启事》到五月底截稿日期临近，“而应征者纷纷来函，谓时间仓促，不能于规定期内脱书，要求将截稿日期延后数日，故特遵从众意，改为七月三十一日截止收稿”[⑤]，原定十月十日揭晓期也顺延至十二月十五日。如此评选流程的更改，也成为日后诸多中国现当代文学评奖活动最为常见的“变故”。1936 年 8 月 2 日，《申报》上刊登《良友文学奖金截止收稿启事》的同时，如期刊登了“应征人姓名”，刘盛亚、李爱贞、谭影、高伯夷、欧阳梦、潘心一、左兵、王心君、柳萍、陈涉、驰川、郭浩等 31 人参与了此次征稿活动。而评判员名单则延后与得奖者之姓名一道准于本年 12 月 15 日《申报》上公布。经过近一年的运作，《上海良友图书公司文学奖金征文处揭晓启事》终于在 1936 年 12 月 25 日准时对外发布。值此，阵容强大的五

---

① 《良友文学奖金五百元征稿启事·简章》，《申报》1936 年 2 月 28 日。

② 同上。

③ 同上。

④ 同上。

⑤ 《良友文学奖金延期截稿启事》，《申报》1936 年 5 月 30 日。

人评判终于揭开了神秘的面纱，蔡元培、郁达夫、叶圣陶、郑伯奇、王统照诸先生参与了此次“选定意识技巧皆臻相当完成者一名，赠与奖金五百元”[①] 的评选，然则“经评选者再三审阅，以为诸作者皆未能达此水平，故决议改变原定办法，将交由胜色之左兵先生所作之《天下太平》及陈涉先生所作之《像样的人》选为第二名第三名，将全额奖金分为三百元二百元，以次分配，至于当选之作，原定编入良友文学丛书，现亦不得不改变原定计划，单独发行”[②]，如此审慎之态度，既肯定了左兵、陈涉二位“新人”长篇新作意识技巧上的不凡功力，又保证了“良友文学丛书”的“金子招牌”，虽然未能填补“第二十部”的空缺，没能按照预期之设，“这部长篇小说的作者，现在还不知道是什么人，但是它是一部值得一读的著作是可以预先肯定的，因为我们这次征文，来稿一定很多，而经过数位著名作家的评判，它无疑是一部历史上的伟著”，但“宁缺毋滥”、不刻意拔高、一以贯之的评选标尺与日后中国当代文学评奖动辄为扩大授奖面、营造大繁荣、不惜僭越评奖成规的做法相比，着实“高明”了不少。同时，也可窥见民间奖励不同于国民政府评奖的独立精神。虽然没能评选出比肩徐志摩日记《爱眉小扎》、叶圣陶短篇《四三集》、巴金长篇《爱情三部曲之一》、周作人散文《苦竹杂记》、谢冰莹自传《一个女兵的自传》、赵家璧论著《新传统》等“良友文学丛书”第二集的长篇力作，但左兵的《天下太平》和陈涉的《像样的人》还是得到了评委们的褒奖。蔡元培在日记中写道：“阅良友得奖小说《天下太平》竟。署‘左兵’作。叙崇明三和镇农村凋敝状况，劣绅剥削手段，及国民党到江苏清共时代各方面反复无常态度，均有举一反三之妙。方言亦表出特性。”[③] 随后的日记中，蔡

---

① 《上海良友图书公司文学奖金征文处揭晓启事》，《申报》1936 年 12 月 15 日。

② 同上。

③ 蔡元培：《蔡元培全集》第十七卷，浙江教育出版社 1998 年版，第 55—56 页。

元培又对陈涉的《像样的人》发表了自己的看法：“描写乡间劣绅贪鄙残忍之行为，极深刻”①，由此可见评委措辞与授奖等级之间微妙的关联。

1937年4月左兵的《天下太平》、5月陈涉的《像样的人》如期由上海良友图书公司出版发行。为了推介这次“良友文学奖金”征文评选的成果，提升新人新作的社会认知度、扩大发行量，在初版印数不多的前提下从速购买，良友图书公司再次在《申报》1937年6月10日、12日两次登载广告并附内容介绍。冠以“良友文学奖金得奖小说”之名的《天下太平》，共计16万字，400余页，精装出版，定价1元。“这是从许多应征文稿中最先也是最后被评判先生们认为值得获奖的一部。作者过去没有写过长篇小说，这是他的处女作。挑了中国近代史上最动乱的一个时间（五卅—二七）把素称富饶平安的江南农村，用了最亲密的笔调，描出了他们的真面目。一个从农村出身的青年柯大福是全书的主角，抱了崇高的理想在遭遇到无数次的碰壁以后，到将近实现他的理想时，又如彗星般没入黑暗中去了。作者的文笔简洁有力，对话紧张，故事生动，为年来中国文坛不可多得之作品。”② 而《像样的人》，共计13万字，300余页，同为精装出版，每册7角。“本书为得奖小说第二部，评判先生对之推崇备至，作者从事长篇创作，这也是第一次。写小村镇上一个自称凭‘天地良心’做事的乡绅，鱼肉农民，勾结土劣。他的一生就想怎样往上爬，做一个‘像样的人’，但是许多人的生命和幸福就在他的野心下被牺牲掉。这种人物在中国任何市镇中都可以找到几个，作者应用了锐敏的观察力和丰富的生活经验，在这里暴露了一个典型的代表。”③ 从两作的“出版导读”中我们可以窥见两

---

① 蔡元培：《蔡元培全集》第十七卷，浙江教育出版社1998年版，第52页。

② 《良友文学奖金得奖小说》，《申报》1937年6月10日。

③ 同上。

部作品明显的“左倾”色彩和较为深切的现实批判力，同时也暴露出文坛新人以小说图解政治的些许幼稚。

“良友文学奖金”之于中国现代文学评奖活动的重要贡献，不仅在于它较“《大公报》文艺奖金”早半年运作、早半年揭晓，更在于它所创制的、中国现代文学专项评奖的运作机制。虽然评选范围仅为“长篇小说”一类，但它很好地运用了“征文”这一形式，自始至终都保持着对于评奖的敬畏与真诚。细致入微的“十条细则”、及时公开的评选信息、宁缺毋滥的评选结果以及得奖作品后续出版的顺利完成都让“良友文学奖金”在中国现当代文学评奖制度史上具有非同一般的重要地位。虽然没能有匹敌“《大公报》文艺奖金”的巨大影响力，选评的作品也在中国现代文学史上鲜为人知，但选评新人新作的勇气仍令人敬佩。即便是没能请来鲁迅作为评委①，但蔡元培、郁达夫、叶圣陶、郑伯奇、王统照等诸位先生尽职尽责、恪守纪律的大师风范仍不失为日后文学评奖的范例。然而，作为一次民间评奖，1937 年上海沦陷，良友迁址香港，“良友文学奖金”仅此一届便早早夭折的命运着实是中国现代文学评奖的又一个缩影。

中国现代文学史上真正具有现代意义的文学评奖，当属 1936 年由《大公报》馆创制的“《大公报》文艺奖金”。作为一份在中国现代史上产生过重大影响的民营报纸，1902 年 6 月 17 日由满族正红旗人英敛之创刊于京畿要地、北方重镇天津。这份以“忘己之为大，无私之谓公”② 为要义，启民智、抨时弊以求富国强民的报媒于 1925 年

---

① 参见《鲁迅全集》第十四卷《360715　致赵家璧》。原文摘录如下：家璧先生：惠函收到。所谓汇印旧作，当初拟议，不过想逐渐合订数百或者千部，以作纪念。并非彻底改换，现在则并此数百或千部，印不印亦不可知，所以实无从谈起。至于要我做文学奖金的评判员，那是我无论如何决不来做的。原文中提及的“文学奖金”正是“良友文学奖金”。《鲁迅全集》第十四卷，人民文学出版社 2005 年版，第 114 页。

② 《大公报序》，《大公报》（天津）1902 年 6 月 17 日。

11 月 27 日王郅隆时期因受军阀左右无法独立经营宣告停刊，至 8315 号止。1926 年，吴鼎昌、胡政之、张季鸾三人合股将旧日之《大公报》重新盘购而来创办了一张新报，报馆仍设在天津日租界旭街原址，起始号“8316”，由此开创了“新记”《大公报》（1926—1949 年）夺目辉煌的历史新时期。秉承“文人论政”的传统，《大公报》的影响力逐渐从天津一地辐射整个华北。1936 年 4 月 1 日《大公报》上海版创刊，随后汉口版、重庆版、香港版、桂林版相继发行，使得问鼎东南、辐射全国的“新记”《大公报》成为 1949 年以前现代中国影响力最大的报纸之一。

1936 年，适逢“新记”《大公报》续刊十周年，“三六年七月间，报社胡霖（注：胡霖即胡政之）社长一天把我找去，说想搞一次全国征文作为纪念十周年的——其实，是想利用这个机会作一次广告”①，正是这个契机才有了“《大公报》文艺奖金”，一是为了纪念，二是为了提升新办上海《大公报》的发行份额，扩大其在东南地区的影响力，与《申报》抗衡的同时进一步拓展《大公报》的事业版图。然而，创办“《大公报》文艺奖金”的缘由并不仅仅只是为了简单的纪念而已。这其中还有对国难当头文学特殊性的独特认识，有对《大公报》“文人论政”传统的继承和发展，更有对国家、民族在危急关头的浓郁感情。

面对国难勃发以来，因救亡卫国的迫切需要，政治上出现的“殆有轻视个人自由忽略思想问题之趋向”，文艺界出现的“最近数年来之文艺界，则似反不如十数年前之生气蓬勃。盖党治之下，顾忌仍多，外患方张，人心忧郁，积各种政治的社会的原因，遂使文艺界不能如初期之明朗进展。吾人念我一般青年文士，虞拜金之都会，为商品之卖文，生计压迫之，法禁拘束之，修养读书，无此暇时，旅行考察，无此余

① 肖乾：《大公报文艺奖金》，《读书》1979 年第 1 期。

裕，其见闻思索所及，将欲大声疾呼，以批判人生，箴规社会，而又动辄得咎，不得畅所欲言。于是不得已而转为苦闷的呻吟，或阴郁的讽刺，不然，则随俗浮沉，聊以投市肆之所好。十年以来，几许有望之作家，如此消磨，甚或抑郁摧残以毁其生命焉”① 的颓败、病态之势，《大公报》同人感慨良多，对文艺特性有了更为清醒的认识，于是，“《大公报》文艺奖金”正是为帮助青年培育刚健独立之人格，重振刚健自由之文学而设立。

众所周知，“新记”《大公报》历来都有“文人论政”之传统，以此强化自身文人办报的民间立场。在《本报复刊十年纪念之辞》中这样的观点得以重申：“现代报业，除刊行报纸外，应为社会实际服务。凡社会应倡行之事，报纸宜为其先锋或助手。同人审知此义，然限于人力财力，未能有所发扬。此次举办科学奖金文艺奖金仅表纪念之微意耳。”② 由此可见，1936 年的“《大公报》文艺奖金”正是该报秉承自由主义文化及政治理想，践行“文人论政”传统的又一次成功实践。

除此而外，在 1937 年 1 月 11 日“《大公报》科学奖金”③ 评选揭晓后发表的“本报社评”中还直抒了报界有识之士对国家、民族在危难之时的热忱与挚爱。文章指出：“中国现在正在建国时代，精神物质，无一不感觉缺乏，无一不需要提倡。我们是营养性质的事业，经济

① 《社论　本报文艺奖金发表》，《大公报》1937 年 5 月 15 日。

② 《本报复刊十年纪念之辞》，《大公报》1936 年 9 月 1 日。

③ “《大公报》科学奖金”当选者及其作品分别是：数学家王熙强《尤拉氏多项式根之分布》、化学家刘福远《中国明矾石化学工业之研究》、动物学家苗久棚《南京及其附近数种森林昆虫之研究》、倪达书《角鞭毛虫属骨板之形态及腹区骨板之讨论》、植物学家梁其谨《盐酸之反应对于小米种子发芽率之影响及其水分吸收作用原生质之物理与生理性质及呼吸作用之酵素关系》、气象学家魏元恒《中国北部及中部高空气流与天气》。著名数学家华罗庚的论文《华林问题》因为已经获得本年中华教育文化基金会甲种补助金，故此不再另行赠与“《大公报》科学奖金”，定为荣誉人选。

力量，非常有限，根本不配说设置什么‘奖金’。因为激于爱国家爱民族的一点微忱，情愿尽些须的棉薄，对社会作抛砖引玉的贡献，这是我们设置文学和科学奖金的动机。”①

动机的繁复让这次评奖选择了与“良友文学奖金”全然不同的评选方式，也在中国现代文学评奖中第一次对已有定评的作品加以奖励，而这种全新的奖励方式，并非独创，不过是对“美国哥伦比亚大学一年一度的普立兹奖金”② 的“中国式移用”而已。在感到征文确实困难，“来稿数量必然太大，不好掌握”③，征文裁判的“意见更难协调统一”④ 时，全程负责这次评选的肖乾提出了采用开明书店十周年的办法，“以较高的稿酬特约了一些作家写文，出了两本纪念集”⑤，然而，胡政之并不想走别人的老路，因此，肖乾提出仿效普立兹奖金“奖给已有定评的作品”⑥ 的办法最终得到了采纳。

经过了缜密的策划，1936 年 9 月 1 日，《大公报》馆以特启的方式登载了《本报复刊十周年纪念举办科学及文艺奖金启事》⑦，并对“《大公报》文艺奖金”和“《大公报》科学奖金”予以在醒目位置广而告

① 《社论　请青年科学家注意》，《大公报》1937 年 1 月 11 日。

② 肖乾：《大公报文艺奖金》，《读书》1979 年第 1 期。

③ 同上。

④ 同上。

⑤ 同上。

⑥ 同上。

⑦ 《本报复刊十周年纪念举办科学及文艺奖金启事》，《大公报》1936 年 9 月 1 日。全文如下：敬启者本报自前清光绪二十八年创刊，中间曾于民国十四年底起，停刊数月，至十五年九月一日复刊。迄本年九月一日适为复刊满十周年之期。兹为纪念起见，特举办科学及文艺两种奖学金，定名为“大公报科学奖金”及“大公报文艺奖金”。由本报每年提存国币三千元，以二千元充科学奖金，一千元充文艺奖金。每年得奖人数，科学拟以一人至四人为限，文艺以一人至三人为限。即自本学年开始，至学年终了，为一年。每年评选一次。定期三年。如有变更，至期满另行通告。并经聘定学术界先进孙鏞、严济慈、曾昭抡、杨钟健、秉志、胡先骕、胡焕庸、刘咸诸先生担任科学奖金审查委员；杨今甫、朱佩弦、朱孟实、叶圣陶、巴金、靳以、李健吾、林徽因、凌叔华、沈从文诸先生担任文艺奖金审查委员。关于文艺奖金详细办法业经拟定，一俟科学奖金办法，由各委员商妥后当再同时登报公布。兹值本报复刊十周年纪念日，特先通告，用资纪念并祝学术界进步。大公报馆特启。

之。在这份广告中，明确两种奖金数额多少与名额分配的同时，率先公布了阵容豪华的评委名单。来自京、沪、汉三地的杨今甫（振声）、朱佩弦（自清）、朱孟实（光潜）、叶圣陶、巴金、靳以、李健吾、林徽因、凌叔华、沈从文等诸先生担任文艺奖金审查委员；数学家孙鏞（光远）、物理学家严济慈、化学家曾昭抡、古生物地质学家杨钟健、动物学家秉志、植物学家胡先骕、地理学家胡焕庸、生物学家刘咸等诸先生担任科学奖金审查委员。从这份不足四百字的《启事》中，“定期三年”“每年评选一次”“如有变更，至期满另行通告”等可窥见《大公报》馆创制文艺科学奖金的“长远打算”，并非仅仅满足一次纪念的粗陋之举。1936 年 10 月 10 日，在《大公报》公开的《大公报科学文艺奖金章程》中就两项奖金的命名、奖金额度、评选范围、评委组成等进行了细化。

《大公报文艺奖金章程》中明确指出：“（一）本奖金总额每年暂定一千元，赠给本届作家一人至三人。（二）本奖金之给予，由馆方聘请委员五人至十人评定分配之。（三）本奖金第一届自念五年度起，凡在本年内用本国文字发表之文学作品（单行本及在重要文学刊物登载者），经委员会之决定，即可得此奖金。（四）每届奖金由各委员提出候选者三人，经委员会多数通过后给予之。（五）每届奖金当选人，于每年六月底在津沪本报及国闻周报发表。”① 从中我们可以看出，作为一项民间性质的文学评奖活动，“《大公报》文艺奖金”在充分利用《大公报》及其周围报纸巨大影响力的同时，不裹挟任何政党意志，不作任何题材、体裁、形式等的人为限制，始终保持着相对独立的报人品格。

经过大半年的精心运作和肖乾先生从中协调，1937 年 5 月 15 日，

① 《大公报科学文艺奖金章程》，《大公报》1936 年 10 月 10 日。

“《大公报》文艺奖金”终于尘埃落定，曹禺的戏剧《日出》[①]、芦焚的短篇小说《谷》[②]、何其芳的散文《画梦录》[③] 榜上有名，并且“各种文艺体裁之间本无高低之分，所以并未搞第一奖第二奖，一千元由三位平分”[④]。评选委员会对三部入选作品的作者做了如下的评价：

---

① 曹禺戏剧《日出》获奖全文：在量的方面，曹禺先生绝不是位多产作家。截至现在，他还只有两部四幕剧：《雷雨》和《日出》。这以外，也仅有先后在本报《文艺》版发表的两篇自白：《我怎样写雷雨》和《我怎样写日出》。由那坦率的自我剖析，读者当可体会他对工作的严肃，对社会正义又怀了怎样的热情。四凤，周繁漪，露露，乔治，翠喜，他由我们这腐烂的社会层里雕塑出那么些有血有肉的人物，责贬继之以抚爱，直像是我们这时代突然来了一位摄魂者。在题材的选择，剧情的支配，以及背景的运用上，都显示着他浩大的气魄，这一切都因为它是一位自觉的艺术者，不尚热闹，却精于调遣，能透视舞台的效果。关于他的作品，评论甚多。本报《文艺》曾于元旦时连出两个特刊，请国内作家集评。他的《雷雨》已有英日两种译本。英译本系姚莘农君所译，连载于《天下月刊》，近已另出单行本。日译本为郑振铎及影山三郎合译。近闻谢迪克氏 Prof. HL. E. Shadick 已得作者同意，正从事《日出》的英译。《雷雨》在国内上演不下数百次，《日出》在舞台上历史虽仅数月，单只中旅便已上演三四十场了。对于关怀当代中国戏剧的人们，这自是件值得庆喜的事。《本报文艺奖金的获得人 曹禺·芦焚·何其芳》，《大公报》1937 年 5 月 15 日。

② 芦焚短篇小说《谷》获奖全文：凡读过作者在本报《文艺》版（二七〇期）写的《里门拾记》，那篇创作自述的人，当知道芦焚先生和农村有着怎样深厚的关系。用那管揉合了纤细与简约的笔，他生动地描画出这时代的种种骚动。他的题材大都鲜明亲切，不发凡俗，的确创造了不少真挚确切的人型。《谷》是作者的处女作，出版后，即有书评家张秀亚氏这样预言：“这是作者不平凡开端的延长线的轨迹，同时，更隐隐地指示出作者一个炫目辽远的前程。”（见国闻周报十三卷三十期）《里门拾记》是作者第二个集子。此外还有散文集二册：《落日光》（开明）和《黄花苔》（良友）。《本报文艺奖金的获得人　曹禺·芦焚·何其芳》，《大公报》1937 年 5 月 15 日。

③ 何其芳散文《画梦录》获奖全文：在过去，混杂于幽默小品中间，一向散文给我们的印象多是顺手拈来的即景文章而已，在市场上虽曾走过红运，在文学部门中，却常为人轻视。《画梦录》的出版雄辩地说明了散文本身怎样是一种独立的艺术制作，有它超达深渊的情趣。作者生长在四川。读过他在本报发表的《还乡杂记》，当能知道不少他的幼年生活。在北京大学，他读的是哲学，目前在山东担任教职。更真切的说明是他那篇自述，《论梦中道路》（见本报《文艺》版第一八二期）。书评家刘西渭氏在论及《画梦录》的风格时，这样形容：“他要一切听命，而自己不为所用。他不是那类寒士，得到一个情境，一个比喻，一个意象，便如众星捧月，视同珍宝。他把若干情境揉在一起，仿佛万盏明灯，交相辉映；又像河曲，群流汇注，荡漾回环。他用一切来装璜，然而一紫一金，无不带有他情感的图记。这恰似一块浮雕，光影匀停，凹凸得宜，由他的智慧排成功一种特殊的境界。”（见文季月刊一卷四期）何其芳先生不但写散文，同时也是诗人。他的《燕泥集》（收在《汉园集》中）为许多人所钟爱，然而书评家李影心氏认为“较之诗，他的散文似乎更充分适宜于刻描记述他的怀想。有如《画梦录》，它的造诣表面上看来仿佛在文字的光泽与绮丽，然而当我们对它作更深的索解，便知全般成就倒不完全在文字句间的锤炼推敲，反而更在那支配题材与文字相间一致的作者性情或气质，那种满是‘透明的忧郁’诉说的超卓气分，使他的文章生命丰蕴。”（见本报《文艺》版第一九〇期）《本报文艺奖金的获得人　曹禺·芦焚·何其芳》，《大公报》1937 年 5 月 15 日。

④ 肖乾：《大公报文艺奖金》，《读书》1979 年第 1 期。

《日出》的作者曹禺："他由我们这腐烂的社会层里雕塑出那么些有血有肉的人物，责贬继之以抚爱，直像是我们这时代突然来了一位摄魂者。在题材的选择，剧情的支配，以及背景的运用上，都显示着他浩大的气魄，这一切都因为它是一位自觉的艺术者，不尚热闹，却精于调遣，能透视舞台的效果。"①

《谷》的作者芦焚："（他）和农村有着深厚的关系。用那管揉合了纤细与简约的笔，他生动地描画出这时代的种种骚动。他的题材大都鲜明亲切，不发凡俗，的确创造了不少真挚确切的人型。"②

《画梦录》的作者何其芳："在过去，混杂于幽默小品中间，一向散文给我们的印象多是顺手拈来的即景文章而已，在市场上虽曾走过红运，在文学部门中，却常为人轻视。《画梦录》的出版雄辩地说明了散文本身怎样是一种独立的艺术制作，有它超达深渊的情趣。作者生长在四川。读过他在本报发表的《还乡杂记》当能知道不少他的幼年生活。在北京大学，他读的是哲学，目前在山东担任教职。更真切的说明是他那篇自述，《论梦中道路》。"③

除此之外，还对三位作者的其他作品以及批评家们精辟评论予以摘录，对《日出》公演情况予以简要说明。

然而，"《大公报》文艺奖金"的揭晓，除了引发报馆经理部一位开私人书店的主任，因没能选上他出版的一本书而大闹一场外，也因为《八月的乡村》作者田军（即肖军、萧军）拒绝受奖而引起了对于"《大公报》文艺奖金"京派性质的争议。在肖乾致吴福辉先生的信中说："我想向你提供一点背景，当时评委及我自己都注意到这个京海派问题。三个奖中最重要的为小说。最初京、海以及在武汉的凌叔华都同

① 《本报文艺奖金的获得人曹禺·芦焚·何其芳》，《大公报》1937年5月15日。

② 同上。

③ 同上。

意把小说奖给《八月的乡村》作者萧军，但他通过巴金向我表示不愿接受，所以才改给了芦焚（师陀）。”[①] 作为一位著名的左翼作家，萧军的小说《八月的乡村》由文坛巨匠鲁迅作序推荐反响强烈，1935 年 8 月由上海奴隶社出版后多次脱销、供不应求，拒受奖金着实将“《大公报》文艺奖金”淡化文学派别的初衷全然推向了“京派奖金”的派性洪流中，这一切说明了中国现代文学逐渐向以左翼为主流的文学权力话语转移的玄机，也预示着未来京派文人命运的历史转折。至于“《大公报》文艺奖金”的另两个争议：一是初选授奖作品是肖军的《八月的乡村》还是《羊》的问题，出自巴金先生致肖乾的信函。“关于‘文艺奖金’，最初决定给肖军的《羊》。你要我去问肖军是否愿意接受，肖军不愿，这才改为芦焚的《谷》。”[②] 而另一个争议，出自蓝棣之先生的文章《若干重要诗集创作与评价上的理论问题》。文中指出：“孙毓棠的长诗《宝马》，从文学史上说，是一部有殊荣的作品，因为它在 1937 年 5 月，与曹禺的剧本《日出》，何其芳的散文集《画梦录》，芦焚的小说集《谷》一起，荣获沈从文、肖乾主持的‘大公报文艺奖金’。”[③] 蓝棣之先生以此来为默默无闻的《宝马》鸣不平，为中国现代文学史著编撰者的“遗漏”探寻究竟。然而，这两个争议因为都是孤证，因此无法探明，尤其是《宝马》获奖一事，从《大公报文艺奖金章程》中所规定第一款“本奖金总额每年暂定一千元，赠给本届作家一人至三人”[④] 来看，着实找不出第四部作品获奖的依据。

“《大公报》文艺奖金”是中国现代文学史上第一次借鉴西方评

---

① 徐俊：《〈大公报〉文艺奖金史实钩沉》，选自许建辉等《中国现代文学馆馆藏经典作家文物文献研究》，文化艺术出版社 2013 年版，第 185 页。

② 同上。

③ 蓝棣之：《若干重要诗集创作与评价上的理论问题》，《中国现代文学研究丛刊》2002 年第 2 期。

④ 《大公报科学文艺奖金章程》，《大公报》1936 年 10 月 10 日。

奖机制、实现中国化运作的评奖活动；第一次以“定评”的方式、具有重要影响力的文学评奖。它所制定的评选启事、奖金章程以及遴选出的豪华评委阵容，为此次评奖活动的有序展开、顺利进行、圆满完成提供了重要的保障。它所评定的三位作家的三部作品，永载中国现代文学史册的同时也提升了“《大公报》文艺奖金”的公信力。虽然它仍带有浓重的“京派”性质，他所选择的评委大多与“京派”文学及其园地有着相对密切或一定的联系，但是“《大公报》文艺奖金”仍然不失为中国现代文学评奖中的一次有益尝试。然而，1937年抗日战争的全面爆发，《大公报》天津版和上海版的相继停刊、馆社关闭，让原本“定评三年”的评奖仅轰轰烈烈举办了一次便宣告“夭折”，这也成为中国现代文学评奖制度极不健全、发展滞后的原因之一。

二　文艺组织奖励机制的发挥

表1-1　　解放区各地文艺评奖活动一览表

评奖名称	地区	年份	主办单位	备注
“五四”中国青年节奖金征文	陕甘宁	1940年6月	中华全国文艺界抗敌协会延安分会	奖金为中央领导同志捐献
“七七”文艺奖	晋冀鲁豫	1941年4月	《新华日报》副刊“新华增刊”	
鲁迅文艺奖金	晋察冀	1941年5月	晋察冀边区文协等联合组织、鲁迅文艺奖金委员会	军民誓约运动征文、季度奖励、新年乡村文艺创作征文等
八月文艺征文	晋西	1941年7月	晋西青联、《西北文艺》	纪念“八一三”青联成立一周年
1941年剧作奖金	陕甘宁	1942年1月	陕甘宁边区剧协	年度剧作奖
有奖征文	晋西	1942年1月	中华全国文艺界抗敌协会晋西分会	
文化奖金	晋冀鲁豫	1942年4月	晋冀鲁豫政府	奖金15000元
聂耳创作奖金	陕甘宁	1942年4月	陕甘宁边区音协	奖金500元
美术创作奖金	陕甘宁	1942年5月	陕甘宁边区美协	

续表

评奖名称	地区	年份	主办单位	备注
创作竞赛奖	晋冀鲁豫	1942 年 10 月	晋冀鲁豫文协太行分会	甲乙丙三等
艺术创作竞赛奖	山东	1942 年 10 月	胶东文教委员会	纪念十月革命
“五月奖金”征文	山东	1943 年 5 月	山东省文协	姚尔觉捐助
“五四”文艺奖金	山东	1943 年 5 月	“五四”文学艺术评奖委员会	
“七月奖金”征文	山东	1943 年 7 月	山东省文协	姚尔觉捐助
“七七七”文艺奖金	晋绥	1944 年 2 月	“七七七”文艺奖金委员会	纪念“七七”抗战七周年
文化娱乐奖金	晋绥	1945 年 3 月	晋绥边区八分区	奖励优秀的文化娱乐组织
文艺创作奖金	陕甘宁	1945 年 7 月	陕甘宁边区绥德分区地委宣传部	奖金 43 万元

相较于 20 世纪 30 年代国统区文学评奖以《大公报》《良友》画报等文学之外的、民间机构评选为主体的特性，20 世纪 40 年代陆续在解放区各地开展起来的文学评奖活动是与践行 1942 年 5 月毛泽东《在延安文艺座谈会上的讲话》中提出的“文艺为工农兵服务”的方针以及“我们的文艺工作者的思想感情和工农兵大众的思想感情打成一片”[①]的文艺大众化要求紧密相连的；是在中华全国文艺界抗敌协会边区各分会、边区政府的文艺主管部门以及各地党报、重要文学刊物发起下有计划、有组织、蓬勃开展的；是以“有奖征文”和“文艺竞赛”等为最主要评判方式的。

在解放区文艺评奖的“启事”中，内容上的政治要求往往是评奖的第一条标准，而政治上的广泛动员与宣传也是评奖活动开展的第一要务。1944 年 2 月，晋绥地区设立“‘七七七’文艺奖金”的直接缘由便是“为了深刻纪念抗战七周年，同时为了热烈响应毛主席的号召”[②]特

① 毛泽东：《在延安文艺座谈会上的讲话》，《毛泽东选集》第三卷，人民出版社 1991 年版，第 851 页。

② 《“七七七”文艺奖金缘起及办法》，《抗战日报》1943 年 3 月 2 日。

此举办的。而应征作品在内容上也明确要求："应以今年根据地的三大任务：对敌斗争、减租生产、防奸自卫为总的方向"①。在"'七七七'文艺奖金"评判委员会对候选的123件作品进行评判时，第一条标准便是"政治内容"，即"是否正确反映当前晋绥边区的三大任务和实际生活"②。而最终当选的一众作品中，"虽然还并不是完全符合于我们理想的佳作，但一般说来，在内容上，都能符合于边区的政治任务，切合边区群众的生活"③。而在1943年5月山东地区进行的"'五四'文学艺术评奖"中，尽管竞赛稿件来自不同地区，不同阶层，但"一般的政治内容，都还丰富，故无论表现技术好坏，却都有政治中心"④，而由政治功利性引发的艺术"雷同"现象却又严重影响了评奖的质量。虽然政治内容可取，"但，只要文章内容相同，表现的情节及结构穿插，也多半'差不多'"⑤，甚至来稿还多公式化的倾向，不容易给人留下深刻的印象，有"老一套"之嫌。1941年5月，由晋察冀边区文、音、美、剧各协会、文化俱乐部、华北联合大学、边区学联等为纪念五四运动、纪念鲁迅而创立的"鲁迅文艺奖金"，在日后的4年中，与晋察冀边区文联、北岳区文救会等文艺组织联合，相继进行了1942年各季度文艺作品评定和1941年"军民誓约运动"、1942年"对敌斗争""新年乡村文艺创作"以及1944年"新年文艺创作运动"等以反映"对敌斗争、冬防运动、群众武装斗争"⑥ 等政治任务为主旨的四次征文。

除具有极强现实针对性的政治内容，解放区各文艺组织举行的评奖活动中，形式上的通俗易懂是评选的第二个标准，也是实践文艺大

① 《"七七七"文艺奖金缘起及办法》，《抗战日报》1943年3月2日。

② 《"七七七"文艺奖金公布以后》（社论），《抗战日报》1944年9月20日。

③ 同上。

④ 《"五四"文学艺术创作大竞赛揭晓》，《大众报》1943年8月23日。

⑤ 同上。

⑥ 刘增杰、赵明、王文金、王介平、王钦韶编：《抗日战争时期延安及各抗日民主根据地文学运动资料》（下），知识产权出版社2010年版，第1479页。

众化、处理好"普及与提高"这一关键性理论问题的又一要务。"通俗易懂"这个标准，直面解答了毛泽东《在延安文艺座谈会上讲话》中所提出的"文艺作品给谁看"的问题。在《"七七七"文艺奖金缘起及办法》中明确了"在形式、语言、构图、音调上，必须力求通俗，能为工农兵群众懂得。不通俗者不取"① 的原则。在评选时，"是否能够普及"② 成了继"政治是否正确"后的又一条重要标准，使得当选作品"在形式上、技术上，大都能够普及，为群众所喜闻乐见，且多样化：如戏剧有话剧、山西梆子、郿鄠、道情、秧歌，及新型歌剧；散文有小说、通俗故事、报告、速写、童话；图书有年画、连环画及木刻连环画；歌曲大部分也都符合于当地人民风味"③。冯牧在《敌后文艺运动的新收获——读晋绥边区"七七七"文艺奖金获奖作品》一文中还特别引用了散文类乙等作品、通俗故事《张初元的故事》中的一大段文字来说明"'七七七'文艺奖金"获奖作品的共同特点，那就是："语言的生动、自然、有地方色彩而不过于雕琢"④。除此之外，在"'五四'文学艺术评奖"和"鲁迅文艺奖金"中，都强调了"形式短小、精悍（或精干）、通俗，为老百姓所喜闻乐见"⑤ 的评选要求。对评选过程中大半作品"拖拉冗长，不符合'短小精悍'的要求，通俗的功夫，也还不够"⑥ "距老百姓喜闻乐见的路程也还远，相反，有些诗作，也许作者要作到通俗，反而陷入庸俗"⑦ 等不尽人意的地方予以

① 《"七七七"文艺奖金缘起及办法》，《抗战日报》1943 年 3 月 2 日。

② 《毛主席文艺方针下边区文艺的新收获——"七七七"文艺奖金获奖作品正式公布》，《抗战日报》1944 年 9 月 18 日。

③ 《"七七七"文艺奖金公布以后》（社论），《抗战日报》1944 年 9 月 20 日。

④ 冯牧：《敌后文艺运动的新收获——读晋绥边区"七七七"文艺奖金获奖作品》，《抗战日报》1945 年 6 月 1 日。

⑤ 《"五四"文学艺术创作大竞赛揭晓》，《大众报》1943 年 8 月 23 日。

⑥ 同上。

⑦ 同上。

猛烈批判。

从评选运作上来看，"'七七七'文艺奖金""'五四'文学艺术评奖""鲁迅文艺奖金"等解放区最为代表性的文艺评奖活动是在各自成立的评奖委员会基础上严格按照以上两个标准展开的。而三个文艺奖金评选委员会的组成，也囊括了当时在晋察冀、晋绥、山东地区最为重要的文学艺术家。"鲁迅文艺奖金"委员会由沙可夫、罗东、丁里、田间、陈山、沃渣、卢肖、崔嵬等九人组成，沙可夫任主任，陈山为秘书。[①]"'七七七'文艺奖金"委员会则聘请林枫、吕正操、张平化、张稼夫、汪小川、周文、王修、肖扬、杜心源、亚马、樊希骞十一人进行评判。[②]"'五四'文学艺术评奖"委员人数最多达到十五人，分别为林一山、曹漫之、宫维桢、张静斋、李芸生、钱醉竹、刘汉、罗义淮、王大、鲁纪华、康庄、王卓青、韩蠡、马少波、王熙。[③]但是，解放区三大奖延续了国统区"《大公报》文艺奖金""良友文学奖金"等民间机构评选征文截止时间延长和评选揭晓时间推迟的"惯例"。1943 年的"'五四'文学艺术评奖"就曾为"吸取更多的应征作品"把征稿截止日期延长了一个月，加之"各评奖委员居处分散，看稿困难"又将揭晓期顺延至 1943 年 8 月 23 日。"'七七七'文艺奖金"原定于 1944 年 7 月 7 日揭晓，然而又因为各种原因，不得不推迟至 1944 年 9 月 18 日。虽然"九·一八"标志着日本帝国主义侵华战争的开始，但却不同于为纪念全面抗战七周年而特别设立的初衷。

从征文情况与评选结果来看，解放区三大奖呈现出奖项设置宣传动员性强、工农兵作者队伍日渐壮大、集体创作颇为普遍等特征。涵盖文

① 刘增杰、赵明、王文金、王介平、王钦韶编：《抗日战争时期延安及各抗日民主根据地文学运动资料》（下），知识产权出版社 2010 年版，第 1452 页。

② 《"七七七"文艺奖金缘起及办法》，《抗战日报》1943 年 3 月 2 日。

③ 《"五四"文学艺术创作大竞赛揭晓》，《大众报》1943 年 8 月 23 日。

学、艺术各个门类的奖项设置较为全面地反映了解放区各地文艺发展的总体面貌，形式不论新旧，内容更贴近边区人民生活，大都能够普及，为群众所喜闻乐见。尤其在“‘七七七’文艺奖金”的评选中，由于戏剧类作品征集数最多、可当选者也较多，因此，为使不有遗漏，以资鼓励起见，临时更改了征文启事中的“名额分配”，“将剧本奖金名额扩大一倍，即甲等二名，奖金各三千元，乙等四名，奖金各二千元，丙等六名，奖金各一千元”。[①] 在当选的戏剧类作品中，极具民风民俗的新型秧歌剧、郿鄠、山西梆子、道情等占据了多半名额。而这些秧歌剧等民间艺术，“原则的而又实际的解决了戏剧为工农兵的方向与如何为工农兵的方法两个基本问题”[②]，成为了文艺下乡进行宣传动员的最好武器。此次获得戏剧类甲等的两部作品，《大家好》逼真、生动地完成了一出“军民一家人”的好戏，向边区人民宣传了“军队应当爱民、人民应当拥军”[③] 的政策和道理，而《王德锁减租》不仅描绘了“一幅在减租运动中广大农民群众和顽固地主作斗争的鲜明图画”，还“通过活生生的有性格的人物来说明减租运动的重要及其解决的道路”[④]，在抗战宣传中，“已演出一百多次，观众达二十多万”[⑤]，成了晋绥边区文艺中最具群众性基础、最受老百姓喜爱的优秀剧目。

解放区各文艺组织开展的文学评奖活动是根据毛主席《在延安文艺座谈会上的讲话》精神开创中国现代文艺新方向、繁荣文学新创作

---

① 《毛主席文艺方针下边区文艺的新收获——“七七七”文艺奖金获奖作品正式公布》，《抗战日报》1944年9月18日。

② 华纯、韩果、石丁：《晋绥剧坛之前瞻》，《抗战日报》1944年11月28日。

③ 卢梦：《对于〈大家好〉的批评》，《抗战日报》1944年12月7日。

④ 冯牧：《敌后文艺运动的新收获——读晋绥边区“七七七”文艺奖金获奖作品》，《抗战日报》1945年6月1日。

⑤ 穆欣：《晋绥解放区鸟瞰》（节选），选自刘增杰、赵明、王文金、王介平、王钦韶编《抗日战争时期延安及各抗日民主根据地文学运动资料》（下），知识产权出版社2010年版，第1041页。

的重要手段，是鼓励、扶持工农兵作家创作，扩大作家队伍，积极对小资产阶级作家进行思想改造，指导他们向工农兵作家学习的新途径。因此，工农兵作者队伍的发现、日渐壮大与颇为普遍的集体创作相结合成为解放区三大评奖的又一重要特征。在"'七七七'文艺奖金"的创设缘由中，对讴歌工农兵在抗战中卓越贡献的优秀文艺创作进行表彰是其中重要的一个目的。从最终的获奖名单来看，虽然写作《转移》的孟繁彬、《张初元故事》的马烽等同志并不是专家，而是"仅仅住过小学，也并未专门研究过文艺"[①] 的工农兵作者，但他们如实地将参加过的战斗生活和搜集来的同志材料写出来，"技术虽然粗糙，但内容逼真，仍不失为有意义的作品"[②]，因此，工农兵同志是完全能够进行创作的。我们的文艺工作者应该改变文艺创作仅限于少数人的狭小圈子，"拿出最大的热忱来，在创作上，给工农同志，具体的帮助，把培养工农作者当作是自己的责任"[③]。除此之外，工农同志与文艺工作者更应该实现"亲密地结合"，"即文艺工作者应该向工农同志学习实际生活中的各种知识，工农同志应该向文艺工作者同志学习创作经验。而最好的互助办法，是集体创作。这次获奖的作品中，集体创作就颇为不少"。[④] 从"'七七七'文艺奖金"的授奖作品来看，戏剧类中十二部获奖作品有四部是集体创作，这其中还包括了获得甲等奖励的《大家好》和《王德锁减租》。集体创作的好处莫过于毛主席《在延安文艺座谈会上的讲话》中提出的工农兵与文艺工作者"互相学习"以期早日实现"普及与提高"的问题。因此，为了继续扶持工农兵作者群、鼓励集体创作，"'七七七'文艺奖金"还曾打算在下一届评选中增加

① 《"七七七"文艺奖金公布以后》（社论），《抗战日报》1944 年 9 月 20 日。
② 同上。
③ 同上。
④ 同上。

“工农作者奖励一项”，更好地调动工农兵作家的创作积极性，践行毛主席的文艺新方针。

表 1－2　　鲁迅文艺奖金“新年乡村文艺创作征文运动”

（应征作品 696 件，得奖 158 件）

奖项	数量	占比（%）	1	2	3	4
文学	124	78.5	诗歌、歌谣（58）	散文（27）	旧诗文对联（27）	杂感及其他（12）
戏剧	26	16.5	秧歌剧（12）	话剧（9）	其他旧剧（5）	
音乐	7	4.4	歌曲（7）			
美术	1	0.6	连环画（1）			

表 1－3　　“‘五四’文学艺术评奖”（得奖 54 件）

奖项	数量	占比（%）	奖项设置情况
报告文学	10	18.5	分 1—10 等，每等一个
速写随笔	10	18.5	分 1—10 等，一等奖空缺，八等奖二个，其他每等一个
诗	3	5.6	分 1、3、5 等奖共三个，每等一个
话剧	3	5.6	分 1—3 等，每等一个
小调剧	5	9.3	分 1—5 等，每等一个
锣鼓剧	5	9.3	分 1—5 等，每等一个
杂耍	5	9.3	分 1—5 等，每等一个
歌曲	5	9.3	分 1—5 等，每等一个
木刻	3	5.6	分 1—3 等，每等一个
漫画	4	7.4	分 1—4 等，每等一个
水彩画	1	1.9	仅设二等奖一个

表 1－4　“‘七七七’文艺奖金”（应征作品 123 件，其中戏剧 53 篇，散文 43 篇，诗、歌曲、唱词等 10 件，图画 17 件。得奖作品 29 件）

第一类	数量	占比（%）	奖项设置情况
戏剧类	12	41.4	甲等奖 2 项、乙等奖 4 项，丙等奖 6 项
散文类	5	17.2	甲等奖空缺、乙等奖 2 项、丙等奖 3 项
图画类	6	20.7	甲等奖 1 项、乙等奖 2 项、丙等奖 3 项
歌曲类	6	20.7	不分奖项等级

解放区各文艺组织开展的三大文艺评奖活动，不仅吸引了来自解放区的征稿，还有部分敌占区的作家，冲破敌人的层层封锁和严苛的包裹检查，参与到了这些文艺评奖中，大大提升了解放区文艺评奖的影响力。在"'五四'文学艺术评奖"的来稿中，有十分之二的作品从敌占区而来，其中位列报告文学类第一名的《想活》，便是极为成功的、一部不可多得的佳作。

除过以上经验、特征，解放区的文艺评奖奖金也同国统区的评奖一样相当微薄，更具象征意味。"'七七七'文艺奖金"甲等奖的奖金额为三千元、乙等奖为二千元、丙等奖为一千元。而"'五四'文学艺术评奖"奖金更是少得可怜。多数类别一至六等奖之间的级差为每等五元，最高奖一等奖奖金仅为三十元，六等奖则为十元。七等奖到十等奖的奖金不再分级递减，而是统一的五元。诗歌类较为特殊，仅评出一、三、五三个等级，一等奖奖金同为三十元，三等奖则为二十五元，五等奖最少仅十元。虽然奖金数额微不足道，但出版事宜则无须发愁。即便因为各种原因，例如篇幅过长抑或是内容不符合要求的未入选的佳作，各个评奖委员会也有所安排。凡是"'七七七'文艺奖金"的获奖作品，均交由吕梁文化教育出版社安排出版事宜。1945年春，第一批"'七七七'文艺奖金"获奖作品的单行本已先行出版，共计十种，虽然并不完全，但也已经包含了其中最主要的作品了。[①] 即便是未能列等的作品，"原作者于修改妥善后愿出版时，该会愿为之介绍吕梁文化教育出版社，或介绍其他刊物发表，由各该出版机关酌给稿酬"[②]，这无

① 第一批出版单行本的"'七七七'文艺奖金"获奖作品有：《王德锁减租》（郿鄠）、《大家好》（秧歌剧）、《新与旧》（小说）、《张初元的故事》（故事）、《新旧光景》（歌舞剧）、《开荒一日》（郿鄠）、《劳动英雄回家》（秧歌）、《转移》（报告）、《侯圪旦和他的少年队》（童话）、《打得好》（话剧）等。

② 《毛主席文艺方针下边区文艺的新收获——"七七七"文艺奖金获奖作品正式公布》，《抗战日报》1944年9月18日。

疑也调动起了广大作者参与各大评奖征文的积极性和主动性。不仅如此，解放区文学评奖普遍存在的“早夭”现象也成为国统区文学评奖的又一种复现。解放区三大奖中，“‘五四’文学艺术评奖”仅成功举办过一次便宣告结束，而“‘七七七’文艺奖金”委员会虽然有过经常组织、定期举行（每年七月七日举行一次文艺奖金）并在下年增设“工农作者奖励”一项的设想，但终因现实的诸多原因而搁浅。即便是从 1941 年坚持到 1944 年的“鲁迅文艺奖金委员会”，也曾因为晋察冀边区开展反“扫荡”战斗而中止，即使再次发起“新年文艺创作运动征文”，却也成了没有下文的一次选评。

三 个人资助机制的产生

在 20 世纪 40 年代的国统区与解放区，还存在着一种以个人资助为奖金主要来源的文学评奖征文活动，1940 年的“‘五四’中国青年节奖金”、1943 年 5 月、7 月举办的“‘五月’、‘七月’文艺奖金”以及 1945 年的“茅盾文艺奖金”便是其中的代表。作为征文奖金的重要来源，个人资助机制的产生既体现了奖金资助者对于文学的热忱，又反映出中国共产党对“人民文艺”、中国新文艺秩序的构建；既保障了评奖活动的有序开展，又在一定的情况下加入了个人的意志。

1940 年 6 月，为纪念“五四”青年节，由中华全国文艺界抗敌协会延安分会发起的“‘五四’中国青年节奖金”征文活动，开创了解放区文艺评奖先河的同时，也第一次引入了个人资助机制。该项征文以“鼓励青年努力写作”为目标，获征 110 位作者的来稿，共计 150 余篇，其中文艺类数量最多共计 97 篇、音乐歌剧类次之共 20 篇、美术类居第三有 18 篇，而戏剧类作品最少，仅 12 篇。经评判委员会商议讨论后共有 23 件作品获奖，其中甲等奖奖金 40 元、二等奖奖金 20 元，而这些奖金全部由中央领导同志捐赠而来，由此可见中国共产党以及中央领导同志对于繁荣、发展解放区文艺事业，扶持青年作家创作出更好的“人民文艺”所作出的努力。

1943 年 5 月、7 月山东文协两次举办了“‘五月’、‘七月’文艺奖金”征文活动，这次活动的奖金由省文协会长姚尔觉赠予。姚尔觉原为国民党鲁苏战区战地工作委员会委员、中将参议，与国民党内的著名左派人士柳亚子、何香凝等交往甚密，因此受到国民党右派势力的排挤，后来赴山东抗日根据地，成为胶东地区知名的党外进步人士。1943 年 8 月 7 日，山东省文化界救国协会执委会重新进行人事与机构改选，聘请姚尔觉、陆万美、李永淮、李林、薛暮桥等十六人为新执委，推选十三人为常委，选举姚尔觉担任会长，张凌青任副会长。1945 年中共七大在延安召开，4 月 30 日刘少奇就山东地区知名的党外进步人士要求加入中国共产党一事，为中共中央草拟了复山东局电，并委托中共山东分局审查、批准范铭枢、李澄之、姚尔觉、郭维城等人入党事宜。由此一来，姚尔觉捐资设立“‘五月’、‘七月’文艺奖金”征文就不足为奇，既是他以个人名义对山东地区文艺事业的一次鼓励，又是他所代表的文协组织开展的一次分内工作；既表明了他作为进步人士对解放区人民文艺成绩的认可，又是他积极向党组织靠拢的一次实践证明。两次征文历时一年多时间征稿，于 1944 年 8 月开始评选，评委会由文协聘请分局军区宣传部、战士剧社各代表、文协代表、饰演剧团代表共同组成，8 月 16 日评奖完成。获奖作品共分四大类，剧本及杂要授奖最多达二十九件，其中多幕剧一等奖三个，每奖一百元，二等奖三个，每奖六十元。独幕剧十一个，每奖六十元，杂要剧九个，每奖三十元，杂要三个，其中《大战岱固山》奖金六十元，其余两部各奖十五元。歌曲类共计十六件[①]，

---

① 在《山东文化》1944 年第 2 卷第 2 期《“五月”“七月”奖金评奖》一文中写到“歌曲十五件”，其实是计算错误，在随后的歌曲名单中，一等奖六首、二等奖十首，合计应为十六件。

一等奖六首，每奖二十元，二等奖十首，每奖十四元。绘画木刻十七件[①]，其中连环画册一件，奖金最高为六十元，木刻两件、连环画七件、单幅画七件，每奖二十元。文艺类六件，其中报告文学三件，每奖六十元，诗歌三件，每奖二十元。另附新闻通讯三篇，每奖六十元。新闻通讯类作品原本并不在评奖大类范畴中，因由“奖金赠与者省文协姚尔觉会长所推荐经评委会通知”[②] 方才予以奖掖。而作者来源，基本涵盖了当时胶东地区开展文艺活动的所有组织与院团，其中参与评奖的战士剧社获奖数最多达十三项，实验剧团也有七项获奖。

解放区文艺评奖中个人资助机制的形成并不复杂，而1945年“茅盾文艺奖金”及随后展开的一次对于农村生活短篇小说、速写、报告的征文评奖，其个人资助机制背后的原委却是极为复杂、深层的。“寿茅”以及由此设立的“茅盾文艺奖金”及其征文活动，既是对茅盾先生五十初度的一次隆重纪念，又是对其二十五年来开创的现实主义文学道路以及为“人民文艺”所做贡献的一次肯定与总结；既是重庆国统区“进步文艺界的一件大事”[③]，又是“文艺界的朋友荟萃一堂向国民党的一次示威”[④]；既是中共南方局继1941年“寿郭”、1944年“庆祝老舍创作活动二十周年”等的一种延续，又是对以茅盾为合法代表的新中国文艺“大众化”“人民文艺”方向和未来文艺界领导权归属的一次确认。

在茅盾先生浙江桐乡县乌镇的老家里，历来都有概不做寿也不过生日的传统，因而在1944年至1945年间，他曾在多个场合拒绝了文艺界同仁们为他举办生日庆祝会的美意。1945年6月初，茅盾在与徐冰、

---

① 在《山东文化》1944年第2卷第2期《“五月”“七月”奖金评奖》一文中写到“绘画木刻十七件”，其实是计算错误，在随后的绘画木刻名单中，连环画册一件、木刻两件、连环画七件、单幅画七件，四类合计方为十七件。

② 《“五月”“七月”奖金评奖》，《山东文化》1944年第2卷第2期。

③ 茅盾、韦韬：《茅盾回忆录》（下），华文出版社2013年版，第100页。

④ 同上。

廖沫沙的交谈中又一次论及祝寿之事，方才得知这一提议是周恩来同志提出的。“沈先生从事革命文艺工作整整二十五年了，今年又适逢五十寿辰，这是双喜临门，应该祝贺一番。”① 不仅如此，在1945年的国统区战时首都重庆为茅盾祝寿，更是“为了通过这一活动扩大民主力量的影响，宣扬正气，打击反民主的势力”② 的一次政党间权力的博弈，这将在白色恐怖笼罩下的重庆被传为一桩佳话。孙中田先生曾精辟地概括过“寿茅”的意义，他说：“这是在反法西斯战争最后胜利的前夜，我们党领导文化界举行的一次具有重要意义的活动；或者可以说，是在国统区那种特殊形势下，所采取的团结自己，冲破阻力，战胜黑暗，迎接胜利的一种活动。”③ 因为是党在国统区展开民主与反民主工作的需要，茅盾在是否贺寿一事上不再推辞。选定1945年6月24日，作为五十初度的吉日，其实并非茅盾的真正生日。茅盾出生于光绪二十二年（丙申年）五月二十五日，即1896年7月4日，选择6月24日，仅仅“因为初夏又是二十四日，只有六月份比较合适”④ 的权宜之计而已。除此之外，1945年也并非茅盾从事革命文艺创作整整二十五年的日子，从1918年第一篇童话《寻快乐》发表到1945年已是二十七八年了。从1945年6月6日重庆《新华日报》发表的《庆祝茅盾五十寿辰通启》⑤

---

① 茅盾、韦韬：《茅盾回忆录》（下），华文出版社2013年版，第100页。

② 同上。

③ 孙中田、王中忱：《关于茅盾文学工作二十五周年纪念活动》，《中国现代文学研究丛刊》1980年第6期。

④ 茅盾、韦韬：《茅盾回忆录》（下），华文出版社2013年版，第100页。

⑤ 《庆祝茅盾五十寿辰通启》全文：1945年6月24日，是茅盾先生五十初度的日子。文化界由郭沫若、老舍、叶圣陶、洪深、陈白尘、巴金等二十四人发起，在重庆白象街西南实业大厅举行庆祝茶会，并于事前发出“庆祝通启”。“通启”原文如下：今年沈雁冰先生五十岁了，五十岁正在壮年，祝寿的事又是俗套，我们不愿意从俗为他做什么寿。可是，二十七、八年来，他提倡新文艺，始终没有懈怠过。而且越来越精健。对于他的劳绩，我们永远忘不了。他有所为，有所不为，他经历了好些艰难困苦，只因中有所主，常能怡然自得。对于他的操守，我们永远忘不了。现在他五十岁了，我们虽说不愿意从俗，却真个乐意与他叙一叙，一方面对他表示慰劳的意思，一方面彼此互励共勉，加倍的振起精神来，一同走以后的路。因此，我们决定六月二十四日下午二时，开个茶会。我们诚恳的请您参加，想必会得到你的许可。《新华日报》1945年6月6日。

上也印证了这种算法，“二十七、八年来，他提倡新文艺，始终没有懈怠过。而且越来越精健”①。

1945年6月24日，当主角茅盾与夫人孔德沚步入西南事业大厦大厅时已是下午三点，比原定的时间推迟了一个小时，但庆祝会依旧是高朋满座。中共南方局书记王若飞代表共产党出席，邵力子以个人身份前来。柳亚子、沈钧儒、马寅初、章伯钧、胡子婴、邓初民、刘清扬等各界名士也悉数到场，张道藩也前来祝贺。苏联大使馆一级秘书费德林、美国新闻处窦爱士以及其他各国新闻记者十余人参加茶会。茶会由沈钧儒任主席、老舍主持。会议议程三项：一、王若飞、柳亚子、邵力子、马寅初、冯雪峰、傅彬然先后发言。二、费德林朗诵苏联大使致茅盾先生的贺信；窦爱士代表美国新闻处讲话。三、著名电影演员张瑞芳、赵丹、金山朗诵了《子夜》中吴荪甫与赵伯韬的对话一节。除过重庆文化界，加入“寿茅”活动的还有成都文化界、昆明文化界、陕甘宁边区文协与中华文抗延安分会。陆续向茅盾发来贺电、贺信、贺词②的各界人士包括郭沫若、老舍、叶圣陶、柳亚子、吴祖光、吴组缃、洪深、孙伏园、冯乃超、阳翰笙、胡风、靳以、冯雪峰、巴金、臧克家、艾芜、徐迟、梅林、陈白尘、邵荃麟、葛琴、李何林、光未然（即张光年）、朱自清、李广田、闻一多、李公朴、何香凝、田汉、谢冰心等数十人。1945年6月24日，《新华日报》第三版上发表的由廖沫沙执笔，周恩来、王若飞审查、修改的“社论”《中国文艺工作者的路程》和第二版刊登的王若飞文《中国文化界的光荣　中国知识分子的光荣》充分体现了中国共产党对于茅盾文学创作道路的认可与褒奖。在《中国文艺工作者的路程》中写道：“文艺为人生，也就是要为民族的解放，要为大众的幸福，这是他二十五

---

① 《庆祝茅盾五十寿辰通启》，《新华日报》1945年6月6日。

② 贺词、贺电、贺信可参阅《茅盾五十寿辰作家题词、贺信选》，《中国现代文学研究丛刊》1985年第2期。

年来一贯的努力方向，而这也正就是贯穿了他领导过来的中国新文艺运动的一根灿烂的红线”[①]“中国新文艺运动中有茅盾先生这么一位弥久弥坚，永远年青，永远前进的主将，是深深地值得骄傲的”[②]“让我们用更大的努力来走这段光荣而艰险的路程，让我们新文艺运动的这面光辉的旗子更光辉吧！”[③]而王若飞的文章则从四个方面对茅盾二十五年来的文艺道路给予了总结与嘉奖。第一，茅盾先生是“中国文化界的一位巨人，中国民族和中国人民中最优秀的知识分子”[④]。第二，“茅盾先生的创作事业，一直是联系着和反映着中国民族和中国人民大众的解放事业的”[⑤]“茅盾先生为中国的新文艺探索出一条现实主义的道路”[⑥]。第三，“茅盾先生在中国新文艺的‘大众化’工作和‘中国化’工作上，一直是站在先驱者的行列，而且是认认真真在实践中探索着前进的道路的”[⑦]。第四，“他所走的方向，为中国民族解放和中国人民大众解放服务的方向，是一切中国优秀的知识分子应走的方向”[⑧]。如此一来，茅盾二十五年的文学创作便顺理成章地成为“人民文艺”正确道路的最佳典范，而茅盾先生本人也在“旗手”与“巨子”的称谓中，为未来登上新中国文艺领导核心的地位奠定了坚实的基础。

在“寿茅”的茶话会上，另一件既意外又具有十分重要意义的事件是正大纺织厂总经理陈钧先生当场捐献 10 万元支票，作为“茅盾文艺奖金”一事，而实业家的这一善举背后是中共元老董必武的授意。文协随即聘请老舍、靳以、杨晦、冯乃超、冯雪峰、邵荃麟、叶以群 7

---

① 《中国文艺工作者的路程》（社论·廖沫沙），《新华日报》1945 年 6 月 24 日。
② 同上。
③ 同上。
④ 王若飞：《中国文化界的光荣　中国知识分子的光荣》，《新华日报》1945 年 6 月 24 日。
⑤ 同上。
⑥ 同上。
⑦ 同上。
⑧ 同上。

人组成茅盾文艺奖金评选委员会，再加上后来开明、良友、作家书屋、文化生活、北门、文光、自强、建国等书店合捐的5万元，茶话会庆祝会结余的5万元一起，委托《文艺杂志》《文哨月刊》发起了旨在鼓励农村生活短篇小说、速写、报告，奖膺青年作家从事文学创作的征文活动。征文来稿以5000字为宜，最长不得超过1万字。截止收稿日期为1945年10月底，11月揭晓。后来的变化来自两个方面，一是原先筹措的20万元奖金再次得到扩充，已达30万元之巨；二是发表征文刊物有所变更，《文艺杂志》承担的部分由《文联》代为进行。1946年2月28日，《新华日报》头版发表"启事"，茅盾文艺奖金征文评选委员会正式对外公布了评选结果。征文共计来稿108篇。评选分为甲乙丙三等，其中甲等3名，每人获赠国币4万元；乙等2名，奖金每人国币3万元；丙等3名，每人奖励国币2万元。当选作者均为青年作家，徐疾、田苗、木人、温世扬、李俞、生群、夏培静、汪文孙等得奖者在中国现代文学研究中的确比较生僻。作者中甲等奖的获得者田苗（即胡德培），与茅盾在唐家沱有所交往。"茅盾文艺奖金"征文脱颖而出的8位后学，再次点亮了茅盾先生发现、提携文艺后辈的优良品质，作家沙汀、艾芜便是在茅盾先生的引领下成为载入中国现代文学史的知名作家。除此之外，茅盾文艺奖金评选委员会还委托文光书店代办发奖事宜，而入选稿件则将在《文艺杂志》《文哨》或其他刊物上登载发表。"茅盾文艺奖金"征文作为一次专门为农村题材文艺作品的评奖活动，又一次肯定了茅盾25年创作农村题材小说的卓越成就，以发放24万元奖金[①]让这次文学评奖活动到处都有茅盾的烙印。

"'五四'中国青年节奖金""'五月'、'七月'文艺奖金"以及

① 孙中田、王中忱在《关于茅盾文学工作二十五周年纪念活动》（《中国现代文学研究丛刊》1980年第6期）一文中说"茅盾文艺奖金"征文实际发放奖金数为22万元，实则是一次计算错误，应为24万元。

“茅盾文艺奖金”征文，开创了中国现代文学个人资助评选机制的先河。中共中央领导同志、当年的党外进步人士姚尔觉、重庆实业家陈钧先生的解囊相助，让繁荣中国进步文艺事业、奖掖青年作家创作成为20世纪40年代解放区、国统区各方有识之士的共识。通过文学评奖背后中国共产党所起到的关键作用，也在一定程度上指引了未来新中国文艺的方向。

第二节　中国当代文学第一次评奖的制度构想

1949年7月的北平，来自国统区、解放区的824名代表齐聚一堂，参加中华全国文学艺术工作者第一次代表大会，共同聆听了毛泽东、朱德、周恩来等中央领导同志的讲话，听取了郭沫若、茅盾、周扬等所作的大会报告，在毛泽东《在延安文艺座谈会上的讲话》与解放区文艺经验的指引下，共谋新中国文艺未来的方向。“这次的会是一个大团结的会。壮大我们的力量，团结我们的阵营，为的是使我们的文艺工作搞得更好”[①] 的大会。第一次文代会被习惯性地看作是中国当代文学“起点”的标志。

这次大会，不仅是一次文学界的内部会议，更是一次政治会议。从筹委会完成的八项工作[②]来看，既为新中国文艺体制的建构指明了方

① 陆定一：《陆定一同志讲话》，选自《中华全国文学艺术工作者代表大会纪念文集》，新华书店1950年版，第11页。

② 八项工作具体为：（一）研究、确定大会方针与任务；（二）拟定代表产生办法；（三）起草章程及报告，专题发言等；（四）准备大会演出节目；（五）搜集了作为评选的文艺各部分资料；（六）准备美术作品及文艺资料的展览；（七）编辑出版了《文艺报》，并成立大会宣传处，统一有关大会的宣传工作；（八）筹划、解决经费、会址、代表食宿及交通等问题。上述八大项工作是筹委会全体委员及所有工作人员三个月来努力的结果。大会筹备工作大体上完成了任务，只有评选工作因为收到作品相当多，加以评选委员们差不多都忙于别的事情，未能全部完成初步评选工作。《大会纪要·大会筹备经过》，选自《中华全国文学艺术工作者代表大会纪念文集》，新华书店1950年版，第126—128页。

向，又在一定的规训与惩罚中，对新中国文艺队伍进行了“清理”与“重组”；既确立了新中国文艺的领导机构与组织方式，又明确了作家身份的转变与文艺调控的手段。在已有的研究成果中，斯炎伟的专著《全国第一次文代会与新中国文学体制的建构》以回到原点的姿态深入探究了第一次文代会，从新中国作家的组织化建构、作家体制心理的建构、调控机制的实践建构三个方面寻找第一次文代会与新中国文学体制建构的关联性，无疑为中国当代文学制度研究找到了又一“突破口”。但是，包括斯炎伟先生的著述在内所有关于第一次文代会的研究中，却从来没有见到有关文代会筹委会最重要的议程之一关于文艺作品评选工作的论述，甚至在第一次文代会组织者、亲历者的记述、回忆中，也从来没有对中国当代文学规模如此庞大的第一次文艺作品评选留下只言片语。

如此的“选择性遗忘”既忽视了这次文艺作品评选对中国当代文学制度建构的价值与意义，又从另一个角度透露出这次评奖背后所隐秘着的曲折与复杂，而最终评选的“无果而终”，既预示了“十七年”与“文化大革命”时期中国当代文学评奖的命运，又说明即便是在中国当代文学逐步走向“一体化”的进程中，文学评奖本身仍与文艺界内部纠缠不清的派性斗争与权力争夺密不可分。作为一个学术研究的“盲点”，中国当代文学的第一次评奖应该成为研究以全国性小说评奖为核心的中国当代文学评奖制度的“先声”，只有如此，才能还原中国当代文学评奖制度建构的历史全貌。

一　“无果而终”的构想

1949 年 4 月 6 日，中华全国文学艺术工作者第一次代表大会筹备委员会第二次会议在北平召开。会议决定，在大会召开之际，对近五年来解放区与国统区的文学艺术作品进行评选，并在常委会下设秘书处，处理日常筹备工作外，另设四个专门委员会，分别为文学艺术作品评选委员会、演出委员会、展览委员会和章程及重要文件起草委员会。其中文学艺术作品评选委员会专门负责评奖作品搜集以及中国当代文学史上第一次文艺评奖的初评工作，而演出委员会和展览委员会则在负责文代会期间的剧目展演与美术作品展览工作的同时，也在一定程度上对文学艺术作品评选辅以帮助。

经过筹委会讨论，文学艺术作品评选委员会下设小说（散文、报道）、诗歌、戏剧电影、音乐、美术五个小组，基本上延续了解放区文艺评奖全部类的特征。各组评委主要由第一次文代会筹委会全委（原则上不包括参加世界和平大会之代表）① 及另外聘请者若干人组成，茅盾担任评选委员会主任。

小说组评委共十五人，分别是茅盾、叶圣陶、周扬、沙可夫、胡风、刘白羽、（陈）荒煤、欧阳山、何家槐、巴人、何其芳、赵树理、陈学昭、杨朔、萧殷。召集人叶圣陶。

诗歌组评委共十二人，分别是李广田、艾青、胡风、柳亚子、柯仲平、俞平伯、田间、冯乃超、何其芳、臧克家、安娥、厂民。召集人胡风、艾青。随后又经筹委会第三次会议决定，增聘冯至、王亚平为诗歌组评委，评委人数增至十四人。

戏剧电影组评委共十二人，分别是欧阳予倩、史东山、袁牧之、李伯钊、马彦祥、阳翰笙、宋之的、（陈）荒煤、于伶、张庚、陈波儿、焦菊隐。召集人马彦祥。

音乐组评委共十五人，分别是贺绿汀、马思聪、吕骥、盛家伦、李焕之、任虹、周巍峙、张鲁、李元庆、梁寒光、李德伦、姚锦新、黎国荃、李凌、老志诚。召集人贺绿汀。

---

① 筹委会委员共计四十二人，主要由原全国文协在北平理监事和华北文协理事联席会议产生。

美术组评委共九人，分别是叶浅予、江丰、艾青、蔡若虹、李桦、丁聪、王朝闻、特伟、吴作人。召集人叶浅予。[①] 由于美术组作品之多样性，1949 年 4 月 18 日，在文代会展览委员会第二次例会上对美术组工作又进行了细分。其中江丰、李桦、蔡若虹三人负责年画木刻组；艾青、吴作人、叶浅予三人负责绘画组；王朝闻、丁聪、特伟三人负责雕塑与设计美术组；丁聪、特伟、蔡若虹三人负责漫画招贴画、连环画组。1949 年 6 月 14 日，筹委会第五次扩大常委会决定增聘徐悲鸿、王式廓、古元三人为美术组评委，美术组评委人数增至十二人。

评选委员会主任茅盾在 1949 年 5 月 4 日《文艺报》（文代会会刊）创刊号中，就文代会筹备情况及其有关的一些问题谈及了《一些零碎的感想》，其中第四个问题重点谈到"关于文艺作品的评选与评奖"时特别指出三个关键问题：一是文艺作品评选委员会的任务，即负责文艺作品初选。初选完成后，评选委员会的工作即告一段落，随后将"另行组织一个委员会（姑名为评奖）从初选当选作品中再选取若干给奖"。[②] 二是文艺作品评选的意义。茅盾在充分认识到"评选委员会同人不敢说有经验，而资料的搜集亦难以周全"时高度肯定了"评选全国文艺作品而给奖，在中国还是第一次"。[③] 三是文艺作品评选原则，即专家标准与群众标准相结合。

作品评选的初评工作以文艺作品的征求推荐、广泛征集为第一步。1949 年 5 月 4 日《文艺报》（文代会会刊）刊载了《中华全国文学艺术工作者代表大会筹备委员会　征求推荐文艺作品启事》《中华全国文学艺术工作者代表大会筹备委员会　征集文学艺术作品启事》《中华全国

① 《文代会筹委会消息·专门委员会·评选委员会委员名单》，《文艺报》（文代会会刊）1949 年第 1 期。

② 茅盾：《一些零碎的感想》，《文艺报》（文代会会刊）1949 年第 1 期。

③ 同上。

文学艺术工作者代表大会筹备委员会　征集美术展览品启事》《中华全国文学艺术工作者代表大会筹备委员会　征求文艺杂志启事》四个启事，互为补充的对文艺作品的征集种类、年代范围、征集截止时间以及收件地址予以了明确的说明。

征集作品种类共计四大类三十二种。（一）文学类：包括小说、诗歌、散文、报告四种，单行本及报章杂志发表者均可应征；（二）美术类：包括年画、招贴画、漫画、油画、水彩、国画、素描、木刻、石版画、铜版画、洋片、雕塑、窗花剪纸、皮影子以及画集、连续画册十六种；（三）戏剧类：包括话剧、秧歌、新歌剧、平剧、各种地方剧、快板剧、各种说唱鼓词、道情、隧子九种；（四）音乐类：凡声乐作品、器乐作品及一切综合艺术中的音乐部分三种，均在征集之列。

征集作品的年代范围。凡应征作品，国统区应为近五年问世者，即1945年至1949年。解放区则从整风运动以后算起，即1944年至1949年。除出版者外，剧本根据演出时间，音乐根据演唱时间，美术作品根据展览时间，文学作品根据发表时间算起。

征集截止时间为1949年5月15日。征集作品、美术展览品及征求的文艺杂志，请邮寄至北平邮政信箱第四十号：北平帅府园一号国立北平艺术专科学校，不便邮寄的美术品，请送至北平国立艺专叶浅予先生转。

从以上的信息我们可以看出，中国当代文学史上的第一次全国文艺评奖，无疑是对近五年来全国革命文艺工作者贯彻执行毛主席所指示的“为工农兵服务”的文艺方针，利用文艺作品这个武器揭露敌人的丑陋与黑暗，启发群众觉悟的一次总检阅。

然而，由于征求推荐作品已收到的“大多数是个人推荐自己的作品，缺乏群众意见的反映，且由于过去被敌分割，交通不便，各种文艺作品在当时当地起的作用与群众的反映，我们无法完全知道，亟须各地各部队负责机关广为搜集是项材料”[1]，因此，在1949年第3期《文艺报》上刊载了《中华全国文学艺术工作者代表大会筹备委员会启事二则》，“因地区辽阔，远地作品，多数未能按时寄到，为使全国各地之优秀作品不致遗漏”[2]，特延长征求文艺作品期限的同时，向东北、华北、华东、西北、中原中央局、并转区党委、市委、人民解放军第一、二、三、四野战军政治部，并转各兵团、各军、各师政治部及全国各文艺团体再次发出了征求推荐作品的启事。

二 “广开言路”的求索

在推荐征求、广泛征集文艺作品的同时，文代会会刊《文艺报》还以召开座谈会、讨论会、编发有真知灼见的来稿等形式就文艺评奖的相关问题给予广泛讨论，听取了来自各方面的意见。

第一，关于专家标准与群众标准相结合的评选原则问题。1949年5月12日《文艺报》上登载了何远的《关于专家标准与群众标准》一文。该文直抒胸臆指出：“关于作品评选的标准，一般地定为：‘专家标准与群众标准相结合’，我认为是不明确的，它可能引起各种误会。”[3] 其一，“如果把‘专家标准与群众标准相结合’定为标准，那么什么是专家标准，什么是群众标准，而两者相结合的标准又是什么呢？这是很难闹得清楚的问题”[4]；其二，“这样提法，容易使人理解为专家标准与群众标准是两回事，即是专家与群众各有各的标准。如果真是如此，那末，所谓专家到底是什么人的专家呢”[5]；其三，“有人以为：专

---

① 《中华全国文学艺术工作者代表大会筹备委员会启事二则》，《文艺报》（文代会会刊）1949年第3期。

② 同上。

③ 何远：《关于专家标准与群众标准》，《文艺报》（文代会会刊）1949年第3期。

④ 同上。

⑤ 同上。

家的标准是指作品‘技巧’上的标准，群众标准指的是思想内容的标准。如果所谓专家只是懂得‘技巧’，而不管思想内容，那么，这还成什么专家呢？这种离开思想内容专门讲求‘技巧’的‘专家’，却是有的，不过群众根本不承认他是专家吧了”[①]。而在何远看来，“专家标准与群众标准相结合”应被看作是评选方法而不是评选标准更妥当。而所谓的“结合”更应该是“人民的专家所要求的标准，应该是人民所要求的标准。两者‘互相补充’只是程度上的补充”[②]。在思想内容与技巧的优劣问题上，他说：“不管是专家或是群众，其主要标准应该放在思想内容上。如果内容不好的，不是为工农兵（注意！我是说‘为’工农兵，不一定是‘写’工农兵）的，不管它在‘技巧’上如何‘成熟’，也毫不足取；相反，倘若仅仅有好的政治内容，而不通过艺术形象表现出来，那顶多是篇政治论文，也不足取。但如一篇内容好，‘技巧’略差，另一篇技巧很好而无思想内容，我以为应取前者而弃后者。”[③] 1949 年 6 月 16 日《文艺报》上刊载的西北文学艺术工作者代表团发表的《关于美术品评选工作的建议》同时指出，“我们听说，这次评选作品和评奖作品的方法是：专家标准和群众标准的结合，我们觉得所谓结合应该是在群众标准的基础上接受专家的意见”，因为“美术作品既然主要对象是工农兵，是为工农兵服务的，那就应该以工农兵的意见为主要根据，专家的意见只能是工农兵群众意见的概括和发挥，而不能和工农兵的意见相对立”。[④]

第二，关于作品评选的年代范围问题。在 1949 年 5 月 19 日的《文艺报》上，华北大学文艺学院文学创作组应《文艺报》编者的要求，

---

① 何远：《关于专家标准与群众标准》，《文艺报》（文代会会刊）1949 年第 3 期。

② 同上。

③ 同上。

④ 西北文学艺术工作者代表团：《关于美术品评选工作的建议》，《文艺报》（文代会会刊）1949 年第 7 期。

对该报创刊号所提关于文协的各种问题发表了《关于新文协的几点意见》一文，以期将未必成熟的思考发表出来，引起文艺界和广大读者予以注意并加以讨论。在“评奖与给奖”问题上指出，评选年代范围限定为“最近五年的出版、展览或演奏的文学艺术作品”① 不甚妥当，应当“放宽为自抗战以来；或缩短为自卫战争以来”②，而且不应限制为已经出版的作品，“在解放区因印刷条件，在国统区因环境关系而没有机会出版的，一定也有些有价值的作品”③。

第三，关于作品种类与归类的问题。就已经确定开展评选的四大类三十二种文艺作品外，1949 年 5 月 19 日《文艺报》华北大学文艺学院文学创作组在《关于新文协的几点意见》中提出“应不应该包括论文?”④ 的设想，“论文也是文艺部门里的重要一部分，我们认为：不应把它限制在文艺评选的门外，这，可能是被遗漏了”⑤。1949 年 6 月 9 日《文艺报》登载的、1949 年 5 月 30 日下午《文艺报》主办第二次座谈会纪录《关于新文协的诸问题》中蒋天佐在发言时谈道：“小说部分包括散文报告之类，是否寓言这一形式也值得注意?”⑥ “是否可以把它列为评选对象之一?”⑦ 1949 年 6 月 23 日《文艺报》登载的、1949 年 6 月 8 日下午《文艺报》主办第三次座谈会纪录《关于文艺报民间艺术评选……》中林山代表的发言指出，从毛泽东《在延安文艺座谈会上的讲话》以来解放区说书、鼓词、快板等群众性诗歌的迅猛发展，除戏剧之外，数量最多。“这类弹词、鼓词、快板在群众中，在

① 华北大学文艺学院文学创作组：《关于新文协的几点意见》，《文艺报》（文代会会刊）1949 年第 3 期。

② 同上。

③ 同上。

④ 同上。

⑤ 同上。

⑥ 《关于新文协的诸问题》，《文艺报》（文代会会刊）1949 年第 6 期。

⑦ 同上。

部队中都起了相当大的作用，但在评选时归在戏剧类中，似乎不大适当，是不是可以算作诗歌一类，加入也不合适，是否可以单独成为一类，称为‘唱词’或什么都可以。因为这类东西不论在农村与城市，都很需要。”[①]

第四，关于评委组成的问题。部队系统评委的匮乏成为各方面关注的焦点。1949 年 5 月 12 日《文艺报》第二期羽山在《意见两三点》中指出，“关于这次‘评选’作品，我也多少有点意见，《文艺报》第一期所公布的评选委员会名单我都同意，但、似乎应当增加一些人，在评委中，解放军里的文艺工作者太少，解放军的文艺工作的阵营是非常强大的。”[②] 1949 年 6 月 2 日《文艺报》刊载了华北军区抗敌剧社创作组发表的《我们对新文协的希望》一文，文中就文学艺术评选委员会评委应“补充一些从事部队文艺工作有修养的同志进来（尤其是戏剧音乐两个部门）”[③]，这样对评选工作会有帮助。在 1949 年 6 月 23 日《文艺报》登载的《关于文艺报民间艺术评选……——文艺报主办第三次座谈会纪录》中李之华在发言时谈道，“评委会中最好有各解放区，各野战军的代表参加”[④]，这样既可以弥补评委会人力严重不足的问题，又可以汲取更多、更广泛的意见。

第五，关于评选中如何处理普及与提高的问题。普及与提高问题争论的焦点在于解放区文艺中最具有群众性基础的民间艺术，如年画、画报、新洋片、幻灯、套色木刻、连环画册等的授奖问题。1949 年 6 月 16 日《文艺报》上刊载的西北文学艺术工作者代表团文章《关于美术品评选工作的建议》中写道，“根据我们四五年来的讨论和试验，证明

① 《关于文艺报民间艺术评选……》，《文艺报》（文代会会刊）1949 年第 8 期。

② 羽山：《意见两三点》，《文艺报》（文代会会刊）1949 年第 2 期。

③ 华北军区抗敌剧社创作组：《我们对新文协的希望》，《文艺报》（文代会会刊）1949 年第 5 期。

④ 《关于文艺报民间艺术评选……》，《文艺报》（文代会会刊）1949 年第 8 期。

在目前中国劳动人民的文化水平和物质条件下，美术方面最能深入群众为群众所欢迎，最易普及并起较大作用的作品和样式，首先是年画，画报，新洋片，幻灯，套色木刻和连环画册等。所以这些美术作品到目前已无形中成为解放区美术运动的主流了。因此，我们认为这次大会的评选委员会有特别重视这些作品的必要”①，并且希望“在评选时对这些作品应该把尺度放宽，不应和专家的作品一样严格”②。1949 年 6 月 23 日《文艺报》登载的《关于文艺报民间艺术评选……——文艺报主办第三次座谈会纪录》中江丰再次将评选过程中如何处理好普及与提高的问题上升到如何巩固并扩大实践毛主席文艺方针成果的高度，对当前美术作品评奖中出现的“如果我们只评奖了一些提高的作品，便会忽视了拉洋片，出画报等实际工作的成绩，（他们是刻苦地实践了毛主席的文艺方针的。）会造成使他们不想搞这些普及工作，专去搞提高的东西”③，所以，评奖应在作品的和工作的两个方面协调进行。“洋片，幻灯片，画报，年画，在群众中起了很大的作用，这种工作的奖励是必要的”④。柯仲平在发言中也肯定了评选中应着重关注群众性作品，尤其是有教育意义的、被群众所喜闻乐见的作品。

第六，关于评选的运作问题。对于中国当代文学史上的第一次全国性文艺评奖，评选定期性、经常性的希望成了各方面的共识。1949 年 5 月 19 日《文艺报》华北大学文艺学院文学创作组在《关于新文协的几点意见》中就曾经希望“评选委员会应作为文协的一种经常性的组织，评选工作应作为文协的一种经常性的工作”⑤，并就此次评奖“‘匆匆忙

① 西北文学艺术工作者代表团：《关于美术品评选工作的建议》，《文艺报》（文代会会刊）1949 年第 7 期。

② 同上。

③ 《关于文艺报民间艺术评选……》，《文艺报》（文代会会刊）1949 年第 8 期。

④ 同上。

⑤ 华北大学文艺学院文学创作组：《关于新文协的几点意见》，《文艺报》（文代会会刊）1949 年第 3 期。

忙’是可能会出毛病的”[①] 为理由，希望未来的文学评奖能“从长计划”，并“提议发起毛泽东文艺奖金或奖章”[②] 的构想。而在 1949 年 5 月 26 日《文艺报》叶浅予的文章《关于新文协的意见》中也指出，文艺评奖应当成为未来文协的一项经常性的工作，并希望能够每年举行一次，优秀者授予奖金或奖章。1949 年 6 月 2 日《文艺报》上刊载的华北军区抗敌剧社创作组文章《我们对新文协的希望》中也“希望文协建立经常的定期的评奖工作”[③]，使之成为激励文学创作，繁荣新中国文艺园地的重要手段。

在一边听取各方意见的同时，第一次文代会文学艺术作品评选委员会的工作也随着作品征集量不断增长开始进入评选程序。1949 年 5 月 19 日，唐因在《文艺报》第三期上刊文《评选委员会工作概况》，介绍了从 1949 年 4 月初文学艺术作品评选委员会成立以来所进行的工作，对作品搜集、评选标准与方式又进行了细化。作品搜集“除登报征求及购买外，并致函各地有关团体与个人进行征集。各组已搜集材料计应征及推荐者五十一种，购买者一百二十八种”[④]。在各组对评选标准的讨论中，“认为评选作品首先应视其在群众中所起的教育作用如何”[⑤] 加以审定。“由于解放区与国统区之情况不同，两区作品的标准不易一致”[⑥]，因此评选方式有必要“先在各该区之范围内加以比较，再作最后的定评”[⑦]。但是，评选中遭遇的困难亦是不少。为了应对作品搜集

① 华北大学文艺学院文学创作组：《关于新文协的几点意见》，《文艺报》（文代会会刊）1949 年第 3 期。

② 同上。

③ 华北军区抗敌剧社创作组：《我们对新文协的希望》，《文艺报》（文代会会刊）1949 年第 5 期。

④ 唐因：《评选委员会工作概况》，《文艺报》（文代会会刊）1949 年第 3 期。

⑤ 同上。

⑥ 同上。

⑦ 同上。

的难题，延长征集作品期限是其一，电请各地各部队机关负责推荐是其二，“由筹委会秘书处致电济南文协检寄华东解放区文艺材料”① 予以补充是其三。其次是评委人员的严重不足。除过评委们大多兼有其他职务，忙碌之余无暇阅读，评选工作进行迟缓外，戏剧电影组原有的十一人评委中更是因为“离平及染病者外，只剩五人”②，曾提议停止评选，但未通过。因此原定于文代会开幕前提交初选名单，交大会评奖，不得不“由于时间、材料、人力之不足，第一次临时常委会乃作了《评选求审慎周到而不求限期完成》之决定，并于筹委会第三次会议上通过《评委会工作如在大会前未能完成，会后仍应继续进行》之决议”③。1949 年 7 月 2 日文代会正式开幕后，筹委会在《大会筹备经过》汇报中对评选委员会的工作进行了总结。根据不完全统计，共计搜集各类作品三千九百三十五件。“除美术作品已初步评选出五百六十三件外，其余小说诗歌戏剧音乐等部门也提供了一部分意见”④。1949 年 7 月 17 日，文代会第十三日，对大会后作品评选委员会继续进行评奖事宜给予了谋划，“决定将由文联全国委员会继续组织评选”⑤。

然而，中国当代文学史上轰轰烈烈的第一次全国性文艺评奖最终却以“流产”的方式宣告终结。在现存的各种材料中，仅在 1950 年 8 月 25 日出版的《文艺报》第二卷第十一期封底刊载的《中华全国文学艺术工作者代表大会艺术展览会美术作品选集》出版发行书讯中窥见了“评选后续”工作的一点端倪。这本选集“所收入之作品，乃由一九四九年七月在北京举行之中华全国文学艺术工作者代表大会美术展览品中

① 唐因：《评选委员会工作概况》，《文艺报》（文代会会刊）1949 年第 3 期。

② 同上。

③ 同上。

④ 《大会纪要·大会筹备经过》，选自《中华全国文学艺术工作者代表大会纪念文集》，新华书店 1950 年版，第 127—128 页。

⑤ 柏生：《文代大会第十三日　选举全国委员会委员　诗歌工作者筹组联谊会》，《人民日报》1949 年 7 月 18 日第 2 版。

所选出（作者包括全国各地的美术工作者，创作年代为一九四三年至一九四九年），其中一部分是解放区的美术工作者的作品，反映了中国人民伟大的解放事业和辉煌的社会建设；另一部分是当时留在国民党统治区的美术工作者的作品，描绘的是当时在国民党反动统治下的社会动态及人民的生活斗争。一方面是反映新中国的光明，一方面是反映旧中国的黑暗"[①]，这本选集的出版，是全国美术工作者对新中国诞生的献礼。选集共分五个部分，其中绘画十九幅、木刻十二幅、年画十幅、漫画十三幅、雕塑八幅。

中国当代文学第一次全国性评奖的命运预示着当代文学"一体化"进程中以批评与自我批评为核心的文学批评制度建构成为主流，而以文学评奖为核心的奖励机制作为潜流、支流，在"十七年"与"文化大革命"时期较为特殊的政治语境、特别的文艺类型中虽然有所突破，但始终未能建构起中国当代文学评奖制度，文学评奖始终在文学批评的强大话语权之下沦为配角。同时，由于文学评奖牵涉到不同文学势力在当代文学资源、权力、利益分配中的利害关系，所以对于文学评奖机制的弱化从侧面反映了文学界内部斗争、博弈的复杂性与矛盾的尖锐性。

第三节 "十七年"时期中国当代文学评奖的重要收获

伴随着中国当代文学第一次全国性评奖的"流产"，1949 年至 1966 年的中国当代文学奖励机制始终受制于新中国文学"一体化"进程的羁绊，在文学各方势力话语诉求与利益需要的夹缝之中，呈现"墙内

① 《中华全国文学艺术工作者代表大会艺术展览会美术作品选集》（发行启事），《文艺报》1950 年第 2 卷第 11 期。

凋敝”与“墙外开花”两种截然不同的发展态势。作为党以文学批评为主要整饬话语方式的一种陪衬，“十七年”时期真正具有全国意义的文学评奖仅有1954年“全国少年儿童文艺创作评奖”一次。反倒是年画、歌曲、电影、摄影、美术、连环画等群众喜闻乐见的艺术样式在文化部、全国文联、中国美术家协会等机构和《歌曲》《人民音乐》《大众电影》《中国摄影》《音乐创作》等杂志的联合推动下相继举办过多次评奖，其中，20世纪60年代初连续举办的第一届、第二届“《大众电影》百花奖”，在周恩来等党和国家高层领导人的倡导下，成为“十七年”时期最受群众欢迎、至今仍然具有重要影响力的国家级文艺大奖。与全国性文学评奖“墙内凋敝”的景象相比，1952年，中国作家丁玲、周立波、贺敬之、丁毅以各自最优秀的作品《太阳照在桑干河上》《暴风骤雨》《白毛女》荣获1951年斯大林文学艺术奖金。1957年，工人出身的上海作家胡万春在世界青年联欢节举办的国际文艺竞赛中，荣获世界优秀短篇小说荣誉奖。“墙外开花”的“收获”不仅让处在战后世界冷战格局中的中国当代文学走出国门，得到了社会主义阵营，尤其是苏联“老大哥”的认可；更是在毛泽东《在延安文艺座谈会上的讲话》指引下，在“五四”革命传统的基础上，我国社会主义现实主义的文学艺术，“取得了进一步的发展和新的巨大的成就”。①

一 “墙外开花”

1939年，为庆祝斯大林同志60岁寿辰，根据苏联人民委员会1939年12月20日决议，同意设立“斯大林奖金”，奖给科学、技术、文学、艺术、建筑等方面的杰出成果。除1944、1945年年未颁发，1946年两

① 周扬：《为创造更多的优秀的文学艺术作品而奋斗——一九五三年九月二十四日在中国文学艺术工作者第二次代表大会上的报告》，《文艺报》1953年第19期。

度颁发外，从1941年至1952年每年颁发一次。随着1953年斯大林的逝世，赫鲁晓夫的上台，“斯大林奖金”长时间被搁置，直到1966年4月，苏共中央和苏联部长会议决定，将“斯大林奖金”改为“苏联国家奖金”，方才得以延续。“斯大林奖金”评选委员会由有关单位和各方面著名人士组成，对已提出的候选名单进行评选，十月革命节时颁发。各类奖项分为一、二、三等，奖金分别为10万、5万和2.5万卢布。

“斯大林文艺奖金”作为“斯大林奖金”的重要组成，奖项设置主要分为音乐、绘画、雕塑、建筑、戏剧、歌剧、舞剧、电影、散文、诗歌、剧作、文学批评十二类。斯大林经常亲自撰写提纲并主持“斯大林文艺奖金”候选作品讨论会，并“对文学艺术进行随心所欲的干预”。[①] 首届“斯大林文艺奖金”获奖者包括A. H. 托尔斯泰的《彼得一世》、谢尔盖耶夫—青斯基的《塞瓦斯托波尔的鏖战期》、肖洛霍夫的《静静的顿河》等。“二战结束后，资本主义阵营和社会主义阵营进入冷战时期。在社会主义阵营，诺贝尔奖被认为是资产阶级性质的东西。在社会主义阵营，有自己的最高文学奖——创立于1939年的斯大林文学奖。”[②] 因此，能够受到“斯大林文艺奖金”的认可，这是冷战思维下中国当代文学作家最大的奢想。

1952年3月13日，正在莫斯科参加果戈理逝世一百周年纪念活动的丁玲，遇见了兰斯科依。丁玲在《重访莫斯科》的日记中写道：“兰斯科依告我有好事，却不肯说。到晚上他不得不告诉我了。因为广播电台要广播，要我加一段感谢的话。他告诉我得到斯大林奖金了。”[③] 正是这天晚上，“苏联广播电台广播了苏联部长会议关于以斯大林奖金授

---

① ［苏联］康·西蒙诺夫：《我们这代人的看法——关于斯大林的若干思考》（节选），摘译自《旗》杂志1988年第4期。

② 王彬彬：《从丁玲获“斯奖”到莫言获“诺奖”》，《文学报》2012年12月13日。

③ 丁玲：《重访莫斯科》，《丁玲全集》第11卷，河北人民出版社2001年版，第387页。

予 1951 年在科学发明和文学艺术方面有卓越成绩者的决定。丁玲的长篇小说《太阳照在桑干河上》，贺敬之、丁毅执笔的歌剧《白毛女》获二等奖，周立波的长篇小说《暴风骤雨》获三等奖。”① 然而这并不是中国文学艺术家第一次获得“斯大林文艺奖金”。1950 年由北京电影制片厂与苏联中央文献电影制片厂联合摄制的影片《中国人民的胜利》、与莫斯科高尔基电影制片厂联合摄制的影片《解放了的中国》就曾双双荣获 1951 年颁发的“斯大林文艺奖金”。而真正意义上代表中国当代文学荣获“斯大林文艺奖金”的还要算 1952 年颁给丁玲、周立波、贺敬之、丁毅的这一次。

获得社会主义阵营的“最高文学奖”，恰巧此时的丁玲就在苏联，代表中国获奖作家接受采访、发表讲话让她一时间成为万众瞩目的焦点。在《荣获一九五一年斯大林文艺奖金后对苏联记者的谈话》中她将这份荣誉看作是一种奢望。“我是一个渺小的人，只做了很少很少的一点工作，从来不敢有什么幻想，我爱斯大林，我爱毛泽东。当我工作的时候，我常常想到他们，好像他们站在我的面前一样。但是，我从来连做梦也不敢想到斯大林的名字能和‘丁玲’这两个字连在一起。今天，我光荣地获得了一九五一年度文学方面的斯大林奖金二等奖。这个意外的光荣是多么震动了我。”② 作为一个作家，能将当时心中最高的文学奖揽入怀中，无疑是一种成功，丁玲等从此将跻身世界级作家的行列。她珍视这份难得的荣誉，在蒋祖林《列宁格勒四日——回忆母亲丁玲》一文中，作为中国代表参加 1954 年在莫斯科举行的第二届苏联作家代表大会便是一种光荣。当他在莫斯科与母亲丁玲相见时，“妈妈穿一件黑丝绒旗袍，右胸佩着斯大林文学奖奖章，……她见我注视着奖章，便说道：

① 王增如、李向东编著：《丁玲年谱长编》上卷，天津人民出版社 2006 年版，第 290 页。

② 丁玲：《荣获一九五一年斯大林文艺奖金后对苏联记者的谈话》，《丁玲全集》第 7 卷，河北人民出版社 2001 年版，第 300 页。

‘我也是入乡随俗，会议期间，得斯大林文学奖的苏联作家都戴着奖章，我戴它是表示对苏联政府的尊重’”。[①] 这熠熠生辉的奖章无疑让丁玲在苏联更加醒目。妈妈还说：“在莫斯科，我们去参观苏联文学馆。……最后一个厅，陈列着现代外国作家的照片，中国作家有鲁迅、郭沫若、茅盾、丁玲四人的照片”[②]，而且苏联文学馆馆长说：“挂哪些作家的照片，我们是经过认真考虑的。”[③] 由此可见，不仅俄译本《太阳照在桑干河上》享受着在苏联最重要的刊物《旗帜》杂志连载，单行本由莫斯科外国文学出版社出版的最高礼遇，作家丁玲本人也因荣获“斯大林文艺奖金”成为最负盛名、誉满全苏的中国当代杰出作家之一。

丁玲的喜悦自是不言而喻，但每每听到他人的祝贺，却又令她陷入了无法形容的复杂心情和巨大的不安之中，渴望尽快投身于另一种沉重，而这种沉重是她对未来创作更高的要求与期许。在 1952 年 3 月 17 日《致陈明》的家信中，丁玲写道：“可是我总觉得沉重。我一定还要写出更好的作品才行!”[④] 因此，为了“无愧于斯大林奖金的获得，无愧于人民给我的教育”[⑤]，1952 年 10 月，以腰病为由，丁玲请求辞去中宣部文艺处处长、全国文协党组组长、《人民文学》副主编职务，去旅大疗养。而在涂绍钧《纤笔一支谁与似——丁玲》一书中，提及周扬与林默涵就丁玲请辞一事的谈话[⑥]。

周扬：“默涵同志，丁玲把文艺处、文协、《人民文学》的工作给

---

① 蒋祖林：《列宁格勒四日——回忆母亲丁玲》，《新文学史料》1996 年第 3 期。

② 同上。

③ 同上。

④ 丁玲：《致陈明》（1952 年 3 月 17 日），《丁玲全集》第 11 卷，河北人民出版社 2001 年版，第 103 页。

⑤ 丁玲：《荣获一九五一年斯大林文艺奖金后对苏联记者的谈话》，《丁玲全集》第 7 卷，河北人民出版社 2001 年版，第 300 页。

⑥ 涂绍钧：《纤笔一支谁与似——丁玲》，人民日报出版社 2009 年版，第 377—378 页。

辞了，今后，文艺处还是由你和严文井同志负责，天不会塌下来。”

林默涵：“我看她腰痛确实比较厉害。”

周扬：“我当然知道，主要的，还是不愿意干行政业务，当作家，得奖，名利双收嘛！”

林默涵：“这两年，她的影响是比较大。”

周扬：“哼，作家，有什么了不起？我上次对她和周立波讲过，组织上让你当作家你就是作家，组织上不让你当，哼！你们不要太幼稚，她这个人哪，我晓得。她把文艺处、文协的工作给辞了，不是明摆着闹独立性吗？文学研究所的所长怎么舍不得辞，那是她的地盘嘛！”

林默涵惊愕着，没有出声……

由于在《太阳照在桑干河上》出版事宜上丁玲与周扬的“交恶”，让“斯大林文艺奖金”再次成为左翼内部不同势力核心人物在中国当代文学利益、资源、权力分配与争夺上的“敏感事件”，因此才有了涂绍钧先生带有明显偏向的一次记述。

1952年6月7日，苏联驻华大使馆举行授奖典礼，向丁玲、周立波送上奖金，而贺敬之、丁毅的奖金待日后另发。授奖典礼由苏联驻华大使罗申主持，中央文化部副部长周扬、外交部苏联东欧司副司长徐以新以及首都文化界多人出席。在苏联大使罗申的致辞中说：“授予中国作家以斯大林奖金，证明苏联人民由于与伟大中国朋友的成绩而高兴。得奖的作品在苏联都很出名，苏联人民从这些作品中认识了中国历史上的进展。”① 丁玲在讲话中借用苏联《真理报》的评价概括了三部获奖作

① 《苏联大使馆代表斯大林奖金委员会授予丁玲等斯大林奖金》，《文艺报》1952年第11、12期合刊。

品的成就，“都忠实地描写了他们本国劳动人民的生活及其争取自由与幸福的斗争”[①]，并且说：“中国人民伟大的斗争和它各方面的成就，远非我们这几本书所能包括和表现，即是从这几本书来看，就其政治性和艺术性来看，也还并非达到完美的成功。人民也还在不断地向我们要求，要求符合于今天中国的伟大现实的作品，符合于斯大林时代的崇高的、理想的作品，我们更须要用大力来提高中国的、新现实主义的文学水平。”[②] 周扬最后发表了讲话，他说：“丁玲同志等的得奖作品，以艺术的力量，描绘了中国农民在工人阶级领导之下对封建地主阶级的胜利斗争。这些作品的得奖，不仅是作者的最大的光荣，同时也是我国文艺界和我国人民的光荣。这个光荣的获得应该感谢中国共产党和毛泽东同志的正确领导，感谢先进的苏联文艺和伟大的苏联人民的帮助。”[③]

1952 年 6 月 8 日，全国文联举行丁玲等四位同志荣获斯大林奖金庆祝会。庆祝会由周扬主持，全国文联主席郭沫若和文艺界人士一百余人出席。在这次大会上，丁玲宣布，将全部奖金五万卢布（约合人民币三亿三千七百七十万元）捐给全国妇联儿童福利部，用于儿童福利事业。1952 年 9 月 10 日，新华社讯：“全国妇联已征得了丁玲的同意，决定把她捐赠的斯大林奖金款，五分之一作为优秀的儿童文艺读物奖金，其余用来购买幻灯机和幻灯片发到农村去，向农村的儿童和母亲们进行妇幼卫生教育，宣传苏联儿童和新中国儿童的幸福生活。”[④] 周立波也同时宣布把全部奖金二万五千卢布捐献给中国人民志愿军，作为购

---

① 丁玲：《在斯大林奖金授奖仪式上的讲话》，《丁玲全集》第 7 卷，河北人民出版社 2001 年版，第 294—295 页。

② 同上书，第 295 页。

③ 《苏联大使馆代表斯大林奖金委员会授予丁玲等斯大林奖金》，《文艺报》1952 年第 11、12 期合刊。

④ 王增如、李向东编著：《丁玲年谱长编》上卷，天津人民出版社 2006 年版，第 296 页。

买书物之用。在给志愿军司令员彭德怀和全体指战员的信中，周立波说：“你们在朝鲜和英勇的朝鲜人民军一起，打击美国侵略者，保卫世界和平，保卫朝鲜人民，保卫祖国安全的行动，获得全世界人民的尊敬。全中国人民把你们引为祖国的骄傲和光荣。”① 随后，丁毅、贺敬之也效仿将奖金捐出。这次集体捐款行动，并非是丁玲们的一次创举。1943 年 3 月 21 日，苏联《真理报》曾发表斯大林给阿·托尔斯泰的回信，接受作家的捐献，并对他表示谢意和问候。同年，《新华日报》索引中就对苏联斯大林奖金得奖者纷纷捐出奖金一事也做过相应的报道。1951 年 8 月 9 日，《人民日报》也曾转发新华社报道：“参加《中国人民的胜利》、《解放了的中国》两部影片摄制工作而获得斯大林文艺奖金的中国电影工作者徐肖冰、苏河清、周峰、吴本立、李华、徐来 6 人，捐献所得奖金共 1.070462 亿元。作为购买‘人民电影号’飞机之用。参加《中国人民的胜利》影片制片工作而荣获斯大林文艺奖金的周立波，将本人所得 1500 万元奖金全部捐献，做购买‘鲁迅号’飞机之用。”②

丁玲、周立波、丁毅、贺敬之荣获“斯大林文艺奖金”是冷战格局下我国作家所获得的社会主义文学最高奖，更是“十七年”时期中国当代文学所取得的重要收获。正如草明在《斯大林文艺奖金给中国人民的鼓舞》中所说：“丁玲、周立波等同志的作品《太阳照在桑干河上》、《暴风骤雨》、《白毛女》，是他们实践了毛主席的文艺方针，深入生活，艺术地反映了中国人民为自己的解放而进行的斗争和胜利的结果，这些作品为中国读者所欢迎，同样也为苏联读者所喜爱。这些作品鼓舞了中国人民在胜利的欢欣中来建设祖国，也鼓舞了那些仍陷在水深

① 《作家周立波将所获斯大林文艺奖金献给志愿军》，《人民日报》1952 年 6 月 21 日。

② 《文化生活动态》，《人民日报》1951 年 8 月 9 日。

火热中的受压迫的民族更勇敢地进行解放斗争运动。这些作品之被苏联人民所重视，不是偶然的。也只有酷爱和平，帮助与关心兄弟国家的幸福生活的人民，才会把别国的繁荣和进步引为自己的喜悦。”① 那么，工人作家胡万春的短篇小说《骨肉》在1957年世界青年联欢节举办的国际文艺竞赛中被评为世界优秀短篇小说，虽然并非专业评选，但作为解放后成长起来、逐渐走向世界文艺舞台的工农兵作家中的典范，胡万春的成长模式既践行了毛泽东《在延安文艺座谈会上的讲话》，又实现了文学创作与工农兵群众的真正结合。

从延安整风到第一次文代会，具有小资产阶级性质的知识分子始终在毛泽东《在延安文艺座谈会上的讲话》精神的指引下进行着自我思想的改造。新中国成立后，伴随着革命发展的新需要和文艺领域的新问题，直接从当代青年中，尤其是工农兵中培养作者成为文学队伍建设的新方式。邵荃麟曾在《新形势下文艺运动的几个问题》中明确提出“如何使广大工农中间的爱好文艺者组织起来呢？应该运用怎样的形式去组织他们呢？”② 的队伍培养问题。邵荃麟既指出了工农作者的组织形式不应等同于作家协会的原则，又同时规定了工农文学创作的机制应是“先让工农作者在生产单位的小型活动中崭露头角，然后再由高一级的组织形式把其中的先进分子组织起来”③。胡万春便是严格遵循这样的培养方式，从一个饱尝旧社会之苦的城市贫民成长为新中国工业建设中一名拿得动一百斤钢锭的工人，再通过一步步的组织化培养最终成为享有世界声誉的工人作家。

胡万春1927年1月7日出生在上海一户贫民家庭。11岁起在耶稣

① 草明：《斯大林文艺奖金给中国人民的鼓舞》，《文艺报》1952年第11、12期合刊。

② 邵荃麟：《新形势下文艺运动上的几个问题》，选自《邵荃麟评论选集》（上），人民文学出版社1981年版，第248页。

③ 任丽青：《上海工人阶级文艺新军的形成——暨工人小说家论》，上海大学出版社2010年版，第39页。

堂中免费诵读《马太福音》。13 岁辍学当起了学徒，17 岁进钢铁厂。新中国成立后，20 岁的他开始通过工人自愿组织的读报活动接触到了《劳动报》，“在党的培养下，我当了工农兵通信员。我写第一篇稿子是用嘴巴讲，记者帮助记下来的。结果稿子登出来用我的名字。”① 1952 年，3000 字的特写《修好轧钢车》在《文汇报》副刊登载。后经上钢二厂党委批准参加上海工人文艺创作组，深入学习文艺知识的同时，刻苦钻研毛主席《在延安文艺座谈会上的讲话》精神以及党的文艺政策。1956 年 1 月在《文艺月报》上发表了自传体短篇小说《骨肉》以后，被组织安排到《劳动报》和《萌芽》杂志社边看稿、边学习，逐渐成长为一名“工人文学编辑”。同年，参加了全国青年文学创作者会议，在文学讲习所学习近 3 个月并加入了上海作家协会。

胡万春最早的文学给养来自高尔基的《童年》和《人间》。“当我读完《童年》，开始读《人间》时，不知怎么的，我的脑海里像电影似的映出了我童年时代的情景。我想：高尔基念过很少的书，能将自己惨痛的童年生活写出来，告诉别人，这该多么好呀！就是这样，高尔基的作品不仅教育了我，提高了我的阶级觉悟，而且还启发了我对文学发生兴趣，并从而去认识生活、理解生活。”② 而自传体短篇《骨肉》全然受到了高尔基的影响。“当我看了这本《童年》之后，心里非常感动，它使我回想起自己的童年生活。我想，高尔基能把自己有意义的童年生活写出来，我就不能写吗？所以我就开始下决心写作。”③ 同时，“1955 年 4 月份，党给我一个机会到北戴河去学习。我们学习的是工会工资工作。于是我们学习了马克思的剩余价值的学说。我被剥削的秘密吸引住了。我懂得了有了阶级就有了剥削，有了剥削就有了人压迫人。我更懂

① 胡万春：《我是怎样学习写作的》，《萌芽》1958 年第 12 期。

② 胡万春：《永远向苏联文学学习》，《萌芽》1957 年第 21 期。

③ 胡万春：《我是怎样学习写作的》，《萌芽》1958 年第 12 期。

得了，自己是工人，在旧社会这样受苦受难，是因为我们工人阶级是被压迫阶级，于是，我就产生了对旧社会强烈的仇恨。”① 因此，《骨肉》中那阴暗角落里父亲失业、母亲替人洗衣的一家四口，靠典当、借“印子”甚至卖女过活，这一切都是旧社会中赤贫人家浸透着血泪歌哭最为本真的写照。而与此相对应的，是旧社会靠“放印子钱发财”、嗜血的高老板和高太太悠闲且丑恶的嘴脸。著名儿童文学家陈伯吹曾在《扣人心弦的一页》中写下读完《骨肉》的读后感：“我读下去就像碰上磁石，就给作品吸引住了，一口气读下去还放不掉。作者的思想感情，通过作品成功地传递给读者，读者就毫不迟疑地和作者站在一起，爱作者所爱，恨作者所恨。……这些场面，不仅仅是情景逼真，而且也还不是孤立的画面，它们有机地、浑然一体地交织成一幅血泪斑斑的劳动人民生活的图画。这幅图画虽然只是描绘了旧社会的万分之一的罪恶事迹，可是反映出了私有制度的旧社会的狰狞面貌。这一幅图画，不光是让广大的读者诉诸于感情的义愤填膺；也还在广大的读者的思想意识里提出了十分严肃的具体的问题：这个工人家庭的一家人为什么要挨饿，难道由于他们好逸懒惰？由于浪漫挥霍？他们亲骨肉怎么会离散，难道由于父母不疼爱子女？由于子女自动地从老家出走？作者肯定地回答说：不！那么，这一出悲剧怎么会发生的呢？作者给广大的读者擦亮了眼睛，心头明白，能够寻根究底地挖出阶级社会的人剥削人、人吃人的这个祸殃的根——资本主义的私有制度。……虽然一把辛酸泪的穷愁苦难的日子在我们的土地上一去不复返了，然而向孩子们展示一下父辈过去的血泪生活的图景，从艰苦奋斗、可歌可泣的事迹里，认识幸福生活的得来不易，是会阻遏忘本思想的生长，反过来增强珍视和保卫胜利果实的决心，并且进一步鼓舞他们长大起来，奋发有为地担

① 胡万春：《土壤和种子》，选自《作家谈创作》，花城出版社1981年版，第682页。

负起迅速实现壮丽的社会主义远景的责任，而准备当又红又专的优秀接班人。”①

胡万春《骨肉》在1957年莫斯科举行的第六届世界青年联欢节举办的国际文艺竞赛中被评为世界优秀短篇小说，这是当代中国工人作家在世界舞台上的第一次“华美绽放”。世界青年联欢节由世界民主青年联盟②执行委员会主办。作为反对侵略和战争，歌颂和平与友谊的大型国际活动，早年的世界青年联欢节在社会主义国家中享有盛誉。从1947年至1957年十年间，世界青年联欢节每两年举行一次，举办地均在社会主义国家。

表1-5　　第1—6届世界青年联欢节概况一览表

届别	时间	举办国	举办城市
第一届	1947年7月20日—1947年8月17日	捷克斯洛伐克	布拉格
第二届	1949年8月14日—1949年8月28日	匈牙利	布达佩斯
第三届	1951年8月5日—1951年8月19日	民主德国	柏林
第四届	1953年8月2日—1953年8月16日	罗马尼亚	布加勒斯特
第五届	1955年7月31日—1955年8月14日	波兰	华沙
第六届	1957年7月28日—1957年8月11日	苏联	莫斯科

二　“墙内凋敝”

与受到“斯大林文艺奖金”和世界青年联欢节国际文艺竞赛的眷顾相比，“十七年”时期中国当代文学评奖却呈现出“墙内凋敝”之

① 陈伯吹：《扣人心弦的一页》，《萌芽》1958年第2期。

② 世界民主青年联盟简况：1942年11月，29个国家的青年代表在伦敦建立了一个反法西斯的国际青年组织——世界青年协会。它的主要任务是鼓舞和支援全世界青年争取反法西斯战争的胜利。1945年11月，世界青年协会在伦敦召开了世界青年代表大会，大会共到代表约600人，代表着64个国家的3000万有组织的青年群众。会上决定成立世界民主青年联盟（简称世界青联），通过了世界青联的会章。世界民主青年联盟以团结全世界民主青年，为保卫世界持久和平、争取民主和民族独立，争取青年的权利与美好的将来，作为斗争的目标。

姿。真正意义上的全国性文学评奖仅在儿童文艺领域举办过一次，即1954年由中国人民保卫儿童全国委员会发起的第一次“全国少年儿童文艺创作评奖”。这次评奖也是较少在新时期仍然得以接续的全国性奖项。[①] 而在1949年至1966年国内评奖舞台唱主角的是文化部、中国美术家协会、中国电影工作者协会等政府机构或全国性文艺团体多次举办的年画、连环画、电影等极具群众性基础的文艺评选。其中，20世纪60年代初连续举办的第一届、第二届“《大众电影》百花奖”[②]，在周恩来等党和国家高层领导人的推动下，逐渐从一家杂志、群众投票的电影奖项转变为中国电影工作者协会主办的、至今仍具有重要影响力的国家级文艺大奖。由此可见，“十七年”时期中国当代文学评奖的尴尬境遇。

1954年“全国少年儿童文艺创作评奖”由中国人民保卫儿童全国委员会发起。中国人民保卫儿童全国委员会是1951年11月26日为响应国际民主妇联“保卫世界和平，保卫儿童”的号召，促进我国的儿童福利事业而特别成立的。宋庆龄任中国人民保卫儿童全国委员会主席，邓颖超、李四光、李德全、廖承志、傅连璋、韦悫任副主席，秘书长为康克清。第一次“全国少年儿童文艺创作评奖”旨在“为了培养中国儿童的新的道德品质，鼓励创作儿童文艺作品，提高儿童文艺作品的质量”[③] 而举行。中国人民保卫儿童全国委员会特此拨出该会福利基金之一部分作为奖金，并邀请丁玲、康克清、叶圣陶、高士其、方兴严、吕骥、张天翼、光未然、陈白尘、华君武、袁水拍、马烽、任虹、韦君宜、金近、李丽莲、贺宜十七人组成儿童文艺作品评奖委员会，于

① 第二次“全国少年儿童文艺创作评奖”办公室于1979年6月7日发布启事。

② 第三届“《大众电影》百花奖”于1964年3月1日开始由中国电影工作者协会主办，却最终未能如期完成。新时期之后，第三届“《大众电影》百花奖”于1980年重新举行。

③ 《文化简讯》，《人民日报》1953年6月27日。

1953年6月17日委员会第一次会议上，一致推选"斯大林文艺奖金"得主丁玲为主任、张天翼为副主任。评选办法如下[①]：

一 评选标准：根据人民政府关于培养儿童爱祖国、爱人民、爱劳动、爱科学、爱领袖、爱护公共财物的品质，具有勇敢、坚强的进取心和不怕困难的精神，自觉遵守纪律，对人有礼貌和能团结互助的作风等要求，对培养儿童新的道德品质具有显著教育意义的，为儿童所喜爱并为儿童所易于理解，适合于儿童心理发展的，具有艺术性的作品。

二 评选范围及步骤：自中华人民共和国成立以来，至一九五四年元旦前所发表过的且为读者所公认的优秀作品，包括小说、故事、童话、散文、诗歌、歌曲、剧本、连环画以及用文字形式表现的科学故事等，由全国文协、青年团中央、教育部等有关单位分别负责搜集，经过初步选定后，于一九五四年一月底以前，交评奖委员会最后评定。发奖日期定于一九五四年六月一日国际儿童节举行。

从评选标准来看，"全国少年儿童文艺创作评奖"在强调作品艺术性的同时更加注重作品思想性对于少年儿童的引导作用和教育意义，更加关注作品本身的通俗性和科普价值。从评选范围来看，这次评奖是对1949年10月1日至1954年1月1日以来全国少年儿童文艺作品的一次"总检阅"，在选评的基础上既肯定"最近几年来许多文学家、艺术家在儿童文艺创作方面的贡献以及许多优秀的作品获得广大儿童喜爱的生动事例"[②]，又同时指出"目前我国在儿童文学艺术方面还远远不能满

① 《文化简讯》，《人民日报》1953年6月27日。

② 《中国人民保卫儿童全国委员会举行儿童文学艺术创作评奖授奖大会》，《人民日报》1954年6月13日。

足广大儿童日益增长的文化要求，希望文学家、艺术家能创造出更优秀的、更适合于儿童的作品来教养我们的下一代”[①]，对全国少年儿童文艺工作者提出更高的要求。

从推荐到评选，历时近半年的第一次“全国少年儿童文艺创作评奖”结果于1954年5月31日在《人民日报》第三版《关于四年来全国儿童文艺创作评奖的说明》中予以公布。从《说明》[②] 中的数据来看，这次评奖各地共推荐有289位作家的九大类442篇儿童文艺作品（推荐总数为730篇，如不计算重复者，实际为442篇）。推荐作品数量最多的为教育部及其在各地所属的分部（包括15个省、11个市），共计551篇。中国作家协会转来两大行政区文联、作协推荐作品19篇。中国青年出版社、中国少年报社等单位共推荐作品57篇，函请110位经常为儿童写作的文艺作家推荐自己的或他人优秀作品共计103篇。从得奖的46篇（首）作品来看，共分文学、美术、音乐三大类。一等奖共9篇（首），每篇奖金400万元；二等奖12篇（首），每篇奖金300万元；三等奖25篇（首），每篇奖金200万元。单从获奖的22篇文学作品看，《罗文应的故事》《我们的土壤妈妈》《鲁迅和他少年时候的朋友》等5篇获得一等奖，《蚯蚓和蜜蜂的故事》《寄到汤姆斯河去的诗》《铁娃娃》等5篇获得二等奖，《桌椅委员》《同桌》《小鸭子学游水》等12篇获得三等奖。

1954年6月12日，第一次“全国少年儿童文艺创作评奖”授奖大会隆重举行。作为一次全国性文艺评奖，出席颁奖仪式的嘉宾规格很高。宋庆龄、邓颖超、傅连璋、周扬、胡耀邦、章蕴、康克清、丁玲、张天翼、叶圣陶等中国人民保卫儿童全国委员会、中央人民政府文化

① 《中国人民保卫儿童全国委员会举行儿童文学艺术创作评奖授奖大会》，《人民日报》1954年6月13日。

② 《关于四年来全国儿童文艺创作评奖的说明》，《人民日报》1954年5月31日。

部、中国新民主主义青年团中央委员会、中华全国民主妇女联合会、中国作家协会和儿童文学艺术创作评奖委员会等有关方面的领导悉数到场。邓颖超在致辞中高度评价了儿童文学艺术创作评奖的意义，这"是新中国成立以来首创的一件事，这是我们国家和儿童们的一件喜事"①，并从"把新中国的下一代教养成为社会主义的新人"② 等方面高度评价了儿童文艺的作用。

第一次"全国少年儿童文艺创作评奖"是新中国成立以来第一个与文学有关的、真正意义上的全国性奖项，虽然由中国人民保卫儿童全国委员会发起，但参与其中的中国作家协会也发挥了重要作用；虽然仅作为儿童文艺选评中的一部分，但文学类获奖作品仍然占到了总获奖数的近一半。这对于经历过"《武训传》批判"的中国当代文学界，尤其是张天翼、冯雪峰、严文井等获奖的资深文艺人来说，无疑是个莫大的鼓舞，极大地舒缓了中国当代文学工作者因全国性大批判而普遍感到紧张的神经。但是，从评选结果来看，新中国成立以来的四年，全国儿童文艺创作中最有成就的依然是一批老作家。从培养社会主义儿童文艺创作的新人角度来看，在文学类一等奖获奖的五位作家中，仅有《杨司令的少年队》的作者郭墟年纪较轻、资历较浅。除此之外，从评选制度的缺陷上看，最为显著的是评委回避机制的缺失。十七位评委中共有张天翼、高士其、袁水拍、金近、贺宜五位凭借《罗文应的故事》《我们的土壤妈妈》《我们是春天的鲜花》（音乐类三等奖）、《小鸭子学游水》《劳动最光荣》（音乐类三等奖）、《陈林和我》六篇（首）作品获奖。

---

① 《中国人民保卫儿童全国委员会举行儿童文学艺术创作评奖授奖大会》，《人民日报》1954年6月13日。

② 同上。

表1-6　第一次“全国少年儿童文艺创作评奖”得奖名单之“文学类”

一等奖	
作品名	作者
罗文应的故事	张天翼
我们的土壤妈妈	高士其
鲁迅和他少年时候的朋友	冯雪峰
小燕子万里飞行记	秦兆阳
杨司令的少先队	郭墟
二等奖	
蚯蚓和蜜蜂的故事	严文井
寄到汤姆斯河去的诗	袁鹰
铁娃娃	李伯宁
毛主席开的甜水井	颜香
果园姐妹	乔羽
三等奖	
桌椅委员	江山野
同桌	赵镇南
小鸭子学游水	金近
荠子和格丽黄	季康
好大娘	刘真
鹿走的路	白桦
金斧头	鲁风
五个杏子	寇德璋
陈林和我	贺宜
小米霞	兵煊
黑头顶	陈新
一滴水珠的游记	王海

第二章　现代化诉求:中国当代文学评奖制度的确立

从1949年第一次文代会将“文学艺术作品评选”纳入大会筹备组重要事项到“1978年全国优秀短篇小说评选”的如期举行，文学评奖终于从“未能完成”的制度设想实现了向“建构起来一种具有新质的、通向现代性的文学制度建设”① 的质的跨越。文学评奖是新时期文学体制调整、重构的重要组成，是在新的社会政治话语表征下改善党对文艺领导方式、进一步解放文艺生产力、加快推动新时期文艺大发展、大繁荣最为积极有效的方式之一。文学评奖制度的开创，一改“十七年”和“文化大革命”时期以文艺批判、政治运动甚至直接干涉文学实践的独断方式，实现了以中国作家协会为中介、专家与群众相结合为主要评判方式的现代转型。

从“1978年全国优秀短篇小说评选”肇始，到20世纪80年代全国优秀中篇小说奖、全国优秀新诗（诗集）奖、全国优秀报告文学奖、茅盾文学奖等全国性文学奖项的相继创立，初期的文学评奖以全社会极为广泛的政治动员、全民高度自觉的参与热情、渐进完善的制

① 张丽军:《文学评奖机制改革与新时期文学》,《小说评论》2010年第6期。

度保障、评委们认真负责的工作态度，虽然未能避免“遗珠之憾”，但却真正奖掖了一大批“具有较高的思想和艺术水平，在群众中反应较好、影响较大”① 并且在文学史上可圈可点的新人新作。与此同时，文学评奖制度的施行，既是新时期现代性文化想象和文化意志的直接体现，也表现出国家“对知识分子合乎其文化意志的文化创作进行鼓励和接纳”。②

第一节　新时期文学体制的重构

“关于新时期文学的历史起点，有四种代表性的学术观点，即分别以‘四五运动’、‘四人帮’倒台和‘文革’结束、十一届三中全会、第四次文代会为新时期文学的开端。”③ 四种不同的观点，表明文学史叙事者对于历史阐释标准有着些许的不同。本书沿用 1976 年 10 月 6 日以华国锋同志为首的党中央一举粉碎“四人帮”反党集团篡党夺权阴谋，正式结束十年“文化大革命”浩劫为新时期文学的开端。“文化大革命”的结束和“新时期”的开始，“意味着一种以极‘左’为表征的社会文化实践的破产和一种全新的现代性社会文化设计的启动”。④

在这部全新运作的国家机器中，文学界最为紧迫的任务是重构新时期文学体制。恢复被“四人帮”解散的文学组织，使其正常运转、发挥效用；清除文艺园地的“四人帮”遗毒，尽快恢复一批文学刊物；调整文艺政策，改善党对文艺的领导方式。“四人帮”从文艺这个领域打开缺口，夺取文权，妄图进一步夺取党和国家的最高领导权。那么，

① 人民文学杂志社：《一九七九年全国优秀短篇小说评选启事》，《人民文学》1979 年第 10 期。

② 许志英、丁帆主编：《中国新时期小说主潮》上卷，人民文学出版社 2002 年版，第 22 页。

③ 黄发有：《第四次文代会与文学复苏》，《文艺争鸣》2013 年第 10 期。

④ 许志英、丁帆主编：《中国新时期小说主潮》上卷，人民文学出版社 2002 年版，第 21 页。

经过“文化大革命”洗礼的新时期文学，也将以重构文学体制为突破口，在党的领导下，在贯彻执行“双百”方针的基础上，为进一步繁荣我国社会主义文学创作、发展社会主义文艺事业而努力。

一 文学组织的恢复

1963年12月12日，毛泽东作出“文化大革命”前关于文学艺术的第一个批示。1964年6月27日，毛泽东对文艺界又作出了第二个批示。第一个批示是在阅读完《柯庆施同志抓曲艺工作》一文后作出的：

> 各种艺术形式——戏剧、曲艺、音乐、美术、舞蹈、电影、诗和文学等等，问题不少，人数很多，社会主义改造在许多部门中，至今收效甚微。许多部门至今还是“死人”统治着。不能低估电影、新诗、民歌、美术、小说的成绩，但是其中的问题也不少。至于戏剧等部门，问题就更大了。社会经济基础已经改变了，为这个基础服务的上层建筑之一的艺术部门，至今还是大问题。这需要从调查研究着手，认真地抓起来。
>
> 许多共产党人热心提倡封建主义和资本主义的艺术，却不热心提倡社会主义的艺术，岂非咄咄怪事。①

第二个批示则是在1964年5月8日中宣部《关于全国文联和各协会整风情况的报告》上写下的：

> 这些协会和他们所掌握的刊物的大多数（据说有少数几个好

① 毛泽东：《关于文艺工作的批语》（一）（一九六三年十二月十二日），选自《建国以来毛泽东文稿》第十册，中央文献出版社1988年版，第436页。

> 的），十五年来，基本上（不是一切人）不执行党的政策，做官当老爷，不去接近工农兵，不去反映社会主义的革命和建设。最近几年，竟然跌到了修正主义的边缘。如不认真改造，势必在将来的某一天，要变成像匈牙利裴多菲俱乐部那样的团体。①

从“两个批示”到1966年2月《林彪同志委托江青同志召开的部队文艺工作座谈会纪要》的出笼，1949年以来的社会主义文学体制和以中宣部、文化部、全国文联、中国作协为代表的国家意识形态组织机构，被“文艺黑线专政”论和为资产阶级服务的“阎王殿”“旧文化部”“帝王将相部”“才子佳人部”“外国死人部”所彻底否定。

1976年10月6日，“四人帮”反党集团被彻底粉碎，持续十年之久的“文化大革命”宣告结束。“在华主席、党中央领导全国各族人民夺取抓纲治国的新胜利，全国各条战线奋发图强，为实现新时期的总任务开始新的长征的时候”②，由于“两个凡是”的禁锢，文艺界拨乱反正的步履非常艰难，但是恢复在“文化大革命”中被解散的文联、各协会及全国各地分会的呼声却始终不绝于耳。从1977年10月20日“短篇小说创作座谈会”上马烽提议将恢复文学团体、《文艺报》等要求提供内参稿到12月26日中宣部座谈会上李準、骆宾基、徐迟、阮章竞提及恢复作协的发言再到12月31日茅盾在《人民文学》编辑部召开的批判“文艺黑线专政”论座谈会上以作协主席身份的讲话，均可看作是文艺界热切期望恢复文学组织的期盼所在。但与此相对应的，却是中宣部、文化部对此事的畏难情绪和张光年日记中吐露出的无奈、心灰意冷。

① 毛泽东：《对中宣部关于全国文联和各协会整风情况的报告的批语》（一九六四年六月二十七日），选自《建国以来毛泽东文稿》第十一册，中央文献出版社1988年版，第91页。

② 郭沫若：《衷心的祝愿》，《文艺报》1978年第1期。

附张光年日记五则：

1977年10月24日　我不同意就马烽（会上）提出恢复文学团体、《文艺报》等要求提供内参稿。[①]

1977年12月26日　下午偕徐迟去人大会堂参加中宣部座谈会，分组会上李準、骆宾基、徐迟、阮章竞发言，几乎都提到恢复作协。[②]

1977年12月31日　上午大会，……茅盾以作协主席身份讲了话，着重讲了恢复文联、作协问题。[③]

1978年1月1日—11日　10日左右的一个晚上，偕李季同去白羽处漫谈恢复作协组织问题。得悉文化部在人力物力上碍难支援，为之心冷。

这些天不断有人来访，日或数起。除以上诸事有关同志外，多半是听到恢复作协消息来"挂号"报到的。……我不知道进一步的消息。我的回答无法使他们满意。

曾经与李季约了到廊坊管道局躲几天。考虑写驳"反形象思维论"的文章，未能成行，以后再说吧。(15日追记)[④]

1978年1月16日　上午李季来看我，稍后约了冯牧、丁宁先后来，漫谈恢复文联、作协及《文艺报》问题。我意目前条件不具备，晚点也好。[⑤]

好在，文坛回春的脚步没有停歇。1977年10月刚刚上任的中宣部部长张平化在《人民文学》编辑部召开的批判"文艺黑线专政论"座

① 张光年：《文坛回春纪事》（上），海天出版社1998年版，第42页。
② 同上书，第51页。
③ 同上书，第52页。
④ 同上书，第55页。
⑤ 同上书，第56页。

谈会最后一天，虽为口头即席讲话，却带来了恢复文联、作协的最新讯息。他在讲话中指出："从历史上看，这个组织是在伟大的领袖和导师毛主席亲自领导下建立起来的，也是在敬爱的周总理亲自参加工作中间，把它组织起来的。现在文联的主席、副主席都还健在，郭老还在，雁冰同志还在，周扬同志还在，现在要恢复这些组织有充分的条件。"① 并向文艺界通报了中宣部的研究近况："昨天在中宣部听汇报以后，我们研究了，要迅速恢复。为了迅速恢复这个组织，要成立一个筹备机构。这个筹备机构一方面进行现在的工作，恢复文联，恢复各个协会，首先是作家协会，把这些组织恢复起来，把当前的工作抓起来，……同时，这个机构还有几个任务，要筹备第四次文代会。……要在 1978 年适当的时候，召开第四次文代会。"②

从中国作协前秘书长张僖的回忆文章中提及了乌兰夫同志对中央作出尽快恢复文联及各协会组织功不可没。"那时候，恢复文联和作协的工作已经提到日程上来了。当时分管意识形态的乌兰夫同志给中央主席和副主席打了报告，要求恢复文联各协会，首先要恢复作协和《文艺报》。于是文化部的干部准备回文化部，各协会的人也准备回协会。"③

1978 年 1 月，由中央宣传部建议，经中央批准，恢复文联和各协会筹备小组正式成立。中国文联筹备组由十五人组成④，林默涵任组长，成员有冯牧、张光年、胡庆波、曾克、吴晓邦、吕骥、陶钝、袁文殊、华君武、赵寻、张僖、孔罗荪、胡青坡等。筹备小组的任务有三项：第一是负责筹备恢复文联和各个协会；第二是负责筹备全国性文艺

① 刘锡诚：《在文坛边缘上——编辑手记》，河南大学出版社 2004 年版，第 58 页。

② 同上。

③ 张僖：《只言片语：中国作协前秘书长的回忆》，北京十月文艺出版社 2002 年版，第 146 页。

④ 在张僖的文章中指出中国文联筹备组成员共十三人，而张光年《文坛回春纪事》中记载：文联筹备组第一次全体会议除孔罗荪（此时的孔还在上海）、胡青坡外，小组名单上的十五人全到了。因此，此处记为十五人。

理论刊物《文艺报》的复刊工作；第三是负责筹备在适当的时候召开第四次文代大会。[①] 而中国作协筹备组则由张光年、李季、冯牧、孔罗荪等人组成。

从1978年3月21日中国文联筹备组第一次会议在钓鱼台举行到1978年5月27日中国文学艺术界联合会第三届全国委员会第三次扩大会议正式召开，中国文联筹备组共举行六次全体会议，就办公室用房、干部调动、文联三届全委会三次扩大会议的召开、报告起草、代表产生、文联及各协会领导机构人选等问题进行了民主、集体协商，圆满完成了各项筹备任务。筹备组正副组长林默涵、张光年、冯牧等人上通下达为文联及各协会的恢复、日常工作的正常运转不辞辛劳，筹备组在短时间内克服了诸多困难，为文联扩大会的召开殚精竭虑。

附张光年日记数则[②]：

1978年1月29日　上午……刘白羽来谈。冯牧来，同吃炒面，谈到筹备恢复作协及《文艺报》问题。中宣部关于恢复文联、作协的报告，中央已批示同意。

1978年3月16日　下午李季来，稍后默涵来，跟着李晓明等二同志来。李出示中宣部为恢复文联、作协、《文艺报》筹备小组名单给中央的报告及中央的批件。小组长是默涵，副组长是我和冯牧。说近日召开小组会议。李去后，我同默涵、李季漫谈一小时。

1978年3月21日　下午老赵来接我，然后接李季同去钓鱼台，由黄镇主持召开文联筹备组第一次会议。除孔罗荪、胡青坡外，小组名单上的十五人全到了。黄镇说明了开会宗旨，李晓明说明了向

---

① 阳翰笙：《中国文联会务工作报告》，《中国文学艺术工作者第四次代表大会文集》，四川人民出版社1980年版，第65页。

② 以下附录文章选摘自张光年《文坛回春纪事》（上），海天出版社1998年版，第53—81页。

中央请示报告及批示经过。林默涵谈了小组工作的几点设想。我也略作补充。4时许散会。默涵约我和冯牧、朱子奇、张僖、李季明天下午到他那里谈谈。

1978年3月22日　下午同李季、冯牧到文化部默涵办公室漫谈筹备工作……。考虑了马上要做的几项筹备工作，建立办公室，包括冯牧、赵寻、胡青坡、曾克、张僖。张僖兼办公室主任。建立（附设）作协、《文艺报》筹备小组，由我负责，加上李季、冯牧、孔罗荪、朱子奇。设文代会文件起草组：张光年、吕骥、蔡若虹、赵寻、袁文殊、曾克、胡青坡。日内草拟两个报告：关于召开全国文联委员会的报告及借用办公室的报告，请冯牧起草。

1978年3月28日　下午到礼士胡同参加文联筹备小组会，讨论通过了拟在4月底召开文联全国委员会扩大会议给中宣部的报告。……

1978年4月2日　下午冯至来谈，经解释后（同意）放邹荻帆回作协工作。晚召明、吴桂凤来谈，小吴也表示要回作协。

1978年4月7日　上午偕默涵、冯牧到钓鱼台向中宣部汇报（文联）筹备工作。张、黄、朱、廖部长，秘书长，文艺局长都在座。我们分别汇报了5月间召开文联全委扩大会筹备组、文联、作协任务，要求解决房子、办公室、调干等问题。平化同志等作了指示，黄镇同志主张收回文联大楼，由中宣部向中央写报告。

1978年4月11日　下午步行到礼士胡同129号参加筹备小组第三次会。默涵传达了7日上午在中宣部汇报会上张平化同志的指示，布置了工作。我就各协（主要指美协）提出筹备组名单问题，提出了两项原则性意见：强调了团结、战斗、精干，要征求文化部党组的意见。

1978年4月12日　冯牧来协同修改了为召开文联会代中宣部

拟的报告稿。

1978年4月14日　上午张僖来谈他同王敏一起去找李梦天接洽文联、作协房子、车子、经费等问题情况，李表示热情支持。下午邀谢永旺来谈，为中宣部领导在文联大会上讲话拟稿内容，由谢一周内写出草稿。晚邹荻帆夫妇来访，邹已得借调通知。

1978年4月21日　谢永旺送来为中宣部领导草拟的讲话稿。

1978年4月25日　上午九点步行到北京站，迎接孔罗荪。

1978年5月4日　上午考虑改写中宣部领导在文联全委会上讲话稿……下午找到了1960年作协书记处名单，电话中问丁宁、剑青，名单后来是否调整过，都记不清了。考虑提出一个临时书记处名单，为此在电话中同默涵、冯牧交换意见。晚上征询了严文井意见。

1978年5月5日　上午开始修改中宣部讲话稿，改了两页。

1978年5月8日　上午继续修改中宣部讲话稿，有些进展。

1978年5月10日　昨天改文联全委会上中宣部领导同志讲话稿到夜1时，今天头痛了，暂放一下。

1978年5月11日　上午继续修改中宣部领导在文联大会上讲话稿，算是改出来了。下午邀谢永旺来，请他誊写清理一遍，交付打印。

晚上李季、冯牧、默涵应邀来谈，冯提出各地报来的名单及各协特邀代表名单，初步定下来了。我提出作协书记及党组名单，要默涵兼作协党组书记，他不同意，还谈了文联机构，夜11时许散。

1978年5月12日　上午偕默涵访茅盾，向他汇报了文联会议筹备工作进行情况。他同意在会上作开幕词，并在结束时讲话，要求代他写个开幕词。他对增补作协书记处名单表示满意。

下午考虑了开幕词内容。晚偕默涵访周扬，他同意会议后段发言，同意书记处名单，但提出设常务书记。

1978年5月13日　考虑写开幕词，开了个头。

1978年5月14日　上午写开幕词，安戈的朋友来等他，没弄成。

下午到礼士胡同参加筹备小组会议，会议讨论通过了代表名单、全委会程序，还通过了剧协、音协、舞协、影协、曲协筹备小组名单。今天的会默涵头痛，要我主持，我也是勉强主持，回家后浑身骨节痛，瘫在床上了。

1978年5月18日　上午将开幕词抄改完竣，谢永旺带去打印。下午参考林、冯等同志修改意见，着手修改讲话稿，难改，仅改出开头两页。

1978年5月20日　上午改完了中宣部讲话稿，修补后全文约七千字。下午通读一过。为茅公拟的开幕词根据默涵小改意见定了稿。下午四时邀谢永旺来取。经他交涉，明天由音乐出版社将讲话稿打印出来，明晚分送中宣部领导同志。下午罗荪来小坐，傍晚试改他为郭老起草的书面讲话，脑子不起作用，晚同小妹看电视。

1978年5月21日　腰酸背疼，今天不能干活。

1978年5月22日　疲劳，没有休息过来。晚偕冯牧到文化部同默涵一起再次核定会议特邀代表及来宾名单，审阅了冯牧拟出的为剧协、音协、影协等五个单位筹备组名单向中宣部报批稿，作协书记处名单、作协党组负责人名单的报批稿，两件当晚发出。作协名单由林、张、冯三人签名发出。

1978年5月23日　昨晚我托小周明将罗荪起草的郭老书面讲话带交他润色，他昨晚改出，今天带来了。他走后我细阅了一过，需要再修改一下，但脑子不管用，明天再说。

今天等候中宣部通知为会议有关事项向部长们汇报的时间，迄晚无消息。

1978年5月24日 上午就徐迟改写的郭老书面讲话稿，又作了删改，周明来取去抄正，送于立群定稿。

1978年5月25日 上午9时同默涵、冯牧去钓鱼台十七楼小会议室，向中宣部汇报。讲话稿基本上通过了。平化同志指示两句提法上做点修改，由黄镇同志宣讲，他自己在会议结束时讲一讲。张、黄部长要求文联成为各协会的领导机构，中宣部只认文联一个头，筹备组起文联党组作用，对外以林为秘书长，张、冯、吕、胡、金副之。下午开筹备组会，传达了中宣部指示。

于立群不同意徐迟起草的发言稿，要求（我）另写一个。

代表们今天开始报到，我们明天下午搬到旅馆去。

1978年5月26日 赶早起来，工作一个上午，为郭老重新起草一个书面讲话稿。周明取去了。听说郭老病重，争取明天开幕式上请一位演员代他宣读，不能拖。

下午4时偕李季同去西苑旅社报到，住六号楼637房间，里外两间，里间住孔罗荪、胡青坡，外间住我和林默涵。我和默涵、李季、冯牧等筹备组同志到各房间看望外地作家。

晚上筹备组在旅馆开会，安排明天开幕式有关事项。

1978年5月27日文联三届三次全委会扩大会议于上午九时准时开幕。“这是粉碎‘四人帮’后，文艺界召开的第一个全国性的会议，是文艺界承前启后、拨乱反正、具有重大历史意义的一次会议”①，参加此次大会开幕式的文联全委、特邀代表、在京文艺工作者共计八百余人。中宣部部长张平化，副部长黄镇、廖井丹、朱穆之，对外友协会长王炳南，文化部副部长刘复之，新华社、《红旗》、《人民日报》、《光明

① 郭沫若:《衷心的祝愿》,《文艺报》1978年第1期。

日报》负责同志曾涛、熊复、秦川、杨西光，国家出版局局长王匡等也出席了开幕式。在大会上，著名电影表演艺术家于蓝代读了全国文联主席郭沫若的书面讲话《衷心的祝愿》，中国文联副主席、中国作家协会主席茅盾致开幕词，黄镇代表中宣部作了《在毛主席革命文艺路线指引下，为繁荣社会主义文艺创作而奋斗》的讲话。曾经的全国文联副主席周扬在大会上作了《在斗争中学习》的发言。巴金在大会闭幕式上致辞。1978 年 6 月 5 日，一致通过的《中国文学艺术界联合会第三届全国委员会第三次（扩大）会议决议》中庄严宣布："中国文学艺术界联合会、中国作家协会、中国戏剧家协会、中国音乐家协会、中国电影工作者协会和中国舞蹈工作者协会正式恢复工作。《文艺报》立即复刊。中国美术家协会、中国曲艺工作者协会、中国民间文艺研究会和中国摄影学会正在积极筹备恢复。"[①] 至此，在"文化大革命"中被解散的全国文联及各协会终于被重新组织起来，为文艺界进一步"拨乱反正"、砸碎"文艺黑线专政"论、彻底批判《纪要》奠定了坚实的基础。

随着 1978 年 12 月 25 日，胡耀邦被任命为中共中央秘书长兼中央宣传部部长，文艺界"拨乱反正"的步伐在冲破"两个凡是"禁锢的基础上，变得更加轻快。在 1979 年 1 月 7 日至 11 日中共中央宣传部召开的各省、市、自治区党委宣传部部长会议上，胡耀邦宣布为所谓"中宣部阎王殿"彻底平反。1979 年 2 月 26 日，文化部党组作出决定，为所谓为资产阶级服务的"旧文化部""帝王将相部""才子佳人部""外国死人部"的错案彻底平反。决定中还指出，解放后十七年，文化部的成绩是主要的，根本不存在所谓"文艺黑线"和以周扬、夏衍、田汉、阳翰笙为代表的"黑线代表人物"，宣布凡是受到这一错案牵连

① 《中国文联第三届全国委员会第三次（扩大）会议的决议》，《文艺报》1978 年第 1 期。

和遭受打击、诬陷的同志一律平反昭雪。1979 年 5 月 3 日，中共中央批转了中国人民解放军总政治部《关于建议撤销一九六六年二月部队文艺工作座谈会纪要的指示》，并发出通知，决定撤销中央于 1966 年 4 月批发的这一纪要。从此，经历了“文化大革命”十年浩劫的中国文学艺术界终于卸下了沉重的思想镣铐，重装出发。1979 年 10 月 30 日至 11 月 16 日召开的第四次文代会、1981 年 12 月 18 日至 21 日举行的中国作家协会第三届理事会第二次会议、1984 年 12 月 29 日至 1985 年 1 月 5 日召开的中国作家协会第四次会员代表大会、1988 年 11 月 8 日至 12 日举行的第五次文代会都是在新时期文学组织恢复下正常、定期召开的重要会议。而自“1978 年全国优秀短篇小说评选”开始的大规模全国性文学评奖，更是以中国作家协会及其主要刊物为依托，严格依照一定的制度设计按年度、分部类有序进行。

二 文学刊物的复刊

1978 年 9 月 20 日，《人民文学》杂志社正式对外发布《本刊举办一九七八年全国优秀短篇小说评选启事》，开启了首届全国优秀短篇小说奖的评选工作。1980 年 10 月 3 日，鉴于“1979 年下半年到 1980 年上半年，中篇小说空前繁荣，优秀作品此起彼伏”①，《文艺报》同人在《人民文学》杂志社连续成功举办全国优秀短篇小说评选的基础上，决定“由我们《文艺报》编辑部受中国作家协会委托举办‘全国优秀中篇小说评选’活动，而且将奖项定名为‘文艺报中篇小说奖’”②。1981 年 4 月，受中国作家协会委托，《文艺报》《人民文学》两刊联合举办“1977—1980 年全国优秀报告文学奖”。而《诗刊》杂志社则成为全国

① 刘锡诚:《在文坛边缘上——编辑手记》，河南大学出版社 2004 年版，第 466 页。

② 同上。

中青年诗人优秀新诗评奖和之后的全国优秀新诗（诗集）奖的承办刊物。作为中国作家协会系统的三大刊物，《人民文学》《文艺报》《诗刊》在新时期文学体制重构过程中经历了极不平坦的复刊之路，而它们在中国当代文学评奖制度确立的过程中却都发挥着举足轻重的作用。

1.《诗刊》复刊

1957年1月，刊载毛泽东《旧体诗词十八首》和《关于诗的一封信》的《诗刊》杂志终于创刊了。作为“今后能够团结、鼓舞全国的诗人们来创作出优美的作品，以满足读者的渴望”①的重要刊物，因多次刊载领袖诗词而赫赫有名。“文化大革命”的疾风骤雨使得包括《诗刊》在内的、大多数“十七年”文学期刊相继停刊。文学园地一片荒芜的局面在1972年5月1日《解放军文艺》的复刊后逐步得到恢复。

《诗刊》复刊的转机出现在1975年7月20日。当日，山东省章丘县明水公社侯家学校教工谢革光致信红旗杂志社，“由于各种文艺书刊相继复刊或创刊，因此《诗刊》的复刊已成为广大群众热切盼望的一件事。”②来信于1975年9月19日，经邓小平圈阅，由当时的中共中央政治局常委张春桥将同意《诗刊》重新出版的报告转呈毛泽东。毛泽东的批语“同意”③就直接写在张春桥的报告上。“《诗刊》复刊”成为1975年以来毛泽东“调整党内文艺政策”的重要事件。

1976年1月，在国家出版局的统筹协调下，“文化大革命”中停刊数载的《诗刊》正式复刊。毛泽东再次同意将1965年完成的两篇旧作《词二首》（《水调歌头·重上井冈山》和《念奴娇·鸟儿问答》）交由《诗刊》发表。

但是，即便是最高领导人的“批语”也同样遭遇了“四人帮”的

---

① 《诗刊》编者：《编后记》，《诗刊》1957年第1期创刊号。

② 《建国以来毛泽东文稿》第十三册，中央文献出版社1998年版，第453—454页。

③ 同上书，第451页。

疯狂抵制和横加刁难。复刊号扉页《编者的话》中“对于当前的文学创作，凡是符合毛主席所指示的六条标准并具有一定艺术水平者，就要鼓励，不要求全责备；对其中的缺点和不足，要作科学的分析，以理服人”① 一句遭到姚文元的批评，要求删去。而复刊号上“1976 年 1 月出版，总号为 81 号”的字眼又令“四人帮”大为光火，妄图将“复刊”变为“创刊”。“四人帮”对《诗刊》复刊的热情无疑是一种政治权宜，试图扭转在毛泽东“调整党内文艺政策”上的不利局面，继续推行文化专制主义。

2.《人民文学》复刊

南京大学中国新文学研究中心吴俊教授曾就《人民文学》的复刊有过这样一段论述：“《人民文学》的创刊具有崭新的政治文化的建设性，是获得社会政治制度保障的一个时代的文学历史的具体开端标志之一。《人民文学》的‘复刊’（1976 年 1 月）则成为中国当代政治权力系统内部的不同利益在意识形态领域展开充分博弈、角力的一种结果，因此也成为一代政治和一代历史的文学见证。”②

作为国刊的“象征”之一，《人民文学》与共和国同生。1949 年 10 月创刊时，毛主席欣然题词“希望有更多更好的作品出世”，1966 年 6 月因“文化大革命”爆发自动停刊。“一九七二年夏天，原《人民文学》负责人，根据国务院有关部门的指示，遵照毛主席批示同意、周总理亲自关怀制定的《关于出版工作座谈会的报告》中筹办文艺刊物的精神，着手准备《人民文学》杂志的复刊工作。”③ “原《人民文学》负责人”指“文化大革命”前（1962 年 7 月—1966 年 5 月）任

① 《编者的话》，《诗刊》1976 年第 1 期。

② 吴俊：《〈人民文学〉的创刊和复刊》，《南方文坛》2004 年第 6 期。

③ 本刊编辑部（《人民文学》编辑部）：《〈人民文学〉复刊的一场斗争》，《人民文学》1977 年第 8 期。

《人民文学》副主编的李季。然而，这次复刊动议仅是围绕《人民文学》复刊问题上展开的一场激烈复杂斗争的开始。

《人民文学》正式复刊的转机出现在1975年7月初，毛泽东与邓小平就“调整党内的文艺政策”的一次谈话。毛泽东说：

> 样板戏太少，而且稍微有点差错就挨批。百花齐放都没有了。被人不能提意见，不好。
>
> 怕写文章，怕写戏。没有小说，没有诗歌。①

1975年7月14日，毛泽东在与江青的谈话中严厉批评“四人帮”推行文化专制主义的同时，就“文艺政策调整”如何施行再度谈了自己的设想：

> 党的文艺政策应该调整一下，一年、两年、三年，逐步逐步扩大文艺节目。缺少诗歌，缺少小说，缺少散文，缺少文艺评论。
>
> ……
>
> 已经有了《红楼梦》、《水浒》，发行了。不能急，一两年之内逐步活跃起来，三年、四年、五年也好嘛。
>
> ……②

1975年7月18日，长春电影制片厂编剧张天民在给毛泽东、邓小平的来信中，对江青和当时文化部党的核心小组批判指责故事片《创业》“在政治上、艺术上都有严重错误”的所谓“十条意见”提出了不同的看

① 《建国以来毛泽东文稿》第十三册，中央文献出版社1998年版，第443页。

② 同上书，第446页。

法，建议重映该片。1975 年 7 月 25 日，毛泽东看到函件后，批语如下：

> 此片无大错，建议通过发行。不要求全责备。而且罪名有十条之多，太过分了，不利调整党的文艺政策。[①]

除此之外，1975 年以来，毛泽东就故事片《海霞》放映、周扬问题、纪念聂耳、冼星海、出版《鲁迅书信集》以及姚雪垠《李自成》创作问题等的一系列“批语”“批示”，作为“调整党内的文艺政策”的重要信号，对于“四人帮”所推行的文化专制主义给予了“迎头一击”。

但是，此时的“四人帮”仍妄图在《人民文学》复刊问题上“阳奉阴违”，继续他们倒行逆施的“阴谋文艺”。忽然对《人民文学》筹办热心起来的“四人帮”于 1975 年 8 月 25 日由张春桥亲自出面召见了他们在文化部的一个亲信进行谋划。这个亲信便是时任文化部副部长的袁水拍。张春桥说：“只要几个热心人，几个年轻人就办得成功。要夺权，不要原来的人。《红旗》姚文元去夺权。人不要多，《朝霞》人就少。”[②] 为了念念不忘的夺权，1972 年成立的《人民文学》复刊筹备组被弃用，而新建制的《人民文学》由主编袁水拍，副主编严文井、李希凡以及从上海《朝霞》调来的施燕平等十一人组成。在 1975 年 9 月 6 日文化部核心小组《关于创办全国性文学刊物的方案》和《由于会泳签发并以文化部核心小组名义向国务院打的请示报告》中均明确表示，“根据中央负责同志关于创办一个全国性文学刊物的指示，文化部党的核心小组，经过多次讨论，决定立即筹办。新的文学刊物，拟定名为

---

① 《建国以来毛泽东文稿》第十三册，中央文献出版社 1998 年版，第 450 页。

② 本刊编辑部（《人民文学》编辑部）：《〈人民文学〉复刊的一场斗争》，《人民文学》1977 年第 8 期。

《人民文学》，主要刊登文学作品和评论，也适当地登载一些戏剧、电影文学剧本以及其他艺术形式的作品，对全国发行，明年一月创刊。”[①] “复刊”与“创刊”的一字之差，使得1976年1月获得“新生”的《人民文学》成为“四人帮”争夺文化领导权的重要阵地，他们试图“只让国家出版局出经费、管出版，而刊物的方针大计概由他们在文化部的亲信制定”[②]，妄图将《人民文学》变为受制于自己严格把控，进行文艺阵地上两个阶级、两条路线激烈争夺的舆论工具。直到粉碎“四人帮”之后，《人民文学》方才回到了人民的手中，沿着1949年毛主席题词“希望有更多好作品出世”和1977年12月华国锋为《人民文学》题词“坚持毛主席的革命文艺路线，贯彻执行百花齐放、百家争鸣的方针，为繁荣社会主义文艺创作而奋斗”的指引下，在力推、奖掖新人新作等方面发挥着“国刊”不可替代的作用。

3.《文艺报》复刊

1978年《文艺报》的复刊是与全国文联及各协会的恢复同步进行的。作为“十七年”时期中国当代文学的“晴雨表”，《文艺报》自1949年9月25日[③]正式创刊至1966年第5期后被迫停刊检查，直至1978年7月15日，“经过十二年两大阶级的大搏斗，经过三次惊心动魄的路线斗争，正当华主席、党中央领导全国人民抓纲治国、为实现新时期的总任务而奋勇前进的时候，《文艺报》同广大读者重新见面了。”[④]

《文艺报》复刊筹备工作1978年3月初就已经开始了。1978年3

---

① 吴俊：《关于〈人民文学〉的复刊》，《当代作家评论》2004年第2期。

② 本刊编辑部（《人民文学》编辑部）：《〈人民文学〉复刊的一场斗争》，《人民文学》1977年第8期。

③ 作为第一次文代会的会刊，《文艺报》创刊于1949年5月4日，至1949年7月28日共出版13期。作为中国文联机关刊物的《文艺报》于1949年9月25日正式出版第1卷第1期。

④ 《致读者》，《文艺报》1978年第1期。

月22日，《文艺报》筹备小组成立。张光年日记中记载："建立（附设）作协、《文艺报》筹备小组，由我负责，加上李季、冯牧、孔罗荪、朱子奇。"① 1978年5月5日，为了尽快实现《文艺报》的复刊，张光年在出席香港《文汇报》的宴会上，"同袁鹰同志商谈《文艺报》要求在《人民日报》印刷厂印刷出版事"②。1978年5月6日，"袁鹰来电话，关于《人民日报》印刷厂承印《文艺报》事，他同胡绩伟等同志谈妥了，星期一上午要我派人同报社印刷部主任陈化敏具体接洽。……"③ 1978年5月8日下午，在冯牧的召集下，张光年、孔罗荪、胡青坡、谢永旺、文化部政研室二同志以及当日上午刚从《人民文学》调来的刘锡诚、阎纲、吴泰昌等一起在礼士胡同129号就《文艺报》下半年的选题计划进行讨论。在这次会议上，冯牧宣布《文艺报》将于7月正式复刊并就今后的主要工作、任务以及组稿方针等事宜进行了说明与部署。第一，要对马克思主义和毛泽东的文艺思想、文艺理论进行再宣传、再学习；第二，要澄清一些被"四人帮"搞乱了的理论是非、政策是非；第三，要开展文艺作品的评论。④ 张光年在会上表示，复刊后的《文艺报》要"以文学为主，面向整个文学艺术界，也要顾及业余作者。要在斗争中立，在破中立。要扶植新生事物和新生力量，多做雪中送炭的工作"⑤，除此而外，他勉励《文艺报》同人，"大家要学'大庆精神'，有条件要上，没有条件也要创造条件上。刊物要始终坚持贯彻'双百方针'"⑥。

1978年5月27日至6月5日，中国文联第三届全国委员会第三次

① 张光年：《文坛回春纪事》（上），海天出版社1998年版，第68页。

② 同上书，第76页。

③ 同上书，第76—77页。

④ 刘锡诚：《在文坛边缘上——编辑手记》，河南大学出版社2004年版，第98页。

⑤ 同上书，第99页。

⑥ 同上书，第100页。

扩大会议如期举行，会议庄严宣布：《文艺报》立即复刊，并于6月3日中国作家协会主席团扩大会议上确定了以冯牧、孔罗荪为主编，孔罗荪、韦君宜、冯至、张光年、林默涵、刘白羽、周巍峙、陈荒煤、赵寻、李春光、冯牧11人组成的《文艺报》编委会。在复刊号第一期《文艺报》的内容编排上，悼念文化巨匠郭沫若和有关文联全委扩大会的文章占据了主要版面。作为《文艺报》复刊的象征，孔罗荪完成的“复刊词”却太过平淡，最后不得不由张光年重新操刀，亲自撰写草稿。在这篇《致读者》中，“第一是要斗争”“第二是要斗争！”“第三还是要斗争！”的“字眼”开宗明义地指明了《文艺报》“积极参加全国文艺界批判‘四人帮’的第三战役，彻底批判‘文艺黑线专政’论及其他种种谬论，批判阴谋文艺”① 的勇气与决心。

三　文艺政策的调整

茅盾在中国文学艺术界联合会第三届全国委员会第三次扩大会议上致《开幕词》时指出：“调整文艺政策，繁荣文艺创作，是伟大导师毛主席的遗愿”②，而“新时期”要想冲破“两个凡是”的禁锢，实现政治思想上的拨乱反正，重构新时期文学体制，继续与“四人帮”极“左”文艺路线作斗争，调整文艺政策仍是关键。围绕文艺与政治的关系、党对文艺的领导、创作自由与艺术民主等问题所展开的争论以及由此引发的文艺领导层内部的激烈碰撞与意见分歧，一直持续到20世纪80年代。为了营造一个相对宽松的文学环境，“双百”方针被再次强调、“二为”方向被重新阐释。但是，从“六条政治标准”到坚持“四项基本原则”，思想上“左”与右的斗争始终与文艺政策的调整相伴。从1979

① 《致读者》，《文艺报》1978年第1期。
② 茅盾：《开幕词》，《文艺报》1978年第1期。

年前后对小说《飞天》《在社会的档案里》和剧本《假如我是真的》的批判到1981年“《苦恋》风波”再到1983年思想界“清除精神污染”，批判“异化”“人道主义”，直至20世纪80年代中后期思想领域对“资产阶级自由化”以及对王若望、刘宾雁等人“开除党籍”的处理，“四项基本原则”这根“红线”在文艺政策调整中始终不容僭越。

1. “双百”方针的重新强调

新时期伊始的文艺政策调整，是继承和落实1975年以来毛泽东就“调整党的文艺政策”的一系列“批语”“批示”，揭批“四人帮”对这些“批语”“批示”的疯狂抵制、阳奉阴违，恢复和贯彻“双百”方针中展开的。1975年7月，毛泽东在与邓小平的谈话中对“四人帮”实行文化专制，使得“百花齐放都没有了”[①]进行了批评。1976年11月5日，《人民日报》第一版报眼“毛主席语录”专栏首次公开发表了1975年7月25日毛泽东对电影《创业》作者、长春电影制片厂编剧张天民来信的批语：“此片无大错，建议通过发行。不要求全责备。而且罪名有十条之多，太过分了，不利调整党的文艺政策。”[②]并围绕“四人帮”不执行毛主席“调整党的文艺政策”指示，继续对《创业》进行“围剿”编发了任平《光辉的历史文件》、中共长春电影制片厂委员会《“四人帮”疯狂反对毛主席的铁证》、北京市文化局评论组《围绕电影〈创业〉的一场惊心动魄的阶级斗争》三篇文章，直指“四人帮”扼杀《创业》、公然反对毛主席革命文艺路线、企图篡党夺权的阴谋。1976年11月10日，《人民日报》“毛主席语录”专栏再次刊发这一“批示”的同时刊出“百花齐放、百家争鸣”的方针，一时间党对文艺政策的调整和贯彻执行“双百”方针成了文艺界“拨乱反正”热议的

① 《建国以来毛泽东文稿》第十三册，中央文献出版社1998年版，第443页。

② 首次披露于1976年11月5日《人民日报》第一版报眼“毛主席语录”专栏，后收录《建国以来毛泽东文稿》第十三册，中央文献出版社1998年版，第450页。

话题。

1977年12月，华国锋为《人民文学》题词“坚持毛主席的革命文艺路线，贯彻执行‘百花齐放，百家争鸣’的方针，为繁荣社会主义文艺创作而奋斗”，使“双百”方针在新时期第一次得到国家最高领导人的认可与肯定。1978年2月26日，华国锋在五届人大一次会议上作《团结起来，为建设社会主义的现代化强国而奋斗——一九七八年二月二十六日在第五届全国人民代表大会第一次会议上的政府工作报告》时再次重申了“双百”方针，明确指出：

> “百花齐放，百家争鸣”，是繁荣我国社会主义科学文化事业的基本方针。它的着重点，是在坚持六条政治标准的前提下，在人民内部采取放的方针，不断扩大马克思主义的思想阵地，促进科学文化事业发展。只有坚决贯彻毛主席的“双百”方针，才能在比较和斗争中锻炼人们识别香花和毒草的能力，发展正确的东西，克服错误的东西；才能使艺术上各种风格和流派，学术上各种观点和学派，在互相讨论、互相促进中得到发展；才能出人才，出好的科研成果和文艺作品。①

并将“双百”方针写入了1978年3月5日审议通过的新宪法中，总纲第十四条如下：

> 国家坚持马克思主义、列宁主义、毛泽东思想在各个思想文化领域的领导地位。各项文化事业都必须为工农兵服务，为社会主义

① 华国锋：《团结起来，为建设社会主义的现代化强国而奋斗——一九七八年二月二十六日在第五届全国人民代表大会第一次会议上的政府工作报告》，《人民日报》1978年3月7日。

> 服务。国家实行“百花齐放、百家争鸣”的方针，以促进艺术发展和科学进步，促进社会主义文化繁荣。①

重新确立“双百”方针在科学文化事业上的指导地位，是恢复和重构新时期文学体制的重要保障，更是繁荣新时期文艺创作、解放文艺生产力的基础。但是，“文艺创作方面的问题，应当百家争鸣，不过这也不是乱鸣，而是应该在六条政治标准之下的百家争鸣”②。因此，“放”是新时期“拨乱反正”最为重要的手段，但在尚未冲破“两个凡是”思想的禁锢下，毛泽东1957年在《关于正确处理人民内部矛盾的问题》中提出的鉴别人们的言论行动是否正确，文艺作品是香花还是毒草的“六条政治标准”仍然是“双百”方针施行的前提。

附：“六条政治标准”

> 一是有利于团结全国各族人民，而不是分裂人民；二是有利于社会主义改造和社会主义建设，而不是不利于社会主义改造和社会主义建设；三是有利于巩固人民民主专政，而不是破坏或者削弱这个专政；四是有利于巩固民主集中制，而不是破坏或者削弱这个制度；五是有利于巩固共产党的领导，而不是摆脱或者削弱这种领导；六是有利于社会主义的国际团结和全世界爱好和平人民的国际团结，而不是有损于这些团结。毛泽东强调，这六条标准中，最重要的是社会主义道路和党的领导两条。③

---

① 《中华人民共和国宪法》（一九七八年三月五日中华人民共和国第五届全国人民代表大会第一次会议通过），《人民日报》1978年3月8日。

② 茅盾：《中国作家协会主席茅盾同志的讲话》，《人民文学》1978年第1期。

③ 毛泽东：《关于正确处理人民内部矛盾的问题》，《人民日报》1957年6月19日。

经历了 1978 年“实践是检验真理的唯一标准”的大讨论，冲破“两个凡是”束缚的文学艺术界在迎来创作大发展、大繁荣的同时，在 20 世纪 70 年代末到 80 年代，思想领域“左”与右的问题始终存在，“‘政治体制’掀起、支持的否定‘文革’、反思‘当代’历史的潮流，也存在发展到质疑、动摇‘体制’本身合法性的可能。因此，‘四项基本原则’的宣布，为思想文化领域，包括文学领域的‘创新’和‘思想解放’划定了限度，规定了禁忌（这些限度、禁忌，自然随着现实语境与国家政策的变化不断调整）。”① 所以，不论是坚持“六条政治标准”还是“四项基本原则”，贯彻落实“双百”方针的前提始终存在。

2. “二为”方向的重新阐释

“文艺为政治服务、为工农兵服务”的口号，一直是自 1942 年《在延安文艺座谈会上的讲话》发表后，“延安文学”“十七年文学”以及“文革文学”坚持的方向。新时期以来，针对这一“口号”与“方向”的争辩始终不绝于耳。率先向“文艺为政治服务”发难的是发表于 1979 年第 4 期《上海文学》杂志、署名“本刊评论员”的文章《为文艺正名——驳“文艺是阶级斗争的工具”说》，此文实则出自著名文学评论家李子云之手。文章指出：“‘文艺是阶级斗争的工具’说之所以必须纠正，因为它将文艺与政治的关系说成唯一的、全部的关系，这样的文艺观，将导致文艺与政治的等同，因而是一种取消文艺的文艺观，必须从理论上加以澄清。”②

随后在 1979 年 10 月 29 日中共中央政治局召开的会议上，胡乔木就周扬在第四次文代会报告的草稿中有关“文艺与政治的问题”明确指出：“关于文艺为政治服务、文艺从属于政治的提法，这个提法，我

① 洪子诚：《中国当代文学史》（修订版），北京大学出版社 2007 年版，第 191 页。

② 本刊评论员：《为文艺正名——驳“文艺是阶级斗争的工具”说》，《上海文学》1979 年第 4 期。

过去提过意见，对这个问题我是经过认真考虑后才提出意见的，我认为这个提法现在还是以不再提出为好。它在理论上是站不住脚的"；"因此，我想这个口号还是不提好。当然，我也不赞成文艺脱离政治。问题在于这个口号本身即是简单化的"；"这个口号，从正面不能解释，但从反面、从消极方面，却可以产生种种缺点和影响"。[①] 胡乔木站在一个久经考验的马克思主义理论家的角度，对这一长期指导我国文艺实践的口号发表了自己中肯的意见与看法，为"二为"方向的重新阐释提供了重要的理论参照。在 1979 年 10 月 29 日开幕的第四次文代会上，邓小平的《祝词》和周扬在《继往开来，繁荣社会主义新时期的文艺——在中国文学艺术工作者第四次代表大会上的报告》中都对"二为"方向以及"文艺与政治关系"作出了相应的调整。邓小平在《祝词》中指出：

> 我们要继续坚持毛泽东同志提出的文艺为最广大的人民群众、首先是为工农兵服务的方向，坚持百花齐放、推陈出新、洋为中用、古为今用的方针，在艺术创作上提倡不同形式和风格的自由发展，在艺术理论上提倡不同观点和学派的自由讨论。[②]

而周扬的《报告》则明确表示：

> 文艺和政治的关系，从根本上说，也就是文艺和人民的关系。我们的文艺要反映人民的生活，反映人民在各个革命时期的需要和

① 胡乔木：《胡乔木同志谈文艺与政治——在一次会议上的发言》，《文艺情况》1980 年第 1 期。

② 邓小平：《邓小平同志代表中共中央和国务院在中国文学艺术工作者第四次代表大会上的祝词》，《文艺报》1979 年第 11—12 期合刊。选自《中国文学艺术工作者第四次代表大会文集》，四川人民出版社 1980 年版，第 4—5 页。

> 利益。我们所说的政治，是指阶级的政治，群众的政治，不是少数政治家的政治，更不是一小撮野心家和阴谋家的政治。我们党所制定的政治路线和政策，归根到底，都是为了实现人民的长远利益和当前利益。①

宣布“二为”方向从“文艺为政治服务、为工农兵服务”的口号正式更改为“文艺为人民服务、为社会主义服务”，是1980年7月26日发表在《人民日报》上的“社论”《文艺为人民服务、为社会主义服务》。

> 为人民服务，就是为除一小撮敌对分子外的全体人民群众，包括广大的工人、农民、士兵、知识分子、干部和一切拥护社会主义、热爱祖国的人们服务，首先是为工农兵服务。为社会主义服务，就是为社会主义的经济、政治、军事、文化等各项事业的根本需要服务，在今天，就是为社会主义现代化建设的伟大事业服务。②

由此，“文艺为政治服务”的口号彻底终结。“二为”方向的重新阐释，是党对文艺政策调整的重要组成部分，也是文艺界继续“拨乱反正”的重要一步。正确处理和解决好“文艺与政治之间的关系”，摆脱“工具论”的束缚，在“坚定不移地贯彻为人民服务，为社会主义服务的方向，不折不扣地执行‘百花齐放、百家争鸣’的方针，我们的文艺一定能够取得更大的繁荣”。③

---

① 周扬：《继往开来，繁荣社会主义新时期的文艺——在中国文学艺术工作者第四次代表大会上的报告》，《文艺报》1979年第11—12期合刊。选自《中国文学艺术工作者第四次代表大会文集》，四川人民出版社1980年版，第36—37页。

② 《文艺为人民服务、为社会主义服务》（社论），《人民日报》1980年7月26日。

③ 同上。

3. 创作自由与艺术民主方针的正式确立

新时期文学体制的重构，还表现在创作自由与艺术民主方针的正式确立上。与“四人帮”推行文化专制主义，动辄扣帽子、打棍子、揪辫子，“把文艺队伍打乱了，打散了”不同，也与“十七年文学”时期文艺批评在错误思想的指引下逐步发展成为全国范围内的政治运动不同，新时期意义上的“转折”，要想在“拨乱反正”的历史洪流中，重新凝聚各方面力量，繁荣社会主义文艺创作，必须要在加强和改善党对文艺的绝对领导的基础上，在重视文学自身规律的前提下，充分发扬艺术民主与创作自由，还文学创作与文学批评于人民手中。

邓小平在第四次文代会的《祝词》中就“党对文艺的领导”代表党中央、国务院作出了明确的指示：

> 各级党委都要领导好文艺工作。党对文艺工作的领导，不是发号施令，不是要求文学艺术从属于临时的、具体的、直接的政治任务，而是根据文学艺术的特征和发展规律，帮助文艺工作者获得条件不断繁荣文学艺术事业，提高文学艺术水平，创作出无愧于我国伟大人民、伟大时代的优秀文学艺术作品和表演艺术。①

周扬在文代会“总报告”中再次就此问题表达了文学界共同的心声：

> 党对文艺工作的正确领导，应当是依靠群众包括尊重专家的群众路线的领导，应当是力求由外行变为内行，按照艺术规律办事的实事求是的领导，而决不应当是只凭个人感想和主观意志发号施令

① 邓小平：《邓小平同志代表中共中央和国务院在中国文学艺术工作者第四次代表大会上的祝词》，《文艺报》1979 年第 11—12 期合刊。选自《中国文学艺术工作者第四次代表大会文集》，四川人民出版社 1980 年版，第 7 页。

的家长式的领导。作家写什么和怎样写，应有自己的自由，领导不要横加干涉，而要善于诱导；要鼓励不同意见的相互讨论和争辩，要允许犯错误和改正错误，允许批评和反批评。[①]

当然，创作自由与艺术民主也要在坚持“四项基本原则”的基础上展开。邓小平1980年1月16日在中共中央召集的干部会议上讲话时说：

文艺界刚开了文代会，我们讲，对写什么，怎么写，不要横加干涉，这就加重了文艺工作者的责任和对自己工作的要求。我们坚持“双百”方针和“三不主义”，不继续提文艺从属于政治这样的口号，因为这个口号容易成为对文艺横加干涉的理论根据，长期的实践证明它对文艺的发展利少害多。但是，这当然不是说文艺可以脱离政治。文艺是不可能脱离政治的。

……

要求安定团结，是不是会妨碍百花齐放呢？不会。我们要永远坚持百花齐放、百家争鸣的方针。但是，这不是说百花齐放、百家争鸣可以不利于安定团结的大局。如果说百花齐放、百家争鸣可以不顾安定团结，那就是对于这个方针的误解和滥用。我们实行的是社会主义民主，不是资本主义民主。所以，我们坚持安定团结，坚持四项基本原则，则同坚持“双百”方针，是完全一致的。[②]

---

① 周扬：《继往开来，繁荣社会主义新时期的文艺——在中国文学艺术工作者第四次代表大会上的报告》，《文艺报》1979年第11—12期合刊。选自《中国文学艺术工作者第四次代表大会文集》，四川人民出版社1980年版，第38页。

② 邓小平：《目前的形势和任务》，《邓小平文选》第二卷，人民出版社1983年版，第255—256页。

邓小平这番讲话之后，1980 年 1 月 31 日，中共中央发出《中共中央关于认真学习贯彻第四次全国文代会精神的通知》，就加强党对文艺的领导、艺术民主与创作自由方针再次予以强调。①

20 世纪 80 年代，我们党同资产阶级自由化思想经历了多次的斗争。1981 年 7 月 17 日，邓小平在同中共中央宣传部门负责同志的谈话要点中就剧本《苦恋》及其改编后的电影《太阳和人》所表现出的问题对文艺界由于领导层的“偏误性认识”出现的“软弱涣散”进行了批评：

---

① 《中共中央关于认真学习贯彻第四次全国文代会精神的通知》（1980 年 1 月 31 日）关于党对文艺领导、艺术民主与创作自由方针问题的通知精神摘录如下：二、坚定不移地贯彻执行“百花齐放、百家争鸣”的方针，发扬艺术民主，坚持“三不主义”，即不打棍子，不戴帽子，不抓辫子，切实保证人民有进行文艺创作和文艺评论的自由，保证文艺创作和文艺评论中竞赛和争论的自由，创造一种最适宜文学艺术蓬勃发展的气氛，广开文路、广开言路、广开才路，把广大文学艺术工作者的积极性和创造性最充分地调动起来，发展社会主义的和一切有利于人民的文学艺术。对于有错误的作品和言论，可以也应当讨论，可以也应当进行批评。这种讨论的批评应当力求是真正同志式的，入情入理、恰如其分、令人信服的，并且要允许反批评。只要做到这些，那末这就是正确的批评，而不是违反“三不主义”的错误批评，即吹毛求疵、罗织人罪、无限上纲、剥夺民主权利、置人于死地的所谓“批评”。如果在文艺问题上确有敌对分子的敌对活动（三十年来的经验证明这种情况极少），应查明情况报告中央审慎处理，不许可任何一级党政领导随便给某一文艺作品和某一文艺工作者横加政治罪名。应当允许犯错误和改正错误。如果对当前政治方针和国家领导提出严重错误的反对意见，除确实违反党纪国法的个别人应依党纪国法正确处理外，一般也不应鼓励放任，而应尽量进行说服教育。至于正常的批评则应予以保护，一律不得打击报复。对文艺上有争议的问题，应当经过自由的充分的讨论，并在实践中求得解决。在坚持“双百”方针的问题上，不应有一丝一毫的动摇。三、按照党的方针政策，遵循文学艺术的规律，加强对文艺工作的领导。要通过扎实细致、合情合理的工作，帮助文艺工作者努力学习马列主义、毛泽东思想，提高认识生活、分析生活和独立思考的能力；要帮助文艺工作者了解党和国家在各个时期所面临的整个形势，所采取的基本方针，帮助他们树立全局观点，而不是强加他们以某种创作任务；要帮助他们密切同人民之间的血肉联系，丰富各种文化知识；要在学习、创作、生活等方面，为他们提供必要的条件；要充分发挥他们的聪明才智和创造精神，使之不断提高思想和业务水平，创作出无愧于我国伟大人民、伟大时代的优秀文学艺术作品；要克服和防止文艺创作和批评中的公式化简单化倾向，做到真正出人才，出作品。领导干部要同文艺工作者平等相处，耐心听取他们的意见，尽力解决他们的实际困难。党员文艺工作者应当以自己的模范行动和创作成就，团结和吸引广大文艺工作者共同前进。党对文艺工作的领导，决不应凭违背客观实际的个人意志发号施令，独断专行。做官当老爷的作风必须坚决反对。对于文艺工作者在艺术实践上所进行的新的尝试和探索，要加以鼓励和支持。作家写什么和怎么写，只能在艺术实践中去探索和逐步求得解决，在这方面，不要横加干涉。文联和各协会有责任按照法律规定和经济情况保障作家艺术家的正当权益。

> 党对思想战线和文艺战线的领导是有显著成绩的，这要肯定。工作中也存在着某些简单化和粗暴的倾向，这也不能否认和忽视。但是，当前更需要注意的问题，我认为是存在着涣散软弱的状态，对错误倾向不敢批评，而一批评有人就说是打棍子。现在我们开展批评很不容易，自我批评更不容易。——一句话，就是要脱离社会主义的轨道，脱离党的领导，搞资产阶级自由化。①

1983年10月12日，邓小平在中国共产党第十二届中央委员会第二次全体会议上的讲话中就思想战线不能搞精神污染的问题，再次对“软弱涣散”的文艺界表示了不满，并从理论高度给予了正确的引导，明确了“精神污染”所要求的“绝对自由”和体现“双百”方针的艺术民主与创作自由是截然对立的两个方面，对妄图取消党的领导、取消批评与自我批评、违反四项基本原则的资产阶级自由化思想予以猛烈驳斥。

正是在邓小平一系列讲话正本清源的基础上，1984年12月29日至1985年1月5日中国作家协会第四次会员代表大会才如此高调地正式确立了创作自由与艺术民主的方针。在胡启立代表中共中央、国务院所作的《祝词》中，就“党对文艺工作的领导”对“创作自由与艺术民主”进行了正反两方面经验与教训的总结：

> 我们党对文艺工作的领导总的来说是好的。社会主义文艺的巨大成绩，是在党的领导下取得的。但是，党对文艺的领导确实也存在一些缺点，主要的是：第一，党对文艺工作的领导，存在着“左”的偏向，在一个相当长的时期，干涉太多，帽子太多，行政

① 邓小平：《关于思想战线问题上的谈话》，《邓小平文选》第二卷，人民出版社1983年版，第389页。

> 命令太多。第二，我们党派了一些干部到文艺部门和单位去，他们是好同志，但有的不大懂文艺，这也影响了党同作家和文艺工作者的关系。第三，文艺工作者之间，作家之间，包括党员之间，党员与非党员之间，地区之间，相互关系不够正常，过分敏感，相互议论和指责太多，伤感情的东西太多。我们认为，必须改善和加强党对文艺事业的领导，使党的领导能够适应发展变化着的新形势。[①]

正是因为这正反两方面的经验教训与文学创作作为一种精神劳动的特殊性，“不再横加干涉前提下的‘充分自由’”“举国一致承认基础上的‘充分自由’”[②] 才最终成为现实。

> 因此创作必须是自由的。这就是说，作家必须用自己的头脑来思维，有选择题材、主题和艺术表现方法的充分自由，有抒发自己的感情、激情和表达自己的思想的充分自由，这样才能写出真正有感染力的能够起教育作用的作品。列宁说过，社会主义文学是真正自由的文学。我们党、政府、文艺团体以至全社会，都应该坚定地保证作家的这种自由。
>
> 对于创作自由来说，党和国家要提供必要的条件，创设必要的环境和气氛。同时，作家自己的思想感情和整个创作活动，要同党和国家所提供的这种自由环境相合拍。
>
> 要加强社会主义法治观念。要坚持百花齐放、百家争鸣的方针。在文学创作中出现的失误和问题，只要不违犯法律，都只能经过文艺评论即批评、讨论和争论来解决，必须保证被批评的作家在

① 胡启立：《在中国作家协会第四次会员代表大会上的祝词》，选自中国作家协会编《中国作家协会第四次会员代表大会文集》，作家出版社 1985 年版，第 5—6 页。

② 徐庆全：《文坛拨乱反正实录》，浙江人民出版社 2004 年版，第 320 页。

政治上不受歧视，不因此受到处分或其他组织处理。进行文艺评论必须采取平等的与人为善的态度，不要简单粗暴，不要“无限上纲”，不要戴政治帽子，允许反批评。①

第二节　中国当代文学评奖制度的创立

在新时期文学体制的重构过程中，文学评奖制度的建立在文学批评与文学价值生产之间建构了一种新型的话语关系，既改变了“十七年”与“文化大革命”时期以个人意志、行政干预、群众运动为主要形式的文学批评体制，又在新的政治话语表征下以更为隐蔽的方式将主流意识形态的意图与标准渗入文学价值生产中，以权威的奖评形式对文学艺术发展给予必要的引导。文学评奖制度的建立，在一定程度上缓解了“十七年”与“文化大革命”时期党对文艺的领导与作家创作自由、身份认同之间的紧张关系，实现了由主观专断式、简单粗暴式向客观专家式领导方式的转变。

为了“促进我国社会主义文学艺术的发展和繁荣、促进我国的文学艺术事业在三中全会路线和四项基本原则的指引下，沿着为人民服务、为社会主义服务的正确轨道前进，实现文学创作和文学理论的真正的‘百花齐放、百家争鸣’，使文学创作水平和鉴赏水平更进一步提高”②，自“1978 年全国优秀短篇小说评选”开始到 20 世纪 80 年代初全国优秀中篇小说奖、全国优秀新诗（诗集）奖、全国优秀报告文学奖、茅盾文学奖等全国性文学奖的相继设立，以中国作家协会主办或委

① 胡启立：《在中国作家协会第四次会员代表大会上的祝词》，选自中国作家协会编《中国作家协会第四次会员代表大会文集》，作家出版社 1985 年版，第 6—7 页。

② 周扬：《按照人民的意志和艺术科学的标准来评奖作品》，《文艺报》1981 年第 12 期。

托《人民文学》《文艺报》《诗刊》等“国刊”承办的，在一定评选范围、评选标准、评选方法基础上展开的文学评奖制度基本形成。

文学评奖制度的建立，既真正奖掖了一批可以写入新时期文学史的“经典力作”，也“使一些作家确立了自己在当代文学的位置”[①]；既体现了新时期文学体制建构的开放性、包容性，却也因为“任何社会性的奖励制度，都可能与知识分子守护的人文意义不同程度地构成矛盾”[②] 和制度建构自身的缺陷以及操作中的僭越之举，难免出现“遗珠之憾”。但是，由于文学评奖制度的建立恰巧在新时期国家的现代性文化想象、知识分子的文化意志以及全体民众的精神关切上达成了“历史性一致”，因此，新时期之初的文学评奖在调动全民参与热情、保持较高热度的同时，也因符合国家政治意志和文化建构的需要，得到了决策层的高度重视，评奖结果的公正性与权威性得到了必要的保障。

一 “1978年全国优秀短篇小说评选”的开创性意义

“1978年全国优秀短篇小说评选”对于当代文学史的“开创性意义”早已在学术界达成了一种共识。当年参与“1978年全国优秀短篇小说评选”的茅盾、周扬、袁鹰等都在讲话与发言中不吝溢美之词地表达了“这次优秀短篇小说评奖活动，的确是空前的、过去没有做过的。这工作只有在打倒‘四人帮’之后，才有可能搞起来。过去也有过短篇小说选，但不是经过群众评选的，这一次是经过群众评选的。”[③]“我们对小说评奖，这是头一次。”[④]“象《人民文学》这次在全国范围

① 孟繁华：《1978：激情岁月》，山东教育出版社1998年版，第240页。

② 同上书，第245页。

③ 茅盾：《在一九七八年全国优秀短篇小说评选发奖大会上的讲话》，《人民文学》1979年第4期。

④ 周扬讲话摘自《报春花开时节——记一九七八年全国优秀短篇小说评选活动》，《人民文学》1979年第4期。

内，依靠广大读者，举行大规模的群众性的评选，是建国三十年来的一个创举”[1] 的欣喜之情。但是，在对“1978年全国优秀短篇小说评选”的“开创性”意义的表述中，茅盾、周扬等新中国文学的领导核心们却以全然割裂“新时期”与“十七年”文学关系的“改革者”姿态，以“选择性遗忘”的方式建构出了一个独特的、具有开创性贡献的“当代”文学评奖，而忽视了曾经亲身参与的1949年第一次文代会筹备时进行的全国范围内、以专家标准与群众标准相结合的“文学艺术作品评选”。如此“权宜”，并非只是因为中国当代文学史上的第一次全国性评奖最后的“无果而终”，而是在为“新时期”国家的社会、政治、文化实践进行合法性论证的一种“必要性策略”。

而在中国当代文学史研究者的论述中，“1978年全国优秀短篇小说评选”的“开创性”意义更多地指向“制度建构”的维度。孟繁华在《1978：激情岁月》中这样写道：“1978年短篇小说奖的设立，其意义也许不在于评选了多少作品，更重要的是，它首次以制度化的形式确立了文学奖项。它在引导作家创作方向的同时，也表述了社会对知识分子精神生产的应有尊重。”[2] 随后洪子诚先生在《中国当代文学史》中进一步肯定了孟繁华的观点。与新中国第一次全国性文学评奖制度初创最终夭折不同，“1978年全国优秀短篇小说评选”的“开创性”在于建立中国当代文学评奖制度的同时以巨大的成功进一步推动了文学“‘评奖’在此之后成为一种常设制度”[3]。

1. 共识与分歧下的“短篇小说热”

“粉碎‘四人帮’三年来，特别是最近一两年来，文艺界拨乱反

① 袁鹰：《第一簇报春花》，《人民文学》1979年第4期。

② 孟繁华：《1978：激情岁月》，山东教育出版社1998年版，第240页。

③ 李丹：《“一九七八年全国优秀短篇小说评选”对于当代文学批评的意义》，《当代作家评论》2012年第3期。

正，批判了林彪、‘四人帮’的‘文艺黑线专政’论及其他种种谬论，党中央和毛泽东同志所指定的文艺方针重新得到正确的解释和认真的实行，我们的社会主义文艺开始复苏和前进。党的十一届三中全会的精神和关于真理标准问题的讨论，大大推动了文艺界的思想解放。”① “双百”方针写进宪法，“二为”方向重新释义，新时期相对宽松的文学环境初步形成。在历经一场激烈斗争之后回到人民手中的“国刊”《人民文学》与《广东文艺》（1978 年第 7 期更名为《作品》）《上海文艺》《河北文艺》等地方性文艺刊物、文学编辑的力推下，作为文学哨兵、侦察兵、轻骑兵的短篇小说，以其及时性的特点和短小精悍的体裁特质，在深入展开揭批“四人帮”的第三战役、为实现新时期总任务的政治动员下，率先“破土而出”，涌现出了《班主任》《伤痕》等“一批反映党的十一次路线斗争、表现人民群众与‘四人帮’斗争的短篇小说”② 佳作。文艺评论界对粉碎“四人帮”之后的三年，尤其是 1977 年、1978 年“短篇小说热”的出现形成了一定的共识，认为这些佳作直面生活矛盾，从生活实际出发，敏锐地提出广大人民群众迫切关心的一系列社会问题，在控诉“四人帮”给一代人造成心灵内伤的同时，敢于冲破写作“禁区”，将笔触伸向冤案悲剧、社会积习、家庭生活乃至男女爱情。在人物形象塑造上，冲破“四人帮”鼓吹的“三突出”和“写与走资派作斗争”的框架束缚，成功刻画描摹了一批敢与“四人帮”作决绝较量、殊死斗争的老一辈革命家、干部、知识分子、普通工农兵群众的光辉形象。尤其是 1978 年“实践是检验真理的唯一标准”大讨论冲破“两个凡是”的思想禁锢，文艺界拨乱反

① 周扬：《继往开来，繁荣社会主义新时期的文艺——在中国文学艺术工作者第四次代表大会上的报告》，《文艺报》1979 年第 11—12 期合刊。

② 本刊（《文艺报》）记者：《短篇小说的新气象、新突破——记本刊在北京召开的短篇小说座谈会》，《文艺报》1978 年第 4 期。

正的脚步更加轻盈，短篇小说不论是在思想上还是在艺术上都迈上了更高的水平。

1978 年 9 月，《人民文学》编辑部决定启动“1978 年全国优秀短篇小说评选”，正是试图通过建立评奖制度，对近年来全国各地出现的一批好的和较好的、受到广大读者热烈欢迎的短篇小说给予奖励和表彰，为进一步繁荣短篇小说创作、发挥短篇小说作用、培养文坛新人而另辟蹊径的一种独创性设想。

当然，作为新时期文学批评的一种创造性实践方式，“1978 年全国优秀短篇小说评选”的启动并非仅仅是出于对粉碎“四人帮”三年来“短篇小说热”的简单回应，而是试图借“国刊”《人民文学》自身隐含的政治权威话语和“上通下达”的社会影响力，对近年来围绕短篇小说创作中出现的写“社会阴暗面”“如何写真实”“怎样写与‘四人帮’的斗争”以及“情绪低沉”“格调不高”等问题和因“伤痕文学”“暴露与歌颂”引发的如何处理好“文艺与生活的关系”“人物与环境的典型化”“社会主义时代能不能写悲剧”等全国性争论起一定的批评导向作用。

面对新时期之初文学创作上的“短篇小说热”，从中央到地方，在进一步推动短篇小说冲破禁区，实现文学创作大发展、大繁荣，争当反映时代脉搏与人民心声“急先锋”的同时，也相继举办了一系列“短篇小说座谈会”，发表了一系列关于当前短篇小说创作的理论文章，对由此而来的一系列富有争议的理论问题进行了探讨。1977 年 10 月 20 日至 10 月 24 日，《人民文学》编辑部在北京虎坊桥远东饭店召开的“短篇小说创作座谈会”，是粉碎“四人帮”之后文学界召开的第一次会议。这次短篇小说创作座谈会以 1977 年第 3—8 期《人民文学》上刊载的徐光耀的《望日莲》、叶文玲的《丹梅》、萧育轩的《心声》、邹志安的《工作队长张解放》、王愿坚的《路标·足迹·标准》和《河北文艺》1977年第4期发表的贾大山《取经》[①] 等为参照，邀请老中青三代作家、评论家20余人参加。张光年提出“生动活泼，交流经验，交换意见，不做结论，择善而从”[②]，作为这次会议的主导方针。整个座谈会就“短篇小说创作怎样更好地反映同‘四人帮’的现实斗争”“生活与创作的关系”“革命的现实主义与革命的浪漫主义相结合的社会主义文学创作方法”“短篇小说的题材”“提高短篇小说的思想艺术质量”[③]当前短篇小说创作的五个重点问题展开了讨论。其中，如何写与“四人帮”的斗争成为这次短篇小说座谈会的焦点。茹志鹃认为：“正面写与‘四人帮’作斗争，不好写”“有的作品把这场斗争简单化了”“有的作品里，甚至还散发着‘四人帮’遗留的帮风帮气”[④]。沙汀则提出重新学习鲁迅短篇小说创作的同时，对“有的人一定要正面写，白刀子进去，红刀子出来”[⑤]，不懂得“以小见大”进行了批评。1977年第11期和第12期《人民文学》以“促进短篇小说的百花齐放”为题，相继刊载了茅盾、马烽、李准、叶文玲、王朝闻、周立波、王愿坚、沙汀、陈骏涛等在短篇小说座谈会上的发言。

1978年7月复刊后的《文艺报》，“充分感受到了‘伤痕文学’的汹涌浪潮，各地陆续有好作品出世，但也存在着一些值得注意的问题和争议”[⑥]。为了推动短篇小说创作，对一些问题进行具体研究，《文艺报》编辑部于8月先后派出两组记者于9月上旬在北京、上海召开了短篇小说座谈会，会后纪要以《短篇小说的新气象、新突破——记本刊在北京召开的短篇小说座谈会》《解放思想，冲破禁区，繁荣短篇小说

① 贾大山《取经》发表于1977年第4期《河北文艺》，在1977年第11期《人民文学》“短篇小说专辑”中以“各地作品选载”名义予以全文转载。

② 刘锡诚：《在文坛边缘上——编辑手记》，河南大学出版社2004年版，第24页。

③ 同上书，第29—34页。

④ 同上书，第26页。

⑤ 同上书，第28页。

⑥ 同上书，第113页。

创作——记本刊在上海召开的短篇小说座谈会》为题发表在《文艺报》1978年第4期上。座谈会上对《班主任》《顶凌下种》《献身》《最宝贵的》《“不称心”的姐夫》《姻缘》《伤痕》等短篇佳作进行了探讨。与会代表一致认为“这些作品的贡献在于突破了‘四人帮’的精神枷锁，使文艺与生活的关系密切了，使文艺真正变成了工农兵和革命知识分子喜爱的文艺”[①]的同时就“文艺与生活的关系”“歌颂与暴露”“人物与环境的典型化”“社会主义时代能不能写悲剧”等具有争论的问题畅所欲言，展开了自由讨论。除此之外，复刊后的《文艺报》还相继刊发了洁泯的《革命的现实主义力量——读近来的若干短篇小说》（1978年第2期）、朱寨的《对生活的思考——谈刘心武的〈班主任〉等四篇小说》（1978年第3期）、邹荻帆的《生活之歌——读贾平凹的短篇小说》（1978年第5期）等评论文章，既肯定了刘心武、贾平凹等在短篇小说创作上的成就，也对当时以同反对“四人帮”斗争为主要题材的短篇小说所显示出的革命的现实主义力量给予褒扬。1977年复刊的《文学评论》编辑部也在1978年8月15日召开了“《班主任》座谈会”，并在1978年第5期《文学评论》上刊发了一组关于《班主任》座谈会的纪要、发言和评论，[②]肯定了“《班主任》是粉碎‘四人帮’之后出现的优秀短篇。作品比较深刻地揭露了‘四人帮’对毛主席革命教育路线的破坏所带来的严重恶果，提出了人们普遍关心的青少年的教育问题”[③]的同时，对社会上一些人对《班主任》的责难，“认为《班主任》是‘暴露文学’，是‘批判现实主义’

---

① 本刊记者：《短篇小说的新气象、新突破——记本刊在北京召开的短篇小说座谈会·编者按》，《文艺报》1978年第4期。

② 1978年第5期《文学评论》上关于“《班主任》座谈会”发表了《为文学创作的健康发展扫清道路——记〈班主任〉座谈会》《青年工人和中学生谈〈班主任〉——座谈纪要》、冯牧《打破精神枷锁，走上创作的康庄大道——在〈班主任〉座谈会上的发言》、刘心武《生活的创造者说：走这条路!》、西来、蔡葵《艺术家的责任和勇气——从〈班主任〉谈起》等多篇文章。

③ 《为文学创作的健康发展扫清道路——记〈班主任〉座谈会》，《文学评论》1978年第5期。

‘没有写英雄人物’”[①] 等进行了反驳。

与中央、国家一级文学刊物将目光投射给日渐繁荣的短篇小说创作，关切围绕短篇小说批评中出现的争论不同，各地方级的报纸刊物则更多地以相对保守、服从最高政治权力的姿态，成为繁荣短篇小说创作，发挥战斗作用的重要园地。1977 年 1 月 16 日至 1 月 20 日，《河北文艺》编辑部召开了小说座谈会，随后在第 2 期上编发了《学习毛主席〈论十大关系〉，繁荣社会主义文学创作——〈河北文艺〉编辑部召开小说座谈会》的纪要性文章。此次座谈会着重讨论了如何以阶级斗争为纲进行短篇小说创作以及关于改进文风的问题。虽然此次座谈会仍然没有摆脱“两个凡是”“以阶级斗争为纲”的思想、路线禁锢，但却为《河北文艺》日后成为繁荣新时期短篇小说创作重要园地之一打下了坚实的基础。1977 年第 4 期贾大山《取经》的发表，率先在摆脱“四人帮”文艺教条的同时“给人一种新颖的感觉”[②]。1977 年 5 月 4 日至 5 月 15 日，在“高举和捍卫毛主席文艺思想的伟大旗帜，坚持工农兵服务方向，繁荣社会主义的文艺创作”的主题下河北省文艺创作座谈会在石家庄举行。1977 年 11 月 9 日至 11 月 14 日，《河北文艺》编辑部召开短篇小说创作座谈会，邀请活跃在《河北文艺》上的短篇小说作者贾大山、铁凝等出席。座谈会就短篇小说创作中如何清除“四人帮”流毒和影响，充分发挥战斗作用；如何使创作迅速跟上抓纲治国大好形势、反映社会主义革命和建设以及短篇小说特点、文风、细节、构思、语言、风格等问题交换了意见。尤其对“短篇小说不短”“文风长而空”等短篇小说创作中的突出问题进行了批评。从 1977 年第 3 期起，《河北文艺》开设“新苗”专栏，发表了铁凝《火春儿》、

---

① 《为文学创作的健康发展扫清道路——记〈班主任〉座谈会》，《文学评论》1978 年第 5 期。
② 摘自《人民文学》1977 年第 11 期转载《取经》时《河北文艺》编者的三言两语。

孔祥春《女铸工》、刘士龙《伙伴》、刘克玲《小浪花》、孙雷《补点》等一批短篇小说新人新作，并于1978年第1期推出“短篇小说专号”，使得《河北文艺》成为新时期之初短篇小说创作繁荣名副其实的重要园地。

除《河北文艺》之外，1978年3月5日至3月25日陕西《延河》编辑部召开短篇小说座谈会，在刊发《探讨当前文艺创作中的几个问题——本刊编辑部召开的短篇小说创作座谈会纪要》的同时，于第5期、第6期中登载了陕西第一代著名作家柳青《生活是创作的基础》和王汶石《思想境界及其他》的两篇重要发言。柳青在发言中再次重申了“三个学校”的文学主张，王汶石则结合《诗刊》1978年第1期刊载《毛泽东给陈毅同志谈诗的一封信》重点谈了短篇小说创作中的形象思维及思想境界问题。1977年第7期《延河》上发表了雷达学①就刘心武《班主任》、莫伸的《人民的歌手》和《窗口》等短篇小说所写的评论文章《人民的心声——谈几篇与“四人帮”斗争的短篇小说》。第9期“文学谈”栏目发表的古远清《谈短篇小说的“短”——学习鲁迅小说创作札记》一文，重申了“因小即大”的短篇小说之“短”和“借一斑略知全豹，以一目尽传精神”的短篇小说艺术特点。

随后，1978年3月15日至3月26日，《浙江文艺》编辑部在江山召开短篇小说创作座谈会。1978年5月15日至5月23日，《江苏文艺》编辑部在镇江召开短篇小说座谈会。1978年第1期《汾水》推出“短篇小说特辑”，在首篇发表了成一的《顶凌下种》，第6期发表了李国涛的评论文章《短篇小说的新收获——谈一年来反映同“四人帮”斗争的短篇小说》，而第10期王为的文章《把短篇小说写短些》则重提了“短篇不短”的创作现象。《上海文艺》在1978年相继推出贾平凹

① 雷达学即著名文学评论家雷达的原名。

的《满月儿》、邓友梅的《我们的军长》、肖平的《墓场与鲜花》等短篇力作的同时，在1978年第8期“创作谈”中刊发了徐葆煜《短篇小说要短》、曹文轩《为什么短篇不短?》，在第10期连发刘剑青《在生活的激流中——谈粉碎“四人帮”以来的短篇小说》、吴欢章《从〈取经〉到〈分歧〉——略谈贾大山的短篇小说》、程德培《短小简练 清新自然——读〈第一堂课〉、〈满月儿〉、〈第五十三个〉……》三篇理论文章。此时南国广州的《广东文艺》（1978年7月后更名为《作品》）则就该刊刊发王蒙的《最宝贵的》、陈国凯的《开门红》、孔捷生的《姻缘》、于土的《芙瑞达》等作品进行深入研讨的同时，提出了“冲破‘禁区’正确描写爱情”的文学创作新问题。但是，就地方刊物而言，“承续既定价值判断和保守立场仍然是安全的”[①]，甚至在某些时候“刻意强调对最高政治权力的配合与服从”[②]也是一种姿态。

因此，“1978年全国优秀短篇小说评选”对于“求变”中的新时期文学发展起到了决定性的作用。《人民文学》编辑部以敢为天下先的勇气与胆识，在奖评优秀短篇小说创作的同时，引领了一个时代的文学潮流。通过这次专家与群众相结合的评选，一大批“伤痕文学”代表作品得到了应有的奖掖，通过文学评奖，在获得“经典性”合法身份的同时，走进了新时期文学史的写作之中。

1979年11月1日，在第四次文代会上周扬作了题为《继往开来，繁荣社会主义新时期的文艺》的总报告，报告中对粉碎“四人帮”三年来社会主义文艺发展，尤其是以《班主任》《神圣的使命》《窗口》《我们的军长》《伤痕》等为代表的短篇小说，在发扬社会主义文艺现实主义传统的基础上，“描绘了人民群众同‘四人帮’之间的尖锐斗争

① 李丹：《“一九七八年全国优秀短篇小说评选”对于当代文学批评的意义》，《当代作家评论》2012年第3期。

② 同上。

以及在那些灾难年月发生的种种复杂的社会矛盾，描绘了老一代无产阶级革命家和新长征路上涌现的先进人物，揭露了障碍实现社会主义现代化的种种阻力和弊端”[①] 时所作出的贡献给予了充分肯定，并进一步指出，这些“反映了林彪、‘四人帮’给人民生活上和心灵上所造成的巨大创伤，暴露了他们的滔天罪恶”的作品“决不能随便地指责它们是什么‘伤痕文学’、‘暴露文学’”[②]。周扬的这一具有官方意味的“诘问”，对“拨乱反正”三年来短篇小说写“社会阴暗面”“中间人物”以及文学批评界对于“歌颂与暴露”“伤痕文学”的争论作出了来自官方最权威批评家的论断。

2. 文学评奖制度的设计与实施

1978 年 6 月 3 日，中国作家协会主席团扩大会议在茅盾主持下举行。会议上茅盾宣布：张光年出任中国作协书记处常务书记，李季接任《人民文学》杂志主编。“有感于短篇小说在思想解放运动中所起的重要作用”[③]，李季提议对短篇小说佳作进行评奖。“经请示张光年同意，又取得茅盾支持，李季决定就由《人民文学》主办，对短篇小说创作中涌现出来的优秀作品进行全国性评奖。”[④]

（1）评奖设计：从《设想》到《启事》的变化

1978 年 9 月 20 日，《人民文学》公开发布《举行一九七八年全国优秀短篇小说评选启事》，对这次全国性小说评奖活动的评选目的、评选范围、评选标准、评选方法、评选程序等进行了详细的说明。措辞之严谨、设计之周全都体现了新时期文学评奖民主化、科学化、制度化的诉求。

① 周扬：《继往开来，繁荣社会主义新时期的文艺——在中国文学艺术工作者第四次代表大会上的报告》，《文艺报》1979 年第 11—12 期合刊。

② 同上。

③ 崔道怡：《春花秋月系相思——短篇小说评奖琐忆》（一），《小说家》1999 年第 1 期。

④ 同上。

从评选目的来看，提倡短篇小说，对短篇小说创作进行奖评，既是一种现实政治的考量又是一种艺术自身发展的需要。它既“有利于及时反映工农兵群众抓纲治国、努力实现社会主义现代化的火热斗争”又“有利于促进文学创作题材、风格上的百花齐放”，还“大有利于文学创作新生力量思想上、艺术上的锻炼和成长”。[①]《启事》开宗明义地阐明了繁荣短篇小说与“抓纲治国”政治大局之间的紧密联系。“抓纲治国”是粉碎“四人帮”之后，华国锋总揽全局的政治纲领。1977 年 1 月 1 日，《人民日报》发表“两报一刊”社论《乘胜前进》，社论中说，“华主席号召我们：‘在新的一年里，抓住阶级斗争这个纲，努力作战，去夺取更大的胜利！’”[②] 明确了“抓纲治国”之“纲”仍是“以阶级斗争为纲”。1977 年 2 月 7 日，“抓纲治国”的“四字纲领”正式出现在《人民日报》发表的“两报一刊”重要社论《学好文件抓住纲》中。社论指出：“当前，社会主义和资本主义的矛盾、无产阶级和资产阶级的矛盾、马克思主义和修正主义的矛盾，集中表现为我们党同‘四人帮’的矛盾。深入揭批‘四人帮’，这就是当前的主题，就是当前的纲。”[③] 而“在两个阶级的激烈斗争中，实现安定团结，巩固无产阶级专政，达到天下大治，这是党中央作出的战略决策。按照这个决策，把我们的社会主义国家建设得更加强大，是全国人民的根本利益和共同要求”[④]。这是“治国”的内涵所在。最后社论号召：“在以华主席为首的党中央和各级党委的统一指挥下，一切服从抓纲治国的战略决策，把我们的步调统一起来！”[⑤] 1977 年 2 月 8 日，《人民日报》发表署名任平的评论文章《抓纲治国》，重申“以两个阶级、两条道路、

① 《本刊举办一九七八年全国优秀短篇小说评选启事》，《人民文学》1978 年第 9 期。
② “两报一刊”社论：《乘胜前进》，《人民日报》1977 年 1 月 1 日。
③ “两报一刊”社论：《学好文件抓住纲》，《人民日报》1977 年 2 月 7 日。
④ 同上。
⑤ 同上。

两条路线的斗争为纲，来建设强大的社会主义国家，这是毛主席的一贯教导”[①]。由此一来，《人民文学》在启动“1978年全国优秀短篇小说评选”活动时继续沿着“文学与政治的密切关系”，明确此次评选“有利于及时反映工农兵群众抓纲治国、努力实现社会主义现代化的火热斗争”，无疑是一种带有“仪式性”的思维惯性和特定时期的一种权宜性考虑。由于此时中、长篇小说尚未在“四人帮”的遗毒和“文化大革命”的历史性创痛中得到恢复，很多名作尚在孕育之中，因此，短篇小说理所当然地被赋予这个时期“思想解放的艺术先声”[②] 的期许。

对于评选范围，《启事》中明确规定：“从1976年10月至1978年12月止，在此期间全国各地报、刊发表过的优秀短篇小说，均在评选范围之内。”[③] 以粉碎“四人帮”的“历史性转折”为肇始到1978年“自然年”结束，“1978年全国优秀短篇小说评选”无疑成为新时期两年来文学战线，尤其是对短篇小说领域的一次全面检阅。在评委会会议上林默涵曾说：“关于评奖，中宣部曾说过，应全面评，评几十年的，不能光评‘四人帮’倒台后的作品。解放后创作的作品都要评。”[④] 但是这种“理想化的宏伟设想”在新时期之初文学艺术界满目疮痍、百废待兴时是不可操作抑或是难以操控的。因此，“现在只能分别来搞”[⑤]，而充当“急先锋”的便是“1978年全国优秀短篇小说评选”，同时以“自然年”结束也为文学评奖最终走向逐年评选的常设制度提供了可能。

至于评选标准，《启事》中明确指出“凡从生活出发、符合六条政治标准，艺术上具有独创性的作品，不拘题材、风格，皆可推荐。提倡

---

① 任平：《抓纲治国》，《人民日报》1977年2月8日。

② 崔道怡：《春花秋月系相思——短篇小说评奖琐忆》（一），《小说家》1999年第1期。

③ 《本刊举办一九七八年全国优秀短篇小说评选启事》，《人民文学》1978年第9期。

④ 刘锡诚：《在文坛边缘上——编辑手记》，河南大学出版社2004年版，第217页。

⑤ 同上。

那些能够鼓舞群众为新时期总任务而奋斗的优秀作品”[①]。从措辞来看，“评选标准”较为宽泛，既要坚持政治话语的规定性与约束力，实现党对文艺的领导，又要符合艺术创作的规律和人民群众的现实需要。其中，“六条政治标准”出自1957年6月19日毛泽东在《人民日报》上发表的《关于正确处理人民内部矛盾的问题》。“一是有利于团结全国各族人民，而不是分裂人民；二是有利于社会主义改造和社会主义建设，而不是不利于社会主义改造和社会主义建设；三是有利于巩固人民民主专政，而不是破坏或者削弱这个专政；四是有利于巩固民主集中制，而不是破坏或者削弱这个制度；五是有利于巩固共产党的领导，而不是摆脱或者削弱这种领导；六是有利于社会主义的国际团结和全世界爱好和平人民的国际团结，而不是有损于这些团结。”[②] 而这“六条政治标准”中，最重要的是社会主义道路和党的领导两条。提出这些标准既是为了帮助人民发展对于各种问题的自由讨论，同时也是鉴别人们的言论行动是否正确，文艺作品是香花还是毒草的唯一正确的标准。而“坚持贯彻执行党的十一大路线，坚持无产阶级专政下的继续革命，深入开展阶级斗争、生产斗争和科学实验三大革命运动，在本世纪内把我国建设成为农业、工业、国防和科学技术现代化的伟大的社会主义强国”[③] 的“新时期总任务”则是1978年2月26日华国锋在第五届全国人民代表大会第一次会议上所作政府工作报告中提出的。

评选方法则“采取专家与群众相结合的方法”。这种方法早在1949年第一次文代会筹备时就曾作为“文学艺术作品评选”的方法而被使用，当时的提法是“专家标准与群众标准相结合的评选原则”，

---

① 《本刊举办一九七八年全国优秀短篇小说评选启事》，《人民文学》1978年第9期。

② 毛泽东：《关于正确处理人民内部矛盾的问题》，《人民日报》1957年6月19日。

③ 华国锋：《团结起来，为建设社会主义的现代化强国而奋斗——一九七八年二月二十六日在第五届全国人民代表大会第一次会议上的政府工作报告》，《人民日报》1978年3月7日。

两者大同小异。但是，中国当代文学史上第一次文学评奖却因为专家与群众标准对文学艺术独立性、社会性功能认识的“鸿沟”与“分歧”以及搜集推荐作品在群众中影响时的诸多不便无果而终，反而是“1978 年全国优秀短篇小说评选”真正实现了“专家与群众相结合”的评选方法在文学评奖中的成功。这次评奖的 25 篇获奖作品正是在 10751 件读者来信、20838 份评选意见表、推荐 1285 篇的群众意见基础上，在《人民文学》编辑部提供初选名单，由 23 位著名文学家、评论家组成的评委会经过热烈讨论、民主协商最终产生的。“从这点说，群众评选的创举，实在也是具有拨乱反正、继往开来的深远意义的。”① “文艺民主终于像和煦的春风又开始吹到我们社会主义祖国辽阔的原野上来。”②

在一定的评选目的、范围、标准、方法的基础上开创的“1978 年全国优秀短篇小说评选”，在《启事》中还提前对外公布了此次评奖的基本运作程序。“热烈欢迎各条战线上的广大读者积极参加推荐优秀作品；恳切希望各地文艺刊物、出版社、报纸文艺副刊协助介绍、推荐；最后，由本刊编委会邀请作家、评论家组成评选委员会，在群众性推荐的基础上，进行评选工作。评选结果，将于 1979 年上半年在《人民文学》上公布。”③ 并在《启事》最后附有《评选意见表》和邮寄的详细地址。由此，调动一切文学资源，集群众智慧与专家眼光的“1978 年全国优秀短篇小说评选”在《人民文学》1978 年第 10、11、12 期连续三期刊载《评选启事》中拉开了中国当代文学评奖制度建设的大幕。

① 袁鹰：《第一簇报春花》，《人民文学》1979 年第 4 期。

② 同上。

③ 《本刊举办一九七八年全国优秀短篇小说评选启事》，《人民文学》1978 年第 9 期。

表 2－1　　一九七八年全国优秀短篇小说评选意见表（样表）[①]

篇名	作者	发表时间及报、刊名称	备注

评选意见：

评选人	姓名	性别	工作单位	职业

注：如推荐篇目较多，可另纸写出。

对比《人民文学》1978 年 9 月 20 日对外公布的《本刊举办一九七八年全国优秀短篇小说评选启事》和刘锡诚在《在文坛边缘上——编辑手记》一书“启动短篇小说评选活动”一文中附上的 1978 年 9 月 7 日“仅供领导参考，不公开发表”的《1978 年全国优秀短篇小说评选的初步设想》，虽然两份重要史料之间仅仅相差十余天，但是依旧能够窥出新时期中国当代文学评奖制度建构中的些许微妙变动。

附：《1978 年全国优秀短篇小说评选的初步设想》全文[②]

（此件仅供领导参考，不公开发表）

《人民文学》遵照英明领袖华主席给本刊题词的精神，为了贯彻“百花齐放”的方针，繁荣社会主义文艺创作，准备从 1978 年起对全国优秀短篇小说逐年进行评选。有关评选范围、办法的初步设想如下：

一　评选范围：

1978 年评选，从 1976 年 10 月至 1978 年 12 月止（以后每年一

① 《本刊举办一九七八年全国优秀短篇小说评选启事》，《人民文学》1978 年第 9 期。

② 刘锡诚：《在文坛边缘上——编辑手记》，河南大学出版社 2004 年版，第 186—187 页。

评），在此期间全国发表过的优秀短篇小说均在评选范围之内。

二　评选标准：

（1）提倡反映当前现实斗争生活的作品，反映革命历史斗争的佳作也可入选；

（2）提倡题材、风格的多样化；

（3）提倡篇幅短、生活新、思想深而又富有独创性的作品；

（4）提倡革命现实主义和革命浪漫主义相结合的较好的作品；

（5）主要是推荐新人作品，有老作家的短篇佳作也可入选。

三　评选办法：

采取专家与群众相结合的方法。请各地文艺刊物、出版社和报纸文艺副刊推荐并发消息；在《人民文学》上发启事。（在本刊10月号上登“启事”，并附《评选意见表》）发动广大群众推荐。

《人民文学》要安排专人负责初选，提出初选篇目，交评委会审定。初步设想每年选出优秀短篇小说二十篇左右，按质量分别为一、二、三等。在明年3月号《人民文学》上公布评选结果，并酌情给当选者精神上和物质上的奖励。

评选委员会由《人民文学》邀请作家，评论家5人组成（拟请茅盾、张光年同志主持）负责审定，选出当选的优秀作品。

四　奖励办法：

（1）一等奖作品如未在《人民文学》上发表过的，可予转载；全部获奖作品建议由人民文学出版社出单行本；

（2）请获奖作者到北京来开座谈会，请领导同志接见；

（3）获奖作者每人发给纪念性的奖状或纪念册；

（4）获奖作品按一、二、三等奖，分别给予100元、80元、60元的奖金或书籍及其他纪念品；

（5）设想奖金预算2000元。一等3篇300元；二等5篇400

元；三等12篇720元。做纪念章或纪念册，600元左右。

（注：此文件是上述《评选启事》9月7日稿的附件。）

从《设想》到《启事》，变动最为显著的还是评选标准中执意求“新”、求“变”的理念被弱化以及细化的奖励办法“被隐去”两个方面。与“四人帮”时期整个文坛只准“一花独放”，只准写“与走资派作斗争”的文化专制主义不同，新时期文学的复苏必须在坚持“百花齐放、百家争鸣”“革命浪漫主义与革命现实主义相结合”的基础上，使得文学评奖成为“提倡题材、风格的多样化”“提倡篇幅短、生活新、思想深而又富有独创性的作品”，真正实现社会主义文学新人在思想上、艺术上的锻炼与成长的重要激励手段。从《设想》到《启事》，“被隐去”的“分列三等”“奖金额度”等评选奖励办法细则，多是一种仅供内部参考的预想、预设、预算，为避免因评选运作时的调整、变更引发全社会对“1978年全国优秀短篇小说评选”权威性、公正性的质疑，故而在《启事》中“被隐去”是《人民文学》编辑部的一次明智选择。

1978年9月20日《人民文学》编辑部对外正式发布的《本刊举办一九七八年全国优秀短篇小说评选启事》作为新时期文学拨乱反正的一份重要文献，开启了“1978年全国优秀短篇小说评选”的同时，也为日后成为常设制度的全国性文学评奖提供了重要的范例，尤其是1978年以后举行的全国优秀短篇小说评选，基本上都延续了发布《启事》这样一种惯例，在行文与措辞技巧上也在大体保持1978年《启事》原貌的基础上，根据当时政治、社会、文化发展需要进行了适当的调整、修改。

（2）评奖运作：规范性的秩序建构

“世界第一大文学奖”诺贝尔文学奖之所以在百余年的历史中能赢得全世界的认可和广泛赞誉，一个最重要的原因在于其运作程序的严谨、科学、规范。从上年9月开始寄发提名表拉开一年一度的评选大幕到来年12月举行隆重而盛大的颁奖仪式宣告评奖告一段落，严格遵守既定的运作程序，高效推进评奖活动的有序进行，在此基础上极大程度地减少由于制度性缺失与人为不当致使评奖程序遭遇临时变更等“突发情况”，对确保诺贝尔文学奖的权威性，树立社会公信力，奠定了坚实的基础。

“1978年全国优秀短篇小说评选”，作为中国当代文学评奖制度确立的重要标志，《启事》中提前公开的评选运作程序，在充分调动读者投票积极性的同时，也通过文艺出版发行部门同人的大力协助介绍，评选委员会专家的综合判断与考量，一定程度上降低了“群众推荐与专家评选相结合”的评选方法自身存在的风险系数。同时，在《人民文学》编辑部的精心安排、组织协调以及全盘统筹下，“1978年全国优秀短篇小说评选”的运作程序时代特色鲜明，并在之后的评奖中被逐渐固定化，成为以全国性小说评奖为核心的中国当代文学评奖制度的重要经验。

表2－2　“1978年全国优秀短篇小说评选”运作程序简表

时间范围	评奖程序
1978年9月	对外公布《评选启事》，评选活动正式启动
1978年9月—1979年2月上旬	读者进行推荐
1979年2月中旬—1979年3月初	《人民文学》编辑部根据读者推荐确定初选篇目
1979年3月	召开评委会会议/确定当选篇目/召开评选发奖大会/获奖作者座谈会

《人民文学》编辑部在“1978年全国优秀短篇小说评选”的初选中充分发挥了“国刊”举足轻重的社会影响力。《评选启事》以“广而告之”的形式连续登载在1978年《人民文学》第10、11、12期上。为了调动普通读者、群众的投票热情，《人民文学》编辑部“贴心”地在《评选意见表》后附以“邮资总付信封”，明确寄信人请将《评选意见

表》邮递至“北京东四八条五十二号人民文学杂志社”的同时，免去了读者邮寄信件产生的费用。由此而来的便是“‘选票’和来信在编辑部的办公桌上堆成了小山。编辑同志兴致勃勃地拆阅、摘录、统计”[①]。截至 1979 年 2 月 10 日，“共收到读者来信一万零七百五十一件，‘评选意见表’二万零八百三十八份，推荐短篇小说一千二百五十八篇”[②]。

从初选篇目确定到当选篇目最终出炉，整个评选共经历了三次篇目调整。《人民文学》编辑部提供给评选委员会参考的第一批初选篇目共计 20 篇[③]，“这个初选篇目中的大部分作品，都是群众‘投票’最多和较多的。此外，由于考虑到各省、市的报刊发行面较窄，很多读者看不到，因此，各省、市报刊上登载的优秀的作品，尽管获得的‘选票’不多，也被收进这个初选篇目中。”[④] 综合崔道怡和刘锡诚所披露的材料，这次初选的 20 篇作品中前 12 篇为读者投票在 300 票以上者（除《醒来吧，弟弟》外），其余 8 篇则选择了“群众中得票并不很多的优秀作品”，其中成一的《顶凌下种》得票仅有 22 张，同时，“优秀短篇小说初选篇目”选票上又附录了 5 篇“备选篇目”[⑤]。从初次确定的篇

---

① 本刊记者：《报春花开时节——记一九七八年全国优秀短篇小说评选活动》，《人民文学》1979 年第 4 期。

② 同上。

③ 这 20 篇初选篇目是：刘心武《班主任》、王亚平《神圣的使命》、邓友梅《我们的军长》、莫伸《窗口》、卢新华《伤痕》、刘心武《爱情的位置》、宗璞《弦上的梦》、陆文夫《献身》、童恩正《珊瑚岛上的死光》、刘富道《眼镜》、王蒙《最宝贵的》、孔捷生《姻缘》、李陀《愿你听到这支歌》、士敏《虎皮斑纹贝》、贾大山《取经》、成一《顶凌下种》、萧平《墓场与鲜花》、徐光耀《望日莲》、张承志《骑手为什么歌唱母亲》、于土《芙瑞达》。摘自崔道怡《春花秋月系相思——短篇小说评奖琐忆》（一），《第一届短篇小说评奖初选篇目上巴金先生的选票》，《小说家》1999 年第 1 期。

④ 注：初选确定的第一批篇目是在截至 1979 年 2 月 10 日读者投票基础上确定的。刘锡诚：《在文坛边缘上——编辑手记》，河南大学出版社 2004 年版，第 187 页。

⑤ 根据崔道怡《春花秋月系相思——短篇小说评奖琐忆》（一）中《第一届短篇小说评奖初选篇目上巴金先生的选票》，我们可以看到，初选篇目 20 篇后的 5 篇备选篇目分别是白桦《秋江落叶》、张有德《辣椒》、陆柱国《不灭的篝火》、王愿坚《足迹》、萧育轩《心声》，《小说家》1999 年第 1 期。

目来看，“群众意愿”在得到编辑部同志尊重的同时也考虑到了读者意见的某些局限性。而《设想》中对“1978年全国优秀短篇小说评选”“主要是推荐新人作品”的标准得到了充分的落实，“偏重于中青年作者，特别是青年作者”[①]，老作家的作品未在此列。但是，初选篇目的确定又凸显出了以下几个问题：一是“写爱情生活的篇数最多，而反映工农业战线斗争生活的篇数较少，直接反映向‘四化’进军的作品连一篇也没有”[②]。如此一来无法落实华主席给《人民文学》题词中所讲的“百花齐放”方针精神。二是少数民族作家作品应不应该照顾？初选时，只有回族作家张承志的《骑手为什么歌唱母亲》、达斡尔族作家李陀《愿你听到这支歌》入选[③]。三是入选作品主要发表在1978年，1977年发表的只有3篇入选[④]，是否适宜。四是入选作品发表的刊物较少，仅有六种刊物一种报纸[⑤]，《人民文学》作品数最多，是否合适。五是在拒绝了《醒来吧，弟弟》后，刘心武仍有两篇作品《班主任》和《爱情的位置》入选是否适宜，等等。

第一次篇目调整主要是因为1979年2月10日之后又收到了一批读者来信，根据这批来信，对初选篇目又进行了修订，增加了周立波的《湘江一夜》、贾平凹的《满月儿》、关庚寅的《“不称心”的姐夫》、祝兴义的《抱玉岩》4篇。但这4篇并没有出现在评委们的初选选票上。第二次篇目调整是在提交1979年3月5日评选委员会会议前综合各位评委的初选选票确定的。这次调整后的篇目变为22篇。其

---

① 刘锡诚：《在文坛边缘上——编辑手记》，河南大学出版社2004年版，第188页。

② 同上。

③ 刘锡诚在《在文坛边缘上——编辑手记》一书中指出：初选篇目中只选了回族作者张承志的《骑手为什么歌唱母亲》有误。

④ 注：1977年刊载的三篇是《班主任》《取经》《望日莲》。

⑤ 注：“六种刊物一种报纸”分别是：《人民文学》11篇、《作品》（或《广东文艺》）3篇（其中于土《芙瑞达》发表于1978年第1期《广东文艺》，1978年第7期起《广东文艺》更名为《作品》）、《上海文艺》2篇、《文汇报》1篇、《十月》1篇、《河北文艺》1篇、《汾水》1篇。

中初选20篇中《爱情的位置》《望日莲》《最宝贵的》出局，其余17篇入选，读者投票位居第六的《爱情的位置》被弃，则是因为“每位作家每次评选，只能一篇佳作获奖”[①]的不成文规定所致，而这个规定在日后的全国性小说评奖中屡次使用；初选篇目中备选的5篇中《辣椒》《足迹》2篇入选，其余3篇出局；增选4篇中《湘江一夜》入选，其余3篇落选；又新晋增补了《从森林里来的孩子》《看守日记》2篇。

1979年3月5日，由茅盾、周扬、巴金等23人组成的评委会第一次全体会议如期举行。从23人的评委名单来看，他们基本都是历经新民主主义革命最终走进新中国的著名知识分子，曾是引领左翼文化运动和延安时期文艺界的“进步作家”、评论家。其中很大一部分人在新中国文艺事业中长期担任如文化部部长、中宣部副部长、全国文联副主席、中国作家协会主席、副主席等重要领导职位，或是在《人民文学》《文艺报》等“国家级”文学刊物担任过主编、副主编，而他们中的大多数在“文化大革命”中遭遇过来自林彪、“四人帮”反党反革命集团的残酷迫害，这种身体与精神的双重摧残，反而成为他们在文坛回春之际重新走上领导岗位的重要资本，也成为他们对于来之不易的“文学春天”倍加珍惜的直接原因。因此，在这次会议上，唐弢、袁鹰、孔罗荪等评委对不利于新时期中国当代文学复苏与繁荣的“短篇不短”现象尤为敏感，提出了尖锐的批评。唐弢说：“当前短篇小说篇幅太长，这种偏向应指出来，否则，青年一代会认为这就是短篇了。”[②]袁鹰说：“短篇不短，是当前的一种倾向”“编辑部提供的这些短篇小说，大部分不是按短篇的写法写的”。[③]孔罗荪说：“这些短篇小说都太长了，在

① 崔道怡：《春花秋月系相思——短篇小说评奖琐忆》（一），《小说家》1999年第1期。

② 刘锡诚：《在文坛边缘上——编辑手记》，河南大学出版社2004年版，第215页。

③ 同上。

一万字以下的只有两篇：一篇是贾大山的《取经》，一篇是卢新华的《伤痕》。"[①] 除此之外，评委们就《伤痕》的评价出现了严重的分歧。孙犁肯定了"《伤痕》文字好，我很喜欢"[②]。林默涵直陈"《伤痕》被吹得太过了"[③]。冯牧则对《伤痕》的评价采取了"两分法"，既指出它明显的缺陷，"对这篇小说，我只投赞成票，不投赞赏票，因为它写得不够真实、不够典型，思想境界不高"，却也同时肯定"它立了一大功，第一个提出了'伤痕'问题"。[④]

附：1978 年全国优秀短篇小说评选评委名单[⑤]

茅盾、周扬、巴金、刘白羽、孔罗荪、冯牧、刘剑青、孙犁、严文井、沙汀、李季、陈荒煤、张天翼、周立波、张光年、林默涵、草明、唐弢、袁鹰、曹靖华、谢冰心、葛洛、魏巍

第三次篇目调整是在评委会议后，《人民文学》编辑部于 3 月 7 日致信评委，就评委会讨论结果正式确定了调整后的备选篇目供评委参考，此次篇目变为了 25 篇。前三轮入选的 22 篇作品中唯有《虎皮斑纹贝》由于"是《人民文学》登载的，内容又是写青年爱情生活的，而此类题材的作品过多"[⑥]，在最后时刻出局。而第三次调整时曾被淘汰的《最宝贵的》《抱玉岩》《"不称心"的姐夫》《满月儿》4 篇地方刊物登载的作品被增补。其余篇目的位次也有所变更。最终，经过 3 次篇目调整，备选篇目中的 25 篇作品全部当选"1978 年全国优秀短篇小

① 刘锡诚：《在文坛边缘上——编辑手记》，河南大学出版社 2004 年版，第 215 页。

② 同上。

③ 同上书，第 217 页。

④ 同上书，第 216 页。

⑤ 《一九七八年全国优秀短篇小说评选委员会名单》，《人民文学》1979 年第 4 期。

⑥ 刘锡诚：《在文坛边缘上——编辑手记》，河南大学出版社 2004 年版，第 190 页。

说”。初选时读者投票排名前四位的作品刘心武的《班主任》、王亚平的《神圣的使命》、邓友梅的《我们的军长》、莫伸的《窗口》如愿当选，仅是在位次上《我们的军长》与《窗口》出现对调。位列第五的是第一次调整中增列的老作家周立波的《湘江一夜》。而读者投票选出的第五名卢新华的《伤痕》则因评委们的巨大分歧和其引发的社会争论而退居第10名。虽然评选结果没有按照《设想》中既定的一、二、三等奖进行细分，但排名前五的这五篇作品其实就是“1978年全国优秀短篇小说评选”中的“一等奖”。

表2-3　1978年全国优秀短篇小说评选获奖作品①

名次	篇名	作者	刊载
1	《班主任》	刘心武	《人民文学》1977年第11期
2	《神圣的使命》	王亚平	《人民文学》1978年第9期
3	《窗口》	莫伸	《人民文学》1978年第1期
4	《我们的军长》	邓友梅	《上海文艺》1978年第7期
5	《湘江一夜》	周立波	《人民文学》1978年第7期
6	《足迹》	王愿坚	《人民文学》1977年第7期
7	《顶凌下种》	成一	《汾水》1978年第1期
8	《愿你听到这支歌》	李陀	《人民文学》1978年第12期
9	《弦上的梦》	宗璞	《人民文学》1978年第12期
10	《伤痕》	卢新华	《文汇报》1978年8月11日
11	《从森林里来的孩子》	张洁	《北京文学》1978年第7期
12	《骑手为什么歌唱母亲》	张承志	《人民文学》1978年第10期
13	《辣椒》	张有德	《人民文学》1978年第4期
14	《取经》	贾大山	《河北文艺》1977年第4期
15	《满月儿》	贾平凹	《上海文艺》1978年第3期
16	《最宝贵的》	王蒙	《作品》1978年第7期
17	《献身》	陆文夫	《人民文学》1978年第4期

① 《一九七八年全国优秀短篇小说评选当选作品》，《人民文学》1979年第4期。

续表

名次	篇名	作者	刊载
18	《墓地与鲜花》	肖平	《上海文艺》1978 年第 11 期
19	《眼镜》	刘富道	《人民文学》1978 年第 2 期
20	《姻缘》	孔捷生	《作品》1978 年第 8 期
21	《抱玉岩》	祝兴义	《安徽文艺》1978 年第 7 期
22	《“不称心”的姐夫》	关庚寅	《鸭绿江》1978 年第 7 期
23	《看守日记》	齐平	《解放军文艺》1978 年第 12 期
24	《芙瑞达》	于土	《广东文艺》1978 年第 1 期
25	《珊瑚岛上的死光》	童恩正	《人民文学》1978 年第 8 期

从“1978 年全国优秀短篇小说评选”结果来看，“得奖的二十五位同志中，有老年的、中年的，而绝大部分是年轻人，是‘文化大革命’以后开始写作的，是新生力量，是我们文学事业将来的接班人。”[①] 1908 年出生的周立波年龄最大，1956 年出生的王亚平年龄最小。少数民族作家李陀、张承志、关庚寅和女作家宗璞、张洁的涌现也是这次评选的“亮点”。从获奖作品分布来看，共有 10 种报刊获此殊荣。《人民文学》以 12 篇高居榜首，《上海文艺》《作品》（《广东文艺》）各有 3 篇入围，《汾水》《文汇报》《北京文学》《解放军文艺》《河北文艺》《安徽文艺》《鸭绿江》7 种报刊各有 1 篇当选。从作品发表时间来看，1977 年当选作品 3 篇，1978 年当选作品 22 篇。在“1978 年全国优秀短篇小说评选”获奖作品中，揭露和批判万恶的林彪、“四人帮”倒行逆施罪行的“伤痕”“反思”小说共计 18 篇，占总获奖数的 72%。[②] 在这中间，刘心武的《班主任》在揭批“四人帮”封建法西斯专制主义对青年一代的心灵毒害时，发出了“救救孩子”的

① 茅盾：《在一九七八年全国优秀短篇小说评选发奖大会上的讲话》，《人民文学》1979 年第 4 期。

② 数字来源许志英、丁帆主编《中国新时期小说主潮》（上），人民文学出版社 2002 年版，第 49 页。

真切呼唤，在新时期之初引发了全社会的讨论，也赢得了读者和评委们的一致认可，获得头名实至名归。除此之外，表现和塑造老一辈无产阶级革命家光辉形象的作品也难能可贵地出现了《湘江一夜》《我们的军长》《足迹》3 篇；而《珊瑚岛上的死光》作为科幻小说在这次评奖中算是一个“特例”，因此评委会决定将其放在最后，以示鼓励。从评选结果来看，《设想》中“提倡反映当前现实斗争生活的作品，反映革命历史斗争的佳作也可入选”的评选标准得到了很好的落实。

表 2－4　　1978 年全国优秀短篇小说获奖作品情况一览表

年龄区间	人数	作家名
1900—1909	1	周立波
1920—1929	5	王愿坚、宗璞（女）、陆文夫、肖平、于土
1930—1939	8	邓友梅、李陀（达斡尔族）、张洁（女）、张有德、王蒙、祝兴义、齐平、童恩正
1940—1949	5	刘心武、成一、张承志（回族）、贾大山、刘富道
1950—1959	6	王亚平、莫伸、卢新华、贾平凹、孔捷生、关庚寅（满族）

作为中国当代文学评奖制度史上具有重要标志意义的“1978 年全国优秀短篇小说评选”，隆重举行一场符合全国性文学奖地位的发奖表彰大会，既是对文学奖励活动圆满结束的一次“国家层面”的“总结”，又是一次全国文学新生力量相互学习、交流心得经验，做好“评奖”后“奖评”工作的重要手段。周扬曾多次强调“奖评”对于文学评奖制度化起着举足轻重的作用。“是不是所有得奖的作品都是无暇可指，完美无缺的呢？当然不能这样说，也不能这样要求。但总的来说，得奖作品应该是好的或比较好的，有值得奖励之处。我曾讲过，评奖也可以叫奖评。经过读者推荐、专家评判而得奖的作品，还是可以批评的，而且越是得奖的好作品，就越应该经得起批评。所以我说评奖也可以叫奖评。既然要评论，当然可以说好，也可以说坏，

绝不要拒绝批评，即使是不公正的批评……评论得奖作品，既不要有溢美之词，也不要有过苛之论。一个作品得了奖，要有评论，如果舆论界毫无反应，那就未免使作者感到太寂寞，也显得我们评论太不活跃了。如果你评奖选出的是不好的作品，那就更应该评论，应该坦率地批评。”①

1979年3月26日，“1978年全国优秀短篇小说评选”发奖大会在北京举行。“当选的二十五篇小说的作者，除周立波、张有德同志因病因事未到外，都参加了大会。”② 大会由《人民文学》主编、全国优秀短篇小说奖的开创者李季主持。中国作家协会主席茅盾发表了重要讲话，茅盾在讲话中肯定文学新生力量在这次评奖中大量涌现的同时，高度评价了这次“空前的、过去没有做过的”优秀短篇小说评选是符合群众需求、经得起群众检验的，并提出“以后，每年都要搞一次评选”③ 的制度化期许。而此时，刚刚被彻底摘掉“黑线代表人物”帽子的中国作家协会副主席周扬在即席发言中，再次表现出了一位长期担任党在文艺界代言人的、深邃的理论思考。就“短篇小说如何写真实”这一困扰新时期文学发展的理论难题，周扬说：“作家要对党、对人民、对自己负责，有许多问题要认真思考。真实，不是一下子就能认识清楚的；要代表人民，也不那么简单。人民意见也不一致，有多数意见、少数意见；有时少数人的意见恰好是正确的，而多数人的意见却是错误的，要判断正确或错误，也不那么容易。现在我们处在向‘四个现代化’转移的时期，处在一个历史的转折时期，我们作家一方面要

---

① 周扬：《文学要给人民以力量——在一九八〇年全国优秀短篇小说评选发奖大会上的讲话》，《人民文学》1981年第4期。

② 本刊记者：《报春花开时节——记一九七八年全国优秀短篇小说评选活动》，《人民文学》1979年第4期。

③ 茅盾：《在一九七八年全国优秀短篇小说评选发奖大会上的讲话》，《人民文学》1979年第4期。

坚持自己所见、所感、所信的真实，要考虑自己坚持的是否是真实；另一方面，也要考虑到，讲出来对人民有利还是无利。怎样讲？怎样表现真实？我觉得这是一个根本问题。”① 由此一来，作家的写作既要在坚持对生活真实的敏锐观察、细致体悟的同时也要考虑到反映真实可能引发的“效果”，这是对作家认识世界、把握世界以及艺术创作上的一次考验。而对短篇小说如何在新时期更好地把握党在工作重心转移后的新现实、新情况、新问题时，周扬告诫作家：“我希望你们不要侦查错了，要侦查得确实一点，深刻一点。要做这种侦查、探求的工作。应该探求，文学总是要用新的语言说出新的事物。可能开始讲的不怎么深刻，但是第一个讲出来的，用心的方式讲出来的新事物，这就了不得。”② 只有如此，才能在长篇小说繁荣尚待时日的情况下，更好地发挥短篇小说侦查和探求的作用。

表 2-5　　1978 年全国优秀短篇小说评选发奖大会议程安排

顺序	嘉宾	发奖大会议程
第一项	李季	李季讲话：就评选经过进行汇报、宣布获奖作品及作者
第二项	茅盾	茅盾讲话
第三项	茅盾、李季	向获奖者颁发印有鲁迅头像的纪念册和奖金
第四项	刘心武	刘心武代表获奖作者发言
第五项	周扬	周扬讲话

发奖大会上刘心武代表获奖作家发表了题为《心中升起使命感》的发言，他自觉地将这份来自于党、来自于人民的“荣誉”与未来的“使命”联结在了一起，而这“使命感”包含着“为革命而写作的使命感”“接老一辈作家班的使命感”以及“为了推进实现四个现代化的壮

① 周扬在一九七八年全国优秀短篇小说评选发奖大会上的讲话出自本刊记者：《报春花开时节——记一九七八年全国优秀短篇小说评选活动》，《人民文学》1979 年第 4 期。

② 同上。

丽事业，为了发展我们民族的革命新文化，学习学习再学习，努力努力再努力”[①] 的使命等。发奖大会后，《人民文学》编辑部召开获奖作家座谈会，评委与获奖作者的促膝交流，在各自交换意见、看法的同时，也进一步发扬了新时期社会主义文艺民主。

3. 评选的开创性贡献与缺憾

“1978 年全国优秀短篇小说评选”从 1978 年 9 月评奖正式启动到 1979 年 3 月评选结果尘埃落定，最为重要的贡献在于以民主化、科学化的形式建构了以全国性小说评奖为核心的中国当代文学评奖制度。这一现代性制度的建立，以肯定、鼓励、积极的方式改变了“十七年”与“文化大革命”文学时期以否定、惩罚、消极的方式为主的文学评价体系，为新时期中国当代文学经典作品的诞生、文学自身审美属性的复归提供了重要的制度性保障。“1978 年全国优秀短篇小说评选”，作为文学价值生产的一种全新形式，以中国作家协会为中介，以《人民文学》为依托，建构了一套符合新时期拨乱反正，践行“百花齐放、百家争鸣”方针，促进社会主义文艺大发展、大繁荣的评选运作机制。在以“专家与群众相结合”的文艺民主化的评判方式下，短时间内调动了社会各方面的参与热情与积极性，真正奖励了一批及时反映与林彪、“四人帮”作斗争，在群众中有广泛影响、强烈共鸣、喜闻乐见的新人新作。

“1978 年全国优秀短篇小说评选”，确立了刘心武、张洁、王蒙、张承志、陆文夫、贾平凹等一批中青年作家在新时期文学史上的位置。他们当中的许多人，受这次得奖的影响，以不辍的笔耕、高产优质的创作，逐渐形成了自己的文学风格，成为中国当代文学史上最具影响力的著名作家，多次获得全国性文学奖，其中，刘心武、宗璞、张洁、贾平

① 刘心武：《心中升起使命感》，选自《1978 年全国优秀短篇小说评选作品集》，人民文学出版社 1980 年版，第 629 页。

凹四人曾先后五次摘得茅盾文学奖桂冠。首届得奖的25人中，共获得历届全国优秀短篇小说奖35项、全国优秀中篇小说奖12项，除此之外，他们都曾经或仍身居文化部门要职。王蒙曾任文化部部长、中国作协副主席；刘心武曾任《人民文学》主编；贾平凹等人任职于各省、自治区、直辖市作协主席或副主席。同时，“1978年全国优秀短篇小说评选”的25篇获奖作品，以敢为天下先的勇气，以大无畏的精神，敢于冲破写作禁区和思想禁锢，为新时期文学题材、风格的多样化发展，真正实现文艺园地的“百花争妍”、欣欣向荣作出了贡献。

但是，从1979年第4期《人民文学》发表的沙汀、陈荒煤、草明、袁鹰、魏巍、冯牧、唐弢等评委们的相关文章来看，作为这次评选活动的仲裁者，他们在发出“祝贺与希望”① “衷心的祝贺”② “可喜的收获”③ “第一簇报春花”④ “我们的事业是大有希望的”⑤ 等由衷欣喜时，也以客观、公允甚至毫不留情的话语直陈了“1978年全国优秀短篇小说评选”，尤其是当选作品中诸多不尽如人意的地方。沙汀在《祝贺与希望》中明确指出了当前短篇小说创作与“十七年”时期短篇小说创作之间存在的差距，“如果用一九六六年前全国短篇小说已经达到的水平衡量，存在的缺点和不足之处，也很明显。这主要是还不大善于从人物整个经历中择取较为重要的一段，通过两三个场景，比较集中地来塑造人物，叙述故事，借以突出主题思想。”⑥ 荒煤在《衷心的祝贺》中大加赞赏短篇小说是“文学界得到第二次解放后，战斗在文学创作最前列、获得优异成绩、获得广大读者热烈欢迎”⑦ 的同时，直指了获奖

① 沙汀:《祝贺与希望》,《人民文学》1979年第4期。
② 荒煤:《衷心的祝贺》,《人民文学》1979年第4期。
③ 草明:《可喜的收获》,《人民文学》1979年第4期。
④ 袁鹰:《第一簇报春花》,《人民文学》1979年第4期。
⑤ 魏巍:《我们的事业是大有希望的》,《人民文学》1979年第4期。
⑥ 沙汀:《祝贺与希望》,《人民文学》1979年第4期。
⑦ 荒煤:《衷心的祝贺》,《人民文学》1979年第4期。

作家及其作品"有这种那种缺点"，甚至"还有些幼稚和天真"。[①] 草明在《可喜的收获》中重点论及《顶凌下种》与《从森林里来的孩子》在艺术上的可喜成绩时也指出"有些作品，对艺术的形象描写方面注意的不太够"[②] 的"艺术性缺失"。袁鹰在《第一簇报春花》中慨叹"象《人民文学》这次在全国范围内，依靠广大读者，举行大规模的群众性评选，是建国三十年来的一个创举"[③]"文艺民主终于象和煦的春风又开始吹到我们社会主义祖国辽阔的原野上来"[④] 时，也对因为主客观的种种复杂原因使致"塑造献身'四化'的新长征英雄形象的作品"[⑤] 还没有大量涌现的现实表达了自己的文学诉求。唐弢则在《短篇小说的结构》中以较高的审美眼光和严苛的艺术欣赏标准，直陈了获奖作品自身普遍存在的、带有某种倾向性的创作缺陷。第一是生活，"看来生活比较单薄，比较苍白，各个作品就所反映的内容来说，普遍地表现为生活不够扎实和丰厚：故事相当曲折，细节却不真实。"[⑥] 第二是艺术加工，"我只谈谈其中的一点，那就是结构——作品的艺术结构问题。因为我读的都是短篇小说，如果严格地要求起来，有很大一部分作品，其实还不是短篇小说，这一点，在结构方面表现得最明显。"[⑦]"短篇不短""艺术结构散漫"都是其中最为突出的结构问题。

纵览评委们的意见，对"伤痕文学"在"暴露"上的宽容，对作品主题、思想上向"主流意识形态"靠拢的认同，对作品艺术水平的推崇，使得"1978年全国优秀短篇小说评选"既体现了与主流意识形态现实需要的紧密联系，又在一定程度上通过对于文学本体的关注，更

① 荒煤：《衷心的祝贺》，《人民文学》1979年第4期。

② 草明：《可喜的收获》，《人民文学》1979年第4期。

③ 袁鹰：《第一簇报春花》，《人民文学》1979年第4期。

④ 同上。

⑤ 同上。

⑥ 唐弢：《短篇小说的结构》，《人民文学》1979年第4期。

⑦ 同上。

好地发挥了文学的自主性和审美评判的独立性。

“1978 年全国优秀短篇小说评选”的成功实践为 20 世纪 80 年代以全国优秀中篇小说奖、全国优秀报告文学奖、全国优秀新诗（诗集）奖以及茅盾文学奖为核心的全国性文学奖的全面施行提供了重要的制度参照。

二 全国优秀中篇小说奖的创立

周扬在《继往开来，繁荣社会主义新时期的文艺——在中国文学艺术工作者第四次代表大会上的报告》中就“文联和各协会的职责”指出：“要协同文化行政部门，建立奖励制度，举办各种评奖活动，尤其要注意对青年和业余作者的奖励”[①]。经过连续两年的制度实践，全国优秀短篇小说奖以专家与群众相结合的评选方式，及时、客观、科学地反映了自粉碎“四人帮”以来新时期文学发展初期的重要实绩，在真正奖励了一批文坛新人新作的同时，从“1979 年全国优秀短篇小说评选”起，实现了由《人民文学》杂志社主办向中国作家协会主办，委托《人民文学》杂志社承办的“模式转换”。如此一来，在充分发挥作协文学领导地位的同时，为 20 世纪 80 年代全国优秀中篇小说奖、全国优秀新诗（诗集）奖、全国优秀报告文学奖、茅盾文学奖评选工作的全面展开，为以中国作家协会为主要依托的全国性文学奖的统筹协调、精心谋划、合理布点，为确立中国当代文学评奖制度，实现新时期文学现代化诉求，促进新时期文学的大发展、大繁荣提供了更加有利、更为高效的新型方式。

1. 中篇小说的崛起与理论问题的探讨

1976 年 10 月到 1978 年年底，当刘心武的《班主任》、卢新华的

① 周扬：《继往开来，繁荣社会主义新时期的文艺——在中国文学艺术工作者第四次代表大会上的报告》，《文艺报》1979 年第 11—12 期合刊。

《伤痕》以悲愤的血泪深情控诉“四人帮”极“左”专制路线对于一代人的戕害，“石破天惊”地开启新时期以“伤痕文学”为代表的短篇小说迅速走向繁荣时，由于体裁的局限，中篇小说却仍然桎梏不前，鲜有佳作问世。1978 年随着“实践是检验真理的唯一标准”大讨论和具有历史性转折意义的十一届三中全会的召开，在“解放思想，实事求是，团结一致向前看”和“将全党的工作重心转移到社会主义现代化建设上来”的思想、工作路线指引下，一直默默无闻的中篇小说创作在“一夜春风”中迎来了崭新的时代。中篇小说数量从 1976 年 10 月至 1977 年 12 月的 12 部、1978 年的 36 部，猛然跃升至 1979 年的 84 部、1980 年的 172 部。

中篇小说的“骤然崛起”，不仅在数量上实现了历史性的飞跃，从质的方面，也相继诞生了毫不逊色于中国现代文学史上，诸如鲁迅的《阿 Q 正传》、茅盾的《蚀》三部曲、张爱玲的《金锁记》、赵树理的《李有才板话》等传世经典，更超越“十七年”与“文化大革命”时期众多中篇小说的佳作。从“反思文学”到“改革文学”，从“寻根文学”到“先锋文学”，从“新写实小说”到“新历史小说”，新时期文学发展史上的每一个重要阶段，作为标志性意义的中篇小说从未缺席。而且，新时期以来的中篇小说创作，在对传统民族文化深沉冷峻的思考上、现实生存与人性之恶的揭示与发掘上、文化韵致的玩味与品咂上、叙事技巧的创新与繁复上更是达到了新高度。

1979 年以来的“中篇小说热”，首先得益于思想上和文艺生产力的进一步解放。1978 年十一届三中全会之后，“解放思想”“安定团结”成为当时的“重大政治问题”①。由此而来的是文艺界拨乱反正的脚步

① 邓小平：《解放思想，实事求是，团结一致向前看》，《邓小平文选》第二卷，人民出版社 1983 年版，第 141 页。

变得更加轻盈、步伐变得更快。从“天安门事件”到“反击右倾翻案风”的平反，从“文艺黑线专政人物”到“三家村反党集团”冤案的平反，从《关于建议中央撤销两个文件的报告》到《关于建议撤销一九六六年二月部队文艺工作座谈会纪要的指示》，从《关于地主、富农分子摘帽问题和地、富子女成分问题的决定》到《关于对被定为右倾机会主义分子的平反、改正问题的通知》，大批“文艺黑线人物”和“右派作家”在精神与身体上得到了彻底解放，重返领导岗位，重新投入写作，这无疑为中篇小说创作的繁荣和思想意蕴更为深入地开掘奠定了坚实的基础。其次得益于大型文学刊物的创刊与复刊。1978 年全国发表中篇小说的刊物屈指可数，仅有《十月》一种；1979 年《当代》《清明》等的相继创刊以及《收获》的复刊使得大型文学刊物上升为十三种；1980 年更是达到二十六种之多。这些大型综合性文艺刊物的创办、复刊，为体量较大的中篇小说发表提供了重要园地，也为中篇小说的崛起创造了必要的条件。

与此同时，全国文艺理论界也加强了对中篇小说新作的评论、研究，对中篇小说创作中出现的、富有争议的理论问题也进行了广泛、深入、民主的探讨。1979 年 1 月 6 日，为期一周的人民文学出版社部分中长篇小说作者座谈会在北京举行，座谈会上对文艺如何正确对待生活、正确反映生活，为四个现代化服务畅所欲言。《文艺报》1979 年第 7 期、第 8 期、第 11—12 期合刊从“新时期中篇小说的第一力作”《大墙下的红玉兰》引发的社会分歧入手，在不同见地下就“如何对作品进行评价”“悲剧有无现实主义”“歌颂与暴露”“艺术描写的得与失”等进行了自由、活泼的辩论。相继刊发了顾骧的《历史教训的探索》、沙均的《悲剧不悲》、郭志刚的《见真知深　新人耳目》、方明的《从生活出发——也谈〈大墙下的红玉兰〉兼与顾骧同志商榷》、易准的《葛翎的性格及其悲剧的结局——兼与沙均同志商榷》以及孙犁、从维熙《关于〈大墙下的红玉兰〉的通信》并附开辟“作品讨论”专栏以来有关《大墙下的红玉兰》的读者来稿来信。1980年第9期《文艺报》又就《人到中年》“怎样反映新时期的社会矛盾”展开了笔谈，王春元、顾骧、张炯参与其中。除此之外，《文艺报》从1979年1月至1981年5月还相继发表了伊新《一部内容丰富的中篇小说》、夏耘《布尔塞维克的敬礼——读王蒙的〈布礼〉》、白晓朗《历史的镜子——读冯骥才的〈啊!〉》、易言《为中年干杯——读谌容的〈人到中年〉有感》、石泉《“犯人”李铜钟》、弘征等《少数民族文学的一朵新花》（读《甜甜的刺莓》）、林斤澜《写在读〈蒲柳人家〉之后》、丁宏新《写得巧　写得美》（读《在没有航标的河流上》）、吴繁《重要的是改造社会土壤》（读《土壤》）以及张炯《新时期文学的又一可喜收获——简评中篇小说的崛起》、方晴《通向生活深处的艺术途径——从几部中篇小说谈写人物的命运》、王亨念《花与刺的道路——试探土家族作家孙健忠及其创作》、黄益庸《讴歌人的美德》（谈张抗抗的小说）等长短论，就1979年至1980年涌现出的诸多中篇小说名作和日渐走向成熟的中篇小说作家进行了述评。

1981年3月2日至3日，《文艺报》编辑部还专门在京召开中篇小说创作座谈会，并在《文艺报》第7、8期开辟“中篇小说评论特辑”，就新时期以来的中篇小说创作的可喜成绩和暴露出的问题从正反两个方面给予总结。在中篇创作座谈会上，与会代表对新时期以来，尤其是1979年以来的中篇小说所取得的历史性突破达成了五点共识：其一，认为中篇小说“从异军突起到初步繁荣，是党的三中全会以来思想解放运动所取得的巨大成果”[①]；其二，认为中篇小说“运

① 孙武臣：《四年来的中篇小说——记本刊召开的中篇小说座谈会》，《文艺报》1981年第7期。

用辩证唯物主义与历史唯物主义的观点，回顾历史，正视历史，真实地反映生活”①；其三，“努力表现人物性格的丰富性和复杂性，为社会主义新人塑象，丰富了中国当代文学的人物画廊”②；其四，“致力于对美的追求与探索，重视心灵美、道德美的描写，已成为作家关注的重要课题”③；其五，“不拘一格的艺术风格，标志着作家们在表现手法上创新的追求”。④ 并就“继续解放思想，注意生活积累，提高美学趣味，扩大作品题材，精益求精，加强评论，发扬成绩，克服缺点，不断提高创作质量”⑤ 提出了希望。配合座谈会，《文艺报》1981 年第 7、8 期刊发了“中篇小说读书会”与“中篇小说座谈会”与会人员的文章，分别是谢望新《在对生活思考中的探求——读近两年的中篇小说》、张守仁《七十年代潇水图——赞〈在没有航标的河流上〉》、吴宗蕙《人生应当有更高的境界——谈〈天云山传奇〉三女性》、刘思谦《现实主义的力量——读〈啊!〉断想》、肖云儒《时代的聚光镜——中篇小说的社会主义新人塑造》、刘福林《一幕给人以鼓舞力量的悲剧——评〈犯人李铜钟的故事〉》、王纪人《心灵美的探求与文学创作——试评〈在没有航标的河流上〉、〈如意〉等中篇小说》以及王维刚的《〈蒲柳人家〉的风俗画与人情美》等。

2. 几多波折的创办经过

由中国作家协会主办，委托《文艺报》承办的“文艺报中篇小说奖”，暨全国优秀中篇小说奖的创办，并不是一帆风顺的。从倡议提出到评选模式敲定都经历了许多“波折”，前后有所变更。正是在思

---

① 孙武臣：《四年来的中篇小说——记本刊召开的中篇小说座谈会》，《文艺报》1981 年第 7 期。

② 同上。

③ 同上。

④ 同上。

⑤ 同上。

想界对“左”与右、“收”与“放”、“双百”方针与“四项基本原则”的争论中，文学界就“文艺作品的社会效果”“怎样描写社会主义社会内部矛盾”“如何理解‘干预生活’”“文艺真实性”等问题对剧本《假如我是真的》《女贼》《在社会的档案里》，中篇小说《公开的情书》《人到中年》《大墙下的红玉兰》《飞天》以及叶文福的诗歌、沙叶新的理论文章展开激烈讨论，对白桦的电影文学剧本《苦恋》进行批评时，全国优秀中篇小说奖才最终得以确立并顺利开始评选工作的。

20 世纪 70 年代末到 80 年代初，中国社会政治、思想上又一轮复杂、艰巨的斗争在思想解放的民主大潮中展开。从 1978 年 12 月 18 日至 12 月 22 日十一届三中全会确立“把全党工作重心转到实现四个现代化上来”的根本指导方针，到邓小平 1978 年 12 月 23 日中共中央工作会议闭幕上的讲话《解放思想，实事求是，团结一致向前看》的发表，解放思想成为当时最大的政治问题。在进一步清除林彪、“四人帮”极“左”路线遗毒，实现社会主义民主的同时，邓小平指出：“对于思想问题，无论如何不能用压服的办法，要真正实行‘双百’方针”①，并“重申‘三不主义’：不抓辫子，不扣帽子，不打棍子”②，有错必纠，维护安定团结的大好局面。然而，在思想界进一步反“左”的同时，“必须坚持社会主义道路”“必须坚持无产阶级专政”“必须坚持共产党的领导”“必须坚持马列主义、毛泽东思想”③ 的“四项基本原则”却受到了来自党内和社会上极少数人的攻击、怀疑，因此 1979 年 3 月 30 日在党的理论工作务虚会上邓小平发表《坚持四项基本原则》的重要

① 邓小平：《解放思想，实事求是，团结一致向前看》，《邓小平文选》第二卷，人民出版社 1983 年版，第 145 页。

② 同上书，第 144 页。

③ 邓小平：《坚持四项基本原则》，《邓小平文选》第二卷，人民出版社 1983 年版，第 164—165 页。

讲话，重申“实现四个现代化必须坚持四项基本原则”，并且指出“四项基本原则”与“十一届三中全会精神”之间并不违背，不是思想上的“收”与“放”，而是为了更好地实现四个现代化，更好地发挥社会主义民主。1980 年 1 月 16 日邓小平在中共中央召集的干部会议上作题为《目前的形势和任务》的讲话中就社会思潮，尤其是青年思潮中涌现出的问题再度谈到“安定团结的政治局面”与“双百”方针之间的关系。“要求安定团结，是不是会妨碍百花齐放呢？不会。我们要永远坚持百花齐放、百家争鸣的方针。但是，这不是说百花齐放、百家争鸣可以不利于安定团结的大局。”① 1981 年 3 月 27 日，邓小平同中国人民解放军总政治部负责同志的谈话要点《关于反对错误思想倾向问题》中明确表示：“解放思想，也是既要反‘左’，又要反右。三中全会提出解放思想，是针对‘两个凡是’的，重点是纠正‘左’的错误。后来又出现右的倾向，那当然也要纠正。”②

因此，从 1976 年 10 月以来，尤其是从近两年中篇小说创作实绩出发设立全国优秀中篇小说奖，既在真正奖掖一批中篇小说力作，进一步实现中篇小说创作向着更深领域迈进的同时，又通过评奖活动的全面化、制度化对缓解当时文艺界出现的内生性焦虑，解决思想认识上和文学价值生产、评判上的分歧，更好地维护安定团结的大好局面，进一步加强和改善党对文艺的领导发挥了不可替代的作用。

其实，巴金早在 1980 年 3 月 25 日《在一九七九年全国优秀短篇小说评选发奖大会上的讲话》中便提出创办全国优秀中篇小说奖的初步设想，“值得一提的是，去年全国还出现了不少优秀的中篇小说，受到了广大读者的重视和好评。我希望，在适当的时候，也能搞一次全

① 邓小平：《目前的形势和任务》，《邓小平文选》第二卷，人民出版社 1983 年版，第 256 页。

② 邓小平：《关于反对错误思想倾向问题》，《邓小平文选》第二卷，人民出版社 1983 年版，第 379 页。

国优秀中篇小说的评奖活动。我想这对进一步繁荣我们的文学创作是有好处的。”[①]

1981年3月24日，时任中共中央宣传部副部长、全国文联主席的周扬在《文学要给人民以力量——在一九八〇年全国优秀短篇小说评选发奖大会上的讲话》中再次指出，“文学评奖是好事，要经常化，制度化”[②]。他充分肯定了“评奖就是对我们的作家们的出色的创造性劳动的一种鼓励。评奖是促进文艺繁荣和科学进步的一种有效的良好方式”[③]。作为新时期一种独特的精神鼓励方式，文学评奖“对一个作家来说，最大的荣誉、最大的鞭策、最大的鼓励和安慰，莫过于他的作品在人民中间得到承认，得到赏识，引起共鸣而又能起鼓舞和教育人民的作用”[④]。周扬的讲话不仅是一次为“文学评奖”的“正名”，更是通过“要经常化，制度化”对作协党组、书记处联席会议上“评奖不能每年都连着搞，也不必各种门类一齐搞”[⑤] 的观点的有力反驳。

而从张光年1980年6月11日的日记来看，对于1980年全国优秀短篇小说评选要不要继续进行曾出现过一些负面的消息和声音，但是在这天的编辑工作漫谈中张光年强调，“在作协支持下坚决地坚持继续举行，办法可以总结改进”[⑥]。一个“坚决”，一个“坚持”，既表明了中国作家协会将全国性文学评奖制度化、经常化的决心，也在另一个方面对文学评奖制度建设提出了更高的期许。而在谈及设立全国

---

① 巴金：《在一九七九年全国优秀短篇小说评选发奖大会上的讲话》，《人民文学》1980年第4期。

② 周扬：《文学要给人民以力量——在一九八〇年全国优秀短篇小说评选发奖大会上的讲话》，《人民文学》1981年第4期。

③ 同上。

④ 同上。

⑤ 刘锡诚：《在文坛边缘上——编辑手记》，河南大学出版社2004年版，第573页。

⑥ 张光年：《文坛回春纪事》（上），海天出版社1998年版，第176页。

中篇小说奖时，张光年提议“作协委托《收获》举行中篇小说评奖”[1]。如此考量，既是对中国当代文学史上第一个大型刊物《收获》1979年复刊后致力于推动中篇小说创作繁荣的肯定，也是对长期担任《收获》杂志社主编的巴金所提议的、设立全国中篇小说评奖的一种积极回应。

最终，在《文艺报》编辑部同人的敏锐、积极、热心下全国优秀中篇小说评选拉开了大幕。1980年10月前后，有感于1979年下半年到1980年上半年中篇小说创作的空前繁荣，优秀作品此起彼伏，《文艺报》编辑部萌生出一个念头：“在《人民文学》杂志社举办的‘全国优秀短篇小说评选’之外，由我们《文艺报》编辑部受中国作家协会委托举办‘全国优秀中篇小说评选’活动，而且将奖项定名为‘文艺报中篇小说奖’。”[2] 1980年10月3日，全国优秀中篇小说奖的动议在《文艺报》编辑部会议上正式获得通过，《文艺报中篇小说奖启事》公开登载在1980年第11期《文艺报》上。

由于没有提前向中国作家协会党组申报，“稍后，中国作家协会党组感到各个杂志社各自为政，各搞一套，于文学事业不利，便决定加以规范，改成统一由中国作家协会主持”[3]，最终便在1981年左右，形成了短篇小说评奖委托《人民文学》主办，中篇小说评奖委托《文艺报》主办，新诗评奖委托《诗刊》主办，报告文学评奖则由《人民文学》《文艺报》联合主办的新模式。正是在这一规范化模式的运作下，以中国作家协会为主，作协刊物《人民文学》《文艺报》《诗刊》等为主要承办机构的20世纪80年代中国作家协会“四大奖”的全国性文学评奖格局正式形成。

---

① 张光年：《文坛回春纪事》（上），海天出版社1998年版，第176页。

② 刘锡诚：《在文坛边缘上——编辑手记》，河南大学出版社2004年版，第466页。

③ 同上书，第537页。

3. 评选《启事》的出炉

相较1978—1980年的《全国优秀短篇小说评选启事》，《文艺报》1980年第11期公布的《本刊举办“文艺报中篇小说奖”启事》开宗明义地指出“本刊受中国作家协会委托，举办全国中篇小说评奖活动，定名为‘文艺报中篇小说奖’”[①]。

在充分考量中篇小说自身特点，为了维护全国性文学评奖的权威性，公开发布的“文艺报中篇小说奖”评奖办法，与全国优秀短篇小说评奖办法在制度建构上有了些许的改进和不同。

评奖办法如下[②]：

一　评选范围。本届评奖范围限于一九七六年十月至一九八〇年底发表或出版的中篇小说（限三万字至十二万字）。

中篇小说往往被看作是“较短的长篇”或“较长的短篇”，界定一般都来自作者自己或是文学编辑在编排时的认定。余华的《活着》在1990年《收获》第六期上发表时是作为中篇小说推出的，而在随后出版的单行本中却以长篇小说面目示人。此次评奖首次对“中篇小说”的长度进行了说明，“限三万字至十二万字”，随后设立的茅盾文学奖也借此对“长篇小说”下限进行了限定，“字数13万以上的作品，均可参加评选”[③]，如此一来，就避免了类似1980年全国优秀短篇小说评奖中，对获得头名的作品《西线轶事》究竟是中篇还是短篇小说的争论。

二　评委组成和评奖名额分配。本届评奖由本刊聘请著名作家、评论家和著名编辑组成评奖委员会主持工作。评奖名额定为十五部（一等奖三部，二等奖六部，三等奖六部）。

在评委组成和评奖名额分配上，“文艺报中篇小说奖”基本保持了

---

① 《本刊举办“文艺报中篇小说奖”启事》，《文艺报》1980年第11期。

② 同上。

③ 《茅盾文学奖评奖条例》，《文艺报》2003年6月26日。

“1978 年全国优秀短篇小说评选”《设想》与《启事》中的做法，在评奖分级的基础上对拟授奖数量提前有一个预估。而最突出的变化则是在评委组成原则上加入了“著名编辑”这一群体。全国优秀短篇小说评奖直至 1983 年才在《启事》中第一次邀请编辑与作家、评论家一起组成评奖委员会。《文艺报》的这一“创举”和《人民文学》在这一问题上的“保守”两相对照，既可以看作是对于编辑群体在推动中篇小说创作繁荣上付出的辛勤劳动和大力支持的一种肯定，又可以理解为《人民文学》杂志社在启动评奖制度设计时已经潜在地考虑到了“编辑”与“作品”“作家”之间密切的关系，而主动采取的一种“回避制度”。

三　评选方法与程序。由国内文学团体（各地作协分会）、文学杂志社、出版社根据作品的社会实践推荐，评奖委员会参考各推荐单位意见，经过讨论，决定得奖名单及等级，在北京举行授奖仪式，并在报刊上宣传。一个推荐单位提出的候选作品不得超过十部，每部作品请附有千字以内的评语，并请提供样本。推荐截止日期为一九八一年一月底，揭晓日期为一九八一年三月。得奖作品发给奖金和奖状，并编辑成册，由上海文艺出版社出版，向国内外发行。

从作品初选的推荐方法来看，与前三届全国优秀短篇小说奖“热烈欢迎广大读者积极参加推荐和评议；恳切希望各地文化单位、文艺刊物、出版社、报纸文艺副刊大力支持和协助”① 的方法有了较明显的变化。由于中篇小说篇幅较长、阅读量较大，如若仍然坚持全国优秀短篇小说评选读者推荐的方法则可能会出现“不可控力”，导致无法保证评选的如期完成，因而在仍然坚持专家与群众相结合的方式的同时，在中篇小说评选中，将初选作品推荐权交给对当地文学创作情况了如指掌的

① 《一九八〇年全国优秀短篇小说评选启事》，《人民文学》1980 年第 10 期。

各地作协分会，引领中篇小说创作潮头的文学杂志社和出版社，并就推荐单位推荐作品数明确加以限定，使得文学评奖制度建设更符合文学创作各部类特征，更有利于维护评选方法与程序的科学性、规范化，有利于全国性文学评奖的顺利进行。

而从明确的评奖结果揭晓日期来看，又恰恰与全国优秀短篇小说奖惯常于下年 3 月颁发不谋而合。多项全国性文学奖同时颁发，不仅能在一时间成为新时期文学繁荣的重要标志，更能在短时间内引起全社会对于文学评奖的关注，引发社会舆论热评的同时制造轰动效应，进一步推动文学评奖制度化建设，改进文学评奖制度。

在中篇小说评奖开始前明确获奖作品出版事宜，这在文学评奖制度建设中尚属首次。虽然历届全国优秀短篇小说获奖作品已经形成了结集出版的惯例，但《文艺报》编辑部的这次“超前之举”，在提升中篇小说评奖参与热情的同时，一扫评奖的后顾之忧。

4. 评奖运作的制度化与象征性

《评奖启事》的对外发布拉开了全国优秀中篇小说评选的序幕。1981 年 12 月 20 日，张光年签署文件，正式批准了《文艺报》编辑部拟定、聘请的中篇小说评选委员会成员名单，共计 17 人。17 人名单中完全按照“聘请著名作家、评论家和著名编辑组成评奖委员会主持工作”的设想，经过多轮磋商，最终敲定。主任委员由巴金担任。16 名委员中有丁玲、韦君宜（人民文学出版社总编辑）、王维玲（中国青年出版社副总编辑）、范正浩（上海文艺出版社总编辑）、林呐（天津百花文艺出版社社长）、孔罗荪（《文艺报》主编）、冯牧（《文艺报》主编）、唐因（《文艺报》副主编）、江晓天（中国文联理论研究室主任）、陈荒煤（中国社会科学院文学研究所副所长、《文学评论》主编）、朱寨（中国社会科学院文学研究所研究员、当代文学室主任）、吴强（上海作家协会负责人、《收获》杂志副主编）、李士非（《花城》

杂志主编）、苏予（《十月》杂志副主编）、秦兆阳（《当代》杂志主编）、魏巍（北京部队）等。

表 2-6　　1977—1980 年全国优秀中篇小说评选运作程序

时间范围	评选程序
1980 年 11 月	对外发布中篇小说评奖启事
1980 年 12 月	评委会名单确定
1980 年 11 月至 1981 年 1 月	推荐初选作品
1981 年 2 月 12 日至 1981 年 3 月 12 日	中篇小说读书会举行
1981 年 3 月 30 日至 1981 年 4 月 1 日	中篇小说评委会举行
1981 年 5 月	中篇小说评奖延迟颁发启事发布
1981 年 5 月 25 日	全国优秀中篇小说、报告文学、新诗评选发奖大会
1981 年 5 月底	全国优秀中篇小说、报告文学、新诗评选获奖作者座谈会

根据评奖《启事》要求，截至 1981 年 1 月底，共有 16 个省市作家协会分会、11 家出版社和 13 个文学杂志社共推荐参加初评的中篇小说 70 余篇。截止时间过后，又有作协安徽、辽宁、广东分会以及四家出版社相继推荐中篇小说 18 部。没有作品推荐的作协分会中，山东、江西、宁夏作协来电“表示本省推荐不出优秀中篇小说，故没有推荐”①。

为了做好全国优秀中篇小说评选工作，减少评委们终评时的工作量，在初选工作上，《文艺报》编辑部首次尝试组织一批来自全国各地、年富力强的文学评论工作者、编辑，在北京一机部苏州胡同招待所组成为期一个月的“中篇小说读书会”，采取全封闭式对推荐作品进行阅读、研讨。参加读书会的 17 人中，有上海师院中文系王纪人、人民文学出版社王鸿模、河南大学中文系刘思谦、《北京师院学报》吴宗蕙、《陕西日报》肖云儒、辽宁鞍山市文联殷晋培、山东文联陈宝云、上海市

① 刘锡诚：《在文坛边缘上——编辑手记》，河南大学出版社 2004 年版，第 539 页。

文学研究所曾文渊、《西湖》编辑部高松年、齐齐哈尔师院中文系王维刚、《南方日报》谢望新、《十月》编辑部张守仁、《延河》编辑部陈贤仲、《花城》编辑部吕文以及《文艺报》的刘锡诚、阎纲、晓蓉。

1981年3月2日至3日正值初选工作进行时，《文艺报》编辑部在京召开部分评论家、大学中文系师生、报刊文学编辑等参加的中篇小说创作座谈会，就四年来中篇小说创作的成就与问题进行研讨。除参加“中篇小说读书会”的全体成员外，包括社科院文学所蔡葵、张炯、王春元，中宣部文艺局顾骧，北京大学张钟、吴德安，《光明日报》潘仁山，《文艺报》唐因、吉敬东，人民文学出版社沙均，湖南人民出版社袁琦，大同机车车辆厂刘福林等，座谈会由《文艺报》主编孔罗荪主持。

然而，伴随着1980年年底文艺界乃至整个思想战线的严峻形势，文艺界内两种思想之间的交锋与对立使得突发事件频频出现。1981年1月26日，周扬在家中召集文艺领导核心组会，就春节后召开文艺界骨干学习会，展开批评与自我批评进行了部署。1981年2月12日，中共中央宣传部“文艺部门党员领导骨干会议”正式召开，这场长达数月的整风会议，“主题是认真学习中央工作会议文件，实际上，则是联系文艺界实际，总结经验，证明文艺界是贯彻了三中全会精神、与中央保持了一致的”。①

由于文艺界整风的迫切形势，文学评奖的顺利举行，再次在这样重大的历史关头，被赋予了解决思想意识上的尖锐矛盾、弥合各方分歧、维护安定团结政治局面、进一步繁荣社会主义新时期文艺的使命。1981年1月17、19日，在1980年全国优秀短篇小说评选评委会会议上，张光年曾明确说：“在注意思想与艺术统一的前提下，提倡鼓舞性的作品，调

① 刘锡诚：《在文坛边缘上——编辑手记》，河南大学出版社2004年版，第519页。

动笔杆子，帮帮党的忙。过分敏感的问题要更审慎些，不要帮倒忙。”[①]“我把话说到底，要你们在选作品时，帮帮党的忙。有些人那么不满，骂娘，你不能在这儿再添火了。有些真实就是不能写。我们当然要揭露社会矛盾，但那是为了促进社会前进。如果我们的文学不能帮助党渡过难关，我们就要犯历史性的错误。”[②]

1981年3月4日，张光年在家中召集评选小组工作人员研究评奖日程时，再次强调：“作家协会党组会议上，确定了个原则：为了安定团结的政治局面和生动活泼的文艺局面，评选活动要按期举行。要顾全大局，不要带原则性的争论，可以做一些妥协，免得因为一两篇作品，增加新的刺激因素。”[③] 1981年3月24日张光年日记中再次就1980年全国优秀短篇小说评选的顺利如期举行表示“文艺界整风学习中，各地气氛紧张，传言纷纷，这次会开得成功，评奖工作比较顺利，有稳定局势的作用”[④]。

随着1980年全国优秀短篇小说评选的结束，1981年3月30日至4月1日，全国中篇小说评选委员会会议在北京西郊宾馆正式举行。会议上，张光年就1981年3月29日“秦兆阳在电话中建议中篇小说评奖与报告文学评奖同时举行，使评奖结果增加昂扬气息”[⑤] 一事表示赞成，“请大家考虑”，并“谈到《李铜钟》不必给奖，太惨了”。[⑥] 但是，1981年4月4日，当孔罗荪送来《文艺报》为中篇评奖给党组、书记处的报告，已选定15篇当选篇目，并拟定于4月15日发奖时，张光年在日记中写道：“报告对我提的几点建议，都拒绝了。日期也定得那么

① 崔道怡：《春花秋月系相思——短篇小说评奖琐忆》（一），《小说家》1999年第1期。
② 崔道怡：《第三个丰收年——短篇小说评奖琐忆》（二），《小说家》1999年第2期。
③ 同上。
④ 张光年：《文坛回春纪事》（上），海天出版社1998年版，第232页。
⑤ 同上书，第234页。
⑥ 同上。

迫促，我很感诧异。……我反复考虑，报告文学评奖势在必行。"[①] 因此，当1981年4月7日，中国作家协会党组办公会扩大会议举行时，张光年就报告文学评奖"作了说明，提出几个问题，经过讨论，大家同意由《文艺报》、《人民文学》两家合办，提出设以冯牧为首的评委会，以阎纲、周明等组成工作组，及早形成一个备选名单，征求各地编辑部意见，希望能在5月中、下旬完成任务"[②]。

此时的中国作家协会党组书记张光年之所以在全国优秀中篇小说评选接近尾声时，同意秦兆阳紧急启动全国优秀报告文学奖，无疑是想通过"文艺界的各种评奖活动，形成对四年来、特别是两年多来创作成果的一次大检阅，是总结经验、发扬成绩、克服缺点、继续前进的新起点"[③]。更为曲折的是借全国优秀中篇小说、报告文学、新诗评选三奖齐发，肯定文艺界新局面的产生是坚决落实贯彻十一届三中全会正确路线的产物，"文学艺术的大好局面，是当前文学艺术的主流"[④]。虽然文学艺术的发展仍与时代要求、历史使命、党和人民期望有着相当的差距，但是作家与艺术家在文学艺术新局面下一定能够坚定步伐、增进信心、取得更大的成绩。

对于张光年的提议，主持全国报告文学评奖的冯牧在"连说这是'明智'之举，不需花很大力气，可收良好效果"的同时表示"一个月可以完成，争取与中篇小说同时发奖"[⑤]，陈荒煤也"希望两项评奖同时宣布"[⑥]。因此，《文艺报》1981年第9期刊登《启事》："一九七六至一九八〇年中篇小说评奖原定于一九八一年三月公布评选结果，现

---

① 张光年：《文坛回春纪事》（上），海天出版社1998年版，第236页。
② 同上。
③ 《文艺报》社论：《文学艺术的新局面》，《文艺报》1981年第11期。
④ 同上。
⑤ 张光年：《文坛回春纪事》（上），海天出版社1998年版，第237页。
⑥ 同上。

因故推迟。”[①]

1981年5月25日，中国作家协会委托《文艺报》举办的全国优秀中篇小说奖，暨“文艺报中篇小说奖”（1977—1980）、《诗刊》举办的全国中青年诗人优秀新诗奖（1979—1980）、《文艺报》与《人民文学》联合举办的全国优秀报告文学奖（1977—1980）发奖大会在北京京西宾馆礼堂举行。三项全国性文学奖同时颁发，如此盛况在新中国成立31年来尚属首次。与前三届全国优秀短篇小说评选发奖大会隆重、紧凑、催人奋进一样，此次极具象征意味的发奖仪式上，在京的7位中国作家协会副主席丁玲、冯至、艾青、张光年、陈荒煤、贺敬之、铁依甫江向得奖者颁发获奖证书和奖品。

大会由中国作家协会副主席、《文艺报》主编冯牧主持，中国作家协会副主席、党组书记张光年致题为《发展百花齐放的新局面》的开幕词。中国作家协会代主席巴金发表了题为《文学的激流永远奔腾》的书面讲话。中宣部副部长、全国文联主席周扬发表《按照人民的意志和艺术科学的标准来评奖作品》的重要讲话。全国优秀中篇小说获奖者冯骥才在大会上代表15部中篇小说、30篇报告文学、35篇新诗的获奖作者发表讲话。

在周扬的讲话中，他再次重申了此次大规模文学评奖是对粉碎“四人帮”四年来文学艺术创作成果的一次检阅，是文学艺术界坚持贯彻三中全会精神和四项基本原则，在“二为”方向、“双百”方针指引下，取得的来之不易的新局面。周扬说：“这些评奖说明了什么呢？说明粉碎了‘四人帮’，经过了三中全会，文学艺术各条战线上都取得了可观的成就。”[②]“我们评奖的目的，就是要发挥评奖的积极作用，促进

① 《启事》，《文艺报》1981年第9期。

② 周扬：《按照人民的意志和艺术科学的标准来评奖作品——在全国优秀中篇小说、报告文学、新诗评选发奖大会上的讲话》，《文艺报》1981年第12期。

我国社会主义文学艺术的发展和繁荣，促进我们的文学艺术事业在三中全会路线和四项基本原则的指引下，沿着为人民服务、为社会主义服务的正确轨道前进，实现文学创作和文学理论的真正的‘百花齐放、百家争鸣’，使文学创作水平和鉴赏水平更进一步提高。”[①] 与此同时，巴金、张光年在致辞、讲话中明确当前文学艺术发展缺点、文学艺术家思想创作上偏差的同时，也指出“一定要采取稳妥的办法，任何横加干涉、简单粗暴的态度都是不利于发展文艺和安定团结的”[②]。张光年说："我愿借此机会，重申文艺界绝大多数同志的共同心愿：我们要在三中全会路线和中央工作会议精神指引下，十分爱惜得之不易的安定团结、生动活泼的政治局面，千万不能因一时的粗心大意损害它。”[③] 巴金说："我们都知道，从事文学艺术活动的人很少有一帆风顺的，在漫长的艺术实践、生活实践道路上总会遇到这样或那样的困难和曲折，因此也就更需要同志式的友爱和鼓励，诚恳温暖的关怀和帮助。粗暴简单的办法，轻蔑指责的态度，不仅会伤害这些正在成长中的中青年作家，也会直接损害我们的文学艺术事业。在这方面，我们是有足够的令人难忘的教训的。我们还是应该坚定不移地按照党的三中全会路线、党的‘百花齐放、百家争鸣’的方针，本着对人民负责、对历史负责的态度，正确地处理文学艺术创作中的各种问题，从而促成社会主义文艺不断健康地发展，日益繁荣昌盛。”[④]

---

① 周扬：《按照人民的意志和艺术科学的标准来评奖作品——在全国优秀中篇小说、报告文学、新诗评选发奖大会上的讲话》，《文艺报》1981 年第 12 期。

② 《文学艺术的新局面》（《文艺报》社论），《文艺报》1981 年第 11 期。

③ 张光年：《发展百花齐放的新局面——在全国优秀中篇小说、报告文学、新诗评选发奖大会上的开幕词》，《文艺报》1981 年第 11 期。

④ 巴金：《文学的激流永远奔腾——在全国优秀中篇小说、报告文学、新诗评选发奖大会上的讲话》（书面），《文艺报》1981 年第 11 期。

表 2－7　　全国优秀中篇小说奖（1977—1980）获奖作品名单

一等奖			
篇目	作者	出生年	刊载
人到中年	谌容（女）	1936	《收获》1980 年第 1 期
在没有航标的河流上	叶蔚林	1934	《芙蓉》1980 年第 3 期
天云山传奇	鲁彦周	1928	《清明》1979 年第 1 期
犯人李铜钟的故事	张一弓	1934	《收获》1980 年第 1 期
蝴蝶	王蒙	1934	《十月》1980 年第 4 期
二等奖			
土壤	汪浙成	1936	《收获》1980 年第 6 期
	温小钰（女）	1938	
追赶队伍的女兵们	邓友梅	1931	《十月》1979 年第 1 期
大墙下的红玉兰	从维熙	1933	《收获》1979 年第 2 期
啊！	冯骥才	1942	《收获》1979 年第 6 期
蒲柳人家	刘绍棠	1936	《十月》1980 年第 3 期
淡淡的晨雾	张抗抗（女）	1950	《收获》1980 年第 3 期
开拓者	蒋子龙	1941	《十月》1980 年第 6 期
三生石	宗璞（女）	1928	《十月》1980 年第 3 期
甜甜的刺莓	孙健忠（土家族）	1938	《芙蓉》1980 年第 1 期
惊心动魄的一幕	路遥	1949	《当代》1980 年第 3 期

从评选结果来看，首届全国优秀中篇小说评选（1977—1980）在授奖数额保持不变的前提下，对《启事》中“评奖等级与名额分配”的“初步设想”进行了适度的调整，在原定获奖作品分三等，一等奖三部、二等奖六部、三等奖六部的基础上变更为一等奖五部、二等奖十部，取消了三等奖的设置。在获奖者中，王蒙、邓友梅、张抗抗等一批曾在全国优秀短篇小说评选中脱颖而出的“右派”作家、知青作家又在中篇小说的跋涉中取得了骄人的成绩，谌容、温小钰、张抗抗、宗璞等女作家群体在中篇小说创作中的崛起，成为 1977—1980 年全国优秀中篇小说评选中令人瞩目、蔚为大观的一道靓丽风景。除此之外，当选的 15 部作品中，集中发表于 1979、1980 年两年，评委们并没有为了保

证年份的均等而刻意加以平衡，这也充分体现出首届全国优秀中篇小说评选的严谨。而获奖作品出自《收获》《十月》《当代》《芙蓉》《清明》五大刊物，曾经在张光年眼中有资格举办全国优秀中篇小说奖的《收获》有六部作品当选，无疑再次肯定了《收获》杂志作为中篇小说崛起重要阵地的作用与意义。

而此次当选的作品中，位列第一的是谌容的《人到中年》。最早挣脱出伤痕、反思文学对于历史的沉思与剖析，转而对于现实生活，尤其是变革时代中的中年知识分子处境给予深切关注，在塑造陆文婷这一因苦难而折射出光辉的社会主义新典型、新形象的同时，发出了救救四化建设中的知识分子的时代最强音，即使在今天看来，《人到中年》仍然不失为文学创作转向改革与建设生活时涌现出的一部难得的佳作。而在一等奖的获奖作品中，张一弓的《犯人李铜钟的故事》将历史的跨度伸向20世纪50年代末60年代初河南信阳那场令人触目、震惊的大饥荒、大灾难的同时，浓墨重彩地塑造了一位不顾个人安危，本着对党、对人民负责的精神挺身而出，向“国库”借粮的生产队党支部书记李铜钟的形象，然而，《犯人李铜钟的故事》参评全国优秀中篇小说奖，却引来了一场风波。既有对作者本人在“文化大革命”中表现引发的“政治问题”，又有对于“1958年信阳事件”如此描摹是否得当的“艺术问题”。面对“河南省组织部门坚决不同意作者获奖”[①]，《文艺报》编辑部派高洪波专程前往河南省和登封县进行调查、政审，最终在“认为张一弓仍然是人民内部矛盾，我们不能埋没人才，做历史的罪人，坚定不移地将这部小说提交评委会参评”[②]后，经过再三反复考虑，授予了该作一等奖第四名。

---

① 刘锡诚：《在文坛边缘上——编辑手记》，河南大学出版社2004年版，第541页。

② 同上。

而代替《布礼》获得一等奖第五名的王蒙《蝴蝶》以及获得二等奖的刘绍棠《蒲柳人家》则在借鉴西方和继承传统的两条路径上结出了夺目璀璨的“艺术之花”。王蒙以“意识流”的创作手法“将故事的情节性化解到对人物内心意识流程的叙述中”①，既打破了传统现实主义文学创作的叙事模式，又以陌生化的手法颠覆了读者阅读的思维定势，如此艺术实验反而得到了评委们的褒奖，虽然排在一等奖最后一位，但仍然可以窥见评委们对致力于艺术创制的作家及其作品的欣赏。而《蒲柳人家》则在中国古典文学的给养中，探索出一条民族风情画式的中篇小说创作之路。刘绍棠笔下京东北运河边的“乡土中国”，在现代工业文明的冲击下，依然饱有牧歌般的意境、自然天成的风物以及古朴善良的民性。好似一幅水彩画，在浸透着浓浓乡情与悠远乡愁的同时不露声色地展示出社会主义新时期农村生活的点滴变化。

三　茅盾文学奖的创立

1. 长篇小说的中兴

作为战斗武器的诗歌在伟大的四五运动中谱写了全国人民奋勇抗击“四人帮”篡党夺权阴谋的一首壮歌；起着“轻骑兵”和“突击队”作用的短篇小说则在粉碎“四人帮”的伟大历史转折后率先打破“文化大革命”十年中人为制造的艺术创作樊篱，如投枪匕首，在血泪歌哭中发出了引人深思、振聋发聩的时代巨响；真理大讨论和十一届三中全会后日益勃兴的中篇小说创作，好似一夜春风，将对历史的深刻洞悉与反思、对变革时代普通人命运的注目与关切提升到了一个新的层次。然而，正当新时期的文学百花园中呈现出短篇小说先行、中篇小说后起，一派繁荣之状时，长篇小说创作却因体裁特点的限制，始终没能产生如

① 洪治纲：《无边的迁徙》，山东文艺出版社2004年版，第253页。

中短篇小说一般引起全国轰动或是引发全社会广泛热议的作品。

粉碎“四人帮”后的两三年中，曾经被“四人帮”打成毒草，长期不见天日的优秀作品再版与广大读者见面，成为这一时期长篇小说的主流。“据初步统计，一九七七年全国出版的长篇新作约五十部，一九七八年近六十部，一九七九年增至近八十部”[①]，这些新创作的长篇小说中，除姚雪垠的《李自成》第二卷、魏巍的《东方》等之外，大多数新作仍然没能跳脱出“四人帮”时期“主题先行”“三突出”“高大全”等创作原则、手法的桎梏，有的作品则简单地将“写与走资派的斗争”改写为“与林彪、‘四人帮’的斗争”。周扬在《继往开来，繁荣社会主义新时期的文艺——在中国文学艺术工作者第四次代表大会上的报告》中仅仅提及了“描写抗美援朝、保家卫国斗争的长篇小说《东方》”[②] 一部长篇新作，由此便可窥见新时期之初长篇小说发展相对落后的真实情状。

在文学界的热切期盼中，长篇小说创作终于在20世纪80年代初结出了“迟到的果实”。从数量上看，“一九八〇年则突破了一百部大关，一九八一年总数竟达一百二十部左右，一九八二年也有一百多部”[③]，这一数字较新中国成立以来长篇小说年度创作峰值的三十余部，高出三倍还多。从质量上看，这一时期的长篇小说创作，尤其是在表现“文化大革命”十年浩劫的现实题材、描写古代与近现代革命战争的历史题材等取得了可喜的进展。敢于打破阶级斗争绝对化的观念束缚，深刻揭示社会发展中的矛盾，直面人生、直面生活、直面历史成为长篇小说

① 中国社会科学院文学研究所当代文学研究室：《新时期文学六年》，中国社会科学出版社1985年版，第265页。

② 周扬：《继往开来，繁荣社会主义新时期的文艺——在中国文学艺术工作者第四次代表大会上的报告》，《文艺报》1979年第11—12期合刊。

③ 中国社会科学院文学研究所当代文学研究室：《新时期文学六年》，中国社会科学出版社1985年版，第265页。

创作向纵深领域迈进的重要标志。

2. 茅盾文学奖设立的缘由

1981 年 3 月 27 日，我国伟大的革命文学家、卓越的无产阶级文化战士、中国作家协会主席茅盾在北京溘然长逝。1981 年 3 月 14 日，正值病危之际，茅盾在病榻前向儿子韦韬口授了两份遗嘱，1981 年 3 月 30 日新华社发表了茅盾的两份遗嘱。

一封给中共中央：

耀邦同志暨中共中央：

亲爱的同志们，我自知病将不起，在这最后的时刻，我的心向着你们。为了共产主义的理想，我追求和奋斗了一生，我请求在我死后，以党员的标准严格审查我一生的所作所为，功过是非。如蒙追认为光荣的中国共产党员，这将是我一生的最大荣耀！

沈雁冰

一九八一年三月十四日[①]

前一封信，作为一份政治遗嘱，迅速得到了中共中央的高度重视。1981 年 3 月 31 日，中共中央决定，恢复茅盾的中共党籍，党龄从 1921 年算起。1981 年 4 月 11 日，胡耀邦在沈雁冰同志追悼大会上致悼词时明确指出：沈雁冰（茅盾）是“中国共产党最早的党员之一”[②]。

而另一封给中国作家协会书记处：

---

① 《根据伟大的革命作家生前请求及其一生的表现　党中央决定恢复沈雁冰党籍　党龄从一九二一年算起》，《人民日报》1981 年 4 月 1 日。

② 胡耀邦：《在沈雁冰同志追悼会上的胡耀邦同志致悼词》，《人民日报》1981 年 4 月 12 日。

中国作家协会书记处：

亲爱的同志们，为了繁荣长篇小说的创作，我将我的稿费二十五万元捐献给作协，作为设立一个长篇小说文艺奖金的基金，以奖励每年最优秀的长篇小说。我自知病将不起，我衷心地祝福，愿我国社会主义文学事业繁荣昌盛。

致最崇高地敬礼！

茅盾

一九八一年三月十四日①

关于捐献文学奖金一事，2013 年最新出版的《茅盾回忆录》中详细记述了此事的个中原委。最初提议捐献茅盾文学奖金是 1980 年 9 月间茅盾与儿子韦韬商定的。

当时有一个设立鲁迅文学奖金的议案送到爸爸那里征求意见，爸爸由此得到了启发。他对韦韬说："解放后生活安定，你妈妈向来节俭，我也不会花钱，稿费一直存在银行里，现在有多少了？""有二三十万罢。""这笔钱我想用来设立一个文学奖。一个单项文学奖的基金，二十五万够不够？"韦韬赞成道："这是件大好事。二十五万元是很可观的数目，作为基金肯定能起到繁荣创作的作用。"②

这次父子间的谈话道出了茅盾文学奖金设立与设立鲁迅文学奖金构想之间密不可分的关系，更道出了与文学评奖制度建设的必然要求之间

① 《人民日报》1981 年 3 月 30 日。

② 茅盾、韦韬：《茅盾回忆录》（下），华文出版社 2013 年版，第 412 页。

不可分割的联系。“1978年全国优秀短篇小说评选”设立以来，文学评奖在有所提倡、有所引导中对新时期文学创作的繁荣与文学评论工作的深入展开起到了积极的作用。为了能将文学评奖经常化、制度化，周扬在《继往开来，繁荣社会主义新时期的文艺——在中国文学艺术工作者第四次代表大会上的报告》中就“文联和各协会的职责”指出：“要协同文化行政部门，建立奖励制度，举办各种评奖活动，尤其要注意对青年和业余作者的奖励。”① 巴金则在1980年全国优秀短篇小说发奖大会上最先提议设立全国优秀中篇小说奖。而设立鲁迅文学奖一事，李季在第四次文代会上所作的《中国作家协会筹备组关于作协恢复活动以来的工作情况报告》中就“作协今后两三年内的工作建议”时便有了初步设想。“设立鲁迅文学奖金，表彰卓有成绩的作家、评论家和优秀作品、优秀理论著作。”② 而1981年9月25日，又值鲁迅先生诞辰一百周年纪念之际，周扬在1980年全国优秀短篇小说评选发奖大会上讲话时说：“今年是鲁迅诞生一百周年，有不少同志建议设立‘鲁迅文学奖金’，我们认为这个建议是好的，也是可以实行的。”③ 因此，中国作家协会于1980年将设立鲁迅文学奖的议案呈交中国作家协会主席茅盾征求意见，是恰逢其时再合适不过的。

在商定了以25万元稿费作为一个单项文学奖的基金后，茅盾与儿子韦韬又就“设奖名目”进行了探讨：

> 爸爸又和韦韬商量设立什么单项奖。韦韬说：“单项奖有小

① 周扬：《继往开来，繁荣社会主义新时期的文艺——在中国文学艺术工作者第四次代表大会上的报告》，《文艺报》1979年第11—12期合刊。

② 李季：《中国作家协会筹备组关于作协恢复活动以来的工作情况报告》，选自中国文学艺术界联合会编《中国文学艺术工作者第四次代表大会文集》，四川人民出版社1980年版，第153页。

③ 周扬：《文学要给人民以力量——在一九八〇年全国优秀短篇小说评选发奖大会上的讲话》，《人民文学》1981年第4期。

说、诗歌、散文、戏剧……你是写小说的，就设立小说奖罢。”爸爸说：“不，这样范围仍太广，这笔钱一分散就不能起到奖励的作用。这几年，短篇小说有了长足的进展，长篇小说还不够繁荣，我自己是写长篇小说为主的，就捐款设立个长篇小说奖吧。”①

从这简单的几句话中，可以看出茅盾之子韦韬对以小说创作誉满世界的“茅盾传统”的尊重。洪治纲在《无边的质疑——关于历届“茅盾文学奖”的二十二个设问和一个设想》中否定茅盾在临终前设立全国性长篇小说奖是“对长篇小说的偏爱”②，这无疑将以文学形式描绘波澜壮阔的中国现代史的“茅盾传统”放置在了更为开阔的体裁样式上。纵观茅盾一生的创作，不论是长篇还是中短篇，都与他所开创的以积淀深厚的现实主义（方法）传统、气势阔大的“史诗传统”以及注重社会分析的“理性”叙事传统相结合的“茅盾传统”一脉相承。再结合茅盾与韦韬的谈话，体裁“偏爱说”的确不能全部概括茅盾设立长篇小说奖的初衷。

与此同时，洪治纲指出，茅盾设立此奖“与他对建国以后长篇小说的发展态势有着密切的关系”③。而从茅盾与韦韬的谈话中，我们也能看出作为新中国文学的领导者之一，即便是已到晚年的茅盾，对于当前中国文学发展状况依旧是熟识、充满关切的，尤其是对新时期尚且不够繁荣的长篇小说创作饱含着深切的忧思。为了进一步激励作家投身于长篇小说创作，以更为丰富的生活累积与艺术积淀，为新时期长篇小说创作向着更为深厚的历史掘进，茅盾毅然决然地拿出25万元稿费作为

① 茅盾、韦韬：《茅盾回忆录》（下），华文出版社2013年版，第412页。

② 洪治纲：《无边的质疑——关于历届“茅盾文学奖”的二十二个设问和一个设想》，《当代作家评论》1999年第5期。

③ 同上。

繁荣长篇小说创作的基金，“以奖励每年最优秀的长篇小说”。

除此之外，茅盾设立此奖更为重要的缘由是他以新时期文学领导者的姿态，对初创期的中国当代文学评奖制度向着更为全面化、科学化、系统化的发展方向，总揽全局之后作出的一次具有前瞻性意义的考量。盛况空前的“1978年全国优秀短篇小说评选”在茅盾眼中是“空前的、过去没有做过的”①，是要以后“每年都搞一次评选”②。此后的全国性文学评奖在全国优秀短篇小说奖先行，全国优秀中篇小说、报告文学、新诗（诗集）奖后起，取得令人瞩目成就的同时，以“茅盾”先生命名的全国性长篇小说奖以“单项奖”的形式与处在设计、草拟中，具有“综合性”意义的“鲁迅文学奖金”一起，成为新时期中国当代文学评奖制度建设的必然要求。

正是基于以上缘由，1981年正式设立的、以“茅盾”命名的全国性长篇小说奖——“茅盾文学奖”，在日后长篇小说逐渐从文体边缘走向中心的文学新场域中，在20世纪80年代末全国优秀短篇小说奖、全国优秀中篇小说奖等全国性文学奖因各种复杂原因相继遭遇评奖制度中断时，不断经历制度修正与完善的茅盾文学奖与1995年开始筹备、1997年正式启动、1998年首次颁奖的鲁迅文学奖一道成为中国当代文学评奖中备受关注、具有最高荣誉的全国性文学大奖。

3. 茅盾文学奖的制度设计与实施

（1）从茅盾遗嘱到首届评奖基本原则

茅盾弥留之际的遗嘱，是茅盾文学奖制度设计与实施中最为重要的依据与参考。遗嘱中“中国作家协会书记处”“每年”“最优秀”等成为建构茅盾文学奖评奖制度始终绕不过去的关键词。作为与中国作家协

---

① 茅盾：《在一九七八年全国优秀短篇小说评选发奖大会上的讲话》，《人民文学》1979年第4期。

② 同上。

会主席团同等地位的常设机构，茅盾将遗嘱中的第二封呈交中国作家协会书记处，无疑是这位一心向党的“文学革命家”出于组织原则、党性需要的重要选择。中国作家协会书记处由“主席团从理事中遴选书记若干人组成”，主要“负责处理本会的日常工作，并根据需要，建立各种必要的工作机构”。① 1979 年在中国作家协会第三次会员代表大会上，通过了以李季、冯牧为常务书记，张光年、陈荒煤、贺敬之、孔罗荪、张僖（兼秘书长）、刘宾雁、秦兆阳、袁鹰 10 位中国作家协会书记处书记名单。1981 年 10 月，中国作协第三届五次会议上对书记处进行了调整，选出以朱子奇、孔罗荪、延泽民、葛洛为常务书记的 14 人书记处。1982 年 11 月 16 日，张光年被任命为中国作家协会党组书记，冯牧为第一副书记，朱子奇、唐达成为副书记。从 20 世纪 80 年代初中国作家协会书记处的人事大名单来看，既有“新时期”文坛回春时执牛耳的文坛老将，又有日后在中国文学发展中起着重要作用的、年富力强的文坛新贵，茅盾将设立茅盾文学奖一事交给中国作家协会书记处商议定夺的同时，也为长篇小说评选确定了始终坚持“党性原则”这一“方向”。而遗嘱中就设立长篇小说文艺奖金的“评选范围”和“评选标准”也进行了切合当时时代特征和文学评奖制度建构需要的限定与界定。“奖励每年最优秀的长篇小说”中的“每年”，是茅盾为全国性长篇小说评选拟定的“评选范围”。“最优秀”则是对茅盾文学奖“评选标准”的一种考量。洪治纲先生在《无边的质疑——关于历届“茅盾文学奖”的 22 个设问和一个设想》中以“最优秀”主要是“针对艺术性而言的，即在长篇小说的叙事艺术上取得了突破性成就”②“还应该体现出长篇创作的某种艺术制高

---

① 《中国作家协会章程》1979 年 11 月 10 日中国作家协会第三次会员代表大会原则通过，同年 12 月 14 日作家协会主席团第二次会议修正定稿，选自中国文学艺术界联合会编《中国文学艺术工作者第四次代表大会文集》，四川人民出版社 1980 年版，第 387 页。

② 洪治纲：《无边的质疑——关于历届“茅盾文学奖”的二十二个设问和一个设想》，《当代作家评论》1999 年第 5 期。

点，即通过历届茅盾文学奖的获奖作品，我们可以看出长篇小说的艺术发展在一段时期内一个较为清晰的‘高峰走线’”[①]，对历届茅盾文学奖评选结果所体现出的“现实主义”审美原则、“宏大”叙事模式等给予质疑。而任东华先生以“茅盾并不认为‘最优秀’就是创作的顶峰或模式，而是由基本的文学要素辩证地创新所体现出来的最突出特征”[②]阐明了他所理解的“最优秀”应是紧扣时代、塑造典型、陶冶思想的结合。

1981 年 3 月 28 日，茅盾逝世第二天，韦韬将父亲给中国作家协会书记处的遗书以及捐献的 25 万元存折交与作家协会秘书长，以茅盾先生命名的全国性长篇小说奖——茅盾文学奖便在遵照茅公临终遗嘱的同时，由中国作家协会主办，茅盾文学奖金委员会承担。在制度草创期“评奖条例”尚未明确成型时，历经长达一年多紧锣密鼓的评选，逐步确定了首届茅盾文学奖评选的基本原则。

结合 1981 年 10 月 13 日中国作家协会第三届主席团第五次会议就“茅盾文学奖”评奖工作的讨论[③]和 1981 年 12 月 15 日陈企霞在首届茅盾文学奖授奖大会上就评选工作代表茅盾文学奖评选委员会所作的三点说明[④]，以及张光年在首届茅盾文学奖评选过程中所记日记[⑤]，首届茅

---

① 洪治纲：《无边的质疑——关于历届“茅盾文学奖”的二十二个设问和一个设想》，《当代作家评论》1999 年第 5 期。

② 任东华：《茅盾文学奖研究》，中国社会科学出版社 2011 年版，第 32 页。

③ 《文艺报》1981 年第 21 期上刊载了 1981 年 10 月 13 日中国作家协会第三届主席团举行第五次会议的信息。此次会议重点讨论了“茅盾文学奖”（长篇小说）的评奖工作，确定首届评奖范围限于 1977 年至 1981 年发表或出版的长篇小说创作。首届评奖数额，初步定为五部至七部。授奖大会定于 1982 年第四季度在北京举行。

④ 《文艺报》1983 年第 1 期上刊载了《茅盾文学奖首届授奖大会在京举行中国作家协会举行长篇小说创作座谈会》一文，就 1982 年 12 月 15 日人民大会堂举行的首届“茅盾文学奖”授奖大会进行了报道。在授奖大会上，陈企霞同志代表“茅盾文学奖”评选委员会宣布评选结果，并作了三点说明：首届“茅盾文学奖”评奖范围定为 1977 年至 1981 年间发表的作品；首届“茅盾文学奖”评过而未获奖的作品，经实践证明确实是优秀的，在下届以至将来历届评选中仍可获奖；“茅盾文学奖”暂定每三年评选一次，下届授奖大会定于 1985 年举行。

⑤ 张光年 1981—1982 年所记日记收录在《文坛回春纪事》一书中，海天出版社 1998 年版。

盾文学奖在遵循茅盾遗嘱“以奖励每年最优秀的长篇小说”的同时就“评选范围”形成了一系列基本原则，这些原则在日后的历届茅盾文学奖评选活动中，经过不断修正与完善，逐渐成为一种制度规范，所产生的偏差“主要体现在对‘茅盾文学奖’所做的补充说明上”[①]。

第一，首届茅盾文学奖评奖范围定为1977年至1981年间发表的作品。“茅盾文学奖”暂定每三年评选一次，下届授奖大会定于1985年举行。由于长篇小说的自身特点，往往不像短篇小说、中篇小说那样能够在一两年内立刻引起全社会的广泛关注与轰动效应，检验一部长篇小说在思想上与艺术上是否取得较高的成就需要经过一段时间的积累与沉淀，因此，首届茅盾文学奖在延续了全国性小说评奖初次评选的基本模式，将作品评选范围定在1977至1981年间的同时，“暂定每三年评选一次”，这样既确保了茅盾文学奖“优中选优”的评选标准，又对日后茅盾文学奖的评选时限作出了弹性的规定，直至第五届茅盾文学奖评选工作开始时，“每四年评选一次”[②] 才最终得以固定下来，成为茅盾文学奖制度修正中重要的组成。

第二，首届茅盾文学奖评过而未获奖的作品，经实践证明确实是优秀的，在下届以至将来历届评选中仍可获奖。对参评作品的时间只作下限而无上限的规定一直延续到第六届，在2003年6月24日通过的《茅盾文学奖评奖条例》（修订稿）中仍可找到“评选年度以前发表或出版的、经过时间考验的优秀之作，也可由有关单位慎重推荐参评，通过初选审读组筛选认同并以无记名投票方式获得评委会半数以上委员的赞同后，亦可列入评委会备选书目”[③] 的规定。此一原则的制定，更多地是

① 范国英：《茅盾文学奖的文学制度研究》，中国社会科学出版社2009年版，第62页。

② 《茅盾文学奖评奖试行条例》，《文艺报》1999年第14期。

③ 《茅盾文学奖评奖条例》（修订稿），2003年6月24日由中国作家协会书记处会议通过，刊载于《文艺报》2003年6月26日。

在评选“最优秀”的前提下为了避免“遗珠之憾”而拟定的。

第三，多卷本长篇小说，一般应在全书完成后参加评选。作为首届茅盾文学奖制定、历届茅盾文学奖评奖制度建构中一以贯之的一条原则，对于多卷本长篇小说的参评问题，即使是第八届《茅盾文学奖评奖条例》（修订稿）中对“措辞”进行了“多卷本作品，应以全书参评”[①] 的微调，却仍然坚持“应在全书完成后参加评选”这一标准。然而在首届茅盾文学奖评选时，张光年就曾在“对多卷本未完成者，倾向于这次不评”时陷入了“《李自成》不评也不好”[②] 的“两难处境”，因此，洪治纲先生对这一条原则的补充说明：“个别艺术上已相对完整，能独立成篇的多卷本中之一卷，亦可单独进入评选”[③]。可以看作是对首届茅盾文学奖评选具体操作过程的一次恰如其分、相当精准的概括。

除此之外，在“评选标准”上，虽然首届茅盾文学奖并没有形成像 1999 年《茅盾文学奖评奖试行条例》中“坚持思想性与艺术性完美统一的原则”和“要重视作品的艺术品位”[④] 等具体原则，但 1982 年 3 月 25 日，张光年与全国各地抽调来参加长篇小说读书会及《文艺报》的同志们在北京昭庙座谈时颇带弹性的一番谈话，对评选长篇小说提出了“反映时代，创造典型，益人神智，感人肺腑”[⑤] 的“十六字方针”。这十六个字，可以看作是时任中国作家协会的重要领导人对茅盾遗嘱中“最优秀”的现实解读。

（2）首届茅盾文学奖的运作机制

1981 年，首届茅盾文学奖的评选工作由中国作家协会委托创作研

---

① 《茅盾文学奖评奖条例》（http://www.chinawriter.com.cn/2011/2011－03－01/94765.html），2011 年 2 月 25 日修订。

② 张光年：《文坛回春纪事》（下），海天出版社 1998 年版，第 358 页。

③ 洪治纲：《无边的质疑——关于历届“茅盾文学奖”的二十二个设问和一个设想》，《当代作家评论》1999 年第 5 期。

④ 《茅盾文学奖评奖试行条例》，《文艺报》1999 年第 14 期。

⑤ 张光年：《文坛回春纪事》（下），海天出版社 1998 年版，第 343 页。

究室举办，在中国作家协会书记处的领导下，时任创研室主任的谢永旺负责评奖日常事务。具体评选工作则由“茅盾文学奖金委员会”承担。1981 年 4 月 20 日（又一说法为 1981 年 4 月 24 日）[①]，中国作家协会主席团扩大会议在政协礼堂第三会议室召开，会议一致推选巴金为中国作家协会代主席，一致同意成立茅盾文学奖金委员会，作为首届茅盾文学奖的评奖机构。而“在中国作家协会书记处领导下，由茅盾文学奖评奖委员会负责”[②] 的传统在随后的历届茅盾文学奖评选中一直得以延续。

首届“茅盾文学奖金委员会”16 人名单于 1981 年 4 月和 1982 年 6 月由中国作家协会主席团会议批准。新当选的中国作家协会代主席巴金任主任委员，组成人员主要由中国作家协会主席团成员丁玲、冯至、冯牧、艾青、刘白羽、沙汀、张光年、陈荒煤、欧阳山、贺敬之、铁依甫江和首届茅盾文学奖金预选小组成员韦君宜、孔罗荪、陈企霞、谢永旺担任。如此阵容，相较于“1978 年全国优秀短篇小说评选”和首届全国优秀中篇小说奖来说，更显整齐豪华，也彰显了茅盾文学奖等全国性小说评奖半官方“专家奖”的色彩。

从评选运作机制看，首届茅盾文学奖的评选程序可以分为以下几个阶段：

第一阶段：参评作品征集（1981 年 10 月—1982 年 2 月）。经中国作家协会书记处批准，向全国各分会、各有关出版社和大型文学期刊编辑部发函，请他们推荐优秀的长篇小说作品。首届茅盾文学奖评选共计

---

① 此次中国作家协会主席团扩大会议的具体时间，在张光年的日记《文坛回春纪事》中记载为 1981 年 4 月 20 日，“下午到政协礼堂第三会议室开主席团扩大会议。”［张光年：《文坛回春纪事》（上），海天出版社 1998 年版，第 240 页］而在 1981 年第 9 期的《文艺报》中则为“四月二十四日下午，中国作家协会召开了主席团扩大会议。”（《中国作家协会召开主席团扩大会议》，《文艺报》1981 年第 9 期）

② 《茅盾文学奖评奖条例》（http：//www. chinawriter. com. cn/2011/2011 - 03 - 01/94765. html），2011 年 2 月 25 日修订。

收到五十八个单位推荐的一百四十三部作品篇目和推荐意见。

第二阶段：推荐备选作品（1982 年 3 月—1982 年 11 月）。根据《文艺报》编辑部 1979 年和 1980 年连续两次举办“长篇小说读书会”的经验，在成立茅盾文学奖预选小组的基础上，于 1982 年 3 月初至 4 月底、5 月中旬至 6 月中旬、10 月至 11 月间分三次由中国作家协会聘请全国各地熟悉长篇小说创作的若干评论家、作家、编辑家、教师举办长篇小说读书会，在对推荐作品广泛阅读、讨论的基础上进行筛选，提出适当数量的作品，作为提供给评委会审读备选的书目。成立五人“预选小组”，在历届茅盾文学奖评选中仅此一次，而人员组成则经历了谢永旺代替秦兆阳的一次小幅微调。张光年在 1981 年 9 月 30 日的日记中就“作协节前党组会”讨论事项记录道：“二、长篇小说评奖明年秋天举行，先成立评选小组，由陈企霞、冯牧、罗荪、秦兆阳、韦君宜五人组成，根据今天讨论结果，由谢永旺拟出文字提案。”[①] 而 1981 年 10 月 13 日，在中国作家协会第三届主席团第五次会议上，“为协助茅盾文学奖金委员会进行作品的阅读和预选工作，会议决定成立‘茅盾文学奖’预选小组”[②]，并“批准陈企霞、冯牧、孔罗荪、韦君宜、谢永旺五同志组成预选小组”[③]。从最终批准的五人预选小组名单看，他们都是长期处在文学第一线《民族文学》《文艺报》、人民文学出版社、中国作家协会创作研究室等的著名作家、编辑家、文学评论家，他们对于新时期中国文学发展的敏锐把握、长远思考以及对这次预选工作的殚精竭虑、尽职尽责更是在首届茅盾文学奖的评选中发挥了举足轻重的作用。1982 年 11 月 15 日，在茅盾文学奖预选小组会议上，根据长篇小说读书会和预选小组成员的反复审读、多次讨论，最终商定向评委会推荐

① 张光年：《文坛回春纪事》（上），海天出版社 1998 年版，第 282 页。

② 《文艺报》1981 年第 21 期。

③ 《“茅盾文学奖”评选工作在积极进行中》，《文艺报》1982 年第 10 期。

《东方》《许茂和他的女儿们》《李自成》（第二卷）《将军吟》《芙蓉镇》《冬天里的春天》六部备选长篇。

第三阶段：投票产生获奖作品（1982 年 11 月）。评选委员会全体成员在备选书目的基础上，选用无记名投票的方式产生最终的获奖作品。1982 年 11 月 23 日，“茅盾文学奖评奖委员会”在沙滩防震棚举行。“除丁玲、艾青称病请假，贺敬之在西安、铁依甫江未能从新疆赶到”①、巴金委托孔罗荪投票外，评委中其余 11 人均参与了投票。最终经过无记名投票，预选小组最终提交的六部候选长篇全部当选。

表 2－8　　首届茅盾文学奖获奖名单

作品	作者	出生年	出版发表
《许茂和他的女儿们》	周克芹	1936	百花文艺出版社 1980 年版 《红岩》1979 年第 2 期
《东方》	魏巍	1920	人民文学出版社 1978 年版
《李自成》第二卷	姚雪垠	1910	中国青年出版社 1977 年版
《将军吟》	莫应丰	1938	人民文学出版社 1980 年版
《冬天里的春天》	李国文	1930	人民文学出版社 1981 年版
《芙蓉镇》	古华	1942	人民文学出版社 1981 年版 《当代》1981 年第 1 期

从六部获奖作品的题材看，除过反映明末波澜壮阔的农民战争和社会生活的长篇历史小说《李自成》、反映抗美援朝的当代战争小说《东方》外，其余四部长篇不约而同地将创作视角放置在“文化大革命”前后的现实生活中，既以极“左”思潮带来的巨大不幸彰显个人悲剧、时代悲歌，揭示民族精神内伤的同时，又将十一届三中全会之后中国社会发生的巨大变化熔铸在婉约自然的民情风俗之上，为“伤痕”“反思”文学在思想上的深入挖掘、艺术上的勇敢创新提供了可能与必要

① 张光年：《文坛回春纪事》（下），海天出版社 1998 年版，第 404 页。

的参照。

当李自成、张献忠、崇祯皇帝等一批历史人物活灵活现地跃然纸上，志愿军英雄子弟兵的群像可歌可泣、感人肺腑的同时，遭受“四人帮”残酷迫害却依然威武不屈的老将军彭其；历经抗日战争、“十七年”社会主义时期、“文化大革命”和当前现实生活“四个时期”，重新思考、大胆探求革命成败哲理的革命老干部于而龙；在极“左”思潮和历次社会运动中本色不改、始终保持坚定革命信念的“豆腐西施”胡玉音以及经受时代考验、精神折磨与洗礼后重新站立起来的许茂老汉和四姑娘许秀云等一大批光辉形象从这六部获奖作品中脱颖而出，成为新时期社会主义文学画廊中难得一见的典型。

从 1977 年至 1981 年五年间发表、出版的四百余部长篇小说中，选出六部获奖作品，并非一件易事。六部获奖作品集中体现出的“全景式”史诗品格以及精神思想探索之深，在新时期长篇小说创作从徘徊期向逐步繁荣过渡的历史境遇中，是值得肯定与赞赏的。在艺术上，浓郁富有差异化的地方色彩、婉转精妙的民俗风情展示，也为长篇小说彻底摆脱“文化大革命”时期“高大全”“三突出”的遗毒，实现文艺园地的“百花齐放，百家争鸣”，贯彻落实文艺“为人民服务，为社会主义服务”方向，繁荣社会主义文艺起到了积极的作用。

从获奖的作者队伍来看，既有姚雪垠、魏巍这样在新民主主义革命时期便崭露头角、始终不辍笔耕的老作家，又有莫应丰、周克芹、古华等在“十七年”社会主义建设时期成长起来，在“文化大革命”后攀向艺术高峰的中青年作家，更有像李国文这样在 1957 年被错划、遭遇重大挫折、忍受长时间苦难的“右派”作家。在这六位获奖作者中，曾以《月食》《勿忘草》《山月不知心里事》《爬满青藤的木屋》在 1980、1981 年全国优秀短篇小说评选中获奖的李国文、周克芹、古华，再次以《冬天里的春天》《许茂和他的女儿们》《芙蓉镇》迎来了个人文学创作的最高峰。虽然首届茅盾文学奖的三千元奖金在当时亦是一笔不菲的收入，但“茅盾文学奖获得者”这一荣耀对于著述一生的老作家来说，更是一次“迟到的加冕”。而对于中青年作者来说，光环背后无法用金钱衡量的是象征资本发挥出了奇效。因“茅奖”一举成名的川籍作家周克芹，湘籍作家莫应丰、古华先后担任四川作协党组副书记和湖南作协副主席等职，李国文则在《小说选刊》编辑部担任主编。《芙蓉镇》《许茂和他的女儿们》等获奖作品更是在小说与电影的媒介转换中，再次成为中国当代电影史上经久不衰的经典。

第四阶段：评奖揭晓（1982 年 12 月）。茅盾文学奖的评奖结果统一由中国作家协会发布。对获奖作品，颁发奖状（证书）、奖牌和奖金的同时，对出版获奖作品的出版社、杂志社、责任编辑也颁发相应的奖状（证书）。颁奖事宜由评选委员会讨论决定。1982 年 11 月 23 日，在“茅盾文学奖评奖委员会”会议上，确定“发奖大会定下月中旬隆重举行，请乔木、周扬等同志讲话。奖金每名三千元。经讨论，除获奖作品外，不再以评奖委员会名义推荐一批长篇小说。但可在报刊上继续发表一批文章，评介其他好作品”①。1982 年 12 月 14 日，茅盾文学奖授奖大会举行在即，为期 5 天的长篇小说座谈会在北京华侨饭店举行。历届全国优秀短篇小说、中篇小说、报告文学等全国性文学评奖均有此范例。此次座谈会由冯牧主持，主席团及预选小组部分成员出席，并与来自全国各地的长篇小说作者、报刊编辑、文学评论家及首届茅盾文学奖获奖作家一道，在踊跃发言的同时就新时期长篇小说所取得的实绩与不足进行了气氛轻松、活泼的探讨。1982 年 12 月 15 日，茅盾文学奖授奖大会在人民大会堂隆重举行。作为享有全国最高荣誉的文学大奖之一，虽然历届茅盾文学奖颁奖地点并不固定，但作为一次象征性意味极为浓

① 张光年：《文坛回春纪事》（下），海天出版社 1998 年版，第 404 页。

郁的国家仪式，从人民大会堂到北京国际俱乐部再到茅盾故乡浙江桐乡市乌镇、国家大剧院，历届茅盾文学奖的颁奖地选择既有向茅盾文学奖创立者茅盾先生致敬之意，又能代表中国作家协会行“我国具有最高荣誉的文学大奖”之名，因此，不仅茅盾文学奖颁奖地的选择意味深远，出席“茅奖”授奖仪式的嘉宾，更要体现“领导、专家、群众相结合”的评选标准。出席首届茅盾文学奖授奖大会的有：宋任穷、邓力群、李一氓、周扬、贺敬之、朱穆之、周巍峙、王炳南、白介夫、熊复、陶钝、陈昊苏、曹禺、丁玲、韦君宜、张光年、冯至、艾青、刘白羽、沙汀、陈荒煤、陈企霞、谢永旺等同志及文艺界六百余人。仪式上，中国作家协会主席巴金因病未能到会，中国作家协会副主席冯牧代表巴老宣读了他为大会所作的题为《祝贺与希望》的书面讲话。在讲话中，巴金高度评价了“长篇小说评奖，我们建国以来还是头一回”①的同时从“新”与“深”两个方面就提高长篇小说质量进行了说明。所谓“新”，“是指有些题材、主题和人物，还没有引起我们作家注意。或者是由于我们长期受‘左’的思想影响，思想还不够解放，或者由于作家对生活还不够熟悉，尽管有了四百多部，而作品的题材、主题、人物、取材的角度，相对说来还不够丰富。给人‘耳目一新’的作品也还不多”②。所谓“深”，既要“在人物形象的塑造上深一点”③，也要在“生活开掘深一点”④，更要“思想更有深度一点”⑤，只有如此，才能“创造无愧于我们这个有悠久文化传统的民族、无愧于我们伟大人民经得起历史和时间检验的好作品”⑥。陈企霞代表“茅盾文学奖评

---

① 巴金：《祝贺与希望》，《文艺报》1983年第1期；《人民日报》1982年12月16日。
② 同上。
③ 同上。
④ 同上。
⑤ 同上。
⑥ 同上。

选委员会”宣布评选结果并就首届茅盾文学奖评选工作作了“三点说明”[1]。接着，在热烈的掌声中，大会授奖仪式正式举行。周克芹、魏巍、姚雪垠、莫应丰、李国文、古华六位获奖作者登台领奖。对六部获奖作品的责任编辑也进行了表彰。周克芹代表获奖作家在大会上讲话，讲话既是一种自谦又是对自己未来创作的一种更高要求。

> 获奖，并不足以证明我们的作品已经完好无缺，我们深知自己的作品还有明显的缺陷，还需要进一步修改和提高，同时也还需要接受历史和人民的检验，如果说我们有了一点成绩，应该归功于党。人民是作家的母亲，生活是文学的沃土，想到我们在各方面的修养都很不够，思想上、政治上都还不够成熟，生活功底和艺术功底都还不够深厚，我们没有任何值得骄傲和自满的理由。今后我们要不断地提高自己的政治素质，保持清醒的马克思主义头脑，坚持和发展革命现实主义的创作方法，长期坚持深入生活，把自己置身于生活斗争的漩涡的中心，即正在进行四化建设的人民斗争生活的中心，和人民群众保持最亲密的联系，与人民同甘苦，共忧乐，心心相印，风雨同舟，使我们的艺术触觉在任何时候都能感受到时代脉搏的跳动、生活前进的声音，艺术地展示生活的美好的前景；同时，我们还要继承祖国丰富的优秀文学遗产，向国外一切有利于我们社会主义文学的表现技巧学习，博采众家之长，以丰富自己的文学表现能力，只有这样才能创作出无愧于我们这个伟大时代的长篇作品，才能完成建设社会主义

① 陈企霞“三点说明”为：首届“茅盾文学奖”评奖范围定为1977年至1981年间发表的作品；首届“茅盾文学奖”评过而未获奖的作品，经实践证明确实是优秀的，在下届以至将来历届评选中仍可获奖；“茅盾文学奖”暂定每三年评选一次，下届授奖大会定于1985年举行。《茅盾文学奖首届授奖大会在京举行中国作家协会举行长篇小说创作座谈会》，《文艺报》1983年第1期；《茅盾文学奖金委员会的几点说明》，《人民日报》1982年12月16日。

精神文明中文学所担负的重要任务。[①]

随后，周扬同志在大会上作了重要讲话。在深情回顾茅盾革命一生、战斗一生、至死不忘党、不忘繁荣文学事业的崇高精神的同时，重申“评奖的目的是为了鼓励创作，为了发展和革新，并不是说获奖作品就完美无缺。评奖的同时也要奖评，要加以评论”[②]。更为重要的是，周扬在讲话中提出了“坚持‘双百’方针，推动艺术评论工作的开展”[③] 的重要议题。只有“讨论和竞赛，才能使文学艺术事业兴旺、发展。而艺术形式、风格的多样，艺术问题上的深入研究，会使作家们既心情舒畅，又有社会责任感”[④] 的同时，“我们对作家的思想情绪更需要正确的引导，要为国家培养人才，爱护和保护人才。爱护、保护是第一位。批评也是为了爱护”[⑤]。

四　中国当代文学评奖制度的初步建立

1978 年《人民文学》杂志社创办的“全国优秀短篇小说评选活动”，开启了新时期中国当代文学评奖制度建设的先河。1980 年，在中国作家协会的统一领导下，《文艺报》《人民文学》《诗刊》等“国刊”先后组织了全国优秀中篇小说、全国优秀报告文学、全国优秀新诗（诗集）评选。1981 年，旨在“奖励每年最优秀的长篇小说”的茅盾文学奖宣布设立。以上这一系列文学评奖活动的相继展开，标志着文学奖励机制代替“十七年”与“文化大革命”时期简单、粗暴式的行政干

① 周克芹在首届茅盾文学奖授奖大会上的讲话出自《茅盾文学奖首届授奖大会在京举行中国作家协会举行长篇小说创作座谈会》，《文艺报》1983 年第 1 期。

② 周扬：《在首届茅盾文学奖授奖大会上的讲话》，《文艺报》1983 年第 3 期。

③ 《人民日报》1982 年 12 月 16 日。

④ 同上。

⑤ 周扬：《在首届茅盾文学奖授奖大会上的讲话》，《文艺报》1983 年第 3 期。

预模式，逐渐成为新时期加强和改善党对文艺的领导、进一步解放文艺生产力、繁荣新时期文艺创作、推举文坛新人、开创社会主义文艺新局面最为行之有效的重要方式。文学评奖的全面施行和常态化运作，也为以全国性小说评奖为核心的中国当代文学评奖制度向着更为科学化、系统化、规范化方向演进提供了重要的契机。

从新时期全国优秀短篇小说评选发端到1981年全国优秀中篇小说、报告文学、新诗评选活动揭晓，茅盾文学奖评选正式启动，以全国性小说评奖为核心的中国当代文学评奖制度在评奖认识、评选方法、评选运作程序及相关细则等多个方面初步形成了通向文学现代性兼具中国特色新质的文学制度建构新维度。

1. 认识层面：文学评奖经常化、制度化的共识

作为新时期中国当代文学制度建构的重要手段之一，文学评奖制度的实施既宣告了“十七年”与“文化大革命”时期以社会批判运动为主要方式的文学评价体系的彻底破产，又以一种全新的现代性社会文化设计在广泛动员人民大众参与热情的同时，弥合了知识分子文化想象、文化实践与文艺体制之间长久以来的“裂隙”，为新时期国家政治、经济、文化制度的合法性论证提供了重要的参照。

在“1978年全国优秀短篇小说评选”发奖大会上，作为评奖委员会主任的茅盾率先提出了“文学评奖经常化、制度化”的期许。“以后，每年都搞一次评选。我们也要总结评选工作经验。现在经验还不多，将来经验就越来越多。总结经验，可以使评选工作做得更好。”①

1979年10月30日至11月16日第四次文代会期间，黄镇、周扬、李季在《为繁荣社会主义文艺，促进四个现代化建设而努力——在中

① 茅盾：《在一九七八年全国优秀短篇小说评选发奖大会上的讲话》，《人民文学》1979年第4期。

国文学艺术工作者第四次代表大会上的书面发言》《继往开来，繁荣社会主义新时期的文艺——在中国文学艺术工作者第四次代表大会上的报告》以及《中国作家协会筹备组关于作协恢复活动以来的工作情况报告》中进一步强调，要将文学评奖经常化、制度化作为全国文联、中国作家协会等文艺机构的重要工作加以落实。周扬就“文联和各协会的职责”指出：“要协同文化行政部门，建立奖励制度，举办各种评奖活动，尤其要注意对青年和业余作者的奖励。”① 作为中宣部副部长、文化部部长的黄镇，在“要制订一些有利于繁荣文艺、奖励人才的制度”时特别强调“设立文学艺术奖金，搞作品评奖”等虽然“不是马上能完全实现的，但都是必须立即着手做的”②。李季则在肯定“1978年全国优秀短篇小说评选”“充分发扬艺术民主，鼓励优秀创作，扶持新人、新作，提高创作质量的好方法”③ 的基础上，指出“应当总结经验，继续举办”④ “短篇小说、少年儿童文学评奖活动要继续举办，并予以推广”⑤。

即便是在20世纪80年代初，中国作家协会党组、书记处联席会议上曾经出现过“评奖不能每年都连着搞，也不必各种门类一齐搞”⑥ 的声音，文学评奖之于新时期文学的意义不但没有因此减损，文学评奖的经常化、制度化反而在促进新时期文艺大发展、大繁荣，维护安定团结

---

① 周扬：《继往开来，繁荣社会主义新时期的文艺——在中国文学艺术工作者第四次代表大会上的报告》，《文艺报》1979年第11—12期合刊。

② 黄镇：《为繁荣社会主义文艺，促进四个现代化建设而努力——在中国文学艺术工作者第四次代表大会上的书面发言》，选自中国文学艺术界联合会编《中国文学艺术工作者第四次代表大会文集》，四川人民出版社1980年版，第87页。

③ 李季：《中国作家协会筹备组关于作协恢复活动以来的工作情况报告》，选自中国文学艺术界联合会编《中国文学艺术工作者第四次代表大会文集》，四川人民出版社1980年版，第150页。

④ 同上。

⑤ 同上书，第153页。

⑥ 刘锡诚：《在文坛边缘上——编辑手记》，河南大学出版社2004年版，第573页。

的政治局面和生动活泼的文艺局面，一定程度缓和文艺界内部的分歧起到了至关重要的作用。1980 年 3 月接替因病骤然离世的李季出任《人民文学》主编的张光年，曾在多个场合、多次表示："关于评奖，我表示个人的鲜明态度：要继续搞下去！要坚决地毫不动摇地排除万难地搞下去！"① "在作协支持下坚决地坚持继续举行，办法可以总结改进"②。正因为连续两年举办全国优秀短篇小说评奖，"短篇小说园地欣欣向荣，新作者和优秀作品不断涌现。大河上下，长江南北，通都大邑，穷乡僻壤，有口皆碑。建国三十年来，曾未有此盛事"③ "为评奖活动之能经常化，有必要及时推荐全国各地报刊发表的可作年终评奖候选的短篇佳作"④，1981 年起，《人民文学》编委会决定增办《小说选刊》月刊，1980 年 11 至 12 月，率先出版两期"试刊号"。

1981 年 3 月 4 日，张光年在家中召集"1980 年全国优秀短篇小说评选"小组工作人员时指出："作家协会党组会议上，确定了个原则：为了安定团结的政治局面和生动活泼的文艺局面，评选活动要按期举行。"⑤ 1981 年 3 月 24 日，周扬在《文学要给人民以力量——在一九八〇年全国优秀短篇小说评选发奖大会上的讲话》以"文学评奖是好事，要经常化，制度化"重申了"近年来文学艺术各方面都举行过评奖，效果是好的""评奖就是对我们的作家们的出色的创造性劳动的一种鼓励。评奖是促进文艺繁荣和科学进步的一种有效的良好方法"。⑥ 1981 年 12 月 15 日，在人民大会堂浙江厅举行的文联主席团扩大会议上，周

---

① 崔道怡：《春花秋月系相思——短篇小说评奖琐忆》（一），《小说家》1999 年第 1 期。

② 张光年：《文坛回春纪事》（上），海天出版社 1998 年版，第 176 页。

③ 茅盾：《发刊词》，《小说选刊》1981 年第 5 期。

④ 同上。

⑤ 崔道怡：《第三个丰收年——短篇小说评奖琐忆》（二），《小说家》1999 年第 2 期。

⑥ 周扬：《文学要给人民以力量——在一九八〇年全国优秀短篇小说评选发奖大会上的讲话》，《人民文学》1981 年第 4 期。

扬再次以“重点抓艺术创作文艺评奖坚持下去”[①] 为题，就当前文艺工作发表重要讲话，对今后文艺工作作出了重要部署。

1984 年 12 月 29 日至 1985 年 1 月 5 日，中国作家协会第四次会员代表大会隆重举行。张光年、冯牧在《新时期社会主义文学在阔步前进——在中国作家协会第四次会员代表大会上的报告》和《中国作家协会五年来会务工作报告》中就截至 1984 年以来全国性文学评奖的历史贡献作出了总结。张光年说：“近几年来，在作家协会、各地分会、首都及各地文学期刊的通力合作下，在新闻界、出版界和广大读者的热情支持下，我们抓住文学评论和文学评奖这两大重要环节，使之互相配合，互相促进，大有利于推动创作繁荣，大有利于扶持文学新人，大有利于活跃文学全局，也大有利于文学评论的生动开展。”[②] 冯牧在谈到“关于文学评奖工作”时指出：“几年来，随着大量文学新作不断问世，我们坚持抓住评奖工作这个环节，通过认真精选，向读者推荐了一批又一批新人佳作。”[③] “纵观几届评奖，绝大多数作品基本代表了当时的创作成果，广大读者和文学界的同行基本是满意的。这些作品已经编辑出版，立即受到广大读者的欢迎。”[④]

即使是 20 世纪 80 年代中后期，文学评奖制度遭遇“拐点”，冯牧仍在 1985 年 1 月 11 日第七届短篇小说评奖初选组成立大会上致辞：“对短篇小说评奖，有不公平的评价，作家协会对评奖是肯定与支持

① 此次会议详见张光年 1981 年 12 月 15 日的日记：下午参加文联主席团扩大会议（人民大会堂浙江厅），周扬同志讲了当前文艺工作八个题目（调整与积累、反官僚主义与自由化、团结与服务、重点抓艺术创作文艺评奖坚持下去、文艺评论、对外文化交流、改善文化上党的领导及作家的思想修养与道德修养）。张光年：《文坛回春纪事》（上），海天出版社 1998 年版，第 310 页。

② 张光年：《新时期社会主义文学在阔步前进——在中国作家协会第四次会员代表大会上的报告》，选自中国作家协会编《中国作家协会第四次会员代表大会文集》，作家出版社 1985 年版，第 28 页。

③ 冯牧：《中国作家协会五年来会务工作报告》，选自中国作家协会编《中国作家协会第四次会员代表大会文集》，作家出版社 1985 年版，第 59 页。

④ 同上书，第 59—60 页。

的。促进文艺繁荣可以有各种方法，进行评奖是最好的方法之一。”[①]四届全国优秀中篇小说评奖委员会主任巴金在1985年《文艺报》报纸版试刊号头版，以《少发空言　多做实事》为题也开宗明义地指出“评奖是个好办法，对鼓励创作，促进繁荣有好处”[②]。

正是基于在文学评奖功能及评奖经常化、制度化认识上领导、专家、群众三个层面之间达成的、自上而下的、空前的一致性，方才使得新时期以来，各类全国性文学评奖在制度建构上开创了与“十七年”时期全然不同、具有独特性的一整套文学奖励机制，真正实现了新时期文化领导权从显性的行政干预到隐性的有所倡导之间的微妙转换。

2. 评选方法：领导、专家、群众相结合

从“1978年全国优秀短篇小说评选”肇始，不论是随后举行的全国优秀中篇小说奖、报告文学奖、诗歌奖还是茅盾文学奖，“这些优秀作品的评选，都是采取专家与群众相结合的方式进行的。有的是读者直接投票，有的是由作协各地分会、出版部门、报刊编辑部推荐产生初选篇目，由评委会经过充分酝酿，广泛征求意见，最后评定或投票产生的。”[③]

多届《全国优秀短篇小说评选启事》中不论是“采取专家与群众相结合的方法”[④]，还是“采取群众推荐与专家评议相结合的方法”[⑤]，抑或是“读者推荐与专家评议相结合的方法”[⑥]，虽然措辞有一定的微

---

① 崔道怡：《春兰秋菊留秀色　雪月风花照眼明——短篇小说评奖琐忆》（四），《小说家》1999年第4期。

② 巴金：《少发空言　多做实事》，选自吴泰昌《我亲历的巴金往事》（修订本），生活·读书·新知三联书店2010年版，第117页。

③ 冯牧：《中国作家协会五年来会务工作报告》，选自中国作家协会编《中国作家协会第四次会员代表大会文集》，作家出版社1985年版，第59页。

④ 《本刊举办一九七八年全国优秀短篇小说评选启事》，《人民文学》1978年第10期。

⑤ 从《一九七九年全国优秀短篇小说评选启事》到《一九八四年全国优秀短篇小说奖评选启事》一直沿用的措辞。

⑥ 首次出现在《中国作家协会举办一九八五——一九八六年全国优秀短篇小说奖评奖启事》中。

调，但“专家与群众相结合”的方式始终是这项全国性小说评奖一以贯之的一个评选原则。这一评选方法经过实践证明，是得到群众拥护、行之有效的好方法。有读者在来信中明确指出：“这是正确的途径，既能保证当选作品的艺术质量，又能体现作品的人民性。专家的责任就是：把一篇篇在人民性与艺术性相结合上，革命现实主义与革命浪漫主义相结合上造诣较深的佳作，通过认真而又全面的评议，推荐给广大群众，让人民从日臻繁荣的民族新文艺中得到思想教益和艺术享受。”[①]

从印发“评选意见表”到填写“推荐表”再到“广大读者来信直接推荐”，全国优秀短篇小说评选在新时期文学评奖制度建构伊始，便以广泛的全民动员性调动起了群众对文学评奖的积极性，以强大的群众性基础为新时期文学评价新机制——文学评奖的合法性论证提供了必要的保障。

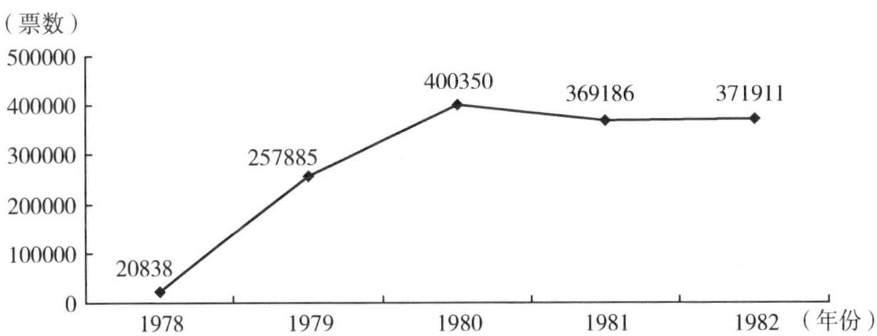

图 2－1　1978—1982 年全国优秀短篇小说奖“读者选票”统计[②]

从 1978—1982 年全国优秀短篇小说奖“读者选票”的曲线图中可以看出，动辄几万张到几十万张的读者选票充分显示出全中国乃至海外

① 本刊记者：《欣欣向荣又一春——记一九七九年全国优秀短篇小说评选活动》，《人民文学》1980 年第 4 期。

② 图表根据 1978—1982 年全国优秀短篇小说评选后《人民文学》记者的“活动记盛”以及崔道怡在《小说家》1999 年第 1—4 期发表的“短篇小说评奖琐忆”中公布的数据汇总而成。“1983 年全国优秀短篇小说评选”不再印发读者推荐表，改由读者来信推荐。因此，也不再统计读者推荐具体票数。

广大读者对于这一新时期具有首创性的全国性小说评奖持续高涨的参与热情。而读者寄来这张“选票”时的慎而又慎，又赋予了这项文学评奖不言自明的权威性。“1979年全国优秀短篇小说评选”活动开始时，丽水师专中文系师生以评选为题，开展了一次极有意义的团支部活动，“他们并且同推荐表、意见书一起寄来了五枚团徽，‘作为三十七名团员的一点心意’，献给当选作品的作者”以示神圣、庄重的同时，“希望他们焕发青春活力，写出更多更好的小说”。① 如此一桩全民狂欢，在《人民文学》编辑部同人的辛苦阅读、反复讨论、细致研究中，为评选委员会在初选篇目上确定备选篇目、当选篇目提供了必要的参照和些许的便利。

而在全国优秀短篇小说评选委员会的具体评选过程中，既要在肯定“人民群众是文艺作品最辛勤的培育者、最有权威的鉴定人”② 的基础上重视“选票”的作用，又要充分考虑群众评选的局限性，以专家的慧眼与胆识，在对新时期中国当代文学发展总体把握的基础上，选出无愧于时代、无愧于人民，具有较高思想性与艺术性的佳作。只有如此，才能真正实现“专家与群众相结合”的方式，真正体现出全国性小说评奖“半官方”专家奖的性质。

早在首届全国优秀短篇小说评选时，《人民文学》编辑部便将群众投票数在300张以上的作品（除《醒来吧，弟弟》外）全部列入“优秀小说初选篇目”名单，并选入了一些得票数较少但确实优秀，暂时由于某种原因没能被广大读者所欣赏的作品。

而在“1979年全国优秀短篇小说评选”评委会会议上，“‘选

① 本刊记者：《欣欣向荣又一春——记一九七九年全国优秀短篇小说评选活动》，《人民文学》1980年第4期。

② 本刊记者：《第三个丰收年——记一九八〇年全国优秀短篇小说评选活动》，《人民文学》1981年第4期。

票’的多少应是评选的重要依据，但也要看到影响‘选票’多少的某些因素”① 的“不唯票数论”的宗旨在评选委员会专家之间形成了一种共识。孔罗荪、冯牧、陈荒煤曾分别指出：“不能完全依靠票数，票数不能完全表示质量”②“选票反映了一定的群众意见，但不能全面准确地反映作品思想艺术的实质”③“前两天接到匿名信，要求公布票数，意思是说你们没有以群众为准。票数所反映的毕竟是一部分群众，有其局限性”④。

在“1980年全国优秀短篇小说评选”评委会会议上，张光年、袁鹰再次重申“不唯票数论”观点的同时，指出了“专家与群众相结合”评选方法的独特性。袁鹰说：“既然叫评奖，就得有所提倡，有所批评。绝对凭票，不叫评奖，那叫选举。”⑤ 而张光年在“有破有立”的发言中指出：“按照《光明日报》文章所说，完全听群众的，那就是‘百花奖’了。一个时期群众总会喜欢某一种风格，完全听群众的，该突出什么就显不出来了。今年我们还是采取专家与群众相结合的办法，这样做有好处：可以互相学习，对专家对群众都是一次美学自我教育。这种无形的作用是巨大的，远远超过评奖本身。”⑥

从评选结果看，制度初创期的文学评奖基本上做到了大部分获奖作品都是得票最多和较多的，群众与专家之间形成了“十分和谐的、很高程度的一致性”⑦，并没有出现群众推荐与专家评议互不相容的矛盾。

因此，应张光年要求，崔道怡在《第三个丰收年——记一九八〇

① 本刊记者：《欣欣向荣又一春——记一九七九年全国优秀短篇小说评选活动》，《人民文学》1980年第4期。

② 崔道怡：《春花秋月系相思——短篇小说评奖琐忆》（一），《小说家》1999年第1期。

③ 同上。

④ 同上。

⑤ 崔道怡：《第三个丰收年——短篇小说评奖琐忆》（二），《小说家》1999年第2期。

⑥ 同上。

⑦ 同上。

年全国优秀短篇小说评选活动》一文中对“群众推荐与专家评议相结合”的评选方法作出了如下总结[①]：

> 群众推荐一般说侧重于个人爱好，侧重于对具体作品的估价。专家评议则更着眼于文学运动的全局，有所倡导，有所调节。为使当选作品既有高水平，又有代表性，看推荐票数量，还要看影响推荐票数量的各种因素，考虑到推荐票难以显示的某些问题。例如：在水平大致相当的一批堪称优秀的作品之内，应该适当注意主题、题材与风格的多样化。在人才辈出的创作队伍之中，应该着重推举文坛新秀；同时，也不可忽视老作家的新创造，更要重视中年作家出色的新贡献和可贵的新探索。刊物发行数量和宣传评介情况不同，作品的读者面与社会影响各有不同，这就需要考虑周到，多方比较，审慎选拔。可见，实行群众与专家相结合的原则，无疑是较为全面和妥善的，更有利于推进文学运动的健康发展。

但是，在“专家与群众相结合”的评选方法背后，还有一双“无形的手”始终把控着全国性文学评奖的方向，那就是“领导的意志”。这里所说的“领导意志”并非如同“十七年”与“文化大革命”时期那样，是一种独断专行式的、不容辩解的、随意僭越文学规范的“个人意志”，而是在“文学评奖”与“时代风向”上“掌舵手”般精准独到的“调控能力”；在因为具体作品争论不休时随时展现出的“领导智慧”和“调节能力”等。

制度初创期的全国性文学评奖，始终处在新时期“拨乱反正”的

① 本刊记者：《第三个丰收年——记一九八〇年全国优秀短篇小说评选活动》，《人民文学》1981 年第 4 期。

批“左”与清除精神污染、防止资产阶级自由化的反右之中。作为促进新时期文艺大发展、大繁荣的文学评奖，更要在激烈而复杂的思想变局中，起到缓和文艺界内部分歧，维护安定团结的政治局面和生动活泼的文艺局面的重要作用。因此，在1981年1月20日“1980年全国优秀短篇小说评选”委员会第一次评委会上张光年强调：“在注意思想与艺术统一的前提下，提倡鼓舞性的作品，调动笔杆子，帮帮党的忙。过分敏感的问题更要审慎些，不要帮倒忙。”[①] 1981年3月4日张光年又在召集评选小组工作人员研究评选日程时指出：“要顾全大局，不要带原则性的争论，可以做一些妥协，免得因为一两篇作品，增加新的刺激因素。”[②] 而1981年4月8日，在张光年的日记中“露菲来电话，对中篇评奖初选目录表示忧虑，问是否可将《如意》、《三生石》、《代价》换一下，周扬同志也认为值得注意，要她打电话给我说一下”[③]，也可窥见周扬对中篇小说评选中牵涉的一些敏感问题尤为关注。

除此之外，面对短篇小说评选中《乔厂长上任记》、中篇小说评选中《犯人李铜钟的故事》、茅盾文学奖评选中《将军吟》等掀起的“风波”，在中国作家协会领导机构的授权下，作协创研室、《人民文学》《文艺报》编辑部等相关评奖单位及时派专人赴天津、河南、湖南等地进行实地调查、走访，并与当地政府及文化部门领导进行了友好协商，最终实现了三部佳作的如愿当选，维护了全国性小说评奖的公正性、权威性。

因此，第四次文代会上提出的“评奖要群众、专家、领导三结合”的方针才是制度初创期全国性文学评奖形成的最为重要、一以贯之的评选方法。

---

① 崔道怡：《第三个丰收年——短篇小说评奖琐忆》（二），《小说家》1999年第2期。
② 同上。
③ 张光年：《文坛回春纪事》（上），海天出版社1998年版，第237页。

3. 评选程序："四步走"模式

从初创期的全国性文学奖来看，基本形成了参评作品征集——备选作品推荐——获奖作品产生——评奖结果揭晓的"四步走"评选程序。

参评作品征集阶段：全国优秀短篇小说评选由《人民文学》编辑部对外公布《评选启事》，采取广大读者参加推荐和各地文艺刊物、出版社、报纸文艺副刊大力支持的方式进行。这一方式不仅调动了广大读者的参与热情，也得到了文艺界各兄弟单位的大力支持和协助。尤其是在"1979 年全国优秀短篇小说评选"活动中，全国各地共有 51 家文艺刊物和报纸副刊以极为谨慎和诚恳的态度向《人民文学》推荐了各自发表的优秀作品 301 篇。尚处在"草创期"的《西藏文艺》编辑部也为这次短篇小说评选推荐了一篇由该刊发表的作品。全国优秀中篇小说评选则由《文艺报》编辑部对外公布《评选启事》，主要采取由国内文学团体（各地作协分会）、文学杂志社、出版社推荐的方式。首届全国优秀中篇小说评选也得到了各地文学团体的热情支持，根据《〈文艺报〉中篇小说奖评奖工作简报》统计，截至 1982 年 1 月底，共收到"全国各地十六个作协分会、十一个出版社和十三个文学杂志社的来信来电，共推荐出七十部作品，参加评奖初选"①。截止时限过后，又有三个作协分会和四家杂志社、出版社推荐 18 个中篇参评，没有作品推荐的部分各地作协分会来信来电说明了其中原因。茅盾文学奖则由评奖办公室进行征集，经中国作家协会书记处批准后，向全国各省、市、自治区的作协、各行业协会、全国各有关出版单位和大型文艺杂志社发出作品征集通知，由其在规定时限内报送符合评选条件要求的

① 《文艺报》编辑部：《〈文艺报〉中篇小说奖评奖工作简报》（一），摘自刘锡诚《在文坛边缘上——编辑手记》，河南大学出版社 2004 年版，第 538 页。

参评作品。

备选作品推荐阶段：初创期的全国性文学评奖均需经过备选作品推荐阶段。全国优秀短篇小说评选的备选作品推荐工作主要由《人民文学》编辑部集中一定的人力完成。由于中篇小说、长篇小说较短篇小说的阅读量更大，全国优秀中篇小说评选、茅盾文学奖评选的备选作品推荐工作主要由全国各地著名文学评论家、作家、编辑家组成的中篇小说读书会、长篇小说读书会完成。

获奖作品产生阶段：初创期的全国性文学评奖获奖作品产生主要由各自聘请的评奖委员会成员在认真阅读全部备选篇目的基础上，经过充分协商与讨论后以记名或不记名投票方式进行。

评奖结果揭晓阶段：评奖结果的发布统一由中国作家协会或中国作家协会委托《人民文学》《文艺报》《诗刊》等对外公布。在颁奖仪式上，向获奖作品的作者，颁发奖状（证书）、奖金等。

4. 评选细则

第一，坚持思想性与艺术性完美统一，兼顾题材、主题、风格多样化的评选标准。制度初创期的全国性文学评奖始终坚持思想性与艺术性完美统一的评选标准。1978—1981 年《全国优秀短篇小说评选启事》中“评选标准”一条，虽然经历了从“凡从生活出发、符合六条政治标准、艺术上具有独创性的作品，不拘题材、风格，皆可推荐”[①] 到“凡从生活出发，具有较高的思想和艺术水平，在群众中反应较好、影响较大的作品，不拘题材、风格，皆可推荐和入选”[②] 再到“凡具有较高的思想和艺术水平，在群众中反应较好、影响较大的作品，不拘题材、风格，皆可推荐和入选”[③] 的微调，但坚持思想性与艺术性完美统

① 《本刊举办一九七八年全国优秀短篇小说评选启事》，《人民文学》1978 年第 10 期。

② 《一九七九年全国优秀短篇小说评选启事》，《人民文学》1980 年第 10 期。

③ 同上。

一始终没有改变。如果说在具体评奖操作中产生了某种偏误，也更多地是根据当时时代发展的需要和变化对思想性或艺术性在一定程度上有所偏重造成的。新时期伊始，思想意识形态领域始终在与“左”和右两种思潮的斗争中实现正本清源。因此，作为“半官方”专家奖的全国性文学评奖之一，坚持思想性始终成为短篇小说评奖最为偏重的一个方面。在早期的全国优秀短篇小说评奖委员会会议上，“鼓舞性的作品”往往被肯定，而站在其对立面，引发评委争论不休抑或是颇有微词的往往是“思想偏激”“使人消沉”的作品，“格调”“境界”“效果”等词汇往往在被频繁使用的同时体现出评奖对坚持思想性评选标准的首肯。但评委们对于艺术性的坚持则较思想性评判来说更为复杂、多样。由于评委们自身多是知名作家、评论家或是文学界位高权重的领导核心，因而对于艺术性的坚持往往出自对中国当代文学，尤其是新时期文学发展的总体把握和对文学自身独创性的欲求。因此，在 1979 年全国优秀短篇小说获奖名单中茹志鹃极富现代手法的作品《剪辑错了的故事》位居前三篇中的第三位。1980 年全国优秀短篇小说当选作品中我们又看到了王蒙“意识流”写作的名篇《春之声》。除此之外，强调艺术性也在一定时期出自某种权宜。1981 年在剧本《苦恋》引发的“风波”和全国思想战线问题座谈会的精神指引下，张光年特别强调了“这一次评选，总的方针一如既往，在重视作品思想性的同时，应该强调一下艺术性”①。正因为如此，在 1981 年全国优秀短篇小说获奖作品中出现了“短篇艺术上的精品”《大淖记事》，出现了久违的汪曾祺。

第二，坚持反映时代、有所倡导的指导思想。制度初创期的全国性

① 本刊记者：《喜看百花争妍——记一九八一年全国优秀短篇小说评选活动》，《人民文学》1982 年第 4 期。

文学评奖在遵循文艺“为人民服务，为社会主义服务”方向，贯彻“百花齐放，百家争鸣”方针的基础上，始终坚持反映时代、有所倡导的指导思想。“反映时代”使文学评奖在关注现实、体现时代精神的基础上与时俱进；而“有所倡导”则在坚持导向性的基础上更好地发挥文学评奖的作用。1983 年全国优秀短篇小说评选时，冯牧曾总结性地对前五届全国优秀短篇小说评选结果进行了综合述评：

> 从整体看，已获奖的 120 篇，比较全面而深刻地反映了近几年社会生活的变迁，显示了我们创作的基本水平。这七年大体分三个段落：一是火山爆发，出现大量对“四人帮”的声讨；二是转入“四化”建设，反映农民和知识分子面貌的变化；三是强调建设精神文明，反映人与人感情的曲折的深刻的变化。[①]

可以说，冯牧的这段“总结性发言”全面概括了 1978 年至 1982 年全国优秀短篇小说评选中如何“坚持反映时代”这一指导思想的问题。而张光年 1982 年 3 月 25 日在昭庙谈话中提出“反映时代，创造典型，益人神智，感人肺腑”[②] 的长篇小说评选基本要求时，也将“反映时代”看作是茅盾文学奖评选中重中之重的指导原则。

而在“反映时代”的同时，“有所倡导”则是全国性文学评奖对于自身价值的再发现和更进一步选出“反映时代”优秀佳作的“思想升华”。《欣欣向荣又一春——记一九七九年全国优秀短篇小说评选活动》一文中指出：“评选不仅是进行表扬，还要有所倡导，应当全面地体现党的文艺方针政策，体现时代的要求和人民的愿望，体现发现和推举人

---

① 崔道怡：《春兰秋菊留秀色　雪月风花照眼明——短篇小说评奖琐忆》（四），《小说家》1999 年第 4 期。

② 张光年：《文坛回春纪事》（下），海天出版社 1998 年版，第 343 页。

才的精神，对于新人写的优秀新作应当特别加以注意。”① 1981 年全国优秀短篇小说评委冯牧也曾明确表示：“评奖一方面是选优拔萃，一方面是有所倡导。我们不是题材决定论，但应主动自觉有计划地倡导某些东西。”② 因此，在《一九七八年全国优秀短篇小说评选启事》中便将“提倡那些能够鼓舞群众为新时期总任务而奋斗的优秀作品”③ 作为指导思想和评选标准上的一种补充，而《一九八一年全国优秀短篇小说评选启事》中则对“真实地描写各条战线、各种各样的社会主义新人的作品，尤所欢迎”④。

除评选标准与指导思想之外，在制度初创期的全国性文学评奖运作中，还形成了以下五条带有制度性规定的评选细则，即在人才辈出的创作队伍中，着重推举文坛新人；不可忽视老作家的新创造；对多次获奖的作者要有更高的要求；对于少数民族作家要予以照顾；同一作者在一届评选中只能有一部作品当选。

1982 年 11 月 24 日，在中宣部和全国文联召开的关于文艺评奖工作座谈会上就全国性文学评奖取得的成绩和经验进行了总结，初步达成了以下四点共识⑤：

> 其一，通过评奖检阅成果、促进繁荣、推举新人，呈现出了建国以来的新气象。
>
> 其二，肯定并鼓励创作沿着现实主义和浪漫主义相结合的道路前进。

---

① 本刊记者：《欣欣向荣又一春——记一九七九年全国优秀短篇小说评选活动》，《人民文学》1980 年第 4 期。

② 崔道怡：《喜看百花争妍——短篇小说评奖琐忆》（三），《小说家》1999 年第 3 期。

③ 《本刊举办一九七八年全国优秀短篇小说评选启事》，《人民文学》1978 年第 10 期。

④ 《一九八一年全国优秀短篇小说评选启事》，《人民文学》1981 年第 10 期。

⑤ 崔道怡：《春兰秋菊留秀色　雪月风花照眼明——短篇小说评奖琐忆》（四），《小说家》1999 年第 4 期。

其三，密切了群众与文艺的关系，提高了读者与观众的鉴赏水平。

其四，实践证明：群众、专家、领导三结合是最好的评奖方法。

第三章　介入式探索:中国当代文学评奖制度的演进

作为一种具有现代化新质的文学价值评判方式，新时期之初的全国性小说评奖始终在中国作家协会的主导下稳步推进。从 1978 年全国优秀短篇小说奖首创评奖制度到 20 世纪 80 年代初，以全国优秀中篇小说奖、茅盾文学奖为代表的中国当代文学评奖在文学各部类相继展开，认识层高度一致的制度化共识推动了文学评奖活动的常态化、正常化运转。

领导、专家、群众相结合的评选方法，参评作品征集——备选作品推荐——获奖作品产生——评奖结果揭晓的“四步走”评选模式以及一系列评选运作过程中被逐步固定下来、显性或隐性的评选细则，成为初创期中国当代文学评奖制度化建构的重要收获。然而，面对新时期进一步繁荣、发展文学事业的需要，全面施行中的文学评奖始终没有停下制度革新的脚步，中国作家协会及其下属的《人民文学》《文艺报》《小说选刊》《诗刊》等“国刊”始终以介入式探索的方式对奖项设置、评委组成结构、评选运作机制等制度性缺陷进行着大胆而富有实效的改革。

但是，20 世纪 80 年代中后期，文学评奖却因为“非文学因素”的介入，在制度衍化中迎来了“历史性拐点”。1989 年之后，曾经辉煌的“作协五大奖”已是风光不再，除过全国优秀报告文学奖仍在坚持每两年评选一次的定势，其他四个奖项全部遭遇停办。即使是在坚持中继续前行的第三届茅盾文学奖评选也因“政治风波”的缘故，原计划 1989 年 6 月 7 日开始的读书班初选不得不推迟至 1990 年 7 月再次启动，原定每三年评选一次的作品时间跨度也不得不拉伸为 1985 年至 1988 年的四年。然而，伴随着 20 世纪 80 年代中后期思想意识形态领域严峻的斗争形势，全国性小说评奖却以难得一见的开放姿态和包容之心，将目光投向了一批具有艺术实验性质的寻根文学、先锋文学、新写实小说、新历史小说，在创造出文学评奖审美新质的同时，迎来了一次极其罕见的反向艺术高峰。

第一节　中国当代文学评奖制度的革新

从“1978 年全国优秀短篇小说评选”肇始到 20 世纪 80 年代初，全国优秀中篇小说评选、全国优秀报告文学评选、全国中青年诗人优秀诗歌奖以及茅盾文学奖的接踵而至，以中国作家协会为主办机构或委托《人民文学》《文艺报》《诗刊》等“国刊”承办的，以全国性小说评奖为核心的中国当代文学评奖制度初步建立。

当 1981 年 6 月 29 日中共十一届六中全会审议并通过了《关于建国以来党的若干历史问题的决议》，一致同意华国锋同志辞去中共中央主席和中央军事委员会主席职务的请求，选举胡耀邦为中央委员会主席，邓小平为中央军事委员会主席，真正完成中国共产党在指导思想上拨乱反正历史任务的同时，春回大地的中国揭开了全面改革的历史新篇章。面对经济体制改革中涌现出的新矛盾、新问题，面对社会主义精神文明建设的新需要、新要求，全面施行中的文学评奖活动，要在真正奖掖一批努力再现四化建设沸腾生活，敢于直面农村变革新气象，勇于塑造改革时代社会主义新形象的力作、佳作的同时，在思想文化领域反对资产阶级自由化的长期斗争中，为加强和改善党对文艺领导、进一步繁荣社会主义文艺创作、维护安定团结的大好局面发挥重要的桥梁纽带作用。

因此，为了顺应时代发展要求和人民精神文化需求，为了弥合制度建构自身的裂隙，为了真正实现“优中选优”的评选初衷，促进社会主义文艺大发展、大繁荣，落实文艺体制改革，文艺领导层就改进文学评奖工作进行了多次部署。1981 年 12 月 18 日，冯牧在作协第三届第二次理事会上作《鼓起劲来，争取文学创作的更大繁荣——关于两年来中国作家协会会务工作的汇报》，开诚布公地就文学评奖中凸显的、不容忽视的缺点以及如何按照党的文艺方针政策和艺术科学的标准进行评奖作了说明。1982 年 6 月 27 至 30 日，作协工作全体会议在空军招待所召开，重点就改进文学评奖工作进行了深入讨论。1982 年 11 月 24 日，中宣部和中国文联召开文艺评奖工作座谈会，就文学评奖取得的成绩达成四点共识。1986 年 5 月 8 日，中国作家协会召开讨论改进文学评奖工作座谈会，与会者呼吁尽快建立国家文学奖。1986 年 11 月 8 至 13 日，中国作家协会第四届理事会第二次会议专门听取并讨论了关于改革文学评奖工作方案的报告。可以说，改进文学评奖一直是 20 世纪 80 年代文艺体制改革的工作重心之一。

在始终保持文学评奖核心机制超稳定结构的同时，中国作家协会及时就评奖中出现的问题、引发的争议对奖项设置、评委组成、评选机制等进行了相应的制度革新。1981 年 5 月 25 日全国优秀报告文学奖（1977—1980）、全国优秀中篇小说奖（1977—1980）、全国中青年诗人优秀诗歌奖（1979—1980）在北京京西宾馆礼堂“三奖同发”，1983 年 3 月 24 日全国优秀短篇小说奖（1982）、全国优秀中篇小说奖（1981—

1982）、全国优秀报告文学奖（1981—1982）、全国优秀新诗（诗集）奖（1979—1982）在北京政协礼堂“四奖同颁”，1985 年 4 月 2 日全国优秀短篇小说奖（1984）、全国优秀中篇小说奖（1983—1984）、全国优秀报告文学奖（1983—1984）在南京“三奖同授”。如此大规模的评奖盛况，不仅再次彰显了社会主义新时期文艺百花园欣欣向荣、繁花似锦的万千气象，更从另一个角度肯定了不断微调、大胆革新后文学评奖制度对于繁荣新时期文艺创作、培养发掘社会主义文学新人、促进当代文学经典化所发挥的重要作用。

一　奖项设置的扩容与新创

1. 单项奖的扩容

1978 年 9 月 20 日，《人民文学》杂志社对外公开发布《本刊举办一九七八年全国优秀短篇小说评选启事》时，在“文化大革命”中被砸烂、被打垮的中国作家协会才刚刚正式恢复工作不久。在中国作家协会书记处常务书记张光年、《人民文学》杂志社主编李季等的力推与倡导下，“1978 年全国优秀短篇小说评选”首次以“国刊”为主要依托，在《人民文学》编辑部同人与广大读者的全情参与下开启了新时期中国当代文学评奖制度化实践的“先声”。

1979 年 10 月 30 日至 11 月 16 日，中国文学艺术工作者第四次代表大会在北京举行。在周扬的《继往开来，繁荣社会主义新时期的文艺——在中国文学艺术工作者第四次代表大会上的报告》和李季的《中国作家协会筹备组关于作协恢复活动以来的工作情况报告》中相继表达了“建立奖励制度，举办各种评奖活动”①，短篇小说“评奖活动要继续举办，

① 周扬：《继往开来，繁荣社会主义新时期的文艺——在中国文学艺术工作者第四次代表大会上的报告》，《文艺报》1979 年第 11—12 期合刊。

并予以推广”① 的评奖活动常态化、制度化期许。正因为如此，中国作家协会党组决定，从第二届起，全国优秀短篇小说评选改由中国作家协会主办，委托《人民文学》杂志社承担具体评选工作的新模式。

这一评奖组织权属的变更，为日后中国当代文学评奖向着规范化、统一化、制度化方向发展奠定了坚实的基础。

直至 1981 年，在中国作家协会的统一主持下，新时期文学评奖真正实现了短篇小说评奖委托《人民文学》杂志社主办，中篇小说评奖委托《文艺报》主办，报告文学评奖委托《人民文学》与《文艺报》联合主办的作协“三大奖”格局。

作为 20 世纪 80 年代最为重要的作协“三大奖”，全国优秀短篇小说奖、全国优秀中篇小说奖、全国优秀报告文学奖成功举办了多届，一大批无愧于时代、无愧于人民的作品通过评奖得到广大读者和专家的欣赏与喜爱，步入了新时期文学经典力作的行列。众多新时期成长起来的中青年作家通过文学评奖确立了属于自己的位置，获得不菲声望的同时也赢得了超乎评奖之外的更多象征资本。

然而，在作协“三大奖”之外，全国优秀新诗（诗集）奖和全国优秀散文（集）杂文（集）奖因设立时间较晚，评选届别相对较少，因而其影响力不能与作协“三大奖”相比，但是，作为 20 世纪 80 年代中后期中国当代文学评奖制度革新的重要成果，全国优秀新诗（诗集）奖和全国优秀散文（集）杂文（集）奖的设立标志着以作协“五大奖”为核心的 20 世纪 80 年代全国性文学奖的格局正式确立。

1981 年 5 月揭晓的、中国作家协会委托《诗刊》杂志社主办的全国中青年诗人优秀诗歌奖（1979—1980）和 1983 年 3 月揭晓的、中国

① 李季：《中国作家协会筹备组关于作协恢复活动以来的工作情况报告》，选自中国文学艺术界联合会编《中国文学艺术工作者第四次代表大会文集》，四川人民出版社 1980 年版，第 153 页。

作家协会第一届（1979—1982）全国优秀新诗（诗集）奖在前后成属关系上有着密不可分的联系。鉴于全国中青年诗人优秀诗歌奖（1979—1980）以评选单篇诗歌为主，体量较轻，不足以反映新时期我国新诗发展的全貌，为此，全国优秀新诗（诗集）奖便将首届评奖范围和对象定为1979至1982年全国各大出版社结集出版的诗集，从1983年开始，每两年举行一次。届别起始另行计算，不再接续。公刘的《沉思》、白桦的《春潮在望》、舒婷的《祖国啊，我亲爱的祖国》、雷抒雁的《小草在歌唱》等诗歌名篇曾经获得过全国中青年诗人优秀诗歌奖。艾青的《归来的歌》、张志民的《祖国，我对你说》、李瑛的《我骄傲，我是一棵树》等曾摘得第一届全国优秀新诗（诗集）奖的殊荣。而全国优秀散文（集）杂文（集）奖则由中国作家协会于1988年开始筹办，1989年4月在江苏无锡首次颁奖。评选范围为1977年至1986年间各大出版社正式出版的散文集、杂文集。评奖共分散文（集）杂文（集）荣誉奖和优秀散文（集）奖、杂文（集）奖等。虽然全国优秀散文（集）杂文（集）奖只举办过一届即遭到停办，但包括巴金《随想录》、夏衍《夏衍杂文随笔集》、柯灵《柯灵散文选》以及杨绛《干校六记》、黄秋耘《往事并不如烟》、邵燕祥《忧乐百篇》等在内的40余部新时期以来最为重要的散文、杂文作品集获奖，仍然显示出了这一全国性文学奖的重要意义与价值。

2. 综合奖的新创

20世纪80年代，以作协“五大奖”和茅盾文学奖为代表的文学评奖活动是新时期中国当代文学评奖制度建构中最为重要的收获，真正实现了奖项设置的合理布点、有序推进。1989年之后，按照文学体裁划分、具有单项奖性质的作协“五大奖”相继停办，直至1997年国家最高荣誉的文学大奖之一——鲁迅文学奖的设立，部分功能方才得以恢复。而最先创制的、具有综合奖励性质的全国少数民族文学创作奖和全国优秀儿童文学奖在设奖之初虽然未能像作协“五大奖”，尤其是作协“三大奖”一样引发巨大的轰动效应，但在日后制度不断完善的过程中，历经多届评奖实践，终于在2004年中宣部对中国作协《关于申报全国性文学评奖项目的报告》的批复文件中与茅盾文学奖、鲁迅文学奖一道成为我国具有最高荣誉的四大国家级文学奖项。

1981年设立的全国少数民族文学创作奖，由中国作家协会联合国家民族事务委员会共同主办。1982年4月，中国作家协会书记处会议决定，全国少数民族文学创作奖每三年举办一次。1984年第二届全国少数民族文学创作评奖时，中国作家协会党组指定少数民族文学委员会负责筹备，具体工作则由民族文学处实施。国家民委同时决定此奖由文化宣传司负责，文艺处具体组织实施。每届评奖由双方负责此项工作的主要领导出任评奖委员会主任。首届全国少数民族文学创作奖设长篇小说、中篇小说、短篇小说、长诗、短诗、散文、儿童文学、报告文学、电影文学、剧本以及短篇小说荣誉奖、中篇小说荣誉奖、报告文学奖荣誉奖、儿童文学荣誉奖14个奖项，满族、达斡尔族、哈萨克族、蒙古族、藏族、土家族、维吾尔族、回族、壮族、朝鲜族等37个少数民族作家的139部（篇）作品获奖。全国少数民族文学创作奖的设立，充分体现了党的民族政策，体现了中华各民族的大团结，体现了各民族文学交流互补、共同繁荣的盛世气象，对中国改革开放和祖国的统一发挥了积极的推动作用。1994年，第五届评奖时，时任国家副主席的乌兰夫题写的“骏马奖”3字，正式成为全国少数民族文学创作奖的名称。在这一届评奖过程中，通过各民族作家的共同努力，少数民族文学创作评奖终于实现了55个少数民族都有作家获奖的历史性一刻。

1986年，为了进一步贯彻落实党中央关于全党全社会都来关心少年儿童的健康成长、把少年儿童工作提到战略地位的号召，中国作家协会主席团第四次会议一致通过《中国作家协会关于改进和加强少年儿童文学工作的决议》，提出“设立中国作家协会儿童文学奖，以鼓励优秀创作，奖励文学新人”。为把决议精神落到实处，经中央宣传部批准，全国优秀儿童文学奖于1986年正式设立。每三年评选一次。首届全国优秀儿童文学奖（1980—1985）采取中国作家协会各省、市、自治区分会和各出版、报社、杂志社联合推荐，评选委员会以无记名投票方式，从1980—1985年发表的800余部（篇）作品中选出。首届评选按体裁分为长篇小说、中篇小说、短篇小说、中篇童话、短篇童话、诗歌、散文、寓言、报告文学、科幻小说10类，严阵的《荒漠奇踪》、柯岩的《寻找回来的世界》、曹文轩的《再见了，我的星星》、乌热尔图的《老人和鹿》、孙幼军的《小狗的小房子》、高洪波的《我想》等41篇（部）少年儿童作品获奖。

二　评委组成的专业化与年轻化改革

评委群体是新时期中国当代文学评奖活动中一道靓丽的风景。“什么机构有资格聘请评委”“评委遴选资格如何判定”“评委在评奖中应履行怎样的责任与义务”“评委应该遵守怎样的评奖纪律”等都决定了评委能否按照既定目标、在相对稳定的评奖标准之下，恪尽职守行使评委职权，通过文学评奖对作家出色的创造性劳动进行肯定与鼓励，使得文学评奖成为促进文艺繁荣和科学进步最为有效的方式之一。

表3-1　　历届全国优秀短篇小说奖评委名单

年份	人数	委员名单
1978	23	茅盾、周扬、巴金、刘白羽、孔罗荪、冯牧、刘剑青、孙犁、严文井、沙汀、李季、陈荒煤、张天翼、周立波、张光年、林默涵、草明、唐弢、袁鹰、曹靖华、谢冰心、葛洛、魏巍

备注：周立波评委以《湘江一夜》获得1978年全国优秀短篇小说奖。

续表

<table>
<tr><th>年份</th><th>人数</th><th>委员名单</th></tr>
<tr><td>1979</td><td>25</td><td>茅盾（主任）、丁玲、王蒙、巴金、孔罗荪、冯牧、刘白羽、刘剑青、孙犁、沙汀、严文井、李季、张天翼、张光年、陈荒煤、林默涵、欧阳山、草明、贺敬之、唐弢、袁鹰、曹靖华、谢冰心、葛洛、魏巍</td></tr>
<tr><td colspan="3">备注：上届评委中周扬不再担任本届评委。周立波因病逝世。新增评委4名，分别为丁玲、王蒙、欧阳山、贺敬之。评委人数较上届增加2名。设主任委员1名，由茅盾担任。王蒙评委以《悠悠寸草心》获得1979年全国优秀短篇小说奖。</td></tr>
<tr><td>1980</td><td>25</td><td>茅盾（主任）、丁玲、王蒙、巴金、孔罗荪、冯牧、刘白羽、刘剑青、孙犁、沙汀、严文井、李清泉、张天翼、张光年、陈荒煤、林默涵、欧阳山、草明、贺敬之、唐弢、袁鹰、曹靖华、谢冰心、葛洛、魏巍</td></tr>
<tr><td colspan="3">备注：上届评委中李季因病去世，本届由李清泉评委代替，其余没有变动，评委人数与上届持平。设主任委员1名，仍由茅盾担任。王蒙、谢冰心评委分别以《春之声》《空巢》获得1980年全国优秀短篇小说奖。</td></tr>
<tr><td>1981</td><td>21</td><td>巴金（主任）、张光年（副主任）、丁玲、王蒙、孔罗荪、冯牧、刘白羽、刘剑青、沙汀、严文井、李清泉、陈荒煤、林默涵、欧阳山、草明、贺敬之、唐弢、袁鹰、谢冰心、葛洛、魏巍</td></tr>
<tr><td colspan="3">备注：上届评委中茅盾因病去世，孙犁、张天翼、曹靖华评委因年龄、身体原因辞去评委之职，评委人数较上届减少4名。设主任委员1名，由巴金担任。设副主任委员1名，由张光年担任。本届评委中无人获奖。</td></tr>
<tr><td>1982</td><td>21</td><td>巴金（主任）、张光年（副主任）、丁玲、王蒙、孔罗荪、冯牧、刘白羽、刘剑青、沙汀、严文井、李清泉、陈荒煤、林默涵、欧阳山、草明、贺敬之、唐弢、袁鹰、谢冰心、葛洛、魏巍</td></tr>
<tr><td colspan="3">备注：本届评委人数与上届持平，人员没有变动。本届评委中无人获奖。</td></tr>
<tr><td>1983</td><td>17</td><td>王蒙、王愿坚、邓友梅、韦君宜、冯牧、许觉民、杨子敏、张光年、玛拉沁夫（蒙古族）、肖德生、草明、阎纲、徐怀中、谌容、崔道怡、葛洛、蒋子龙</td></tr>
<tr><td colspan="3">备注：本届评委名单较上届有大幅变动。上届21名评委中仅有王蒙、张光年、草明、冯牧、葛洛5人留任。本届17人评委名单中，王愿坚、邓友梅、韦君宜、许觉民、杨子敏、玛拉沁夫、肖德生、阎纲、徐怀中、谌容、蒋子龙、崔道怡12人首次担任全国优秀短篇小说奖评委。本届不单设主任、副主任。本届评委中无人获奖。</td></tr>
<tr><td>1984</td><td>17</td><td>王蒙（主任）、葛洛（副主任）、王愿坚、邓友梅、韦君宜、束沛德、许觉民、杨子敏、李希凡、玛拉沁夫（蒙古族）、肖德生、草明、阎纲、徐怀中、谌容、崔道怡、蒋子龙</td></tr>
<tr><td colspan="3">备注：本届评委数与上届持平。冯牧、张光年不再担任本届评委，由束沛德、李希凡接替。设主任委员1名，由王蒙担任。设副主任委员1名，由葛洛担任。本届评委中无人获奖。</td></tr>
<tr><td>1985—1986</td><td>13</td><td>冯牧（主任）、李子云（副主任）、肖德生（副主任）、王愿坚、许觉民、玛拉沁夫（蒙古族）、张炯、南丁、崔道怡、蓝翎、曾镇南、雷达、滕云</td></tr>
</table>

续表

年份	人数	委员名单
备注：本届评委较上届有较大变化，缩减至 13 人。上届评委中王愿坚、许觉民、玛拉沁夫、肖德生、崔道怡 5 人继续担任评委，其余 8 人不再担任评委。本届新增评委冯牧、李子云、张炯、南丁、蓝翎、曾镇南、雷达、滕云共 8 人。设主任委员 1 名，由冯牧担任。设副主任委员两名，由李子云、肖德生担任。本届评委中无人获奖。		
1987—1988	—	不详

表 3－2　　历届全国优秀中篇小说奖评委名单

年份	人数	委员名单
1977—1980	17	巴金（主任）、丁玲、韦君宜、王维玲、范正浩、林呐、孔罗荪、冯牧、唐因、江晓天、陈荒煤、朱寨、吴强、李士非、苏予、秦兆阳、魏巍
1981—1982	13	巴金（主任）、冯牧（副主任）、孔罗荪、王维玲、江晓天、朱寨、苏予、范政浩、陈荒煤、秦兆阳、徐怀中、屠岸、萧岱
1983—1984	16	巴金（主任）、陈荒煤（主任）、冯牧（副主任）、唐因（副主任）、王西彦、朱寨、李纳、李凖、陈丹晨、吴泰昌、严家炎、胡石言、黄秋耘、蒋和森、韶华、缪俊杰
1985—1986	15	巴金（主任）、陈荒煤（主任）、朱寨（副主任）、吴泰昌（副主任）、马烽、李凖、严家炎、张韧、陈丹晨、宗璞、徐怀中、唐因、黄秋耘、韶华、缪俊杰
1987—1988	—	不详

表 3－3　　历届茅盾文学奖评委名单

年份	人数	委员名单
1977—1981	16	巴金（主任）、丁玲、韦君宜、孔罗荪、冯至、冯牧、艾青、刘白羽、沙汀、张光年、陈企霞、陈荒煤、欧阳山、贺敬之、铁依甫江、谢永旺
备注：评委主要由中国作家协会第三届主席团全体成员加茅盾文学奖预选小组成员组成。第三届主席团原有成员 14 人，除因病逝世的茅盾、李季外 12 人当选，茅盾文学奖预选小组中的 5 位成员除冯牧为第三届主席团成员自动当选外，陈企霞、韦君宜、孔罗荪、谢永旺其余 4 人也同时入选评委名单。		
1982—1984	19	巴金（主任）、张光年（副主任）、冯牧（副主任）、丁玲、乌热尔图、刘白羽、许觉民、朱寨、陆文夫、陈荒煤、陈涌、林默涵、胡采、唐因、顾骧、黄秋耘、康濯、谢永旺、韶华
1985—1988	16	丁宁、马烽、刘白羽、冯牧、朱寨、江晓天、李希凡、玛拉沁夫、孟伟哉、陈荒煤、陈涌、胡石言、袁鹰、康濯、韩瑞亭、蔡葵

续表

年份	人数	委员名单
1989—1994	23	巴金（主任）、刘白羽（副主任）、陈昌本（副主任）、朱寨（副主任）、邓友梅（副主任）、丁宁、刘玉山、江晓天、陈涌、李希凡、陈建功、郑伯农、袁鹰、顾骧、唐达成、郭运德、谢永旺、韩瑞亭、曾镇南、雷达、雍文华、蔡葵、魏巍
1995—1998	21	巴金（主任）、张锲（副主任）、邓友梅（副主任）、张炯（副主任）、丁振海、马振方、玛拉沁夫、严家炎、李希凡、李国文、杨志今、吴秉杰、陆文虎、陈建功、郑伯农、柯岩、凌力、阎纲、曾镇南、雷达、蔡葵
1999—2002	21	张炯（主任）、陈建功（副主任）、王巨才（副主任）、叶辛、朱向前、仲呈祥、孙郁、何开四、杨志今、吴秀明、张帆、张燕玲、玛拉沁夫、李星、严家炎、洪子诚、贺绍俊、郭运德、秦晋、曾镇南、雷达
2003—2006	23	铁凝（主任）、陈建功（副主任）、李存葆（副主任）、丁临一、牛玉秋、叶梅、包明德、任芙康、次仁罗布、吴秉杰、何向阳、汪政、汪守德、张小影、陈晓明、胡平、贺绍俊、郭运德、龚正文、阎晶明、谢有顺、赖大仁、熊召政
2007—2010	62	铁凝（主任）、高洪波（副主任）、李敬泽（副主任）、王必胜、王纪仁、王春林、王炳根、王彬彬、韦健玮、东西、叶梅、包明德、朱向前、刘成、刘复生、刘晓林、次仁罗布、许辉、麦家、李国平、李掖平、杨扬、杨红昆、吴义勤、吴秉杰、何弘、何向阳、汪政、汪守德、张未民、张志忠、张清华、张燕玲、陈世旭、陈晓明、陈福民、苑坪玉、周大新、於可训、孟繁华、欧阳友权、胡平、柳建伟、哈若蕙、修忠一、施战军、敖超、高叶梅、高海涛、郭宝亮、黄济人、黄桂元、盛子潮、龚旭东、阎晶明、傅恒、彭程、彭学明、温远辉、程金城、赖大仁、雷达

从“1978年全国优秀短篇小说评选”开创新时期中国当代文学评奖制度，到20世纪80年代中后期中国当代文学评奖制度遭遇历史性“拐点”，以中国作家协会为主办机构或委托《人民文学》《文艺报》《小说选刊》等“国刊”承办的全国性文学奖在“评委组成”这一重要的制度性建构中，始终以渐变姿态和大幅革新的并行机制从一开始便打破评委终身制。评委组成的新变不仅是新时期中国当代文学评奖不断加以改革创新，向着更加科学化、制度化方向迈进的必然要求，更是全国性文学奖回归自身、真正发挥半官方专家奖效力的重要保障。评委组成的新变不仅是新时期中国当代文艺领导权力更迭、此消彼长的一个缩影，更是新时期文艺体制改革、真正实现新老交替的真实写照。

表 3-4　　1978—1984 年三大全国性小说评奖评委组成信息

全国优秀短篇小说奖			
年份	本届评委人数	留任评委人数	留任评委占比（%）
1978	23	—	—
1979	25	21	84
1980	25	24	96
1981	21	21	100
1982	21	21	100
1983	17	5	29
1984	17	15	88
全国优秀中篇小说奖			
1977—1980	17	—	—
1981—1982	13	10	77
1983—1984	16	4	25
茅盾文学奖			
1977—1981	16	—	—
1982—1984	19	7	37

1. 评委资格：编辑群体的异军突起

从 1978 年到 1982 年，前五届全国优秀短篇小说评选工作主要由《人民文学》编辑部负责，评奖委员会的评委人选则“由本刊编委会邀请作家、评论家组成”①，而最终的评委名单则需经过中国作家协会书记处批准。在这份五届 28 人 115 次的评委名单中，包括小说家、散文家、诗人等在内的著名作家群体占据了绝对优势，其中茅盾、孙犁、沙汀、张天翼等现代短篇小说巨匠的“加盟”，既以高峰般的艺术创作为全国优秀短篇小说奖参选作家树起一座标杆的同时，又以独特的艺术眼光，甘愿做一名光荣的“淘金者”，为新时期短篇小说的繁荣倾其所有、尽心竭力。而在为数不多的文学评论家群体中，既有周扬、林默涵等从延安文艺时期便

① 《本刊举办一九七八年全国优秀短篇小说评选启事》，《人民文学》1978 年第 10 期。

为“人民文艺”殚精竭虑、理论建树卓著的职业文艺理论家，又有孔罗荪、冯牧、刘剑青、陈荒煤、张光年、王蒙等具有高屋建瓴理论功力、审时度势敏锐观察、牢牢把握文艺方向的“文坛多面手”。著名评论家之间的反复讨论、相互争辩既确保了前五届全国优秀短篇小说的评选结果，最大限度地弥合了人民群众与专家在政治判断力与艺术鉴赏力之间的裂隙，又极大推动了新时期短篇小说在审美创造和艺术手法上的大胆革新。

表 3－5　1978—1982 年 1—5 届全国优秀短篇小说奖评委身份信息①

评委名	届数	身份	曾在《人民文学》任职情况
茅盾	3	文学家、编辑家、文化活动家	1949 年 10 月—1953 年 6 月主编
周扬	1	文艺理论家、文艺活动家、翻译家	
丁玲	3	作家、编辑家	1952 年 3 月—1953 年 6 月副主编
巴金	5	作家、翻译家、编辑出版家	
刘白羽	5	作家	1990 年 2 月—2005 年 8 月主编
孔罗荪	5	文学评论家、编辑家	
冯牧	5	文学评论家、编辑家、散文家	
刘剑青	5	文学评论家、编辑家	1980 年 1 月—1986 年 5 月副主编
孙犁	3	作家、编辑家	
严文井	5	作家、编辑家	1955 年 12 月—1957 年 11 月主编
沙汀	5	小说家	
李季	2	诗人	1978 年 11 月—1980 年 3 月主编
李清泉	3	编辑家	1981 年 7 月—1983 年 7 月副主编
陈荒煤	5	文学评论家、作家	
张天翼	3	作家、编辑家	1957 年 12 月—1966 年 5 月主编
周立波	1	作家、翻译家	
王蒙	4	作家、文学评论家	1983 年 8 月—1986 年 12 月主编
张光年	5	诗人、文学评论家	1977 年初—1978 年 10 月主编 1980 年 4 月—1983 年 7 月主编
林默涵	5	文艺活动家、理论家	

① 此表中评委“身份”一栏信息出自潘旭澜主编《新中国文学词典》，江苏文艺出版社 1993 年版。

续表

评委名	届数	身份	曾在《人民文学》任职情况
草明	5	小说家	
唐弢	5	鲁迅研究家、现代文学史家、杂文家	
袁鹰	5	散文家、诗人	
曹靖华	3	翻译家、散文家	
谢冰心	5	作家、诗人	
葛洛	5	编辑家、作家	1955年12月—1959年4月副主编
魏巍	5	作家、诗人	
欧阳山	4	作家	
贺敬之	4	诗人	

从“1978年全国优秀短篇小说评选”开创新时期中国当代文学评奖制度以来，作家、评论家始终是中国当代文学评奖活动评委组成中两个最为重要的群体。然而，从第一届全国优秀中篇小说奖（1977—1980）开始，“著名编辑”群体首次出现在了全国性小说评奖的评委阵容中。1980年第11期《文艺报》上对外发布的《本刊举办“文艺报中篇小说奖”启事》中明确指出：“本届评奖由本刊聘请著名作家、评论家和著名编辑组成评奖委员会主持工作”①。正是由于“编辑群体”在新时期中篇小说的崛起中所付出的艰苦努力，方才使得一直身处幕后，长期默默无闻的“文坛绿叶”——“编辑们”在中篇小说评选中脱颖而出。

在1980年12月20日张光年签署的17人“全国优秀中篇小说奖评委会名单”中，除中国社会科学院文学研究所研究员朱寨的履历中找寻不到与“编辑工作”的直接联系以外，其余16位评委的履历中均可标注出“编辑家”身份。这其中就包括人民文学出版社总编辑韦君宜、中国青年出版社副总编辑王维玲、上海文艺出版社总编辑范正

① 《本刊举办“文艺报中篇小说奖”启事》，《文艺报》1980年第11期。

浩、天津百花文艺出版社社长林呐、《收获》杂志副主编吴强、《十月》杂志副主编苏予、《文学评论》主编陈荒煤、《当代》杂志主编秦兆阳、《花城》杂志主编李士非以及《文艺报》主编孔罗荪、冯牧，副主编唐因等。即使是时任中国文联理论研究室主任的江晓天评委，也曾是先后主持或参与编辑出版过《创业史》《风雷》《红岩》《红日》《李自成》等小说作品的编辑家。当时供职于北京部队的评委魏巍，新中国成立后，也曾担任过《解放军文艺》副主编一职。而1957年创办新中国第一个大型文化杂志的老作家巴金，其编辑生涯更是要从20世纪30年代算起；曾在新中国成立之初担任过重要文艺刊物《文艺报》主编、《人民文学》副主编的老作家丁玲也是享有盛名的著名编辑家。

正是由于全国优秀中篇小说奖的成功实践，当《小说选刊》接替《人民文学》负责"1983年全国优秀短篇小说评选"时，"编辑群体"才第一次出现在了由中国作家协会统一发布的《一九八三年全国优秀短篇小说评奖启事》中。由此，"邀请作家、评论家和编辑家组成评奖委员会"① 的评委组成模式被后来的全国性文学评奖固定了下来。在"1983年全国优秀短篇小说评选"委员会的17人名单中，拥有"编辑家"头衔的评委异军突起，占据了半壁江山。张光年、王蒙、冯牧、韦君宜、杨子敏、肖德生、阎纲、崔道怡等都曾长期供职于中国作家协会系统的下设刊物《人民文学》《小说选刊》《文艺报》《诗刊》等，他们中的大多数人既是慧眼识珠、目光独具的著名编辑家又是常年身处文学评论"前沿"、精力旺盛、著述颇丰的著名文学评论家。除此之外，"作家评委"中"非小说家"的评委人数较前五届全国优秀短篇小说评选也大幅减少，王蒙、邓友梅、徐怀中、谌容、玛拉沁夫、王愿坚、蒋

① 《一九八三年全国优秀短篇小说评奖启事》，《小说选刊》1983年第12期。

子龙等全国优秀短篇小说奖、全国优秀中篇小说奖的获奖者出现在了本届评委名单之中。

表 3－6　　1983 年全国优秀短篇小说奖评委身份信息[①]

评委名	身份	新中国成立后作为编辑曾供职
王蒙	作家、文学评论家	《人民文学》
王愿坚	小说家、剧作家	《解放军文艺》
邓友梅	小说家	
韦君宜	作家、编辑出版家	《文艺学习》《人民文学》、作家出版社、人民文学出版社等
冯牧	文学评论家、编辑家、散文家	《新观察》《文艺报》等
许觉民	文学评论家、编辑家	《文学评论》
杨子敏	文学评论家、编辑家	《诗刊》《作家通讯》等
张光年	诗人、文学评论家	《剧本》《文艺报》《人民文学》等
玛拉沁夫	小说家	《民族文学》
肖德生	编辑家	《小说选刊》《人民文学》、北京出版社等
草明	小说家	
阎纲	编辑家	《文艺报》《小说选刊》等
徐怀中	小说家	《解放军报》
谌容	小说家	
崔道怡	编辑家、作家	《人民文学》
葛洛	编辑家、作家	《人民文学》《诗刊》《小说选刊》等
蒋子龙	小说家	《人民文学》《天津文学》等

2. 评委结构：从德高望重到年富力强

作为一种全新的现代性文化设计，借助新时期国家社会政治实践合法性论证的迫切需要和国家最高级别文学刊物的力导，以“1978 年全国优秀短篇小说评选”为标志、全面施行的中国当代文学评奖活动，在短时间内调动起了文艺界一切智慧与力量，全情投入到了这项具有开

① 此表中评委“身份”一栏信息出自潘旭澜主编《新中国文学词典》，江苏文艺出版社 1993 年版。

创性意义的制度实践中。

伴随着 1979 年“拨乱反正”步履的加快，一大批在“文化大革命”中被打倒的“文艺黑线人物”和 1957 年反右运动中被打垮的“右派”作家重新亮相文坛之后便出现在了前两届全国优秀短篇小说评选的评委名单中。新中国成立后曾经声名显赫的政治地位和历次社会政治运动中所遭受到的磨难成为新时期赋予他们的、无人能够匹敌的“政治资本”。茅盾、周扬、巴金、谢冰心、丁玲、张光年、贺敬之、陈荒煤、林默涵、冯牧、刘白羽等多位昔日在中央宣传部、文化部、全国文联、中国作协等机构担任重要领导职务的、德高望重的老作家、文艺理论家、文学批评家在前五届全国优秀短篇小说奖、前两届全国优秀中篇小说奖和首届茅盾文学奖中担纲评委一职。

从前五届全国优秀短篇小说奖评委名单来看，虽然出现过个别评委的微调，但评委结构相对稳定，留任评委均在 80% 以上，每届评委的平均年龄上下浮动较小，始终保持在 65. 8—67 岁之间。出现微调的原因有以下三种：

一是重返文坛后工作繁忙所致。1978 年，已是 70 岁的我党杰出的马克思主义文艺理论家，新中国成立后文艺界的主要领导人周扬以“中国社会科学院顾问”一职出任 1978 年全国优秀短篇小说奖评委。顶着“文艺黑线人物”帽子，周扬的复出之路并不平坦，1978 年 5 月 27 日至 6 月 5 日，中国文联第三届全国委员会第三次扩大会议在京举行，周扬作《在斗争中学习》长篇发言时的一段话颇能品出些许人生况味：

> 同志们希望我来。我想来想去，不少同志的发言都说了我心中要说的话，似乎没有什么可讲的了，但是又觉得我一定要来看看同志们，这不仅是由于我是“文联”的副主席之一，而更多地是由

于感情的原因。革命的感情驱使我不能不来。①

与其说担纲全国优秀短篇小说奖评委是周扬复出后的又一次"亮相"，不如说这是张光年、李季等人为1979年周扬重返舞台中心的一次提前"预热"。1978年12月25日，当胡耀邦被任命为中共中央秘书长兼新一届中宣部部长时，在春雨中苦苦等待许久的周扬终于迎来了命运的真正转折。1979年1月7至11日，中央宣传部召开各省、市、自治区党委宣传部部长会议。胡耀邦在会上为所谓的"中宣部阎王殿"正式彻底平反。1979年2月26日，文化部党组作出决定，为所谓为资产阶级服务的"旧文化部""帝王将相部""才子佳人部""外国死人部"的错案彻底平反。在决定中指出，解放后"十七年"，文化部的成绩是主要的，根本不存在所谓"文艺黑线"和以周扬、夏衍、田汉、阳翰笙为代表的"黑线代表人物"问题，宣布凡是受到这一错案牵连和遭到打击、诬陷的同志一律彻底平反。随即，1979年3月，在完成"1978年全国优秀短篇小说评选"工作后，周扬重返中宣部任副部长。之后又承担了第四次文代会总报告《继往开来，繁荣社会主义新时期的文艺——在中国文学艺术工作者第四次代表大会上的报告》的起草工作。在1979年第四次文代会上，周扬被选举为新一届中国文学艺术界联合会主席。为应对如此繁重的组织领导工作，从"1979年全国优秀短篇小说评选"开始，周扬便不再担任包括全国优秀短篇小说奖在内的全国性小说评奖评委。

二是年事已高身体疾患频仍所致。在1978年至1980年全国优秀短篇小说评选的评委名单中，张天翼、孙犁、曹靖华三位评委年事已高、身体疾患频仍。尤其是张天翼评委，在"1978年全国优秀短篇小说评

① 周扬：《在斗争中学习》，《文艺报》1978年第1期。

选”时，“老作家张天翼长期患半身瘫痪症，已失去语言能力，他在病床上认真阅读了全部初选和备选的作品。当编辑部同志登门向他征询意见时，他的眼睛闪着喜悦的光采，向着指给他看的许多作品的篇名点头赞赏，同意入选。”① 而到“1979 年全国优秀短篇小说评选”时，“老作家张天翼同志在半身瘫痪的病患中仍阅读了全部初选作品，让家属把意见记录下来，转告编辑部。”② 虽然三位评委德高望重也都尽心竭力地参与了前三届全国优秀短篇小说奖的评选工作，但仍“因身体关系难以参与评议工作”③ 婉拒了 1981 年全国优秀短篇小说奖评委的聘任。“张天翼、曹靖华通过家人告知编辑部，孙犁专门写了辞退的信。”④

孙犁辞退信如下⑤：

《人民文学》编辑部：

十二月三十一日来函敬悉。

我因年老多病，不能及时看稿，赴京开会亦有困难。至望允许我不再担任评委。

专此

敬礼　孙犁　　　　1982 年元月二日

三是生老病死自然规律所致。造成前五届全国优秀短篇小说奖评委名单微调的另一个原因则是因为生老病死自然规律所致。既是 1978 年

① 本刊记者：《报春花开时节——记一九七八年全国优秀短篇小说评选活动》，《人民文学》1979 年第 4 期。

② 本刊记者：《欣欣向荣又一春——记一九七九年全国优秀短篇小说评选活动》，《人民文学》1980 年第 4 期。

③ 本刊记者：《喜看百花争妍——记一九八一年全国优秀短篇小说评选活动》，《人民文学》1981 年第 4 期。

④ 崔道怡：《喜看百花争妍——短篇小说评奖琐忆》（三），《小说家》1999 年第 3 期。

⑤ 同上。

全国优秀短篇小说奖评委，又以《湘江一夜》在本届短篇小说评选中获奖的周立波，1979 年 9 月 25 日因病经长期医治无效逝世，终年 71 岁。1980 年 3 月 8 日，正值“1979 年全国优秀短篇小说评选”顺利结束不久，全程主持评委工作会议的全国优秀短篇小说奖创始人、《人民文学》主编李季却因心脏病突发，遽然离世，享年 58 岁。1981 年 3 月 27 日，中国现代文学巨匠、1979、1980 年两届全国优秀短篇小说奖评选委员会主任茅盾在北京医院逝世，享年 85 岁。

在新时期前五届全国优秀短篇小说奖、前两届全国优秀中篇小说奖、首届茅盾文学奖的评奖制度建构中，多位德高望重的评选委员，尤其是周扬、张光年、冯牧等文坛回春时重返文艺界领导岗位的评委，在“劫后余生”的悲喜中始终坚持文学评奖制度化、经常化方向，为以全国性小说评奖为核心的新时期中国当代文学评奖制度建设作出了不可磨灭的贡献。但是，评委老龄化现象严重和论资排辈、身居要职的评委过多、分身乏术直接影响评选工作等评委结构瓶颈日益凸显，如此一来，引发广泛质疑的评委审美判断力问题也波及了对全国性小说评奖的权威性和社会公信力的认识。在“1979 年全国优秀短篇小说评选”中，陈荒煤评委最先就评委老龄化和审美判断力单一化、封闭化、保守化发出了自己的质疑。“评委中青年少，老头子对年轻人喜欢的不太了解，因此我注意了选票。”①

表 3－7　　　　历届全国优秀短篇小说奖评委年龄一览表

1978 年全国优秀短篇小说奖评委					
姓名	生卒年	年龄（1978）	姓名	生卒年	年龄（1978）
茅盾	1896—1981	82	李季	1922—1980	56
周扬	1908—1989	70	陈荒煤	1913—1996	65

① 崔道怡：《春花秋月系相思——短篇小说评奖琐忆》（一），《小说家》1999 年第 1 期。

续表

1978 年全国优秀短篇小说奖评委					
姓名	生卒年	年龄（1978）	姓名	生卒年	年龄（1978）
巴金	1904—2005	74	张天翼	1906—1985	72
刘白羽	1916—2005	62	周立波	1908—1979	70
冯牧	1919—1995	59	张光年	1913—2002	65
孔罗荪	1912—1996	66	草明	1913—2002	65
刘剑青	1927—1991	51	林默涵	1913—2008	65
孙犁	1913—2002	65	唐弢	1913—1992	65
严文井	1915—2005	63	袁鹰	1924	54
沙汀	1904—1992	74	葛洛	1920—1994	58
曹靖华	1897—1987	81	魏巍	1920—2008	58
谢冰心	1900—1999	78			
小计	本届 23 位评委年龄数总和为 1518。其中年龄最大的茅盾 82 岁，年龄最小的刘剑青 51 岁，平均年龄 66 岁。1900 年以前出生者 2 人，1900—1909 年出生者 6 人，1910—1919 年出生者 10 人，1920—1929 年出生者 5 人				
1979 年全国优秀短篇小说奖新晋评委					
姓名	生卒年	年龄（1979）	姓名	生卒年	年龄（1979）
丁玲	1904—1986	75	欧阳山	1908—2000	71
王蒙	1934	45	贺敬之	1924	55
小计	本届 25 位评委中年龄数总和为 1645。其中年龄最大的茅盾 83 岁，年龄最小的王蒙 45 岁，平均年龄 65.8 岁。1900 年以前出生者 2 人，1900—1909 年出生者 6 人，1910—1919 年出生者 10 人，1920—1929 年出生者 6 人，1930—1939 年出生者 1 人				
1980 年全国优秀短篇小说奖新晋评委					
姓名	生卒年	年龄（1980）			
李清泉	1918—2010	62			
小计	本届 25 位评委中年龄数总和为 1674。其中年龄最大的茅盾 84 岁，年龄最小的王蒙 46 岁，平均年龄 67 岁。1900 年以前出生者 2 人，1900—1909 年出生者 6 人，1910—1919 年出生者 11 人，1920—1929 年出生者 5 人，1930—1939 年出生者 1 人				
1981 年全国优秀短篇小说奖新晋评委（无）					
小计	本届 21 位评委中年龄数总和为 1387。其中年龄最大的冰心 81 岁，年龄最小的王蒙 47 岁，平均年龄 66 岁。1900—1909 年出生者 5 人，1910—1919 年出生者 10 人，1920—1929 年出生者 5 人，1930—1939 年出生者 1 人				
1982 年全国优秀短篇小说奖新晋评委（无）					

续表

1982 年全国优秀短篇小说奖评委					
姓名	生卒年	年龄（1978）	姓名	生卒年	年龄（1978）
小计	本届 21 位评委中年龄数总和为 1408。其中年龄最大的冰心 82 岁，年龄最小的王蒙 48 岁，平均年龄 67 岁。1900—1909 年出生者 5 人，1910—1919 年出生者 10 人，1920—1929 年出生者 5 人，1930—1939 年出生者 1 人				
1983 年全国优秀短篇小说奖新晋评委					
姓名	生卒年	年龄（1983）	姓名	生卒年	年龄（1983）
王愿坚	1929—1991	54	邓友梅	1931	52
韦君宜	1917—2002	66	许觉民	1921—2006	62
杨子敏	1929—2008	54	玛拉沁夫	1930	53
肖德生	1926—2006	57	阎纲	1932	51
徐怀中	1929	54	谌容	1936	47
蒋子龙	1941	42	崔道怡	1934	49
小计	本届 17 位评委中年龄数总和为 957。其中年龄最大的张光年、草明 70 岁，年龄最小的蒋子龙 42 岁，平均年龄 56.3 岁。1910—1919 年出生者 4 人，1920—1929 年出生者 6 人，1930—1939 年出生者 6 人，1940—1949 年出生者 1 人				
1984 年全国优秀短篇小说奖新晋评委					
姓名	生卒年	年龄（1984）	姓名	生卒年	年龄（1984）
束沛德	1931	53	李希凡	1927	57
小计	本届 17 位评委中年龄数总和为 948。其中年龄最大的草明 71 岁，年龄最小的蒋子龙 43 岁，平均年龄 55.8 岁。1910—1919 年出生者 2 人，1920—1929 年出生者 7 人，1930—1939 年出生者 7 人，1940—1949 年出生者 1 人				
1985—1986 年全国优秀短篇小说奖新晋评委					
姓名	生卒年	年龄（1986）	姓名	生卒年	年龄（1986）
李子云	1930—2009	56	张炯	1933	53
南丁	1931	55	蓝翎	1931—2005	55
曾镇南	1946	40	滕云	1939	47
雷达	1943	43			
小计	本届 13 位评委中年龄数总和为 706。其中年龄最大的冯牧 67 岁，年龄最小的曾镇南 40 岁，平均年龄 54.3 岁。1910—1919 年出生者 1 人，1920—1929 年出生者 3 人，1930—1939 年出生者 7 人，1940—1949 年出生者 2 人				

纵观前五届全国优秀短篇小说评选，评委会重要会议时因病、因事缺席是常有的事。写信转达意见、电话说明情况、他人代为投票等也屡

见不鲜。尤其是 1981 年 1 月 20 日，“上午 9 时去新侨饭店六楼参加 1980 年短篇小说评奖委员会，不少评委因事因病缺席，二十五人中只到十人，临时改为评委座谈会。”① 如此愈演愈烈、遭遇瓶颈的评委结构问题，终于在文艺领导体制改革、文学评奖工作改进的强烈呼声中，于 1983 年至 1984 年之际真正实现了中国当代文学评奖制度中“评委组成”的第一次大胆革新。

表 3－8　历届全国优秀短篇小说奖评委出生年区间

	1900 年前	1900—1909	1910—1919	1920—1929	1930—1939	1940—1949
1978	2	6	10	5	—	—
1979	2	6	10	6	1	—
1980	2	6	11	5	1	—
1981	—	5	10	5	1	—
1982	—	5	10	5	1	—
1983	—	—	4	6	6	1
1984	—	—	2	7	7	1
1985—1986	—	—	1	3	7	2

从 1983 年起，全国优秀短篇小说奖改由中国作家协会委托《小说选刊》编辑部主要负责，这也成为 20 世纪 80 年代全国性小说评奖评委组成人员大幅革新、评委结构全面改革的重要契机。本届全国优秀短篇小说奖评选委员会由 17 位评委组成，其中仅有王蒙、张光年、草明、冯牧、葛洛五人留任。王愿坚、邓友梅、韦君宜、许觉民、杨子敏、玛拉沁夫、肖德生、阎纲、徐怀中、谌容、蒋子龙、崔道怡 12 人首次担任全国优秀短篇小说奖评委。评委平均年龄从 1982 年的 67 岁降至 56.3 岁。本次评选首次实行集中住宿新模式，可以说：“新的评奖委员会名单公布后，反映很好，普遍认为这是一个比较年轻化的、有代表性的评

① 张光年：《文坛回春纪事》（上），海天出版社 1998 年版，第 217 页。

奖工作班子。”①

1983 年全国优秀短篇小说奖评委组成机制的全面革新也为随后举行的第三届全国优秀中篇小说奖（1983—1984）、第二届茅盾文学奖（1982—1984）提供了可资借鉴的成功经验。1983—1984 年全国优秀中篇小说奖 16 人评委名单中仅有巴金、陈荒煤、冯牧、朱寨 4 位上届评委得以留任。第二届茅盾文学奖的评委名单中仅有 7 人与上届重合。至此，以全国性小说评奖为核心的中国当代文学评奖制度终于实现了评委结构从德高望重向年富力强的历史性转变，在“去领导化”的进程中，使中国作家协会主办下的全国性文学奖真正实现了从“官方奖”到“半官方专家奖”的重要过渡。可以说，评委队伍的年轻化和专业化革新正是为了维护全国性文学奖的权威性，对新时期中国当代文学评奖制度所作出的符合时代要求和文学自身发展需要的一种必要尝试。

三　评选机制的革新与奖评机制的形成

1. 作协框架内的变革

在 1979 年 10 月 30 日至 11 月 16 日召开的第四次文代会上，周扬所作的题为《继往开来，繁荣社会主义新时期的文艺——在中国文学艺术工作者第四次代表大会上的报告》中就“文联和各协会的职责”明确指出：“要协同文化行政部门，建立奖励制度，举办各种评奖活动，尤其要注意对青年和业余作者的奖励。”②

而在新时期中国当代文学评奖制度确立之初，始终坚持将“在中

① 本刊记者：《“做光荣的淘金者！”——记一九八三年全国优秀短篇小说评奖活动》，《小说选刊》1984 年第 3 期。

② 周扬：《继往开来，繁荣社会主义新时期的文艺——在中国文学艺术工作者第四次代表大会上的报告》，《文艺报》1979 年第 11—12 期合刊。

国作家协会主导的框架下开展全国性文学评奖”作为评选机制的核心。为了维护文学评奖的权威性和公信力，从第二届全国优秀短篇小说评选开始，评奖便由《人民文学》杂志社主办改为中国作家协会主办，具体评选工作仍由《人民文学》杂志社承担的全新模式。1981 年，当全国优秀中篇小说奖、全国优秀报告文学奖、全国中青年优秀诗歌奖同时启动时，中国作家协会党组有感于各个杂志社各自为政、各搞一套的模式不利于文学事业的长远发展，不利于中国当代文学评奖制度的确立。因此，为了保持评奖活动的规范，统一改由中国作家协会主持，短篇小说奖委托《人民文学》杂志社主办，中篇小说奖委托《文艺报》社主办，新诗奖委托《诗刊》杂志社主办，报告文学奖委托《人民文学》杂志社和《文艺报》社联合主办的新模式。

作为“中国各民族作家自愿结合的群众性的专业团体”[①]，中国作家协会在整个文学生产、价值评判系统中是一个极为特殊的、具有上通下达功能的“中介机构”。它既是一个受中央宣传部直接领导、代表政府对文学事业进行协调管理、拥有部级身份的重要文化机构，又是一个在文学界享有最高地位的一级全国性人民团体，一位作家能够有幸成为它的会员，如此“象征资本”背后是莫大的荣誉与鼓励。因此，20 世纪 80 年代最为重要的“作协奖”始终凭借中国作家协会内部得天独厚的优势资源和在领导、作家、群众之间无人能够匹敌的崇高威望，进一步提升了自身的权威性。

1980 年，中国作家协会在原有《人民文学》《文艺报》《诗刊》三大国家最高级别文学刊物的基础上，“为评奖活动之能经常化，有必要及时推荐全国各地报刊发表的可作年终评奖候选的短篇佳作。为此，

① 《中国作家协会章程》（1979 年 11 月 10 日中国作家协会第三次会员代表大会原则通过，同年 12 月 14 日作家协会主席团第二次会议修正定稿），选自中国文学艺术界联合会编《中国文学艺术工作者第四次代表大会文集》，四川人民出版社 1980 年版，第 385 页。

《人民文学》编委会决定编辑部增办《小说选刊》月刊。"[①] 1983 年冬，"为了适应当前小说创作的发展形势，更好地配合小说评奖的工作和进一步推动小说创作走向繁荣，应广大读者的要求，中国作家协会决定《小说选刊》与《人民文学》分开，单独成立编辑委员会和编辑部。"[②] 1983 年第 10 期《小说选刊》在"封二"首次刊登了《小说选刊》新一届编委会名单，主编由葛洛担任，肖德生、阎纲任编委。正是这次"分家"，让小说"选家"出身的《小说选刊》成为中国作家协会六大刊物中"年纪最轻，编辑部最小"但是"刊物订户多，读者广，老少咸宜"[③] 的"选萃园地"，也让《小说选刊》在 1983 年年底接替《人民文学》在第六至九届全国优秀短篇小说评选中成为"主角"。

虽然从"1983 年全国优秀短篇小说评选"起，因承办机构发生的重大调整使得初步确立的中国当代文学评奖制度发生了评选机制的变化，但《小说选刊》隶属于中国作家协会的事实仍然没有改变全国性小说评奖在中国作家协会框架内进行的核心机制。

2. 评选运作机制的新变

中国当代文学评奖制度确立之初，"作协奖"主导下的全国性文学奖便基本形成了参评作品征集——备选作品推荐——获奖作品产生——评奖结果揭晓的"四步走"评选程序。历届全国优秀中篇小说奖和茅盾文学奖基本沿着这"四步走"的模式进行。而唯一发生变化的，则是在《小说选刊》开始承办 1983 年全国优秀短篇小说奖之时。

发生新变的环节主要出现在"备选作品推荐"阶段。在 1983 年第 12 期《小说选刊》上刊登了中国作家协会于 1983 年 10 月定稿的《一九八三年全国优秀短篇小说评奖启事》，在《启事》中首次提出"由

① 茅盾：《发刊词》（重新发表），《小说选刊》1981 年第 5 期。首次登载于 1980 年第 1 期上。
② 《〈小说选刊〉改版答问》，《小说选刊》1983 年第 9 期。
③ 同上。

《小说选刊》编辑部抽出人力，并邀请评论工作者，共同组成初选小组，阅读各方面推荐的作品，提出初选篇目”[①] 的新“备选作品推荐”方式，而这一方式在 1984、1985—1986 年全国优秀短篇小说评选时同样适用。

其实，在“备选作品推荐”阶段组织相关力量成立初选小组并非是《小说选刊》编辑部的“首创”。在全国优秀中篇小说奖、茅盾文学奖的评选过程中，不论是“读书班”还是“预选小组”，其作用与效力发挥都大同小异。而在《人民文学》承办的前五届全国优秀短篇小说评选中，“备选作品推荐”的工作实际上是由《人民文学》编辑部抽调一定的人力完成的，其效力甚至还要优于中篇小说奖、茅盾文学奖评选时成立的“读书班”。“1978 年全国优秀短篇小说评选”委员会会议之后，《人民文学》编辑部尚且有“根据昨天评选会议上同志们的意见，我们对‘优秀短篇小说初选篇目’又作了修订”[②] 的权力。而中国作家协会在拟定《一九八三年全国优秀短篇小说奖启事》时首次明确全国优秀短篇小说奖在“备选作品推荐”阶段成立“初选小组”的初衷，更多地还是要在发挥作协统筹协调、合理安排的作用下为推动中国当代文学评奖制度的科学化、规范化作出的重要决定。

作为一次全新尝试，“1983 年全国优秀短篇小说评选”初选小组的成立与评委队伍年轻化、专业化实践并行，无疑令全国性小说评奖通过制度革新又一次取得了令人瞩目的成功。经中国作家协会党组、常务书记办公会议同意，本次评选的初选工作组由《小说选刊》和《飞天》《新疆文学》《新港》《山西文学》《萌芽》《鸭绿江》《长江文艺》《青春》《山花》《芙蓉》《星火》《延河》《海燕》《芳草》以及《文艺报》

---

① 《一九八三年全国优秀短篇小说评奖启事》，《小说选刊》1983 年第 12 期。

② 刘锡诚：《在文坛边缘上——编辑手记》，河南大学出版社 2004 年版，第 190 页。

等15家文学期刊编辑人员分南北两片对各方面推荐来的优秀短篇小说作品进行了认真审读、反复讨论、精心筛选，最终“共筛选出近四十篇预选作品，交付评奖委员会最后评议”[①]。正是众多地方刊物对本次评奖的大力支持和全情参与，才使得本届评选的获奖作品中涌现出了如楚良的《抢劫即将发生……》、邓刚的《阵痛》等一批发表在地方刊物，却始终怀揣“真正艺术家的勇气”[②]，富有强烈的革命使命感和社会责任感，敢于揭露变革时代社会矛盾，将笔触伸向人性最隐秘处的现实主义力作。

而在“1984年全国优秀短篇小说评选”的初选时，《小说选刊》编辑部再度邀请《边疆文艺》《长江文艺》《花溪》《广州文艺》《文学》《西湖》《文学月报》《福建文学》《现代作家》《广西文学》《长安》《青海湖》《北方文学》《草原》《奔流》《作家》《小说家》《天津日报文艺副刊》《山东文学》《春风》《作品》《长江》双月刊、《朔方》23家各地方文学期刊的编辑同志组成初选小组，延续南北两个小组的分片阅读模式，为评选委员会提供了40篇初选篇目。

除过首次成立“初选小组”参与“备选作品推荐”工作之外，1983年全国优秀短篇小说评奖还首次随《一九八三年全国优秀短篇小说评奖启事》一起公布了《一九八三年全国优秀短篇小说评奖委员会名单》，并在当选作品产生过程中首次使用了无记名差额投票方式。正如王蒙在1985年4月2日南京举行的全国优秀中篇小说、短篇小说、报告文学获奖作品发奖大会上所作的讲话《评奖与奖评》中所说的那样，以上两种评选机制上的变化，“使得评奖结果更富有权

① 本刊记者：《“做光荣的淘金者！”——记一九八三年全国优秀短篇小说评选活动》，《小说选刊》1984年第3期。

② 周扬：《在一九八三年全国优秀短篇小说评奖授奖大会上的讲话》，《小说选刊》1984年第5期。

威性，更少偏差，这也在很大程度上抵制了评奖活动中某些冒头的不正之风”①。

3. 奖评机制的形成

“1978年全国优秀短篇小说评选”开启了新时期中国当代文学评奖制度建构的“先河”。文学奖励机制的开创不仅在短时间内调动起了促进新时期文学走向繁荣的一切积极因素，更在一定程度上扭转了“十七年”与“文化大革命”时期党对文艺简单粗暴、强加干涉、武断专断的领导方式。文学评奖不仅是对作家创造性劳动的一种鼓励与认可，更是新时期文学价值评判、实现作品经典化最权威的手段。

然而，作为“半官方专家奖”的全国性小说评奖，由于自身特性的“暧昧”与“叠合”，身处主流意识形态、文学精英以及读者大众三种审美趣味中，裂隙与矛盾难以调和。再加之文学评奖自身制度建构上始终难以避免的缺陷和由此引发的评选结果中常常出现的“遗珠之憾”，使得新时期文学评奖从一开始便难免受到来自社会各方面的质疑。

“1980年全国优秀短篇小说评选”时，《光明日报》上一篇署名“下愚”的文章，便毫不留情地指责文学评奖有“走后门”“认名家”的“嫌疑”，提出评选应该完全按照群众投票数的多少来决定。而在评委会成员激烈的论辩中，王蒙、严文井等评委又从“评奖信息是否可以公开”“干扰投票的‘非正常因素’”等话题的讨论中揭示了文学评奖制度中不容忽视的问题。王蒙说：“有些群众投票较多的，为什么没当选，不公开讲出来就是失职，应该在记者招待会上说明。甚至我想公开票数，越保密越会出离奇的谣言。”② 严文井指出：“评委会应实行民

① 王蒙：《评奖与奖评——在中国作协三项评奖发奖大会上的讲话》，选自中国作家协会编《1984全国优秀短篇小说评选获奖作品集》，作家出版社1985年版，第2页。

② 崔道怡：《第三个丰收年——短篇小说评奖琐忆》（二），《小说家》1999年第2期。

主，我一定郑重考虑大家的意见，但我建议秘密投票，希望不要有‘大国否决权’。”[①] 除此之外，巴金曾多次在全国优秀中篇小说评选中提出“宁缺毋滥”“不照顾”“不凑活”的原则，以维护全国性小说评奖的权威性。1985 年 4 月 20 日，巴金在《文艺报》“以报代刊”的报纸试刊号上发表《少发空言　多做实事》一文，文中指出：“评奖是个好办法，对鼓励创作，促进繁荣有好处。但要把评奖的威信树立起来。评奖就是奖励好作品，多就多奖，少就少奖，实事求是，注重质量。不一定要平衡，更不要照顾，要严、要精。”[②]

为了有效地缓解文学评奖引发的社会争议，通过评奖提升全体国民的文学鉴赏力，根据周扬同志多次讲话精神，评奖之后，广泛开展奖评的机制逐步形成。在“1979 年全国优秀短篇小说评选”发奖授奖大会上，周扬指出：“经过评选获奖的作品是好的和比较好的，但也不可能十全十美，获奖的作品还可以请大家再加评论，这样做对作者、对整个文学创作都会有好处。”[③] “1980 年全国优秀短篇小说评选”发奖大会上，周扬再次强调：“一个作品得了奖，要有评论，如果舆论界毫无反应，那未免使作者感到太寂寞，也显得我们评论太不活跃了。如果你评奖选出的是不好的作品，那就更应该评论，应该坦率地批评。”[④] 因此，从“1981 年全国优秀短篇小说评选”开始，《小说选刊》每年都要在全国优秀短篇小说评选结果揭晓后，专门辟出若干版面，摘编“读者来信”，发表文学评论家“漫评”[⑤]，就全国性小说评奖的得与失进行总结

① 崔道怡：《第三个丰收年——短篇小说评奖琐忆》（二），《小说家》1999 年第 2 期。

② 巴金：《少说空言　多做实事》，《文艺报》1985 年 4 月 20 日（报纸试刊号）。

③ 本刊记者：《欣欣向荣又一春——记一九七九年全国优秀短篇小说评选活动》，《人民文学》1980 年第 4 期。

④ 周扬：《文学要给人民以力量——在一九八〇年全国优秀短篇小说评选发奖大会上的讲话》，《人民文学》1981 年第 4 期。

⑤ 注：《小说选刊》1982 年第 5 期《一九八一年获奖短篇小说漫评》中发表有阎纲、缪俊杰、唐挚、谢明清、刘锡诚、张韧、陈骏涛、丹晨、雷达、舒霈、杨世伟、行人的评述。（转下页）

述评。奖评机制的形成对20世纪80年代全国性小说评奖缺乏“专业性评语”或“授奖词”等制度建构问题给予了必要和及时的补充。

附1　　历届全国优秀短篇小说奖评选启事

年份	评选机构	评选范围	评选标准	评选方法
1978	《人民文学》	1976年10月—1978年12月	凡从生活出发、符合六条政治标准、艺术上具有独创性的作品，不拘题材、风格，皆可推荐。提倡那些能够鼓舞群众为新时期总任务而奋斗的优秀作品	采取专家与群众相结合的方法。热烈欢迎各条战线上的广大读者积极参加推荐优秀作品；恳切希望各地文艺刊物、出版社、报纸文艺副刊协助介绍、推荐；最后，由本刊编委会邀请作家、评论家组成评选委员会，在群众性推荐与评选的基础上，进行评选工作。评选结果，将于一九七九年上半年在《人民文学》上公布
1979	作协委托《人民文学》	1979年1月—1979年12月	凡从生活出发，具有较高的思想和艺术水平，在群众中反应较好、影响较大的作品，不拘题材、风格，皆可推荐和入选	仍然采取群众推荐与专家评议相结合的方法。热烈欢迎广大读者积极参加推荐和评议；恳切希望各地文化单位、文艺刊物、出版社、报纸文艺副刊大力支持和协助。本刊将邀请作家、评论家组成评选委员会，在群众推荐和评议的基础上进行评选。评选结果于一九八〇年春公布
备注：评选机构从《人民文学》编辑部实现了中国作家协会委托《人民文学》编辑部主办的新模式。评选标准中删除了“符合六条政治标准”，增加了“在群众中反应较好、影响较大的作品”。“推荐表”代替了“意见表”，无须再填写评选意见。				
1980	作协委托《人民文学》	1980年1月—1980年12月	凡从生活出发，具有较高的思想和艺术水平，在群众中反应较好、影响较大的作品，不拘题材、风格，皆可推荐和入选	仍然采取群众推荐与专家评议相结合的方法。热烈欢迎广大读者积极参加推荐和评议；恳切希望各地文化单位、文艺刊物、出版社、报纸文艺副刊大力支持和协助。本刊将邀请作家、评论家组成评选委员会，在群众推荐和评议的基础上进行评选。评选结果于一九八一年春公布

（接上页）《小说选刊》1983年第4、5期《一九八二年获奖短篇小说漫评》中发表有阎纲、刘锡诚、吴泰昌、曾镇南、李清泉、黄浪华、雷达、张韧、杨世伟、光群、于晴、丹晨、陈骏涛、缪俊杰、胡德培、吴桂凤、谢明清、舒霈、行人的评述。《小说选刊》1984年第4、5期《一九八三年获奖短篇小说漫评》中发表有杨子敏、舒霈、刘锡诚、嶹峥、蒋荫安、王朝垠、韩瑞亭、吴宗蕙、行人、曾镇南、吴桂凤、张韧、谢明清、崔道怡、陈骏涛、郑兴万的述评。

续表

<table>
<tr><th>年份</th><th>评选机构</th><th>评选范围</th><th>评选标准</th><th>评选方法</th></tr>
<tr><td>1981</td><td>作协委托《人民文学》</td><td>1981 年 1 月—1981 年 12 月</td><td>凡具有较高的思想和艺术水平，在群众中反应较好、影响较大的作品，不拘题材、风格，皆可推荐和入选。真实地描写各条战线、各种各样的社会主义新人的作品，尤所欢迎</td><td>仍然采取群众推荐与专家评议相结合的方法。热烈欢迎广大读者积极参加推荐；恳切希望各地文化单位、文艺刊物、出版社、报纸文艺副刊大力支持本刊将邀请作家、评论家组成评选委员会，在群众推荐的基础上进行评议。评选结果于一九八二年春公布</td></tr>
<tr><td colspan="5">备注：评选标准中新增“真实地描写各条战线、各种各样的社会主义新人的作品，尤所欢迎”一句。</td></tr>
<tr><td>1982</td><td>作协委托《人民文学》</td><td>1982 年 1 月—1982 年 12 月</td><td>凡具有较高的思想和艺术水平，在群众中反应较好、影响较大的作品，不拘题材、风格，皆可推荐和入选。真实地描写各条战线、各种各样的社会主义新人的作品，尤所欢迎</td><td>仍然采取群众推荐与专家评议相结合的方法。热烈欢迎广大读者积极参加推荐；恳切希望各地文化单位、文艺刊物、出版社、报纸文艺副刊大力支持。本刊将邀请作家、评论家组成评选委员会，在群众推荐的基础上进行评议。评选结果于一九八三年春公布</td></tr>
<tr><td>1983</td><td>作协委托《小说选刊》</td><td>1983 年 1 月—1983 年 12 月</td><td>凡具有较高的思想和艺术水平，在群众中反应较好、影响较大的作品，不拘题材、风格，皆可推荐和入选。真实地描写各条战线上社会主义新人的佳作，尤所欢迎</td><td>仍然采取群众推荐与专家评议相结合的方法。评奖的具体工作由《小说选刊》编辑部承担。热烈欢迎广大读者来信推荐优秀作品。恳切希望各地文艺部门、文艺刊物、出版社、报纸文艺副刊大力支持，积极推荐优秀作品。由《小说选刊》编辑部抽出人力，并邀请评论工作者，共同组成初选小组，阅读各方面推荐的作品，提出初选篇目。邀请作家、评论家和编辑家组成评奖委员会，对初选作品进行评议，商定候选篇目，最后通过无记名投票确定当选作品。评奖结果于一九八四年春公布</td></tr>
<tr><td colspan="5">备注：评选机构改由中国作家协会委托《小说选刊》编辑部进行。缘由为《小说选刊》与《人民文学》正式分家，《小说选刊》单独成立编辑部和编辑委员会，并从 1984 年起改版革新，扩大发行。独立后的《小说选刊》由葛洛任主编，肖德生、阎纲为编委。《小说选刊》编辑部地址为北京沙滩北街二号《小说选刊》编辑部。本年度全国优秀短篇小说评选方法中，不再印发读者《推荐表》，改由读者来信推荐，因此不再统计读者推荐票数。首次增设“由《小说选刊》编辑部抽出人力，并邀请评论工作者，共同组成初选小组，阅读各方面推荐的作品，提出初选篇目。”评选委员会组成人员首次增加“编辑家”群体。新增选择“无记名投票”方式确定当选作品。</td></tr>
</table>

续表

<table>
<tr><th>年份</th><th>评选机构</th><th>评选范围</th><th>评选标准</th><th>评选方法</th></tr>
<tr><td>1984</td><td>作协委托《小说选刊》</td><td>1984年1月—1984年12月</td><td>凡具有较高的思想和艺术水平，在群众中反应较好、影响较大的作品，不拘题材、风格，皆可推荐和当选。真实地再现四化建设生活、塑造勇于创新、积极改革的社会主义新人的佳作，尤所欢迎</td><td>仍然采取群众推荐与专家评议相结合的方法。评奖的具体工作由《小说选刊》编辑部承担。热烈欢迎广大读者来信推荐优秀作品。恳切希望各地文艺部门、文艺刊物、出版社、报纸文艺副刊大力支持，积极推荐优秀作品。由《小说选刊》编辑部抽出人力，并邀请文学评论工作者和文学编辑，共同组成初选小组，阅读各方面推荐的作品，提出初选篇目。邀请作家、评论家和编辑家组成评奖委员会，对初选作品进行评议，商定候选篇目，最后通过无记名投票选定授奖作品。评奖结果于一九八五年春公布</td></tr>
<tr><td colspan="5">备注：本年度评选标准中“真实地再现四化建设生活、塑造勇于创新、积极改革的社会主义新人的佳作，尤所欢迎”一句较上年有所变动。读者来信地址有所变动，更新为“北京地安门东大街127号《小说选刊》编辑部”。</td></tr>
<tr><td>1985—1986</td><td>作协委托《小说选刊》</td><td>1985年1月—1986年12月</td><td>凡具有较高的思想和艺术水平，在读者中反应较好、影响较大者，不拘题材、风格，皆可作为评奖对象</td><td>仍然采取读者推荐与专家评议相结合的方法，具体组织工作由《小说选刊》编辑部承担。欢迎广大读者来信推荐优秀作品。恳切希望各地文艺部门、文学期刊、报纸文艺副刊大力支持，推荐优秀作品。邀请部分省市文学期刊编辑组成初选小组，阅读各方面推荐的作品，提出初选篇目。由作家、评论家和编辑家组成评奖委员会，对初选作品进行评议，商定候选篇目，最后通过无记名投票选出获奖作品。评奖结果于一九八七年秋公布</td></tr>
<tr><td colspan="5">备注：此次全国优秀短篇小说评选为评选年度从一年一次更改为两年一次后的首次评选。评选标准较上一届有所简化。《小说选刊》编辑部的地址再次更新为“北京后海大翔凤胡同3号《小说选刊》编辑部”，评奖结果首次从来年春天变更为秋季公布。1987年第12期《小说选刊》再度对外发布同一评奖启事时，读者来信推荐优秀作品的截止日期从一九八七年二月底改为一九八七年年底，评选结果公布时间也由一九八七年秋改为一九八八年春。</td></tr>
</table>

续表

年份	评选机构	评选范围	评选标准	评选方法
1987—1988	作协、人民日报文艺部、《小说选刊》、部分著名企业	1987年1月—1988年12月	凡1987—1988年在全国报刊上发表的中短篇小说均在评选之列	从今日起，报刊编辑部可以直接向评选单位推荐。每篇作品请寄十份；欢迎广大读者推荐，也欢迎作者自荐。此次评奖中篇拟评八篇，短篇拟评十五篇。成立评选办公室，负责初评咨询工作，办公室设在《小说选刊》杂志社。组成评选委员会，评委会由专家组成。评委名单与评选结果同时公布
备注：此次全国优秀短篇小说评选变动较大，首次与中篇小说一起发布启事，同时评选。评选机构变动较大，由人民日报文艺部和《小说选刊》杂志社联合部分著名企业承担。评选标准更为简化，没有对参评作品作出特别限定。评选方法在措辞上变动较大。				

附2　历届全国优秀中篇小说奖评奖办法

第一届（1977—1980）	第二届（1981—1982）	第三届（1983—1984）
一、本届评奖由本刊聘请著名作家、评论家和著名编辑组成评奖委员会主持工作。评奖名额定为十五部（一等奖三部，二等奖六部，三等奖六部）。 二、由国内文学团体（各地作协分会）、文学杂志社、出版社根据作品的社会实践推荐，评奖委员会参考各推荐单位意见，经过讨论，决定得奖名单及等级，在北京举行授奖仪式，并在报刊上宣传。 三、一个推荐单位提出的候选作品不得超过十部，每部作品请附有千字以内的评语，并请提供样本。 四、本届评奖范围限于一九七六年十月至一九八〇年底发表或出版的中篇小说（限三万字至十二万字）。 五、推荐截止日期为一九八一年一月底，揭晓日期为一九八一年三月。 六、得奖作品发给奖金和奖状，并编辑成册，由上海文艺出版社出版，向国内外发行。	一、本届评奖由本刊聘请评论家、作家和著名编辑组成评奖委员会主持工作。评奖名额定十五部（一等奖五部，二等奖十部）。 二、由国内文学团体（各地作协分会）、文学杂志社、出版社推荐，评奖委员会参考各推荐单位意见，经过讨论，决定得奖名单及等级，在北京举行授奖仪式，并在报刊上宣传。 三、一个推荐单位提出的候选作品不得超过十部，并请提供样本。 四、本届评奖范围限于一九八一年一月至一九八二年十二月底发表或出版的中篇小说（限三万字至十二万字）。 五、推荐截止日期为一九八二年十二月底，揭晓日期为一九八三年第一季度内。 六、得奖作品发给奖金和奖状，并编辑成册，交由出版社出版，向国内外发行。	一、1983、1984年两年内在全国各地发表或出版的中篇小说（每篇限三万至十二万字）佳作，均为评奖对象。 二、凡具有较高的思想和艺术水平，在群众中有较大影响的作品，不拘题材、风格，皆可推荐和入选。 三、本会邀请作家、评论家和编辑家组成评奖委员会，评奖名额将由评委会确定。评奖的具体工作由《文艺报》编辑部承担。 四、由各地作协分会、文学杂志编辑部、出版社推荐评奖的候选作品，并写出推荐理由。每个推荐单位提出的候选作品不得超过五部。请将推荐意见及每篇被推荐小说的样书五套，一同寄交北京市沙滩北街2号《文艺报》编辑部。推荐截止日期为1984年12月底。 五、评奖委员会将参考各推荐单位的意见，经过充分讨论，确定获奖名单。 六、评奖结果于1985年第一季度公布，并在北京举行授奖大会，向获奖作者颁发奖状和奖金，获奖作品将结集成书。

续表

<table>
<tr><th>第一届（1977—1980）</th><th>第二届（1981—1982）</th><th>第三届（1983—1984）</th></tr>
<tr><td colspan="3">备注（一）：第二届全国优秀中篇小说奖由中国作家协会委托，《文艺报》承办，《启事》发布方为《文艺报》。评奖办法变动如下：
1. 评委会人员来源在没有变动的基础上调整了措辞顺序。根据首届评奖经验，对评奖名额的分配进行了调整，仅设一、二等奖两个等级，一等奖五部，二等奖十部。
2. 在作品推荐环节，删去“根据作品的社会实践”“每部作品请附有千字以内的评语”等字样。
3. 评奖范围、推荐截止日期根据本届评奖进行了必要的调整。“揭晓日期”为了某种权宜，较上届明确“三月”揭晓更改为“第一季度内”，以避免因“延迟颁发”引发社会上的不必要猜忌。
4. 在“结集出版”一事上，并未如上届一样，提前公布出版社名。</td></tr>
<tr><td colspan="3">备注（二）：第三届全国优秀中篇小说奖评奖《启事》直接由中国作家协会发布。评奖具体工作仍受中国作家协会委托，由《文艺报》编辑部承担。评奖办法变动如下：
1. 评奖范围、推荐截止日期、揭晓日期根据本届评奖进行了必要的调整。“评奖范围”中增加了“凡具有较高的思想和艺术水平，在群众中有较大影响的作品，不拘题材、风格，皆可推荐和入选”的字样，在与全国优秀短篇小说评选保持措辞基本一致的同时，凸显了中国作家协会对全国性文学评奖实施与管理的规范化、统一化。
2. 在作品推荐环节，重新增加了“写出推荐理由”字样。每个单位推荐的候选作品数由前两届“不得超过十部”减少为“不得超过五部”。</td></tr>
</table>

第二节　中国当代文学评奖制度的“拐点”

从制度确立到革新，在多届全国优秀短篇小说奖、全国优秀中篇小说奖、茅盾文学奖等全国性小说评奖的成功运作下，全面施行的中国当代文学评奖制度对新时期文学摆脱教条束缚、冲破写作禁锢，朝着题材多样化、主题多样化、人物多样化、风格多样化的方向发展起到了重要的推动作用。通过文学评奖，一批又一批新人佳作被广大读者所熟知，一大批获奖的中青年作家以此为契机，在新时期文学的舞台上逐渐成长为知名作家。一部分获奖作品通过艺术改编，在电影、电视剧等新兴媒介的助力下，取得了广泛的社会影响和良好的社会效果。一大批能够代表新时期文学主潮的“伤痕文学”“反思文学”“改革文学”获奖作品步入了新时期文学经典的行列。

然而，在20世纪80年代中后期，由于社会改革的新形势、思想意识形态领域斗争的新方向、文艺领导核心的新变化、新闻出版事业的新规定以及文学自身发展的新规律导致以“作协奖”为核心的全国性文学评奖频频出现僭越制度的“特殊情况”。1989 年以后，“作协”框架下开展的全国性文学奖更是遭遇了前所未有的重创，曾经辉煌一时的“作协五大奖”风光不再，全国优秀短篇小说奖、全国优秀中篇小说奖、全国优秀新诗（诗集）奖、全国优秀散文（集）杂文（集）奖相继遭遇“不言自明”的停办，直至 1997 年鲁迅文学奖启动，部分功能才得以恢复。即使是茅盾文学奖等仍在继续艰难前行的全国性文学奖评选，也因那场“是一定要来的，是不以人们的意志为转移的”[①]“政治风波”的波及，出现了程度不一的“难产”现象。

但是，遭遇制度“拐点”的中国当代文学评奖恰巧在意识形态领域尖锐、复杂的斗争中，在历史风暴即将来袭的间隙，以难得一见的开放姿态和包容之心，迎来了一次具有美学新质的审美范式的转变。谌容的《减去十岁》、王安忆的《小鲍庄》、莫言的《红高粱》、刘索拉的《你别无选择》、扎西达娃的《系在皮绳扣上的魂》、乔良的《灵旗》、刘恒的《狗日的粮食》、刘震云的《塔埔》、池莉的《烦恼人生》、方方的《风景》等一大批寻根文学、新写实小说、新历史小说以及极具艺术实验性的现代先锋文学作品得到了全国性小说评奖的青睐与隆重推介，无疑成就了文学评奖历史中一次罕见的“反向”艺术高峰。

一　制度“拐点”出现的缘由

伴随着新时期我国经济体制和政治体制改革而来的，是思想意识形态领域复杂而尖锐的斗争。1979 年 3 月 30 日，邓小平在党的理论工作务

① 邓小平：《在接见首都戒严部队军以上干部时的讲话》，《邓小平文选》第三卷，人民出版社 1994 年版，第 302 页。

虚会上发表了题为《坚持四项基本原则》的讲话。讲话中指出："为了实现四个现代化，我们必须坚持社会主义道路，坚持人民民主专政，坚持共产党的领导，坚持马克思主义、毛泽东思想。"[①] "四项基本原则"与1978年十一届三中全会作出的"把党和国家的工作重心转移到经济建设上来，实行改革开放的伟大决策"一道，在1987年10月25日至11月1日中国共产党第十三次全国代表大会上以"一个中心，两个基本点"，即"以经济建设为中心，坚持四项基本原则，坚持改革开改"的形式正式成为党在社会主义初级阶段的基本路线，一百年不动摇。

然而，思想意识形态领域复杂的"左"与右的斗争，尤其是清除精神污染与反对资产阶级自由化，一直是影响着20世纪80年代我国社会生活乃至整个文学生态的大事。从1980年4月20日《解放军报》发表署名"本报特约评论员"的文章《四项基本原则不容违反——评电影文学剧本〈苦恋〉》拉开"《苦恋》批判"序幕，到1981年7月17日邓小平同中共中央宣传部负责同志的谈话时指示："关于对《苦恋》的批评，《解放军报》现在可以不必再批了，《文艺报》要写出质量高的好文章，对《苦恋》进行批评。你们写好了，在《文艺报》上发表，并且由《人民日报》转载。"[②] 再到1981年第19期《文艺报》上发表唐因、唐达成《论〈苦恋〉的错误倾向》，《人民日报》1981年10月7日全文转载，这场引发轩然大波的"苦恋风波"才最终落下了帷幕。

"苦恋风波"之后，人道主义与"异化论"批判又成为"清除精神污染"的"导火线"。1983年3月7日，周扬在中央党校礼堂举行的纪念马克思逝世一百周年学术报告会上作了题为《关于马克思主义的几

① 邓小平：《坚持四项基本原则》，《邓小平文选》第二卷，人民出版社1983年版，第173页。

② 邓小平：《关于思想战线上的问题的谈话》，《邓小平文选》第二卷，人民出版社1983年版，第393页。

个理论问题的探讨》的报告，1981年3月16日，全文发表在《人民日报》上。由此，一场关于马克思主义“异化论”的风波就此展开，正式拉开了“清除精神污染”的序幕。1983年10月11至12日，中共十二届二中全会在北京举行，全会一致通过了《中共中央关于整党的决定》，确定从1983年冬季开始全面整党，计划用三年时间分期分批对党的作风和党的组织进行一次全面整顿。在这次全会上，邓小平作了题为《党在组织战线和思想战线上的迫切任务》的讲话。在讲话中邓小平强调：思想战线主要是理论战线和文艺战线，不能搞精神污染。“精神污染的实质是散布形形色色的资产阶级和其他剥削阶级腐朽没落的思想，散布对于社会主义、共产主义事业和对于共产党领导的不信任情绪。”[①]“精神污染的危害很大，足以祸国殃民。它是人民中混淆是非界限，造成消极涣散、离心离德的情绪，腐蚀人们的灵魂和意志，助长形形色色的个人主义思想泛滥，助长一部分人当中怀疑以至否定社会主义和党的领导的思潮。”[②]

1987年1月开始的反对资产阶级自由化的斗争与1986年12月合肥、北京等地发生的学潮有关。1986年12月30日，邓小平就学生闹事问题同几位中央负责同志的谈话时明确提出：要“旗帜鲜明地反对资产阶级自由化”[③]。1987年1月1日，《人民日报》发表元旦献词《坚持四项基本原则是搞好改革、开放的根本保证》中指出：“要使经济持续稳定地发展，把经济体制改革继续推向前进，搞好改革开放，必须坚持四项基本原则，旗帜鲜明地反对资产阶级自由化思潮。”[④] 1987年1月6

① 邓小平：《党在组织战线和思想战线上的迫切任务》，《邓小平文选》第三卷，人民出版社1993年版，第40页。

② 同上书，第44页。

③ 邓小平：《旗帜鲜明地反对资产阶级自由化》，《邓小平文选》第三卷，人民出版社1993年版，第194页。

④ 《坚持四项基本原则是搞好改革、开放的根本保证——一九八七年元旦献词》（社论），《人民日报》1987年1月1日。

日，中共中央发出关于向全体党员和干部、群众传达《邓小平同志关于当前学生闹事问题的讲话要点》的通知，即“1987 年中央一号文件”。文件中强调：“当前反对资产阶级自由化的斗争，关系到我们党的命运，关系到社会主义的前途，关系到全面改革和对外开放的成败，因此一定要旗帜鲜明，立场坚定地站在斗争前列。”[①] 1 月 13 日，中央纪律检查委员会发出《关于共产党员必须严格遵守党章的通知》，根据通知精神，针对少数党员的资产阶级自由化倾向，开除王若望、方励之、刘宾雁等人的党籍，其中，作家刘宾雁曾在 1984 年 12 月 29 日至 1985 年 1 月 5 日的中国作家协会第四次会员代表大会上，高票当选中国作家协会副主席。1987 年 1 月 28 日，中央“四号文件”《关于当前反对资产阶级自由化若干问题的通知》正式发布。《通知》指出：“搞资产阶级自由化，即否定社会主义制度、主张资本主义制度，核心是否定共产党的领导。反对资产阶级自由化的斗争关系到党和国家的命运，关系到社会主义事业的前途。”[②] 因此，“反对资产阶级自由化思潮的斗争贯穿于改革、开放的整个过程中，因此它是长期的。”[③]

从 1983 年“清除精神污染”到 1987 年“反对资产阶级自由化”，再到 1989 年的那场“政治风波”，正是由于思想意识形态领域“左”与右严峻的斗争形势，导致了自中国作家协会第四次会员代表大会以后，作协内部经历了一段较为漫长的工作调整和较为复杂的人事变动。“1989 年夏季以来，作协主席团和全国委员会都停止了活动”“直至 1994 年秋冬之际，这种情况才有所变化”。[④] 1996 年 12 月，时隔十二年之后召开的第五次作代会，方才选举出了新的作协主席团和书记处，而

① 引自“1987 年中央一号文件”（1987 年 1 月 6 日）。

② 引自“1987 年中央四号文件”（1987 年 1 月 28 日）。

③ 同上。

④ 谢永旺：《“红叶黄花好个秋”——记晚年张光年》，选自中国作家协会编《回忆张光年》，作家出版社 2013 年版，第 172 页。

上届作协主席团中仅有巴金、王蒙、陆文夫三人继续留任，书记处书记中也仅有张锲一人。也正是基于此，自 1985 年起，以“作协奖”为主导的全国性文学评奖遭遇了历史性的制度“拐点”，出现了严重僭越制度规范的诸多“特殊状况”，到 1989 年年末甚至出现了大多数全国性文学奖彻底停办的评奖困局。

二　被僭越的评奖制度

1. 评选运行机制与“控制力危机”

从 1985 年到 1988 年，曾经一年一度已成功举办七届的全国优秀短篇小说奖，改为两年举办一次。1985 年第 11 期的《小说选刊》上最先发布了这则《重要启事》[①]：

> 中国作家协会举办的全国优秀短篇小说奖，从 1978 年开始，一年一度，已举办七届。现经中国作协书记处研究决定，今后全国性的短篇小说、中篇小说、新诗、报告文学等项创作奖均定为每两年举办一次。据此，1985 年不举办全国短篇小说奖，第八届全国优秀短篇小说奖定于 1986 年底同其他几项创作奖同时举办。

与其说中国作家协会改革全国优秀短篇小说奖评选时限是为了更好地体现文学评奖制度设计的规范化、统一化，以期再现 1983 年“四奖同授”的盛况，不如说这次评选运行机制的变动背后凸显出中国作家协会面对全国性小说评奖出现了严重的“控制力危机”，评选背后蕴藏着太多复杂、不为人知、难以为外人道的“隐情”。

除过思想意识形态领域的激烈斗争复杂而多变之外，短篇小说自身

---

① 《重要启事》，《小说选刊》1985 年第 11 期。

发展遭遇瓶颈，其轰动效应逐渐被中篇小说、长篇小说所取代已是文学界不争的事实。早在1985年1月11日，第七届短篇小说评奖（1984）初选小组成立大会上，作协副主席、党组副书记冯牧便在致辞中道出了“短篇创作一年不如一年，评起来会降低质量，因此认为不一定逐年评”① 的想法。而通过评奖以期实现短篇小说创作“更上一层楼”“姹紫嫣红又一年”，只能成为一份美好的“愿景”，博人眼球罢了。从每年短篇小说评奖后出版的《全国优秀短篇小说评选获奖作品集》的“印数”也能窥出短篇小说发展的颓势。

表3-9　历届《全国优秀短篇小说评选获奖作品集》一版一印册数

年度	印数	年度	印数
1978	20000	1979	100000
1980	150000	1981	125000
1982	175000	1983	170000
1984	42000	1985—1986	15000

而此时新闻出版事业出台的“新规”，也对全国优秀短篇小说评选负责方《小说选刊》极为不利。1984年12月12日，在张光年的日记中，有这样一段文字：“下午葛洛来谈。由于出版法限制转载的规定及王蒙的不合作态度，《小说选刊》很难办下去，我表示可以停刊。”② 张光年所提及的“出版法限制转载的规定”出自1984年下半年国家版权局出台的《图书、期刊版权保护试行条例》和文化部出版局发出的《关于颁发〈图书、期刊版权保护试行条例〉的通知》，此条例于1985年1月1日起正式生效（现已废止）。在该《试行条例》中第十七条“在下列情况下使用他人已经发表的作品，可不经版权所有者同意，但

① 崔道怡：《春兰秋菊留秀色　雪月风花照眼明——短篇小说评奖琐忆》（四），《小说家》1999年第4期。

② 张光年：《文坛回春纪事》（下），海天出版社1998年版，第601页。

应向其支付报酬，说明作者姓名、作品名称和出处，并尊重作者依本条例第五条规定享有的其他权利”第三款中规定：“期刊互相转载，但作者或出版者声明‘未经准许，不能转载’者除外。”《试行条例》第十九条“下列行为是侵犯他人版权的行为”第六款中指出：“除本条例另有规定者外，未经版权所有者同意，转载、翻印、录制、摄制、表演、播放、翻译、改编、选编或以其他方式使用其已经发表的作品”均为“侵权行为”。再加上1984年10月19日文化部发出的《关于书籍稿酬试行规定的通知》中“书籍稿酬新规”和1984年12月29日国务院发出《关于对期刊出版实行自负盈亏的通知》中对“中国作家协会可有两个大型文学期刊……也应做到保本经营”的新要求，进一步加大了《小说选刊》的办刊难度。虽然1985年《小说选刊》并未像张光年所言“停刊”，但“再度改版”扩大篇幅、增加印张、革新版面的举措仍是为了应对“出版法转载限制”和“期刊自负盈亏”的无奈之举。

正是基于“内忧外患”的严峻格局，成功运作七年的全国优秀短篇小说奖不得不从1985年起，改为每两年举办一次。而在1982年首届茅盾文学奖颁奖大会上提出“暂定每三年评选一次”的长篇小说单项奖，也在1985年年底第二届茅盾文学奖获奖作品揭晓后，因为众所周知的原因，迎来了评选作品时间范围跨度为四年（1985—1988）的第三届茅盾文学奖。

然而，即便是在评选时间跨度被人为拉长，直接影响到新时期中国当代文学评奖制度的“超稳定结构”之外，还是由于“反对资产阶级自由化”和一场“政治风波”等外部因素的影响，“作协系”的全国性小说评奖活动从1986年起，便多次遭遇评选运行机制的临时调整与变更。1985—1986年全国优秀短篇小说评选原本应于1986年年底对外公布《评奖启事》，1987年第一季度评选结果揭晓，但是直至1987年第1期《小说选刊》上才正式刊登了《中国作家协会举办一九八五——一九八六年全国优秀短篇小说奖评奖启事》，而评选工作并未由此展开，时隔近一年，《小说选刊》1987年第12期再度公布《评奖启事》，这时真正的短篇小说评选才正式拉开帷幕。初次敲定的“评奖结果于一九八七年秋公布”① 也不得不推迟至“一九八八年春公布”②。经过初选工作组19位全国文学期刊编辑的辛勤劳动以及评委会全体成员3次会议反复讨论，1988年第5期《小说选刊》上首次对外公示了确定的33篇备选篇目。直至1988年第6期《小说选刊》才正式对外发布《中国作家协会第八届（1985—1986）全国优秀短篇小说奖获奖作品》名单，这一“名单”出炉又较之前《评奖启事》中“敲定”的“一九八八年春”延迟了数月。而同样僭越评选运行机制的现象也出现在1985—1986年第四届全国优秀中篇小说奖和1985—1988年第三届茅盾文学奖的评选中。第四届全国优秀中篇小说奖的“评选工作推迟一年，于1988年初开始”③，初选小组工作由吴泰昌和孙武臣负责。直至1988年4月，第四届全国优秀中篇小说奖才以无记名投票方式确定了获选的12篇作品篇目。而原计划1989年6月7日在山东举行的第三届茅盾文学奖读书班，因为6月4日北京发生的“政治风波”，评选工作暂时中止，再行启动已是1990年7月，1991年3月方才在人民大会堂颁出，整整比首届茅盾文学奖1981年10月启动，1982年年底颁发，第二届茅盾文学奖1984年启动，1985年年底授奖的“一年有余”的运作机制推迟了一年多。

2. 评选操作机制与“合法性危机”

更加令人匪夷所思的是因为评选操作机制变动的“自由性”“随意

① 《中国作家协会举办一九八五——一九八六年全国优秀短篇小说奖评奖启事》，《小说选刊》1987年第1期。

② 《中国作家协会举办一九八五——一九八六年全国优秀短篇小说奖评奖启事》（第二次公布），《小说选刊》1987年第12期。

③ 吴泰昌：《我亲历的巴金往事》（修订本），生活·读书·新知三联书店2010年版，第101页。

性”，引发了学术界对第九届全国优秀短篇小说奖（1987—1988）、第五届全国优秀中篇小说奖（1987—1988）合法性地位的认识上产生了巨大的分歧。1999 年，崔道怡先生在《小说家》第 1—4 期连续以《春花秋月系相思》《第三个丰收年》《喜看百花争妍》《春兰秋菊留秀色　雪月风花照眼明》为题发表了“短篇小说评奖琐忆”。在“琐忆性文章”中，他以“中国作家协会主办的全国优秀文学作品评奖，按照常规应每两年举行一次，那么，下一届（1987—1988）的短篇小说评奖，就该在 1989 年内举办。但是，由于众所周知的原因，评奖活动未能进行，而且从此休眠十年”①，宣告了全国优秀短篇小说奖在第八届，也即 1988 年 4 月 22 日后便“曲终人散”了。而在随后的文字中，又以“1988 年 8 月，《小说选刊》发布启事，对该刊于 1987 年内转载的短篇小说进行评奖。1989 年 1 月，公布了获奖名单，共有 10 篇小说被评选为优秀作品”②，对沈阳黎明航空铝窗公司与中国作协《小说选刊》联合举办的“一九八七年‘黎明’杯优秀短篇小说奖”③ 进行了述评。这

---

① 崔道怡：《春兰秋菊留秀色　雪月风花照眼明——短篇小说评奖琐忆》（四），《小说家》1999 年第 4 期。

② 同上。

③ 一九八七年“黎明”杯优秀短篇小说奖，是国内享有盛誉的铝材生产与安装公司——沈阳黎明航空铝窗公司为促进短篇小说创作的发展，增进经济与文学、企业家与作家之间的联系和友谊，与中国作家协会《小说选刊》杂志社联合举办的。《评奖启事》登载在 1988 年第 8 期《小说选刊》杂志上。具体事项有：

一、凡在《小说选刊》选登过属于一九八七年内的短篇小说，不拘题材、风格，皆可作为评奖对象。二、评奖采取读者推荐与评奖委员会评议相结合的方法，具体组织工作由《小说选刊》编辑部承担。1. 热烈欢迎广大读者来信推荐优秀作品。来信请寄：北京后海大翔凤胡同三号《小说选刊》编辑部。截止日期为一九八八年八月底。2. 由作家、评论家、编辑家组成评奖委员会，提出与商定候选篇目，并通过无记名投票选出获奖作品。三、评奖结果于一九八八年秋公布，同时向获奖者颁发奖杯和奖金。四、评奖委员会由下列人员组成：唐达成、鲍昌、葛洛、谢永旺、从维熙、王愿坚、李国文、肖德生、梁坤奇、孙汉生、王畏三。评奖办公室人员有刘崑、傅活、阮振铭。1989 年第 1 期《小说选刊》正式公布获奖作品名单时将冠名改为“黎明窗铝杯”，获奖作品有朱春雨《陪乐》、陆文夫《清高》、陈世旭《马车》、谢友鄞《马嘶·秋诉》、林和平《腊月》、王蒙《来劲》、郑万隆《古道》、刘震云《塔埔》、杨咏鸣《甜的铁，腥的铁》、雁宁《牛贩子山道》等。

次优秀短篇小说评奖和沈阳电冰箱厂与中国作协《小说选刊》联合举办的“一九八七年‘沈努西’杯优秀中篇小说奖”① 一样，都是一次企业与文学刊物联姻、对文学评奖加以冠名的“跨界合作”，旨在通过企业出资的形式“增进经济与文学、企业家与作家之间的联系和友谊”②，意在推动企业声望的一次“广告赞助”和“商业行为”。冠名评选的沈努西电冰箱为沈阳电冰箱厂制造生产的、在国内家电业享有盛誉的著名品牌，而黎明航空铝窗公司则是国内享有盛誉的、主营铝材生产与安装的著名企业。虽然这两项文学评奖也由《小说选刊》主办，但只是选择该刊1987年内转载的作品，正如崔道怡先生所说，“尽管自有特殊意义，却难以说成是中国作家协会主办全国优秀文学作品评奖的接续”③，因此确实不应算在中国作家协会主办的全国性小说评奖范畴内。

洪治纲先生在《权威的倾斜——对新时期以来全国历次短篇小说奖的巡回与思考》④ 和《回眸：灿烂与忧伤——对新时期以来全国历次

① 一九八七年“沈努西”杯优秀中篇小说奖，是由生产沈努西电冰箱的沈阳电冰箱厂，为促进中篇小说创作的发展，增进经济与文学、企业家与作家之间的联系和友谊，与中国作家协会《小说选刊》杂志社联合举办的。《评奖启事》登载在1988年第7期《小说选刊》杂志上。具体事项有：

一、凡在《小说选刊》选登过属于一九八七年内的中篇小说，不拘题材、风格，皆可作为评奖对象。二、评奖采取读者推荐与评奖委员会评议相结合的方法，具体组织工作由《小说选刊》编辑部承担。1. 热烈欢迎广大读者来信推荐优秀作品。来信请寄：北京后海大翔凤胡同三号《小说选刊》编辑部。截止日期为一九八八年八月底。2. 由作家、评论家、编辑家组成评奖委员会，提出与商定候选篇目，并通过无记名投票选出获奖作品。三、评奖结果于一九八八年秋公布，同时向获奖者颁发奖杯和奖金。四、评奖委员会由下列人员组成：唐达成、鲍昌、葛洛、谢永旺、从维熙、王愿坚、李国文、肖德生。评奖办公室人员有刘崑、傅活、阮振铭。1989年第1期《小说选刊》正式公布获奖作品名单，方方《风景》、池莉《烦恼人生》、何士光《苦寒行》、谌容《献上一束夜来香》、洪峰《瀚海》等。

② 《一九八七年“沈努西”杯优秀中篇小说奖评奖启事》，《小说选刊》1988年第7期和《一九八七年“黎明”杯优秀短篇小说奖评奖启事》，《小说选刊》1988年第8期上均有上述文字。

③ 崔道怡：《春兰秋菊留秀色 雪月风花照眼明——短篇小说评奖琐忆》（四），《小说家》1999年第4期。

④ 洪治纲：《权威的倾斜——对新时期以来全国历次短篇小说奖的巡回与思考》，《小说家》1999年第1期。

中篇小说奖的回顾与思考》[①] 两篇长文中，将20世纪80年代全国优秀短篇小说奖和全国优秀中篇小说奖的历史“节点”定格在1985—1986年后，又将1997年颁发的首届鲁迅文学奖中的短篇小说（1995—1996）、中篇小说（1995—1996）评选看作是历届全国优秀中、短篇小说奖的接续。除此之外，在王蒙、王元化先生为总主编的《中国新文学大系1976—2000》“史料·索引卷一”[②] 的“重要文学奖项”中，对“全国优秀中、短篇小说奖”的介绍虽然也以1985—1986年为“节点”，但却与1997年颁发的首届“资产新闻杯”鲁迅文学奖各单项奖获奖作品名单分列开来，前后没有承续。

而在潘旭澜先生主编的《新中国文学词典·附录》[③] “1978—1991年全国文学奖一览”和黄发有教授的论文《以文学的名义——过去三十年中国文学评奖的反思》[④] 中却都看到了第九届全国优秀短篇小说奖（1987—1988）、第五届全国优秀中篇小说奖（1987—1988）曾经举办的“踪影”。从1989年第7期《小说选刊》对外发布的、定稿于1989年5月11日的《关于举办1987—1988年全国优秀中短篇小说评奖的启事》来看，《启事》开宗明义地指出：“为了检阅我国小说创作成果，推荐小说佳作，中国作家协会举办过多次优秀中短篇小说评奖。为了保持这项评奖的连续性，经与中国作家协会议定，此项活动将由人民日报文艺部和《小说选刊》杂志社联合部分著名企业承担。为此，我们将在近期内举办1987—1988年全国优秀中短篇小说奖。”[⑤] 因此，理应被

① 洪治纲：《回眸：灿烂与忧伤——对新时期以来全国历次中篇小说奖的回顾与思考》，《小说家》1999年第2期。

② 王蒙、王元化总主编：《中国新文学大系1976—2000》（第二十九集）“史料·索引卷一”，上海文艺出版社2009年版。

③ 潘旭澜主编：《新中国文学词典》，江苏文艺出版社1993年版。

④ 黄发有：《以文学的名义——过去三十年中国文学评奖的反思》，《社会科学》2009年第3期。

⑤ 《关于举办1987—1988年全国优秀中短篇小说评奖的启事》，《小说选刊》1989年第7期。

看作是“作协系”全国性小说评奖的延续。

当然，未将此次评选列入全国性小说评奖范畴，忽视其“合法性”和“延续性”的根本原因还在于这次评选对业已成型的中国当代文学评奖制度，尤其是评奖操作机制多有“僭越”，方才造成了今天学界各执一词的尴尬局面。

“被简化”的评奖方式——从 1989 年 5 月 11 日正式定稿，1989 年第 7 期《小说选刊》正式对外发布《关于举办 1987—1988 年全国优秀中短篇小说评奖的启事》到 1989 年 8 月 22 日“1987—1988 年全国优秀中短篇小说奖”发奖大会在北京举行，前后时间间隔之短，在历届全国优秀中短篇小说评奖中尚属首次。除过评选时间之仓促为历届全国性文学奖所罕见外，本届全国优秀中短篇小说奖还首次采用合办的方式，“由人民日报文艺部和《小说选刊》杂志社联合著名企业”① 一并进行。本次评奖共选出优秀短篇小说 11 篇，较《评奖启事》中“短篇拟评十五篇”② 少了 4 篇。获奖作品包括杨咏鸣《甜的铁，腥的铁》、雁宁《牛贩子山道》、马烽《葫芦沟今昔》、周大新《小诊所》、陆文夫《清高》、谢友鄞《马嘶·秋诉》、朱春雨《陪乐》、刘震云《塔埔》、陈世旭《马车》、柏原《喊会》、阿城《年关六赋》等。其中 1987 年发表的作品有 9 篇，7 篇“一九八七年‘黎明窗铝’杯优秀短篇小说奖”的获奖作品再度获奖。而优秀中篇小说共计 8 部，与《评奖启事》中“此次评奖中篇拟评八篇”③ 的初衷吻合。获奖作品有王星泉《白马》、池莉《烦恼人生》、方方《风景》、刘琦《去意彷徨》、苗长水《冬天和夏天的区别》、谌容《懒得离婚》、李晓《天桥》、叶兆言《追月楼》等，其中发表在 1987 年的 4 部中篇中有两部曾经获得过“一九八七年

① 《关于举办 1987—1988 年全国优秀中短篇小说评奖的启事》，《小说选刊》1989 年第 7 期。

② 同上。

③ 同上。

‘沈努西’杯优秀中篇小说奖”。

“被引入”的三方模式——自20世纪80年代文学评奖制度全面施行以来，不论是全国优秀中、短篇小说奖还是优秀报告文学奖、全国优秀新诗（诗集）奖，基本都采取较为固定的、由中国作家协会系统下一家“国刊”独自承办抑或是两家“国刊”合办一个奖项的模式进行。而此次评选打破了中国作家协会在文学评奖中的绝对地位，除过多次承办全国优秀短篇小说奖的《小说选刊》杂志社外，“被引入”的“人民日报文艺部”，作为中国共产党中央委员会机关报的下设机构参与其中，更加突出了本次评选活动对“党性原则”和“政治导向性”的更高要求，在反对资产阶级自由化斗争深入进行的道路上，引导“文学创作开辟更为光明的前景”。[①] 而曾经承办多届全国优秀中篇小说奖的、中国作家协会机关报——《文艺报》，则由于1989年夏天以来，作协工作的“非正常化”被排斥在外。而此次评选的第三方则是“著名企业”的代表。作为“协办单位”，来自北京、安徽、辽宁、河南、福建、贵州六个省、市的八家企业“都为能有这样一个机会进一步密切企业界与文学界的友谊合作关系而感到高兴”。[②] 1989年8月22日，在发奖大会上，全国人大副委员长严济慈、《人民日报》副总编辑范荣康、中国作家协会副主席冯牧向安徽全椒柴油机总厂、北京燕山石油化工公司、中原油田井下作业公司、沈阳冶炼厂、丹东化学纤维公司、福建云霄将军山矿泉水开发公司、贵州鸭溪窖酒厂、丹东东齐电器集团公司等协办单位颁发了荣誉证书。

“被忽视”的评审阵容——自从1985—1986年全国优秀短篇小说评选、全国优秀中篇小说评选起，新一轮评委变动便在全国性小说评奖中

① 李国文：《更好地反映伟大的时代》，《小说选刊》1989年第11期。

② 本刊记者：《〈人民日报〉文艺部和〈小说选刊〉杂志社主办1987—1988年优秀中、短篇小说奖发奖大会在京举行》，《小说选刊》1989年第11期。

逐步出现了。第八届短篇小说奖十三位评委中，仅有王愿坚、许觉民、玛拉沁夫、肖德生、崔道怡五位上届评委得以留任，而冯牧在缺席第六届全国优秀小说评选后再度“回归”，担任主任一职，副主任委员则由李子云、肖德生担任。而第四届全国优秀中篇小说奖评委名单中，首次出现了马烽、张韧、宗璞、徐怀中的名字。然而，1987—1988 年全国优秀中、短篇小说奖却在最终评奖结果揭晓时，未能按照《评奖启事》中承诺的那样同时公布评委名单。此次由专家组成的评委会究竟由何许人组成至今仍没有答案。

三　“反向”的艺术高峰

严格恪守现实主义审美风范一直是新时期以来全国性小说评奖最为推崇的艺术向度。《班主任》《伤痕》《乔厂长上任记》《大墙下的红玉兰》《人到中年》等一大批引发全社会轰动效应的中、短篇小说无一例外都是带有强烈的历史创伤记忆和民族国家秩序重构意识的现实主义力作。它们以广泛的社会动员性在短时间内调动起了全民压抑已久、渴望宣泄的情绪，直接参与到新时期社会政治的合法性论证中，理所当然地成为新时期全国性小说评奖中最具群众性基础的“宠儿”。然而，伴随着 20 世纪 80 年代中后期复杂多变的社会政治风向而来的，是各种西方文艺思潮和艺术方法。在“西风东渐”的浸染下，“1985 年”成为中国当代文学发展的重要分水岭，开始了艺术上“向内转”的美学嬗变。

与此同时，正在遭遇制度“危机”的全国性小说评奖也以难得一见的开放姿态和包容之心，迎纳了一批在艺术上凸显现代性、实验性、先锋性美学风格的中、短篇小说佳作，真正实现了一次“反向”的艺术超越和极为有益的审美突破。与前七届全国优秀短篇小说奖、前三届全国优秀中篇小说奖偶见如王蒙的《春之声》、茹志鹃的《剪辑错了的故事》、王安忆的《流逝》、汪曾祺的《大淖记事》、铁凝的《哦，香雪》、李杭育的《沙灶遗风》等突破现实主义审美原则窠臼，执着于写意化叙事创造和现代写作技法探索的重要文本获奖相比，第八、九届全国优秀短篇小说奖，第四、五届全国优秀中篇小说奖的获奖作品名单中出现了包括扎西达娃的《系在皮绳扣上的魂》、王安忆的《小鲍庄》、乔良的《灵旗》、刘索拉的《你别无选择》、谌容的《减去十岁》、莫言的《红高粱》、刘恒的《狗日的粮食》、刘震云的《塔铺》、池莉的《烦恼人生》、方方的《风景》、叶兆言的《追月楼》等一大批在叙事手法、语言风格、结构安排乃至意蕴挖掘上明显带有文体探索精神的寻根文学、新历史主义小说、新写实主义小说、现代先锋作品，受到了评委们的肯定。

“有意味的形式”

早在“1981 年全国优秀短篇小说评选”时，张光年就曾提出“此次评奖要更注意作品的艺术性”[①]。然而，在评委会会议上评委们争论不休的不仅是“艺术性”与“思想性”孰重孰轻的问题，更多地是如何理解“艺术性”的问题。这个时期对“艺术性”的理解往往还是如同刘剑青所言：“所谓艺术性，我理解应放在典型人物的创造上”[②]，也即严守现实主义的“经典”原则。而在 20 世纪 80 年代初期，王蒙、李陀、高行健、徐迟等一大批作家已将自己的关注点从“思想的爆炸性”转移到了“艺术的现代性”上。王蒙的《对一些文学观念的探讨》、李陀的《打破传统手法》、高行健的《现代小说技巧初探》、徐迟的《现代化与现代派》等文章从对西方各国现代小说在形式上变化特点的评介入手，对打破传统叙事模式，探索艺术多样化进行了广泛而深入的探

① 崔道怡：《喜看百花争妍——短篇小说评奖琐忆》（三），《小说家》1999 年第 3 期。
② 同上。

讨。然而，在当时的文艺大环境下，现代派手法在引发巨大的争议浪潮中并未完全得到主流文学评论家的认可，张光年便曾叮嘱王蒙要其注意自己的“形式实验”。

随着20世纪80年代中后期，文体革命与小说叙事观念一轮又一轮的现实冲击，全国优秀中、短篇小说奖的评委终于将肯定的目光投给了真正“有意味的形式”的艺术佳作。谌容《减去十年》中的情节安排如同电影剪辑时的一段段“故事碎片”被“减去十年”这样全然荒诞、滑稽、虚构的整体架构巧妙地串联在了一起，在现实与抽象的叠合结构模式中，以杂文式的笔调、漫画式的手法，冷静关注人世，深刻思考“年华易逝”的人生，正是这样一出“缺乏合理的必然性的一次偶然事件”成就了20世纪80年代“现象级”作家谌容的又一次“智性写作”。扎西达娃的《系在皮绳扣上的魂》则以对马尔克斯《百年孤独》、博尔赫斯《交叉小径的花园》等拉美魔幻现实主义作家创作的继承与发展中，形成了在叙事上具有“革命性”和“先锋实验性”的、在意蕴上熔铸其生命与哲思的“西藏想象”。《系在皮绳扣上的魂》运用中国画大写意的独创性手法，质地粗粝地勾勒出了苦修者塔贝及其信徒琼一百零八天的“行走”，以“非情节化”“虚实相间”的嵌套模式将这场圣灵一般的故事印刻在了蓝天白云、神秘难测的高原之上。当涅槃前的扎妥·桑杰达普活佛讲述一段亲身经历时，曾经被读者“信以为真”的故事却又在“我听出扎妥活佛是在背诵我虚构的一篇小说。这篇小说我给谁都没有看过，写完锁进了箱里”[①] 的一段文字之后变得模糊不清、无法辨认。正是在这“虚构”与“真实”的刻意混淆、有意拼接中，“形式革命”下的“时间”被解构，意识流与蒙太奇手法的交错，才使得“意义”显得那样的繁复、多变、难以捉摸。

① 扎西达娃：《系在皮绳扣上的魂》，《西藏文学》1985年第1期。

“有深度的意蕴”

结构上的断裂性、无序化追求推动了小说创作在审美内蕴上的“去立意化”，大量情绪化、个性化的语言夹杂其中，令作家对人的“存在”与世界的认识更别具一格，极富“有深度的意蕴”的中、短篇小说出现在了全国性小说评奖的获奖作品中，打破了小说叙事惯性作用下的“价值判断”，具有了“形而上”的哲学动量。在莫言的《红高粱》中，伴随着天马行空、不受约束的叙述形式而来的，是尽情狂欢、汪洋恣肆的感官意象在纵横交错的历史与大地上左右奔突、一泻而下。当“性爱”与“大地”在这色彩斑斓的“高密东北乡”巧妙地融为一体成为中华民族原始生命强力孕育、迸发的“沃土”时，民族创伤记忆中的“历史”不再只有令人悲悯的沉重，反而因为“我”爷爷与“我”奶奶故事中的那份“神秘”让“血性的动量”始终悦动在中华大地上。而在“真正的”现代派小说、刘索拉的《你别无选择》中，大量荒诞、变形了的“抽象形象”被汇聚在一起，“每一个人物都是主人公因而并没有一个专门的主人公，人物都有一个被夸张了的特征因而你只记住了这个特征”①，正是基于此，愤怒青年、“非主流”们的惶惑、困顿、情绪以及无所归一、没着没落的生活才被放大成为一种姿态，对主流生存方式与价值观给予了无情的嘲讽。

而以《狗日的粮食》《塔铺》《风景》《烦恼人生》为代表的“新写实小说”，虽然在“零度情感”的写作策略下，情绪化、个性化的语言“不动声色”的被作者呈现在“日常生活”叙事中，但其背后充斥着的逼人寒意与决绝残忍，彻底将小说写作中一贯坚守的宏大叙事、典型化、乌托邦以及生活本来的诗意全然消解，以此展示出的现实图景才更加凸显出艰难、孤独、无助乃至残酷。《烦恼人生》中面对“一堆琐

① 黄子平：《沉思的老树的精灵》，浙江文艺出版社1986年版，第168页。

碎”“一地鸡毛”式的生活重荷，“印家厚们”的“奔跑”与恶劣生存境遇下的“徒劳”成为池莉“撕裂自己”后留给世界的思考。当“烦恼”成为一代人生活最为本真的写照时，“认同烦恼”就变得如同“认识自己”一样重要。相较于《烦恼人生》，刘恒的《狗日的粮食》和方方的《风景》却将文字变成了“恶魔”。《狗日的粮食》“借性写食”，在恶性循环的生殖怪圈中，到处是生存欲望无法得到满足时残酷的“风景”。而《风景》中“早夭者”吝啬情感的讲述，让生于荒诞之中，长在父母阴湿床下，一脸鼻涕，见人就躲，如同癞皮狗般的“七哥”在成人前后巨大的“形象反差”中成为彰显动物性本能、被“屠戮殆尽”了的“精神失范者”，在那浩漫的一块幕布背后，是黑暗深渊中底层人民奇异的生存之景。

正是在这制度性建构遭遇“历史拐点”的契机下，全国性小说评奖才在审美向度与形式创新上取得了罕见的突破与拓展，在僭越制度的“空窗期”和“调整期”成就了这次中国当代文学评奖史上“反向”艺术高峰的出现。

第四章 话语权博弈:中国当代文学评奖制度的修正

告别了新时期文学评奖制度初创时政治与文学的蜜月期，又在20世纪80年代末与那场“是一定要来的，是不以人们的意志为转移的”①“政治风波”不期而遇，遭遇重创、艰难前行的“作协系”全国性文学评奖又在“后冷战”时期与20世纪90年代以来社会主义市场经济体制下当代文学生产机制、消费机制、评价机制的历史转型正面撞击，自“1978年全国优秀短篇小说评选”开创的、以全国性小说评奖为核心的中国当代文学评奖制度，在新生的多元文学评价主体的合力“围剿”下，“内生性焦虑”陡然激增，来自社会各方对其“显性制度”与“隐性制度”两方面的责难与质疑，让竭力捍卫自身导向性、权威性、影响力的全国性文学奖陷入了前所未有的困局中。

伴随着多元评价主体共生格局的形成，文学场域内部各种力量的相互博弈、斗争、此消彼长以及由此形成的主流意识形态话语与文学自主性、读者大众趣味与文学精英话语、市场资本话语与文学独立性

① 邓小平:《在接见首都戒严部队军以上干部时的讲话》,《邓小平文选》第三卷，人民出版社1994年版，第302页。

之间相互扭结的“张力”，为以茅盾文学奖、鲁迅文学奖为核心的、20世纪90年代以来的文学评奖提供了体察制度偏误、修正制度偏差、进一步完善和创新中国当代文学评奖制度的绝好契机。偏差、修正、调整的“循环往复”以及由此带来的中国当代文学评奖制度建构上的相互借鉴、吸收与创新，如此制度变局累积起的新经验、引发的新挑战、遭致的新争议，为“作协系”全国性文学奖进一步调动一切优势资源，重建“文学场”的秩序等级，维护文学评奖的公信力与权威性，向着健全评奖机制，实现制度民主奠定了坚实的基础。

第一节　中国当代文学评奖制度的困局

自1989年“政治风波”之后，“1978年全国优秀短篇小说评选”开创的新时期中国当代文学评奖制度伴随着一批全国性文学评奖，尤其是最具影响力的全国优秀中、短篇小说奖的相继停办陷入了前所未有的困局当中。1989年，《小说选刊》杂志社、《人民日报》文艺部联合国内多家著名企业在三个月左右的时间里完成了全国优秀中、短篇小说奖的最后一次绝唱——“1987—1988年全国优秀中短篇小说奖”之后便“无疾而终”，《小说选刊》随即也于1989年第12期后正式停刊，《小说选刊》杂志社作为中国作家协会所属的局级机构资格也被撤销。而设立较晚的全国优秀新诗（诗集）奖则在1987年第二届评选后便难觅踪迹，最令人惋惜的是1988年开始筹办，1989年4月在江苏无锡首次颁发的全国优秀散文（集）杂文（集）奖，仅仅成功举办了一届后即遭遇停办的噩运。即便是1989年之后仍在运作的唯一一个全国性小说奖——茅盾文学奖，却也因为“政治风波”的严重性、紧迫性使得原本定于1989年6月7日在山东举行的长篇小说读书班被迫取消，“再行启动时已是1990年7月”[1]，由于评选时间的延迟，也最终导致了第三届茅盾文学奖“每三年举行一次”的作品时间范围被迫拉伸至了四年（1985—1988）。

除过20世纪80、90年代之交复杂多变的“公共生态”——政治事件以及由此引发的中国作家协会内部激烈的机构调整与人事变革是导致中国当代文学评奖陷入制度困局的直接原因外，20世纪90年代中后期由于“市场化”对于文学价值评判的介入，使得在以“作协系”为主导的半官方专家奖之外又一股脑地出现了各种文学传媒（杂志社、出版社）奖、民间机构奖以及名目繁多的作品排行榜、作家排行榜，这些不同评价主体设立的文学奖，在“市场”与“资本”的作用下，以其自身拥有的一套审美价值体系，试图“以自己的标准重新建立‘文学场’的等级秩序”[2]，重绘中国当代文学版图。如此挑战，再加上茅盾文学奖、鲁迅文学奖在评选运作上日益凸显的“显性制度的局限”和“隐性制度的制约”，一时间让始终处在官方主流意识形态话语、文学精英话语、读者大众话语之间的全国性文学评奖成为社会各方热议的焦点和众矢之的，新时期伊始开创并确立的中国当代文学评奖制度陷入了“百口莫辩”的困局中。

一　公共生态与制度危机

1. 政治事件的作用

与“十七年”“文化大革命”时期党对文艺的粗暴干涉、对于作家创作自由的严格把控、以惩代奖的文学价值评判手段截然不同，新时期以来，伴随着极“左”路线在政治话语权上被彻底否定，一套具有现

① 胡平：《我所经历的第四届茅盾文学奖评奖》，《小说评论》1998年第1期。

② 邵燕君：《倾斜的文学场——当代文学生产机制的市场化转型》，江苏人民出版社2003年版，第191页。

代化新质的、全新的文化设计随即正式启动。以“1978 年全国优秀短篇小说评选”开创的中国当代文学评奖制度，率先成为“文化大革命”后解放文学生产力、凝聚作家向心力、繁荣新时期文艺创作的重要手段。与此同时，全国性小说评奖引发的全民参与热情和获奖作品本身造成的社会轰动效应，也为新时期我国全新的社会政治实践进行合法性论证起到了重要的推动作用。因此，新时期以来全国性文学评奖能否如期举行、评选时有何倾斜有何侧重甚至评选制度出现了哪些新变，都与国家社会公共生态，尤其是政治生态休戚相关。

“1980 年全国优秀短篇小说评选”时，正值白桦电影剧本“《苦恋》风波”出现之时。面对思想意识形态领域又一场“左”与右的激烈斗争，张光年在短篇小说评奖委员会第一次会议上便强调：“在注意思想与艺术统一的前提下，提倡鼓舞性的作品，调动笔杆子，帮帮党的忙。过分敏感的问题要更审慎些，不要帮倒忙。”[①] 1981 年 3 月 4 日，张光年又召集评选小组工作人员，特此指出评选活动如期举行对于“安定团结的政治局面和生动活泼的文艺局面”[②] 具有重要意义。1981 年 3 月 11 日评委会第二次会议上，张光年的措辞“我把话说到底，要你们在选作品时，帮帮党的忙。有些人那么不满，骂娘，你不能在这儿再添火了。有些真实就是不能写。我们当然要揭露社会矛盾，但那是为了促进社会前进。如果我们的文学不能帮助党度过难关，我们就要犯历史性的错误”[③]，更加说明了文学评奖与公共生态之间无法回避的联系。“1981 年全国优秀短篇小说评选”时正值思想战线问题座谈会后，邓小平同志在《关于思想战线上的问题的讲话》中对于思想战线和文艺战线中“存在着涣散软弱的状态，对错误倾向不敢批评，而一批评有人

① 崔道怡：《第三个丰收年——短篇小说评奖琐忆》（二），《小说家》1999 年第 2 期。

② 同上。

③ 同上。

就说是打棍子”[①] 的讲话使得敏感的作协领导张光年在“1981 年全国优秀短篇小说评选”时对评选导向进行了适度的调整，“这一次评奖要较多地注意艺术性”[②]。

从 1983 年“清除精神污染”到 1987 年“反对资产阶级自由化”，政治的晴雨表与全国性文学奖的评选紧密联结在了一起。直到 1989 年的那场“政治风波”，思想意识形态领域“左”与右复杂而尖锐的斗争最终演化为“资产阶级自由化和四个坚持的对立”[③]，成为一场关乎是否坚持社会主义道路、是否坚持共产党领导的殊死搏斗。“政治风波”之后，作为我国意识形态工作的重要阵地，作为全国性文学奖，尤其是小说评奖的设计者、组织者、实施者，中国作家协会在相对较长的一段时间内将工作的重心重新放置在了与党中央保持高度一致的思想学习、领会、教育中。1989 年 2 月 7 日《人民日报》上刊登的《中共中央关于进一步繁荣文艺的若干意见》一文便对这一时期文艺界加强自身队伍建设的重要性提出了“在社会剧烈变革的情况下，文艺队伍中出现一些思想上的分歧和混乱是难以避免的。这是前进中的问题，并不可怕。文艺界的同志要在深入学习党在社会主义初级阶段的基本路线的过程中，在生活和创作实践中，把认识统一到一个中心、两个基本点上来”[④] 的明确要求。而昔日的年度盛宴，全民动员、全情参与的文学评奖，尤其是全国优秀中、短篇小说奖等“作协系”奖项进入了漫长的“休歇期”，难逃停办的噩运，新时期以来构建起的中国当代文学评奖制度由此陷入了难以继续的困局中。

---

① 邓小平：《关于思想战线上的问题的讲话》，《邓小平文选》第二卷，人民出版社 1983 年版，第 389 页。

② 崔道怡：《喜看百花争妍——短篇小说评奖琐忆》（三），《小说家》1999 年第 3 期。

③ 邓小平：《在接见首都戒严部队军以上干部时的讲话》，《邓小平文选》第三卷，人民出版社 1994 年版，第 305 页。

④ 《中共中央关于进一步繁荣文艺的若干意见》，《人民日报》1989 年 2 月 27 日。

2. 机构调整的影响

作为“中国共产党领导的、中国各民族作家自愿结合的专业性人民团体”[①]，从自身性质上来看，中国作家协会是一个“如假包换”的“社会力量”。与此同时，中国作家协会又以“人民团体”的身份受中共中央宣传部直接领导，是与全国文联同等级别、享有“部级”地位的文学界最高领导机构，“是党和政府联系广大作家、文学工作者的桥梁和纽带”[②]。作为中国当代文学评奖制度的设计者、组织者、实施者，中国作家协会凭借其“中介机构”上通下达的特殊性，借助评奖这一活动，既在新时期以来文学创作的导向性上发挥着独一无二的作用，又以“象征资本”的形式对作家出色的劳动给予莫大的激励、鼓舞和鞭策。因此，由于“政治风波”直接导致的作协机构调整以及由此引发的人事变动对于20世纪80、90年代之交陷入困局的中国当代文学评奖制度来说具有不容忽视的影响。

从1984年12月29日—1985年1月5日“作协四大”到1996年12月16—20日“作协五大”，历经“反对资产阶级自由化”和“政治风波”洗礼后的中国作家协会，在机构设置、人员组成、领导核心等诸方面发生的变化有目共睹。1986年年底，经中央直属机关编制委员会和中共中央宣传部批准，此阶段中国作家协会内共设局级机构19个，

① 《中国作家协会章程》（1996年12月17日中国作家协会第五次全国代表大会原则通过，中国作协五届主席团修改定稿）。关于“中国作家协会”的性质，新时期以来经历过两次变化。1979年11月10日中国作家协会第三次会员代表大会原则通过，同年12月14日作家协会主席团第二次会议修正定稿和1985年1月5日第四次会员代表大会原则通过，同年3月29日作协主席团第二次会议修正定稿的《中国作家协会章程》中指出：“中国作家协会是中国各民族作家自愿结合的群众性的专业团体。”而自1996年12月17日中国作家协会第五次全国代表大会原则通过，中国作协五届主席团修改定稿的《中国作家协会章程》中则改为了“中国作家协会是中国共产党领导的、中国各民族作家自愿结合的专业性人民团体，是党和政府联系广大作家、文学工作者的桥梁和纽带，是繁荣文学事业、加强社会主义精神文明建设的重要社会力量。”这个提法一直延续至今。

② 《中国作家协会章程》（1996年12月17日中国作家协会第五次全国代表大会原则通过，中国作协五届主席团修改定稿）。

新创办的有作协服务中心、中华文学基金会等，定编 588 名，其中行政编制 116 名，事业编制 294 名，企业编制 178 名。而到 1990 年前后，此阶段中国作家协会内设有的局级单位减少至 16 个，《新观察》《小说选刊》、中外文化出版公司的建制先后被撤销。定编 716 名，其中行政编制仍然保持 116 名，事业编制 374 名，企业编制 226 名。《小说选刊》杂志社作为被撤销的三个局级机构之一，1989 年第 12 期出刊之后，在没有任何说明的情况下便因为政治形势的影响而被迫停刊，直至 1995 年 7 月再次复刊，经历了长达 5 年半的停刊期。作为“为评奖活动之能经常化，有必要及时推荐全国各地报刊发表的可作年终评奖候选的短篇佳作”① 而于 1980 年由《人民文学》杂志社增办的重要“选刊”，《小说选刊》从诞生之日便与全国优秀短篇小说奖有着不可分割的联系。从创刊之初选介、登载全国各地报刊发表的优秀短篇小说，旨在为一年一度的全国优秀短篇小说奖提供候选篇目，到 1983 年起正式接棒《人民文学》成为全国优秀短篇小说评选的“主角”，《小说选刊》杂志社的“同仁们”为新时期短篇小说园地的繁荣殚精竭虑。由此，《小说选刊》的停刊和《小说选刊》杂志社“局级单位”建制被撤销，都成为全国优秀短篇小说奖于 1989 年后遭遇停办、评奖制度陷入困局的重要原因之一。

“风波”之后伴随着机构调整而来的便是作协内部运行的几近瘫痪，全国党员重新登记制度和作协内部的清查、清理工作相继展开。“1989 年夏季以来，作协主席团和全国委员会都停止了活动。”②《中国作家协会章程》中明确规定的“会员代表大会每三年举行一次，由理

---

① 茅盾：《发刊词》（重新发表），《小说选刊》1981 年第 5 期。首次登载于 1980 年第 1 期上。

② 谢永旺：《“红叶黄花好个秋”——记晚年张光年》，选自中国作家协会编《回忆张光年》，作家出版社 2013 年版，第 172 页。

事会召集”[1]“理事会每年举行一次，由主席团召集”[2]“主席团会议由主席根据需要召集，至少每半年举行一次”[3]的作协正常性工作在这一敏感、特殊、复杂的历史时期都难以正常运行，甚至连“九十年代初期，巴金向我提出召开作协主席团会议学习贯彻小平南巡讲话与十四大文件事，我代为反映了，未果”[4]“直至1994年秋冬之际，这种情况才有所变化”[5]。这一变化还是在中宣部副部长翟泰丰兼任作协党组书记之后，作协工作才开始打破僵局慢慢有了起色。谢永旺曾在回忆张光年的文章《“红叶黄花好个秋”——记晚年张光年》中写道：

> 这年10月，光年打电话给我，说作协的一位新任领导人去看望他，通告说曾在上海看望作协主席巴金，巴金同意年后在上海召开作协主席团会议。光年电话中转告我，这位新负责人讲：有人不同意现在开主席团会议，说一开就乱了；可是不开主席团会议，书记处的工作就没有了依托；作协有章程，应当按章程办事。[6]

与“政治风波”前“作协的党组几乎是天天开会”[7]截然不同，直至“政治风波”后的第五年，即1995年3月25日，作协第四届主席团第九次会议才在上海召开。1996年4月、1996年11月又先后举行了作协第四届主席团第十、十一次会议。最终，“根据绝大多数四届理事会

① 《中国作家协会章程》，1985年1月5日（作协）第四次会员代表大会原则通过，同年3月29日作协主席团第二次会议修正定稿。

② 同上。

③ 同上。

④ 王蒙：《王蒙自传第三部·九命七羊》，花城出版社2008年版，第206页。

⑤ 谢永旺：《“红叶黄花好个秋”——记晚年张光年》，选自中国作家协会编《回忆张光年》，作家出版社2013年版，第172页。

⑥ 同上。

⑦ 陈为人：《唐达成文坛风雨五十年》，溪流出版社2005年版，第354页。

理事的授权，主席团正式作出决议，并报请中央批准，在今年12月16至20日于北京召开中国作家协会第五次全国代表大会。”① 从第四次作代会到第五次作代会举行，中间经过了长达12年的漫长等待。

1989年“政治风波”影响下的作协机构运转不畅，作为中国当代文学评奖制度遭遇困局的因素之一是显而易见的。而深入到作协内部肌理，伴随着“反对资产阶级自由化”和“政治风波”而来的，是围绕中国作家协会领导权展开的又一场日趋“白热化”的“明争暗斗”。由此引发的旷日持久的人事调整、变动加之分歧造成的“内耗”，也使得这一时期的文学评奖难以为继。即便是延迟举办的茅盾文学奖也由于昔日评委会主任巴金、副主任张光年的缺席，“以致我们无从揣测这位中国作家协会的主席，以及其他一些曾经在前两届评奖中起过显著作用的文坛中人，对于此次评奖过程和评选结果的参与程度和认可程度”②。

从20世纪30年代鲁迅对于“四条汉子”的批判引发的胡风、冯雪峰、周扬等人缔结的矛盾③到20世纪40年代延安文艺界“文抗派”与“鲁艺派”④ 的斗争再到新中国成立以来历次政治运动引发的“左翼文

---

① 张锲：《中国作家协会第五次全国代表大会筹备工作报告》，选自中国作家协会编《民主　团结　鼓劲　繁荣——中国作家协会第五次全国代表大会文集》，作家出版社1997年版，第62页。

② 朱晖：《第三届茅盾文学奖之我见》，《当代作家评论》1995年第2期。

③ 鲁迅对于“四条汉子”的批判源自《答徐懋庸并关于看日统一战线问题》一文中的一段话。原文摘录如下：胡风我先前并不熟识，去年的有一天，一位名人（指沈端先即夏衍）约我谈话了，到得那里，却见驶来了一辆汽车，从中跳出四条汉子：田汉，周起应，还有另两个（指沈端先即夏衍和阳翰笙），一律洋服，态度轩昂，说是特来通知我：胡风乃是内奸，官方派来的。……，此文出自《鲁迅全集》第六卷，人民文学出版社2005年版，第554页。

④ “文抗派”与“鲁艺派”的提法出自《新文学史料》1979年第2期赵浩生发表的《周扬笑谈历史功过》一文。原文摘录如下：当时延安有两派，一派是以“鲁艺”为代表，包括何其芳，当然是以我为首；一派是以“文抗”为代表，以丁玲为首。这两派本来在上海就有点闹宗派主义。大体上是这样，我们“鲁艺”这一派的人主张歌颂光明，虽然不能和工农兵结合，和他们打成一片，但还是主张歌颂光明。而“文抗”这一派主张要暴露黑暗。所以后来毛主席在文艺座谈会上的讲话说现在延安在争论歌颂光明还是暴露黑暗，毛主席对这个争论作了很深刻的解答说，他们尽管有争论，但在跟工农兵的关系这个问题上都没有解决。这个说法是最深刻的。《新文学史料》1993年第3期上发表了陈明文章《丁玲在延安——她不是主张暴露黑暗派的代表人物》与周扬文可以两相对照。

学内部领导权”的争夺和利益、资源的再分配，中国作家协会内部或隐或显的宗派主义及其斗争错综复杂、旷日持久。“作协四大”作为一个中国当代文学史上一个具有标志性的事件，在历时近两年的角逐中，预示着中国文艺界的领导权从“周扬、丁玲两大板块向张光年、贺敬之两大板块演变”[①]。

1987年10月21日《人民日报》头版发表的《中国共产党第十二届中央委员会第七次全体会议公报》中“确认1987年1月16日中共中央政治局扩大会议关于接受胡耀邦同志辞去中央委员会总书记职务的请求的决定”[②]。伴随着胡耀邦的辞职，围绕“作协四大”上“两个不提”（不提“清除精神污染”和“资产阶级自由化”）和“一个无效性”[③]，围绕胡启立在“作协四大”上提倡“创作自由”[④]的《祝词》，围绕张光年在“作协四大”上的“主旨报告”、主要问题和责任，围绕“作协四大”选出的新一届作协领导班子，结合“反对资产积极自由化”“清除精神污染”以及是否“坚持四项基本原则”、是否违背十一届三中全会精神对“作协四大”的“合法性”“有效性”提出了质疑。1987年5月，中顾委临时党委用七个半天召开了帮助张光年同志的生活会，会上各种“声音”加上张光年1987年6月8日所写的《我的申辩和再检讨》，再次让我们看到了中国作家协会内部的激烈斗争和错综

① 陈为人：《唐达成文坛风雨五十年》，溪流出版社2005年版，第185页。

② 《中共十二届七中全会发表公报·中国共产党第十二届中央委员会第七次全体会议公报》，《人民日报》1987年10月21日。

③ “一个无效性”出自1984年12月20日在中央书记处召开的讨论“作协四大”的工作会议上胡耀邦的讲话。胡耀邦在讲话中指出：“……人事名单如果是党的部门定的要撤掉，既不是指令性的也不是指导性的，是无效性的……”出自陈为人《唐达成文坛风雨五十年》，溪流出版社2005年版，第204页。

④ 胡启立《在中国作家协会第四次会员代表大会上的祝词》中谈到“创作自由”中指出：“因此创作必须是自由的。也就是说，作家必须用自己的头脑来思维，有选择题材、主题和艺术表现方法的充分自由，这样才能写出真正具有感染力的能够起教育作用的作品。”出自中国作家协会编《中国作家协会第四次会员代表大会文集》，作家出版社1985年版，第6页。

复杂的人事纠葛。

正如贺敬之在1989年重新出任文化部党组书记兼部长时所忧虑的那样，“不论是客观条件还是主观条件，都是使他勉为其难，力不胜任的。十三届四中全会后，国内大环境虽有好转，但具体到文艺战线，却不难设想会是情况更复杂，任务更艰巨。”①“政治风波”之后，围绕作协领导层在“风波”中的立场和态度，中国作家协会党组迎来了新一轮改组。1989年12月，马烽临危受命出任中国作家协会党组书记，玛拉沁夫为副书记。1990年1月增补马烽为中国作家协会副主席，玛拉沁夫为作协书记处常务书记。与此同时，1989年9月7日，中国共产党中央委员会在《关于唐达成同志辞去中国作协党组书记职务的通知》中同意了唐达成的辞职报告。随即冯牧党组副书记之职也同时被免，再加上1986年从作协党组副书记一职上就任文化部部长的王蒙，可以说“作协四大”上形成的中国作家协会党组核心在“政治风波”后已经彻底退出了作协领导层。除此之外，从1985年“作协四大”新一届主席、副主席、书记处书记名单出炉到1996年“作协五大”的召开，丁玲、冯至、冯牧、艾青、沙汀、陈荒煤、铁依甫江、鲍昌、葛洛等多人先后去世，刘宾雁被撤职、开除，整个四届作协领导班子在人员配备上遭遇到的困境也从另一个侧面反衬出中国当代文学评奖陷入的制度困局。

二　自身存在与制度危机

自20世纪90年代中后期起，关于全国性文学大奖的质疑与争论就从未停息，尤其是每届茅盾文学奖、鲁迅文学奖评选结果揭晓之后，上至主流媒体，下至与文学界关系极为密切的报纸刊物，以“集

① 贾漫：《诗人贺敬之》，大众文艺出版社2000年版，第357页。

束炸弹”之势，将“重火力”对准中国当代文学评奖制度的肌理，对主办方中国作家协会来一次全面“围剿”，看似已经成了评奖之后的一种“惯例”。

如此愈演愈烈的现实窘境不能不让我们如王彬彬教授所言的那样“怀念80年代的‘文学大奖’”[①]。作为新时期中国当代文学制度重构的重要举措，“1978年全国优秀短篇小说评选”之于新时期文学的意义，最为重要的便是一种有别于“十七年”与“文化大革命”时期文学价值评判常常演化为一场自上而下的全民政治运动的惩戒模式被文学奖励机制所代替。正是由于新时期中国当代文学评奖制度的开创恰逢全党、全国各族人民继续揭批“四人帮”思想流毒、着力恢复毛泽东思想本来面目之时，被寄予厚望的全国性文学奖又在繁荣文艺园地、推动文艺创作大发展大繁荣、扶持文坛新人等方面与新时期以来国家政治经济文化的顶层设计以及人民群众亟须的精神文化需求相得益彰地融为一体了。因此，以全国优秀短篇小说奖、全国优秀中篇小说奖、茅盾文学奖为代表的全国性小说评奖，在最初的数届评选时，好似一场场年度文化大餐、精神盛宴一般，既得到了国家领导层的高度认可与肯定，又得到了作家、评论家、文学组织工作者的全情投入，同时也得到了海内外读者的热情参与，正是这种“三方合谋”奠定了“作协系”全国性文学大奖在新时期中国当代文学评奖中的权威地位，也在相当程度上暂时搁置了因为评奖制度缺陷所引发的意见分歧。

正如世界上任何一种文学奖都不可避免争议一样，制度初创时的全国性小说评奖也同样面临着来自各方施加的压力。“1980年全国优秀短篇小说评选”评委会第一次会议上便围绕着《光明日报》上署名“下

---

① 王彬彬：《文学奖的内与外》，选自《当知识遇上信念》，复旦大学出版社2012年版，第30页。

愚”的、一篇意在揭露评奖“黑幕”的文章展开了激烈的讨论。“1984年全国优秀短篇小说评选”初选组成立时，冯牧在致辞中总结了近年来社会各方对于文学评奖“评出的并不准确精当，每一届都有遗珠之憾。由于评得多，反而湮没了最优秀的”① 质疑。除此之外，每届评选后“捕风捉影”式的“抄袭风波”也一直没能有效避免对文学评奖声誉的损害。

好在这一阶段，作为我国文学事业最高权力机构的中国作家协会并没有刻意回避评奖制度建构之初难以避免的偏狭与缺陷，在积极组织、有序选评，向着制度化、常态化方向掘进的同时，也特别注重强化危机应对机制，以确保文学评奖的权威性。奖评机制的实施及时有效回应各方质疑的同时更好地对作家创作发挥了极为重要的引导作用，对于读者阅读鉴赏水平的提高也起到了重要的推动作用。除此之外，“1983年全国优秀短篇小说评选”结果公布之后，在按照惯例出版编辑《1983年全国优秀短篇小说评选获奖作品集》的同时以《小说拾珠》为名选编未能入列的“精致之作”，在评奖之外又以“选家选本”的方式有效弥补了评奖制度造成的“局限”。

正如王彬彬教授在对20世纪80年代全国性文学评奖价值“重估”中所说的那样：“尽管我们不能说，在20世纪80年代，‘文学大奖’就不受非文学因素的干扰，但这种干扰还没有扭曲‘大奖’、使‘大奖’发生畸变的力量。因而，在那时候，‘文学大奖’对文学创作是产生了明显的良性作用的。”②

然而，20世纪90年代以来，尤其是90年代中后期多元评价主体借

---

① 崔道怡：《春兰秋菊留秀色　雪月风花照眼明——短篇小说评奖琐忆》（四），《小说家》1999年第4期。

② 王彬彬：《文学奖的内与外》，选自《当知识遇上信念》，复旦大学出版社2012年版，第30页。

助市场化资本的力量介入文学评奖，从此“评奖热”高烧不退。多元评价主体凭借各自不同的审美标准，都将矛头直指1978年以来中国作家协会主导下的文学评奖格局，试图重建文学评奖的等级秩序与价值体系，再加上这一阶段受制于“政治风波”后党和政府对于意识形态工作的新一轮调控和市场经济体制下文学逐渐边缘化的身份危机影响，新时期以来逐步确立、演进的中国当代文学评奖制度在茅盾文学奖、鲁迅文学奖的评奖实践中，日益显露出显性制度的局限和隐性制度的制约，一场围绕着“谁来评”“怎么评”“评什么”等的制度思辨由此拉开了大幕。

1. 显性制度的局限

彭玉斌在《文学制度·文学体制·文学机制》一文中根据文学制度的不同存在形态将文学制度划分为“显性文学制度”和“隐性文学制度”两种基本类型。“显性文学制度”特指“人们通过一定的程序、步骤建立起来的各种文学机构、社团、协会等组织体系和以明确的文字表述出来的政策、条文、条例、规则、章程等”。[①]

纵观20世纪90年代以来对全国性文学大奖的争议之声，最为密集的时间段为1999年至2005年之间，此一阶段报纸媒介的火力最猛。这其中既有《文艺报》《中国文化报》《文学报》《中华读书报》等与文学界关系极为密切的报媒，又有《光明日报》《北京日报》《陕西日报》《湖北日报》《甘肃日报》等各级主流媒体，除此之外还有如同《深圳商报》《中国商报》《中国消费者报》等影响力极为广泛的、“噱头十足”的“消费性”报纸。由于报纸媒介背后人数庞大的读者基数，报媒对于文学大奖的关注往往集中在结果揭晓前后的“新闻时间段”内，文章标题也多冠以“矛盾”“孰是孰非”等易于

① 彭玉斌：《文学制度·文学体制·文学机制》，《运城学院学报》2006年第1期。

引发争鸣的字眼，虽然文章中也涉及中国当代文学评奖制度的缺失，但往往因为过于直白的价值判断和不言自明的立场，使得评判本身在追求轰动效应的同时流于肤浅甚至盲从。而最早通过学理性思辨对中国当代文学评奖制度打出鲜明质疑旗号的是《当代作家评论》《小说评论》《钟山》三家文学类重要刊物，其中洪治纲的《无边的质疑——关于“历届茅盾文学奖”的二十二个设问和一个设想》一文最为重要。对于“谁来评”“怎么评”“评什么”等全国性文学奖“显性制度”缺陷的清醒认识和细致把握使得中国当代文学评奖制度的进一步修正变为了现实的可能。

谁来评？

对于中国具有最高荣誉的文学大奖——茅盾文学奖、鲁迅文学奖来说，它因“全国性的、作协主持、工作受中宣部领导”[①] 而确立了国家“最高级别”的合法地位，但是在《茅盾文学奖背后的矛盾》一文中，徐林正与牛玉秋的问答率先触及了中国作家协会多元属性造成的“经常有人把茅盾文学奖误认为是政府奖”的质疑[②]。中国作家协会究竟是“政府部门”还是“专业性人民团体”，《中国作家协会章程》上明确表示：“中国作家协会是中国共产党领导的、中国各民族作家自愿结合的专业性人民团体”。然而从行政级别来看，它又是受中央宣传部领导的，享有“部级待遇”的国家一级人民团体。由此而来的“人民团体”如何在既是主办者又是参与者的两难中取舍，“部级机构”又如何在国家权力的授权下独立运作，成为至今仍然制约着中国当代文学评奖制度建构的“症结”之一。

这一阶段关于“谁来评”另一个备受争议的制度问题来自于对主

① 徐林正：《茅盾文学奖背后的矛盾》，《陕西日报》2000年6月23日。

② 同上。

办方中国作家协会聘请的评委人员组成上。根据对外公布的第一份《茅盾文学奖评奖条例》（修订稿）暨第五届《茅盾文学奖评奖条例》（修订稿）“茅盾文学奖评奖委员会委员聘请文学界有影响的作家、理论家、评论家和文学组织工作者出任，每一届评委会成员的组成应有更新，更新名额不少于评委总数的1/2。评委名单由中国作家协会书记处在广泛征求意见的基础上提名，报告主席团，报请上级主管部门备案”的规定，第五届茅盾文学奖21人评委名单中，仅有巴金、邓友梅、李希凡、陈建功、郑伯农、曾镇南、雷达、蔡葵8位第四届茅盾文学奖评委留任，更新比例达到62%。再纵观第一至四届茅盾文学奖评委名单，每届评委的更新率都始终保持在60%以上。第二届19人评委名单中，仅有巴金、张光年、冯牧、丁玲、刘白羽、陈荒煤、谢永旺7位上届评委留任，更新率为63%。第三届较第二届更新率为62.5%，留任评委仅有6人。第四届较第三届更新率为61%，23人评委名单中留任评委共计9人（重新担任评委者如巴金等算入更新率）。

然而，即使是已成常规、约定俗成的评委更新制度，也没能有效解决第一至五届茅盾文学奖评委普遍“老龄化”引发的批评家、媒体人对评委遴选标准、评委审美能力的质疑。当洪治纲、肖东等人直陈“普遍年龄较大，除了极少数中年评论家和作家加盟其中（如第四届中的雷达和陈建功），基本上都是老龄化的评委”① “评委老龄化已成为茅盾文学奖最严重的问题之一”② 时，也对年事已高的第一、二、四、五届茅盾文学奖评委会主任巴金在评选时的作用出现了不同程度的分歧。洪治纲更多地对巴金因身体原因一直没能真正参与到评选全过程中，没能“以他清醒的审美判断和每次所强调的‘宁缺毋滥’的评奖

① 洪治纲：《无边的质疑——关于历届“茅盾文学奖”的二十二个设问和一个设想》，《当代作家评论》1999年第5期。

② 肖东：《“茅盾文学奖”遭遇矛盾》，《中国商报》2000年10月22日。

主张”[①] 而深感遗憾。而肖东则将巴金“对评奖已力不从心”[②] 看作是茅盾文学奖最严重的问题之一——评委老龄化的重要依据。然而，当我们直视第一至五届茅盾文学奖评委“老龄化”的同时，也应该回到茅盾文学奖设立时的“历史现场”对“老龄化”这一制度问题重新加以审视，甚至对不同届别茅盾文学奖评委阵容背后的成因加以区分。1981年3月28日，现代文学巨匠茅盾逝世后的第二天，韦韬将父亲写给中国作家协会书记处的遗书和25万元存折交与了作家协会秘书长。为了表示对茅公创立长篇小说奖金——茅盾文学奖的重视，首届茅盾文学奖评选委员会决定由“德高望重”的中国作家协会主席团全体成员和预选小组成员组成，新任中国作家协会代主席巴金出任评委会主任委员。

而评委老龄化背后评委遴选机制缺乏民主，过分倚仗评委资历，“大多身居文学工作部门的要职”[③] 以及由此引发的“前文学工作者”长期疏离当代文学现场，艺术审美观念偏狭，也成为中国当代文学评奖制度美学建构中的显性缺失遭到了各方质疑。朱晖在《第三届茅盾文学奖之我见》一文中的质疑就极具代表性。“茅盾文学奖系‘有关部门’任命评委，似乎没有理由怀疑评委们的鉴赏能力，正像我们深信‘有关部门’在选择评委的时候，并非把鉴赏力放在首先和唯一的位置。看一看三届茅盾文学奖评委名单，我们就会明白资历职务有多么重要。既然评委不是以鉴赏力为标准、通过公平竞争或民主选举产生的，其权威和权力是以‘有关部门’的权威和权力为基础的，因而所谓评奖结果也只能是‘有关部门’意志与个人鉴赏力相嫁接、相妥协的产物。”[④] 纵

---

① 洪治纲：《无边的质疑——关于历届“茅盾文学奖”的二十二个设问和一个设想》，《当代作家评论》1999年第5期。

② 肖东：《“茅盾文学奖”遭遇矛盾》，《中国商报》2000年10月22日。

③ 洪治纲：《无边的质疑——关于历届“茅盾文学奖”的二十二个设问和一个设想》，《当代作家评论》1999年第5期。

④ 朱晖：《第三届茅盾文学奖之我见》，《当代作家评论》1995年第2期。

观第一至五届茅盾文学奖评委名单，“资历职务”的风险的确造成了第三届茅盾文学奖评委名单“大换血”的事实。巴金、张光年、唐达成、谢永旺等人的缺席和马烽、玛拉沁夫、康濯等人的上榜，的确印证了朱晖等人的观点，甚至再次反观首届茅盾文学奖“德高望重”的“五星”评委阵容，冯至、艾青、贺敬之等20世纪中国文坛重量级诗人能够获得参评长篇小说奖的资格，也的确是“资历”占据了上风的结果。

怎么评？

作为一种旨在朝着科学化、常态化、制度化方向发展的文学新机制，“怎么评”既是中国当代文学评奖制度设计部门需要深思熟虑的重要一环，又是制度建构中最敏感、最易引发社会各界批评质疑的关键。正是由于20世纪90年代以来，尤其是在第三至五届茅盾文学奖评选过程中出现的“僭越程序”规则的“非常规行为”，逐渐暴露并放大了评奖程序设计上的缺陷，使得这一时期对于中国当代文学评奖制度“有效性”的质疑加剧了文学评奖困局的出现。

与首届茅盾文学奖1977—1981年的评选范围、1982年年底评奖结果揭晓，第二届茅盾文学奖1982—1984年的评选范围、1985年年底评奖结果揭晓，评选过程基本都保持在一年左右的时间相比，第三届茅盾文学奖1985—1988年的评选范围、1991年3月评奖结果揭晓，第四届茅盾文学奖1989—1994年的评选范围、1997年12月评奖结果揭晓，第五届茅盾文学奖1995—1998年的评选范围、2000年10月评奖结果揭晓，茅盾文学奖设立时每三年评选一次的评选范围因评选时长的延长被人为拉伸。评奖结果“难产”一时间引发的各种“内幕说”“隐情说”便混杂在了诸多“非学术化”的媒体炒作中。

而在评选程序的质疑声中，表现最集中的是对“读书班效力”的认识问题上。肖东将“审读组”看作是“一个摆设，只是陪太子读书，起不到决定作用"①。洪治纲借用顾骧"茅盾文学奖不是两级(初评、终评)评选。读书班是评委会的工作班子,任务是对各地推荐的大量作品进行筛选,提出供评委阅读的书目。读书班提出的阅读书目没有法的效力,没有荣誉意义"②,指出"读书班"处在一个"'名不正,言不顺'的尴尬地位,'他们提出的阅读书目没有法的效力',所以他们的存在价值就大打折扣了"③。而通过对第四、五届茅盾文学奖审读小组提供的候选名单排序与最终评委会投票选出的获奖作品名单的差异性比较中,徐富认定审读小组的"作用非常小"④,徐林正认为审读小组提供的候选名单"基本会符合大多数读者的意愿"⑤,而评委会的结果则不然。

然而,当我们重新回到《茅盾文学奖评奖条例》(第五届评选前修订稿)"推荐备选作品"程序的规定时便会发现,重回历史现场将会在一定程度上为茅盾文学奖的制度缺陷找到一点合理的理由。当媒体人与评论家争议的焦点围绕着备选作品与当选作品评选时不同的人员配置导致的评选眼光的差异时,便忽视了制度设计之初初选、终评两套人员配置有分担终评委阅读量、避免评委"老龄化"使得评选工作难以进行的考虑。而批评评委会成员绕过初选组增加备选篇目的同时,却也忽视了起初设置这一"增加备选篇目"机制背后正是为了避免"遗珠之憾","特为评过而未获奖的作品,经实践证明确实是优秀的,在下届以至将来历届评选中仍可获奖"⑥ 的一种有益补充、对于制度本身的一种校正以及全国性文学大奖背后不容忽视的"主流意识形态"对于当

---

① 肖东:《"茅盾文学奖"遭遇矛盾》,《中国商报》2000年10月22日。

② 顾骧:《我所知道的中国茅盾文学奖》,《中华读书报》1997年8月20日。

③ 洪治纲:《无边的质疑——关于历届"茅盾文学奖"的二十二个设问和一个设想》,《当代作家评论》1999年第5期。

④ 徐富:《孰是孰非的"茅盾文学奖"》,《深圳商报》2000年9月17日。

⑤ 徐林正:《茅盾文学奖背后的矛盾》,《陕西日报》2000年6月23日。

⑥ 《茅盾文学奖金委员会的几点说明》,《人民日报》1982年12月16日。

代文学创作方向引导的“力量因素”所致。

评什么?

“评什么”是一个关于全国性文学奖坚持什么样的评选标准、练就怎样一套评奖美学、评奖结果又具有怎样的价值与意义等的综合性考量。而当“思想性”与“艺术性”在茅盾文学奖、鲁迅文学奖评选活动中正面交锋时，两项中国具有最高荣誉的文学大奖自身属性的“含混”又成为这一时间段内批评者们各自话语背后值得重新讨论、再次商榷的问题所在。

洪治纲在《无边的质疑——关于历届“茅盾文学奖”的二十二个设问和一个设想》中通过对于“茅盾遗嘱”的语义学分析，在适度规避“茅盾传统”可能造成评委们审美倾向偏误的同时，通过对“最优秀”三个字所传递出的、“高峰走线”式的期许，对第一至四届茅盾文学奖十八部获奖作品是否攀上了“艺术制高点”作出了基本否定的判断。而如此“贫乏”背后凸显出的四个方面的“局限”再一次质疑了茅盾文学奖追求“最宏大”以及“现实主义审美原则”的审美性缺陷。四个方面的“局限”表现在：“对小说叙事的史诗性过于片面地强调；对现实主义作品过分地偏爱；对叙事文本的艺术价值失去必要的关注；对小说在人的精神内层上的探索、特别是在人性的卑微幽暗面上的揭示没有给予合理的承认。”①

我们在肯定洪治纲对茅盾文学奖过分倚重现实主义审美领导权、追求叙事结构上的多卷本、史诗性的同时，也不得不指出茅盾文学奖、鲁迅文学奖等全国性文学奖的“半官方专家奖”特性决定了它既要对茅盾激励作家拓展长篇小说写作的深度和厚度、实现对长篇小说艺术的探

① 洪治纲:《无边的质疑——关于历届“茅盾文学奖”的二十二个设问和一个设想》,《当代作家评论》1999 年第 5 期。

索与创新给予褒奖、鼓励，又不能忽视茅盾先生作为中国共产党的早期党员、新中国文艺体制领导者所执着坚守的对于“意识形态正确性”和“艺术创造方向性”作品的提倡与肯定。当茅盾决意拿出25万元奖金设立长篇小说奖的时候，他率先想到的是“中国作家协会书记处”这个代表党处理作协日常事务的“特殊机构”，这也使得茅盾文学奖在评选标准的选取中，既要坚持思想性与艺术性的完美统一，又要在“有利于倡导爱国主义、集体主义、社会主义的思想和精神，有利于倡导民族团结、社会进步、人民幸福的思想和精神，有利于倡导用诚实劳动争取美好生活的思想和精神；对于深刻反映现实生活，塑造社会主义新人形象，较好地体现时代精神和历史发展趋势的作品，尤应重点关注”的同时“兼顾题材、主题、风格的多样化”。

表4－1　　1990—2005年各大报纸杂志发表的有关茅盾文学奖的批评文章和重要文献

序号	文章名	作者	发表报刊	日期/期号
1	浅议第三届茅盾文学奖获奖作品的不足	卢敦基	浙江学刊	1992年第3期
2	从茅盾文学奖获奖作品谈价值选择的偏失	杨经建	湖南师范大学社会科学学报	1993年第4期
3	历史转折期的艺术见证——重读首届茅盾文学奖获奖小说	於可训	当代作家评论	1995年第2期
4	历史的限制与现实的选择——重评第二届茅盾文学奖获奖作品	林为进	当代作家评论	1995年第2期
5	第三届茅盾文学奖之我见	朱晖	当代作家评论	1995年第2期
6	我所知道的中国茅盾文学奖	顾骧	中华读书报	1997年8月20日
7	我所经历的第四届茅盾文学奖评奖	胡平	小说评论	1998年第1期

续表

序号	文章名	作者	发表报刊	日期/期号
8	上帝的微笑	贾平凹	小说评论	1998 年第 1 期
9	本届茅盾文学奖是否有负众望		当代作家评论	1998 年第 3 期
10	我看茅盾文学奖	张恒学	云梦学刊	1999 年第 3 期
11	无边的质疑——关于“历届茅盾文学奖”的二十二个设问和一个设想	洪治纲	当代作家评论	1999 年第 5 期
12	茅盾文学奖获奖作品调查报告	唐韧等	广西大学学报	1999 年第 5 期
13	第五届茅盾文学奖难产		名作欣赏宁波晚报	2000 年第 2 期 2000 年 2 月
14	慎重对待第五届茅盾文学奖	陈晓明	科学时报 名作欣赏	1999 年 11 月 29 日 2000 年第 2 期
15	茅盾文学奖背后的矛盾	徐林正	陕西日报	2000 年 6 月 23 日
16	孰是孰非“茅盾文学奖”	徐富	深圳商报	2000 年 9 月 17 日
17	“茅盾文学奖”遭遇矛盾	肖东	中国商报	2000 年 10 月 22 日
18	茅盾文学奖有遗珠之憾	高昌	中国文化报	2000 年 10 月 24 日
19	茅盾文学奖人文话题知多少	思思	北京日报	2000 年 10 月 25 日
20	茅盾文学奖有待增加含金量	倪敏	中国消费者报	2000 年 11 月 2 日
21	公正性与文学性——茅盾文学奖印象记	周政保	新闻出版报	2000 年 11 月
22	茅盾文学奖是怎样评选出来的?	贾佳	文学报	2000 年 11 月 16 日
23	第五届茅盾文学奖的评选尺度	李运抟	湖北日报	2000 年 12 月 2 日
24	众口评说本届茅盾文学奖	彭森等	西藏日报	2000 年 12 月 3 日

续表

序号	文章名	作者	发表报刊	日期/期号
25	史诗情结的异议	王彬彬	中华工商时报	2001 年 1 月 11 日
26	评奖的偶然性	吴秉杰	钟山	2001 年第 2 期
27	肯定与遗憾都是合理的	汪政	钟山	2001 年第 2 期
28	茅盾奖：史诗情结的阴魂不散	王彬彬	钟山	2001 年第 4 期
29	扎根在民族的沃土上——第五届茅盾文学奖获奖作品简评	黑白	中国图书评论	2001 年第 3 期
30	充满矛盾的文学大奖——历届“茅盾文学奖”论略	钟正平	固原师专学报	2002 年第 1 期
31	茅盾文学奖笔谈	王庆生等	湖北社会科学	2002 年第 2 期
32	回归与探索——首届茅盾文学奖获奖作品评析	毛克强	西南民族学院学报	2003 年第 3 期
33	茅盾文学奖评奖条例（修订稿）		文艺报	2003 年 6 月 26 日
34	茅盾文学奖：风向何方吹？——兼论现实主义文学的创作困境	邵燕君	粤海风	2004 年第 2 期
35	华夏性灵的承传与艰难的起飞——第二届茅盾文学奖获奖作品评析	毛克强	西南民族大学学报	2004 年第 12 期
36	渐行渐进——论获得茅盾文学奖的长篇军旅小说	徐其超	西南民族大学学报	2005 年第 3 期
37	文化的解读与文化的冲突——第三届茅盾文学奖获奖作品评析	毛克强	西南民族大学学报	2005 年第 3 期
38	开放对话中的恪守与建构——茅盾文学奖获奖作品的文化选择	吕豪爽	西南民族大学学报	2005 年第 3 期
39	文学奖的“红”与“黑”	杨泽文	中国文化报等	2005 年 3 月 30 日

续表

序号	文章名	作者	发表报刊	日期/期号
40	当今文学奖难塑“公信”形象	陈佳等	中国妇女报	2005 年 4 月 14 日
41	透明严谨是本届茅盾文学奖的特色	梁若冰	光明日报	2005 年 4 月 18 日
42	文学奖最重要的是坚守	王是	河南日报	2005 年 4 月 19 日
43	透视茅盾文学奖	李向红等	陕西日报	2005 年 4 月 22 日
44	茅盾文学奖：在期待与遗憾之间	孙郁	南方周末 当代作家评论	2005 年 5 月 2005 年第 4 期
45	文学奖：秀逗到何时？	高昌	文学自由谈	2005 年第 3 期
46	茅盾文学奖背后的利益角逐	吴小曼等	财经时报	2005 年 5 月 30 日
47	茅盾文学奖品牌价值流失	古诺等	财经时报	2005 年 5 月 30 日
48	攀向高峰的艰难——评世纪之交长篇小说高潮与第六届茅盾文学奖	张炯	文学评论	2005 年第 4 期
49	茅盾文学奖背后之矛盾	廖建江	甘肃日报	2005 年 8 月 5 日
50	昭示与启迪——茅盾文学奖之少数民族获奖作家作品论	徐其超等	民族文学研究	2005 年第 4 期

2. 隐性制度的制约

造成 20 世纪 90 年代以来茅盾文学奖、鲁迅文学奖等中国具有最高荣誉的文学大奖遭遇社会各方普遍质疑的另一原因来自于中国当代文学评奖“隐性制度的制约”。不同于这一阶段媒体批评者习惯以“内幕”“内情”博人眼球，评奖中的“隐性制度”如同彭玉斌在《文学制度·文学体制·文学机制》一文中对于“隐性文学制度”的界定一样，特指“那些蕴含在人们的意识、心理中，常表现为一种习惯性的约定俗成的行为规则、方式等”①。

① 彭玉斌：《文学制度·文学体制·文学机制》，《运城学院学报》2006 年第 1 期。

而这种“潜规则”是与权力场中外部力量对于文学评价机制的介入密切相关的。

“大国意志”与权力性

由于全国性文学奖主办方中国作家协会既是文学工作者自愿结合的“人民团体”，又是大多数评委和参评者赖以生存的工作单位，其中错综复杂的人际关系、人事往来、人情网络加之制度顶层设计的隐秘、评选程序的不透明，使得社会各界对于评选背后的故事——诸如“内幕”“隐情”的关注、议论严重影响到了茅盾文学奖、鲁迅文学奖等国家级大奖的权威性、公信力。

徐林正在《茅盾文学奖背后的“矛盾”》一文中便以“在评奖过程中有没有出现托关系、走后门的现象”① 对昔日的茅盾文学奖评奖办公室负责人、评论家牛玉秋进行了“拷问”。一边是评委们振振有词的表示，评奖决不会受制于人情关系、不会发生僭越评奖纪律的“不端行为”，而另一边则是“内幕说”在争议声中不胫而走，愈演愈烈。《财经时报》2005 年 5 月 30 日就曾经以《茅盾文学奖背后的利益角逐》为题，意图将茅盾文学奖评选“利益链条”中的“黑幕”来一次彻底的曝光。这种争议和悖论在今天看来恰恰是因为文学评奖以其有限的“实物资本”和难以估量的“象征资本”不可避免地成为新时期文学资源、利益再分配过程中极易受到“权力”“利益”作用的特殊场所所致。

正如严文井在“1980 年全国优秀短篇小说评选”时指出的：“评委会应实行民主，我一定郑重考虑大家的意见，但我建议秘密投票，希望不要有‘大国否决权’。”② 这里所说的“大国否决权”在文学评奖中

① 徐林正：《茅盾文学奖背后的矛盾》，《陕西日报》2000 年 6 月 23 日。

② 崔道怡：《第三个丰收年——短篇小说评奖琐忆》（二），《小说家》1999 年第 2 期。

可以是领导意志、好恶以及权力威慑对于评奖进程和结果的左右，也可以是“政治因素”或者“社会大气候”影响下的对于某部作品是否可以得奖的“人为干扰”。

纵观新时期全国性小说评奖，毛泽东在“十七年”和“文化大革命”时期对姚雪垠创作长篇历史小说《李自成》施以的“政治庇护”，对《李自成》（第二卷）获得首届茅盾文学奖不无关系。而围绕着张一弓的《犯人李铜钟的故事》是否应该被授予全国优秀中篇小说奖的争议，《文艺报》编辑部曾派高洪波到河南省和登封县对张一弓在“文化大革命”中“造反”之事进行政治审查和实地调查。围绕着《湘江文艺》编辑对于《将军吟》作者莫应丰的控告，张光年派出中国作家协会“党组副书记唐达成、党组成员谢永旺持中宣部介绍信征询湖南省委常委负责同志意见：问是否同意莫应丰获奖”[①]。如若不是胡乔木同志对《将军吟》的肯定又对此次意见征询施加了不小的压力，恐怕莫应丰的《将军吟》难以获得首届茅盾文学奖。

除此之外，透过 1981 年 4 月 8 日张光年的日记：“露菲来电话，对中篇评奖初评目录表示忧虑，问是否可将《如意》《三生石》《代价》换一下，周扬同志也认为值得注意，要她打电话给我说一下。”[②] 以及随后出炉的全国优秀中篇小说奖（1977—1980）的获奖名单中《三生石》位列二等奖倒数第三名，而《如意》《代价》则难觅踪迹便可看出，露菲代周扬行使的这次“大国否决权”的确左右了此次评奖的结果。因此，这一阶段社会各方对于茅盾文学奖“潜规则”的质疑与责难并非“空穴来风”，如此“大国否决权”背后的权力性因素对中国当代文学评奖制度的建构的确具有不容忽视的“破坏力”。

---

① 张光年：《文坛回春纪事》（下），海天出版社 1998 年版，第 405 页。

② 张光年：《文坛回春纪事》（上），海天出版社 1998 年版，第 237 页。

“平衡机制”与偶然性

谢有顺曾经说过“任何评奖都是一种妥协的结果”[①]，尤其是在文学评奖这种“集体选择”当中。“集体选择的结果会比个人的选择平庸得多，因为人数一多，最终产生的必定是一个妥协的结果。”[②] 而这种“妥协”背后是平衡机制导致的“恶果”。白烨也曾直陈20世纪90年代以来茅盾文学奖的症结在于体制，在于“既要考虑所谓的权威性，又要考虑所谓的平衡性”[③] 造成的某种偏误。往往这种人为的平衡又会继续伴着“畸变”成为“偶然性”频频滋生的土壤。而评选中因某种“偶然性”结出的必定是易于被人指摘的隐性制度缺失。

在关于第三至六届茅盾文学奖的各方争议中，“平庸之作”在读书班提名之外获奖、“优秀作品”在终评时意外落选以及《白鹿原》以“修订版”获奖、《金瓯缺》《浴血罗霄》摘得“荣誉奖”等都是评奖制度建构中“偶然性”的集中体现。

面对第三届茅盾文学奖在评选数量不受制度限制的情况下授予萧克的《浴血罗霄》、徐兴业的《金瓯缺》“荣誉奖”，洪治纲对这颇为例外的行为“认为可能是基于评委们对某些情况的平衡，但这种平衡实际上是弄巧成拙”[④]。而朱晖更是以“首度设立了‘荣誉奖’，并且一口气授出了两例，让人大开眼”[⑤]。语气中充满了对这一“创举”的不解与质疑。但是，“荣誉奖”出炉的背后，也有另一层被争议遮蔽了的深意并不为人所知。戎马一生的将军萧克，1937年夏便在甘肃镇原开始了《浴血罗霄》的草创，1939年秋在河北宛平马兰村完成初稿，然而这未

① 黄兆晖：《专访华语文学传媒大奖评委会秘书长、终审评委谢有顺》，《南方都市报》2004年3月2日。

② 同上。

③ 白烨：《评文学评选与评奖》，选自《2000中国年度文坛纪事》，漓江出版社2001年版。

④ 洪治纲：《无边的质疑——关于历届“茅盾文学奖”的二十二个设问和一个设想》，《当代作家评论》1999年第5期。

⑤ 朱晖：《第三届茅盾文学奖之我见》，《当代作家评论》1995年第2期。

曾出版的初稿却成为反映灵魂错误的“大毒草”，在“文化大革命”中伴随着萧克将军的命运不幸遗失了。幸运的是，凭借矢志不渝的坚韧，1988年春“浴火重生”的《浴血罗霄》正式改定于武汉东湖，而此时的作者萧克已逾80高龄。而茅盾文学奖“荣誉奖”这迟到的荣耀正是对《浴血罗霄》历经50年风雨的莫大鼓励。同样，徐兴业的《金瓯缺》，由于自身“多卷本”的特点，先后错过了两届茅盾文学奖的评选，当1989年第三届茅盾文学奖开始作品征集时，四卷本的长篇历史小说《金瓯缺》正式完成，然而1990年作者徐兴业的猝然离世和茅盾文学奖受奖者必须是健在的当代作家的“隐性制度”，方才以“荣誉奖”给予了这部不逊色于《李自成》的鸿篇巨制以最好的褒奖。

《白鹿原》以修订本的形式获得茅盾文学奖并不是茅盾文学奖历史上的第一次。得到韦君宜、张光年的大力支持，进行了大篇幅修改的《沉重的翅膀》就曾以正式出版的修订本获得了第二届茅盾文学奖。然而《白鹿原》的特殊在于以1993年人民文学出版社的“全本”参评却以与第四届茅盾文学奖评选结果揭晓同一时刻出版的“修订本”（1997年12月人民文学出版社版）获奖。“全本”《白鹿原》究竟在哪些方面触及了评委们的审美底线，而“修订本”又对哪些地方进行了删减的同时迎合了评委们的审美倾向，茅盾文学奖评奖方与陈忠实在《白鹿原》能否获奖上究竟达成了怎样的“协议”，成了批评者们质疑茅盾文学奖存在某种“隐性制度”的又一“焦点”。洪治纲在对《白鹿原》这一评委们始终“绕不过去”的作品之于茅盾文学奖的重要意义进行一番解读的同时，再一次批评了茅盾文学奖即便是面对《白鹿原》依然严苛的“政治导向性”。贾平凹曾在《上帝的微笑》一文中为《白鹿原》的获奖“长长吁了一口气”[①]，而《白鹿原》的责编何启治则以

① 贾平凹：《上帝的微笑》，《小说评论》1998年第1期。

“牡丹终究是牡丹。修订过的《白鹿原》不过是去掉了枝叶上的一点瑕疵，而牡丹的华贵、价值和富丽却丝毫无损”[①] 的“轻描淡写”弥合了《白鹿原》“全本”与茅盾文学奖之间的“裂隙”。

面对绕过读书班，早先“经由一名评委提议，两名评委附议”后改为“经由三名以上评委联名提议”方才列入备选书目却“意外”获奖的《第二个太阳》《骚动之秋》《抉择》《英雄时代》等“平庸之作”和第三届未能获奖的“优秀之作”《古船》《浮躁》《活动变人形》《玫瑰门》等以及第四、五届初选时全票通过却“意外”落选的《洗澡》《雍正皇帝》《第二十幕》等“遗珠”所暴露出的茅盾文学奖评选过程的“粗率性”以及由此带来的对于全国性文学奖显然没有代表“我国新时期以来长篇小说创作在艺术上的‘高峰走线’”[②]“评奖离长篇小说的实际越来越远”[③]“茅盾文学奖越来越辜负茅盾的一番苦心，越来越辜负读者的信赖”[④]。甚至如陈晓明先生所言“获茅盾文学奖的作品在高校的文学教材中很少被提到或根本不被提到，茅盾文学奖不能进入大学学术传播渠道，就有可能走向难以为文学界大多数人士及广大读者认同的小圈子”[⑤] 等批评质疑，使得新时期以来确立的中国当代文学评奖制度在20世纪90年代以后陷入了前所未有的困境中。

第二节　中国当代文学评奖制度的格局

20世纪90年代以来的“评奖热”打破了新时期以全国性小说评奖

---

① 何启治：《文学编辑四十年》，人民文学出版社2001年版，第86页。

② 洪治纲：《无边的质疑——关于历届“茅盾文学奖”的二十二个设问和一个设想》，《当代作家评论》1999年第5期。

③ 徐富：《孰是孰非“茅盾文学奖”》，《深圳商报》2000年9月17日。

④ 徐林正：《茅盾文学奖背后的矛盾》，《陕西日报》2000年6月23日。

⑤ 陈晓明：《慎重对待第五届茅盾文学奖》，《科学时报》1999年11月29日。

为核心创设的中国当代文学评奖制度的一元体系，形成了官方政府奖、文联作协专家奖、文学传媒奖、民间机构奖等多元评价主体共同构筑的文学价值评判新体系。多元评价主体背后丰富各异的权力关系、利益驱动、价值诉求，对“作协系”文学奖构筑的中国当代文学评奖制度体系发起了一轮又一轮强有力的挑战与冲击。多元文学价值评判标准的交锋使得文学评奖在“文学场”内各种力量的此消彼长、秩序重构中，凸显出了主流意识形态话语与文学自主性、文学精英话语与读者大众趣味、市场资本话语与文学独立性等评价元素的相互博弈，由此之间“张力”形成的、评价机制的对立、融合、互渗、借鉴，为以茅盾文学奖、鲁迅文学奖为核心的全国性文学大奖借助“鲶鱼效应”在困局中重审制度缺失，在变局中弥合自身裂隙，为巩固和扩大制度的权威性、公信力、影响力，向着更为民主、科学、常态、合理的方向迈进提供了新的可能。

一　多元评价主体的共生

对20世纪90年代以来各种文学评奖的种类划分，依据基本都是“按其在文学场中所处的位置”[①]来加以区分归类的，但个中差异仍是极为明显的。邵燕君在《倾斜的文学场——当代文学生产机制的市场化转型》一书中以“政府奖”“官方专家奖”“民间奖”对20世纪90年代以来的文学奖进行了区分。高文强在《论审美文化产品评价元素的内在张力——以新时期文学评奖为例》一文中，以“政府主体为主导”“学术主体为主导”“市场主体为主导”划分为三类。范国英在《茅盾文学奖的文学制度研究》一书中以“权力逻辑”“市场经济逻辑”“文学场逻辑”形成了“政府奖和作协奖”“期刊、出版社和杂志社奖”

① 范国英：《茅盾文学奖的文学制度研究》，中国社会科学出版社2009年版，第135页。

“文学机构和文学批评家奖”三种类别。而我在对于20世纪90年代以来多元文学评价主体自身性质的进一步研究中，将这一时期的文学奖重新划分为以下四类：

第一，是以官方政府为主导的文学评奖。这里所说的“政府”特指在中国共产党中央委员会和国务院下设机构设立的文学评奖，与文学关系最为密切的是中央宣传部“五个一工程”奖（其中“一本好书”奖）等。除此之外，如“‘向新中国成立50周年献礼’重点项目”“纪念中国共产党成立80周年重点文艺项目”“国家舞台艺术精品工程剧目评选”等由中宣部、文化部等中央机构或国家部委牵头的、以选评方式、层层选拔的“重点项目”评选也可以归在这一类别之中。

第二，是以文联作协为主导的文学评奖。（一）全国文联、中国作家协会主办的具有最高荣誉的文学大奖，如茅盾文学奖、鲁迅文学奖、全国少数民族文学创作“骏马奖”、全国优秀儿童文学奖等。（二）全国文联、中国作家协会团体会员单位如各省、自治区、直辖市以及各行业协会等主办的重要奖项，这类奖项中的大多数经过各地政府与作协文联的“联手”，基本已经成为享有最高荣誉的地方性文学大奖。如老舍文学奖、赵树理文学奖、辽宁文学奖、紫金文学奖、湖北文学奖、广东省鲁迅文学艺术奖（文学类）、安徽文学奖、齐鲁文学奖（现名泰山文艺奖·文学创作奖）、河南文学奖（现名杜甫文学奖）、黄河文学奖、柳青文学奖、四川文学奖、毛泽东文学奖等。（三）中国作家协会主管社团主办的文学奖，由于此类社团在学术评价体系中独占各个文类“鳌头”的学术地位，因此如中国小说学会奖、中国大众文学奖、徐迟报告文学奖、中国优秀传记文学作品奖等也在学界内享有极高的声誉和较为广泛的社会影响力。（四）中国作家协会直属单位主办或代为管理的文学奖，如中华文学基金会主办的庄重文文学奖、中美文学交流奖、冯牧文学奖、姚雪垠长篇历史小说奖、理解与友谊国际文学奖、中华铁人文学奖等。除此之外，中国作家协会自2004年起正式设立专项资金，为推动我国社会主义文学的繁荣发展，促进多出精品、多出人才的“中国作家协会年度重点扶持作品”亦可归于此类。

第三，是以文学传媒机构如文学类期刊社、杂志社、报社和出版社主办的各类文学奖项。对于文学传媒机构主办的文学奖，需要加以说明的是这其中有很多期刊、杂志、报纸本身是由全国文联、中国作家协会，各省、市、自治区文联、作家协会等下设的具有行政隶属权的直属单位，但又由于自20世纪90年代以来市场经济的冲击和政府拨款的日渐减少，逐步向以“自负盈亏”的企业模式运作，因此文学传媒机构设置的、以“市场化为主导”的文学奖在此被单列出来成为一类。在文学传媒机构主办的文学奖中，常常引入“体育竞赛”模式，冠以“擂台赛”“拉力赛”“公开赛”等形式创新，辅之以“作品排行榜”“征文”等，通过与著名企业、各地方人民政府联姻、冠名成为20世纪90年代以来中国当代文学评奖活动中蔚为大观的一类。代表性的如人民文学出版社主办的“人民文学奖”，《人民文学》杂志社主办的“‘茅台杯’人民文学奖”“《人民文学》长篇小说双年奖”“利群（阳光文化传播）人民文学奖”，《中国作家》杂志社主办的“大红鹰文学奖”“《中国作家》鄂尔多斯文学奖”“《中国作家》剑门关文学奖”，人民文学出版社、《当代》杂志社主办的“《当代》文学拉力赛”“《当代》长篇小说年度奖”，《北京文学》杂志社主办的“‘新星杯’短篇小说公开赛”“新世纪《北京文学》奖”“当代中国文学最新作品排行榜”，云南人民出版社主办的“红河·大家文学奖”、长江文艺出版社“九头鸟长篇小说奖”等。

第四，是以民间机构如“文学之外”的报刊社、各民间团体、各大网站以及个人或海外华人团体捐资举办的文学奖项，例如《南方都市报》先后联合《新京报》《南都周刊》等主办的“华语文学传媒大奖”、文学批评家联合主办的“21世纪鼎钧文学双年奖”、陈伯吹捐资主办的“陈伯吹儿童文学奖”、香港汇奇化学有限公司董事长张大明先生捐助设立的“红楼梦文学奖”以及腾讯网、新浪网主办的“腾讯文学书院奖”“新浪中国文学原创大赛”等。

1. 以官方政府为主导的文学评奖

（1）新形势下加强意识形态工作的新思路

1989年2月17日《中共中央关于进一步繁荣文艺的若干意见》在总结了党的十一届三中全会以来我国文艺事业繁荣兴旺局面的同时，明确指出当前文艺工作中存在的“文艺领导工作和文艺体制与新形势的要求不太适应，社会主义商品经济条件下有关文艺工作方面的经济政策还不够健全；深刻反映社会变革和时代精神的杰出文艺作品不够多，还出现了一些消极、庸俗、涣散人心、对社会有不良影响的作品；科学的实事求是的文艺批评，未能经常地活跃地开展起来；文艺队伍中一些同志对祖国的历史文化缺乏了解，对专业基本功缺乏刻苦钻研的精神；有些同志缺乏社会责任感，存在着不同程度的脱离生活实际的情况”[①]等五个方面的具体问题。

“八九风波”之后，“一手抓整顿，一手抓繁荣”“一手抓繁荣，一手抓管理”成为20世纪90年代以来我们党对文艺战线工作的总方针。为了扭转在社会剧烈变革的情况下，文艺队伍中出现的一些思想分歧和混乱，在继续组织学习十一届三中全会以来党的基本路线方针政策，将认识统一到一个中心、两个基本点上来的同时，党中央、国家政府的智力决策部门开始重新思考在新形势下如何加强思想意识形态工作的新思路和新要求。

1992年中国共产党第十四次全国代表大会上，确立了邓小平建设

① 《中共中央关于进一步繁荣文艺的若干意见》，《人民日报》1989年3月11日。

有中国特色社会主义理论在全党的指导地位。这一马克思主义中国化的第二次成功飞越，为20世纪90年代以来精神文明建设、宣传思想工作展开、精神产品生产提供了强有力的思想基础和理论保证。1994年1月24日，江泽民在全国宣传思想工作会议上的重要讲话在“坚持用邓小平同志建设有中国特色社会主义的理论武装全党”[①]的同时，以战略家的非凡眼光提出了“弘扬主旋律、提倡多样化”[②]的文艺新主张。“弘扬主旋律、提倡多样化”是我们党第三代领导集体在新的社会环境下，继续“坚持‘二为’方向和‘双百’方针的具体体现”[③]，是新形势下国家意志以强大的“政治资本”开始介入文化战略的新方向。“弘扬主旋律，就是要在建设有中国特色社会主义的理论和党的基本路线指导下，大力倡导一切有利于发扬爱国主义、集体主义、社会主义的思想和精神，大力倡导一切有利于改革开放和现代化建设的思想和精神，大力倡导一切有利于民族团结、社会进步、人民幸福的思想和精神，大力倡导一切用诚实劳动争取美好生活的思想和精神。”[④]而“弘扬主旋律”的目标是“使我们的精神产品符合人民的利益，促进社会的进步，不断满足人民群众日益增长的精神文化需求”[⑤]。

正是在“弘扬主旋律、提倡多样化”的全新实践中，以“官方政府为主导”的文学评奖机制在国家意识形态部门强有力的助推下，以精神文明建设“五个一工程”为核心，举全社会之力，调动一切优势资源，以“重点项目”“重点工程”建设为参照，组织、生产、推出了一大批体现党的大政方针政策、符合人民群众精神文化需要、带动和影响整个精神产品创作生产的思想性与艺术性相统一的文艺精品问世。精

① 江泽民：《在全国宣传思想工作会议上的讲话》，《人民日报》1994年3月7日。

② 同上。

③ 同上。

④ 同上。

⑤ 同上。

神文明建设“五个一工程”也成为20世纪90年代以来反映时代精神、回应人民关切的“主旋律文学”生产的“主阵地”，一大批“反腐”题材、革命战争题材的精品力作，在得到国家意识形态认可的同时也赢得了广大读者的喜爱。张平、周梅森、柳建伟、邓一光等一大批作家通过“五个一工程”奖的认可，借助影视剧的“二度创作”与包装，成为20世纪90年代以来炙手可热的重要作家。

（2）新形势下加强精神产品生产的新举措

20世纪90年代以来的文学，是主流意识形态文学、知识分子精英文学、大众通俗文学三分天下的文学。“大众通俗文学”以市场化的运作模式，类型化的创作，在资本的介入下，对主流意识形态文学、知识分子精英文学所培养起的读者阅读习惯和消费、鉴赏品味形成了巨大的冲击。为了在新形势下加强精神产品生产，趋利避害，党和政府在“一手抓管理，一手抓繁荣”的文艺方针指引下，在江泽民（如1991年3月1日江泽民发表的《团结奋斗，繁荣社会主义文艺》的讲话）等中央领导同志的重要讲话精神的学习中，先后出台了《关于当前繁荣文艺创作的意见》《中共中央关于进一步做好文艺工作的若干意见》等20世纪90年代文艺繁荣发展纲领性文件的同时，以中共中央、国务院、国家新闻出版总署为核心，又在这一时期密集制定、发布了《中华人民共和国著作权法》《出版管理条例》《关于对部分进行调整的报刊重新登记注册的通知》《关于出版计划管理若干问题的通知》《关于坚决取缔非法出版活动的通知》《关于对“买卖版号”进行检查清理，认真做好自查自纠的通知》《关于制止格调低下的16开本出版物出版发行的通知》《关于加强全国性文艺新闻出版评奖管理工作的通知》《关于重申对出版反映党和国家主要领导人工作和生活情况图书加强管理的紧急通知》《关于严格禁止买卖书号、刊号、版号等问题的若干规定》《关于贯彻实施〈出版管理条例〉的通知》《关于期刊业治理工作的通知》《关于报业治理工作的通知》《关于全国各出版社书号核发办法的通知》《关于专项报送长篇小说出版情况和样书的通知》《关于对引进版图书加强管理的通知》《图书、期刊、音像制品、电子出版物重大选题备案办法》《出版管理行政处罚实施办法》《内部资料性出版物管理办法》《电子出版物管理规定》《关于加强和改进人民出版社工作的若干意见》《关于当前出版社改革的若干意见》《关于当前图书发行体制改革的若干意见》《重申几类需经专项申报的选题的通知》《关于进一步加强有关出版物管理的通知》《关于目前期刊出版有关问题的通知》《图书编辑工作基本规程》《关于期刊少数民族文字版有关问题的通知》《关于加强书号总量宏观调控的通知》《关于加强和改进重大选题备案工作的通知》《关于加强对国庆献礼图书出版管理的通知》《报刊刊载虚假、失实报道处理办法》等一系列政策法规对“重大选题”“全国性评奖”“图书期刊出版发行模式”等具体工作进行了进一步规范、管理，对此一阶段不利于文艺繁荣的“错误倾向”“不正之风”“不良势头”进行了严格把控和有效遏制。

与此同时，作为社会主义精神文明建设的重点工程、龙头工程、样板工程，“五个一工程”的实施，又是我们党和政府在新形势下着力精神文明产品生产，探索出的一项对广大人民精神文化生活产生重大影响的新举措。1991 年 3 月 1 日，中宣部、文化部、广播电影电视部联合发出《关于当前繁荣文艺创作的意见》，正式提出设立“以官方政府为主导”的“五个一工程”奖，暨“各省、自治区、直辖市的常委宣传部门和政府文化部门、广播影视部门，要像抓重点建设工程那样，集中力量有计划有重点地组织文化艺术产品的生产。1991 年内，要拿出质量上乘的一本好书、一台好戏、一部优秀影片或电视剧、一篇或几篇有创见有说服力的文艺理论文章。并在此基础上，制定出三至五年包括各种文艺门类在内的重点创作的规划。对于列入重点的项目，要采取硬性措施加以逐项落实和考核”[①]。“工程”建设之初，“五个一工程”共设戏剧、电影、电视剧（片）、图书、理论文章五个子项，1996 年评选时增设广播剧、歌曲两个子项，为了避免更名造成的不必要困扰，“五个一工程”之名一直延续至今。2005 年，《全国性文艺新闻出版评奖整改总体方案》出台后，“五个一工程”奖由原有八个子项缩减至五个，分别为电影、电视剧（片）、戏剧、歌曲、文艺类图书五个。评选工作也由此前的一年一度正式规范为每三年评选一次。2009 年第十一届“五个一工程”奖揭晓时，又增设“动画片”一个子项。

“五个一工程”奖正是在江泽民“以科学的理论武装人、以正确的舆论引导人、以高尚的精神塑造人、以优秀的作品鼓舞人”[②] 的指导思想下，以自上而下实施工程的领导体系、一支人数庞大、稳定的编创队伍、一个自下而上的评选队伍，成为 20 世纪 90 年代以来精神文明建设的“导向工程”“龙头工程”，在激励表彰的同时为人民群众提供了丰富多样的精神食粮。

1996 年，中宣部副部长、文化部部长刘忠德就五年来“五个一工程”奖的实施情况接受《人民日报》记者李战吉采访时，总结了以下五个方面的经验[③]：

> 第一是加强领导，建立责任制度。各地党委和有关部委党组大都成立了由党委（党组）分管领导或宣传部主要领导负责的“五个一工程”领导小组，不少省、自治区、直辖市党委和一些部委

① 《关于当前繁荣文艺创作的意见》，《人民日报》1991 年 5 月 10 日。

② 江泽民：《在全国宣传思想工作会议上的讲话》，《人民日报》1994 年 3 月 7 日。

③ 《推动精神产品生产　多出优秀作品　刘忠德就“五个一工程”答本报记者问》，《人民日报》1996 年 9 月 23 日。

党组织把“五个一工程”作为精神文明建设的重点工程，列入重要议事日程，许多地区和部门的党政主要领导亲自抓“五个一工程”；过问选题规划设计、作品的创作修改、制作经费的筹集落实、各部门的协调和作品的宣传评介。

第二是狠抓精品，带动全面繁荣。许多地区和部门努力在“精”字上下功夫，精心设计，精心组织，精心创作，精心表演，力争把最优秀的精神产品奉献给人民，通过这一工程的导向示范作用，拓宽了它的辐射面，有力地带动了精神产品的生产。

第三是精心规划，健全工作机制。几年来，各地各部门在尊重精神产品生产规律的同时，通过健全工作机制加大了对“五个一工程”规划工作的引导力度，建立健全了选题立项、资金保障、质量管理、评审上报、激励表彰等机制，掌握了组织精神产品生产的主动权，推动整个生产过程健康、协调发展。

第四是组织协调，形成整体合力。各地党委宣传部门充分发挥协调组织作用，极大地调动了精神生产各部门的积极性，形成了团结协作、共创思想文化精品的生动局面，精神产品生产的队伍凝聚起来，成为一支有战斗力、能打硬仗的队伍。

第五是注重宣传，充分发挥效益。从1994年开始，按照丁关根同志的要求，举办了入选电影、电视、电视剧、戏剧的展映、展播、展演活动，各地各部门也通过各种传媒进行宣传，使反映时代主旋律的作品成为“热点”。五年来，“五个一工程”的宣传力度逐年加大，入选作品的社会影响越来越广泛，在精神产品生产中的导向作用越来越强烈。

1992年“五个一工程”奖（1991年度）揭晓时，“依据每个省（自治区、直辖市）在每个艺术种类的作品中只能推荐、评选一部作品的原则”[1]，公布了15部优秀戏剧、7部优秀故事片、15部优秀电视剧、10本优秀图书以及10篇理论文章的获奖作品名单，而“组织工作奖”作为“五个一工程”奖重要子项之外设立的“集体奖”从1992年度精神产品生产“五个一工程”奖颁发时才首度揭晓。江苏、山东、河南、辽宁、上海、湖南、河北、浙江、黑龙江、内蒙古、广东、北京、吉林13个省、自治区、直辖市党委宣传部首获此项殊荣。为了贯彻落实中央精神文明建设工作的相关精神，为了把“工程”与全面工作相结合，把“工程”与日常工作相结合，全国各省、自治区、直辖市在党政重要领导同志的悉心部署、紧抓落实中相继成立了“五个一工程”领导小组，明确了领导小组成员的各自分工和责任，将宣传思想工作由“软任务”当作“硬任务”来分解落实。一时间全国各地掀起了建设精神文明“五个一工程”的热潮。积极组织、精心筹划规划的同时，专门辟出的专项基金[2]，对重点项目、重要人才进行了大力的扶持，对参选作品进行了强有力的宣传评介，对获奖作品更是进行了大力表彰。除此之外，各省、自治区、直辖市为规范参评作品的推荐制度，加强参评作品的获奖概率，还相继设立了与中央宣传部“五个一工程”奖极为类似的“小五个一工程”奖，严把质量关，使得一年一度的“五个一工程”奖真正成为“反映时代精神、弘扬主旋律的导向工程”“推动精品生产的创业工程”“促进优秀人才脱颖而出的育人工程”[3]（黄菊语）。从数据上便可窥见“五个一工程”奖的影响力逐年在扩大。1993年度，全国（除台湾外）的30个省、自治区、直辖市党委宣传部都有

---

① 钟文：《本报讯》，《人民日报》1992年5月14日。

② 比如为了“力争三连冠，再夺满堂彩”，天津市委、市政府按照中央规定落实了文化经济政策，明确规定这一部分资金重点用于支持精神产品生产，并拨出1200万元支持电影“九五五〇工程”；吉林筹措750万元重点支持长影厂进行技术设备改造；宁夏则以30万元专门用于“五个一工程”的扶持和奖励，推动宁夏精神文明建设等。

③ 《把最好的精神食粮贡献给人民　丁关根李铁映黄菊出席会议并讲话　中宣部召开精神文明建设“五个一工程”会议强调》，《人民日报》1995年10月26日。

作品报送，1994 年度参评单位更是在 30 个省、自治区、直辖市之外又有 15 个中央单位参评，1995 年度又在 1994 年度的基础上增加了新疆生产建设兵团和 3 个中央单位，1996 年度参评单位总数更是增至 53 个。[①]

然而，原本作为精神文明建设“硬指标”而被重视的“五个一工程”却逐渐在各地方政府的“暗中较劲”中变成地方政府政策落实力度、文化实力比拼甚至成为党绩政绩考核的重要标尺，由此形成的一种普遍的“获奖情结”以及由此带来的落后省份们的“获奖焦虑”使得官方政府为主导的“五个一工程”在生产高格调、高品位的文艺产品，树立精品意识，发挥导向作用，为人民贡献最好的精神产品这一主旨上出现了一定程度的偏离。获奖作品数量的逐年逐届大幅攀升，至第七届精神文明建设“五个一工程”奖结果揭晓时，获奖作品数已跃升至 372 部，这一数字是首届“五个一工程”奖总获奖数 57 部的 6.5 倍之多，如此选评机制逐渐演变成了受制于各省级党委政府、中央部门之间的利益平衡机制，严重影响到官方政府大奖的权威性、公信力。2003 年 4 月 28 日《光明日报》上刊载了中央宣传部有关负责同志就改进“五个一工程”评选工作接受本报记者采访的文章《按照“三贴近”原则，努力改进评奖工作 把最好的精神食粮奉献给人民》，文中从“严把申报关”“调整评委结构”“改进评选程序”“提高评选质量，压缩入选作品数量”四个方面对“五个一工程”奖的评选提出了更高的要求。与人民群众利益息息相关的收视（看、听）率、作品发行量、演出场次等数据作为参评作品的重要指标被引入其中，这一举措对于“政府制造”

① 以上数据出自《人民日报》上的报道：《中宣部召开精神文明建设“五个一工程”工作会议 总结经验多出精品》（1994 年 7 月 9 日）、《弘扬主旋律 反映时代精神 1994 年度“五个一工程”入选作品揭晓 120 种优秀作品榜上有名》（1995 年 10 月 16 日）、《中宣部召开精神文明建设“五个一工程”会议强调 坚持二为方向 坚持双百方针 多出精品多出人才 丁关根李铁映出席会议》（1996 年 9 月 26 日）、《丁关根在精神文明建设“五个一工程”颁奖大会上强调 坚持标准 提高质量 为人民提供更多更好的精神食粮》（1997 年 9 月 4 日）。

的、为评奖而推出的“非艺术精品”来说无疑是一个沉重的打击，为真正选评出在思想性、艺术性、观赏性上“三性统一”的艺术佳作打下了坚实的基础。

（3）新形势下主旋律文学生产的新机制

以“五个一工程·一本好书”为重要阵地，在“领导负责——规划选题——资金扶持——创作修改——组织协调——宣传评介”的模式下，“五个一工程”奖逐步探索出了一条新形势下主旋律文学生产的新机制，使得主旋律文学成为20世纪90年代以来奏响时代主潮、讴歌时代精神、回应群众关切、满足群众思想精神需要的“精品工程”。

精神文明建设“五个一工程·一本好书”评选经历了种类从杂多到单一的转变。从1992年首届启动至第九届结束，图书评选种类极为丰富。党史著作、理论读本、经济类调查报告、大型辞书、地方文献、科普读物、少年儿童作品等一大批人文、社科、科技类图书受到官方政府大奖的表彰。此一阶段获奖的文学作品，尤其是长篇小说数量占比极为有限，王旭峰的《南方有嘉木》、张宏森的《车间主任》、周梅森的《人间正道》《中国制造》、邓一光的《我是太阳》、柳建伟的《突出重围》、姜安的《走出硝烟的女神》、陆天明的《大雪无痕》、徐贵祥的《历史的天空》、姚雪垠的《李自成》（全本）以及张平的《抉择》等先后得到过“五个一工程”奖的肯定。而2005年《全国性文艺新闻出版评奖整改总体方案》出台后，“五个一工程·一本好书”评选只限于“文艺类图书”一个种类，由此而来的便是长篇小说数量占比大幅提升。铁凝的《笨花》、熊召政的《张居正》、王树增的《长征》《解放战争》、张平的《国家干部》、杨志军的《藏獒》、刘醒龙的《天行者》、徐贵祥的《四面八方》、高建群的《大平原》、方方的《武昌城》、石钟山的《石光荣和他的儿女们》等作品先后获奖。尤为巧合的是，为庆祝新中国成立50周年，中宣部、文化部联合多部委评选出的

10部“优秀献礼长篇小说”《中国制造》《突出重围》《抉择》《走出硝烟的女神》《草房子》《男生贾里全传》《补天裂》《我是太阳》《苍山如海》《李自成》（第四、五卷）又全部在“五个一工程”奖上折桂，由此可见“五个一工程”奖在评选标准上与“国庆五十周年优秀献礼长篇小说”评选极为类似。而这种类似又与江泽民同志在1994年年底作出的繁荣长篇小说、电影和少儿作品的重要指示密不可分。

在对主旋律文学生产机制的研究中，张平的《抉择》绝对是一个精神产品生产、传播的“标本”。《抉择》的“横空出世”，是张平作为一位“人民作家”始终直面现实、关注时代、深入底层、不畏矛盾、不惧争议，以饱含深情的笔触直抵“反腐”与国有企业改革的“一线”，奏响的一曲忠诚于党、忠诚于人民的新时期共产党员的赞歌。在与复杂尖锐的利益纠葛、权力争夺的正面较量中，市长李高成身上所展现出的、党员干部“金子般”的优秀品质和他心系人民、心系国家的赤胆忠心、忘我精神和正义必将战胜邪恶的坚定信念，让《抉择》成为20世纪90年代“反腐”题材小说的“扛鼎之作”。虽然这部作品依旧没能摆脱思想性大于艺术性的“主旋律文学”窠臼，在情节的调动与人物的塑型上仍有简单化、模式化等粗粝之感，但它以对人民的赤子深情，在艰难的“反腐”之路上娓娓道来一个“英雄的困顿”和一个“骑士的坚守”，这种站在风口浪尖仍然迎难而上的大无畏精神，使得整部作品在凛然正气、激越文字之间给予读者心灵强烈的冲击，发人深省、感人肺腑。

根据张平的长篇小说《抉择》改编的电影《生死抉择》，更是凭借“国家意志”这双有力“大手”，通过全党动员式的密集宣传和包场观影等多元购票方式，在影像化的视觉冲击下，为全国广大党员干部上了一堂生动的“反腐课”。当演员王庆祥以平实却又意志坚决的口吻庄严宣告：“这就是我，一个共产党员的——生死抉择”时，对于全体党员干部都是一次灵魂的荡涤、心灵的洗礼。影片在20世纪90年代中国电影市场化改革最为艰难的时刻，以超过亿元的票房收入谱写了“主旋律电影”新的纪元。作家张平也凭借长篇小说《抉择》先后荣获了“五个一工程”奖、第四届茅盾文学奖，使得“主旋律文学”既得到了官方政府“权力逻辑”的褒奖、认可，又按照“文学场自身的逻辑”得到了专家精英们的普遍赞誉，并在“市场资本逻辑”的规则下迎合了广大读者、观众的审美趣味。作为“主旋律文学”代言人的张平也凭借“文学评奖”这一“象征资本”从一位“人民作家”成为一名走上省级领导岗位的“人民公仆”。

由此“主旋律文学”凭借“国家权力”赋予的“合法性”与“权威性”，借助“影视改编”这一路径，实现了传统媒介与新兴媒介之间的自由转换，也实现了“从追求发行量到追逐票房收入、收视率”的价值转换，逐渐成为20世纪90年代以来“主旋律文学”生产、传播、消费的新路径。

2. 以文学传媒为主导的文学评奖

（1）制度传统与价值裂变

伴随着1998年第四届茅盾文学奖和首届鲁迅文学奖评奖结果揭晓后的各方争议以及与文学关系极为密切的“五个一工程”奖等官方政府奖在这一年内未能如期举行，以文学传媒为主导的文学评奖在这一时间段前后以“高额的奖金”“文学的公心”以及各式“竞赛的噱头”一时间成为社会各方关注的“焦点”，而这股文学传媒掀起的“评奖热”直至今日依旧势头不减。

纵观新时期中国当代文学评奖制度的建构，文学传媒机构一直发挥着不容忽视的重要作用。由于自身的性质与行政隶属关系，在很大程度上与“作协系”全国性文学奖一同出现在公众的视野中，从未缺席。标志着新时期中国当代文学评奖制度开创的“1978年全国优秀短篇小说评选”起初就是由《人民文学》杂志社主办的。为了避免各个评奖

表4-2　历届中共中央宣传部精神文明建设“五个一工程”奖数据统计一览表

届别	颁奖年份	作品年度	戏剧	电影	电视剧（片）	图书	理论文章	广播剧	歌曲	理论文献片	动画片
1	1992	1991	15	7	15	10	10				
2	1993	1992	15	6	16	14	15				
3	1994	1993	15	8	21	20	20				
4	1995	1994	21	10	28	33	28				
5	1996	1995	25	11	29	41	34	13	21		
6	1997	1996	29	16	32	49	41	29	30	+1	
7	1999	1997年7月—1998年6月	42	26	56	63	68	45	51	21	
8	2001	1999年7月—2001年4月	51	22+1	62+1	65	38	47	64	21+1	
9	2003	2001年5月—2002年12月	10	5	11	11	5	5	6	5	
10	2007	2003—2006	25+1	19+3	33+4	8		17	20		
11	2009	2007—2009	30	26	33	28		15	26		6
12	2012	2009年7月—2012年5月	32	26	33	30		19	30		6

注：①1997年颁发的1996年度精神文明“五个一工程”奖未设“理论文献片”这一奖项，因此大型电视文献纪录片《邓小平》被授予“特别奖”。

②2001、2007年颁发的第八届、第十届精神文明“五个一工程”奖评选时，“特别奖”分属“戏剧”“电影”“电视剧（片）”“理论文献片”四个奖项，故以“+1”的形式备注。

③自第十届精神文明“五个一工程”奖起，“图书”奖仅限于“文艺类图书”一类。

④在数据统计中，“组织工作奖”未在统计范围内。

⑤精神文明建设“五个一工程”奖自1991年设立，1992年5月20日第一次颁奖，至今已举办十二届。最初设“戏剧”“电影”“电视剧（片）”“图书”“理论文章”五个子项。1996年评选时，增加“广播剧”“歌曲”两个子项，“五个一工程”名称不变。1999年评选时，增设“理论文献片”一个子项。2005年，《全国性文艺新闻出版评奖整改总体方案》出台后，“五个一工程”奖由原有八个子项缩减至五个，分别为电影、电视剧（片）、戏剧、歌曲、文艺类图书五个。评选工作三年一次。2009年第十一届“五个一工程”奖揭晓时，又增设“动画片”一个子项。

机构各自为政、各搞一套，不利于中国当代文学评奖制度的建构，20世纪80年代初，才最终确立了中国作家协会主办，全国优秀短篇小说奖由《人民文学》（后改为《小说选刊》）杂志社主办，全国优秀中篇小说奖由《文艺报》社主办，全国优秀新诗（集）奖由《诗刊》杂志社主办，全国优秀报告文学奖由《文艺报》联合《人民文学》主办的新模式。1997年首届鲁迅文学奖评选时，仍然延续了20世纪80年代的这一“传统”，各中国作家协会下属的重点文学传媒机构奉命承担了鲁迅文学奖各子项的具体工作。

然而，20 世纪 90 年代以来文学传媒机构对于文学评奖的“热衷”已与新时期中国当代文学评奖制度建构初始时，旨在改变党对文艺领导方式、为全新政治经济文化设计以合法性论证、进而繁荣文艺园地的价值诉求发生了明显的裂变。“市场化逻辑”下的“利益驱动”让 20 世纪 80 年代中后期便开始经受期刊出版发行体制改革、逐步取消财政拨款考验，在自负盈亏中屡屡陷入生存困境的文学期刊社抓住了文学评奖这一“救命稻草”，到处“化缘”而来的企业赞助在一轮又一轮的评奖“冠名潮”中，以“广而告之”的形式为行色各异的“赞助商”积攒了一定人气的同时也在一时间解了文学期刊社的“燃眉之急”，成为文学期刊社吸引优质稿源、聚拢文坛宿将、扶持文学新人、改版刊物内容、改进装帧水平，以期更好服务于读者、提升期刊订阅数的绝好契机。

（2）设奖 · 冠名 · 巨奖 · 赛制

第一，设奖：“不曾忘却的纪念”

20 世纪 90 年代以来，文学传媒机构设立的文学大奖除过某种政治需要，如党和国家十年一次的盛大庆典，或是五年一次召开的具有历史性意义的党代会之外，在大多数情况下都是以在本刊发表或是在本社出版的、以一定年度为限，从而设立的单项奖或综合性奖项。

文学传媒机构设立的文学大奖，往往作为该刊、该社创刊、复刊、创社等大型庆典中的“特别活动”在“特殊年份”中密集设立。正是为了这“不曾忘却的纪念”，1994 年，与共和国同龄的《人民文学》在迎来自己四十五岁生日时，联合香港昌达环球有限公司、湖南省长沙市建委、中国嘉德广州国际拍卖有限公司、山东莱州银磊企业总公司、湖南零陵卷烟厂共同设立了“‘昌达杯’优秀小说奖”“‘长沙杯’诗歌奖”“‘嘉德杯’小说新人奖”“‘银磊杯’优秀报告文学奖”“‘红豆杯’优秀散文奖”五项大奖。1999年，在《人民文学》创刊50周年之际，又与伊力特实业股份有限公司，设立了“《人民文学》‘伊力特’杯中短篇小说奖”。2003年，在《人民文学》即将迎来创刊55周年的“历史性一刻”时，“国酒”贵州茅台集团与“国刊”《人民文学》“强强联手”，创设了“‘茅台杯’人民文学奖”。1998—1999年，在《当代》创刊20周年之际，河南焦作化电集团、安徽涡阳高炉酒厂、丹东纸业有限责任公司三家企业先后出资，设立了“‘焦作化电’杯《当代》文学奖”“‘双轮’杯《当代》报告文学奖”“‘丹东纸业’杯《当代》杂志创刊二十周年征文”等。1993年在《中国作家》创刊8年、出刊50期之际，河南中原不动产总公司和安徽中原鞋业有限公司伸出友谊热情之手，协助《中国作家》举办了“1992年度《中国作家》‘中原—奇安特’杯中篇小说奖”和“90—92年度‘亚细亚杯’优秀报告文学奖”，对该刊三年以来发表过的中篇小说和报告文学作品进行了一次检阅。1998年3月，为了迎接“凤凰涅槃”“劫后重生”的老牌地方文学刊物《红岩》文学双月刊复刊100期，“《红岩》文学奖”正式设立。

第二，冠名：双赢的“某种权宜”

对于中国当代纯文学期刊来说，一直倚靠各级作家协会和文联组织，凭借政府拨款维持正常运转。1984年12月29日国务院下发的一纸通知——《国务院关于对期刊出版实行自负盈亏的通知》，开启了纯文学期刊在“自负盈亏”之路上艰难、漫长的“断奶期”。仅凭发行量的单一盈利模式已不能适应市场化的需要，再加上20世纪90年代以来文学自身境遇的日益边缘化，读者群的大量流失使得纯文学期刊已经很难再现20世纪70年代末80年代初那“昙花一现”式的“辉煌时刻”了。1998年是文学期刊运行最为艰难的一年，《昆仑》《漓江》《小说》相继宣布停刊，“天鹅之死”已将纯文学期刊逼入了绝境。一边是“改版风潮”下大批文学刊物开始着手变更办刊风格、调整内容栏目、革新版型样式，另一边则是借“文学评奖”这一推手，四处化缘、寻求赞助，以解生存的燃眉之急。

“评奖热”背后是期刊杂志社对于“办刊经费”的“极度渴望”，而多元社会实体对于文学评奖的“资金介入”从20世纪90年代至今，“高烧”一直没有消退，反而因为“变体”的出现，使得昔日单一的广告宣传目的变得更加繁复，难以轻易辨认。根据“冠名权主体”性质的差异，可以划分为企业冠名、产品冠名、地方政府冠名三种“冠名模式”。

企业冠名——作为评奖资金的赞助方，企业冠名评奖是文学传媒大奖中最早也是最为普遍的一种呈现方式。虽然企业对于文学期刊的资金支持并非只有“冠名”文学奖一种方式，成立理事会、董事会，引入现代企业制度的“跨界联姻”手法也曾屡见不鲜。但对那些寄希望于用“广而告之”的形式，在“注意力经济”的撬动下，短时间内便能提升社会知名度，拓展“拳头产品”营销渠道的企业来说，冠名文学奖无疑是一次开销并不庞大，却能取得“双赢”的绝好商机。尤其是对一些在广告宣传上受到国家严格限制的“烟草企业”来说，以企业之名或借“文化公司”之“躯壳”大打“制度擦边球”，堂而皇之地在文学评奖中大造一把声势，也是极为常见的现象。1995年，云南红河卷烟厂以20万元注资“大家文学奖”，成为这一巨额文学奖的独家冠名商，顿时名声大噪。而分别于1992年、1994年与《人民文学》杂志社联合举办“全国文学社团‘风流杯’大奖赛”“‘红豆杯’优秀散文奖”的零陵卷烟厂、1994年与《中国作家》杂志社联合举办“我与云南”有奖征文活动的云南玉溪卷烟厂、2001年与《中国作家》杂志社联合打造“中国作家大红鹰文学奖”的宁波卷烟厂、2006年与《人民文学》携手创办“利群（阳光文化传播）人民文学奖”的主办方之一杭州利群阳光文化传播公司（母体企业为杭州利群卷烟厂）都曾因为赞助文学奖而声名鹊起。

企业冠名文学奖除过“逐利心理”之外，还有一种极为特殊的心理很少被研究者所注意，那就是出于对“文学的公心”。这种“公心”更多的与法人代表的自身经历、学识修养甚至文学底蕴有直接的联系。1991 年，在《人民文学》创刊 42 周年之际，“为感谢广大读者对本刊的关心、支持与厚爱，为增进编者与读者之间的相互信任与了解，为在新的历史条件下把刊物办的更好”，《人民文学》杂志社联合国家定点民用汽车生产厂商沈阳三山汽车工业联营公司特此设立“‘三山杯’《人民文学》知音奖”，作为一种“回馈”，感谢与《人民文学》同甘共苦、患难与共的忠实读者群。而三山汽车工业联营公司的总经理马成泰本身便是一位始终注目《人民文学》，忧思文学事业并于 1955 年起，便有多篇散文、多首诗歌“出世”的中国作家协会会员。正是出于这份对于“文学的公心”，这位忠实的文学爱好者方才慷慨解囊替《人民文学》杂志社感谢读者们的执着坚守。

与此相类似的还有 1994 年人民文学出版社、《当代》文学杂志社联合广东炎黄文化研究会主办的“炎黄杯‘人民文学奖’”（1986—1994）、“炎黄杯‘《当代》文学奖’（1985—1993）”。虽然名义上“广东炎黄文化研究会”是一家旨在研究弘扬中华民族传统文化，尤其是岭南文化的社团组织，但其组织者钱石昌，尤其是欧伟雄兼具“文化商人”的身份，生意做得风生水起，而二人合著的长篇小说《商界》又曾以自然来稿的形式受到了《当代》文学杂志社同人的一致肯定，并分两期刊载在 1988 年的《当代》上。正是有了这样的编作往来，又承蒙欧伟雄先生爽快答应支援人文社 30 万元，再加上社内自有资金 10 万元，才使得“炎黄杯‘人民文学奖’”（1986—1994）“炎黄杯‘《当代》文学奖’”（1985—1993）顺利举行并一时成为文坛上的佳话。

产品冠名——相较于“企业冠名”，以“产品冠名”文学奖更是将市场营销的“不二法门”直接运用到了文学价值评判中，以资金支持辅以实物奖励的形式，以消费者化的心理预期实现“龙头产品”与“名刊”“名社”的联姻。1991 年，《人民文学》杂志社联合湖南省作家企业家联谊会、零陵卷烟厂以“风流牌”香烟之名举办了“全国文学社团作品‘风流’杯大奖赛”，使得“风流”这一湖南本土香烟品牌在打破“地方保护主义”和“烟草业行规”的情势下打响了走出湖南、做大做强的“第一枪”。1991—2013 年，《中国作家》杂志社先后联合山东诸城橡胶厂、山东文登第一机械厂、安徽中原鞋业有限公司、河南郑州中原不动产总公司等多家企业主办的“‘吉鹏杯’短报告文学征文”“1991—1992 年度‘力象杯’优秀散文奖”“1992 年度《中国作家》‘中原—奇安特’杯中篇小说奖”“90—92 年度‘亚细亚杯’优秀报告文学奖”便是以各自企业的自主品牌“吉鹏”橡胶、“力象牌”塔式起重机、“奇安特”高级旅游鞋和“亚细亚”系列商城冠名的。“‘中原—奇安特’杯中篇小说奖”的奖品中便有“奇安特”高级旅游鞋一双。冠名文学奖，作为企业品牌推广、营销策略多元化的手段之一，为这些著名企业进一步提升优势产品的市场占有率、挖掘潜在消费能力壮大了声威。

地方政府冠名——2011 年，中国共产党第十七届中央委员会第六次全体会议通过了《中共中央关于深化文化体制改革推动社会主义文化大发展大繁荣若干重大问题的决定》，进一步提出了“加快发展文化产业，推动文化产业成为国民经济支柱性产业”[①] 的总体构想。一部分沿海经济发达省份和拥有历史传统的文化大省率先在这股势不可挡的潮

① 《中共中央关于深化文化体制改革推动社会主义文化大发展大繁荣若干重大问题的决定》，《人民日报》2011 年 10 月 26 日。

流中成为文化产业发展的“先锋力量”。正是这种建构文化强国、文化强省（自治区、直辖市）、文化强市、文化强区强县的“文化发展路径”的作用，一大批地方政府凭借自身的文化优势，利用文化名人着力打造旅游文化新热点，利用自然山水全新打造人文新景观，由此而来的“征文热”在各大“名刊”和地方党委、政府的“推波助澜”下，再度掀起了一股“冠名潮”。新世纪以来，《人民文学》杂志社联合广东东莞市石碣镇政府着力打造的“‘石碣崇焕’杯《人民文学》年度中短篇小说奖”2011 年正式设立；《中国作家》杂志社曾于 2008 年、2009 年、2013 年先后与鄂尔多斯市人民政府，广东中山市市委、市政府，浙江舟山市委宣传部等联合设立了“中国作家鄂尔多斯文学奖”“‘中山杯’华侨华人文学奖”“《中国作家》‘舟山群岛新区杯’短篇小说奖”等多个奖项。“中国作家鄂尔多斯文学奖”以及由此发展而来的“鄂尔多斯国际文化节”已经成为内蒙古最具影响力的年度盛会，不仅提升了鄂尔多斯乃至内蒙古自治区的文化软实力，更对内蒙古自治区文学事业发展、文学新人的涌现起到了巨大的推动作用。从 2007—2011 年度“中国作家鄂尔多斯文学奖”的获奖名单来看，先后有张秉毅、布林、郝敬堂、王进勇、李红梅五位鄂尔多斯作家的四部作品《与天地共生》（长篇纪实文学）、《一路歌声》（中篇小说）、《西风烈——崛起的鄂尔多斯》（中篇报告文学）、《乌审草原札记》（短篇纪实文学）获得“中国作家鄂尔多斯文学奖”的褒奖。

在 20 世纪 90 年代以来的文学“评奖热”中，没有一家期刊社以“文学纯粹性”之名断然拒绝企业赞助、冠名。而企业对于文学奖的资金支持和利益诉求也随着企业自身文化建构的需要逐渐发生了从“体外输血”逐渐向着“体内造血”的变化。起初的文学评奖，冠名企业在多数情况下只是提供一笔可观的资金辅以援助，在评奖委员会中出任一些“虚职”，评奖本身仍由各大文学期刊、出版社组织业内知名专家、学者、评论家、媒体人等担纲评委。随着“企业文化”在21世纪的市场竞争中的重要性越发凸显，一大批知名企业也开始借助文学奖之手，借作家之口，凝练、传播企业文化。2008年度“‘茅台杯’人民文学奖”颁奖中，赵剑平的《巴拿马诱惑》被授予“特别奖”，而这部报告着实是为“国酒茅台”量身打造的，通篇文字全然可以看作是对这个民族品牌悠久历史、当代精神的高度凝练与概括。

表4-3　1991—2013《人民文学》《中国作家》《当代》《北京文学》等四家大型文学期刊主办的各类奖项

《人民文学》杂志社		
年份	奖项名	冠名、赞助、联合主办方
1991	全国文学社团作品“风流”杯大奖赛	湖南零陵卷烟厂
1992	“三山杯”《人民文学》知音奖	沈阳三山汽车工业联营公司
1992	“中国脊梁”（攀钢杯）搞好国营大中型企业优秀报告文学征文	攀枝花钢铁公司
1994	《人民文学》“昌达杯”94优秀小说奖	昌达环球有限公司
1994	“长沙杯”诗歌奖	长沙市建委
1994	“嘉德杯”小说新人奖	中国嘉德广州国际拍卖有限公司
1994	“银磊杯”优秀报告文学奖	莱州银磊企业总公司
1994	“红豆杯”优秀散文奖	零陵卷烟厂
1995	《人民文学》“昌达杯”95优秀小说奖	昌达环球有限公司
1996	96“昌达杯”人民文学奖	昌达环球有限公司
1999	《人民文学》“伊力特”杯中短篇小说奖	伊力特实业股份有限公司
2003	“茅台杯”人民文学奖	贵州茅台集团
2004	“萧山杯”人民文学新世纪散文奖	杭州市萧山区委等
2004	“德意杯”首届“青春中国”诗歌奖	杭州市萧山区委、德意集团等
2006	利群（阳光文化传播）人民文学奖	杭州利群阳光文化传播公司
2007	“我心中的增城”征文评选	增城市政府
2007	“千年欧阳修”征文	扬州市委宣传部等
2008	“观音山游记”征文	广东东莞观音山国家森林公园

续表

《人民文学》杂志社		
年份	奖项名	冠名、赞助、联合主办方
2008	《背影》全国同题征文	扬州市委宣传部等
2009	风物扬州全国征文大赛	扬州市委宣传部等
2009	"大足石刻杯"全国诗歌散文征文	中共大足县委、县政府
2010	《人民文学》长篇小说双年奖	慈溪市委、市政府
2010	朱自清散文奖	扬州市委宣传部等
2010	"人文同里"征文	江苏吴江市、同里镇人民政府
2010	"红旗渠杯"散文征文	安阳市委宣传部等
2011	"石碣崇焕"杯《人民文学》年度中短篇小说奖	东莞市作协、东莞石碣镇政府
2011	善卷故里、善卷鼎城诗歌散文征文	常德市鼎城区委等
2011	"纪念辛亥革命武昌起义一百周年"征文	武汉市武昌区委
2013	观音山杯"美丽中国"游记文学大奖赛	广东东莞观音山国家森林公园
2013	"魅力乌镇"全国有奖征文	浙江桐乡县委、县政府等
2013	"美丽武汉 幸福汉阳"全国诗歌（词）大赛征文	武汉市汉阳区委

《中国作家》杂志社		
年份	奖项名	冠名、赞助、联合主办方
1991	"吉鹏杯"短报告文学征文	山东诸城橡胶厂
1992	1991—1992"力象杯"优秀散文奖	山东文登市第一机械厂
1993	1992年度《中国作家》"中原—奇安特"杯中篇小说奖	安徽中原鞋业有限公司
1993	1990—1992"亚细亚杯"优秀报告文学奖	河南郑州中原不动产总公司
1994	"我与云南"有奖征文	云南玉溪卷烟厂
1994	1991—1993年度《中国作家》"江轧杯"短篇小说奖	马钢江东轧钢厂
1997	"环宇杯"各省市作家小说联展征文	《佛山文艺》
1998	全国青年文学征文作品大赛	《女友》
2000	"大鹏杯"报告文学征文	深圳特区报社
2002	中国作家大红鹰文学奖	宁波卷烟厂
2005	"黄浦江源"全国生态文化征文大奖赛	国家环保局宣教中心、浙江省吉安县人民政府

续表

《中国作家》杂志社		
年份	奖项名	冠名、赞助、联合主办方
2005	“金秋之旅”有奖征文	北京龙文文化艺术有限公司、文华图书编著中心
2006	中国作家百丽文学奖	百丽投资有限公司
2008	中国作家鄂尔多斯文学奖	鄂尔多斯市人民政府
2008	“绵山杯”《中国作家》第四届“金秋之旅”有奖征文	山西绵山风景区
2009	风物湖州诗文大赛	湖州市文联、《湖州日报》社
2009	“漂母杯”全球华文母爱主题散文作品大赛	江苏省作协、淮安市委宣传部等
2009	“中山杯”华侨华人文学奖	中山市委、市政府
2009	《中国作家》郭沫若诗歌奖	连云港人民政府
2011	中国作家剑门关文学奖	广元市委、市政府
2013	《中国作家》“舟山群岛新区杯”短篇小说奖	舟山市委宣传部
《当代》杂志社		
年份	奖项名	冠名、赞助、联合主办方
1994	“炎黄杯”《当代》文学奖	广东炎黄文化研究会
1995	1994《当代》“汇通杯”征文	
1997	1996《当代》“红豆杯“征文	
1998	“焦作化电”杯《当代》文学奖	河南焦作化电集团
1998	“双轮”杯《当代》文学奖	安徽涡阳高炉酒厂
1999	“丹东纸业”杯《当代》杂志创刊二十周年征文评奖	丹东纸业有限公司
1999	《当代》文学拉力赛	
2004	《当代》长篇小说年度奖	
《北京文学》杂志社		
年份	奖项名	冠名、赞助、联合主办方
1995	《北京文学》“九牧王”杯散文奖	福建晋江九牧王制衣有限公司
1995	《北京文学》“神华杯”小说大奖赛	中国神华集团公司
1997	“新星杯”短篇小说公开赛	山西新星矿用潜水泵厂
1999	当代中国文学最新作品排行榜（首届冠名“正豪杯”）	福建正豪集团
2000	中国首届当代诗词大奖赛	中国国际广播电台

续表

《北京文学》杂志社		
年份	奖项名	冠名、赞助、联合主办方
2001	老舍散文大奖赛	老舍文艺基金会等
2001	新世纪《北京文学》奖	
2005	《北京文学·中篇小说月报》奖	

第三，巨奖："不只是吸引"

在世界文坛，诺贝尔文学奖的"巨额奖金"和法国龚古尔文学奖的"象征性奖金"一直都是两种并行不悖的奖励方式。奖金额的高低，并不是衡量一个文学奖公正与否、价值几何的标准。但是，自20世纪90年代起，国内以文学传媒为主导的文学奖为了扭转发行量的颓势，为了壮大新刊声威，为了吸引优质稿源、扩大知名作者群队伍、发现文坛潜力新人、更好适应读者的需要，纷纷不遗余力大幅提高文学奖金额度，借"重金悬赏"的持续吸引，重磅炸弹式的密集宣传，一时掀起千层浪的同时聚焦了社会各方的"关注度"，这种"敲着锣鼓唱大戏""你追我赶"的市场化运作模式，催生出了"巨奖"接二连三的诞生。

能够被冠以"巨奖"之名的文学奖，奖金基本上都以10万元起步。1995年，"大家·红河文学奖"以"10万元奖励一位作家"成为当时中国文坛奖金额最高的文学赛事，瞬间让《大家》这个地处边疆、云南人民出版社1994年创办的新创刊物变身文坛"新贵"。"新闻出版署称她为'西南地区冲出的一匹黑马'；中国文坛把她叫做'白雪公主'；期刊界冠以她'白领丽刊'的雅号；新闻界认为她是'94中国文坛第一热点'；香港报刊视她为'大陆严肃文学复苏的前兆'。"[①] 然而，苏策在《直言〈大家〉评奖》一文中直言"一个边缘省份出版社能为自己主办的刊物募集如此巨款，举办文学评奖，当然令

① 《今年交邮发大家订〈大家〉》，《大家》1995年第1期。

人佩服"[1]，却也话锋一转直陈"不可否认，《大家》第一次评奖却是失败的"。对于首届"大家·红河文学奖"10万元大奖得主——莫言的长篇小说《丰乳肥臀》，凭借浅白、露骨的标题吸引读者关注的市场化行为，批评之声最为激烈。《丰乳肥臀》是否能够真正成为比肩诺贝尔文学奖的当代"杰作"，《大家》究竟是要造就"大师意义上的大家"还是"大众意义上的大家"等质疑一股脑地涌来，让这10万元大奖在争论各方的"口水战"中成为20世纪90年代文坛的一大热点。从此，"10万元"便成了衡量一个文学奖是否能够成为"巨奖"的最低标尺，1999年《当代》杂志社创办的"《当代》文学拉力赛"年度大奖得主的奖励金额也同样为10万元人民币。

表4-4　　大家·红河文学奖获奖情况概览　　（奖金单位：万元）

届别	评选范围	颁奖时间	头奖	文体	获奖者	获奖作品	奖金
1	1994—1995年	1995年12月12日	★	长篇	莫言	丰乳肥臀	10
2	1996—1997年	1998年3月	空缺				
				中篇	迟子建	白银那	3
					叶兆言	故事：关于教授	3
				短篇	木祥	怒江故事	2
				散文	张锐锋	飞箭	1.5
				诗歌	屠岸等	公仆之歌	
3	1998—1999年	2002年1月29日	空缺				
				荣誉	闻树国、刘震云、林白、北村、于坚、李洱、刘燕燕、陆涛		
4	2000—2001年	2002年1月29日	★	长篇	池莉	看麦娘	10

然而，由于多元经济实体的赞助，文学期刊社设置的文学奖金额度在愈演愈烈的多轮恶性比拼中逐渐失去了控制。"改版中"的《东海》文学月刊社在经过一轮30万元"巨奖"的较量和每千字300元的

① 苏策：《直言〈大家〉评奖》，《文艺理论与批评》1998年第1期。

"'兄弟杯'全国纯文学最高稿酬征文"之后，又于1998—1999年与浙江广厦集团、浙江影视创作所联合推出了奖金额高达50万元的"'广厦杯'五十万元文学征文"，旨在广揽海内外一流佳作。但是如此一波又一波的"巨奖"也没能让《东海》逃脱"停刊"的命运。而大型通俗文学杂志《今古传奇》也在新一轮"改版中"以20万元特设优秀中、长篇小说奖。2001年，在浙江通策集团老总吕建明的资助下，《美文》杂志社创办了总奖金额101万元的"全球华人少年美文大赛"，获得头奖的作品奖金为100万元。然而这样的一场噱头十足的"盛宴"却最终以3篇作品平分秋色、10万元大奖一分为三告终。而第二、第三届的"红河·大家文学奖"更是因为连续出现两届大奖"空缺"成为"笑柄"。即使是如期将10万元奖金授予王蒙之手的"《当代》文学拉力赛"却也因为作家王蒙的"慷慨"——转手捐回人民文学出版社而让信誓旦旦决不会"空缺"的《当代》文学杂志社惊出了"一身冷汗"。新世纪除过上述巨额文学奖外，还有总奖金额18万元的"新世纪《北京文学》奖"、12万元的"利群（阳光文化传播）人民文学奖"以及10年总奖金高达500万元的"中国作家鄂尔多斯文学奖"等多个文学传媒奖。

第四，赛制：文坛似体坛

20世纪90年代以来的文坛，虽然由于文学自身的边缘化境遇渐渐失去了80年代文学巨大的社会效应，但是一轮又一轮的"评奖热"还是将公众的视野在一定时间内拉回了当代文学现场，在一定程度上缓解了中国当代文学的"内生性焦虑"。在以文学传媒为主导的评奖活动中，"征文""奖评""重金悬赏"等模式对于公众来说早已是稀疏平常，而引入体育竞赛开展的"公开赛""拉力赛""擂台赛"[①] 等则以

① 例如《小说家》在1996年开设的"小说家精短中篇擂台对抗赛"栏目、《芙蓉》2003年开设的"'路桥湘军杯'全国短篇小说擂台大赛"专栏等。

全新的评奖方式，借助持久悬念的精妙设计，一下抓住了人们的眼球，“你方唱罢我登场”的热络局面，一时间让文坛好似体坛一般。

1996年8月至1997年12月，《北京文学》月刊社为重振短篇小说创作，蒙承山西新星矿用潜水泵厂的大力支持，特此举办了“《北京文学》‘新星杯’短篇小说公开赛”。在长达17个月的时间里共收到“公开赛”参评作品千余篇，《北京文学》月刊登载发表近百篇。在最终参与“公开赛”选评的78篇短篇小说作品中，既有业已成名的老将新作，又有一批文坛新人的短篇力作。在获奖的10篇佳作中，《拳圣》《门》《鞋》《玫瑰大师及其他》《双拐记》《小郑在大楼里》《缝补》等便出自刘恒、林斤澜、刘庆邦、王蒙、韩东、铁凝、储福金等名家之手。而这一活动既是对《北京文学》这一创办于1950年，起初便以发表浓郁“京味儿”短篇小说作品而名噪文坛的“期刊传统”的一次复归，又是对20世纪90年代以来《北京文学》多次改版的一种“重新定位”，更在20世纪90年代“长篇小说热”中进一步开掘短篇小说艺术形式的创新，重振短篇小说创作发挥了不容忽视的作用。借助《北京文学》在中国当代“短篇小说”创作繁荣中的历史地位和巨大号召力，凭着历时17个月“公开赛”的持续市场效应，使得《北京文学》一跃成为当年各大文学选刊、综合类文摘杂志转载率最高的文学期刊之一。而在评委会上“评委们谈论最多的一部作品”① ——刘庆邦的《鞋》在第二届鲁迅文学奖全国优秀短篇小说奖中再获肯定。正如《北京文学》执行副主编章德宁所说的那样:“这次评奖不只是评出获奖作品，更是对当前的短篇创作进行一次检阅，对本次公开赛发表作品进行一个回顾。”②

---

① 张颐雯:《精彩的横断面——“新星杯”短篇小说公开赛评奖纪实》，《北京文学》1998年第8期。

② 同上。

然而，能从20世纪90年代末一直坚持到今天，“《当代》文学拉力赛”无疑已经成为人民文学出版社、《当代》文学杂志社当之无愧的一块“金子招牌”。自1999年正式设立，2000年正式拉开大幕，已连续举办多届。大奖创办之初，正值纯文学期刊在市场化之路上跌跌撞撞、浮浮沉沉，几乎跌入“谷底”之时。《当代》2000年第1期上发表的《致读者作者》一文，言辞之恳切、态度之谦卑，让我们看到了举办“《当代》文学拉力赛”就如同“最后一役”一般，是关乎期刊生死的一次尝试，是寄予《当代》全体同人厚望的一次盼望。“无论新世纪是从2000年起还是2001年起，对于《当代》的同志，1999年底都是辞旧迎新的时候，也是我们躬身自省、扪心自问的时候。《当代》从1979年创刊至今，已经20年整。成绩不少，失误也多，遗憾更多。坚持到文学的萧条时期，依然能够独树一帜，全靠了读者和作者一如既往的信任和支持。在表达诚挚的感谢之时，我们也希望《当代》下列举措，能不辜负各界朋友的期望。”① “王中王”式的“拉力赛”模式让力图变革的《当代》在“冠名权”落空的情形下，依旧决定自筹经费“非办不可”。2000年第5期，《〈当代〉编辑部告作者读者》一文中这样写道：“拉力赛还得办，十万元大奖也还得发。虽然它在文坛也只是一件小事，但却是好事。既然是好事，有人给钱要办，没人给钱也要办。今年办，明年还要办。”② 不过值得庆幸的是，《当代》借助“拉力赛”，巧妙利用体育赛事制造“悬念”，“在这新旧交替的又一年里，又有熟悉的作家搁笔，又有兄弟刊物转向，除了一两起意外事件，文学依旧萧条着，甚至有些凄凉”③ 的时刻，迎来了“发行量终于开始反弹”④

① 《致读者作者》，《当代》2000年第1期。

② 《〈当代〉编辑部告作者读者》，《当代》2000年第5期。

③ 《〈当代〉致读者》，《当代》2001年第1期（封三）。

④ 同上。

"聚集在《当代》周围的人气渐旺"① 的"华丽转身"。2002 年，"《当代》文学拉力赛"在将年度总冠军独揽 10 万元大奖分解成为每分站赛冠军奖励 1 万元，总决赛冠军奖金 4 万元的同时，辅以"《当代》荣誉作家称号""稿酬一律加倍"等新诱饵，使得围绕在《当代》身边的作者群更为固定，尤其是那些曾经和日后获得过"《当代》文学拉力赛"分站冠军、年度冠军（或年度最佳）的作者都会首选《当代》刊载发表自己的新作，而《当代》一贯坚守的"现实主义"风格和主打的"长篇小说""报告文学"栏目也赋予了"《当代》文学拉力赛"以内在一贯的美学原则。报告文学作家陈桂棣、春桃夫妇，"底层文学"的代表作家曹征路，军事题材作家徐贵祥、王树增便与《当代》结下了不解之缘。

表 4－5　　《当代》文学拉力赛（2000—2013）信息一览表

2000 年《当代》文学拉力赛年度冠军——王蒙《狂欢的季节》			
分站	作者	冠军作品	文体
1	王芫	什么都有代价	长篇小说
2	王蒙	狂欢的季节	长篇小说
3	邓贤	流浪金三角	长篇纪实文学
4	严歌苓	谁家有女初养成	中篇小说
5	孙惠芬	春天的叙述	中篇小说
6	红柯	库兰	中篇小说
2001 年《当代》文学拉力赛年度长篇组总冠军——宁肯《蒙面之城》& 阎真《沧浪之水》			
2001 年《当代》文学拉力赛年度中篇组总冠军——夏天敏《好大一对羊》（短篇组总冠军空缺）			
1	宁肯	蒙面之城（上）	网络文学
2	宁肯	蒙面之城（下）	网络文学
3	刘春来	水灾	长篇小说
4	阎真	沧浪之水	长篇小说
	白连春	北京	中篇小说

① 《〈当代〉致读者》，《当代》2001 年第 1 期（封三）。

续表

2001年《当代》文学拉力赛年度中篇组总冠军——夏天敏《好大一对羊》（短篇组总冠军空缺）			
分站	作者	冠军作品	文体
	范小青	医生	短篇小说
5	王跃文	梅次记事	长篇小说
6	张炜	能不忆蜀葵	长篇小说
	夏天敏	好大一对羊	中篇小说
备注：范小青的《医生》在2001年《当代》文学拉力赛第三站中以短篇小说身份获得短篇小说冠军，但在2001年《当代》总目录中却被列入中篇小说行列。			
2002年《当代》文学拉力赛年度冠军——空缺			
1	孙惠芬	民工	中篇小说
2	莫怀戚	经典关系	长篇小说
3	尤凤伟	泥鳅	长篇小说
4	艾伟	爱人同志	长篇小说
5	柯云路	龙年档案（第二部）	长篇小说
6	程青	恋爱课	长篇小说
2003年《当代》文学拉力赛年度冠军——陈桂棣、春桃《中国农民调查》			
1	董立勃	白豆	长篇小说
2	许春樵	生活不可告人	中篇小说
3	丁三	蓝衣社碎片	纪实文学

2003年《当代》文学拉力赛年度冠军——陈桂棣、春桃《中国农民调查》			
分站	作者	冠军作品	文体
4	程青	十周岁	中篇小说
5	邓贤	中国知青终结	长篇纪实文学
6	陈桂棣/春桃	中国农民调查	长篇报告文学
备注：2003年《当代》文学拉力赛中篇小说原创专号“《当代》最佳”——吴玄《同居》。			
2004年《当代》文学拉力赛年度冠军——董立勃《米香》			
1	程琳	警察与流氓	长篇小说
2	宋剑挺	麻钱	中篇小说
3	徐贵祥	明天战争	长篇小说
4	王刚	英格力士	长篇小说
	王海鸰	中国式离婚	长篇小说
5	董立勃	米香	长篇小说

续表

2004 年《当代》文学拉力赛年度冠军——董立勃《米香》			
分站	作者	冠军作品	文体
6	荆歌	我们的爱情	长篇小说
备注：2004 年《当代》文学拉力赛中篇小说原创专号“《当代》最佳”——马笑泉《江湖传说》。			
2005 年《当代》文学拉力赛年度冠军——杨志军《藏獒》			
1	王华	柳溪庄	长篇小说
2	楚荷	苦楝树	长篇小说
3	陈桂棣/春桃	包公遗骨记	纪事
4	姚鄂梅	像天一样高	长篇小说
5	杨志军	藏獒	长篇小说
6	史铁生	我的丁一之旅	长篇小说
2006 年《当代》文学拉力赛年度冠军——王海鸰《新结婚时代》			
1	铁凝	笨花	长篇小说
2	严歌苓	第九位寡妇	长篇小说
3	程琳	香水	长篇小说
4	邓贤	黄河殇	长篇纪实文学
5	王海鸰	新结婚时代	长篇小说
6	韩永明	滑坡	中篇小说
2007 年《当代》文学拉力赛年度冠军——不详			
1	李克威	中国虎（上）	长篇小说
2	李克威	中国虎（下）	长篇小说
3	董立勃	白麦	长篇小说
4	孙大光	中国申奥亲历记	长篇纪实文学
5	贾平凹	高兴	长篇小说
6	阎真	因为女人	长篇小说
2008 年《当代》文学拉力赛年度冠军——刘国民《首席记者》			
1	杨志军	藏獒 3	长篇小说
2	莫怀戚	白沙码头	长篇小说
3	普玄	普通话陷阱	中篇小说
4	刘国民	首席记者	长篇小说
5	钟求是	零年代	长篇小说

续表

2008年《当代》文学拉力赛年度冠军——刘国民《首席记者》			
分站	作者	冠军作品	文体
6	曹征路	问苍茫	长篇小说
2009年《当代》文学拉力赛年度冠军——王树增《解放战争》			
1	王刚	福布斯咒语Ⅰ	长篇小说
2	于晓丹	一九八〇的情人	长篇小说
3	王刚	福布斯咒语Ⅱ	长篇小说
4	王树增	解放战争	长篇纪实文学
5	王树增	解放战争Ⅱ	长篇纪实文学
6	徐贵祥	马上天下	长篇小说
2010年《当代》文学拉力赛年度冠军——李师江《中文系》			
1	吴国恩	宣传部长	长篇小说
2	程琳	人民警察Ⅰ	长篇小说
3	李鸣生	发射将军	长篇纪实文学
4	王刚	福布斯咒语Ⅲ	长篇小说
5	李师江	中文系	长篇小说
6	贾平凹	古炉	长篇小说
2011年《当代》文学拉力赛年度冠军——王树增《一九一一》			
1	贾平凹	古炉（二）	长篇小说
2	朱晓军	高官的良心	长篇纪实文学
3	红柯	好人难做	长篇小说
4	王树增	一九一一	长篇纪实文学
5	王树增	1911之革命尚未成功	长篇纪实文学
6	杨志军	西藏的战争Ⅰ	长篇小说
2012年《当代》文学拉力赛年度冠军——邓贤《父亲的一九四二》			
1	杨志军	西藏的战争Ⅱ	长篇小说
2	许春樵	屋顶上空的爱情	长篇小说
3	吕铮	赎罪无门	长篇小说
4	周大新	安魂	长篇小说
5	邓贤	父亲的一九四二	长篇自传体小说
6	赵小赵	我的昙华林	长篇小说

续表

2013年《当代》文学拉力赛年度冠军——丁三《精卫填海》			
分站	作者	冠军作品	文体
1	程青	最温暖的寒夜	长篇小说
2	王华	花河	长篇小说
3	阿拉提·阿斯木	时间悄悄的嘴脸	长篇小说
4	央歌儿	家有真经	长篇小说
5	丁三	精卫填海	非虚构长篇
6	徐则臣	耶路撒冷	长篇小说

（3）制度的建构·挑战·限制

以社会各界对于茅盾文学奖、鲁迅文学奖的普遍质疑为参照，以文学传媒为主导的文学奖在“公开”“透明”的评选原则下，着力通过革新评委结构、改革评选标准、施行品牌战略，以“文学的公心”挑战“作协系”全国性文学奖的制度标尺，但在极力彰显文学评奖审美“纯粹性”的同时，却也难免受制于市场逻辑的限制，发生不得已的另一种“倾斜”。

以文学传媒为主导的文学评奖，在公平、透明的评选原则下一改“作协系”全国性文学奖因为顶层设计和评奖程序的隐秘、暧昧而引发的社会各方对其评选过程、评选结果的质疑。“暗箱操作”下被放大、夸饰的“内幕说”“隐情说”，以“小道消息”的形式在文学圈中不胫而走，大大减损了“作协系”全国性文学奖的权威性、公信力。正是秉着公开、透明的评选原则，首届“大家·红河文学奖”在评选结束后率先公开了评委会成员名单和评委评语，徐怀中、汪曾祺、谢冕、苏童、刘震云、王干、李锐七人组成的评委会共同为莫言的《丰乳肥臀》写下了这样的评语：

《丰乳肥臀》是一部在浅直名称下的丰厚性作品，莫言以一贯

> 的执着和激情叙述了近百年来中国社会的历史进程，深刻地表达了生命对苦难的记忆，具有深邃的历史纵深感。文风时出规范，情感诚挚严肃，是一部风格鲜明的优秀之作。小说篇名在一些读者中可能会引起歧义，但并不影响小说本身的内涵。

这一评语既是对莫言《丰乳肥臀》在丰饶想象的艺术张力中彰显历史厚重的肯定，又是对市场化出版原则下浅白露骨书名争议的一种回应。1999年设立的“《当代》文学拉力赛”更是在评选过程中实行“三公开”，即评委公开、评语公开、投票过程公开。评语的公开让看到自己的意见在白纸黑字上刊印出来的冯小虎评委感慨：“印出来的好处有二：一是像我这样的老文学青年终于可以在《当代》上堂而皇之地发表自己的文字了；二是评委必须将自己的意见置于广大读者雪亮的眼睛下面。”[①] 正是这样的公开，让读者在细心阅读“评语”的同时，对评委的认真态度、对《当代》同人的工作起到了监督的作用。有效监督、反复自省，为推进评奖机制进一步完善，趋向合理提供了绝好的契机，这也成为“《当代》文学拉力赛”能在新世纪一直坚持下来的原因。

而在20世纪90年代以来以文学传媒为主导的评奖中，读者评委、媒体评委、海外评委的相继加盟从一个侧面反观“作协系”全国性文学评奖“圈子化”现象日趋严重的同时，也以“圈外人”的眼光，对官方政府奖、文联作协专家奖一贯坚持的“现实主义审美原则”进行了必要的挑战。读者评委对于文学评奖的广泛参与，一定程度上拉近了纯文学期刊办刊、选文上与读者现实需要之间的距离，也在期刊、杂志主动倾听读者声音的同时，使得文学刊物的“改版”更有目的性、针对性，也更切合实际。媒体评委对于文学评奖的全情投入，以其自身对

① 《评委感言》，《当代》2003年第1期。

于文化热点现象的敏锐观察和对文学潮汐的细致把握，在一定程度上以更富“前瞻性”的眼光通过文学评奖为当代文坛注入一股全新气息的同时预示着未来文学发展的方向。而海外评委对于文学评奖的介入，以全球化的眼光为华语文学走向世界提供了更为广阔的现实参照，一定程度上拓展了中国当代文学的想象空间和叙事维度。

然而，评委阵容的“跨界”“拓展”也为“大家·红河文学奖”带来了不小的麻烦。2002 年第三、四届“大家·红河文学奖”同时在北京人民大会堂云南厅颁奖，不拘一格的评委阵容一亮相便引来无数关注，也惹来了众多争议。这个试图“拓展评奖视角，提高大奖学术性、广泛性，增加大奖的权威性和厚重感”①，由著名作家余华、大学著名文艺学学者谢冕、著名评论家王干、大众传媒著名主持人李潘、港台著名文人金庸组成的评委会，却因为后两位评委的“资质”让“大家·红河文学奖”成为借文化名人实现自我炒作的“样本”。

反倒是“《当代》文学拉力赛”以稳健之姿实现了从专家评奖到读者评奖的有序过渡。2000 年“《当代》文学拉力赛”各分站赛，五位评委阵容始终保持作家评委、评论家评委、大学教授评委、媒体评委、读者评委各有一人的格局。年终总决赛时，分站赛共 11 位评委全部参与投票，10 万元大奖最终被王蒙的《狂欢的季节》摘得。但在评选时，热心读者的评选眼光还是与专家的眼光产生了极为明显的分歧。《狂欢的季节》所获得的 5 票中，仅有张晓峰一位是读者评委，而雷达、曹文轩、毕淑敏、李国文都是享誉文坛的著名作家、评论家和大学教授。即使是这唯独的一票，也不能忽略了这位“热心读者”身后 10 余年的文学专业训练。作为北京大学中国现当代文学专业的在读博士生，张晓峰

① 邓凯：《巨奖呼唤大家——第三、第四届大家·红河文学奖在京颁奖》，《大家》2002 年第 2 期。

的眼光也不能完全被归入“普通读者”的范畴之内。而来自北京先知广告公司、《财经时报》《证券市场周刊》《北京日报》的4位读者评委施卫东、俞悦、方泉、严力强则将选票分别投向了《什么都有代价》《谁家有女初养成》《流浪金三角》3部作品。2001年“《当代》文学拉力赛”的评委阵容实现了一次“大换血”，正如常振家所说：“我们对谁获得冠军不太关心，反正都是《当代》的作者。我们惟一希望是尽可能地接近读者的意愿”[①]，因而此年的评委阵容由“身处文学圈是非恩怨以外的记者”[②] 担纲。来自《北京晚报》《武汉晚报》《成都晚报》《新民晚报》《羊城晚报》的孙小宁、王石、肖幼伟、曹正文、王义军成为这一年度这项文学大奖的5位主角。

而自2002年起，依据《2002当代文学拉力赛竞赛办法》中“评委组成”的新规定——“设评委五人，从长年坚持阅读《当代》的读者中选出”[③]，先后有13名热心读者出现在了2002—2004年的评委名单中，他们是冯小虎（对外经济贸易大学副教授）、冯秋子（《文艺报》文学周刊副主编）、王家骝（《南方周末》北京发行人）、谢曙光（社会科学文献出版社社长）、俞白眉（网络作家）、侯小强（新浪文化与网络交流中心主编）、吴琼（中国人民大学教授）、邢育森（网络作家）、严力强（《北京日报》副总编辑）、杨鸥（《人民日报·海外版》记者）、孙小宁（《北京晚报》记者）、匡文立（兰州市作协副主席）、杨浪（《证券市场周刊》副社长）。而从2003年起，年度“《当代》最佳”的评选也直接改由读者投票选出，选票在《读者调查》问卷中。2005年起，分站赛冠军也改由《当代》读者E—MAIL、传真及电话、信函投票产生，并一直沿用至今。但是，直接由读者选出“年度最佳”

① 《2001年“〈当代〉文学拉力赛”系列访谈》，《当代》2002年第2期。

② 同上。

③ 《2002当代文学拉力赛竞赛办法》，《当代》2002年第1期（封底）。

的模式，却在近年出现了不容小觑的“危机”。与2003年《读者调查》问卷1989份的回收数相比，2013年的回收数已经降至380份[①]。伴随着参与“读者调查”人数的连年锐减，以读者为主导的这一评奖方式是否能够继续在“低位”保持稳定运行，已经成为“《当代》文学拉力赛”在制度设计上亟待解决的一个突出问题。

在度过了纯文学期刊最为艰难的20世纪末，进入21世纪后逃离“生死劫”的文学期刊社、杂志社，开始重新反思、审视“文学奖”的功能，在着力打造“自有品牌”的基础上，为进一步推动当代汉语写作、弘扬民族文化、发掘文坛新人而倍加努力。经过多年运作，《人民文学》杂志社的“茅台杯人民文学奖”“《人民文学》长篇小说双年奖”；《中国作家》杂志社的“中国作家鄂尔多斯文学奖”“中国作家剑门关文学奖”；《当代》杂志社的“《当代》文学拉力赛”“《当代》长篇小说年度奖”；《北京文学》月刊社的“新世纪《北京文学》奖”“当代中国文学最新作品排行榜”等已经成为新世纪中国文坛最为响亮的文学传媒大奖。

3. 以民间机构为主导的文学评奖

相较于官方政府奖、文联作协奖、文学传媒奖，20世纪90年代以民间机构为主导的文学评奖，在颠覆权力秩序、陈腐观念、平庸眼光的前提下，意在打破文学奖固有的封闭圈子，以理想化的“文学公心”在“泛意识形态”和多元审美趣味中恢复人们对于纯粹汉语写作的敬畏之心，着力发掘浸透着时代精神、召唤人性复归又极具艺术创造力的杰出作家及其优秀作品。2003年2月由《南方都市报》斥资设立的“华语文学传媒大奖”便以独具特色的评奖机制，坚持“公正、独立、

---

① 根据《当代》一年一度的《读者调查》显示，参与人数呈现逐年下滑的趋势。2008年共计805份、2009年为785份、2010年为680份、2011年为520份、2012年为470份、2013年为380份。

创造"[①] 的原则，以"反抗遮蔽、崇尚创造、追求自由、维护公正"[②]的宗旨，为中国当代文学评奖提供了一种新的思考与标准。经过连续十余届的运作，"华语文学传媒大奖"以其专业的精神和独立的创造赢得了文坛的尊重。但是，任何文学奖都需要警惕"惯性"的侵扰，任何一种评奖都是"坚持"与"妥协"二元对立的产物。旨在打造华语文学精神盛宴的"华语文学传媒大奖"逐渐暴露出了日益"圈子化"和刻意"新锐化"的倾向。艺术场作为一个"相互矛盾的世界"，是"反制度化的制度形式"[③]"相对于制度的自由就体现在制度本身"[④]。因而，作为一种"反体制"的民间机制，对于文学独立性来说，本身也是对于另一种审美的"限制"。

（1）"反体制"的"泛制度化"

2003 年，《南方都市报》在先后成功创设"华语电影传媒大奖""华语音乐传媒大奖""华语广告传媒大奖"的基础上斥资设立的"华语文学传媒大奖"是国内第一个由文学之外的新锐传媒创设的文学大奖。鉴于国内已有文学奖常常受制于"利益""人情""思想压迫"而屡屡遭遇信任危机，《南方都市报》旨在通过自身远离文学圈"人情""是非"的优势，在公开、透明、创新的原则基础上，凭借日臻成熟、科学的评选机制和相对固定、合理的评委遴选模式，恢复人们对纯粹汉语文字敬畏之心的同时，将"华语文学传媒大奖"打造成为"中国文化界的'诺贝尔文学奖'"[⑤]。

《南方都市报》的这次"跨界尝试"，为体制积弊的中国当代文坛

---

① 《第二届"华语文学传媒大奖"专辑》，《当代作家评论》2004 年第 4 期。

② 同上。

③ ［法］皮埃尔·布尔迪厄：《艺术的法则——文学场的生成与结构》（新修订本），刘晖译，中央编译出版社 2011 年版，第 233 页。

④ ［德］彼得·比格尔：《文学体制与现代化》，周宪译，《国外社会科学》1998 年第 4 期。

⑤ 《"华语文学传媒大奖"正式启动》，《南方都市报》2003 年 3 月 3 日。

吹进了一股艺术创新的新风。文学与传媒的这次联姻，为居庙堂标准之外的日报类读者提供了另一种参照，这种“越界”以奖励的方式拓展了“讲述中国故事”的方式，让世界上更多的汉语写作者参与到了“中国故事”的叙述中。由于众多海外学者和国内青年学者、批评家在初评、推荐环节中的参与，一大批80后作家、类型文学作家、港台作家、海外华文文学作家及作品出现在了“话语文学传媒大奖”的提名名单中。

80后女作家张悦然、李傻傻同时入围“2004年度新人”提名，这在中国当代文学评奖历史上尚属首次。时尚化、年轻化的提名者为“华语文学传媒大奖”彰显“新锐气息”的同时，也让这些经过市场淘洗后的80后优秀作家第一次有机会在“标签化”的身份认同之外接受文学奖对其真正价值进行评判。80后作家终于从与“市场”的“抱团取暖”中回到了文学队伍的“集合”中，成为文坛真正占有一席之地的“文学新人”。也许正是这“拼命想要看清弥散着大雾的前路，迫切地想要摈弃一切阻碍和干扰，向着那个越来越闪光越来越高大的目的地奔去”① 的执着和勤奋，让张悦然以惊人的速度推出《水仙已乘鲤鱼去》这一长篇的同时完成了获奖短篇小说集《十爱》。在那依旧凄美、哀伤、浪漫的“少女笔调”之中，张悦然凭借自己的才情、清醒让她笔下那婉约的语言、奇崛的想象、细密的洞见赋予了爱和信念多一份的呵护，使得《十爱》成为新一代人精神成长的独特记录。正是对于80后作家的包容与接纳，在“2010年度小说家”的提名名单中出现了韩寒的名字，而同时获得提名的还有韩东、杨争光、刘亮程、董启章、魏微等老将新锐。无法否认，韩寒作为80后一代人的“精神领袖”已经成为一个“文化标志”写入了改革开放30余年中国人的精神史册中，

① 《第三届“华语文学传媒大奖”专辑》，《当代作家评论》2005年第3期。

但是对中国文坛来说，对众多学院派的批评家、评论家们来说，韩寒式的写作依然是陌生的。马原曾在反思“2010 年度小说家”提名、获奖时这样写道：“韩寒式的写作方式，我们可能都是陌生的，但如何认识这类写作的意义，可能也需要评委们调整自己的阅读趣味，我们以往的趣味可能还是太单一了。对新的写作，一种和他们以往的阅读经验相疏离的写作，我们必须正视它。”①

与 80 后作家感慨的身份认同相连的，是网络作家们的类型化写作如何能在参差不齐、泥沙俱下的网络时代，进入文学评奖视域的问题。作为一种不容忽视的文学潮流，网络文学势必以新的书写方式和传播方式，在点击率的上下浮动中改变了国人，尤其是青年一代的阅读习惯。虽然“华语文学传媒大奖”的主办方一直没有停止“网络文学是否应设单项奖”的思考，但是现实情况之复杂、阅读工作量之大直至 2013 年度“华语文学传媒大奖”揭晓，另设单项奖的动议依旧没有付诸施行。但是 2011 年度、2012 年度连续两年韩松、飞氘、宝树三位网络科幻作家被提名，依然能够看到“华语文学传媒大奖”始终坚持着对于评奖标准的多元化探索。

不同于鲁迅文学奖、茅盾文学奖对于评选范围“在中国大陆地区出版发表”的严格规定，“华语文学传媒大奖”在着力打造中国文化界的“诺贝尔文学奖”的同时，面向华语文学圈，在一批海外推荐评委的推介下，众多海外华文作家出现在了提名名单中，尤其集中在“年度散文家”和“年度诗人”两个单项奖上。2002 年度中国香港的董桥、台湾的余光中；2003 年度中国香港的郑单衣、中国台湾的余光中和龙应台；2004 年度美国的琦君、中国台湾的张大春；2005 年度中国台湾的陈冠学、钟怡雯；2006 年度美国的严歌苓、中国台湾的王德威；2007

① 《第九届华语文学传媒大奖终审综述》，《南方都市报》2011 年 5 月 8 日。

年度日本的田原、美国的张宗子；2008 年度中国台湾的龙应台、安德烈；2009 年度中国台湾的龙应台和朱天文、中国香港的梁文道和黄灿然、加拿大的张翎、英国的刘瑜；2010 年度中国台湾的齐邦媛和张大春、中国香港的董启章；2011 年度美国的严歌苓、中国台湾的骆以军和吴念真、中国香港的黄灿然、法国的赵越胜；2012 年度美国的严歌苓、中国香港的廖伟棠；2013 年度中国台湾的洛夫和王鼎钧等，正是他们感时忧国、秉笔直书、直抵“被遮蔽处”的历史言说方式，正是他们对自身边缘文化身份的“独特书写”和对中华传统文化的执着认同，让他们熔铸“中国之心”的汉语写作在海外享有盛誉的同时，也被“华语文学传媒大奖”的评委们迎纳进了评选的视域中。

正是在这“反体制”的“泛制度化”实践中凸显的多元评价标准，才使得“华语文学传媒大奖”成为主流作家、前卫作家、海外作家以及陌生的“文坛新人”共聚一堂的“盛宴”，成为细心聆听那些曾被冷落、遮蔽、边缘化甚至遗忘的作家们倾诉衷肠的“窗口”。

（2）“泛制度化”的“体制化”

“华语文学传媒大奖”在“泛意识形态化”的“大华语文学圈”以开创性的价值实践成就了多元审美主体的“同场竞技”，它所坚持的对于文学纯粹性的理想复归和它站在民间立场以新的审美标准对于当下中国文学状况另辟蹊径的描述，都以对于艺术性的彰显让这个远离文学圈“人情”“利益”干扰以及“思想”压迫的文学大奖体现出了某种新质。任何一个文学奖，要想实现对于文学真正价值的发现、捕捉和褒奖，要想成为引领文学风尚的、具有社会公信力的文学大奖，建立一套科学、合理、完善的评奖机制相较于评奖结果来说更为重要。

“华语文学传媒大奖”自 2003 年由《南方都市报》首创，第二届改由《南方都市报》和《新京报》“一南一北”两家新锐报刊共同主办，再到第四届起改由《南方都市报》联合《南都周刊》主办，历经多届的“华语文学传媒大奖”已经累积了足够的评奖经验，成为一年一度南中国备受瞩目的“文化盛宴”。从第六届起，“华语传媒文学周”的启动，以文学沙龙、名人讲坛、作家进校园、读者见面会及其他一系列文化交流、考察活动为核心在广东这个改革开放的前沿阵地掀起了一股文学新风，由此“华语文学传媒大奖”也以“广东文化精品工程”的身份被纳入到了广东建设文化强省的整体布局中。2014 年，在经历了广州、北京、成都等多个颁奖地后，“华语文学传媒大奖”也开始寻找属于自己的永久落户地。人杰地灵、文风蔚盛、岭南文化积淀深厚的广东顺德最终成为这一“南国盛宴”的永久之所。除此之外，南方报业集团利用自身传媒优势，在历届“华语文学传媒大奖”结果揭晓后，不惜辟出多个版面对于获奖作家及其作品进行推介，以报媒背后每日超百万人的阅读量强势予以推广。更加令人欣喜的是，“华语文学传媒大奖”的主办方从第一届起，便注重利用网络即时互动的特点，先后联合新浪、网易文化频道以及南方网、奥一网、天涯网等人气网站在全民参与中让文学重新回到了青年群体的日常视野之中。网易在第一届“华语传媒文学大奖”终评前便专辟一个专题网页开展读者网上投票，作为评委决选的一种参考。网投结果显示在“年度杰出作家奖”“年度小说家”“年度诗人”“年度最具潜力新人”四项大奖的评选中读者和专家惊人地站在了一起，都将目光投给了史铁生、韩少功、于坚、盛可以。而在读者较为陌生的“年度散文家”“年度文学评论家”等奖项上读者的口味则与专家大相径庭。由此可见，读者在当下中国文坛并不是“缺席”的，而是一直以默默注视的方式始终“在场”的。伴随着新媒体的出现和三网融合的大势所趋，第九届“华语文学传媒大奖”于 2011 年 5 月 7 日在广州白云畔酒店颁奖时，微博全程直播了这场盛典实况。2014 年第十二届“华语文学传媒大奖”启动后，利用微信“订阅号”实现了对于关注者进行实时评选信息推送，第一时间对评奖结果进行监督。除过以上一些保障、宣传机制的合理使用外，“华语文学传媒大奖”还是国内第一个有国家公证人员参与评选全过程，坚持终评会议全程向记者媒体开放，坚持在报纸上公布终评会议讨论实录的文学大奖。

而在评选机制的核心环节，“华语文学传媒大奖”以“遴选出当年度最优秀的华语文学作品和文学人物，发掘其潜在的文学力量，站在民间的立场，以新的审美标准对当下的文学状况作出崭新的描述，提供新的文学眼光，塑造新的文学灵魂，最终把这个奖办成华语文学界每一年度最为重要的发布”[①] 为评选宗旨，以“当年度在海内外（包括大陆、港台及其他地区）正式出版或公开发表的所有华语文学作品”[②] 为评选范围，在此基础上依照新世纪诗歌作品发表、传播的特殊性，将民刊上发表的、原则上以正式出版为主的诗歌作品增列进了评选范围之中。而对其一贯坚持的“公正、独立、创造”的原则也加以明确界定。“所谓独立，就是没有任何文学以外的因素来干预我们的评奖。”[③] 所有评判对象并不像文联作协奖那样是一个“体制内的相互较量”，也不像文学传媒奖那样是对自己刊物登载发表作品的“二度评价”，“南都系”是独立于文坛之外的“第三方”。“所谓创造，是指我们非常崇尚真正在文学领域有所创造的作家作品。”[④] 不论作家的知名度大小，一律只以年度内发表出版的作品的艺术性和创造力为依据，这样才形成了主流作家和非主流作家、通俗文学作家、海外华文作家“同场竞技”的格局。“所谓的‘公正’，只能说每个人都对自己的艺术良知负责。”[⑤] 正所谓

① 《华语文学传媒大奖评奖章程》，http：//mediaawards. oeeee. com/culture/psgz/1634. html。

② 同上。

③ 《我们仍在坚持文学的信念：谢有顺谈本届文学奖提名工作》，《南方都市报》2007 年 3 月 18 日。

④ 同上。

⑤ 同上。

任何一个文学奖都有自己的评判标准和价值取向，没有一个文学奖的存在能让所有人满意。如果说对于评选结果有争议有质疑，那也更多地是源自每一位评委在审美标准上的局限所致，与个人的道德良知并无多大关系。正是在对“反抗遮蔽、崇尚创造、追求自由、维护公正”的反复强调下，“华语文学传媒大奖”在提名评委三轮投票选出各奖项候选人的基础上，在终审评委集体研读、充分讨论和国家公证员的全程监督下以记名投票方式选出获奖作家作品。

在评奖细则上，与茅盾文学奖、鲁迅文学奖一样，“华语文学传媒大奖”的提名增补程序同样备受争议，再加上坚持数届的“年度杰出作家奖”落选者可自动进入单项奖评选这一规定（第十届时取消），使得“华语文学传媒大奖”为避免因提名评委的“百密一疏”和“审美局限”致使优秀作家及其作品失去参评资格的苦心与努力反而成为制度的负累。评奖章程上的“白纸黑字”的规定，经历了“若公布的提名作家作品出现重大遗漏，经三名或三名以上的终审评委联名提名，此作家作品可列入提名，直接进入终审评奖”到“若公布的提名作家作品出现重大遗漏，经5名或5名以上的终审评委联合提名，此作家作品可列入提名，直接进入终审评奖”再到“若终审评委认为提名作品出现遗漏，由一名评委动议，4名或4名以上评委的附议，该作品可增补进入提名名单，进入终审评奖”的三次变化。自2010年起的第八届（2009年度）、第九届（2010年度）、第十二届（2013年度）提名名单和获奖名单中便出现了於梨华、余华先后增补进入“年度杰出作家”评选，余华获奖；魏微增补进入“年度小说家”评选并最终获奖；张承志增补进入“年度散文家”评选并最终获奖；齐邦媛落选“年度杰出作家”却在“年度散文家”中获奖的“风波”。尤其是第十二届“华语文学传媒大奖”的得主余华，凭借饱受争议的“非代表作”《第七天》经马原评委提出动议，增补进入黄永玉、阎连科、西川、韩少功、洛夫等的提名名单，并最终获得这项有着“终身成就奖”意味的大奖。余华作为一位“现象级作家”凭借成功转型成为当今文坛最具市场号召力的作家之一，其近年新作《兄弟》《第七天》都在集束炸弹式的争议声中，成为“当年中国小说界的重要事件”。“华语文学传媒大奖”的评委们为余华《第七天》写下了这样的授奖词：“他出版于二〇一三年度的《第七天》，借死者的眼光看活人的世界，那些不幸、伤痛以及死无葬身之地的亲戚，那些温暖与冷漠、良善与邪恶、真实与荒诞、实有与虚无交织的生活，是关于中国经验的粗粝感知，也是余华向世界讲述中国的一种方式。”然而，从授奖词的措辞中，我们并不能看出《第七天》之于余华的“写作惯性”来有什么重要的突破，依旧是在残酷冰冷的陌生世界里兜售着自己的睿智、才情以及对于“中国”的另类感悟，这样的余华我们已经“司空见惯”，而在中国小说学会 2013 年度“中国小说排行榜”的“五佳长篇小说”和“《当代》长篇小说年度奖”的“五个提名”中我们却没有看到余华《第七天》的身影。

而在评委遴选机制上，“华语文学传媒大奖”在相对固定的评委阵容中更加突出了评委在实际操作中独立的价值判断，赋予评委更大的权力、更高荣誉的同时，也对评委在阅读趣味、审美倾向、纪律约束等方面提出了更高的要求。2003 年“华语文学传媒大奖”初设时，实行推荐评委、终审评委两级分立制度。起初推荐评委由国内各大文学期刊社、报纸杂志社主要负责人和海外华文重要刊物负责人组成。第六届（2007 年度）对推荐评委首次进行专业性分组，第七届（2008 年度）起率先成立“提名委员会”取代“推荐评委”，由李少君、周立民、申霞艳、张莉、荣光启、胡传吉、黄平、余旸、戴新伟 9 位全国著名大学中文系的青年学者按照专长分小说、诗歌、散文三个小组进行。第九届（2010 年度）起“提名委员会”人数由 9 人增至 11 人，涂志刚、丁杨等各大报刊书评版编辑凭借“书评人”的眼光被吸收进了大名单中。“提名委员会”的11人名单不仅拓展了初选评委的地缘辐射范围，也使得不同学历背景的评委在相互学习、讨论中为“华语文学传媒大奖”打破“惯性”提供了更为多元的价值参照。而终审评委则由国内著名学者、作家、编辑家、传媒负责人和评论家构成。第一、二届终审评委由程文超、马原、林建法、陈朝华、谢有顺担纲，第三届起因为程文超教授的不幸离世，陈朝华的主动退出，改由洪子诚、马原、林建法、王尧、谢有顺担任。2006年度起由于年龄身体的缘故，洪子诚评委不再继续担此重任，而改由马原、林建法、王尧、谢有顺、程光炜、李敬泽、程永新等人组成，人数由5人增至7人。2010年度起阎晶明代替李敬泽出任终审评委。2011年度“华语文学传媒大奖”启动时，特此设立“终审评委专家库”，改为随机抽取7人的新模式。2011年度和2012年度终审评委由阿来、马原、徐敬亚、程永新、谢有顺、阎晶明、帅彦担任。2013年度评选时，“终评专家库”入选人数已增至28人①，终审评委由马原、苏童、麦家、徐敬亚、阎晶明、谢有顺、帅彦担纲。总奖金也由2002年度的15万元（“年度杰出作家”10万元，其余5个单项奖各1万元）、2003年度的20万元（“年度杰出作家”10万元、其余5个单项奖各2万元）增长至2011年度起的30万元（“年度杰出作家”15万元、其余5个单项奖各3万元）。

表4-6　　华语文学传媒大奖提名获奖名单（2002—2013）

年度	杰出作家	小说家	诗人	散文家	评论家	新人
2002	史铁生	韩少功	于坚	史铁生	洪子诚	李师江
	张洁	李洱	韩东	李国文	陈晓明	张者

① “终评专家库”28人名单是韩少功、马原、李辉、王小妮、翟永明、苏童、李西闽、李少君、于坚、韩东、李敬泽、程光炜、王尧、林建法、朵渔、张炜、魏微、方方、李静、梁鸿、阿来、金宇澄、麦家、徐敬亚、程永新、阎晶明、谢有顺、帅彦。

续表

年度	杰出作家	小说家	诗人	散文家	评论家	新人
	北岛	贾平凹	翟永明	张承志	王尧	盛可以
		方方	燕窝	余光中	洪治纲	李修文
		尤凤伟		董桥	吴俊	陈希我
获奖	史铁生	韩少功	于坚	李国文	陈晓明	盛可以
2003	王蒙	阎连科	杨键	余光中	南帆	须一瓜
	莫言	韩东	梁平	韩少功	王尧	陈希我
	杨绛	张炜	王小妮	张承志	李敬泽	沈浩波
		林白	伊沙	龙应台	郜元宝	盛琼
		魏微	郑单衣		李静	麦家
获奖	莫言	韩东	王小妮	余光中	王尧	须一瓜
2004	格非	王刚	多多	南帆	郜元宝	映川
	琦君	北村	张执浩	北岛	李敬泽	葛水平
	于坚	李洱	鲁若迪基	周晓枫	张大春	张悦然
		林白	余怒	刘长春	蔡翔	李傻傻
		陈希我	李小洛	柯平	汪政、晓华	江非
获奖	格非	林白	多多	南帆	李敬泽	张悦然
2005	贾平凹	东西	李亚伟	陈丹青	张新颖	冯唐
	王蒙	迟子建	雷平阳	陈冠学	程光炜	李师江
	牛汉	阿来	卢卫平	徐晓	吴义勤	徐则臣
		毕飞宇	王寅	周晓枫	洪治纲	郑小琼
		蒋韵	陈先发	钟怡雯	黄发有	李约热
获奖	贾平凹	东西	李亚伟	徐晓	张新颖	李师江
2006	铁凝	严歌苓	杨克	李辉	朱大可	徐则臣
	韩少功	北村	雷平阳	夏榆	王德威	乔叶
	苏童	李锐	尹丽川	张宏杰	张清华	盛慧
		范稳				
		都梁				
获奖	韩少功	北村	雷平阳	李辉	王德威	乔叶
2007	张承志	杨显惠	杨键	舒婷	陈超	鲁敏
	王安忆	麦家	朵渔	孙郁	李建军	郑小琼
	阿来	迟子建	田原	安妮宝贝	施战军	王棵

续表

年度	杰出作家	小说家	诗人	散文家	评论家	新人
	刘震云	刁斗	杨子	筱敏	耿占春	金理
	张炜	金仁顺	古马	张宗子	陶东风	葛亮
获奖	王安忆	麦家	杨键	舒婷	陈超	徐则臣
2008	阎连科	方方	臧棣	孙郁	耿占春	郑小琼
	阿来	毕飞宇	朵渔	蒋子丹	孟繁华	路内
	翟永明	金仁顺	萧开愚	李西闽	张柠	塞壬
	洪子诚	吴玄	黄礼孩	李兰妮	南帆	任晓雯
	西川	慕容雪村	桑克	龙应台等	姜涛	李云雷
获奖	阿来	空缺	臧棣	李西闽	耿占春	塞壬
2009	苏童	张翎	朵渔	林贤治	张清华	笛安
	龙应台	陈希我	柏桦	梁文道	李洁非	葛亮
	阎连科	艾伟	张曙光	钟鸣	郜元宝	王十月
	刘震云	王跃文	黄灿然	刘瑜	孟繁华	路内
	南帆	朱天文	扶桑	杨显惠	梁鸿	小白
获奖	苏童	张翎	朵渔	张承志	郜元宝	笛安
2010	张炜	韩寒	蓝蓝	慕容雪村	李洁非	李娟
	迟子建	韩东	周云蓬	林贤治	江弱水	阿乙
	张大春	杨争光	沈浩波	梁鸿	张清华	讴歌
	齐邦媛	刘亮程	古马	毛尖	贺桂梅	江觉迟
	刘再复	董启章	桑克	李长声	蔡翔	七堇年
获奖	张炜	魏微	欧阳江河	齐邦媛	张清华	七堇年
2011	格非	刀尔登	郑小琼	刘亮程	李洁非等	甫跃辉
	贾平凹	骆以军	路也	夏榆	邵燕君	杨庆祥
	严歌苓	韩松	陈先发	十年砍柴	林贤治	曹寇
	王安忆	杨显惠	黄灿然	吴念真	李静	飞氘
	杨炼	方方	吕德安	赵越胜	程德培	阿乙
获奖	方方	杨显惠	黄灿然	赵越胜	李静	阿乙
2012	刘震云	周大新	黄礼孩	周成林	南帆	宝树
	阎连科	金宇澄	廖伟棠	刘亮程	李遇春	曹寇
	李佩甫	叶广芩	桑克	李娟	孟繁华	张怡微
	北岛	鲁敏	郑小琼	梁鸿	张桃洲	绿妖

续表

年度	杰出作家	小说家	诗人	散文家	评论家	新人
	翟永明	严歌苓	沈浩波	野夫	陈子善	颜歌
获奖	翟永明	金宇澄	沈浩波	梁鸿	孟繁华	颜歌
2013	黄永玉	薛忆沩	王家新	王鼎钧	江弱水	甫跃辉
	阎连科	林白	张执浩	陈希米	孙郁	郑小驴
	西川	陈希我	潘维	王学泰	敬文东	王威廉
	韩少功	路内	柏桦	李辉	张柠	赵志明
	洛夫	田耳	周伟驰	林岗	金理	王敖
	余华	田耳	张执浩	李辉	孙郁	赵志明

二　多元评价标准的交锋

20世纪90年代以来，伴随着中国当代文学多元评价主体格局的形成，以茅盾文学奖、鲁迅文学奖为核心的全国性文学奖，始终处在他律原则与自律原则相互博弈、此消彼长的斗争之中。由此形成的主流意识形态话语与文学自主性、读者大众趣味与文学精英话语、市场资本话语与文学独立性之间在文学评价体系中相互扭结的“张力”，为以茅盾文学奖、鲁迅文学奖为核心的20世纪90年代以来中国当代文学评奖提供了体察制度偏误、修正制度偏差、进一步完善和创新全国性文学评奖制度的绝好契机。

1. 主流意识形态话语与文学自主性的博弈

根据美国学者利昂·P. 巴拉达特《意识形态起源和影响》一书中关于“意识形态”的释义：第一，常被用作其他领域的政治术语加以解释。第二，包含了对现状的看法以及对未来的憧憬。这个“未来”一定是要优于现状的、提供给人们以希望的指向。“共产主义”就是马克思、恩格斯以资本主义社会为对立为社会主义社会建构的通向未来的理想形式。第三，意识形态具有导向作用。“它不仅描述现实状况，提供一个美好的未来，更重要的是，它提供了达成目标所必须实行的明确步骤。"[①] 第四，意识形态本身是群众取向的。群众取向也决定了意识形态必须是带有鼓动性的，以此鼓舞人们尽最大的努力来达成意识形态所设定的目标，而这种鼓动性和目标的达成需要借助“一般人所能理解的简单词语来陈述”[②]。

任何一种主流意识形态都是经过了多种博弈最终形成的能够达成最大公约数的、具有普遍价值、符合政党利益的准则。而经历了毛时代以“民粹主义”“革命学说”“群众路线”等为核心的相对激进的意识形态话语，以邓小平、江泽民、胡锦涛、习近平为核心的党中央，在不懈探索一条建设有中国特色社会主义经济发展路线的同时，在思想意识形态领域的态度也相对“温和”。“十七年”与“文化大革命”时期以领袖指示、领导意志、群众运动的方式对于文学艺术发号施令、强加干预，对于文学艺术工作者人身攻击、残酷迫害的情状已经有了明显的改观。面对日益复杂严峻的国际国内形势，胡锦涛“和谐社会”和习近平“中国梦”的提出以及由此形成的“社会主义核心价值观”，逐渐成为新阶段主流意识形态话语的核心思想，势必对于审美文化产品的价值评判，尤其是以官方主导、专家参与、兼顾大众的茅盾文学奖、鲁迅文学奖产生一定的影响。

正如布尔迪厄在《艺术的法则——文学场的生成与结构》一书中对于“文学场”与“权力场”“经济场”的关系中所说：“鉴于在各种不同的资本及其把持者之间的关系中建立的等级制度，文化生产场暂时在权力场内部占据一个被统治的位置。无论它们多么不受外部限制和要求的束缚，它们还是要受总体的场如利益场、经济场或政治场的限制。”[③] 纵观新时期全国性文学评奖，主流意识形态话语与文学自主性原则的博弈

① ［美］利昂·P. 巴拉达特：《意识形态起源和影响》第 10 版，张慧芝、张露璐译，世界图书出版公司 2010 年版，第 9 页。

② 同上。

③ ［法］皮埃尔·布尔迪厄：《艺术的法则——文学场的生成与结构》，中央编译出版社 2011 年版，第 193 页。

虽然在各个阶段呈现出不同的表现形式，但两者之间的相互较量从未停歇。主流意识形态话语以制度性的保障、以国家授权的形式赋予茅盾文学奖、鲁迅文学奖等“我国具有最高荣誉的文学奖项”的同时，也以“象征性资本”为获奖作家在体制内取得话语优势，实现作品经典化，进而引导未来作家创作，巩固自身制度美学的强势地位发挥了不可替代的作用。而专家评选的模式以及对于文学自主性的清醒认识又驱使着在全国性文学奖评选中对于文学审美性上极具艺术创造的作品“能否入选”与主流意识形态话语之间出现裂隙、矛盾甚至分歧，与此相伴而生的平衡和妥协使得获奖作品中“偶然性”频发，甚至出现了一届评选中作品水平参差不齐的现象。

（1）文学奖的“名单学”

从“1978年全国优秀短篇小说评选”开始，主流意识形态话语和文学自主性之间的博弈便以“头名作品”如何选取而展开拉锯。从“提倡反映当前现实斗争生活的作品，反映革命历史斗争的佳作也可入选”① 到“真实地描写各条战线、各种各样的社会主义新人的作品，尤所欢迎”② 再到“真实地再现四化建设生活、塑造勇于创新、积极改革的社会主义新人的佳作，尤所欢迎”③。不论是《1978年全国优秀短篇小说评选的初步设想》还是历届全国优秀短篇小说奖的《评选启事》，都始终在思想性和艺术性相统一的原则下，根据当年中央重点工作精神的部署对评选细则进行了适当的微调。而当选的“头名作品”往往都与主流意识形态新话语之间不谋而合。“1978年全国优秀短篇小说评选”的“头名作品”《班主任》，如同新时期“第一簇报春花”，通过教育战线上

① 《1978年全国优秀短篇小说评选的初步设想》，首次公开在刘锡诚《在文坛边缘上——编辑手记》，河南大学出版社2004年版，第186页。

② 《一九八一年全国优秀短篇小说评选启事》，《人民文学》1981年第11期。

③ 《中国作家协会举办一九八四年全国优秀短篇小说奖评奖启事》，《小说选刊》1984年第12期。

一场旨在“救救孩子”的思想斗争，率先向“四人帮”法西斯式的极“左”路线发起了猛攻。而经《人民文学》编辑部三次调整，最终当选的前六名作品中直接反映与“四人帮”正面斗争的作品《班主任》《神圣的使命》《窗口》占据了前三名的位置，而描写革命历史斗争、塑造我党我军卓越领导人光辉形象的作品《我们的军长》《湘江一夜》《足迹》则位列四至六名。而独具特色、难得一见的科幻文学佳作《珊瑚岛上的死光》则排名最后。“1979 年全国优秀短篇小说评选”时，蒋子龙的《乔厂长上任记》以成功塑造乔光朴这位“四化建设”中一员“闯将”当之无愧位列头名，而这一时期极具形式创新和现代意味的《剪辑错了的故事》则位列第三。最能表现主流意识形态话语与文学自主性博弈的是“1982 年全国优秀短篇小说评选”时的“头名作品”《拜年》和获得评委一致认可的《哦，香雪》。蒋子龙的《拜年》不拘一格地将“拜年”这一民族传统风俗置于现代化建设的火热斗争之中，通过冷占国这位“外冷内热”的总调度室主任的切身思考，对“破五”上班先“拜年”之积习提出尖锐批评的同时，反映出了蒋子龙这位始终走在“改革文学”前列的著名作家对于一个时代精神走向的敏锐把握。然而，即使是这样一部昔日获奖作家的“头名作品”也难掩初出茅庐的女作家铁凝《哦，香雪》的光芒。《哦，香雪》如同一首穿越丛林深处的“古歌”，以银铃般的清丽、明亮引领我们走进了那个绝假纯真、始终洋溢着人性温暖的“腹地”，去感受现代文明那“一分钟逗留”带给山野村民的心灵撞击。然而，在 1983 年 1 月 29 日和 2 月 26 日两次评委会会议上，唐弢评委的一席话却值得我们深思。“我个人偏爱《哦，香雪》。原先不敢讲，既然有人讲了，我就提出来把它往前排吧。”[①] 究竟是怎样的一种顾虑让唐

① 崔道怡：《春兰秋菊留秀色　雪月风花照眼明——短篇小说评奖琐忆》（四），《小说家》1999 年第 4 期。

弢这个在首届全国优秀短篇小说评选时直陈获奖小说艺术缺憾的著名作家、文学史家，在面对自己偏爱的《哦，香雪》时如此矛盾呢？关键还在于这部极具文学性的作品在历来重视社会轰动性的选评常规面前并不占优势。甚至在第一批备选作品出炉时，《哦，香雪》因为得票数少没能入选。而当第二批备选篇目出炉时，也仅仅排在倒数第五位。好在，《哦，香雪》最终位列当选作品第五名。除多数评委"我个人最喜欢的，是《哦，香雪》"[①]"我个人偏爱《香雪》"[②]之外，还有1983年造成文艺界思想剧烈波动的"清除精神污染"运动，《哦，香雪》所带来的那股朴实、清新的艺术之风，吹散了笼罩在文学艺术工作者心头的"浓雾"。崔道怡曾在《春兰秋菊留秀色　雪月风花照眼明——短篇小说评奖琐忆》（四）中写道："虽然，1982年获奖作品的第一名，是蒋子龙的《拜年》；但是，代表短篇小说创作成就与特色的，是《哦，香雪》。多年之后，时过境迁，《拜年》或许会被忘记，而《哦，香雪》则将以其纯净的诗情，隽永的意境，常被忆及，不会忘记。"[③]

（2）获奖作品的"政治学"

结合路遥、陈忠实、贾平凹获得茅盾文学奖的三部作品《平凡的世界》《白鹿原》（修订本）、《秦腔》，便可窥见全国性文学奖背后不容忽视的主流意识形态话语与文学自主性之间的博弈。

1985年在新时期文学史上被称作"方法论年"。西方各种文艺思潮的轮番登场开启了中国当代文学真正意义上的"革命"，一部作品引发

---

① 此句话为沙汀语，摘自崔道怡《春兰秋菊留秀色　雪月风花照眼明——短篇小说评奖琐忆》（四），《小说家》1999年第4期。

② 在1982年全国优秀短篇小说奖评委会议上，先后有冯牧、唐弢、王蒙在其发言中讲过此话。摘自崔道怡《春兰秋菊留秀色　雪月风花照眼明——短篇小说评奖琐忆》（四），《小说家》1999年第4期。

③ 同上。

社会轰动效应的时代已经过去。而此时正在创作《平凡的世界》的路遥，无疑已经落伍。然而，当他将目光重新投向读者、投向大众时，“现实主义过时论”变得值得商榷，而现实主义与现代派之间的高低优劣，也成为“一种批评的荒唐”。[①] 正是这番痛苦的思索，先锋文学作家们所倡导的叙事革命、语言革命、文体革命在路遥《平凡的世界》中“全然失效”，反潮流而行之的他“决定要用现实主义手法结构这部规模庞大的作品”。[②] 这次执意的坚守对于路遥、对于《平凡的世界》，既是不幸又是幸事。

不幸来自《平凡的世界》在发表、出版时的“命运多舛”。当路遥决意要将《平凡的世界》（第一部）交予有过知遇之恩的《当代》时，他开出了“第一，全文一起发表；第二，头条；第三，大号字体”[③] 的三点希望。然而，当青年编辑周昌义“趴在床上，兴致勃勃地拜读”[④] 时却是“还没来得及感动，就读不下去了”[⑤]。而这一切还是源自传统现实主义方法对于这位“新潮编辑”的“格格不入”所致。经历了退稿风波，广州的《花城》争得了《平凡的世界》（第一部）的发表权，1986 年第 6 期刊出，但随后的作品讨论会又遭到了反响平平的噩运，最终《平凡的世界》后两部改由山西的《黄河》杂志登载。

《平凡的世界》之“幸”来自 1988 年经过中央人民广播电台全国广播之后引发的从听众到读者持续数年的热捧，更来自于以“头名作品”身份获得第三届茅盾文学奖的肯定。然而，“政治风波”之后的第三届茅盾文学奖无疑是在妥协与平衡中“求稳”的一次选评。与 1985—

① 路遥：《路遥全集·早晨从中午开始》，北京出版集团公司、北京十月文艺出版社 2013 年版，第 16 页。

② 同上。

③ 周昌义：《记得当年毁路遥》，《文艺理论与批评》2007 年第 6 期。

④ 同上。

⑤ 同上。

1988年间出版的《活动变人形》《浮躁》《金牧场》《洗澡》《玫瑰门》等攀上艺术高点的杰出作品相比，《平凡的世界》《第二个太阳》《穆斯林的葬礼》《少年天子》《都市风流》以及获得荣誉奖的《浴血罗霄》《金瓯缺》，无疑是对茅盾文学奖一直以来偏爱"现实题材作品"和"历史题材作品"的又一次延续。单就《平凡的世界》这部"头名作品"来说，相较于中篇小说《人生》对于"城乡交叉地带"青年精神剖白的繁复和对高加林式"逆子贰臣"道德谴责的曲折，《平凡的世界》仍然难以掩盖它"宏大结构"背后的简单、平庸。在《平凡的世界》的"双线结构"中，"近端"有孙少安式的、传统意义上守望土地的"中国长子"，也有孙少平式的、现代意义上、逃离土地的"一代青年"，爱欲纠葛下的黄土高原始终是青年一代奋斗不息的精神家园。然而，在"双线结构"的"远端"，则是以田福军为中心，对于"政治旋涡"的书写。当路遥摊开了权力的大网试图直抵无壑欲望的纵深处时，却将自己写作的"软肋"暴露无遗。"失控"的议论性语言让路遥笔下的权力书写变得苍白、游离，这也凸显了路遥作为一位作家的"语言匮乏"。

如果说路遥《平凡的世界》获奖是文学自主性在主流意识形态话语规约下一次主动妥协的话，那么面对《白鹿原》这部始终绕不过去的作品时，文学自主性开始巧妙利用制度的"缝隙"在与主流意识形态话语的"拉锯"中，通过适度删减而"被承认"是这次"折中"选择结出的果实。

第四届茅盾文学奖"难产"的一个症结在于《白鹿原》，在于对《白鹿原》中"翻鏊子"的"政治倾向性"和与主题并无太多关联的"性描写"的争议上。然而，与此相类似的争议从《白鹿原》在1992年第6期《当代》开始连载时便随着读者的热捧和评论界的好评如潮相伴而生。1993年第6期《文艺争鸣》上同时刊发的朱伟、张颐武、孟繁华的三篇批评性文章，对于《白鹿原》在历史叙事、史诗意识和文化观上作出了否定性的判断。文学界内批评家的声音并不可怕，令人生畏的则是围绕着《白鹿原》命运展开的“体制性限制”。朱寨先生的《评〈白鹿原〉》、蔡葵先生的《〈白鹿原〉：史之诗》两篇评论文章因为“某领导机关有一位负责人不喜欢《白鹿原》，指示不要宣传《白鹿原》”[①] 而没有公开见报。甚至在《白鹿原》单行本出版后很长一段时间内，《当代》、人民文学出版社甚至中国作家协会有关部门曾多次接到上报《白鹿原》组稿、审稿、编辑、发行等情况汇报材料的通知。除此之外，在象征性地授予了《白鹿原》“‘炎黄杯’人民文学奖”等奖项的同时，《白鹿原》却也相继落选了“‘八五’优秀长篇小说出版奖”和“国家图书奖”等官方政府奖项。因此，当第四届茅盾文学奖评审委员会围绕《白鹿原》出现巨大争议与分歧时，反倒并不新奇了。但是，面对这样一部厚实、凝重、意蕴丰富的“大书”，《白鹿原》能否获奖已经成为茅盾文学奖公正性、权威性的一块“试金石”，失去《白鹿原》必将会成为茅盾文学奖历史上最大的遗憾而遭受质疑、诟病。因此，在国家意志权力的授意下对《白鹿原》有争议的段落进行“适度的删改”，以这样的“妥协”在陈忠实的“会意”与“遵命”下顺利完成了2200多字的删改，尤其是“政治方面”易造成分歧的“翻鏊子”和部分与表现思想主题无关的、较为直露的性描写上。“适度的删改”是茅盾文学奖作为半官方专家奖不得已而为之的一种选择，既要对政治负责，对敏感的、有争议、可能引发误解和负面影响的论述进行必要的规训，又要对社会负责，对读者阅读进行指导，更要对中国当代文学发展方向和作家创作予以引导，因此，虽然国家意志授权下的

---

① 何启治：《独开水道也风流——纪念陈忠实著〈白鹿原〉面世二十周年》，《当代》2012年第6期。

“适度删减”并没有影响《白鹿原》依旧是朵盛开的“牡丹”，但是陈忠实在《白鹿原》中站在民间重述民族心灵秘史的尝试和不以性为诱饵的白描式手法还是成为通往茅盾文学奖之路上的“绊脚石”。

如果说，陈忠实以《白鹿原》修订本摘得第四届茅盾文学奖桂冠是文学自主性与主流意识形态话语的相互博弈中，巧妙利用“制度性缝隙”，在“适度的妥协”中实现了文学审美自主性在文学价值评判中对主流意识形态话语的“反拨”，最终为《白鹿原》这部中国当代文学史上的杰作赢得了政治认可的话，贾平凹以《秦腔》问鼎第七届茅盾文学奖，则是主流意识形态话语与文学自主性在文学价值评判的多轮博弈中最终趋向平衡所致。

贾平凹摘得茅盾文学奖的作品《秦腔》如同莫言的《蛙》一样，都不能被看作是两人“职业生涯”中的代表作。《秦腔》和《蛙》，一部以鸡零狗碎的日常生活叙事在喧嚣与哀伤中完成了对于乡土中国的最后一声喟叹，一部以乡村医生别无选择的命运轨迹折射出中华民族在伟大的生存斗争中所经受着的隐忍与苦难，一部通过“红楼梦式”的笔法在对日常生活本真状态的细致描摹中饱含赤子之心流露出对乡村颓败的扼腕痛惜，一部通过“西化的多文本结构”在宽阔的文本对话中尽显生命创痛、坚韧和心灵隐忍、闪光。然而，《秦腔》和《蛙》留给当代中国切肤的痛苦、深沉的思考和灵魂的撞击的同时，却共同指向了一个空洞、无解、迷惘的价值世界和无力驱遣、无所归一的“意义黑洞”之中。这是贾平凹、莫言作为作家理想主义信念缺失的直接表现。

2. 读者大众趣味与文学精英话语的博弈

“群众标准”和“读者选票”曾经作为全国优秀短篇小说评选时不容忽视的一极，在为“作协系”全国性小说评奖迎来全社会广泛参与、掀起全民热潮、赢得极大关注度的同时，也招致了文学精英们对其试图僭越文学审美原则、挑战精英权力、一味追求作品轰动效应提出了尖锐的批评。对试图以电影“百花奖”完全由群众投票选评的方式削弱文学精英在选评中作用的声音提出了广泛的质疑。

在《1978年全国优秀短篇小说评选启事》中，专门为参加推荐和评选的个人、集体、单位印制了《评选意见表》。作为具有“选票”性质的《评选意见表》成为全国优秀短篇小说奖评选制度创制时，最能够体现“领导、专家、群众相结合”评选方法的重要标尺之一，而每次公布的“读者选票数”也已成为历届全国优秀短篇小说奖“更上一层楼”的重要依据被浓墨重彩地写入了评选总结性材料中。从首届评选时共收到读者来信10751件、评选意见表20838份到“1979年全国优秀短篇小说评选”时收到“选票”257885张再到1980、1981、1982年的400350张、369186张、371911张，通过这雪片般累积起来的一个个鲜活数字便可看出读者、群众持续高涨的参与热情。而在如此热情背后则是在面对社会轰动性作品时，读者大众趣味与文学精英话语之间表现出的、暂时的“空前一致”。“1978年全国优秀短篇小说评选”时，读者得票数在300张以上的13篇作品，除过《醒来吧，弟弟》外，均被《人民文学》编辑部列入了备选作品名单。而“1979年全国优秀短篇小说评选”获奖的前五篇作品《乔厂长上任记》《小镇上的将军》《剪辑错了的故事》《内奸》《李顺大造屋》，“它们既是得‘票’数最多的，又是受到评委一致赞赏的切近现实社会课题之作”①。

然而，当社会轰动性作品脱离了它所赖以形成的时代因素，脱离了“领导、专家、群众”的“合谋”时，“唯票数论”的、向读者大众趣味倾斜、僭越文学精英权力的“声音”便遭遇到了专家评委们的制衡。张光年曾在“1980年全国优秀短篇小说评选”委员会会议上

① 崔道怡：《春花秋月系相思——短篇小说评奖琐忆》（一），《小说家》1999年第1期。

针对《光明日报》上署名“下愚”力主要将全国优秀短篇小说奖变为“百花奖”的论调提出了自己的看法：“一个时期群众总会喜欢某一种风格，完全听群众的，该突出什么就显不出来了。今年我们还是采取专家与群众相结合的办法，这样做有好处：可以互相学习，对专家对群众都是一次美学自我教育。”① 而沙汀、袁鹰等评委更是以强势的态度对这种“群众性的企图”进行了尖锐的批评。以专家主导的文学评奖成为“思想上对读者有所提高”② 和“提高了读者的文化欣赏、美学修养水平”③ 的重要手段。虽然“1980年当选作品的情况，跟1979年一样，大部分都是得‘票’最多和较多的”④，但是妄图将全国性小说评奖完全变为读者选评的“百花奖”的“声音”就此偃旗息鼓、了无踪迹。

进入20世纪90年代，在商品经济的催生下，大众文化逐渐兴起，“读者口味对于文学创作的反制作用越来越大”⑤。以文学传媒机构为主导的文学奖，在“自主经营”“自负盈亏”的艰难道路上，更是以“接近读者的意愿”为宗旨、以“读者的好恶”为原则，通过聘请身处文学圈是非之外的“读者评委”参与评选，在稳定发行量的同时，为期刊改版提供了更贴近于读者的参考。然而，与文学传媒奖将着眼点从专家视角平移至读者视角不同，20世纪90年代以来的“作协系”全国性文学奖对于读者大众趣味的“重视”往往出于一种“权宜式的姿态”，群众选票或者网络投票在这一时间常常成为一种摆设和一堆废纸，对文学精英话语在文学奖上的绝对地位少有冲击，文学评奖的“自我退守”

① 崔道怡：《第三个丰收年——短篇小说评奖琐忆》（二），《小说家》1999年第2期。

② 同上。

③ 同上。

④ 同上。

⑤ 黄发有：《以文学的名义——过去三十年中国文学评奖的反思》，《社会科学》2009年第3期。

成为日益圈子化的、少数人的“狂欢”，已不再是全民一年一度必不可少的精神盛宴。因此，这一时期的鲁迅文学奖、茅盾文学奖评选结果中出现了一大批脱离群众、读者知之甚少的“黑马”作品，引发了全社会的广泛质疑，进一步加剧了中国当代文学评奖的制度困局。

然而，在巨大的争议声背后，是全国性文学奖的部分获奖作品不仅没能对读者大众的阅读予以引导，没能在发行市场上占得码洋优势，更为严重的是，在作家、评论家们的心中也同样没能赢得普遍的认可与尊重。在《断裂：一份问卷和五十六份答卷》的“对于茅盾文学奖、鲁迅文学奖，你是否承认它们的权威性?”[①] 的回答中，我们听到了如同“如果作为当今最恶劣小说的奖项它的公正性有目共睹”[②] （韩东）、“这两个奖是装潢比较考究的粪池”[③] （吴晨骏）、“如果认为此二奖真的代表了当今文学写作的最高成就，那你无疑是只鸵鸟”[④] （杨克）等“不承认”其权威性的质疑甚至“攻击”。新世纪以来，在巨大争议声中力图改革评奖制度的鲁迅文学奖、茅盾文学奖，开始效仿“五个一工程”打造“精品工程”“龙头工程”“样板工程”那样，借助“作品发行量”和“影视化改编”，力图在迎合读者大众趣味的同时，选评出受到广大读者喜闻乐见、受到评论家认可、在市场上占有一定份额的优秀作品，以弥合“半官方专家奖”与“读者”“评论家”“市场”之间的矛盾与裂隙。

由此应运而生的便是《尘埃落定》《长恨歌》等畅销类“虚构作品”和《抉择》《暗算》等借影视剧等多种媒介样式改编占领出版发行市场的“力作”先后“问鼎”茅盾文学奖。

---

① 朱文（发起、整理）：《断裂：一份问卷和五十六份答卷》，《北京文学》1998 年第 10 期。
② 同上。
③ 同上。
④ 同上。

《尘埃落定》和《长恨歌》，对于中国当代文学来说既是惊喜又很陌生。惊喜于两部寓言式作品，一部以杂糅着传统与现代的写作技巧，借土司制度文化中一位痴者的“大智若愚”，穿越古今历史的重重迷雾直抵个人命运的悲哀；一部以洗尽铅华的从容笔调，借上海弄堂文化中一位跨越历史长河的世纪女性，哀叹感伤地道出了一个世纪的风云变幻。陌生于两部作品，一部以家族史世袭传承的隐秘制度，借藏地文化的丰饶与民族历史的繁复，写出了一个人为尊严执着抗争的“微言大义”；一部以个人史被遮蔽被压抑的私密话语，承袭上海十里洋场的绚烂与时空流转的苍凉，完成了一座都市褪尽风华的绝美大书。

而《抉择》和《暗算》，对于中国当代文学来说既是延续又是颠覆。延续在于两部作品，一部以现实主义的秉笔直书，直抵社会激荡年代中国肌理中“每一个毛孔”的尖锐矛盾，塑造了大时代下中国共产党人的崇高精神与壮美豪情；一部以浪漫主义的曲笔抒情，探寻革命战争年代黑暗世界中“每一位怪才”的命运遭际，塑造了特殊岁月里革命志士们的忘我精神与神奇之举。颠覆在于两部作品，一部以扣人心弦的情节张力，站立在时代浪尖，揭示权力腐败无孔不入的侵袭；一部以悬疑刺激的艺术魅力，隐匿于中国腹地，揭示特殊群体不为人知的隐秘。

如果说，《尘埃落定》与《长恨歌》凭借难以撼动的艺术张力在读者大众趣味与文学精英之间寻找到了绝佳的“平衡点”，最终如愿摘得茅盾文学奖，进一步奠定了两部作品当代文学经典地位的话，《抉择》与《暗算》则完全凭借多种媒介的合力，在文化消费主义的逻辑下，在读者、观众、市场的热捧中被推上了茅盾文学奖的“巅峰”，通过过多的人为因素被塑造成了文学经典。读者大众趣味对于视觉文化冲击缺乏“免疫力”进而影响全国性文学奖的评判标准，已经成为当今文学评奖制度建构中尤为值得警惕的现象。

3. 市场资本话语与文学独立性的博弈

20世纪90年代以来，市场资本对于文学评奖的介入已经是有目共睹的真实存在，尤其是在以市场为主导的文学传媒奖评选中，一方面文学期刊社对于文学评奖投入了异乎寻常的热情。热衷于文学评奖的文学期刊社，试图凭借文学奖的持续吸引，在企业冠名、赞助的基础上，一解纯文学期刊自负盈亏、自主经营中遇到的资金瓶颈；另一方面则是文学出版机构对于文学评奖的热情有增无减。在面向市场、面向读者、面向码洋收益的出版新模式中，文学评奖成为出版机构选题策划、受众细分、精准营销的“不二法门”，更成为掀起图书市场新一轮炒作的“金字招牌”，“××文学奖获奖作品集”“××文学奖得主”“××文学奖获奖作品”等醒目的字眼被堂而皇之地印制在了图书封面上。正如埃斯卡皮在《文学社会学》中对于文学评奖作用论述的那样：“在各种广告手段中，还应该加上那些利用评选的手段，例如评选最佳书籍，或是颁发文学奖。在某一种著名的文学奖中获得一票或两票，就会成为一张王牌，人们是不会忘记在书的封套上提上一笔的。”①

即使是在20世纪90年代以来的全国性文学奖评选中，评奖主办方中国作家协会也一改评奖活动经费全由国家拨款的单一形式，在借鉴文学传媒奖吸收多元社会资本注资经验的同时，改由国家拨款及吸收、接纳社会赞助的方式共同解决。1998年1月7日，中国资产新闻实业有限公司向中国作家协会捐款500万元专门用作文学发展的奖励基金。为了对资产新闻实业有限公司的这一“善举”表示感谢，首届鲁迅文学奖以“资产新闻杯”之名成就了这前所未有的一次“冠名”。2010年起，在香港首富李嘉诚先生的倾情赞助下，第五届鲁迅文学奖、第八届茅盾

---

① ［法］罗贝尔·埃斯卡皮：《文学社会学》，于沛选编，浙江人民出版社1987年版，第48页。

文学奖分别获得了来自李嘉诚基金会500万元的资金支持。由此带来的奖金数额的大幅攀升一时间成为媒体热议的焦点。不论是从1万元到5万元，还是从5万元到50万元，两项具有最高荣誉文学大奖真正具有多少"含金量"还是要靠获奖作品的"成色"来判断，只有如此，才能挽回文学大奖失去的尊严，确保奖项的权威性、影响力。

如果说引入市场资本、改变单一的经费来源渠道为全国性文学奖更好地发挥制度效用，为评选出真正无愧于时代、无愧于人民的精品力作提供了必要的资金支持的话，市场资本话语的"无孔不入"，又以反制性的价值判断，在文学消费主义的逻辑下，对文学独立性造成了不同程度的挤压。

在鲁迅文学奖的评选中，报告文学作品成为受制于市场资本话语最为严重的一个门类。一大批获得参评资格的报告文学作品，早已沾染了商品经济的"铜臭"味儿，成为各大企业扩大宣传、提升知名度的"文化产品"。在经济利益的驱使下，既缺少像《哥德巴赫猜想》那样直抵中国知识分子群体心灵史的"泣血之作"，又缺少如《中国农民调查》那样秉笔直书中国广大底层人民生存本相的"惊世之作"。

而即便是《白鹿原》这样一部中国当代文学始终绕不过去的"大书"，它在第四届茅盾文学奖评选时遭遇到的尴尬、陷入的困境，虽然与主流意识形态话语的制约密不可分，但依然难以掩饰《白鹿原》从成书到出版都始终受制于市场资本话语左右的事实，而市场资本话语的强大"风向"也对《白鹿原》最终获得茅盾文学奖起到了明显的"反制作用"。《白鹿原》是陈忠实在50岁大关即将来临时为自己许下的一个"承诺"，是他渴望死后能够成为盖棺做枕的"大书"。自觉的"秘史写作"和白描式的"性描写"是陈忠实带给中国当代文学的重要突破，同时也以模糊严肃文学与通俗文学的"楚河汉界"在1993年伴随着"陕军东征"这一商业炒作性事件，成为消费主义文学生产、传播的“标本”。首版印量仅为14850册的《白鹿原》自1993年6月问世到1993年10月，已经完成了7次印刷，累计印量超过56万册，再加上当时市面上流传的盗版本，估计能有百万之多。读者的热捧加上评论界的好评如潮，使得《白鹿原》这样一部“既叫好又叫座”的“力作”怎能不让第四届茅盾文学奖的评委们倍感压力，正如胡平所说：“第四届茅盾文学奖评委会对《白鹿原》采取的极为负责的、特殊的态度是绝无仅有的，大概很难有第二部作品享受到如此待遇。”①

第三节　中国当代文学评奖制度的变局

20世纪90年代以来，“蔚为大观”的文学传媒奖、民间机构奖打破了“作协系”全国性文学奖在文学价值评判上的“垄断地位”，新时期业已形成的评奖制度遭遇了前所未有的挑战，针对茅盾文学奖、鲁迅文学奖的质疑之声始终不绝于耳。每届茅奖、鲁奖评选揭晓之后，两极分化的“口碑”便在各种媒体、刊物上“隔空”打起了嘴仗。一边是茅奖、鲁奖评选办公室权威人士以“个人名义”对本届评选流程、参评作品简况、评奖制度新变以及评选结果等进行一次“信息发布”，而另一边则是文学专业人士、媒体人士针对茅奖、鲁奖最新的“游戏规则”来一次全面“围剿”。长此以往形成的“越骂越变”“越变越骂”的循环往复，在推动全国性文学奖汲取各方经验、总结自身教训、打破制度僵局、改革评奖制度的同时，也因这种不厌其烦的修正和不绝于耳的批评，陷入了制度改革的恶性循环。“怪圈”出现的根本并不在于制度技术的频繁变更，而在于制度本身难以撼动。

肖鹰曾多次在茅盾文学奖评选前后提议“暂停评选”，白烨也曾多

① 胡平：《我所经历的第四届茅盾文学奖评奖》，《小说评论》1998年第1期。

次在文章中谈到中国作协淡出全国性文学评奖，改由基金会代替的事宜。然而这种从制度根本颠覆中国作家协会在文学评奖中的“正统性”地位，削弱国家权力意志授权下茅奖、鲁奖等“中国具有最高荣誉的文学大奖”的“渴望”在当今中国的国家体制内是困难重重的一种“奢望”。举国体制下中国当代文学的生产、传播、消费始终受制于“国家制度”这张大网之中，不同的只是国家制度对于文学领导方式的变化所致。20 世纪 90 年代以来中国当代文学评奖制度变局的出现，更多的是“明文制度”上纲目、条款以及措辞的变化，更多的是中国当代文学评奖制度为适应新的政治要求、时代要求、专业要求、大众要求而进行的、旨在通向科学化、民主化的一种“自我保护”。而这种“自我保护”是在国家权力意志授权下，根据国家制度中对于文学事业的总体规划实施的。

奖项设置上干预机制的建立是以国家权力机构下发的“明文规定”为依据，经中国作家协会按照规定要求和自身发展需要加以遴选，并经过严格的申报、审核程序，在国家权力机构核准之下方才确立完成的。而评奖标准上调节机制的建立则是依照马克思主义理论中国化的丰富实践，根据中国特色社会主义事业发展的需要，在贯彻落实党和政府对于文学事业发展新精神、新要求、新设计的基础上，通过对文学评奖实践活动的现实引导来完成的。评奖运作上透明机制和评奖纪律上回避机制的建立则是为实现评奖程序的科学化、民主化，维护自身权威性、公信力而逐步加以完善的。

一　奖项设置与干预机制

(1)“被清剿”的“多头政治”

新时期以来确立的中国当代文学评奖制度，从诞生之日起，便是国家权力意志根据现实需要对新中国文学体制进行重新调整、布局、革新后的一个重要面向。全新的奖励机制被提升到了国家层面，在充分调动广大作家创作积极性的同时，成为繁荣社会主义新时期文艺、团结重组新时期文艺队伍以及对新时期国家政治经济文化进行合法性论证的重要手段。此时中国作家协会主办的历届“作协五大奖”、茅盾文学奖、全国优秀儿童文学奖、少数民族文学创作“骏马奖”在有所提倡、有所引导的评选宗旨下不约而同地成为“政治晴雨表”的直接反映。在1981年中国作家协会委托《诗刊》杂志社主办的“全国中青年诗人优秀诗歌奖”评选时，因为叶文福的诗歌《将军，不能这样做》对于当时政治积弊的“刺痛”而引发的新时期文学领导层内部的严重分歧，最终导致的文学评奖史上的轩然大波，无不是为捍卫国家政治意志不容侵犯的权威地位而引起的。而最后的获奖名单中，《将军，不能这样做》被叶文福的另一首诗《“祖国啊，我要燃烧”·夙愿》所取代，正值“苦恋风波”被推向风口浪尖的白桦凭借《春潮在望》获奖又从另一个侧面彰显了新时期政治与“十七年”“文化大革命”时期的极“左”政治在对待文学态度上的极大不同。

然而，伴随着20世纪90年代以来文学评奖主体的多元化趋势，各种名目繁多的、所谓的“全国性文学奖”相继出现。每一种文学奖的设立都试图以自己坚守的那套评判标准挑战“作协系”全国性文学奖所建立起的“等级秩序”。“多头政治”下出现的设奖过多过滥（重复设奖、违规设奖）以及评奖不规范、不公正、质量不高、风气不正、乱收费现象严重等乱象已经严重僭越了国家权力意志对于全国性文学奖的操控与管理。原本旨在通过文学评奖“坚持正确导向，发挥激励作用，满足人民群众精神文化需求，促进社会主义精神文明和人才成长”① 的

① 《中宣部有关负责同志就〈全国性文艺新闻出版评奖管理办法〉答记者问》，《人民日报》2005年3月7日。

初衷和评奖现实之间出现了明显的价值断裂。为了规范"全国性评奖"、重塑"全国性评奖"的权威性和社会公信力，中共中央办公厅、国务院办公厅先后于1996年10月23日和2005年3月1日印发了《关于加强全国性文艺新闻出版评奖管理工作的通知》和《关于印发〈全国性文艺新闻出版评奖管理办法〉的通知》两个具有政治规训力的"规范性文件"。"规范性文件"的出台成为20世纪90年代以来文学评奖"干预机制"建立形成的重要标志，成为"清剿"文学评奖中"多头政治"的重要手段，为确立"作协系"全国性文学奖的"寡头秩序"提供了重要的保障。

干预机制的建立，明确了"全国性文学奖"的界定。凡是不在两个"规范性文件"内的文学评奖便自觉地退出了"全国性文学奖"的竞争中。依照"全国性评奖"特指"在全国范围内对文艺、新闻、出版领域的人物、作品进行跨省（自治区、直辖市）、跨行业、跨系统评奖，或冠以'全国'、'中国'、'中华'等名称的评选活动"[①]和"中央宣传部、文化部、广播电影电视部、新闻出版署、国务院新闻办公室、中国文学艺术界联合会、中国作家协会、中华全国新闻工作者协会可主办全国性评奖"[②]的界定，被赋予政治合法性的"全国性文学奖"也必须是由"中国作家协会"主办的，在全国范围内对文学人物、作

---

① 此一界定来自1996年10月23日《中共中央办公厅、国务院办公厅关于加强全国性文艺新闻出版评奖管理工作的通知》中。而2005年3月1日《中共中央办公厅、国务院办公厅关于印发〈全国性文艺新闻出版评奖管理办法〉的通知》中对"全国性评奖"的界定大同小异，原文摘录如下："全国性评奖是指在全国范围内对文艺、新闻、出版领域的人物、作品进行的评奖活动。包括文艺、新闻、出版领域跨省、自治区、直辖市的各类评奖活动，以及冠以'全国'、'中国'、'中华'等名称的评奖活动。"

② 此一界定来自1996年10月23日《中共中央办公厅、国务院办公厅关于加强全国性文艺新闻出版评奖管理工作的通知》中。而2005年3月1日《中共中央办公厅、国务院办公厅关于印发〈全国性文艺新闻出版评奖管理办法〉的通知》中对"全国性评奖"主办机构资格的认定大同小异。原文摘录如下："中央宣传部、文化部、国家广电总局、新闻出版总署、国务院新闻办公室等党和国家机关工作部门，以及中国文学艺术界联合会、中国作家协会、中华全国新闻工作者协会、中国出版工作者协会。"

品进行跨省（自治区、直辖市）、跨行业、跨系统的评奖，而“任何互联网站、中介组织、企业以及其他单位和个人不得举办全国性评奖活动，也不得以各类大赛、评比、排行榜等形式变相举办全国性评奖活动”①。

（2）“被确立”的“寡头秩序”

既然“全国性文学奖”唯一合法的主办者由“中国作家协会”这个具有“民选政府”性质的国家级人民团体获得，那么中国作家协会便有权在两个“规范性文件”的要求下结合文学评奖活动实绩，遴选出符合一定数量要求的“中国具有最高荣誉的文学大奖”，经过1996、2005年两次重新申报，原先由中国作家协会主办的“青年文学奖”并入“鲁迅文学奖”，宋庆龄基金会曾举办过多届的“宋庆龄儿童文学奖”则与中国作家协会主办的“全国优秀儿童文学奖”合并，而由国家民族事务委员会主办的“少数民族文学‘骏马奖’”则改为中国作家协会与国家民委联合主办的模式得以保留。因此，迄今为止，在国家层面经过党和政府合法性确认的“全国性文学奖”便只剩下鲁迅文学奖、茅盾文学奖、少数民族文学创作“骏马奖”、全国优秀儿童文学奖四项。

作为“全国性文学奖”主办方的“中国作家协会”，这个凭借国家政治意志授权方才由“全国性人民团体”的身份变身成为能够举办“中国具有最高荣誉文学大奖”、具有“文学寡头”性质的“官方机构”，便在中国当代文学评奖制度的建构中被赋予了当仁不让的绝对地位。但是，由于“中国作家协会”自身既是一个受中央宣传部直接领导、拥有部级身份待遇的“文学政府”，在党和政府与作家之间发挥上

① 《中共中央办公厅、国务院办公厅关于印发〈全国性文艺新闻出版评奖管理办法〉的通知》，2005年3月1日。

通下达的桥梁纽带作用，又是一个“中国各民族作家自愿结合的专业性人民团体”，因而导致了“全国性文学奖”在评选过程中，既要以“政治性的考量”对主流意识形态话语负责，又要以“专业性的考量”对文学审美特殊性负责，除此之外还要以“人民性的考量”尽可能偏向广大人民群众的喜好和口味，如此一来，“全国性文学奖”的评选便常常出现在主流意识形态话语、读者大众趣味之间摇摆的同时，反而忽视了自身专业性的“价值偏差”。一大批艺术精品因为“遗珠之憾”在被“全国性文学奖”拒绝的同时却成为文学史和大学课堂中津津乐道的经典，反倒是一批在“全国性文学奖”上多有斩获的平庸之作在时代的淘洗中逐渐被遗忘。如此一来，作为文学评奖体系中的“顶端”，被国家权力意志赋予“寡头”地位的“全国性文学奖”便自然而然成为社会各方批评声音指向的焦点，因而秩序性的负累进一步加剧了中国当代文学评奖制度建构的“内生性焦虑”。

二 评奖标准与调节机制

作为全国性文学奖的唯一主办方，中国作家协会从“1978 年全国优秀短篇小说评选”肇始，便以制度化的设想力图确立一套既符合主流意识形态要求又适应中国特色社会主义文化大发展、大繁荣需要，既科学完备又切实行之有效的评奖标准，正是在此基础上形成的“坚持思想性与艺术性完美统一的原则”成为新时期中国当代文学评奖制度中最为重要的一项设计。然而，评奖标准作为一种制度化的存在，既要保持稳定结构、一以贯之的同时，又要根据理论发展实际和现实需要与时俱进，建构合理的调节机制，对其“内涵”“外延”以及“侧重点”进行符合时代发展要求的修正，只有发挥好调节机制的“修正作用”，才能真正推动中国当代文学评奖制度向着科学化、系统化方向迈进。

通过对 20 世纪 90 年代以来正式形成“明文规定”的第五至八届茅

盾文学奖、第三至六届鲁迅文学奖《评奖条例》中“评选标准”的平行比较，可以窥见“思想性标准”相较于“艺术性标准”来说，变化尤为明显。而“思想性标准”的变动规律又毫无疑问的是在“指导思想”的与时俱进中重新加以阐释的。

（1）从宏观到具体的科学过渡

第五至八届茅盾文学奖、第三至六届鲁迅文学奖《评奖条例》中“指导思想”的变化，既是马克思主义理论中国化最新成果的集中展示，又是我们党五代中央领导集体文艺智慧的集中体现；既反映了不同历史时期我们党在建设中国特色社会主义文化事业上政策方针的与时俱进，又反映了在全国性文学评奖活动中思想指导方式由宏观向具体的科学过渡。

作为中国特色社会主义文化事业的重要组成部分，全国性文学评奖的指导思想必须要与我们党的指导思想保持高度一致才能获得“合法性”地位，才能在文学评奖“等级秩序”中享有“最高荣誉”。而我们党指导思想的形成和发展，始终坚持与时俱进的宗旨，始终将马克思主义中国化与中国社会发展紧密结合在一起。1997 年“十五大”时，邓小平理论作为马克思主义中国化的第二次飞跃，被确立为党的指导思想并写入党章。1999 年开始拉开评选大幕的第五届茅盾文学奖便将“高举邓小平理论伟大旗帜，以马列主义、毛泽东思想和邓小平理论为指针”作为茅盾文学奖评选的重要指导思想写进了《评奖条例》之中。2002 年党的十六大时，“三个代表”重要思想与马列主义、毛泽东思想、邓小平理论一道成为我们党必须长期坚守的指导思想。而 2003 年开始选评的第六届茅盾文学奖和 2004 年开始评选的第三届鲁迅文学奖在“指导思想”上都增添了“三个代表”重要思想的内容。2007 年党的十七大时，科学发展观写入党章，2012 年党的十八大时正式成为我们党的指导思想。而从第七至八届茅盾文学奖，第四至五届鲁迅文学奖评选的“指导思想”中便出现了“以马列主义、毛泽东思想、邓小平理论和三个代表重要思想为指导，深入贯彻落实科学发展观”的字样。“深入贯彻落实科学发展观”是我们党在新的历史形势下、新的起点重新思考中国特色社会主义事业发展的重要理论成果，“‘科学发展观’的第一要义是发展，核心是以人为本，基本要求是全面协调可持续，根本方法是统筹兼顾”[①]。中国当代文学评奖制度的建构也必须遵循“科学发展观”的要求，在文化产品，尤其是文学作品的评价体系和激励机制的建设中，必须坚持以人为本，必须牢记“群众观”，必须将“文艺为什么人”的问题放在首位，着力改革评选制度，完善评选程序，坚持公平、公开、公正原则，使得所选评出的作品真正成为无愧于历史、无愧于时代、无愧于人民，经得起时间和人民群众检验，为人民群众所喜闻乐见的经典之作。然而，在2014年开始的第六届鲁迅文学奖《评选条例》中，宏观性的、国家层面的思想指导逐渐“退隐”，取而代之的则是我们党在文化层面的最新思考，“鲁迅文学奖评选，坚持社会主义先进文化前进方向，坚持中国特色社会主义文化发展道路，坚持以人民为中心的创作导向”[②]，便是在认真领会十七届六中全会精神、十八大精神、十八届三中全会精神的基础上形成的。在21世纪第二个十年，世界各国在文化上的竞争、较量已经成为综合国力比拼中的重要方面。坚持中国特色社会主义文化、努力建设社会主义文化强国已经成为我们党在文化建设上的根本目标。因此，2013年11月12日中国共产党第十八届中央委员会第三次会议上全体通过的《中共中央关于全面深化改革若干重大问题的决定》中为“推进文化体制机制创新”提出了更高的要求，《决定》中明确表示：“建设社会主义文化强国，增强

① 胡锦涛：《高举中国特色社会主义伟大旗帜　为夺取全面建设小康社会新胜利而奋斗——在中国共产党第十七次全国代表大会上的报告》，《人民日报》2007年10月16日。

② 《鲁迅文学奖评奖条例》，《文艺报》2014年2月28日。

国家文化软实力，必须坚持社会主义先进文化前进方向，坚持中国特色社会主义文化发展道路，培育和践行社会主义核心价值观，巩固马克思主义在意识形态领域的指导地位，巩固全党全国各族人民团结奋斗的共同思想基础。坚持以人民为中心的工作导向，坚持把社会效益放在首位、社会效益和经济效益相统一，以激发全民族文化创造活力为中心环节，进一步深化文化体制改革。”[①] 从坚持贯彻落实党的指导思想、从宏观层面指导文学评奖到坚持贯彻党在文化建设上的最新精神、从具体层面指导文学评奖，这一重要转变更加说明了文化建设、文化战略已经上升到了国家建设、国家战略的“历史高点”，而对于文学评奖制度的修正已经开始从文化内部的细微处着手，以期更好地为中国特色社会主义文化发展、为建设社会主义文化强国而服务。

（2）党中央领导集体文艺智慧的集中体现

我们党的五代领导集体都对文艺工作表现出了高度的重视，始终把党对文艺的绝对领导和推进社会主义文艺大发展大繁荣当作一项重要工作来抓，尤其是20世纪90年代以来，始终坚持物质文明与精神文明“两手抓”“两手都要硬”，在坚持“文艺为人民服务，为社会主义服务”的“二为”方向，贯彻“百花齐放、百家争鸣”的“双百”方针的基础上，又旗帜鲜明地提出了“弘扬主旋律，提倡多样化”“贴近实际、贴近生活、贴近群众”以及建设“社会主义核心价值观”等文艺新标准、新要求，而这些也成为20世纪90年代以来全国性文学奖“指导思想”修正、变化的依据。

第一，“双百”方针指引下的全国性文学评奖

“双百”方针是以毛泽东同志为首的党中央第一代领导集体为繁荣和发展社会主义科学、文化事业而提出的具有重要指导意义的方针。

---

① 《中共中央关于全面深化改革若干重大问题的决定》，《新华社》2013年11月15日电。

1956年4月党中央在讨论十大关系的过程中，率先确定了这一方针。1956年4月28日，毛泽东在中央政治局扩大会议上作总结发言时，明确指出“艺术问题上百花齐放，学术问题上百家争鸣，我看应该成为我们的方针。”1956年5月2日，毛泽东在最高国务会议上正式宣布将“百花齐放、百家争鸣”作为党发展科学、繁荣文学艺术的指导方针。1956年5月26日，按照党中央的要求，中央有关部门负责人向科学和文化艺术工作者系统地说明和阐述了“双百”方针，而陆定一在大会上所作的报告《百花齐放，百家争鸣》最终刊发在1956年6月13日的《人民日报》上，即“我们所主张的‘百花齐放，百家争鸣’是提倡在文学艺术工作和科学研究工作中有独立思考的自由，有辩论的自由，有创作和批评的自由，有发表自己的意见、坚持自己的意见和保留自己的意见的自由”①。

然而，伴随着“十七年”时期反右运动的扩大化和“文化大革命”十年极“左”文艺路线的严重破坏，“双百”方针并没能发挥它繁荣和发展社会主义科学、文化事业，起到推进社会主义文艺民主的作用。直至1978年2月，当时的国家最高领导人华国锋在五届人大《政府工作报告》中重申：“‘百花齐放，百家争鸣’，是繁荣我国社会主义科学文化事业的基本方针。它的着重点，是在坚持六项政治标准的前提下，在人民内部采取放的方针，不断扩大马克思主义的思想阵地，促进科学文化事业发展。”② 并在随后通过的新宪法中将“双百”方针写入《宪法》。“国家坚持马克思主义、列宁主义、毛泽东思想在各个思想文化领域的领导地位。各项文化事业都必须为工农兵服务，为社会主义服

---

① 陆定一：《百花齐放，百家争鸣——一九五六年五月二十六日在怀仁堂的讲话》，《人民日报》1956年6月13日。

② 华国锋：《团结起来，为建设社会主义的现代化强国而奋斗——一九七八年二月二十六日在第五届全国人民代表大会第一次会议上的政府工作报告》，《人民日报》1978年3月7日。

务。国家实行‘百花齐放，百家争鸣’的方针，以促进艺术发展和科学进步，促进社会主义文化繁荣。”①

作为全国性文学评奖始终坚持贯彻的重要方针，“百花齐放，百家争鸣”为文学评奖“兼顾题材、主题、风格的多样化”提供了重要的参照，然而又与文学评奖“有所提倡，有所引导”的目的之间形成了不小的裂隙。作为具有官方性质的专家奖，“对小说叙事的史诗性过于片面地强调；对现实主义作品过分地偏爱”②使得茅盾文学奖的获奖作品中历史题材和现实题材的长篇小说在数量上占有绝对优势。如历史题材中，既有像《李自成》（第二卷）、《金瓯缺》《白门柳》《少年天子》《张居正》等气势恢宏、极具“正史”意味的古代历史题材小说，又有《东方》《黄河东流去》《白鹿原》《战争和人》《第二个太阳》《浴血罗霄》等将着眼点与20世纪中国史中最具“正统性”的抗日战争、解放战争、抗美援朝战争等相结合的现代革命历史题材小说，还有《穆斯林的葬礼》《尘埃落定》《额尔古纳河右岸》等将伊斯兰文化、藏地土司文化、鄂温克游牧文化融入家族史、民族史、精神史的“解密式”历史题材小说。而现实题材中，既有表现与极“左”政治路线和“四人帮”殊死搏斗而成为一个时代“注解”的《许茂和他的女儿们》《芙蓉镇》，又有敏锐把握时代脉搏跃动、不惧尖锐矛盾、直面现实的《沉重的翅膀》《都市风流》《抉择》《秦腔》《湖光山色》《蛙》，还有表现社会边缘群体、弱势群体、青年群体现实命运的《平凡的世界》《暗算》《天行者》《推拿》，更有表现普通人日常生活的《钟鼓楼》《长恨歌》等。然而，在文学评奖中贯彻“百花齐放，百家争鸣”的方针，更

① 《中华人民共和国宪法》（一九七八年三月五日中华人民共和国第五届全国人民代表大会第一次会议通过），《人民日报》1978年3月8日。

② 洪治纲：《无边的质疑——关于历届“茅盾文学奖”的二十二个设问和一个设想》，《当代作家评论》1999年第5期。

需要丰富和拓展题材表现空间，通过完善文学评奖体系、健全激励机制，倾注对边缘题材的深切关注，真正实现长篇小说创作题材、美学、风格、形式上的“百花齐放，百家争鸣”。

第二，“二为”方向指引下的全国性文学评奖

从“文艺为政治服务、为工农兵服务”到“文艺为人民服务、为社会主义服务”，新的“二为”方针从争论、酝酿、提出到最终形成，是以邓小平同志为核心的党中央第二代领导集体在新时期重新思考文艺与政治关系、继续思想上的“拨乱反正”、进一步解放文艺生产力、繁荣社会主义新时期文艺迈出的重要一步。从1942年毛泽东《在延安文艺座谈会上的讲话》发表到“文化大革命”结束，“文艺为政治服务、为工农兵服务”的口号一直是新中国文艺坚持的“方向”。然而，历史的实践证明，文学不能脱离政治，但“文艺为政治服务”的简单化倾向、工具论色彩还是以其消极、负面的作用不利于新时期文艺突破“四人帮”极“左”文艺路线设置的重重禁区，不利于文学艺术工作者卸下思想上的包袱，更不利于社会主义新时期文艺的大发展大繁荣，因此，在1979年第四次文代会上邓小平所作的《祝词》中“文艺为政治服务、为社会主义服务”的口号已经被“我们要继续坚持毛泽东同志提出的文艺为最广大的人民群众、首先是为工农兵的方向”[①] 所代替。而“文艺为政治服务、为工农兵服务”的口号正式出现是在1980年7月26日《人民日报》的“社论”《文艺为人民服务、为社会主义服务》中。“为人民服务，就是为除一小撮敌对分子外的全体人民群众，包括广大的工人、农民、士兵、知识分子、干部和一切拥护社会主义、热爱祖国的人们服务，首先是为工农兵服务”，这个“口号”的重新阐释既

---

① 邓小平：《邓小平同志代表中共中央和国务院在中国文学艺术工作者第四次代表大会上的祝词》，《文艺报》1979年第11—12期合刊。选自《中国文学艺术工作者第四次代表大会文集》，四川人民出版社1980年版，第4—5页。

延续了毛泽东《讲话》中“文艺为什么人”的问题，又对“人民”的范畴给出了全新的界定；而“为社会主义服务”的这一“口号”，则是根据十一届三中全会精神“将我们党的工作重心从阶级斗争转移到经济建设上来”而最终确立的。“为社会主义服务，就是为社会主义的经济、政治、军事、文化等各项事业的根本需要服务，在今天，就是为社会主义现代化建设的伟大事业服务。”

作为新时期文艺必须始终坚持的“方向”，全国性文学评奖也必将以此为“指导思想”，突出的意识形态功能使得文学作品的价值评判更加看中“立场”的鲜明作用，而审美功能往往成为一种平衡与妥协的“牺牲品”。一部作品的价值观是正确还是有所偏误，一部作品的基调是明亮向上还是阴郁低沉，一部作品的教育意义是正面还是负面，往往成为文学价值评判的关键。因此，在历届鲁迅文学奖全国优秀中短篇小说奖的评选中，像新世纪文学中“底层叙事”的代表——曹征路的《那儿》《霓虹》和陈应松《马嘶岭血案》这样在直抵“底层”的生活逻辑和精神世界中融入悲情、苦难的作品就极少能够获得文学奖的认可。除此之外，符合人民群众根本利益，为人民群众所喜闻乐见，在群众中产生广泛影响的作品往往也成为全国性文学奖专家评判不得不参考的重要标尺，而那些对于中国当代文学，尤其是当代文学艺术上极具贡献的现代主义、后现代主义先锋性作品，由于自身所彰显的荒诞、死亡、终极关怀对于读者的阅读体验来说既陌生又凸显区隔，因而也被大多数评委拒之门外。

第三，“弘扬主旋律、提倡多样化”指引下的全国性文学评奖

新时期以来的全国性文学奖评选一以贯之地遵循文艺“为人民服务、为社会主义服务”的方向，贯彻“百花齐放、百家争鸣”的方针，以是否有利于实现“四个现代化”为目标，对于“真实地再现四化建设生活、塑造勇于创新、积极改革的社会主义新人的佳作，尤所

欢迎”[①]。20世纪90年代以来，伴随着市场经济体制改革的不断深入，在邓小平建设有中国特色社会主义理论的指引下，以江泽民为核心的中央第三代领导集体结合我国宣传思想文化战线的历史经验和现实需要，开创性地提出“弘扬主旋律、提倡多样化”这一精神产品生产的最新要求。作为坚持“二为”方向和“双百”方针的具体体现，“弘扬主旋律、提倡多样化”是1994年1月24日江泽民同志《在全国宣传思想工作会议上的讲话》中率先提出的，1997年“十五大”时正式与“二为”方向、“双百”方针一道写入了“十五大报告”成为新形势下中国特色社会主义文化建设的指导思想。

从第五届茅盾文学奖评选开始，“弘扬主旋律、提倡多样化”作为全国性文学奖评选的指导思想写入了《评奖条例》中。而“弘扬主旋律”的内涵“就是要在建设有中国特色社会主义的理论和党的基本路线指引下，大力倡导一切有利于发扬爱国主义、集体主义、社会主义的思想和精神，大力倡导一切有利于改革开放和现代化建设的思想和精神，大力倡导一切有利于民族团结、社会进步、人民幸福的思想和精神，大力倡导一切用诚实劳动争取美好生活的思想和精神”[②]。

对于全国性文学评奖来说，“弘扬主旋律”既要以建设社会主义核心价值体系为目标，在评选时对大力弘扬社会主义核心价值观，对以“正能量”使人民群众得到教育、受到启发的作品尤所关注的同时，又对“讲述中国故事”的文学创作提出了更高的要求，必须以“在地性与世界性相统一”的眼光，向世界传递出中华民族伟大复兴的理想和信念。

第四，“三贴近”指引下的全国性文学评奖

“贴近实际、贴近生活、贴近群众”的“三贴近”原则是以胡锦涛

---

① 《中国作家协会举办一九八四年全国优秀短篇小说奖评奖启事》，《小说选刊》1984年第11期。

② 江泽民：《在全国宣传思想工作会议上的讲话》，《人民日报》1994年3月7日。

为核心的第四代中央领导集体在坚持“以人为本”的基础上，丰富人民群众的精神文化生活、满足人民群众的精神文化需求，实现文化发展为了人民、文化发展依靠人民、文化发展成果由人民共享而提出的文艺发展新原则。2003年全国宣传思想工作会议上首次提出。第三届鲁迅文学奖、第七届茅盾文学奖评选时正式写入《评奖条例》成为全国性文学评奖的指导思想之一。

“三贴近”原则是“文艺为什么人”问题的延续，更是在新的历史阶段坚持“文艺为人民服务”方向的新要求，文艺工作者只有“贴近实际、贴近生活、贴近群众”才能创作出经得起时代和人民群众检验的优秀作品，才能为广大人民群众提供更多更好的精神食粮，才能以优秀的作品起到鼓舞人的作用，凝聚民族向心力，这是建设中国特色社会主义文化事业的重中之重。在全国性文学评奖中，像《暗算》这样凭借“谍战电视剧”率先在荧屏上走红的、以通俗文学和类型化写作手法完成的断片式作品能够在第七届茅盾文学奖的评选中杀出重围，成为一匹“黑马”，着实可以看作是“三贴近”原则中“贴近实际、贴近生活、贴近群众”的作用。同时，《暗算》又以对中国现代革命史上“无名英雄”群像的传奇化书写，在封闭、黑暗的世界中点亮了这些“超凡之人”伟岸、坚毅、卓尔不凡的精神，以贴近主流意识形态话语实际的写作赢得了中国最高荣誉文学大奖的认可。而第八届茅盾文学奖的两部获奖作品刘醒龙的《天行者》和毕飞宇的《推拿》更是践行“三贴近”原则的重要收获。《天行者》将节制的情感注入行走在中国大地上的民办教师群体之中，在与其精神世界的对话中，静静聆听他们心灵深处的歌哭与坚守，这是一曲“贴近实际、贴近生活、贴近群众”的生命赞歌。而《推拿》则以“常人之心”倾注了对盲人世界世俗伦常、道德风情的理解与彻悟，以细腻、婉转的艺术笔力，在诗意的语言世界中，不失趣味、不乏机智。

表 4 – 7　　第 5—8 届茅盾文学奖评奖条例中“指导思想”部分

第五届（1995—1998）	第六届（1999—2002）	第七届（2003—2006）	第八届（2007—2010）
茅盾文学奖评选工作，高举邓小平理论伟大旗帜，以马列主义、毛泽东思想和邓小平理论为指针，遵循文艺“为人民服务，为社会主义服务”的方向，贯彻“百花齐放，百家争鸣”的方针，弘扬主旋律，提倡多样化，鼓励关注现实生活、体现时代精神，坚持导向性、权威性、公正性，推出具有深刻思想内容和丰厚审美意蕴的长篇小说作品。	茅盾文学奖评选工作，以马列主义、毛泽东思想、邓小平理论和“三个代表”重要思想为指针，坚持文艺“为人民服务、为社会主义服务”的方向，贯彻“百花齐放、百家争鸣”的方针，弘扬主旋律，提倡多样化，坚持导向性、公正性、群众性，注重鼓励关注现实生活、体现时代精神的创作，推出具有深刻思想内容和丰厚审美意蕴的长篇小说。	茅盾文学奖评选工作，以马列主义、毛泽东思想、邓小平理论和“三个代表”重要思想为指导，深入贯彻落实科学发展观，遵循文艺“为人民服务、为社会主义服务”的方向，贯彻“百花齐放、百家争鸣”的方针，弘扬主旋律，提倡多样化，鼓励贴近实际、贴近生活、贴近群众、体现时代精神的创作，坚持导向性、权威性、公正性、群众性，坚持少而精、宁缺毋滥的原则，推出具有深刻思想内容和丰厚审美意蕴的长篇小说。	茅盾文学奖评选工作以马列主义、毛泽东思想、邓小平理论和“三个代表”重要思想为指导，深入贯彻落实科学发展观，遵循文艺“为人民服务、为社会主义服务”的方向，贯彻“百花齐放、百家争鸣”的方针，弘扬主旋律，提倡多样化，鼓励贴近实际、贴近生活、贴近群众，坚持导向性、权威性、公正性，努力推出体现中国当代长篇小说创作思想高度和艺术水准的优秀作品。

表 4 – 8　　第 3—6 届鲁迅文学奖评奖条例“指导思想”部分

第三届（2001—2003）	第四届（2004—2006）	第五届（2007—2009）	第六届（2010—2013）
鲁迅文学奖评选工作以马列主义、毛泽东思想、邓小平理论和“三个代表”重要思想为指针，遵循文艺“为人民服务、为社会主义服务”的方向，贯彻“百花齐放、百家争鸣”的方针，弘扬主旋律，提倡多样化，鼓励贴近实际，贴近生活，贴近群众，体现时代精神，坚持导向性、权威性、公正性，坚持少而精、宁缺毋滥的原则，评选出思想性、艺术性俱佳的优秀作品。	鲁迅文学奖评选工作以马列主义、毛泽东思想、邓小平理论和“三个代表”重要思想为指导，深入贯彻科学发展观，遵循文艺“为人民服务、为社会主义服务”的方向，贯彻“百花齐放、百家争鸣”的方针，弘扬主旋律，提倡多样化，鼓励贴近实际，贴近生活，贴近群众，体现时代精神，坚持导向性、权威性、公正性，坚持少而精、宁缺毋滥的原则，评选出思想性、艺术性俱佳的优秀作品。	鲁迅文学奖评选工作以马列主义、毛泽东思想、邓小平理论和“三个代表”重要思想为指导，深入贯彻落实科学发展观，遵循文艺“为人民服务、为社会主义服务”的方向和“百花齐放、百家争鸣”的方针，鼓励贴近实际，贴近生活，贴近群众，弘扬主旋律，提倡多样化，体现民族精神和时代精神，坚持公开、公平、公正的评选原则，推出思想性、艺术性俱佳的优秀作品。	鲁迅文学奖评选，坚持社会主义先进文化前进方向，坚持中国特色社会主义文化发展道路，坚持以人民为中心的创作导向，全面贯彻文艺“为人民服务、为社会主义服务的方向”和“百花齐放、百家争鸣”的方针，体现社会主义核心价值观的要求，弘扬主旋律，提倡多样化，坚持公开、公平、公正的原则，推出体现民族精神和时代精神的优秀作品。

表4-9　第5—8届茅盾文学奖评奖条例中“评选标准”部分

第五届（1995—1998）	第六届（1999—2002）	第七届（2003—2006）	第八届（2007—2010）
1. 坚持思想性与艺术性完美统一的原则，所选作品应有利于倡导爱国主义、集体主义、社会主义的思想和精神，有利于倡导改革开放和现代化建设的思想和精神，有利于倡导民族团结、社会进步、人民幸福的思想和精神，有利于倡导用诚实劳动争取美好生活的思想和精神；对于深刻反映现实生活，塑造社会主义新人形象，较好地体现时代精神和历史发展趋势的作品，尤应重点关注；要兼顾题材、主题、风格的多样化。 2. 要重视作品的艺术品位，鼓励在继承我国优秀传统文化和借鉴外国优秀文化基础上的探索和创新，鼓励那些具有中国作风和中国气派，为人民大众所喜闻乐见，具有艺术感染力的佳作。	1. 坚持思想性与艺术性完美统一的原则。所选作品应有利于倡导爱国主义、集体主义、社会主义的思想和精神；有利于倡导改革开放和现代化建设的思想和精神；有利于倡导民族团结、社会进步、人民幸福的思想和精神；有利于倡导用诚实劳动争取美好生活的思想和精神。对于深刻反映现实生活，较好地体现时代精神和历史发展趋势，塑造社会主义新人形象的作品，尤应重点关注。要兼顾题材、主题、风格的多样化。 2. 要重视作品的艺术品位。鼓励在继承我国优秀传统文化和借鉴外国优秀文化基础上的探索和创新，鼓励那些具有中国作风和中国气派，为人民大众所喜闻乐见，具有艺术感染力的佳作。	1. 坚持思想性与艺术性完美统一的原则。评奖作品应有利于倡导爱国主义、集体主义、社会主义的思想和精神；有利于倡导改革开放和现代化建设的思想和精神；有利于倡导民族团结、社会进步、人民幸福的思想和精神；有利于倡导用诚实劳动争取美好生活的思想和精神。对于深刻反映现实生活、弘扬社会主义核心价值体系、体现民族精神和时代精神、塑造社会主义新人形象的作品，尤应重点关注。要兼顾题材、主题、风格的多样化。 2. 要重视作品的艺术品位。鼓励在继承我国优秀传统文化和借鉴外国优秀文化基础上的探索和创新，鼓励那些具有中国作风和中国气派，为人民大众所喜闻乐见，具有艺术感染力的佳作。	1. 茅盾文学奖评奖坚持思想性与艺术性完美统一的原则。获奖作品应具有深刻的思想内涵，有利于倡导爱国主义、集体主义、社会主义的思想和精神；有利于倡导改革开放和现代化建设的思想和精神；有利于倡导民族团结、社会进步、人民幸福的思想和精神；有利于倡导用诚实劳动争取美好生活的思想和精神。对于深刻反映现实生活和人民主体地位、弘扬社会主义核心价值体系、体现民族精神和时代精神、塑造社会主义新人形象的作品，尤应予以关注。应重视作品的艺术品位，提倡题材、主题、风格的多样化，鼓励在继承中国优秀传统文化和借鉴外国优秀文化成果基础上的探索和创新，鼓励具有中国作风和中国气派、为人民大众所喜闻乐见的作品。

表4-10 第3—6届鲁迅文学奖评奖条例“评选标准”部分

第三届（2001—2003）	第四届（2004—2006）	第五届（2007—2009）	第六届（2010—2013）
1. 坚持思想性与艺术性统一的原则，所选作品应有利于倡导爱国主义、集体主义、社会主义的思想和精神，有利于倡导改革开放和现代化建设的思想和精神，有利于倡导民族团结、社会进步、人民幸福的思想和精神，有利于倡导用诚实劳动争取美好生活的思想和精神。对体现时代精神和历史发展趋势、反映现实生活，塑造社会主义新人形象的催人奋进、给人鼓舞的优秀作品，应重点关注。要兼顾题材、主题、风格的多样化。 2. 重视作品的艺术品位。鼓励在继承我国优秀文学传统和借鉴外国优秀文化基础上的探索和创新，尤其鼓励那些具有中国作风和中国气派，为人民群众所喜闻乐见的富有艺术感染力的作品。 3. 重视作品的社会影响力。各奖项评委会，可根据本条例的要求，结合该文学体裁门类的特点，听取读者意见，提出具体要求。	1. 坚持思想性与艺术性统一的原则，所选作品应有利于倡导爱国主义、集体主义、社会主义的思想和精神，有利于倡导改革开放和现代化建设的思想和精神，有利于倡导民族团结、社会进步、人民幸福的思想和精神，有利于倡导用诚实劳动争取美好生活的思想和精神。对弘扬民族精神、体现时代精神和历史发展趋势、反映现实生活，塑造社会主义新人形象的催人奋进、给人鼓舞的优秀作品，应重点关注。要兼顾题材、主题、风格的多样化。 2. 重视作品的艺术品位。鼓励在继承我国优秀文学传统和借鉴外国优秀文化基础上的探索和创新，尤其鼓励那些具有中国作风和中国气派，为人民群众所喜闻乐见的富有艺术感染力的作品。 3. 重视作品的社会影响力。各奖项评委会，可根据本条例的要求，结合该文学体裁门类的特点，听取读者意见，提出具体要求。	1. 坚持思想性与艺术性统一的原则，所选作品应有利于倡导爱国主义、集体主义、社会主义的思想和精神，有利于倡导改革开放和现代化建设的思想和精神，有利于倡导世界和平、国家统一、民族团结、社会和谐、人民幸福的思想和精神，有利于倡导用诚实劳动争取美好生活的思想和精神。对弘扬民族精神、体现时代精神，反映人民群众主体地位和现实生活，塑造社会主义新人形象的优秀作品，应重点关注。要兼顾题材、主题、风格的多样化。 2. 重视作品的艺术品位。鼓励在继承中国优秀文学传统和借鉴外国优秀文化基础上的创新，尤其鼓励那些具有中国作风、中国风格和中国气派，为人民群众所喜闻乐见的富有艺术感染力的作品。 3. 重视作品的社会影响力。各奖项评委会可结合该文学体裁、门类的特点，听取读者意见，作为评选参考。	1. 坚持思想性与艺术性统一的原则，获奖作品应有利于倡导爱国主义、集体主义、社会主义的思想和精神，有利于倡导改革开放和现代化建设的思想和精神，有利于倡导世界和平、国家统一、民族团结、社会和谐、人民幸福的思想和精神，有利于倡导用诚实劳动争取美好生活的思想和精神。对反映人民群众主体地位和现实生活，塑造社会主义新人形象，讲述中国故事，表现中华民族伟大复兴中国梦的优秀作品，应重点关注。兼顾题材、主题、风格的多样化。重视作品的艺术品质。鼓励在继承中国优秀文学传统和借鉴外国优秀文化基础上的创新。尤其鼓励具有中国特色、中国风格、中国气派，人民群众喜闻乐见的富有艺术感染力的作品。 2. 鼓励关注中国当代文学的理论评论作品。鼓励追求信、达、雅的翻译作品。

三　评奖运作与创新机制

创新，是一个民族进步的灵魂，是一个国家兴旺发达的不竭动力。20世纪90年代以来，在多元文学评价主体的合力“围剿”下凸显制度缺陷的中国当代文学评奖制度在社会各方的争议、质疑声中陷入了前所未有的困境，同时文学场域内部各种力量的相互博弈、斗争、此消彼长，以及由此形成的在文学评价体系中多元话语之间相互纠结的“张力”，也为以茅盾文学奖、鲁迅文学奖为核心的20世纪90年代以来中国当代文学评奖制度提供了体察制度偏误、修正制度偏差、进一步完善和创新制度体系的最佳契机。正是在这种循环往复的偏差、修正、调整中，全国性文学奖借助国家权力的制度干预，通过创新机制的引入并使之常态化，对中国当代文学评奖运行机制进行了一轮又一轮的修正，在通往透明、科学、合理的制度民主之路上迈出了坚实的一步。

2011年10月18日中国共产党十七届中央委员会第六次全体会议上通过的《中共中央关于深化文化体制改革推动社会主义文化大发展大繁荣若干重大问题的决定》中对“完善文化产品评价体系和激励机制”提出了更高的要求：“坚持把遵循社会主义先进文化前进方向、人民群众满意作为评价作品的最高标准，把群众评价、专家评价和市场检验统一起来，形成科学的评价标准。要建立公开、公平、公正评奖机制，精简评奖种类，改进评奖办法，提高权威性和公信度。”①

1. 奖项设置的规范化改革

根据2005年《中共中央办公厅、国务院办公厅关于印发〈全国性文艺新闻出版评奖管理办法〉的通知》要求，中国作家协会作为全国

---

① 《中共中央关于深化文化体制改革推动社会主义文化大发展大繁荣若干重大问题的决定》，《人民日报》2011年10月26日。

性文学评奖的唯一主办方，结合自身评奖活动实际，重新申报并最终获批的“具有中国最高荣誉的文学大奖”共有四项，分别是1981年创办的全国少数民族文学创作“骏马奖”，1981年设立的我国长篇小说最高奖茅盾文学奖，1986年创办的全国优秀儿童文学奖和1986年同意设立、1997年首届评选正式启动的鲁迅文学奖。作为国家意识形态授权下的“国字号”文学大奖，却常常因为政治环境的风云变幻和中国作家协会领导层的人事调整屡屡出现僭越拟定评选时限的制度乱象。与少数民族文学创作“骏马奖”、全国优秀儿童文学奖设奖之初“每三年评选一次”的规定相同，茅盾文学奖在设立时也暂定为“每三年评选一次”，但是在第三届评选时却因为“八九风波”的影响而被人为地调整为四年（1985—1988）。第四届评选时又因为作协内部的人事变动和评委间在陈忠实《白鹿原》是否可以获奖的问题上僵持不下，不仅评选时限跨度从1989—1994年拉伸至六年，评选结果更是拖延至1997年10月方才出炉。从第五届茅盾文学奖起，“明文规定”的《评奖条例》正式出台，茅盾文学奖才正式定为“每四年评选一次”。1997年正式启动的鲁迅文学奖，更是因为最初几届评选时限的变动不居遭受了社会各方对于这项国家级大奖的质疑。首届（1995—1996）每两年评选一次，第二届（1997—2000）被延伸至每四年评选一次，直至第三届《鲁迅文学奖评奖试行条例》出台时才被固定为“每三年评选一次”。

虽然四大全国性文学奖在新世纪相继按照中国作家协会设定的评选时间范围成功举办过多届，但是，程式化的制度背后又因为一个年份常常有几项大奖同时进行评选而出现评委“分身乏术”、作协“无暇兼顾”、选评作品“有负众望”的制度裂隙，因此，为了重塑全国性文学奖的权威性和社会公信力，真正选评出无愧于历史、无愧于时代、无愧于人民的“佳篇力作”，中国作家协会一直酝酿的第二轮评选时限改革在新世纪第二个十年正式出炉。原定“每三年评选一次”的少数民族文学创作“骏马奖”和鲁迅文学奖先后推迟一年举行，从第十届“骏马奖”（2008—2011）、第六届鲁迅文学奖（2010—2013）评选开始，改为“每四年评选一次”。如此一来便与“每三年评选一次”的全国优秀儿童文学奖（2010—2012）以及“每四年评选一次”的茅盾文学奖（2007—2010）一起在规范化的制度约束下形成了每年有一项全国性文学大奖开始评选的新格局。一年一项文学评奖，一年打造一次精神盛宴，运作模式上的良性循环势必将为中国当代文学评奖制度进一步实现科学化、系统化、常态化提供重要的保证。

2. 评委机制的创新性改革

（1）评委选聘的“限制性条件”

评委遴选机制一直是中国当代文学评奖制度中备受社会各方关注、争议的焦点。中国作家协会在评委聘请上不容撼动的绝对地位从本质上说是造成评委选聘成为众矢之的的根源。在评选时，由于中国作家协会自身性质的暧昧，使得它在文学价值评判活动中既是组织者、实施者，又是一定数量参评者、候选人乃至评委们赖以生存、获取工资收入的“工作单位”，因此，复杂的人情关系、利益往来使得评委选聘在“内幕说”的“生动描绘”下被看作是一种稀缺资源的“交换”。评委选聘的圈子化倾向、重资历轻能力导致的老龄化等都成为20世纪90年代以来全国性文学奖遭遇普遍质疑的关键。为了改变评委机制上的种种“疏漏”，评委选聘的“限制性条件”开始出现在了茅奖、鲁奖修订后的《评奖条例》中。“每一届评委会成员的组成应有更新，更新名额不少于评委总数的1/2”“评委会的构成，应保证京外评委不少于评委总数的1/3”“评委会委员连任不得超过两届，年龄一般不应超过70岁”“评委会委员和初选审读组成员不能交叉”“委员一般应具有副高以上职称”等成为这些“限制性条件”的具体体现。

表 4－11 自《评奖条例》公示以来历届茅奖、鲁奖“评委机制”新规

评委新规	实施时间
每一届评委会成员的组成应有更新，更新名额不少于评委综述的 1/2	第五届茅奖、第三届鲁迅文学奖起
评委会的构成，应保证京外评委不少于评委总数的 1/3	第六届茅奖、第三届鲁迅文学奖起
评委会委员一般不应超过 70 周岁	第七届茅奖、第四届鲁迅文学奖起
评委会委员连任不得超过两届、评委在同一奖项连任不得超过两届	第七届茅奖、第五届鲁迅文学奖起
评委会委员和初选审读组成员不能交叉	第七届茅奖（仅此一届）
担任各奖项评奖委员会委员者不应交叉	第三届鲁迅文学奖起
评委会委员一般应具有副高以上职称	第五届鲁迅文学奖起

评委更新制度的施行和评委年龄、职称、任职届次的限制，有利于改变评委老龄化和审美观念与时代要求出现“裂隙”的现象。从下表中可以看出，第四至七届茅盾文学奖始终遵循评委更新制度，第四届 23 人评委中留任者有 9 人，更新率为 61%。第五届 21 人评委中留任者为 8 人，更新率为 62%。第六届 21 人评委中留任者共 7 人，更新率为 67%。第七届 23 人评委中留任者仅 3 人，更新率为 87%。而在鲁迅文学奖全国优秀中、短篇小说奖的评委组成上，从第二届起至第五届两个单项奖的终评委人数始终保持为各 11 人。在短篇小说奖评委方面，第二届留任者 3 人，更新率为 73%。第三届留任者 4 人，更新率为 64%。第四届留任者 1 人，更新率为 91%。第五届留任者 3 人，更新率为 73%。而在中篇小说奖评委方面，第二届留任者 3 人，更新率为 73%。第三届留任者 2 人，更新率为 82%。第四届留任者 1 人，更新率为 91%。第五届留任者 3 人，更新率为 73%。而调整京内京外评委所占比例，既有利于中国作家协会在听取更广泛评委专家意见建议的基础上改进评选机制，全面提升全国性文学奖的影响力、辐射面，又有助于各省、自治区、直辖市作家协会根据评委参评经验、信息反馈提升参评作品的中选率，积极引导本地作家创作，为繁荣本省、区、市文学艺术发挥积极作用。

表 4－12　　第四至八届茅盾文学奖评委名单

（黑体标注为留任评委、括号内标注留任评委数）

1989—1994	23（9）	巴金（主任）、**刘白羽**（副主任）、陈昌本（副主任）、**朱寨**（副主任）、邓友梅（副主任）、**丁宁**、刘玉山、**江晓天**、**陈涌**、**李希凡**、陈建功、郑伯农、**袁鹰**、顾骧、唐达成、郭运德、谢永旺、**韩瑞亭**、曾镇南、雷达、雍文华、**蔡葵**、魏巍
1995—1998	21（8）	**巴金**（主任）、张锲（副主任）、**邓友梅**（副主任）、张炯（副主任）、丁振海、马振方、玛拉沁夫、严家炎、**李希凡**、李国文、杨志今、吴秉杰、陆文虎、**陈建功**、**郑伯农**、柯岩、凌力、阎纲、**曾镇南**、**雷达**、**蔡葵**
1999—2002	21（7）	**张炯**（主任）、**陈建功**（副主任）、王巨才（副主任）、叶辛、朱向前、仲呈祥、孙郁、何开四、**杨志今**、吴秀明、张帆、张燕玲、**玛拉沁夫**、李星、**严家炎**、洪子诚、贺绍俊、郭运德、秦晋、**曾镇南**、**雷达**
2003—2006	23（3）	铁凝（主任）、**陈建功**（副主任）、李存葆（副主任）、丁临一、牛玉秋、叶梅、包明德、任芙康、次仁罗布、吴秉杰、何向阳、汪政、汪守德、张小影、陈晓明、胡平、**贺绍俊**、**郭运德**、龚正文、阎晶明、谢有顺、赖大仁、熊召政
2007—2010	62（12）	**铁凝**（主任）、高洪波（副主任）、李敬泽（副主任）、王必胜、王纪仁、王春林、王炳根、王彬彬、韦健玮、东西、**叶梅**、**包明德**、朱向前、刘成、刘复生、刘晓林、**次仁罗布**、许辉、麦家、李国平、李掖平、杨扬、杨红昆、吴义勤、**吴秉杰**、何弘、**何向阳**、**汪政**、**汪守德**、张未民、张志忠、张清华、张燕玲、陈世旭、**陈晓明**、陈福民、苑坪玉、周大新、於可训、孟繁华、欧阳友权、**胡平**、柳建伟、哈若蕙、修忠一、施战军、敖超、高叶梅、高海涛、郭宝亮、黄济人、黄桂元、盛子潮、龚旭东、**阎晶明**、傅恒、彭程、彭学明、温远辉、程金城、**赖大仁**、雷达

表 4－13　历届鲁迅文学奖优秀中短篇小说奖评委名单（黑体标注为留任评委）

第一届鲁迅文学奖（1995—1996）评委名单		
短篇小说奖（终评）	主任委员	刘白羽、邓友梅
	副主任委员	陈建功、程树榛、崔道怡
	委员	王扶、刘震云、陈平原、张志忠、肖复兴、李清泉、李敬泽、林斤澜、胡平、浩然、梁晓声、蒋子龙
中篇小说奖（终评）	主任委员	王蒙、陈昌本
	副主任委员	柳萌、冯立三
	委员	牛玉秋、从维熙、刘心武、朱向前、张韧、陆文虎、何西来、严家炎、季红真、秦晋、傅活、缪俊杰
第二届鲁迅文学奖（1997—2000）评委名单		
短篇小说奖（终评）	主任委员	铁凝
	副主任委员	**程树榛**、肖复兴
	委员	马津海、**刘震云**、**李敬泽**、季红真、陈思和、胡平、曹文轩、章仲锷

续表

第二届鲁迅文学奖（1997—2000）评委名单		
中篇小说奖（终评）	主任委员	邓友梅
	副主任委员	陈建功、**傅活**
	委员	**牛玉秋**、**冯立三**、张韧、汪政、杨志广、崔道怡、蒋子龙、雷达
第三届鲁迅文学奖（2001—2003）评委名单		
短篇小说奖（终评）	主任委员	蒋子龙
	副主任委员	杨志广、雷达
	委员	乌热尔图、王晓明、冯敏、叶梅、**季红真**、**胡平**、**曹文轩**、**章仲锷**
中篇小说奖（终评）	主任委员	李国文
	副主任委员	**陈建功**、张陵
	委员	**牛玉秋**、李敬泽、何向阳、汪政、柳萌、贺绍俊、洪治纲、程树榛
第四届鲁迅文学奖（2004—2006）评委名单		
短篇小说奖（终评）	主任委员	陈建功
	副主任委员	李存葆、张陵
	委员	马津梅、艾克拜尔·米吉提、杨黎光、吴俊、何建明、汪政、汪守德、**章仲锷**
中篇小说奖（终评）	主任委员	铁凝
	副主任委员	雷达、胡平
	委员	**牛玉秋**、朱向前、李佩甫、李建军、吴义勤、洪治纲、崔道怡、谢大光
第五届鲁迅文学奖（2007—2009）评委名单		
短篇小说奖（终评）	主任委员	**李存葆**
	副主任委员	**何建明**、阎晶明
	委员	马步升、王必胜、牛玉秋、**张陵**、赵长天、费振钟、徐贵祥、梁鸿鹰
中篇小说奖（终评）	主任委员	**铁凝**
	副主任委员	**胡平**、**雷达**
	委员	丁帆、于青、包明德、朱晖、**朱向前**、李国平、余德庄、周大新
第六届鲁迅文学奖（2010—2013）评委名单		
短篇小说奖（终评）	主任委员	李敬泽
	副主任委员	周大新
	委员	何弘、李洱、肖惊鸿、张柠、陈福民、罗勇、郎伟、郭艳、黄发有

续表

第六届鲁迅文学奖（2010—2013）评委名单		
中篇小说奖（终评）	主任委员	李存葆
	副主任委员	阎晶明
	委员	王春林、牛玉秋、白烨、孙甘露、李东华、李掖平、陈晓明、崔艾真

（2）评委选聘模式改革

从新时期中国当代文学评奖制度开创起，全国性文学奖评委的选聘模式经历了全国优秀中、短篇小说奖等由评奖委托刊物编辑部直接聘请，茅奖、鲁奖由作协及作协书记处在广泛征求各方意见的基础上直接聘请模式——由中国作家协会书记处提名，从评委库中随机抽取方式产生的“评委库”模式——由中国作家协会书记处聘请加“各省、自治区、直辖市作家协会和中国人民解放军总政治部宣传部各推荐一名符合条件的人选，由中国作家协会书记处审核聘请”[①] 的“大评委制”模式的转变。

评委库随机抽取模式在第六、七届茅盾文学奖评委选聘时被使用。在第六届茅盾文学奖评选时，评委库建设尚处于“雏形阶段”，评委名单由超过评委人数两倍以上的候选名单中“随机抽取”而出。而第七届茅盾文学奖评选时，评委库建设已初具规模，不少于40人的评委库，在中国作家协会书记处提名的基础上，由文学界有影响的作家、理论家、评论家和文学组织工作者构成。评委候选名单则在有效监督的基础上以随机抽取的方式从评委库中产生。评委库随机抽取模式的引入，巧妙地利用差额遴选评委的方式，在“不确定因子”的作用下，有效地规避了全国性文学奖评选日益“圈子化”的风险系数，也在一定程度上为杜绝评奖中的不正之风起到了有效的遏制作用。然而，评委库随

① 《茅盾文学奖评奖条例》（修订稿），2011年2月25日修订。

机抽取模式也并非放之四海而皆准，反而因为未能及时公开评委库人选的详细名单，造成了评奖的另一种“隐秘”。除此之外，评委人选往往随同评奖结果一同揭晓，也让评委的权力运作缺少阳光下的监督，而随机抽取如何确保评委会人员更新不少于1/2，如何保证京内京外评委的比例符合新规，是否会因此造成评委遴选“难产”反而加剧社会各界对于评委库建设的责难，都成为中国当代文学评奖制度创新的难题。

为此，第八届茅盾文学奖创新性以“大评委制模式”取代了评委库随机抽取模式。第八届茅盾文学奖《评选条例》中明确指出：“评奖委员会设委员若干名，由中国作家协会书记处聘请30名符合条件的人员；同时各省、自治区、直辖市作家协会和中国人民解放军总政治部宣传部各推荐一名符合条件的人选，由中国作家协会书记处审核聘请。”① 最终由62名评委组成的、规模阵容庞大的第八届茅盾文学奖评委会就此产生。用胡平的话说：“大评委制的提出，主要是为了克服‘小圈子’评奖带来的局限。”② 除此之外，“大评委制”对于妄图通过贿选钻制度“空子”的人来说，无疑增加了“操作难度”。从推荐而来的32名“地方评委”的身份看，评论家、作家占据了多数，而评论家或是来自各省、自治区、直辖市作家协会专职从事文学评论工作，或是某文学类学术期刊的主编，又或是著名高校专门从事中国现当代文学教学、研究的教授、博导，如此丰富的来源背景和不同的学养见识，为第八届茅盾文学奖带来了一股新风。虽然地方评委参与茅奖评选并不是从第八届才开始的，但“大评委制”的确因为评委更为广泛的代表性而成为本届评选机制改革的一大“亮点”。

---

① 《茅盾文学奖评奖条例》（修订稿）2011年2月25日修订。

② 胡平：《不同寻常的第八届茅盾文学奖》，《小说评论》2012年第3期。

表4-14　32名各省、自治区、直辖市、中国人民解放军总政治部宣传部评委信息

姓名	身份	推荐单位	姓名	身份	推荐单位
王纪仁	评论家	上海作协	韦健玮	评论家	黑龙江作协
王春林	评论家	山西作协	东西	作家	广西作协
王炳根	评论家	福建作协	刘成	评论家	内蒙古作协
刘复生	评论家	海南作协	刘晓林	评论家	青海作协
许辉	作家	安徽作协	李国平	评论家	陕西作协
李掖平	评论家	山东作协	杨红昆	作家	云南作协
何弘	评论家	河南作协	汪政	评论家	江苏作协
汪守德	评论家	总政宣传部	张未民	评论家	吉林作协
苑坪玉	评论家	贵州作协	於可训	评论家	湖北作协
孟繁华	评论家	北京作协	哈若蕙	评论家	宁夏作协
修忠一	评论家	新疆作协	敖超	作家	西藏作协
高海涛	评论家	辽宁作协	郭宝亮	评论家	河北作协
黄济人	作家	重庆作协	黄桂元	评论家	天津作协
盛子潮	评论家	浙江作协	龚旭东	评论家	湖南作协
傅恒	作家	四川作协	温远辉	评论家	广东作协
程金城	评论家	甘肃作协	赖大仁	评论家	江西作协

即使是第八届茅盾文学奖《评奖条例》早已有言在先，即“茅盾文学奖评奖委员会成员应为关注和了解全国长篇小说创作情况的作家、评论家和文学组织工作者，均以个人身份参加评奖”①。但是，来自“地方”的评委如何能在“个人身份”之外不受“地方保护主义”思想的干扰，真正做到秉公行使自己的权力，本着“文学公心”进行选评，这又是对“大评委制”的一次严峻考验。从第八届茅盾文学奖第三至五轮的投票情况看（见下表），在第三、四轮次时，来自江苏、陕西、北京的评委在面对本省参评作品《知青变形记》《青木川》《天·藏》《北方佳人》《长街行》时还是能够直面作品自身的缺陷，选择“忍痛

① 《茅盾文学奖评奖条例》（修订稿），2011年2月25日修订。

割爱”。而到第五轮“十进五的游戏”时，在竞争日渐“白热化”的紧要关头，不能说是“私心”在作祟，但从投票情况看，地方评委全数将自己的选票投向了本省、区、市入围的十佳作品，试图凭借自己的“一己之力”为其“登顶”助以“一臂之力”。

表 4-15　第八届茅盾文学奖第三至五轮“地方评委”参评“地方性作品”情况一览表（注：根据第三轮投票时作品的排名顺序排列）

参赛作品	推荐地	本省评委	止步轮次	第三轮	第四轮	第五轮
农民帝国	天津	黄桂元	第五轮	√	√	√
推拿	江苏	汪政	当选	√	√	√
蛙	山东	李掖平	当选	√	√	√
你在高原	山东	李掖平	当选	√	√	√
一句顶一万句	北京	孟繁华	当选	√	√	√
天行者	湖北	於可训	当选	√	√	√
遍地月光	北京	孟繁华	第五轮	√	√	√
麦河	河北	郭宝亮	第五轮	√	√	√
生命树	陕西	李国平	第四轮	√	√	
水在时间之下	湖北	於可训	第四轮	√	√	
农历	宁夏	哈若蕙	第五轮	√	√	√
我是我的神	湖北	於可训	第五轮	√	√	√
大地雅歌	云南	杨红昆	第四轮	√	√	
青木川	陕西	李国平	第四轮	√	×	
无土时代	江苏	汪政	第四轮	√	√	
天·藏	北京	孟繁华	第四轮	√	×	
河岸	江苏	汪政	第四轮	√	√	
黑白	江苏	汪政	第三轮	√		
老风口	重庆	黄济人	第四轮	√	√	
坼裂	解放军	汪守德	第四轮	√	√	
赤脚医生万泉和	江苏	汪政	第四轮	√	√	
大平原	陕西	李国平	第三轮	√		
空山	四川	傅恒	第三轮	√		

续表

参赛作品	推荐地	本省评委	止步轮次	第三轮	第四轮	第五轮
秉德女人	辽宁	高海涛	第三轮	√		
北方佳人	北京	孟繁华	第三轮	×		
长街行	北京	孟繁华	第三轮	×		
知青变形记	江苏	汪政	第三轮	×		
凿空	新疆	修忠一	第三轮	√		
八月狂想曲	北京	孟繁华	第三轮	√		
苍黄	湖南	龚旭东	第三轮	√		

（3）终评初评一体制改革

茅奖、鲁奖从设奖之初，便习惯分初评、终评两组人马分别进行评选。茅奖的长篇小说读书班（或名为“初选审读组”）和鲁奖的初选审读小组经过一个阶段的分散阅读或集中阅读后，为评奖委员会提供备选作品名单已经成为评选的惯例。然而，由于评委会有权绕过读书班，经由每届不等的评委联名推荐便可增加备选作品篇目，并且读书班推荐的“热门作品”往往在终评时“名落孙山”，因此，读书班的实际效力“不言自明”。由此招致来的争议，让茅奖、鲁奖陷入了制度建构的危机之中。

从第八届茅盾文学奖、第六届鲁迅文学奖评选开始，终初评一体制成为中国当代文学评奖制度中评委机制改革的又一重要举措。起初实行初、终评“分离机制”的原因在于初评工作量大。为了减少终评委，尤其是年龄偏大的终评委员的阅读量而考虑设置的，常常由年富力强的中青年评委担纲。然而，这样一种人为的“分离机制”除过造成初选小组“权力真空”外，更因为两套人员组成导致的不同眼光，使之两级评选机构间出现长时期的审美偏差。为了扭转由制度自身招致的“非议”，终初评一体制的施行，更有利于在统一的原则标准下更好地践行评奖条例的规定，更有利于保持评奖的公正性、权威性和公信力。

但是，由于第八届茅盾文学奖参评作品中诸多大部头作品的出现，如《你在高原》《大秦帝国》等，动辄几百万字的篇幅仍然考验着评委们的耐力、体力和精力。

虽然评委们中的大多数在日常生活中身处中国当代文学第一线，对当代文学新作饱有较高的关注度和阅读量，但这并不能确保所有评委都能在规定时间内阅读完所有参评作品。在对外公布的评奖总结性材料中，强调评委们对评选的尊重以及他们不辞辛劳的文字“比比皆是”，但在一些内部材料，却又披露出了另一种“状况”。如 2011 年第 5 期《作家通讯》中刊发的评委文章《评奖归来话茅奖》中写道：“5 月中旬，接到中国作协第八届茅盾文学奖评奖办公室电话通知，我是这一届的评委，上中国作家网查了一下这届茅奖的参评作品，读过的只有 16 部，按评奖办公室的要求，去书店，在网上抱回一大堆参评作品，两个多月，断断续续大约读了 40 多部，8 月 1 日集中到北京，参评期间读了 21 部。我承认，这次参评作品中有近 100 部作品我没读，但进前 30 的作品全部读过，其中张炜的《你在高原》只读了其中的三部，这是一次超强度的小说阅读，记忆中，除了研究生在读期间，20 多年来是唯一的一次。”[①] 如此一来，怎能不出现过分依赖作者资历，导致入围前 30 名的作品多是出自各省、自治区、直辖市作协主席、副主席之手的新情况。中国当代文学评奖制度初创时推荐、选拔文坛新人的初衷在这样的“评委态度”中怎能不成为一种奢望，怎能不令人忧心忡忡。

3. 参评范围的多元化改革

获得全国性文学奖的“抬爱”与认可，是严肃文学作家及其作品获取象征性资本、通往文学圣殿的必经之路，是新时期文学实现经典化最为便捷的一条通道。为此，大批参评作品纷纷涌向茅奖、鲁奖的评选

① 盛子潮：《评奖归来话茅奖》，《作家通讯》2011 年第 5 期。

舞台。从第五至八届茅盾文学奖参评情况来看，第五届共有138部作品参选，第六届有155部作品参选，第七届有130部作品参选，第八届共有180（178）[①] 部作品参选。从第四至六届鲁迅文学奖参评情况来看，第四届共有1113篇（部）作品参选，其中短篇小说224篇（部）、中篇小说230篇（部）；第五届共有1008篇（部）作品参选，其中短篇小说210篇（部）、中篇小说209篇（部）；第六届共有1359篇（部）作品参选，其中短篇小说286篇（部）、中篇小说255篇（部）。

令人欣喜的是，从第五届鲁迅文学奖、第八届茅盾文学奖起，近年来风生水起的网络文学作品终于敲开了主流文学奖的大门。“持有互联网出版许可证的重点文学网站”成为参评作品征集与申报的重要来源写入了第五、六届鲁迅文学奖和第八届茅盾文学奖的《评奖条例》中。全国性文学奖迎纳网络文学的有益尝试，既是网络文学蔚为大观、急速迅猛的发展势头“迫使”主流文学奖向其妥协的标志性事件，又是全国性文学奖力图扩大参评作品范围，真正实现参评作品多元化的一次重要改革，更是全国性文学奖试图凭借自身的话语优势推进网络文学“主流化”、规范化转型的一种设想。但是，“明迎暗拒”却成为网络文学进入全国性文学评奖视域后带给公众最为直观的一种感受。在第八届茅盾文学奖的评选中，真正获得参评资格予以公示的网络文学作品仅有7部，分别是《国家脊梁》《办公室风声》《刀子嘴与金凤凰》《成长》《遍地狼烟》《青果》《从呼吸到呻吟》，推荐网站仅有新浪网、起点中文网、中文在线网3家，而这7部作品还必须是以图书形态出版后才有资格参评。而在2011年8月6日下午的首轮投票中，顺利入围81部备选作品的网络文学作品仅剩《从呼吸到呻吟》（位列63）、《遍地狼烟》

① 第八届茅盾文学奖共收到推荐作品180部，经过公示、资格审查，最终确定178部作品正式参选。

(位列75)、《青果》(位列81) 3部，而且投票情况不容乐观，排名基本都在末位。进入第二轮第一阶段，即“81进40”的较量中，网络文学作品便已全部出局。对于网络文学来说，是放弃市场巨大的商业利益、可观的经济收入迎合全国性文学奖的评选规则，还是全国性文学奖评选主办方中国作家协会重新审视网络文学自身的生存样态，对评选限制条件给予“松绑”，或者在适当时候对“网络文学”进行单独评选，这都将是中国当代文学评奖制度进一步改革需要思考、建构的一项重要工程。

除过对网络文学的态度有所松动外，评选范围中曾经严格限制的“中国籍作家创作”也在第五届鲁迅文学奖和第八届茅盾文学奖评选时被取消。随着近年来海外华文作家群体与大陆文学界的相互交往更加频繁、更为紧密，迎纳海外华文文学创作，既能丰富、拓展中国当代文学的创作视域，又能在与海外华文文学的平等对话、交流中为中国当代文学走向世界提供一种新的参照、新的可能。因此，茅奖、鲁奖的新规，只要是在评选年度范围内在中国大陆首次公开发表、出版的海外华文文学作家作品也能享受到参加全国性文学奖的同等机会。

4. 评选过程的公开化改革

自20世纪90年代以来，对中国当代文学评奖制度争议最多的便是顶层设计和评选过程的隐秘。与华语文学传媒大奖等为核心的、以民间机构为主导的文学奖项和以“《当代》文学拉力赛”等为核心的、以文学传媒机构为主导的文学奖项力主推行评委公开、评语公开、投票过程公开相比，全国性文学奖在推行制度公开方面明显滞后。直至第五届鲁迅文学奖、第八届茅盾文学奖起，以公示制为核心的评选过程公开化才成为一种制度改革措施被延续了下来。第八届茅盾文学奖评奖办公室在整个评选过程中曾先后在中国作家网、《文艺报》上发布八个“公告”，对《第八届茅盾文学奖参评作品目录》《第八届茅盾文学奖评奖委员会名单》《第八届茅盾文学奖纪律监察组组长、副组长名单》《第八届茅盾文学奖评奖办公室主任、副主任名单》以及五轮评委投票后入围的备选作品名单、当选作品名单、从第三轮开始的评委投票情况进行了及时的公示。

除过公示制以外，评委投票一改往届评选无记名投票的方式，首次采取实名制投票方式。这一举措对于评委及其手中的选票来说，无疑起到了一种社会监督的作用。评委们在这样的实名制投票中，既要在坚守“文学公心”的作用下杜绝人情关系、利益纠葛，更要对自己手中的这张选票归属加倍谨慎、负责。这是对一位评委道德和专业素养的一次考验与历练。根据第八届茅盾文学奖评选办公室公布的第五轮选票统计情况，《你在高原》以 58 票位列第一，杨扬、杨红昆、温远辉评委未将选票投给《你在高原》。《天行者》以 56 票位列第二，韦健玮、孟繁华、高叶梅、黄桂元、雷达 5 位评委未将选票投给《天行者》。《蛙》以 54 票位列第三，王彬彬、刘成、陈世旭、哈若蕙、敖超、高叶梅、龚旭东 7 位评委未将选票投给《蛙》。《推拿》以 48 票位列第四，王炳根、叶梅、刘晓林、麦家、张志忠、陈世旭、陈福民、苑坪玉、周大新、柳建伟、修忠一、郭宝亮、黄济人 13 位评委未将选票投给《推拿》，而《一句顶一万句》以 45 票位列第五，王彬彬、包明德、刘成、次仁罗布、李掖平、吴义勤、吴秉杰、汪政、张燕玲、陈世旭、於可训、修忠一、高海涛、阎晶明、傅恒、赖大仁 16 位评委未将选票投给《一句顶一万句》。最后一轮投票中变化最大的是从首轮起一直排名靠前的《麦河》。在第一轮投票中，麦河位列第六，第二轮第一阶段投票中位列第一，第二轮第二阶段投票中位列第八，第三轮投票时以 59 票位列第五，第四轮投票时以 50 票位列第五，而到第五轮投票时，《麦河》被《一句顶一万句》超越，得票仅有 15 票，这种前后巨大的票数落差还是让人颇感意外。而在最后一轮投票中有 22 位评委实现了“全中”，分别是高洪波、李敬泽、王必胜、王纪仁、王春林、东西、朱向前、刘复生、许辉、李国平、何弘、何向阳、汪守德、张未民、张清华、陈晓明、欧阳友权、施战军、盛子潮、彭程、彭学明、程金城。而这22人中间，中国作家协会书记处聘请的评委和各地方推荐上来的评委各有11人。

但是，“实名制”与“匿名制”之间是否真的能实现中国作家协会期待中的公平，显然并不一定。正如吴俊教授所说：“实名制的一个最大弊端却也不能不指出，任何个人意志会因此受到集体/社会意志的最大可能的干扰。”[①] 因此，“匿名制”和“实名制”之间孰优孰劣并非有着明显的界限，关键还在于评委在行使权力时是否有有效的监督机制、制约机制在起作用。

四 评奖纪律与回避机制

正是基于对一种有效的监督机制、制约机制作用的认识，全国性文学奖在公开评奖纪律、成立纪律监察组、实行公证员制度的探索中逐步建立起了必要的回避机制，来预防评奖过程中的各种不正之风、权钱交易，以避免因为此类道德不端行为影响评奖的公正性、权威性和社会公信力。第八届茅盾文学奖的纪律监察组由组长张健、副组长梁鸿鹰担任，评奖的公证工作则由北京方圆公证处实行现场监督、现场公证。

然而，“回避制度”的建立对于中国当代文学评奖制度来说是极为重要的一种“预警”。全国性文学奖曾在回避问题上出现过多次严重的失误。“1978年全国优秀短篇小说评选”时，周立波评委便以《湘江一夜》获奖。“1979年全国优秀短篇小说评选”时，王蒙评委曾以《悠悠

① 吴俊：《中国当代文学评奖的制度性之辨——关于茅盾文学奖、鲁迅文学奖之类“国家文学”评奖》，《当代作家评论》2011年第6期。

寸草心》获奖。“1980 年全国优秀短篇小说评选”时，王蒙、谢冰心评委分别以《春之声》《空巢》获奖。而在第三届茅盾文学奖评选时，刘白羽评委的《第二个太阳》便绕过读书班以增列作品最终获奖，尽管作者在评选自己作品时采取了回避态度，但这仍在茅盾文学奖的历史上引起了不小的争议。根据第八届茅盾文学奖修订的“回避制度”中指出：“评奖委员会成员和评奖办公室工作人员中，如有作品参评或系参评作品的编辑、参评作品所属的文库或丛书的主编、参评作者的亲属、参评作品出版单位的主要负责人，应主动回避。相关人员可选择退出评委会，或作品退出评选。”① 然而，这一“回避制度”在落实过程中仍然因为某种不确定因素的存在而出现纰漏。第八届茅盾文学奖的两部获奖作品《推拿》和《一句顶一万句》首发在《人民文学》2008 年第 9 期和 2009 年第 2、3 期，而当时的《人民文学》杂志社主要负责人依旧出现在了评委阵容中。

纵观 20 世纪 90 年代以来，伴随着多元评价主体共生格局的形成和多元评价标准的交锋，以茅盾文学奖、鲁迅文学奖为核心的中国当代文学评奖制度在社会各方的一片批评与质疑声中，开始重新思考制度偏误、着手修正制度偏差，为进一步完善和创新制度设计，维护全国性文学奖的权威地位，重建文学评价体系的“等级秩序”，向着更为健全、科学、民主的制度建构迈出了坚实的一步。诚然，伴随着茅奖、鲁奖评奖实践的继续进行，关于中国当代文学评奖制度的争辩依旧无法避免。始终处在“进行时”中的中国当代文学评奖的制度建设仍然应该遵循偏差、修正、调整的“循环往复”，深入评奖制度的核心肌理着力在国家制度的革新中找到自身变革的有利契机，找回失去的尊严，真正为具有理想之光和人性之魅的作品增添一束文学“圣物”的闪耀光芒。

---

① 《茅盾文学奖评奖条例》（修订稿），2011 年 2 月 25 日修订。

结　语

文学评奖，作为文学价值生产的重要手段，文学评价机制的重要组成部分，文学作品实现经典化最为重要的一道工序，虽然在中国现代文学史上“亮点”频出，但却因为“早夭现象”的普遍存在，始终没能形成一种国家层面的制度共识。中国当代文学史上的第一次文学评奖活动，又因为制度构想的“无果而终”而被忽视。“十七年”时期的文学评奖，作为文学批评制度的一种陪衬，呈现出“墙外开花”“墙内凋敝”截然对立的两种境遇。真正意义上标志着中国当代文学评奖制度确立的是“1978 年全国优秀短篇小说评选”。文学评奖终于从未能完成的制度设想实现了通向现代性的文学制度建设质的跨越。

以全国性小说评奖为核心对中国当代文学评奖制度展开研究，是一项极具挑战性且复杂而庞大的工作。要在丰富多变的评奖实践中探寻中国当代文学评奖制度建构一以贯之的超稳定结构主线的同时，通过对具体规程、行动准则、评奖条例等细微变化的敏锐把握，洞察中国当代文学评奖制度演进、修正的内在逻辑性、相互关联性是本专著研究的一大难题。除此之外，既要在显性制度的变化中将文学评奖放置在文学场内各种势力的相互斗争中捕捉其背后复杂的动因，又不能忽视隐性制度（潜规则）在文学评奖中的作用、影响与危害，这是本专著研究的另一难题。第三个难题是在对中国当代文学评奖制度的研究中，既要避免复杂问题简单化导致的肤浅认识，又要在深入探寻制度内核时避免捕风捉影式的“非学理判断”；既要对全国性小说评奖的主办方中国作家协会在体察制度偏误、修正制度偏差、进一步向着完善中国当代文学评奖制度过程中所作出的努力给予科学、中肯的评价，又要对因为中国作家协会自身“暧昧”性质导致的中国当代文学评奖制度中凸显制度瓶颈的事实作出清醒的认识。

本专著以新时期中国作家协会主办或委托作协下属重要刊物承办的全国优秀短篇小说奖、全国优秀中篇小说奖、茅盾文学奖、鲁迅文学奖（尤其是鲁迅文学奖中的全国优秀中、短篇小说奖）等为主要研究对象，以埃斯卡皮的“文学社会学”、福柯的“知识考古学”、布尔迪厄的“场域理论”为主要依据，以“重回历史现场”的姿态，在深入挖掘评奖史料、展开理论思辨的基础上，将中国当代文学评奖制度的研究视野伸向整个20世纪的文学评奖活动之中，既填补了中国当代文学评奖“历史源起”研究的诸多学术空白，又在质疑学界已有共识的基础上对相关理论偏误进行了“纠偏”；既对全国性小说评奖为核心的中国当代文学评奖制度确立、演进、修正进行了全景式的考察，又对这种变化背后凸显的、文学场域内各种力量之间的相互博弈、此消彼长进行了富有建构性的研究，同时，对因此而形成的中国当代文学评奖的主导原则、审美偏向、制度性缺陷等从学理上给予了必要的辨析。本专著试图以客观、理性富于思辨的价值判断扭转当前学界在中国当代文学评奖制度研究上视角狭窄、对象单一、系统研究相对匮乏的总体格局以及主观性、盲目性、随意性的研究倾向。

伴随着全国性文学评奖继续进行的脚步，始终处在“进行时”的中国当代文学评奖制度建设仍将遵循偏差、修正、调整的“循环往复”，深入评奖制度的核心肌理，着力在国家制度的革新中找到自身变革的有利契机。然而，新媒体时代的到来令“作协系”全国性文学评奖在制度建设上面临着更加严峻的挑战。第六届鲁迅文学奖评选前后，湖北省作协主席方方对湖北籍作家柳忠秧参评诗集《自由天下骑黄鹤》和《楚歌》的“发难”再度引发了全社会对于鲁迅文学奖等全国性文学大奖公信力、权威性的质疑。

这一场“风波”以2014年5月25日方方在“新浪微博”中的一条原创微博为发端。

> 听同事说，我省一诗人在鲁迅文学奖由省作协向中国作协参评推荐时，以全票通过。我很生气。此人诗写得差，推荐前就到处活动。这样的人理应抵制。作协方面态度明朗。但他却把所有评委搞定。评委多是高校教授。教授们重人情而轻文学。无奈。我相信此人现正在北京评委中四处活动。我们拭目以待。

2014年5月25日夜，方方又在“新浪微博”中摘录了批评对象获得第六届鲁迅文学奖参评资格诗作中的部分诗句并写出了自己的评语：

> “国民党共产党，开天辟地。讲习所黄埔军，众志成城。陈独秀孙逸仙，国共合作。蒋中正毛泽东，兄弟并肩。”
>
> 当我看到诗人的重要诗作里有这样的诗句，我真的觉得省作协不能推荐这类作品去中国作协参评鲁奖。

诗作中部分诗句的公开，箭靶直指湖北籍诗人柳忠秧。而在2014年6月16日中国作家网上发布的第六届鲁迅文学奖评选办公室公告［2014年］第2号中，经湖北省作协推荐的柳忠秧新诗集《自由天下骑黄鹤》和经长江文艺出版社推荐的柳忠秧古体组诗《楚歌》符合鲁迅文学奖参评资格，位列1359篇（部）予以公示的参评作品目录之中。而方方摘录的诗句《岭南歌》正是《楚歌》中的主要篇目。

当方方以湖北省作家协会主席身份，对自己并未参与评选的湖北省第六届鲁迅文学奖推荐工作“亮丑揭短”时，作为当事人的柳忠秧以对外发布《公开信》的形式对方方进行了驳斥。

> 读懂我的诗才有资格说话，因为我学过哲学，学过哲学的人都明白。我记得有个德国人说过，中国人是没有智慧的，尤其是中国的女性缺乏智慧。我认为中国文坛有一种现象——“傻大姐”现象。

然而，原本一场“方柳风波”却因2014年5月28日、6月3日樊星在“新浪微博”上的两条微博和肖鹰先生2014年5月28日、6月4日、6月6日在“新浪博客”上的三篇文章《方方闹鲁奖究竟为了谁》《再谈“方方闹鲁奖”》《请方方勿借体制打击批评者》而升级。

作为著名学者、知名文学评论家的湖北省作家协会副主席、武汉大学教授樊星，在2014年5月28日和6月3日的微博中这样写道：

> 方方与柳忠秧的交锋，清者自清，浊者自浊。只是方方说评委教授重人情显然不妥。一个现成的例子是：多年前在湖北大学讨论方方的《乌泥湖年谱》，我和另一位教授指出该作在长篇小说结构上是有问题的，写得太散。当时方方反问：“长篇小说为什么一定要按照你们说的去写？”可见我们有一说一，并不那么世故。（5月28日）
>
> 今年年初，湖北评一省内奖。方方在投票前为一位网络写手大说好话，企图影响投票。投票结果没有让她如愿。当时在场的评委

都可以作证。(6月3日)

从方方主动“揭短亮丑”到柳忠秧的“人身攻击”再到樊星的“自我辩护”，与其说这场“口水交恶”的矛头指向的是湖北省第六届鲁迅文学奖推荐参评工作，不如说它的指向是以全国性文学奖，尤其是全国性小说评奖为核心的中国当代文学评奖制度，指向的是全国性文学奖的主办方中国作家协会。从此次“口水战”三位核心人物的身份看，方方，既是享有正厅级待遇的湖北省作家协会主席，又是曾先后多次获得全国性小说评奖的当代著名作家；樊星，既是湖北省作家协会的副主席，又是中国现当代文学界久负盛名的知名学者、著名文学批评家；而柳忠秧，既是一个文化商人，又是湖北省作家协会会员。这样一来，三人的“交恶”便成了体制内文化官员、作协系专家评委与作协会员参评者之间的一场较量。这里既夹杂着体制内文化官员对于全国性文学奖权威性的极力维护，又有专家评委对于自己评选眼光的竭力肯定，更有参评者对于全国性文学奖这一巨大“富矿”和“名利场”的迎合与追逐。不论“跑奖”是否是事实，也姑且不论初选操作时出现了怎样的“不可控力”，但这种“内幕”式的“各执一词”，无限放大“潜规则”在文学评奖中作用与影响的同时，再次让文学评奖成为作家协会内部的“一场游戏”。

因此，中国当代文学评奖制度的根本性变革，只有寄希望于国家制度的革新，来找寻自身变革的有利契机。效仿诺贝尔文学奖基金会制的评奖模式无疑是使中国作家协会淡出全国性文学评奖，重塑文学评奖权威性、公信力最为行之有效的一种方法。但是，从制度根本颠覆中国作家协会在文学评奖中的“正统性”地位，削弱国家权力意志授权下茅奖、鲁奖等“中国具有最高荣誉的文学大奖”的“渴望”，在当今中国的国家体制内是困难重重的一种“奢望”。举国体制下中国当代文学的生产、传播、消费始终受制于“国家制度”这张大网之中，不同的只是国家制度对于文学领导方式的变化所致。因此，对文学评奖“明文制度”上具体纲目、条款以及措辞进行修改，更多的只是中国当代文学评奖制度为适应新的政治要求、时代要求、专业要求、大众要求而进行的、旨在通向科学化、民主化的一种“自我保护”。而这种“自我保护”依旧是在国家权力意志授权下，根据国家制度中对于文学事业的总体规划实施的。

参考文献

一　外国著作类

［英］安东尼·吉登斯：《现代性的后果》，田禾译，译林出版社 2000 年版。

［法］皮埃尔·布尔迪厄、［美］汉斯·哈克：《自由交流》，桂裕芳译，生活·读书·新知三联书店 1996 年版。

［法］皮埃尔·布尔迪厄：《文化资本与社会炼金术——布尔迪厄访谈录》，包亚明译，上海人民出版社 1997 年版。

［法］皮埃尔·布尔迪厄、［美］华康德：《实践与反思》，李猛、李康译，中央编译出版社 2004 年版。

［法］皮埃尔·布尔迪厄：《实践理性：关于行为理论》，谭立德译，生活·读书·新知三联书店 2007 年版。

［法］皮埃尔·布尔迪厄：《艺术的法则——文学场的生成与结构》（新修订本），刘晖译，中央编译出版社 2011 年版。

［法］皮埃尔·布尔迪厄：《关于电视》，许钧译，南京大学出版社 2011 年版。

［法］皮埃尔·布尔迪厄、罗杰·夏蒂埃：《社会学家与历史学家：布尔

迪厄与夏蒂埃对话录》，马胜利译，北京大学出版社 2012 年版。

［法］米歇尔·福柯：《疯癫与文明：理性时代的疯癫史》，刘北成、杨远婴译，生活·读书·新知三联书店 1999 年版。

［法］米歇尔·福柯：《知识考古学》，谢强、马月译，生活·读书·新知三联书店 2003 年版。

［法］米歇尔·福柯：《规训与惩罚：监狱的诞生》第 4 版，刘北成、杨远婴译，生活·读书·新知三联书店 2012 年版。

［英］雷蒙·威廉斯：《关键词——文化与社会的词汇》，刘建基译，生活·读书·新知三联书店 2005 年版。

［英］雷蒙·威廉斯：《马克思主义与文学》，王尔勃、周莉译，河南大学出版社 2008 年版。

［美］杰姆逊：《后现代主义与文化理论》（精校本），唐小兵译，北京大学出版社 1997 年版。

［美］弗雷德里克·詹姆逊：《政治无意识》，王逢振、陈永国译，中国社会科学出版社 1999 年版。

［美］詹明信：《晚期资本主义的文化逻辑》，张旭东编，陈清桥、严锋等译，生活·读书·新知三联书店 2013 年版。

［斯洛文尼亚］斯拉沃热·齐泽克：《图绘意识形态》第二版，方杰译，南京大学出版社 2006 年版。

［德］卡尔·曼海姆：《意识形态与乌托邦》，姚仁全译，中国社会科学出版社 2009 年版。

［美］利昂·P. 巴拉达特：《意识形态起源和影响》第 10 版，张慧芝、张露璐译，世界图书出版公司 2010 年版。

［美］R. R. 帕尔默、乔·科尔顿、劳埃德·克莱默：《冷战到全球化：意识形态的终结?》，牛可、王昺、董正华等译，世界图书出版公司 2011 年版。

［英］约翰·B. 汤普森：《意识形态理论研究》，郭世平等译，社会科学文献出版社 2013 年版。

［美］丹尼尔·贝尔：《意识形态的终结：50 年代政治观念衰微之考察》，张国清译，中国社会科学出版社 2013 年版。

［美］赫伯特·马尔库塞：《单向度的人：发达工业社会意识形态研究》，刘继译，上海译文出版社 2008 年版。

［德］马克斯·霍克海默、西奥多·阿道尔诺：《启蒙辩证法》，渠敬东、曹卫东译，上海人民出版社 2006 年版。

［荷］佛克马、蚁布思：《文学研究与文化参与》，俞国强译，北京大学出版社 1996 年版。

［法］罗贝尔·埃斯卡皮：《文学社会学》，于沛选编，浙江人民出版社 1987 年版。

［加］斯蒂文·托托西：《文学研究的合法化》，马瑞琦译，北京大学出版社 1997 年版。

［德］彼得·比格尔：《先锋派理论》，高建平译，商务印书馆 2002 年版。

［美］勒内·韦勒克、奥斯汀·沃伦：《文学理论》，刘象愚等译，江苏教育出版社 2005 年版。

［以］S. N. 艾森斯塔特：《反思现代性》，旷新年、王爱松译，生活·读书·新知三联书店 2006 年版。

［英］特雷·伊格尔顿：《二十世纪西方文学理论》，伍晓明译，北京大学出版社 2007 年版。

［德］尤尔根·哈贝马斯：《公共领域的结构转型》，曹卫东等译，学林出版社 1999 年版。

［德］尤尔根·哈贝马斯：《合法化危机》，刘北成、曹卫东等译，上海人民出版社 2000 年版。

［德］尤尔根·哈贝马斯：《现代性的哲学话语》，曹卫东等译，译林出

版社 2004 年版。

[美] M. H. 艾布拉姆斯：《镜与灯：浪漫主义文论及批评传统》，郦稚牛、张照进、童庆生译，北京大学出版社 2004 年版。

[意] 克罗齐：《作为思想和行动的历史》，田时刚译，中国社会科学出版社 2005 年版。

[意] 克罗齐：《历史学的理论和历史》，田时刚译，中国社会科学出版社 2005 年版。

[德] 瑙曼等：《作品、文学史与读者》，范大灿编，文化艺术出版社 1997 年版。

[美] 萨义德：《知识分子论》第二版，单德兴译，生活·读书·新知三联书店 2013 年版。

[美] R. 麦克法夸尔、费正清编：《剑桥中华人民共和国史》（上卷：革命的中国的兴起 1949—1965 年），谢亮生、杨品泉等译，中国社会科学出版社 1990 年版。

[美] R. 麦克法夸尔、费正清编：《剑桥中华人民共和国史》（下卷：中国革命内部的革命 1966—1982 年），谢亮生、杨品泉等译，中国社会科学出版社 1992 年版。

[捷克] 亚罗斯拉夫·普实克：《抒情与史诗：现代中国文学论集》，李欧梵编著，郭建玲译，上海三联书店 2010 年版。

[美] 丹尼斯·朗：《权力论：一个新的社会分析》，靳建国译，中国社会科学出版社 2001 年版。

[美] 哈罗德·布鲁姆：《西方正典：伟大作家和不朽作品》第二版，江宁康译，译林出版社 2011 年版。

[英] F. R. 利维斯：《伟大的传统》第二版，袁伟译，生活·读书·新知三联书店 2009 年版。

[丹麦] 勃兰兑斯：《十九世纪文学主流》第 1—6 册，张道真等译，人

民文学出版社 1997 年版。

[美] 浦安迪：《中国叙事学》，北京大学出版社 1996 年版。

[美] J. 希利斯·米勒：《解读叙事》，申丹译，北京大学出版社 2002 年版。

[荷] 米克·巴尔：《叙述学：叙事理论导论》第二版，谭君强译，中国社会科学出版社 2003 年版。

[美] 杰拉德·普林斯：《叙事学：叙事的形式与功能》，徐强译，中国人民大学出版社 2013 年版。

[英] 福斯特：《小说面面观》，苏炳文译，花城出版社 1984 年版。

[俄] 巴赫金：《小说理论》，白春仁、晓河译，河北教育出版社 1998 年版。

[匈] 卢卡奇：《小说理论：试从历史哲学论伟大史诗的诸形式》，燕宏远、李怀涛译，商务印书馆 2012 年版。

[美] W. C. 布斯：《小说修辞学》，华明、胡晓苏、周宪译，北京大学出版社 1987 年版。

二　中国著作类

毛泽东：《毛泽东选集》第 1—4 卷，人民出版社 1991 年版。

毛泽东：《毛泽东选集》第 5 卷，人民出版社 1977 年版。

毛泽东：《建国以来毛泽东文稿》第 1—13 册，中央文献出版社 1998 年版。

邓小平：《邓小平文选》第 1 卷，人民出版社 1989 年版。

邓小平：《邓小平文选》第 2 卷，人民出版社 1983 年版。

邓小平：《邓小平文选》第 3 卷，人民出版社 1994 年版。

江泽民：《江泽民文选》第 1—3 卷，人民出版社 2006 年版。

中共中央党史文献研究室编：《毛泽东年谱》（1949—1976），中央文献出版社 2013 年版。

中共中央文献研究室编：《邓小平年谱》，中央文献出版社 2004 年版。

中共中央文献研究室编：《关于建国以来党的若干历史问题的决议注释本》，人民出版社 1983 年版。

中共中央文献研究室编：《三中全会以来重要文献选编》，人民出版社 1982 年版。

中共中央党史研究室编：《中国共产党历史大事记：1921 年 7 月—2011 年 6 月》，人民出版社 2011 年版。

张树军：《大转折——中共十一届三中全会实录》，浙江人民出版社 1998 年版。

程中原、王玉祥、李正华：《转折年代：1976—1981 年的中国》，中央文献出版社 2008 年版。

马立诚、凌志军：《交锋：当代中国三次思想解放实录》，人民日报出版社 2011 年版。

戴煌：《胡耀邦与平反冤假错案》（修订版），生活·读书·新知三联书店 2013 年版。

傅高义：《邓小平时代》，生活·读书·新知三联书店 2013 年版。

邓榕：《我的父亲邓小平："文革"岁月》，生活·读书·新知三联书店 2013 年版。

《中华全国文学艺术工作者代表大会纪念文集》，新华书店 1950 年版。

人民文学出版社编辑部编：《"阴谋文艺"批判》，人民文学出版社 1978 年版。

《文艺界拨乱反正的一次盛会——中国文学艺术界联合会第三届全国委员会第三次扩大会议文件、发言集》，人民文学出版社 1979 年版。

中国文学艺术界联合会编：《中国文学艺术工作者第四次代表大会文集》，四川人民出版社 1980 年版。

中国作家协会编：《中国作家协会第四次会员代表大会文集》，作家出版社 1985 年版。

中国作家协会编：《民主　团结　鼓劲　繁荣——中国作家协会第五次全国代表大会文集》，作家出版社 1997 年版。

中国作家协会编：《中国作家协会第六次全国代表大会文件汇编》，作家出版社 2003 年版。

中国作家协会编：《中国作家协会第七次全国代表大会文件汇编》，作家出版社 2007 年版。

中国作家协会办公厅编：《中国作家协会第八次全国代表大会文件汇编》，作家出版社 2012 年版。

夏征农、陈至立主编：《辞海》（第六版彩图本），上海辞书出版社 2009 年版。

《中国现代文学词典》，上海辞书出版社 1990 年版。

丁柏铨主编：《中国新时期文学词典》，南京大学出版社 1991 年版。

潘旭澜主编：《新中国文学词典》，江苏文艺出版社 1993 年版。

中国第二历史档案馆编：《中华民国史档案资料汇编》，江苏古籍出版社 1998 年版。

许建辉等：《中国现代文学馆馆藏经典作家文物文献研究》，文化艺术出版社 2013 年版。

刘增杰、赵明等编：《抗日战争时期延安及各抗日民主根据地文学运动资料》，知识产权出版社 2010 年版。

常风：《逝水集》，辽宁教育出版社 1995 年版。

刘淑玲：《〈大公报〉与现代中国文学》，河北教育出版社 2004 年版。

方汉奇主编：《〈大公报〉百年史：1902. 6. 17—2002. 6. 27》，中国人民大学出版社 2004 年版。

《〈大公报〉一百年社评选》，复旦大学出版社 2002 年版。

马国亮：《良友忆旧：一家画报与一个时代》，生活·读书·新知三联书店2002年版。

吴果中：《〈良友〉画报与上海都市文化》，湖南师范大学出版社2007年版。

段从学：《“文协”与抗战时期文艺运动》，北京大学出版社2012年版。

鲁迅：《鲁迅全集》，人民文学出版社2005年版。

茅盾、韦韬：《茅盾回忆录》，华文出版社2013年版。

蔡元培：《蔡元培全集》，浙江教育出版社1998年版。

赵家璧著，上海鲁迅纪念馆编：《赵家璧文集》，上海文艺出版社2012年版。

丁玲著，张炯主编：《丁玲全集》，河北人民出版社2001年版。

袁良骏编：《丁玲研究资料》，知识产权出版社2011年版。

涂绍钧：《纤笔一支谁与似——丁玲》，人民日报出版社2009年版。

王增如、李向东编著：《丁玲年谱长编》，天津人民出版社2006年版。

王增如：《丁玲办〈中国〉》，人民文学出版社2011年版。

邢小群：《丁玲与文学研究所的兴衰》，河南文艺出版社2013年版。

李华盛、胡光凡编：《周立波研究资料》，知识产权出版社2010年版。

周扬：《周扬文集》，人民文学出版社1994年版。

周扬：《周扬集》，中国社会科学出版社2000年版。

周扬：《周扬文论选》，中国出版集团、人民文学出版社2009年版。

罗银胜：《周扬传》，文化艺术出版社2009年版。

郝怀明：《如烟如火话周扬》，中国文联出版社2008年版。

荣天玙：《周扬与他的师友》，中国文联出版社2012年版。

张光年：《风雨文谈》，上海文艺出版社1982年版。

张光年：《惜春文谈》，上海文艺出版社1993年版。

张光年：《江海日记》，群众出版社1996年版。

张光年:《向阳日记》,上海远东出版社 1997 年版。

张光年:《文坛回春纪事》,海天出版社 1998 年版。

张光年:《张光年文集》,人民文学出版社 2002 年版。

张光年:《张光年文论选》,中国出版集团、人民文学出版社 2009 年版。

中国作家协会编:《回忆张光年》,作家出版社 2013 年版。

冯牧:《新时期文学的主流》,人民文学出版社 1981 年版。

冯牧:《文学十年风雨路》,作家出版社 1989 年版。

冯牧:《但求无愧无悔》,人民文学出版社 1995 年版。

冯牧:《冯牧文集》,解放军出版社 2002 年版。

贺敬之:《贺敬之文艺论集》,红旗出版社 1986 年版。

贺敬之:《贺敬之文集》,作家出版社 2005 年版。

贾漫:《诗人贺敬之》,大众文艺出版社 2000 年版。

夏衍著,李子云编选:《夏衍七十年文选》,上海文艺出版社 1986 年版。

夏衍:《夏衍全集》,浙江文艺出版社 2005 年版。

林默涵:《林默涵劫后文集》,文化艺术出版社 1987 年版。

陈荒煤:《点燃灵魂的一簇圣火》,人民文学出版社 1995 年版。

陈荒煤:《陈荒煤文集》,中国电影出版社 2013 年版。

邵荃麟:《邵荃麟评论选集》,人民文学出版社 1981 年版。

邵荃麟:《邵荃麟全集》,武汉出版社 2013 年版。

唐弢:《唐弢文集》,社会科学文献出版社 1995 年版。

唐弢:《唐弢文论选》,中国出版集团、人民文学出版社 2009 年版。

袁鹰:《风云侧记:我在人民日报副刊的岁月》,中国档案出版社 2006 年版。

王蒙、袁鹰主编:《忆周扬》,内蒙古人民出版社 1998 年版。

王蒙、王元化总主编:《中国新文学大系:1976—2000》,上海文艺出版社 2009 年版。

王蒙：《王蒙自传》（第一部·半生多事），花城出版社2007年版。

王蒙：《王蒙自传》（第二部·大块文章），花城出版社2007年版。

王蒙：《王蒙自传》（第三部·九命七羊），花城出版社2008年版。

王蒙：《王蒙文集》，人民文学出版社2014年版。

刘剑青：《刘剑青文集》，中国文联出版社2000年版。

唐达成：《南窗乱弹》，人民文学出版社1995年版。

陈为人：《唐达成文坛风雨五十年》，溪流出版社2005年版。

张僖：《只言片语：中国作协前秘书长的回忆》，北京十月文艺出版社2002年版。

朱寨：《中国当代文学思潮史》，人民文学出版社1987年版。

朱寨：《感悟与沉思》，人民文学出版社1995年版。

阎纲：《文学徜徉录》，人民文学出版社1984年版。

阎纲：《新时期小说论：评论家十日谈》，陕西人民出版社1987年版。

阎纲：《文学八年》，花山文艺出版社1987年版。

阎纲：《文学警钟为何而鸣》，作家出版社2012年版。

阎纲：《文网·世情·人心——阎纲自述》，生活·读书·新知三联书店2012年版。

谢永旺：《当代小说闻见录》，人民文学出版社1995年版。

何镇邦：《文体的自觉与抉择》，人民文学出版社1995年版。

何镇邦：《九十年代文坛扫描》，云南人民出版社2000年版。

涂光群：《五十年文坛亲历记：1949—1999》，辽宁教育出版社2005年版。

刘锡诚：《在文坛边缘上——编辑手记》，河南大学出版社2004年版。

刘锡诚：《文坛旧事》，武汉出版社2005年版。

黎之：《文坛风云录》，河南人民出版社1998年版。

黎之：《文坛风云续录》，人民文学出版社2010年版。

何启治：《光荣与梦想》，人民文学出版社2008年版。

何启治：《文学编辑四十年》，人民文学出版社2001年版。

韦君宜：《老编辑手记》，四川人民出版社1985年版。

韦君宜：《思痛录》，北京十月文艺出版社1998年版。

韦君宜等：《怀念集》，人民文学出版社2011年版。

韦君宜：《韦君宜文集》，人民文学出版社2013年版。

秦晴、陈恭怀编：《编辑大家秦兆阳》，人民文学出版社2013年版。

李频：《龙世辉的编辑生涯——从〈林海雪原〉到〈芙蓉镇〉的编审历程》，河南大学出版社1992年版。

李频主编：《共和国期刊60年》（1949—2009），中国大百科全书出版社2010年版。

郝振省主编：《出版六十年：编辑的故事》，中国书籍出版社2009年版。

丁景唐：《我与人民文学出版社》，人民文学出版社2001年版。

王培元：《在朝内166号与前辈魂灵相遇》，人民文学出版社2007年版。

李辉：《绝响：八十年代亲历记》，生活·读书·新知三联书店2013年版。

崔道怡：《小说课堂》，作家出版社2012年版。

吴泰昌：《我亲历的巴金往事》（修订本），生活·读书·新知三联书店2010年版。

吴泰昌：《我知道的冰心》，生活·读书·新知三联书店2010年版。

屠岸口述，何启治、李晋西编撰：《生正逢时——屠岸自述》，生活·读书·新知三联书店2010年版。

牛汉口述，何启治、李晋西编撰：《我仍在苦苦跋涉——牛汉自述》，生活·读书·新知三联书店2008年版。

徐庆全：《知情者眼中的周扬》，经济日报出版社2003年版。

徐庆全：《文坛拨乱反正实录》，浙江人民出版社2004年版。

徐庆全：《风雨送春归——新时期文坛思想解放运动记事》，河南大学出版社2005年版。

雷达:《小说艺术探胜》,湖南人民出版社1982年版。

雷达:《民族灵魂的重铸》,中国工人出版社1992年版。

雷达:《文学活着》,人民文学出版社1994年版。

雷达:《思潮与文体》,人民文学出版社2003年版。

雷达:《当前文学症候分析》,作家出版社2009年版。

贺绍俊:《建设性姿态下的精神重建》,作家出版社2009年版。

胡平:《理论之树常青》,作家出版社2009年版。

李敬泽:《为文学申辩》,作家出版社2009年版。

吴义勤主编:《中国新时期小说研究资料》,山东文艺出版社2006年版。

吴义勤:《彼岸的诱惑》,作家出版社2009年版。

吴义勤主编:《文学制度改革与中国新时期文学》,文化艺术出版社2013年版。

杨志今、刘新风主编:《新时期文坛风云录》,吉林人民出版社1999年版。

洪子诚:《中国当代文学史》(修订版),北京大学出版社2007年版。

洪子诚:《问题与方法:中国当代文学史研究讲稿》,北京大学出版社2010年版。

洪子诚:《作家姿态与自我意识》,北京大学出版社2010年版。

洪子诚:《中国当代文学概说》,北京大学出版社2010年版。

洪子诚:《1956:百花时代》,北京大学出版社2010年版。

洪子诚:《当代文学的概念》,北京大学出版社2010年版。

洪子诚:《当代中国文学的艺术问题》,北京大学出版社2010年版。

洪子诚等:《重返八十年代》,北京大学出版社2009年版。

陈思和:《中国新文学整体观》,上海文艺出版社1987年版。

赵园:《制度·言论·心态——〈明清之际士大夫研究〉续编》,北京大学出版社 2006 年版。
陈平原：《中国小说叙事模式的转变》，北京大学出版社 2003 年版。
陈晓明：《表意的焦虑——历史祛魅与当代文学变革》，中央编译出版社 2002 年版。
陈晓明：《中国当代文学主潮》，北京大学出版社 2009 年版。
曹文轩：《中国八十年代文学现象研究》，北京大学出版社 1988 年版。
曹文轩：《二十世纪末中国文学现象研究》，北京大学出版社 2002 年版。
季红真：《文明与愚昧的冲突》，浙江文艺出版社 1986 年版。
李洁非、杨劼：《共和国文学的生产方式》，社会科学文献出版社 2011 年版。
孟繁华：《1978：激情岁月》，山东教育出版社 1998 年版。
孟繁华：《众神狂欢：世纪之交的中国文化现象》（修订版），中央编译出版社 2003 年版。
孟繁华：《坚韧的叙事：新世纪文学真相》，福建教育出版社 2008 年版。
孟繁华：《中国当代文学通论》，辽宁人民出版社 2009 年版。
孟繁华：《文学革命终结之后：新世纪文学论稿》，现代出版社 2012 年版。
尹昌龙：《1985：延伸与转折》，山东教育出版社 1998 年版。
张志忠：《1993：世纪末的喧哗》，山东教育出版社 1998 年版。
程光炜：《文学讲稿："八十年代"作为方法》，北京大学出版社 2009 年版。
程光炜：《当代文学的"历史化"》，北京大学出版社 2011 年版。
洪治纲：《无边的迁徙》，山东文艺出版社 2004 年版。
李建军等：《十博士直击中国文坛》，中国工人出版社 2004 年版。
何言宏：《精神的证词》，吉林出版集团有限责任公司 2009 年版。
张旭东：《改革时代的中国现代主义：作为精神史的 80 年代》，崔问津等译，北京大学出版社 2014 年版。

张旭东：《全球化与文化政治——90 年代中国与 20 世纪的终结》，朱羽等译，北京大学出版社 2014 年版。

孔范今、施战军等主编：《中国新时期新文学史研究资料》，山东文艺出版社 2006 年版。

孔范今、施战军等主编：《中国新时期文学思潮研究资料》，山东文艺出版社 2006 年版。

许志英、丁帆主编：《中国新时期小说主潮》，人民文学出版社 2002 年版。

董健、丁帆、王彬彬：《中国当代文学史新稿》，人民文学出版社 2005 年版。

王彬彬：《为批评证明》，时代文艺出版社 2000 年版。

王彬彬：《当知识遇上信念》，复旦大学出版社 2012 年版。

吴俊、郭战涛：《国家文学的想象和实践：以〈人民文学〉为中心的考察》，上海古籍出版社 2007 年版。

吴俊：《向着无穷之远》，吉林出版集团有限责任公司 2009 年版。

黄发有：《准个体时代的写作：20 世纪 90 年代中国小说研究》，上海三联书店 2002 年版。

黄发有：《文学季风：中国当代文学观察》，山东大学出版社 2006 年版。

黄发有：《媒体制造》，山东文艺出版社 2005 年版。

黄发有：《边缘的活力》，吉林出版集团有限责任公司 2009 年版。

王本朝：《中国现代文学制度研究》，西南师范大学出版社 2002 年版。

王本朝：《中国当代文学制度研究：1949—1976》，新星出版社 2007 年版。

张均：《中国当代文学制度研究：1949—1976》，北京大学出版社 2011 年版。

斯炎伟:《全国第一次文代会与新中国文学体制的建构》,人民文学出版社 2008 年版。

蔡葵、韩瑞亭等:《长篇的辉煌:茅盾文学奖获奖小说评论精选 1977—1988》,北京十月文艺出版社 1994 年版。

邵燕君:《倾斜的文学场:当代文学生产机制的市场化转型》,江苏人民出版社 2003 年版。

徐其超、毛克强、邓经武:《聚焦茅盾文学奖》,作家出版社 2005 年版。

文艺报社编选:《茅盾文学奖(第 1—7 届)获奖作品评论集》,作家出版社 2009 年版。

邝邦洪主编:《多重的文学世界:历届茅盾文学奖获奖作品评论集》,广东高等教育出版社 2009 年版。

范国英:《茅盾文学奖的文学制度研究》,中国社会科学出版社 2009 年版。

范国英:《新时期以来文学制度研究:以茅盾文学奖为中心的考察》,巴蜀书社 2010 年版。

老悟:《茅盾文学奖获奖作品解析》,吉林大学出版社 2010 年版。

任东华:《茅盾文学奖研究》,中国社会科学出版社 2011 年版。

万安伦:《二十世纪中国文学的奖励机制研究》,北京师范大学出版集团 2012 年版。

廖四平:《当代长篇小说的星座——第一至七届茅盾文学奖获奖作品丛论》,北京大学出版社 2013 年版。

南方都市报编:《文学之巅——鉴证首届华语文学传媒大奖》,南方日报出版社 2003 年版。

《人民文学》编辑部、人民文学出版社编:《谈短篇小说创作》,人民文学出版社 1979 年版。

牟钟秀编:《获奖短篇小说创作谈:1978—1980》,文化艺术出版社 1982

年版。

彭华生、钱光培编：《新时期作家谈创作》，人民文学出版社 1983 年版。

周克芹等著，杨同生、毛巧玲编：《新时期获奖小说创作经验谈》，湖南人民出版社 1985 年版。

中国社会科学院当代文学研究室编：《新时期文学六年：1976. 10—1982. 9》，中国社会科学出版社 1985 年版。

路遥：《路遥全集》，北京出版集团公司北京十月文艺出版社 2013 年版。

陈忠实：《陈忠实文集》，广州出版社 2004 年版。

陈忠实：《寻找属于自己的句子——〈白鹿原〉创作手记》，上海文艺出版社 2009 年版。

贾平凹：《贾平凹文集》，译林出版社 2012 年版。

莫言：《莫言文集》，作家出版社 2012 年版。

中国小说学会主编：《1978—2008：中国小说 30 年》，天津人民出版社 2008 年版。

任丽青：《上海工人阶级文艺新军的形成——暨工人小说家论》，上海大学出版社 2010 年版。

苏晓芳：《网络与新世纪文学》，中国社会科学出版社 2011 年版。

罗执廷：《文选运作与当代文学生产——以文学选刊与小说发展为中心》，暨南大学出版社 2012 年版。

白烨主编：《中国文情报告》（2004—2005），社会科学文献出版社 2005 年版。

白烨主编：《中国文情报告》（2005—2006），社会科学文献出版社 2006 年版。

白烨主编：《中国文情报告》（2006—2007），社会科学文献出版社 2007 年版。

白烨主编：《中国文情报告》（2007—2008），社会科学文献出版社 2008

年版。

白烨主编：《中国文情报告》（2008—2009），社会科学文献出版社 2009 年版。

白烨主编：《中国文情报告》（2009—2010），社会科学文献出版社 2010 年版。

白烨主编：《文学蓝皮书》（2010—2011），社会科学文献出版社 2011 年版。

白烨主编：《文学蓝皮书》（2011—2012），社会科学文献出版社 2012 年版。

白烨主编：《文学蓝皮书》（2012—2013），社会科学文献出版社 2013 年版。

白烨主编：《2005 年中国文坛纪事》，文化艺术出版社 2006 年版。

白烨主编：《2006 年中国文坛纪事》，文化艺术出版社 2007 年版。

白烨主编：《2007 年中国文坛纪事》，人民文学出版社 2008 年版。

白烨主编：《2008 年中国文坛纪事》，人民文学出版社 2009 年版。

白烨主编：《2009 年中国文坛纪事》，人民文学出版社 2010 年版。

白烨主编：《2010 年中国文坛纪事》，人民文学出版社 2011 年版。

白烨主编：《2011 年中国文坛纪事》，人民文学出版社 2012 年版。

白烨主编：《2012 年中国文坛纪事》，人民文学出版社 2013 年版。

张健主编，本卷主编张清华：《中国当代文学编年史》（1976. 10—1984. 12），山东文艺出版社 2012 年版。

张健主编，本卷主编蒋原伦：《中国当代文学编年史》（1985. 1—1989. 12），山东文艺出版社 2012 年版。

张健主编，本卷主编张清华：《中国当代文学编年史》（1990. 1—1995. 12），山东文艺出版社 2012 年版。

张健主编，本卷主编赵勇：《中国当代文学编年史》（1996. 1—2000. 12），山东文艺出版社 2012 年版。

张健主编，本卷主编赵勇：《中国当代文学编年史》（2001. 1—2009. 6），山东文艺出版社 2012 年版。

三　获奖作品类

《人民文学》编辑部编：《1978 年全国优秀短篇小说评选获奖作品集》，人民文学出版社 1980 年版。

《人民文学》编辑部编：《1979 年全国优秀短篇小说评选获奖作品集》，上海文艺出版社 1980 年版。

《人民文学》编辑部编：《1980 年全国优秀短篇小说评选获奖作品集》，上海文艺出版社 1981 年版。

《人民文学》编辑部编：《1981 年全国优秀短篇小说评选获奖作品集》，上海文艺出版社 1982 年版。

中国作家协会编：《1982 年全国优秀短篇小说评选获奖作品集》，上海文艺出版社 1983 年版。

《小说选刊》编辑部编：《1983 全国优秀短篇小说评选获奖作品集》，作家出版社 1984 年版。

中国作家协会编：《1984 全国优秀短篇小说评选获奖作品集》，作家出版社 1985 年版。

中国作家协会编：《1985—1986 全国优秀短篇小说评选获奖作品集》，作家出版社 1988 年版。

《文艺报》社编：《1977—1980 全国获奖中篇小说集》，上海文艺出版社 1981 年版。

中国作家协会编：《1981—1982 全国获奖中篇小说集》，上海文艺出版社 1983 年版。

中国作家协会编：《1983—1984 全国优秀中篇小说评选获奖作品集》，

作家出版社 1985 年版。

中国作家协会编:《1985—1986 全国优秀中篇小说评选获奖作品集》,作家出版社 1988 年版。

周克芹:《许茂和他的女儿们》,人民文学出版社 2004 年版。

魏巍:《东方》,人民文学出版社 1978 年版。

莫应丰:《将军吟》,人民文学出版社 1980 年版。

姚雪垠:《李自成》,人民文学出版社 2005 年版。

古华:《芙蓉镇》,人民文学出版社 1981 年版。

李国文:《春天里的冬天》,人民文学出版社 1981 年版。

李准:《黄河东流去》,人民文学出版社 2005 年版。

张洁:《沉重的翅膀》,人民文学出版社 1981 年版。

刘心武:《钟鼓楼》,人民文学出版社 1985 年版。

路遥:《平凡的世界》,人民文学出版社 2005 年版。

凌力:《少年天子》,人民文学出版社 2005 年版。

孙力、余小惠:《都市风流》,人民文学出版社 2005 年版。

刘白羽:《第二个太阳》,人民文学出版社 1987 年版。

霍达:《穆斯林的葬礼》,北京十月文艺出版社 2012 年版。

萧克:《浴血罗霄》,人民文学出版社 2012 年版。

徐兴业:《金瓯缺》,湖北长江出版集团、长江文艺出版社 2009 年版。

王火:《战争和人》,人民文学出版社 1993 年版。

陈忠实:《白鹿原》,人民文学出版社 1993 年版。

刘斯奋:《白门柳》,人民文学出版社 2004 年版。

刘玉民:《骚动之秋》,人民文学出版社 1990 年版。

张平:《抉择》,人民文学出版社 2005 年版。

阿来:《尘埃落定》,人民文学出版社 1998 年版。

王安忆:《长恨歌》,人民文学出版社 2004 年版。

王旭烽：《茶人三部曲》，人民文学出版社 2004 年版。

熊召政：《张居正》，人民文学出版社 2006 年版。

张洁：《无字》，人民文学出版社 2011 年版。

徐贵祥：《历史的天空》，人民文学出版社 2000 年版。

柳建伟：《英雄时代》，人民文学出版社 2001 年版。

宗璞：《东藏记》，人民文学出版社 2010 年版。

贾平凹：《秦腔》，作家出版社 2008 年版。

迟子建：《额尔古纳河右岸》，北京十月文艺出版社 2006 年版。

周大新：《湖光山色》，作家出版社 2008 年版。

麦家：《暗算》，人民文学出版社 2006 年版。

张炜：《你在高原》，作家出版社 2010 年版。

刘醒龙：《天行者》，人民文学出版社 2009 年版。

莫言：《蛙》，上海文艺出版社 2009 年版。

毕飞宇：《推拿》，人民文学出版社 2008 年版。

刘震云：《一句顶一万句》，湖北长江出版集团、长江文艺出版社 2009 年版。

《人民文学》杂志社编：《鲁迅文学奖获奖作品丛书：短篇小说》，华文出版社 1998 年版。

《小说选刊》杂志社编：《鲁迅文学奖获奖作品丛书：中篇小说》，华文出版社 1998 年版。

杨匡满、萧立军、郭小林编：《鲁迅文学奖获奖作品丛书：报告文学》，华文出版社 1998 年版。

袁鹰、吴泰昌编：《鲁迅文学奖获奖作品丛书：散文》，华文出版社 1998 年版。

袁鹰、吴泰昌编：《鲁迅文学奖获奖作品丛书：杂文》，华文出版社 1998 年版。

高洪波、朱树先编：《鲁迅文学奖获奖作品丛书：诗歌》，华文出版社1998年版。

兰兵、可人编：《鲁迅文学奖获奖作品丛书：理论评论》，华文出版社1998年版。

《人民文学》杂志社编：《第二届鲁迅文学奖获奖作品丛书：短篇小说》，华文出版社2002年版。

《小说选刊》杂志社编：《第二届鲁迅文学奖获奖作品丛书：中篇小说》，华文出版社2002年版。

杨匡满、萧立军编：《第二届鲁迅文学奖获奖作品丛书：报告文学》，华文出版社2002年版。

袁鹰、李兴叶编：《第二届鲁迅文学奖获奖作品丛书：散文杂文》，华文出版社2002年版。

高洪波、林莽编：《第二届鲁迅文学奖获奖作品丛书：诗歌》，华文出版社2002年版。

张炯、贺绍俊编：《第二届鲁迅文学奖获奖作品丛书：理论评论》，华文出版社2002年版。

第三届鲁迅文学奖全国优秀短篇小说奖评奖办公室编：《第三届鲁迅文学奖获奖作品丛书：短篇小说》，华文出版社2005年版。

第三届鲁迅文学奖全国优秀中篇小说奖评奖办公室编：《第三届鲁迅文学奖获奖作品丛书：中篇小说》，华文出版社2005年版。

第三届鲁迅文学奖全国优秀报告文学奖评奖办公室编：《第三届鲁迅文学奖获奖作品丛书：报告文学》，华文出版社2005年版。

第三届鲁迅文学奖全国优秀散文杂文奖评奖办公室编：《第三届鲁迅文学奖获奖作品丛书：散文杂文》，华文出版社2005年版。

第三届鲁迅文学奖全国优秀诗歌奖评奖办公室编：《第三届鲁迅文学奖获奖作品丛书：诗歌》，华文出版社2005年版。

第三届鲁迅文学奖全国优秀理论评论奖评奖办公室编:《第三届鲁迅文学奖获奖作品丛书:理论评论》,华文出版社 2005 年版。

中国作家协会鲁迅文学奖评奖办公室选编:《第四届鲁迅文学奖获奖作品集:短篇小说卷》,作家出版社 2009 年版。

中国作家协会鲁迅文学奖评奖办公室选编:《第四届鲁迅文学奖获奖作品集:中篇小说卷》,作家出版社 2009 年版。

中国作家协会鲁迅文学奖评奖办公室选编:《第四届鲁迅文学奖获奖作品集:报告文学卷》,作家出版社 2009 年版。

中国作家协会鲁迅文学奖评奖办公室选编:《第四届鲁迅文学奖获奖作品集:散文杂文卷》,作家出版社 2009 年版。

中国作家协会鲁迅文学奖评奖办公室选编:《第四届鲁迅文学奖获奖作品集:诗歌卷》,作家出版社 2009 年版。

中国作家协会鲁迅文学奖评奖办公室选编:《第四届鲁迅文学奖获奖作品集:文学理论评论卷》,作家出版社 2009 年版。

中国作家协会鲁迅文学奖评奖办公室选编:《第五届鲁迅文学奖获奖作品集:中短篇小说卷》,作家出版社 2010 年版。

中国作家协会鲁迅文学奖评奖办公室选编:《第五届鲁迅文学奖获奖作品集:报告文学卷》,作家出版社 2010 年版。

中国作家协会鲁迅文学奖评奖办公室选编:《第五届鲁迅文学奖获奖作品集:散文杂文卷》,作家出版社 2010 年版。

中国作家协会鲁迅文学奖评奖办公室选编:《第五届鲁迅文学奖获奖作品集:诗歌卷》,作家出版社 2010 年版。

中国作家协会鲁迅文学奖评奖办公室选编:《第五届鲁迅文学奖获奖作品集:文学理论评论卷》,作家出版社 2010 年版。

四　报纸期刊类

《申报》、《〈良友〉画报》、《大公报》、《人民日报》等原始报刊及相关电子数据库。

《文艺报》（第一次文代会会刊）第1—13期合订本（1949.5.4—1949.7.28）。

《文艺报》1978年第1期（1978年7月）至1985年第6期（1985年6月）。

《人民文学》1976年第1期（1976年1月）至2013年第12期（2013年12月）。

《小说选刊》1980年第1期（1980年11月）至2013年第12期（2013年12月）。

《当代》、《十月》、《北京文学》、《中国作家》、《收获》、《花城》、《大家》、《钟山》、《小说月报》等文学期刊1990年以来出版部分。

五　论文类

肖乾：《大公报文艺奖金》，《读书》1979年第1期。

孙中田、王中忱：《关于茅盾文学工作二十五周年纪念活动》，《中国现代文学研究丛刊》1980年第4期。

《茅盾五十寿辰作家题词、贺信选》，《中国现代文学研究丛刊》1985年第2期。

蓝棣之：《若干重要诗集创作与评价上的理论问题》，《中国现代文学研究丛刊》2002年第2期。

郭国昌：《文艺奖金与解放区的文学大众化思潮》，《中国现代文学研究丛刊》2002年第4期。

王荣：《“大公报文艺奖金”及其他》，《中国现代文学研究丛刊》2005年第4期。

宋媛：《略说“良友文学奖金”》，《北京师范大学学报》2008年第6期。

万安伦：《20世纪三四十年代中国文学奖励考察》，《中国现代文学研究丛刊》2010 年第 5 期。

孟繁华:《1978 年的评奖制度》,《南方文坛》1997 年第 6 期。

顾骧:《我所知道的中国茅盾文学奖》,《中华读书报》1997 年 8 月 20 日。

张炯:《攀向高峰的艰难——评世纪之交长篇小说高潮与第六届茅盾文学奖》,《文学评论》2005 年第 4 期。

胡平:《我所经历的第四届茅盾文学奖评奖》,《小说评论》1998 年第 1 期。

胡平:《我所经历的第七届茅盾文学奖》,《小说评论》2009 年第 3 期。

胡平:《不同寻常的第八届茅盾文学奖》,《小说评论》2012 年第 3 期。

雷达:《我所知道的茅盾文学奖》,《小说评论》2009 年第 3 期。

崔道怡:《春花秋月系相思——短篇小说评奖琐忆》(一),《小说家》1999 年第 1 期。

崔道怡:《第三个丰收年——短篇小说评奖琐忆》(二),《小说家》1999 年第 2 期。

崔道怡:《喜看百花争妍——短篇小说评奖琐忆》(三),《小说家》1999 年第 3 期。

崔道怡:《春兰秋菊留秀色　雪月风花照眼明——短篇小说评奖琐忆》(四),《小说家》1999 年第 4 期。

洪治纲:《权威的倾斜——对新时期以来全国历次短篇小说奖的巡回与思考》,《小说家》1999 年第 1 期。

洪治纲:《回眸:灿烂与忧伤——对新时期以来全国历次中篇小说奖的回顾与思考》,《小说家》1999 年第 2 期。

洪治纲:《无边的质疑——关于历届“茅盾文学奖”的二十二个设问和一个设想》,《当代作家评论》1999 年第 5 期。

卢敦基:《浅议第三届茅盾文学奖获奖作品的不足》,《浙江学刊》1992 年第 3 期。

於可训:《历史转折期的艺术见证——重读首届茅盾文学奖获奖小说》,《当代作家评论》1995年第2期。

林为进:《历史的限制与现实的选择——重评第二届茅盾文学奖获奖作品》,《当代作家评论》1995年第2期。

朱晖:《第三届茅盾文学奖之我见》,《当代作家评论》1995年第2期。

王彬彬:《茅盾奖:史诗情结的阴魂不散》,《钟山》2001年第4期。

王彬彬:《文学奖与“自助餐”》,《文学报》2004年11月25日。

王彬彬:《“群英荟萃”还是“萝卜开会”——漫说第七届“茅盾文学奖”》,《名作欣赏》2009年第1期。

黄发有:《以文学的名义——过去三十年中国文学评奖的反思》,《社会科学》2009年第3期。

黄发有:《〈文艺报〉试刊与第一次文代会》,《文学评论》2014年第1期。

吴俊:《中国当代文学评奖的制度性之辨——关于茅盾文学奖、鲁迅文学奖之类“国家文学”评奖》,《当代作家评论》2011年第6期。

邵燕君:《茅盾文学奖:风向何方吹?——兼论现实主义文学的创作困境》,《粤海风》2004年第2期。

张丽军:《文学评奖与新时期文学经典化》,《南方文坛》2010年第5期。

张丽军:《文学评奖机制改革与新时期文学》,《小说评论》2010年第6期。

范国英:《在差异中比较:第六届茅盾文学奖解析》,《当代文坛》2006年第1期。

范国英、李欧:《文学制度现代化的探索——论1978年的文学评奖》,《西南民族大学学报》2007年第7期。

范国英:《对新时期文学的一种历史性反思——以1978年文学评奖的运作机制为视点》,《西北农林科技大学学报》2008年第6期。

范国英:《论二十世纪九十年代以来的文学评奖及评奖机制的形成》,《西华大学学报》2009 年第 1 期。

范国英:《制度·文学制度·文学评奖》,《西北农林科技大学学报》2009 年第 5 期。

范国英:《1978 年文学评奖:新时期文学制度的重要面向》,《廊坊师范学院学报》2011 年第 2 期。

范国英:《论 1978 年以来的文学评奖与文学场逻辑的衍化》,《社会科学研究》2012 年第 4 期。

任东华:《关于茅盾文学奖的“评选内情”》,《粤海风》2006 年第 5 期。

任东华:《关于茅盾文学奖的“评选标准”》,《粤海风》2007 年第 2 期。

任美衡:《关于“茅盾文学奖”的研究现状及反思》,《西南民族大学学报》2007 年第 4 期。

徐其超:《渐行渐进——论获得茅盾文学奖的长篇军旅小说》,《西南民族大学学报》2005 年第 3 期。

徐其超、吕豪爽:《昭示与启迪——茅盾文学奖之少数民族获奖作家作品论》,《民族文学研究》2005 年第 4 期。

徐其超、王璐:《超越与差距——纵论茅盾文学奖获奖作品的史诗性》,《西南民族大学学报》2006 年第 1 期。

毛克强:《回归与探索——首届茅盾文学奖获奖作品评析》,《西南民族学院学报》2003 年第 3 期。

毛克强:《文化的解读与文化的冲突——第三届茅盾文学奖获奖作品评析》,《西南民族大学学报》2005 年第 3 期。

毛克强:《茅盾文学奖,新世纪的文学坐标?——第六届茅盾文学奖获奖作品述评》,《西南民族大学学报》2006 年第 1 期。

吕豪爽:《开放对话中的恪守与建构——茅盾文学奖获奖作品的文化选择》,《西南民族大学学报》2005 年第 3 期。

师恭叔:《茅盾文学奖获奖家族中的四川小说》,《西南民族大学学报》

2006 年第 4 期。

矛戈:《茅盾文学奖研究综述》,《西南民族大学学报》2006 年第 7 期。

毕倪:《文学评奖中的遗憾》,《文艺理论与批评》1996 年第 3 期。

石湾:《对文学评奖的新期望》,《文学自由谈》1998 年第 4 期。

唐韧、黎超然、吕欣:《茅盾文学奖获奖作品调查报告》,《广西大学学报》1999 年第 5 期。

张学军:《茅盾文学奖获奖作品接受状况调查》,《中国现代文学研究丛刊》2012 年第 8 期。

徐林正:《茅盾文学奖背后的矛盾》,《陕西日报》2000 年 6 月 23 日。

杨扬:《文学评奖与商业炒作》,《文学报》2003 年 4 月 17 日。

罗四鸰、李凌俊:《文学评奖亟待走出误区》,《文学报》2003 年 8 月 7 日。

胡殷红:《提升中国文学评奖公信力》,《文学报》2005 年 3 月 17 日。

张隽:《文学评奖:读者越来越有发言权》,《中华读书报》2005 年 9 月 21 日。

杨剑龙:《文化消费语境中的文学评奖》,《扬子江评论》2007 年第 3 期。

赖大仁:《文学评奖及其他》,《创作评潭》2009 年第 2 期。

张冬梅:《喧嚣之后:反思文学评奖》,《文艺争鸣》2009 年第 6 期。

段崇轩:《文学评奖的功与过》,《社会科学论坛》2009 年第 9 期。

丘树宏:《文学评奖亟须走出小圈子》,《文学报》2010 年 4 月 22 日。

王泽龙:《坚守文学评奖的尊严》,《文艺报》2011 年 8 月 5 日。

常世举:《当代文化语境中的多元博弈——从茅盾文学奖看新时期的文学评奖体制》,《名作欣赏》2012 年第 31 期。

徐忠志:《文学评奖公信力增强》,《文艺报》2012 年 11 月 7 日。

高昌:《茅盾文学奖有遗珠之憾》,《中国文化报》2000 年 10 月 24 日。

王庆生、樊星、刘为钦、严辉、陈虹:《茅盾文学奖笔谈》,《湖北社会科学》2002 年第 2 期。

钟正平：《世纪末文学现象个案反刍——“茅盾文学奖”二题》，《当代文坛》2002 年第 5 期。

曾镇南：《描绘生活长河的宏伟画卷——第六届茅盾文学奖获奖作品巡礼》，《当代文坛》2005 年第 4 期。

孙郁：《茅盾文学奖：在期待与遗憾之间》，《当代作家评论》2005 年第 4 期。

后　记

博士毕业已有 4 年之久，本书正是在博士论文的基础上修改而成的。四年后的今天，再去面对曾经的这场学术攀登，依旧心潮难平。依稀还能记起，论文选题前的焦躁、失落、犹豫与困惑。历经几番争斗最终选择“中国当代文学评奖制度”这一研究对象作为博士论文选题，自然与导师黄发有教授在文学传媒研究领域上的求索耕耘息息相关。

面对这个自己并不太擅长的选题，写作过程更是难熬，崩溃之感时断时续，甚至在写作的最后阶段，搁笔达一月之久。在导师黄发有教授不厌其烦的一次次点拨中，我渐渐探出了一条较为明晰的研究思路，即以埃斯卡皮的“文学社会学”、福柯的“知识考古学”、布尔迪厄的“场域理论”为理论依据，以“重回历史现场”的学术眼光，在深入挖掘评奖史料、展开学理思辨的同时，将研究视域延伸至整个 20 世纪的文学评奖实践中来，既在一定程度填补了学界关于中国当代文学评奖“历史源起”的诸多学术盲点，又在质疑已有共识的基础上对理论偏误进行了“纠偏”；既对中国当代文学评奖制度确立、演进、修正的全过程进行了多角度、全景式考察，又对这种变迁背后凸显的、文学场域内各种力量之间的相互博弈、此消彼长进行了富有建构性的学术研究，与此同时，兼谈了对中国当代文学评奖主导原则、审美偏向、制度性缺失等的个人见解。

如期顺利通过博士论文答辩，重回工作岗位之后的4年中，我以博士论文为基础设计的课题，成功获批了2015年教育部人文社科基金青年项目，又以《“前茅奖时代”陈忠实创作与文学评奖关系论》《“五个一工程”和主旋律文学的生产机制》《文学评价元素的张力与新时期以来“作协系”全国性文学奖的评选机制》《新世纪以来民间文学奖励机制研究——以“华语文学传媒大奖”为核心》为题在《小说评论》《文艺评论》等学术刊物发表了4篇关于“文学评奖”的研究成果，但越发使我感到惭愧的，是当本书付梓出版之际，我对这一选题的动态追踪还未取得重要的学术收获，甚至很多已有观点在动态的文学评奖中还需作进一步调整和重评，但由于学术出版流程的制约，只能期待后续的研究来弥补这一缺憾了。

回首这本书的写作之路，最该感谢的人还是我的导师黄发有教授。在即将30岁的年纪因为导师的厚爱让我有幸走进了南京大学攻读博士学位，又因为导师的“纵容”开启了我思想最为活跃的3年幸福时光。黄老师在职业生涯和学术建树上的躬耕垂范始终激励着我上下求索、笔耕不辍，近年来在文学制度、影视文化等领域取得了一些微不足道的成绩。

当然，也要感谢始终关心我学术成长的很多师友，感谢你们在学术之路上给予我的帮助和照顾，是你们的才情和睿智启发了我的灵感，点燃了我对学术的热情；感谢为本书编辑出版倾注大量心血的中国社会科学出版社陈肖静编辑，这已经是我们的第二次合作；感谢教育部人文社科基金青年项目对本书的资助。

最后的感谢，还要留给我的家人。感谢我的父母和我的岳父，在本该享受晚年幸福时光的年纪依旧无怨无悔地忙碌操劳着；感谢我的妻子，在与我相守的岁月中，主动分担起家庭的重担，从不打扰我对学术的美梦；感谢我的一双儿女，你们的到来让我在学术之外，找到了人生的第二支点。

谨以此书，献给鸡零狗碎令人感到破烦的生活，是你让我明白，做学术有时挺好。

王　鹏

2018 年 12 月 13 日于西安